KB163201

이제 그만
새 가족을
찾으려합니다

ZERONOVEL

연비 장편소설

II

동아

 II

초판 1쇄 인쇄일 | 2022년 5월 4일
초판 1쇄 발행일 | 2022년 5월 13일

지은이 | 연비
펴낸이 | 박성면
펴낸곳 | (주)동아

출판등록 | 제406-3960100251002007000071호
주소 | 경기도 파주시 문발동 223-1 2층
전화 | (031)8071-5201
팩스 | (031)8071-5204
E-mail | bear6370@hanmail.net

정가 | 12,500원

ISBN 979-11-6302-575-7 (04810)
     979-11-6302-573-3 (set)

이제 그만 새 가족을 찾으려합니다

ZERONOVEL

연비 장편소설

II

동아

c o n t e n t s

chapter 7
테레사 윈터

후원에서 성 입구로 돌아온 레티시아는 유로 백작을 뒤따라 공작가의 사륜마차에 올랐다.

백작이 따로 마차를 구해 뒀지만, 레티시아가 거절했기에 빈 마차는 그대로 돌아갔다. 망설이던 카라는 레티시아의 눈짓에 그녀를 뒤따랐다.

공작가의 사륜마차는 빠르게 달려 이틀 만에 영지에 도착할 수 있었다. 사륜마차가 저택으로 이어진 큰길을 내달렸다. 마차가 저택에 도착하기 전, 유로 백작은 레티시아에게 서신 하나를 건넸다.

서신은 붉은 밀랍으로 봉해져 있었지만, 가문의 인장은 없었다.

보낸 사람이 누군지 알 만한 정보가 없었지만 레티시아는 유로가 건넨 서신을 보고 바로 알아차렸다.

'……윈터 백작이 내게 보낸 거야.'

붉은 밀랍은 흔히 볼 수 있는 문양이 찍혀 있었지만, 봉투 귀퉁이에 동화책에 나온 설산이 아주 작게 표시되어 있었다. 레티시아는 벅찬 가슴을 진정시키기 위해 숨을 들이켰다.

　유로 또한 누가 보낸 서신인지 알 수 없어서 의아한 얼굴을 했고, 카라는 훤칠한 미남자가 정면에 있는 탓에 고개를 들지 못했다.

　"자네, 자세가 좋지 않아."

　보다 못한 유로가 카라의 턱을 살짝 붙잡고 자세를 교정시켜 주었다. 천생 기사였던 유로는 구부정한 자세를 용납할 수 없었기 때문이었다. 그걸로 모자랐는지 자신감 없이 굽은 하녀의 어깨도 쫙 펴 주었다.

　"아야!"

　"고개는 약간 들고. 허리는 세워야지. 공녀의 자세를 참고하면 좋아. 누가 가르쳐 줬는지 참 자세가 좋다니까."

　"……감, 감사합니다."

　카라는 떨리는 심장을 부여잡으며 후, 숨을 내뱉었다. 그에 비해 레티시아는 밀봉된 서신을 두 손에 붙잡고 눈을 감고 있었다. 카라 자신과는 다른 의미로 떨고 있는 게 보여서, 하녀는 눈을 깜빡였다.

　"저 잠깐 서신을 읽어야겠어요, 스승님."

　레티시아는 카라에게 고개를 돌리라고 말한 뒤, 유로 백작을 쳐다보았다.

　"어, 읽으렴."

　"그렇게 빤히 보시면 읽을 수 없잖아요. 부담스러워서……."

　"아니, 난 뭐. 연애편지인가 하고 궁금해서……."

　"그런 거 아니에요. 근데 왜 궁금하세요?"

　"나도 좀 궁금하고, 우리 피오네도 궁금해하고."

　유로가 어물쩍 말을 흐리자 카라는 '피오네 영애가 아가씨를 참 좋아하나 보네.' 하고 생각했다.

　그러고 보니 레티시아 아가씨는 여자들에게 인기가 많았다. 카라 자신도 그렇고, 피오네도 잘 따르는 것 같고. 아, 아네스 윈터도 있었다.

'잘생긴 아가씨였지.'

카라가 그렇게 생각하는 사이, 레티시아는 유로 백작이 건넨 페이퍼 나이프로 서신을 뜯었다.

그녀는 별반 생각이 없었지만, 카라는 그 모습을 보고 '우와, 자상하셔' 하고 남몰래 얼굴을 붉혔다. 피오네가 아버지에게 챙기라고 일러둔 것이었지만.

서신을 읽는 레티시아의 눈이 빠르게 움직였다. 조금은 당황한 눈치여서 팔짱을 끼던 유로가 흘끗 쳐다보며 물었다.

"연애편지에 뭐라고 쓰여 있으려나……."

분명, 그 사악한 네르바드의 공자가 보낸 것이렷다.

유로는 제멋대로 추측을 하며 일라이 네르바드에 대한 신상을 떠올렸다.

얼굴 통과.

체격은 좀 더 자라 성년이 되면, 유로 자신만큼 훤칠해질 것 같고…….

가문 불합격.

인성 모름.

능력 좋은 걸 넘어 위험해 보임.

제멋대로 일라이를 판단하던 유로가 주먹 쥔 손을 입가로 가져갔다. 그리고 큼큼, 목청을 가다듬더니 들으라는 듯이 말했다.

"일라이 공자가 잘생겼긴 하지만, 남자는 얼굴이 다가 아니야."

카라는 '잘생긴 게 최고 아닌가……' 하고 생각하면서 레티시아를 흘끗 쳐다보았다.

하기야. 우리 아가씨는 천사 같은 아네스 영애를 보고도 차갑기 그지없었지.

"자고로 능력도 좋아야 하고, 인성도 뛰어나야 해. 근데 그런 놈이 세상에 있을 리가……."

유로의 말허리를 자르며 레티시아가 말했다.

"장신구가 하나 있었어요."

"뭐? 벌써 그런 것까지 보내는 사이가 되었어?"

"남자가 보낸 거 아니에요."

"그래?"

유로는 '그런가…….' 하고 말끝을 흐리고는 휴, 하고 안도의 한숨을 내쉬었다. 그 위험한 일라이 네르바드와 연애편지를 주고받는 사이는 아니라니까, 묘하게 안심되었다.

나중에 가문을 나가게 되면 남자 친구는 얼마든지 사귈 수 있지만, 대악마와 계약한 남자는 영 아니었다. 그냥 봐도, 눈 감고 봐도, 한눈에 봐도 위험한 놈일 테니까.

"누가 보냈는진 묻지 않으마. 장신구라니?"

"얇은 핀이 편지 봉투에 들어 있었어요."

"줘 봐라."

유로 백작이 손을 내밀자 레티시아는 건네주려다 말았다.

"왜 주다 마는 거냐?"

"제가 받은 선물이니까……. 제가 먼저 살펴볼게요."

윈터 백작이 준 선물인데, 스승님에게 먼저 만질 기회를 주긴 싫었다.

"참 나. 나 말고 또 다른 스승이라도 만들었나 본데……."

유로가 다시 팔짱을 낀 채 툴툴거렸지만, 레티시아는 가뿐히 무시했다.

은으로 된 핀에는 새하얀 진주가 몇 개 달려 있었다. 귀해 보인다면 귀해 보였고, 귀족 영애 입장에서 본다면 그리 구하기 어려운 것은 아니었다.

'진주가 맞나? 아닌가?'

진주알로 보이는 것이 백색으로 빛나긴 했지만, 새까만 가루들이 묻어 있었다. 손으로 찍어서 들여다보니 검은 점들이 보였다.

'가짜 진주?'

설마……. 레티시아는 조금 당황한 얼굴로 핀을 계속 쳐다보았다.

"스승님, 이거 가짜예요?"

"그렇게 새까만 가루가 떨어지는 걸 보니, 가짜인 거 같은데? 참 나, 웃긴 사람일세. 쩨쩨하게 가짜를 보내?"

그걸 보던 유로가 고개를 저으며 이름 모를 누군가를 비난했다. 자신이었으면 그냥 진주알 정도는 선물해 줬을 것이다, 라며.

지켜보던 카라가 조심스레 대화에 끼어들었다. 물론, 유로 백작과 눈이 마주칠까 봐 고개는 레티시아에게 돌린 채였다.

"……공녀님, 힘내세요. 제가 돈 많이 벌어서 진짜 진주로 선물해 드릴게요!"

카라의 말이 '저번처럼 금화 10골드만 주시죠'로 들려서 레티시아는 잠깐 눈을 가늘게 떴다.

"그래, 돈 모아서 줄게."

딱히 돈 쓸 일도 없으니, 아랫사람을 좀 챙겨도 좋을 것 같았다. 레티시아는 그녀가 한 분홍 리본이 자그마치 골드 열한 개 값이란 건 모르는 채 한숨을 삼켰다.

"지금은 말고. 나중에……. 좀 더 자라면 작은 가게를 열 건데."

"갑자기 웬 가게예요? 아가씨께서 직접 장사하시게요?"

"응. 못 할 게 뭐가 있어. 그리고, 그냥 용돈 벌이할 겸 작은 가게 세울 거야."

카라가 호기심에 눈을 반짝였고, 둘의 대화를 앞에서 엿듣던 유로도 곁눈질로 레티시아를 살폈다.

"작은 가게라면 어떤……."

카라의 물음에 레티시아는 가짜 진주 핀을 머리에 대충 꽂으며 말했다.

"꽃차 가게……를 차릴까 해."

'망하는 거 아니야?'

'망하겠는데.'

카라와 유로가 동시에 생각했지만, 둘은 모른 척 웃으며 레티시아를 격려하기 시작했다.

"우와. 공녀님 정말 대단해요! 꽃차 가게라니, 정말 근사해요. 그전에 꽃차를 만드신 적이 없……."

"그런 경험이 없는데 가게를 차리겠다고?"

카라가 말을 하다 멈췄고, 유로가 놀라 물었다.

"그러니까, 작은 가게를 열 거예요. 망해도 되는."

레티시아는 엉성하게 핀을 꽂은 채 고개를 끄덕였다.

"……수도 외곽이면 괜찮겠는데?"

"맞아요. 수도 외곽은 좀 땅값이 쌀 테니까……."

둘의 말뜻을 알아들은 레티시아가 담담한 표정을 지으며 말했다.

"스승님도 그렇고, 카라 너도 내가 세운 가게가 망할 거라고 생각하나 본데……. 망해 봤자 빚밖에 더 늘겠어?"

아직 젊으니까 차차 갚으면 되지. 레티시아의 명료한 말에 카라는 멍하니 공녀를 쳐다보았다.

"대범하시네요."

"그냥, 좀 알고 싶었을 뿐이야."

어머니는 꽃차 가게를 운영했었다. 그것도 레티시아가 여섯 살이 되기 전의 일이었고, 공작저로 오기 전에는 망해 버렸지만.

숲속에 있어서 사람들보다는 작은 동물이 오기 바빴던 꽃차 가게.

그 가게를 열면 조금이라도 알 수 있을지 모른다. 어머니의 혈통이

제게 이어진 것은 아닌지. 작은 동물과 이야기했던 능력이 사실은 이능이었을지도.

레티시아는 제 옆머리에 엉성하게 꽂힌 핀을 뚫어져라 보는 카라에게 말했다.

"공작저로 돌아가면 카라, 넌 쥐 죽은 듯이 지내야 할 거야."

"네. 조용히 있을게요."

"그리고 조만간 이사할 일이 있을 테니……."

레티시아는 그렇게 말하고는 유로를 흘끗 쳐다보았다.

"나머지 두 놈도 잘 챙기고."

"나머지 두 놈이라면……."

카라가 설마, 하는 얼굴로 미간을 찌푸렸다.

한 명은 누구인지 알겠다. 매일 시가를 피우느라 뺀질거리다가 뒤늦게 개과천선한 놈.

'호위, 파베르.'

그리고 나머지 한 놈은…….

"설마, 그 인성 파탄에 미친 것 같은 주치의도 데려가시게요?"

카라는 레티시아가 어디로 가는지 몰랐지만, 덜컥 겁이 나 그렇게 물었다. 공녀가 이사한다는 말보다 그 '미치광이' 주치의를 함께 데려간다는 것이 더 충격이었다.

"다, 다시 생각을……."

"너넨 한 세트야. 족제비, 너구리, 벌꿀오소리."

"조, 족제비가 저예요? 너구리는 파베르 경이죠! 벌꿀오소리가 그 주치의라면, 벌꿀오소리는……."

아니, 그 포악한 동물을 데려가겠다고?

동물도감에 무법자로 나오는 벌꿀오소리 아니던가.

코브라는 물론, 사자와도 일대일로 맞붙어도 지지 않는다는.

카라가 경악해 입을 딱 벌렸고, 유로는 '난 뭘로 정했을까……' 하고
내심 궁금해했다.

"수도에 사, 사택 사 둔 거 있으세요?"

카라가 물었다. 레티시아는 진주 핀이 앞으로 내려와 덜렁거리는 것도
모른 채 우아하게 고개를 끄덕였다.

"다 데려갈 거야. 새집으로."

* * *

공작가의 마차가 저택에 도착했을 때는 정오가 지나서였다.

레티시아는 유로 백작의 에스코트를 받으며 마차에서 내렸다. 마차
계단을 밟고 땅에 발을 딛는 순간, 익숙한 목소리가 들렸다.

"레티시아, 네가 오기만을 기다리고 있었다. 수도원에서 잘 지냈느냐?
널 보내고 마음이 편치 않았다."

공작이 그녀를 기다리고 있었다. 그가 마차 앞까지 걸어와 레티시아
에게 팔을 내밀었다.

'달라졌어. 이토록 빠르게……'

마네르의 가주인 그가 사생아인 딸을 기다릴 줄은 몰랐다. 거기다 손수
에스코트까지 하겠다니.

과거에는 손 한 번 내밀어 준 적 없던 사람이.

가이안이 무표정한 얼굴로 팔을 살짝 더 내밀었다. 누가 봐도 붙잡으란
뜻이었지만, 레티시아는 스승의 팔을 꽉 붙잡았다.

레티시아는 호흡을 고르고는 차분한 얼굴로 입술을 떼었다.

"저를 기다리실 줄은 몰랐어요."

"당연한 소리를 하는구나. 아비인 내가 널 기다리지 않으면, 누가 널
기다리겠느냐?"

레티시아는 입술 안쪽의 여린 살을 깨물고는 유로 백작의 팔을 놓으려 했다. 공작과 스승인 유로 백작의 사이가 미묘해지는 것을 원치 않았기 때문이었다.

피오네가 앓는 열병을 자세히는 알지 못해도, 공작이 해열제를 구해다 주는 것쯤은 알고 있었다. 피오네의 약을 구하는 건 공작에게도 쉽지 않은 일이었다.

유로 백작도 백작위를 가졌지만, 영지를 가지진 못했다. 하여 기사로서의 명예는 있으나 부나 영향력은 크지 않았다. 그에 비하면 같은 백작이라 해도 북부의 지배자이자 윈터의 군주인 테레사와는 비교 불가였다.

그렇다 해도 유로의 검술 실력은 제국에서 손꼽혔기 때문에 마네르 공작도 늘 한 수 접어주는 편이었다. 아니, 손꼽히기만 할 뿐이랴. 제국에서 검을 쓰는 기사 중 가장 강한 사람이리라.

하지만 그 유로 백작보다 더 강한 사람이 있었다.

기사는 아니었지만, 검을 쓰는 사람.

'테레사 윈터……'

군부의 수장이기도 한 그녀는 제국에서 가장 강한 사람으로 여겨져 왔다. 오죽하면 사석에서 녹티스 황후를 '늙은 여우 계집'이라고 낮춰서 부르던 조부조차, 윈터 백작은 꼬박꼬박 백작이라고 칭했을 정도였으니.

피케네 제국은 라반 대륙에서 가장 광활한 영토를 가졌으니, 제국에서 가장 강한 이가 대륙에서 강하다고 칭해질 만했다.

테레사가 얼마나 강한지 레티시아도 정확히 알지 못했다. 그녀의 타고난 '윈터'란 혈통 때문인지, 뼈를 깎는 노력 때문인지.

하지만 하나는 들어 알고 있었다. 어머니에서 딸로 혹독한 후계자 수업이 이어진다는 것. 가장 우수한 자식에게 검술을 비롯하여 군주로서 사는 법을 가르쳤음은 분명했다.

제국의 여타 귀족들과 달리, 윈터는 대대로 모계혈통이었기에 딸이 후계자가 되는 게 당연히 여겨졌다. 윈터의 후계자인 잔느도 테레사의 첫째 딸이었다. 정확히는 아네스와 쌍둥이였지만.

어쨌건 테레사 윈터는 제국의 백작이라곤 하나, 황제조차 한발 뒤로 물러나는 제국의 권력자였다. 제국이 세워지기 전부터 윈터는 북부 산맥의 주인으로 이름을 떨쳤으니 어찌 보면 당연한 결과였다.

윈터를 건드리지 않는다는 조건, 그리고 북부의 자치권을 인정한다는 조건으로 피케네 제국이 세워진 것을 보면.

어찌 보면 북부의 주인인 테레사가 그보다 남쪽에 있는 수도로 내려오지 않는 건, 중앙 귀족들에게 다행인 일이었다.

남부의 마네르와 서부의 네르바드가 수백 년간 겨뤄 온 탓에 가문끼리의 항쟁을 금지하는 법이 100년 전에 제정되었고, 그 뒤로는 잠잠해졌다.

하지만 그렇다고 해도 계속된 겨울의 저주로 인해 영지가 무너지기 직전인 윈터 백작이 남부 시찰을 온다면, 중앙 귀족으로서는 긴장할 수밖에 없었다.

그래서 가이안은 제 이득과 가문의 안위를 위해 유로의 마땅찮은 태도도 넘어가 주고 잘해 주는 편이었다.

테레사가 황제에게 찾아가 "남부의 영지 중 하나를 윈터의 새로운 터전으로 삼겠다."라고 말한다면, 황제도 윈터 백작의 청을 무시하기 어려울 테니.

하지만 다행히 테레사는 작은 영지는 물론, 어느 정도 규모가 있는 중간급의 영지도 건드리지 않았다. 만약 그녀가 남부로 내려온다면 작은 영지를 빼앗아 가는 대신 필시 마네르를 칠 것이다.

어쨌건 그 '테레사'라 해도 피오네의 치료제는 구하기 힘든 것이었다.

이전 생에 공작에게 듣기론, 서역에서 구해 오는 귀한 약초라고 들었으니까.

해안가를 끼고 있는 마네르 영지라면 모를까. 북부 설산을 끼고 있는 윈터가 서역의 약초를 구할 수 있을 리가 없다.

'적독초······라고 했던가.'

약초 이름에 '독'이 들어가는 건 이상했지만, 자세한 효능은 알지 못했다.

'중요한 건 피오네의 약을 가이안만 구할 수 있다는 거지.'

그러니 유로 백작이 눈 밖에 나는 것을 원치 않았던 레티시아는 이쯤 물러서기로 했다. 스승의 팔을 놓으려던 순간, 유로 백작이 다른 손으로 레티시아의 손을 꾹 눌렀다.

"제가 공녀님을 모시겠습니다."

유로는 그렇게 말하며 공작을 향해 평소와 다름없는 얼굴을 해 보였다.

"유로 경."

"공작님께서도 그간 하신 적이 없어 어색하실 겁니다. 그리고, 수도원에서 먼 길을 달려왔으니 공녀에게 이만 쉴 시간을 주시는 게 어떻겠습니까?"

"······알았다. 그러도록 하지."

가이안은 내밀었던 팔을 거두고는, 유로 백작의 팔을 붙잡은 레티시아를 흘끗 쳐다보았다. 작게 떨리는 손을 보며 가이안이 무표정한 얼굴로 말했다.

"오늘은 이만 쉬고 내일 보도록 하지. 레티시아. 네게 해 둘 말이 있다."

말한 가이안이 몸을 돌린 그 순간, 레티시아는 손을 떠는 것을 멈췄다. 가이안에게 보여 주려고 일부러 손을 떤 것이었다.

'여전히 당신을 두려워하는 작은 아이로 보여야······.'

당신이 새장의 감옥을 단단히 만들지 않을 테니까.

유로는 떨림을 멈춘 레티시아의 손을 말없이 바라보다가 모른 척 고개를 돌렸다. 딸의 은인이자 제자인 레티시아를 도와줄 수 없다면, 공녀의 탈출을 방관하기로 했기 때문이었다.

* * *

"공작님께서 무슨 말씀을 하시려는 걸까요?"

방에 도착하자마자 부지런히 움직여 짐 정리를 끝낸 카라가 물었다. 하녀의 시선이 침대 위에서 창문 너머를 바라보고 있는 레티시아를 향했다. 나른한 오후의 햇살을 맞으며 레티시아가 답했다.

"이제 와서 잘못을 빌 것 같진 않고……."

그 공작님이 비실 리가 없지. 카라는 꿀꺽 마른 침을 삼키며 공녀의 다음 말을 기다렸다.

"내게 후계자 수업을 받을 기회를 주겠다고 헛소리를 할 것 같은데."

"그, 그러면 엄청난 기회 아닌가요?"

순진한 카라의 반응에 레티시아는 창문 너머 후원으로 향했던 시선을 돌리며 말했다.

"내게는 기회가 아니야. 마네르 공작에게 기회겠지."

다시 한번 나를 이용하고 멋대로 휘두르려는 기회.

이전 생의 레티시아는 인정받기 위해 절박했다. 그리고 가이안도 그걸 너무 잘 알고 있었다.

아비의 눈에 띄기 위해 가문에 헌신하며 노력을 했지만, 제대로 교육받은 적 없는 양녀에게 자리를 빼앗겼다. 그것도 수진이 이세계에서 왔다는 이유로.

과거와 달라진 점이 있다면, 이제 절박한 건 레티시아가 아닌 가이안 쪽이었다. 그리고 레티시아는 '마네르'의 이름 없이도 귀한 대접을 받을 수 있었다.

정령의 힘을 지닌 유일한 존재에게, 가이안이 제아무리 공작이라 한들 더는 오만하게 굴 수 없으리라.

* * *

"보고 계신 서책을 제외하고, 이것만 챙기시면 되는 건가요? 생각보다 아가씨 짐이 얼마 없네요."

고요한 새벽, 레티시아는 속닥이는 카라에게 고개를 끄덕였다.

카라는 낡고 큰 가죽 가방에 공녀의 물건을 넣으며 정리 중이었다. 다른 물건은 거의 없었고, 전부 책이었다. 레티시아가 쓴 것으로 보이는 일기장 몇 권. 그리고 역시나 재미없는 동화책 『하얀 여왕』까지.

레티시아가 보고 있는 책도 챙겨야 하는 짐에 속했다. 대강의 짐 정리를 끝낸 카라가 곁눈질하며 물었다.

"레시피 책이라니……. 굉장히 오래된 것 같아요."

"오래된 건 맞아. 어머니가 젊었을 적 쓰신 거니까."

정확히 언제 쓰였는지 몰라도 낡은 가죽끈의 끝부분은 닳아 있었고, 몇몇 페이지는 떨어져 나갈 만큼 접착력이 약했다. 레티시아는 침대 헤드에 걸터앉은 채 낡은 서책을 쓰다듬었다. 어머니 안나마리가 그녀에게 남긴 것이었다.

과거에도 그랬지만, 이전 생의 그녀는 펼쳐 볼 생각을 하지 못했다. 그때는 꽃차니 뭐니 하는 것에 별 관심이 없던 데다, 후계자 수업을 받기 바빴기 때문이었다. 그러니 한가하게 꽃차 레시피 책을 살펴볼 시간은 없다고 생각했다.

"가끔 등나무 꽃차를 끓여 주곤 하셨어."

그녀도 모르게 옅은 미소가 입가에 그려졌다. 그런 미소를 보는 건 오랜만이라서 카라는 '뭐 빠진 거 없나…….' 하며 괜히 정리를 끝낸 가방 안을 뒤적였다.

레티시아가 다락방에 있던 레시피 책을 꺼낸 건 이번 생에서 처음이었다.

'이게 차라는 거란다, 레티시아. 어때, 맛있지?'

몸이 약했던 어머니였지만, 종종 어린 레티시아에게 직접 차를 끓여 주곤 했다.

'윽, 이건 너무 떫어요. 난 주스가 더 맛있는데!'

'그건 엄마가 마실 거라 좀 떫어. 그럼 이거 마셔 볼래? 등나무 꽃차란다.'

무늬 하나 없는 새하얀 잔. 그 속에 담긴 연한 살굿빛 차에 보라색 등나무꽃이 띄워져 있었다.

'와, 이건 향긋해요. 떫지도 않아요!'

레티시아가 기뻐하자 어머니는 빙그레 웃었다. 아직 어린 딸은 차보다는 주스를 더 좋아했다. 하지만 곁에 있어 줄 시간이 많지 않아 레티시아에게 잠깐이라도 꽃차 끓이는 법을 가르쳐 주기로 한 것이다.

공작저로 온 지 1년이 지나 레티시아가 일곱 살이 되었을 때, 어머니는 딸을 주방으로 불렀다.

'봐 봐, 레티. 새벽이라 아무도 없지?'

'집사 아저씨가 알면 혼날 텐데…….'

'괜찮아, 괜찮아. 잠깐 차 끓이는 건데. 아, 뜨거우니까 손대지 말고 지켜만 보렴.'

어머니는 외할머니가 가르쳐 주었다는 방식대로 꽃차를 끓였다.

레티시아의 눈에 어머니가 차를 끓이는 모습은 마법을 부리는 것처럼 신기하게 느껴졌다.

'꽃에는 독성이 있단다. 그래서 제다법製茶法을 거쳐 고유의 향을 만드는 것이 중요해.'

'제, 제다요? 너무 어려워요.'

'괜찮아. 해 보면 그리 어렵지 않으니까.'

어머니는 겨울에는 따뜻한 꽃차를, 여름에는 시원한 꽃차를 만들어 주곤 했다.

'자, 이건 덖는 거란다. 이 꽃은 열에 약하니까 저온에 덖어야 해.'

잘 웃는 어머니였지만 차를 끓일 때만큼은 진중했다.

레티시아는 턱을 괸 채 어머니가 차를 끓이는 모습을 지켜보았다.

'엄마는 왜 차가 좋아요? 엄마가 연 꽃차 가게에는 작은 동물뿐이었 는데…….'

'차를 끓일 때면 살아 있다는 걸 느끼거든. 내가 잘하는 건 아니지만, 작은 동물들이 좋아해 줬으니까. 아파하는 동물들도 꽃차를 마시면 쌩쌩 해지곤 했거든. 그런데, 여기에서 나는…….'

무언가 말하려던 어머니는 입술을 달싹거렸다. 레티시아는 어렸지만, 어머니가 했던 말이 무슨 의미인지 알고 있었다.

'이곳에서 나는 이방인일 뿐이야. 그러니 레티, 너는 사랑받는 사람이 되렴. 우리 딸, 네 진심을 알아주는 사람들을 찾을 수 있을 거야.'

과거의 레티시아는 어머니가 했던 말을 '공작가에서 사랑과 인정을 받 으란 것'으로 생각했었다.

하지만 지금은 아니었다.

이방인이라며 배척하는 사람들이 아닌, 진심을 알아주는 사람들을 찾 아가라고 했을 뿐.

서책을 쓰다듬던 레티시아가 조심스레 입김을 불었다. 낡은 먼지가 창가로 흩날렸다. 새벽의 달빛이 레시피 책의 낡은 가죽 표지를 비췄다.

'어머니의 꽃차 레시피.'

어머니가 수기로 남긴 서책은 그녀가 살아생전 레티시아 다음으로 제일 아꼈던 보물이었다.

레티시아는 조심스레 서책을 펼쳤다. 고대 알레타어로 써진 내용은, 그녀가 아니면 읽을 수 없었다. 책을 펼치던 레티시아의 시선이 어느 한 곳에서 멈췄다.

'역병 헤스티아……?'

레티시아가 놀라 서책을 가까이 가져왔다.

[역병 헤스티아의 치료제를 만드는 법.]

분명히, 어머니의 서체였다.

'이게 왜 여기에…….'

레티시아는 떨리는 손으로 다음 페이지를 넘겼다.

팔랑.

다음 페이지는 빈 장이었다. 다시 앞 장으로 넘기자, 다양한 약초들이 나와 있었다. 느릅나무, 독활, 뻐꾹채, 선밀나물, 산죽, 화살나무……. 이름이 친숙한 약초도 있었고, 낯선 것도 있었지만 약초인 건 분명했다.

[-뻐꾹채는 분홍 꽃잎을 사용할 것.

-컴프리는 독이 있으니 주의할 것(나는 먹어도 괜찮았음.)

-지칭개는 해독제 역할. 역병에는 별 소용이 없는 듯.

-꼭두서니는 염료로 쓰임. 피를 멎게 하는 데 효과가 좋음.]

설명과 함께 약초에 대한 세세한 그림은 물론, 색까지 입혀져 있었다. 설명과 세밀한 그림까지, 모두 어머니가 직접 작성한 것이었다.

'이런 것까지 하셨구나…….'

레티시아는 어머니가 운영했던 가게가 망한 이유가, 그녀가 꽃차에 대해 잘 몰랐기 때문이라고 생각했었다. 하지만 상당한 종류의 꽃차에 대해 세세히 설명한 것은 물론, 약초학까지 완벽히 정리되어 있었다.

정리된 책을 보고 아는 체하는 건 쉽다. 그러나 책 한 권을 정리하기 위해선 수많은 정보가 필요하다. 양질의 정보를 파악해 두는 것은 물론, 책으로 낼 정도라면 누군가에게 설명하고 말할 정도로 숙지해야 하는 법이었다.

그때의 레티시아는 아직 어려서 꽃차니, 약초니 하는 게 어렵게만 느껴졌다. 안나마리도 그렇게 생각했기에 효능을 알려 주거나 제다법을 설명한 적은 없었다. 그저 딸에게 꽃차를 종종 끓여줬을 뿐이었다.

레티시아는 약초가 나열된 장을 보고 다시 앞 장으로 넘겼다. 책의 중간까지 꽃차, 나머지 반은 약초로 되어 있어서 어머니가 어떤 의도로 남겼는지 알 수 있었다.

'꽃차를 적어 두신 것도 기호만 다룬 게 아니야.'

효능과 끓이는 법이 먼저 나와 있었다.

보통은 만드는 법이나 맛을 기록해 두기 마련인데, 치료 효능이 제일 먼저 나와 있는 걸 보면…….

'단순한 꽃차 가게는 아니었던 거야.'

그제야 레티시아는 숲속까지 찾아왔던 사람들을 기억해 냈다.

얼굴이 노랗게 뜬 채 터벅터벅 걸어오던 산적 같은 아저씨.

마른기침을 뱉어 내던 할머니와 옷깃을 붙잡고 따라온 손자.

위장병이 생겼다며 배를 부여잡던 젊은 청년까지.

간혹, 미용 비법을 배우고 싶다며 찾아온 젊은 아가씨도 있었다.

'……뭐예요, 아줌마. 여기서 꽃차 사서 마셨더니, 피부만 좋아졌잖아요!'

'그거면 된 거 아니니?'

'나도 아줌마처럼 예뻐지고 싶다고요!'

소리치던 아가씨는 낡은 드레스를 걸친 레티시아를 보고 입을 꾹 다물었다.

'이 아줌마 순 사기꾼이야! 꽃차 마시면 예뻐진다더니, 애초에 본판이 사기였잖아.'

'이렇게 태어난 걸 난들 어쩌겠어.'

'아줌마 딸이에요? 얘 진짜 인형처럼 생겼다. 누가 보면 황녀님인 줄 알겠어요.'

'너 보는 눈 있구나? 내가 못 먹고 못 입어도 우리 딸은 공주님처럼 키우고 있지.'

'보푸라기 다 나왔는데요? 아줌마, 장사 안 되는 건 알지만 좋은 옷은 좀 사 줘야죠.'

'조그마한 애들이 자꾸 외상을 하니까…….'

안나마리는 한숨을 푹 내쉬며 발밑에서 쫑쫑거리는 산 다람쥐를 두 손으로 들어 올렸다. 작은 동물과 눈을 마주치며 웃는 모습에 손님으로 온 아가씨가 투덜거렸다.

'아줌마는 꼭 작은 동물한테만 잘해 주더라? 아, 희한하게 평민한테도 무척 친절하단 말이죠. 가끔 들르는 귀족들은 등쳐 먹으려 하면서. 권력자 혐오, 뭐 그런 거예요?'

'……귀여운 애들이 대부분인데, 귀족이라고 빳빳한 애들 보면 좀 눌러 주고 싶달까.'

'참 나. 아줌마는 평민 아니에요? 신전의 조각상처럼 생겨 놓고는, 이상한 소리 자꾸 한다니까. 얼굴 그렇게 쓸 거면 나 줘요.'

그때의 레티시아는 투덜거리는 아가씨를 보며 언제 콩고물이 떨어지나 기다리는 철없는 아이였다. 어머니가 가끔 쿠키를 구워 줬지만, 약초를 잔뜩 넣어 몸에만 좋지 더럽게 맛이 없었기 때문이었다.

하지만 수도에서 이 먼 곳까지 왔다는 아가씨는 종종, 귀족 영애가 먹을 법한 비싼 쿠키는 아니라도 거친 설탕 가루가 뿌려진 밀가루 과자를 챙겨 와 레티시아를 주곤 했다. 그럴 때마다 레티시아는 쿠키를 두 손으로 받고 재빨리 입 안에 넣은 뒤, 안나마리가 쳐다보면 홱 고개를 돌렸다.

쿠키를 받아먹느라 부풀어진 뺨이 다 보이는 줄도 모르고.

'너 진짜 다람쥐 같다. 도도한 다람쥐 같아. 그것도 쿠키만 냉큼 채가는 날다람쥐.'

레티시아는 쿠키를 야금야금 먹고는 다시 두 손을 척 내밀었다. 그리고 안나마리가 가르친 대로 배꼽에 두 손을 가지런히 얹고 고개를 아주 살짝만 까딱 숙였다.

'잘 먹었습니다.'

'너 또 달라는 거지? 평소에는 나 본체만체하면서 쿠키 부족하면 꼭 그렇게 배꼽 인사하더라?'

'……'

정곡을 찔린 레티시아는 눈을 굴리며 딴청을 부렸다. 그 모습을 보던 안나마리가 피식 웃었다. 그리고 꽃차값을 오늘은 꼭 내고 말겠다는 아가씨에게 휘휘 손을 내저으며 말했다.

'그냥 가. 어차피 다들 외상으로 마시다 가는데.'

'참 나. 이러니까 돈이 안 모이죠. 손님도 없으면서 아줌마는 무슨 배짱이에요? 아니, 손님이 없어서 더 다행인 건가.'

'그냥 나보다 쪼그만 애들 푼돈 받는 게 마음이 편치 않아서……'

'아줌마가 늘씬하긴 하지만, 황달로 온 그 산적 아저씨는 아줌마보다 훨씬 큰데요?'

'내 눈엔 조그맣게 보여.'

'아줌마 무슨 짐승이에요? 다 조그맣대.'

'어머, 들켰네.'

턱을 괴고 있던 안나마리가 씩 웃으며 쿠키 먹기 바쁜 레티시아를 바라보았다.

'진짜, 아줌마는 지나치게 관대하다니까. 돈도 칼같이 받고, 좀 냉정해져 봐요.'

'나는 이대로가 좋아. 나보다 작은 동물들 챙겨 주는 게 행복인걸.'

'그렇게 살다간 이용만 당할걸요? 이 세상에 얼마나 못된 사람이 많은데……'

'그래도 내 눈엔 다 귀엽기만 해. 뭐……, 역시. 내 딸이 가장 사랑스럽지만.'

한없이 너그러운 말에 아가씨는 한숨을 내쉬었고, 레티시아는 그녀가 주는 쿠키를 받아먹으며 두 뺨과 배를 두둑이 채웠다.

똑똑.

회상에 잠겼던 레티시아가 서책을 덮고 문가로 시선을 옮겼다.

이 새벽에 찾아올 사람은 몇 없었다. 공작은 내일 점심 이후에나 보자고 할 테니, 분명 레티시아가 부른 사람들이었다.

"문 열어 줘, 카라."

카라는 비장한 얼굴로 문을 열어 주었다. 필시 미치광이 벌꿀오소리였다. 아나나 다를까. 쓸데없이 화려한 양복을 걸친 글란츠가 뺄질거리며 들어왔다. 분홍색 옷이 꼴사납다고 생각하며 카라는 입을 삐죽였다.

"공, 녀, 님!"

"……다 큰 남자면서 아양 떨지 마."

"늘 한결같이 칼 같으시네요. 어쨌든 이 글란츠가 무사 귀환을 축하드리는 바입니다. 역시나, 제 예상대로 사지 멀쩡히 살아 돌아오셔서 기쁩니다."

"그럼 그 수도원에서 내가 죽기를 바랐니?"

"그럴 리가 있겠습니까? 공녀님이야말로 제 빛과 소금. 유일한 자금줄이신걸요! 그 거지 같은 수도원에서 무사히 돌아오시느라 정말 고생……."

글란츠가 시답잖은 말을 더 늘어놓기 전에 레티시아가 말허리를 자르며 말했다.

"조만간 이사할 일이 있을 거야."

"……예? 갑자기 이사라뇨? 수도에 사택 사 두셨어요?"

"그럴 돈이 어디 있겠어? 근데 왜 다들 사택 타령이야? 글란츠 경도 그렇고, 카라 너도 그렇고."

"저희끼리 한 말이 있거든요. 공녀님이 그렇게 공작님께 대담히 구시는 걸 보면 '아, 저택에서 쫓겨나도 머무르실 사택은 있으시구나' 하고 생각했답니다."

"아무것도 없어."

"아까 있다고 하신 거 아니에요?!"

레티시아는 카라와 글란츠의 기대를 무참히 부수고는 가까이 오라며 손짓했다.

"그, 그럼 저희 다 길바닥에 나앉게 되는 겁니까? 이런……."

글란츠가 낭패란 얼굴로 중얼거리면서도 착실히 움직여 레티시아 앞으로 다가왔다. 귓속말을 들은 글란츠의 눈이 튀어나올 만큼 커졌다.

"그걸 다 챙기라고요? 아, 그렇긴 하죠. 그 기록들이 제 목숨보다 귀한 보물이긴 한데……."

"그럼 잘 챙겨. 어느 하나 빼놓지 말고."

"당연한 거 아니겠습니까? 하나라도 유출되면 저는 바로 교단에 끌려갈 텐데 말이에요. 후훗."

글란츠가 그건 싫다고 넉살을 부리자, 카라는 눈을 가늘게 떴다.

'또 어떤 기록을 말하는 거야? 벌거벗은 그림이라도 그렸나?'

시신을 해부한 후 인체의 구조를 기록한 거였지만, 카라는 전혀 다른 방향으로 추측했다. 글란츠라면 그럴 수도 있겠다고…….

"설마! 글란츠 경! 나, 난잡한 그, 림 같은 거 그리시는 거예요?"

"난잡하긴요. 아름답고 신성한데요."

그 말이 더 변태처럼 들려서 카라는 마른침을 꿀꺽 삼켰다. 정말로 이 '벌꿀오소리'를 데려가겠냐고 묻는 눈빛에 레티시아는 가볍게 고개를 끄덕였다.

저 '글란츠'가 '글로리아'를 만든 그 천재 의사일 수도 있지 않은가.

만약 그게 사실이라면, 레티시아는 글란츠에게 좀 더 잘해 주기로 했다.

그런데 글란츠가 지끈거리는 관자놀이를 꾹꾹 누르며 물었다.

"그런데 말입니다, 공녀님. 호옥시 그 너구리 같은 기사도 데려갑니까?"

"너구리라니? 파베르 경 말하는 건가?"

"예. 그 빼질거리는 너구리 말입니다. 그놈은 좀 떨궈 놓고 가죠. 검술도 그다지 훌륭하지 않은 것 같던데…….."

글란츠가 너무 당연하게 '파베르는 버리고 가자'라고 말하자, 카라는 어쩐지 양심이 찔려 뺨을 긁적였다.

공녀를 따르는 작자들은 어떻게 된 게 하나 같이 이기적이고, 동료를 후려칠 생각만 하는지. 아무리 생각해도 사악한 공녀, '레티시아 마네르'의 하수인다웠다.

"글란츠 경, 누가 나 습격해 오면 대신 칼 맞을 생각 있어?"

"예? 아뇨. 제가 공녀님에게 충성을 바치긴 하지만, 제 안위와 목숨이 제일 중요해서요."

"그럼 그냥 토 달지 말고 있어. 그 빼질거리는 너구리도 데려갈 테니까."

"아하하! 뭐든 공녀님의 뜻 아니겠습니까? 칼을 대신 맞는 용도라면 썩 쓸모는 있겠네요."

냉정히 판단한 글란츠가 카라를 흘끗 쳐다보다가 레티시아에게 다시 속닥거렸다.

"아, 그런데 말이죠. 요새 지하 감옥이 한창 리모델링 중이던데요."

"……감옥을 개조했다고?"

"글쎄요. 개조라고 해야 할지, 청소라고 해야 할지 잘 모르겠지만 간수들이 연골이 닳을 만큼 깨끗이 치우고 있다고 들었습니다. 제 절친한 친구, 땅딸보가 말해 줬어요."

"놀라운 친화력이구나. 아무튼, 감옥 청소를 왜 한다는……."

레티시아는 끝까지 말을 맺지 못했다. 글란츠가 고개를 주억거리며 알 만하다는 얼굴을 해 보였다.

"제 생각엔 그 화려한 감옥에 공녀님을 넣으시려는 거 같습니다. 아마도……?"

"무슨 근거에서?"

"아니, 그냥……. 공녀님이 공작님에게 하시는 것 보면 조만간 같이 겠다는 느낌이 팍 들던데요? 카라는 아닙니까?"

갑작스레 불똥이 튀자 카라는 본능적으로 고개를 끄덕였다가 슬쩍 저었다.

"나도 그 생각은 이미 했어. 하지만 감옥에 집어넣어 봤자……."

정령술로 부수면 그만 아닌가. 그렇게 생각했던 레티시아의 표정이 굳어졌다.

'설마, 성유물…….'

가이안의 인성이라면 얼마든지 딸을 감옥에 집어넣을 수 있었다.

제 입맛대로 길들이기 위해, 사냥개를 다루듯.

글란츠가 말한 감옥은 지상에 있는 것으로, 일반 감옥과는 비교도 안 될 만큼 넓고 호화로운 곳이었다. 가문의 죄인이 머무는 곳이긴 한데, 그 죄인이 직계 혈족일 때 한해서였기 때문이었다.

"남쪽 지하창고에 자주 가시는 것도 같았습니다."

"……그쪽엔 성유물이 있어."

남쪽 지하창고에는 세 개의 문이 있다.

첫 번째 문, 중하급 성유물을 모아둔 성 세라피나.

두 번째 문, 상급 성유물을 모아둔 성 베르타.

그리고 마지막.

네임드 성유물을 비호하고 있는 세 번째 문, 성 힐데가르트.

마지막 문 '성 힐데가르트'를 열 수 있는 건 마네르에서 가이안이 유일했다. 레티시아는 아직 제 정령술이 성유물에 얼마큼 대항할 수 있을지 파악하지 못했다.

네르바드 후작저. 그 감옥에서 일라이의 마력을 억눌렀던 '베르타의 침묵'은 어렵지 않게 깼지만, '베르타의 미소'는 실제로 본 적이 없었다. '침묵'은 마력에 대항하는 것이라 쉽게 깼을지 몰라도, '미소'는 가늠이 되지 않았다.

힐데가르트가 만든 네임드 성유물은 아니더라도, '베르타의 미소'는 윈터 백작이 윈터로 가져가려 했을 만큼 정령술과는 상극이었다.

레티시아는 긴장감에 짧게 숨을 들이켰다. 이런 자세한 상황을 모르는 글란츠와 카라가 갑작스레 표정이 굳은 공녀를 의아하게 쳐다보았다.

"당장 서신을 보내야겠어."

"……서신을 보내는 거야 어렵지 않습니다만, 따로 연락할 분이 있으십니까?"

글란츠가 악의 없이 물었다. 그가 생각하는 공녀가 사악하고 대담하긴 해도, 또래 친구는 없었던 걸로 기억했기 때문이었다.

"네르바드 소후작."

"……네, 네르바드 소후작요?"

글란츠가 놀라 입을 떡하니 벌렸다.

공녀님이 네르바드 연회에 가서 깽판 쳤단 소식은 들었지만, 그러고도 상처 하나 없이 무사히 귀환했다고도…….

"신, 신성 가문이신데 악마 가문인 네르바드. 아니, 소후작님에게 연락을 넣으시겠다고요?"

"그런 건 이제 의미가 없어. 기사들의 눈을 피해서 서신을 보낼 수 있겠지?"

"네, 당연합니다. 주치의로 얌전히 지내고 있지만, 잔머리 굴려서 멍청한 기사들 따돌리는 거야 전문입니다. 제가 대신 쓰라는 건 잘 알겠습니다. 뭐라고 보내면 될까요?"

"……약속 지키러 오라고. 그렇게만 보내."

레티시아가 떨리는 기색을 숨기고 담담히 말하자 글란츠는 결연한 얼굴로 고개를 끄덕였다.

"확실히 보내 두겠습니다."

그리고 속으로 생각했다.

우리 공녀님…….

역시, '남자 친구'에게 보내는 것치고는 삭막한 연애편지라고.

* * *

"주인님, 마네르 공작가에서 서신이 왔습니다. 모두 두 개입니다. 하나는 공작저의 주치의 이름으로 온 것이고, 다른 하나는 마네르 공작이 직접 보낸 것입니다."

기사의 보고에 의자에 앉아 있던 소년이 감았던 눈을 떴다. 어제만 해도 네르바드의 공자였던 일라이였다.

건장한 체격의 기사가 주인인 흑발의 소년에게 서신을 건넸다.

턱을 괸 일라이가 나른한 시선을 내리며 물었다.

"수고했다, 마틴 경."

일라이의 곁을 지키던 적발의 기사, 마틴이 고개를 숙였다.

"공작이 연회를 열겠다더군. 후계자 공표를 할 생각으로 보여."

"주인님께서 필립 공자를 후계자로 삼진 않을 거라고, 일전에 말씀하셨던 기억이 납니다."

마틴의 말에 일라이는 피식 웃음을 흘렸다.

"아무리 급해도 그 얼간이를 후계자로 삼진 않을 텐데."

"그럼 주인님께서 추측하신 대로, 마네르 공녀님이 후계자가 되는 겁니까?"

일라이는 바로 답하지 않았다.

시간이 흐른 후에, 흑발의 소년이 깍지 낀 두 손을 무릎 위에 얹었다.

"맞아, 마틴 경. 그러니 그 마네르 공작이 내게 연회에 오라고 초청장을 보냈겠지."

"그럼 공녀님께서 정말로 공작의 뒤를 잇는 후계자가······."

마틴이 침음했다. 공녀와는 접점이 없었지만, 어떻게 상황이 돌아가는지는 알고 있었다.

사생아라 핍박받던 공녀가 정령술사인 게 드러났고, 보물을 놓칠 뻔했단 생각에 공작은 전전긍긍할 것이리라. 그래서 연회를 열어 '레티시아 마네르'를 후계자로 삼을 거라 공표하려는 게 분명했다.

그것도 다른 귀족들은 초대하지 않고, 네르바드 후작과 그의 아들인 일라이만 초대해서.

"공녀님은 아실까요?"

"알고 있겠지. 모른다 해도 곧 알게 될 거고."

답한 일라이는 등받이에 몸을 깊숙이 기댄 채 시선을 내리깔았다.

"공작에게 진 빚을 잊은 건 아니지. 배로 갚아 줄 생각이다."

"저도 신성 가문의 공작이 네르바드와 결탁할 줄은 몰랐습니다."

"예상은 했지만, 어지간히 급했던 모양이야. 흔적도 제대로 안 지우고 나를 죽이기 위해 공작가의 정예 암살자들을 보냈으니······."

그림자가 지며 피로 물든 후작가의 연회장을 비추었다.

사치와 향락. 벌거벗은 나신이 뒹굴던 곳에 목이 잘린 시신이 즐비해 있었다. 그중엔 한때 가문의 왕좌에 앉았을 일라이의 아비도 있었다.

이제 네르바드는 일라이의 것이 되었으나, 그는 별다른 감흥을 느끼지 못했다. 일라이는 무감각한 시선을 내렸다.

네르바드의 새벽을 삼킨 보라색 눈동자가 어둑하게 빛났다.

원래라면 수년 뒤, 마탑주가 되기 직전에 아버지를 죽이고 가문을 삼킬 계획이었다.

일라이는 계획이 어긋나는 것을 반기는 편이 아니었다. 그런 그가 본래보다 더 일찍 네르바드를 삼킨 이유가 있었다.

레티시아와의 약속을 지키기 위해서였다.

네르바드의 시종들이 부지런히 움직였다. 청소를 끝냈지만, 여전히 저택에는 비릿한 피 냄새가 감돌았다. 일라이는 눈짓하며 명령을 내렸다.

"북부의 주인에게 보낼 선물을 준비하도록."

명령이 내려지자 마틴이 바닥에 널브러져 있던 주검의 머리채를 쥐었다. 이미 죽은 남자는 회색 머리에 수염을 기른 중년의 남자로, 한때 네르바드를 다스렸던 가주 알렉 네르바드였다.

촤악!

마틴은 검을 빼내 선대 후작의 목을 쳐 냈다. 그리고 익숙한 것처럼 미리 준비해 둔 함을 가져왔다. 잘린 머리가 더러운 피를 묻히는 일 없이 깔끔하게 함에 넣어졌다.

"……그 테레사 윈터가 이걸 받아 주시리라 보십니까?"

"기뻐하리라 본다. 북부의 하얀 늑대가 좋아하는 선물로 특별히 준비했으니."

북부의 주인, 테레사 윈터는 하얀 늑대로 불렸다. 그녀가 다스리는 가문 또한 유명했다.

겨울의 가문, 윈터.

윈터 가문은 제국의 국경을 외세와 마물로부터 지난 500년간 지켜 왔다. 현재 윈터의 수장, 테레사는 역대 가장 강한 가주로 칭송받고 있었다.

네르바드 전 후작의 잘린 목은 윈터 백작에게 건넬 동맹의 선물이었다.

전 후작이 몇 번 테레사를 귀찮게 굴었던 것이 계기가 되었다.

"백작께선 남자를 싫어한다고 들었습니다. 윈터 가문에는 전부 여자만 있다더군요. 성에 남은 윈터의 직계 일족은 물론, 기사와 시종 중 요직은 전부 여자라고 들었습니다."

"윈터의 편력이야 유명하지. 하지만 테레사가 싫어하지 않는 남자도 있어."

그게 뭔지 종잡을 수 없어 마틴이 미간을 찡그렸다.

북부의 하얀 늑대, 테레사는 남자를 싫어하는 것으로 유명했다. 그녀의 곁에 가까이 갈 수 있는 남자는 아무도 없었다. 황제 역시, 먼저 나서서 테레사와 항상 일정한 거리를 유지했다. 애초에 테레사가 황제의 부름에 황성으로 간 적도 없었지만. 남편 또한 그녀의 작위를 탐내 반기를 들었다가 목이 잘려 죽은 지 오래였다.

"목이 잘려 죽은 남자."

일라이의 말을 듣고 나서야 마틴은 '그렇구나' 하고 수긍했다.

"백작께서 그런 취미가 있는지 몰랐습니다."

"취미는 아냐. 그저 알렉 네르바드의 잘린 목을 보고 싶다고 지나가던 말로 흘렸을 뿐."

세 치 혀로 윈터 백작을 모욕했던 건 알렉 네르바드였다. 윈터 백작께선 밤이 외로워서 북부에 틀어박힌 거라며, 남부에 오면 몸이 식지 않을 거란 정신 나간 소리를 지껄였었다.

당연히 명예를 중요시하는 하얀 늑대가 듣고 가만히 있을 리가 없었다. 하지만 당장 화를 낸 건 아니었다. 오히려 윈터 백작은 여유롭고 느긋했다. 자신을 모욕하면 그 말을 가만히 들어 주다가, 언젠가 가장 비참한 대가를 치르게 했다.

계급으로 따지면 후작가인 네르바드가 우위에 있었지만, 가문의 영향력은 윈터가 한 수 위였다.

테레사 윈터는 쓸모없는 선물을 받으면 돼지우리에 던지곤 했다. 알렉 네르바드의 목도 전리품이 되어 돼지우리에서 뒹굴게 될 것이다.

백작 성의 외곽에 있다던 돼지우리에는 수컷만이 유일했다. 그 돼지가 한때 피케네의 여자를 건드린 성범죄자였다는 건, 마탑의 소수만 알고 있는 사실이었다.

일라이는 공작가의 주치의가 보낸 서신으로 시선을 내렸다. 약속을 지켜 달라는 단 한 문장이 서신에 적혀 있었다. 레티시아의 서체는 아니겠지만, 그녀의 뜻이 담긴 문장이었다.

피로 가득 찬 연회장에서, 일라이는 느른한 숨을 흘리며 두 눈을 감았다. 레티시아가 그의 옆에 있었다면 안으며 말해 줬을 것이다.

당신과의 약속을 지키러 가겠노라고.

반드시.

* * *

다음 날 정오. 레티시아는 공작이 찾는다는 말에 본관 응접실로 향했다. 평소에는 집무실로 불러서 한참 서 있게 하더니, 오늘 처음으로 응접실로 부른 것이다.

'한가하게 차나 마시자고 부른 건 아닐 테고…….'

대강 짐작되는 바야 있었다. 가이안이 무슨 이유로 자신을 부른 것인지.

레티시아가 응접실에 도착하자, 그녀를 따라온 파베르가 문을 지키던 다른 기사에게 눈짓을 주었다.

똑똑.

몇 번 노크한 끝에 들어오라는 목소리가 들렸다. 문이 열리고, 레티시아는 주저 없이 안으로 들어섰다. 파베르가 걱정스레 공녀를 바라보다가 이내 그 시선을 거두었다.

마네르 공작은 평범한 아버지와 거리가 멀었지만, 레티시아 또한 보통 딸은 아니었다.

"앉아라."

가이안이 손수 의자를 가리키며 앉을 것을 권했다. 그답지 않은 배려에 레티시아는 피식 웃고는 자리에 앉았다.

"공작님께서 무슨 일로 저를 부르셨나요?"

레티시아는 앉자마자 본론부터 물었다. 지난번 공작이 불렀을 때 이유를 모른 척했던 것과는 정반대였다.

아비가 아끼던 도자기를 깼던 사람으로 보이지 않을 만큼, 레티시아는 차분하고 담담한 얼굴이었다. 밤의 사막보다 더 무미건조한 눈빛이 가이안을 향했다. 모로 보나 혈육을 보는 시선은 아니었다.

그 시선을 느낀 가이안이 쓴웃음을 지으며 말했다.

"중앙 교단의 대사제에게서 들었다. 레티시아, 내 딸이 '태고의 정령석'을 일깨웠다고."

"그 소식을 이제야 들으셨군요. 공작님은 분명 더 일찍 들으실 줄 알았는데."

레티시아는 픽 웃고는 따뜻한 찻잔을 입가로 가져갔다. 그 모습을 보던 가이안은 어쩐지 초조한 표정으로 얼굴을 쓸어내렸다. 대화하자고 부른 거였지만, 그는 지금 딸인 레티시아와 협상을 하고 있었다.

이전에는 줄곧 가이안 쪽으로 추가 기울었다. 레티시아가 가진 것이 하나도 없었기 때문이었다. 가문에서 아버지의 말은 절대적이다. 하물며 가주의 뜻이라면 제국법보다 더 우선될 때도 존재했다.

그래서 가이안은 레티시아를 편할 때는 이용하고 쓸모가 없어지면 버리는 소유물로 생각했다.

'차라리 쓸모가 없어서 버리는 거였다면……'

이 정도로 초조하진 않았을 텐데.

가이안은 레티시아를 따라 찻잔을 들며 무거운 숨을 삼켰다.

고작 몇 달 사이에 일어난 변화였다.

큰 사고도 없이 하루아침에 영민해진 딸은 아비인 자신의 속내를 이미 다 파악한 뒤였다. 그러니 어떤 감언이설도 통하지 않는다는 걸 가이안은 이미 알고 있었다.

하지만 전처럼 강압적으로 명령하는 대신, 가이안은 처음으로 부드럽게 말을 꺼냈다.

"장한 일이다. 난 네가 해낼 줄 알았다. 허나, 이 아비에게 말하지 않은 건 좀 섭섭하구나. 왜 정령술사란 사실을 끝까지 숨겼느냐?"

"숨긴 적은 없어요. 공작님께서 유독 소식을 늦게 들으신 거겠죠."

"……그럼 나보다 더 일찍 소식을 들은 자가 있단 말이냐? 이 피케네 제국에서, 신성 가문의 공작인 날 제치고?"

가이안이 그럴 리 없다는 듯 확신에 찬 어조로 말했지만, 레티시아는 답하지 않았다. 미묘한 침묵에 가이안은 초조함을 이기지 못하고 제복 자락을 꽉 쥐었다. 옷에 진 주름이 불안한 그의 심경을 대변하고 있었다.

"말도 안 되는 일이다. 중앙 교단은 내가 꽉 쥐고 있어. 신성 가문의 가주보다 먼저 소식을 들을 자가 어디 있겠느냐? 폐하께서도 나보단 늦게 아셨을 거다."

"……폐하께서도 아시나요?"

"곧 아시겠지. 따로 보고는 올린 적 없다만, 내게 알린 대사제의 입을 막는다고 해도……."

이미 교단의 많은 자가 알게 되었으니.

사제 중 레티시아가 직접 정령석과 접촉하는 것을 본 자는 없었다. 기사나 다른 교단의 사람들도 마찬가지였다. 하지만 레티시아가 가장 마지막에 시험을 치렀으며, 그 이후로 중앙 교단에 있는 '태고의 정령석'이 부서졌다는 것은 명백한 사실이었다.

레티시아도 끝까지 숨기려는 생각은 아니었을 것이다. 시험장의 기록은 사제들만 열람할 수 있었고, 그것을 조작하려면 더 일이 커졌을 테니. 고위 가문의 가주도 조작할 수 없는 것이라, 공녀 신분인 레티시아가 시험 기록까지 손보기는 힘들었다.

"됐다. 누가 아는지가 뭐가 중요하겠느냐? 내 딸이 '마네르'의 레티시아인 건 누구나 아는 사실인데."

가이안은 짐짓 여유로운 듯 웃고는 들고 있던 찻잔을 내려 두었다.

탁.

그리고 그답지 않게 수일을 고민하고 또 고민했던 말을 꺼냈다.

"기뻐해라, 레티시아."

"……제가 기뻐할 일이 있던가요, 공작님."

"마네르의 주인인 내가 레티시아, 널 신성 가문의 후계자로 삼기로 했으니."

가이안은 레티시아의 반응을 천천히 기다렸다. 여태 그런 내색을 하지 못했을 뿐이지 바란 일이었을 테니, 분명 기뻐하리라. 너무 놀라워 입을 다물지 못하거나, 이제야 후계자로 인정받았다며 눈물을 흘릴지도 몰랐다.

하지만 가이안이 예상했던 것과 눈앞에서 레티시아가 지은 표정은 정확히 어긋났다. 그의 딸은 기뻐하지도, 놀라지도, 슬퍼하지도 않았다.

레티시아는 찻잔을 내려 두고서 두 손을 가지런히 모았다. 그리고 나른한 숨을 들이쉬고는 살짝 감겼던 눈꺼풀을 들어 올렸다.

알레타의 고귀한 피가 흐르는 눈동자가 가이안 마네르를 직시했다. 그 순간 레티시아의 입술이 열리고, 가이안의 눈이 흔들렸다.

레티시아가 아비인 그에게 한 말 때문이었다.

"제가 왜 그래야 하나요?"

"레티시아……."

"공작님께서 저를 선택하실 수 있으리라 생각한 거겠죠. 난 당신의 딸이었고, 당신은 가문의 주인이자 아버지였으니까."

명백한 과거형에 가이안의 입술이 벌어졌다. 냉기가 뚝뚝 흐르는 시선이 공작을 정시했다.

"한데, 어쩌지. 난 이미 마음이 바뀌었는데."

레티시아는 단정히 묶었던 머리를 쓸어 올렸다. 가이안을 향해 두 눈가를 휘며 그린 듯한 미소를 보여 주었다.

"가이안, 당신만 선택할 수 있는 게 아니야."

부모는 자식을 선택할 수 있으나, 자식은 부모를 선택할 수 없다. 그 사실을 아비인 가이안도, 딸인 레티시아도 뼈저리게 알고 있었다.

하지만.

"제 선택을 여기서 말씀드리죠, 공작님."

다시 말을 높인 레티시아가 숨도 멈추고 얼어붙은 가이안을 향해 가장 다정한 미소를 지어 보였다.

"나, 레티시아는 마네르를 버리기로 했습니다. 당신이 나를 딸로 생각하지 않았을 때부터."

그렇게 말하며 레티시아는 허락 없이 자리에서 일어났다.

더는 가이안에게 화를 내지도, 울면서 마음을 꺼내 놓지도 않았다. 인정받으려 헛된 노력을 하거나 비참하게 굴 생각 따위도 없었다.

"하, 하……. 말, 도 안 된다. 넌 분, 명 후계자가 되겠다고……."

언제 일을 꺼내려는지, 가이안이 떨리는 입술을 움직여 조각난 말을 내뱉었다.

"분, 명 마네르의 후계자가 되고 싶다고, 내게……."

"그 레티시아는 죽은 지 오래인데."

레티시아는 가이안을 여전히 바라보며 붓꽃 같은 미소를 그려 냈다.

"가문도, 아비인 당신도, 후계자가 되겠다는 염원도 모두 버린 지 오래고……."

공녀가 말끝을 느른히 흐렸다. 정오의 태양이 레티시아의 적안에 선명한 빛을 더했다. 헛숨을 삼키는 가이안에게 레티시아가 얼음 같은 눈동자를 내리깔며 말했다.

"이제 공작, 당신이 후회할 차례 아니던가?"

* * *

공작이 있던 응접실을 빠져나온 후, 레티시아는 무미건조한 얼굴로 복도를 걸었다. 파베르는 안에서 무슨 일이 있었는지 차마 묻지 못한 채, 공녀의 뒤를 조용히 따랐다.

당신이 후회할 차례라는 레티시아의 말에 가이안은 한동안 말을 잇지 못했다. 충격받아 넋이 나가 있던 그가 발악하듯 소리친 건 조금 시간이 지난 뒤였다.

'하, 하하! 널 도와줄 사람이 이 공작가에 몇 명이나 있을 것 같으냐? 멍청한 계집!'

가이안의 분노 섞인 조롱에도 레티시아는 반응하지 않았다. 그럴 가치조차 없다고 생각했기 때문이었다.

'아, 알겠구나. 그 쥐새끼를 기다리는 거겠지? 일라이 네르바드! 근데

이걸 어쩌지? 내가 네르바드의 후계자를 처리했는데⋯⋯.'

그 말을 하고서 가이안은 고개를 숙인 채 웃었다. 뭐가 그리 웃긴지 제대로 숨도 쉬지 못한 채 큭큭대며 폭소를 터뜨렸다.

'네년이 원하는 바가 뭔지 알겠다. 감히 아비인 나를 배신하고, 다른 가문에 붙으려 했구나!'

가이안은 레티시아에게 몇 번이나 일라이 네르바드가 죽었다고 알려 주었다. 가이안 마네르가 이기적인 데다 교활한 면이 없잖아 있었지만, 이런 상황에서조차 없는 말을 꾸며 낼 위인은 아니었다.

레티시아는 공작이 진실을 말하고 있다는 걸 알아차렸다. 공작은 일라이 네르바드를 죽였다고 확신에 차 있었다.

'얼마 전에 일라이 소후작에게 서신을 보냈다. 그놈, 겁도 없이 자기를 죽이려는 네르바드 가문에 잘도 붙어 있더구나.'

'네르바드 소후작이 죽었다고⋯⋯.'

'그래! 내가 기사를 시켜 이미 확인했다! 그놈이 겁도 없이 네르바드 후작이 되려 했고, 가문의 사병 하나 거느리지 못했으면서 아비의 뒤를 치려 했다더군.'

'그, 일라이가⋯⋯.'

'네년이 바람을 불어넣었겠지. 영악한 것! 그렇게 해서라도 이 아비를 배신하려 했느냐?'

소리친 가이안이 광기에 물든 웃음을 터뜨리며 이어 말했다.

'네르바드 후작이 서신을 보내왔다. 그토록 죽이려 했던 자기 아들을, 대악마와 계약한 그 악마 새끼를 이제야 죽였노라고. 필체도 틀림없이 네르바드 후작의 것이다. 그러니⋯⋯.'

가이안은 그렇게, 일부러 표정을 지운 레티시아를 맹렬히 비웃었다.

'얌전히 지내거라, 레티시아. 예전처럼 쥐 죽은 듯이.'

아버지의 명령만 듣는 꼭두각시 인형으로 살라고, 가이안은 말했다.

실이 끊어지면 아무것도 못 하는 마리오네트처럼.

'널 도와줄 사람은 아무도 없다. 가문 안에서든, 밖에서든. 그걸 이제는 깨달아야 하지 않겠느냐? 멍청한 것.'

'······.'

미묘한 웃음을 짓던 가이안이 레티시아에게 서신을 내밀었다. 검은 서신에는 붉은 끈이 매달려 있었다. 일라이 네르바드가 사망했다는 서신을 보고 나서야, 레티시아의 얼음 같던 가면이 깨져 버렸다.

'널 도와줄 악마는 죽었다. 그러니 레티시아······.'

이제 가이안은 무척 흡족하다는 얼굴이었다.

'내가 널 후계자로 공표하는 연회 전까지 얌전히 지내야 한다. 네가 머물 수 있게 새로운 방도 준비해 놨다. 감옥이라 생각하지 말고, 편히 있거라. 아, 연회가 시작되면 그때 네르바드 후작에게 인사하려무나. 네가 목매며 기다렸던 대악마의 계약자를, 그 일라이를 죽이는 데 협력한 은인이니.'

레티시아는 대답 없이 몸을 돌렸다. 제가 이겼음을 아는 가이안은 딸을 붙잡지 않았다. 다시 돌아와서 무릎을 꿇고 빌게 되는 건 레티시아 쪽이었다.

'후회하게 될 거다, 레티시아.'

레티시아는 공작이 했던 말을 떠올리며 조소했다.

잠시 멈춰 선 그녀는 주먹을 꽉 쥐고 심호흡했다. 그리고 다시 걸음을 옮겼다. 그녀가 신은 검은 구두가 복도에 깔린 붉은 카펫을 밟으며 짓눌린 자국을 남겼다.

동요 없는 무미건조한 눈동자가 정면을 응시했다.

일라이의 부고를 들었지만, 레티시아는 가문을 나가겠단 생각엔 변함이 없었다. 자신을 구해 줄 유일한 구원자가 죽었다고 해도······.

"내 삶은 내가 구원해."

금빛 머리칼이 걸음을 내디딜 때마다 미약하게 흔들렸다.

레티시아는 문득 걷다 말고 뒤를 돌아보았다. 적막이 가득한 복도에 그녀 혼자 있었다. 그림자처럼 조용히 있는 호위, 파베르를 제외하고선.

지독히도 익숙한 광경에 레티시아는 웃었다.

어릴 적에는 혼자 남겨졌단 사실이 두려웠다. 어둠이 깔린 복도를 밝히는 건 조악한 횃불뿐이었으니. 하지만 이제 더는 두렵지 않았다.

'내 삶을 구원할 사람이, 아직 남아 있어. 일라이 네르바드보다, 윈터보다도 더 확실한 내 편인……'

그녀의 조력자가 여전히 두 눈을 빛내며 숨 쉬고 있었다.

레티시아 마네르. 그녀 자신이 남아 있었다.

그게 끝이 아니었다. 모습을 드러낸 적 없는 태고의 빙결.

대성녀의 성서에서 언급된 위대한 대정령 '빙결'과 '염화'.

'심판'의 천사 라파엘의 권능이었던 얼음과 불은 지저의 비천한 동물이 되어 떠돌았다. 그중 지옥의 죄인을 뼛속까지 얼어붙게 한다는 '빙결'이 레티시아의 것이었다.

* * *

그날 이후, 레티시아의 방은 더 크고 호화로운 곳으로 옮겨졌다. 이전 생에서 후계자 수업을 받고 나서 옮겼던 방보다 더 크고 아늑했지만, 우습게도 감옥이었다.

레티시아는 손을 들어 부어오른 뺨을 만졌다. 가이안이 습관처럼 손을 치켜든 탓이다. 아플 만한데도 표정 변화가 없는 공녀를 보고서 카라는 입술을 꾹 깨물었다. 하녀인 그녀가 해 줄 수 있는 게 아무것도 없어서 카라는 결국 눈물을 보였다.

공녀를 감시하기 위해 서 있던 글란츠가 카라의 어깨를 툭, 두드려 주었다. 가볍다 못해 날아갈 것 같았지만, 위로의 의미였다.

공작이 주치의에게 공녀의 감시를 맡겼기에 글란츠는 좋든 싫든 레티시아를 지켜봐야 했다. 공녀가 마음대로 방을 벗어나면 죽게 되는 건 주치의 쪽이었다.

공작도 머리가 없는 건 아니라서, 주치의가 공녀의 편을 들었단 걸 눈치챘으면서도 감시를 명했다. 서로의 안위와 목숨이 걸린 상황에서 동맹은 쉽게 깨지며, 신뢰는 얄팍한 종잇조각에 불과하다는 생각 때문이었다.

공녀가 도망치면 살해될 거란 협박을 들었는데도, 글란츠는 태평한 얼굴로 두 손을 모으고 웃고 있었다.

파베르는 침대 위에 기대앉은 공녀를 보고는 울컥해서 고개를 숙였다.

레티시아의 손목에는 족쇄가 채워져 있었고, 그건 목에도 마찬가지였다. 두 눈에 성유물로 된 안대까지 씌우려 했지만, 레티시아가 미친 사람처럼 난리를 쳐 대서 그것까진 씌울 수 없었다.

그녀를 포박하려는 기사들과 몸싸움하랴, 하녀들을 밀치랴, 하인들의 머리채를 다 쥐어뜯어 내랴.

체면 불고하고 싸워 댄 탓에 레티시아의 몰골은 처참하기 그지없었다. 마네르의 하나뿐인 공녀라기보다는, 그냥 길가에 있는 미친 사람에 가까워 보였다. 그나마 어려 보이니 덜 위협적인.

"내 나이가 몇인데, 이따위 짓을······."

레티시아는 가이안을 속으로 수십 차례 욕하며 깊은 한숨을 내쉬었다. 헛웃음이 나왔다가 어이가 없었다가 화도 났지만, 레티시아는 그저 긴 숨을 뱉으며 참는 쪽을 택했다.

"······죄송합니다, 공녀님."

방에는 셋뿐이었는데, 너구리라는 별명을 얻게 된 파베르가 고개를 더 숙였다.

"뭐, 죄송할 것까지야……. 됐어, 파베르 경. 호위의 본분에 충실했으면."

"제가 공녀님을 지켜 드렸어야 했는데……."

"그런 것치곤 이날만을 기다려 온 것처럼 공녀님의 손목에 족쇄를 채우던데요?"

"죄송합니다……. 다른 기사 놈들이 워낙 거세서, 그냥 제가 묶는 게 낫겠다 싶었습니다."

면목이 없어진 파베르가 땜빵이 난 머리를 가리며 허리를 완전히 숙였다.

"맞아요, 파베르 경. 얼마나 괘씸했으면, 우리 아가씨께서 파베르 경 머리만 뜯으셨겠어요?"

소맷귀가 너덜너덜해진 카라가 훌쩍이며 눈물을 훔쳤다. 레티시아가 끝까지 놓지 않고 죽어라 붙잡던 거였다. 카라가 글란츠에 합세해 파베르를 탓하자, 주치의가 유들유들한 미소를 지으며 말했다.

"음? 카라도 정말 연기 잘하던데요. 누가 보면 정말 배신한 것처럼……."

"아, 아가씨께서 티 나면 두고 갈 거라 하셨단 말이에요! 어쩔 수 없이 배신한 척한 거예요. 척만! 그러는 글란츠는 왜 이렇게 실실대며 좋아하는 거예요?"

"예? 아, 그야……. 전 재밌으니까. 재밌죠, 공녀님?"

글란츠의 물음에 레티시아는 부은 뺨을 손가락으로 쓸어내리다가 고개를 기울였다.

"아주 재밌었지. 카라와 파베르는 그렇다 쳐도……. 내가 묶인 순간 희열에 차 웃는 걸 보니, 어디 하나 손을 봐 줘야 하는 건 아닐지 고민할 정도였어."

상황을 깨달은 글란츠가 급히 다소곳하게 손을 모으며 고개를 숙여왔다.

레티시아는 픽 웃고는 이어 말했다.

"……글란츠 경을 데려갈 땐 데려가더라도. 농담이니 웃어도 돼."

"이번 농담은 별로 재미가 없군요, 공녀님."

그렇게 말한 글란츠는 카라와 파베르가 잠이 들 때까지 레티시아를 감시했다. 물론, 정말로 감시하는 건 아니었다. 인기척이 느껴지면 감았던 눈을 귀신같이 떠서 '성실한 감시역' 흉내를 냈을 뿐.

* * *

레티시아가 감금된 지 일주일이 흘렀다. 글란츠는 여전히 문 앞에서 공녀를 감시했고, 파베르는 대강 감시하는 척만 했다. 그사이 카라는 네르바드 소식을 알아내기 위해 바삐 움직였다. 하지만 별 소득 없이 하루하루 시간이 흐르고 있었다.

가이안에게 "이틀 뒤, 연회가 시작되면 그 전에 치장할 수 있게 풀어주겠다."라는 헛소리를 듣긴 했다.

정오의 태양이 붉은 황혼으로 바뀔 때까지, 침대 위에 앉아서 창문 너머를 바라보는 게 레티시아 일과의 전부였다.

방 안에서만 움직일 수 있는 족쇄에 익숙해질 무렵, 레티시아는 그녀의 옆머리에 꽂은 진주 핀을 빼내 만지작거렸다.

이제 보니 윈터의 정령석과도 조금 비슷한 것 같다. 정령석에서 새까만 조각이 벗겨지며 하얗게 빛났던 기억이, 아직도 선명했건만.

"난 여전히 갇혀 있는 신세구나."

레티시아는 자조적으로 웃으며 진주 핀을 만지작거렸다. 테레사 백작이 보냈던 서신에는 그 어떤 문구도 없이 진주 핀이 다였고, 그녀를 구하러 올 사람은 보이지 않았다.

'……무리해서라도 공작저를 빠져나가야 해.'

그렇게 생각하던 레티시아는 깜빡 잠이 들었다. 옆에서 느껴지는 인기척에 눈꺼풀이 부드럽게 올라갔다.

"카라? 나 목마르니까……."

레티시아는 뺨에 닿는 차가운 수통에 놀라 눈을 번쩍 떴다. 그 못지않은 차가운 손길이 그녀의 한쪽 뺨을 감싸고 있었다.

"목마를 테니 물 마셔."

부드럽지만 소년치고는 낮은 목소리. 레티시아의 눈에 달빛을 받은 흑발이 먼저 보였고, 그다음 보석을 박아 넣은 듯한 보라색 눈동자가 서서히 들어왔다.

"아……."

숨을 들이쉬는 레티시아에게 일라이가 픽 웃었다.

"유령이라도 본 얼굴인데, 도대체 무슨 소식을 들었기에?"

일라이는 그리 말하며 수통의 뚜껑을 열어 레티시아의 입가로 가져가 흘려 주었다. 반사적으로 입을 벌린 레티시아의 붉은 입술 사이로 차가운 물이 흘러들었다. 레티시아의 입가로 물이 흐르자, 일라이가 늘씬한 손을 뻗어 닦아 주었다.

"물도 제대로 못 마셔?"

가볍게 타박하는 말에 레티시아의 눈에 미지근한 액체가 차올랐다.

"나 철제 우리에 갇혔을 땐 직접 입으로 먹여 줬으면서."

일라이는 그렇게 말하고는 레티시아의 두 뺨을 감쌌다. 그리고 고개를 숙여 레티시아의 입가에 입술을 묻었다.

"나도 목이 말라서."

일라이는 그리 말하고는 하얀 볼에 입술을 눌렀다. 진득한 말과는 다르게 친애하는 사이에 나누는 볼 키스였다. 일라이 그 자신도 열넷의 소년일뿐더러, 레티시아가 아직 열한 살이란 자각이 있었기 때문이었다.

어서 레티시아의 생일이 지나면 좋겠다고 생각했지만, 생각해 보니 언제인지는 몰랐다.

일라이는 묻는 대신 레티시아의 두 뺨을 감싼 채 눈을 내리깔았다. 매혹적으로 빛나는 보라색 눈동자에 레티시아가 온전히 담겼다.

"우리 공녀님께서 많이 놀랐나 본데. 나도 굿나잇 키스하러 온 건 아니지만."

말과는 다르게 레티시아의 이마에 입을 맞춘 일라이가 두 뺨을 감싸던 손을 떼어 냈다. 그런 다음 한 손을 뻗어, 놀라서 얼어붙은 레티시아를 제 품으로 확 끌어당겼다.

"이틀 뒤, 난 레티시아 마네르를 구하기로 했어."

당사자를 앞에 두고서 일라이는 타인을 부르듯 말했다.

"까다로운 공녀를 위해 후작위도 쟁취해 냈고."

"일, 라이……."

말을 잇지 못하는 레티시아를 제 품에 끌어안은 채, 일라이가 느릿하게 입술을 떼었다.

"네르바드의 일라이가 공녀, 당신에게 약속하지."

레티시아의 귓가에 가져다 댄 입술이 매혹적인 호선을 그려 냈다.

"대악마, 탐욕에게 맹세컨대 당신을 마네르의 새장에서 구해 주겠노라고."

일라이가 어떤 대악마와 계약했는지 아는 이는 셋뿐이었다.

세상을 떠난 어머니.

일라이 그가 친히 죽인 아버지.

그리고 그의 스승이자, 사라진 마탑주.

하지만 일라이가 직접 어떤 대악마와 계약했는지 알려 준 건 레티시아가 유일했다. 처음이자 마지막일 거라고 생각하며 그는 입술을 눌렀다. 레티시아의 눈물로 젖은 눈꺼풀 위에.

마탑주가 될 예정이자, 강한 마력 덕택에 광증을 앓는다고 알려진 아름다운 소년. 이제 후작이 된 일라이가 대악마의 〈탐욕〉 계약자로서 건넨 다정한 위로였다.

"레티시아, 이번엔 내가 당신을 구원할 차례야."

일라이는 그리 말하며 레티시아의 입술을 향해 고개를 숙였다. 실낱 같은 가벼운 키스 위에 무거운 진심이 어렸다.

"몇 번이고 레티시아 당신을 구원할 테니, 내 손을 붙잡고 버텨 내."

레티시아가 들어 본 적 없는, 버려졌던 그녀가 그렇게 듣고 싶어 했던 말이 쏟아졌다.

"그 어떤 대단한 새장인들, 부수어 주겠다고⋯⋯."

일라이는 레티시아의 눈물로 젖은 뺨을 손으로 쓸어 주며 나직이 말했다.

"북부의 주인, 윈터의 테레사가 네르바드와 함께 약속했으니."

테레사가 레티시아에게 준 진주 핀이 그 증거였다. 어렸던 테레사가 어머니로부터, 그녀의 어머니가 어머니로부터 받았던 윈터가의 보물.

빙결이 태어날 때 만들어졌다는 '숨결.'

그 태고의 정령석을 가공하여 만든, 윈터에 내려져 오는 상징.

일라이는 눈물을 흘리는 레티시아의 뺨에 다시 입을 맞추며 말했다. 그리고 하얀 늑대의 주인, 테레사 윈터가 남긴 전언을 그대로 전했다.

'레티시아, 그대가 마네르의 새장에서 벗어나길 원한다면, 윈터의 테레사가 대륙 유일의 정령술사를 비호할 것이다.'

그 말을 끝으로 일라이는 저택에서 모습을 감추었다.

그가 네르바드 후작이 되었다는 것도, 그녀를 위해서 아비를 죽였다는 것도 레티시아는 전부 알게 되었다. 그래도 레티시아가 마네르의 감옥에 갇힌 상황이라는 건 변치 않았다.

연회 당일이 되어서야, 레티시아는 부어오른 뺨을 감추고 벨벳 드레스를 입고서 호화로운 감옥을 나설 수 있었다.

* * *

오늘이 바로 마네르 공작이 '레티시아 마네르'를 후계자로 공표하는 날이었다.

"연회장으로 가셔야 합니다, 아가씨. 공작님과 마네르를 찾은 귀빈께서 기다리고 계십니다."

공작이 부른다는 소리에 레티시아는 한껏 치장을 한 채 발걸음을 내디뎠다.

이름 모를 기사의 손을 잡고서 드넓은 홀에 도착한 레티시아는 반갑지 않은 상황과 마주하게 되었다. 보고 싶진 않았지만, 공작과 마주하는 건 이미 예상한 일이다.

'가이안, 당신에겐 오늘이 축제의 날이겠지.'

가이안이 환히 미소 짓는 것을 보니 역겹다 못해 속이 메스꺼워졌다. 그 기색을 긴장해서 그런다 착각한 가이안이 자상한 아버지 흉내라도 내고 싶은지 다정히 말했다.

"레티시아, 네르바드 후작이 곧 도착할 테니 인사하거라."

"……언제부터 마네르가 네르바드와 가까이 지냈다고요."

레티시아가 픽 웃으며 조롱해도 공작은 너그러운 미소를 지었다. 그러고는 문가로 시선을 던졌다.

"앞으로 마네르는 네르바드의 굳건한 동맹이 될 거다. 네르바드 후작이 친히 널 보러 시간을 내 왔다는구나. 아들의 장례식 준비로 한창 바쁠 터인데."

레티시아는 대답 없이 가이안을 물끄러미 바라보았다. 웃지도, 울지도 않는 무표정한 얼굴로 바라보다 몸을 돌렸다.

그때였다.

커다란 북소리와 함께 기사의 우렁찬 외침이 들렸다.

"네르바드 후작님께서 오셨습니다!"

레티시아는 반쯤 틀었던 몸을 부드럽게 움직였다. 공녀의 시선이 열리는 문으로 향했다.

저벅저벅.

문이 열리며 들어온 것은 두 명의 사내였다.

음침한 인상의 알렉 네르바드는 없었다. 그녀가 그토록 기다렸던, 구하러 오겠다고 약조했던 사내만 있었을 뿐.

"일라이 네르바드 후작님께서 레티시아 공녀님을 보러 오셨습니다."

그 말과 동시에 기사 마틴이 옆으로 비켜섰다. 새로운 후작이 된 흑발의 소년이 성큼성큼 홀 안으로 들어왔다. 무게감 있으면서도 한 치의 흐트러짐 없는 발걸음으로.

"어째서 네가……."

가이안은 멍하니 중얼거렸다.

검은 제복을 걸친 소년이 나른하고 무심한 시선으로 홀 안을 둘러보았다. 그러다 일라이의 보라색 눈동자와 레티시아의 붉은 눈이 동시에 마주쳤다.

"일라이……."

레티시아는 일라이를 쳐다보며 그의 이름을 나직이 중얼거렸다. 눈물이 고였지만 흐르지는 않았다. 일라이가 자신을 구원해 줄 거라 끝까지 믿었기 때문이었다.

일라이 네르바드는, 그 약속을 지켜 냈다.

대악마 〈탐욕〉의 이름을 걸고 맹세했던 약속을.

"제게로 오십시오, 공녀님."

일라이가 레티시아 쪽으로 다가오며 손을 내밀었다. 그 순간 공녀의 발이 지면에서 떼어졌다.

레티시아는 저도 모르게 일라이에게 달려가 그의 품에 와락 안겼다. 일라이의 목을 끌어안으며 눈을 감았다. 일라이도 레티시아를 품에 꽉 끌어안았다.

"약속 지키러 왔어, 레티시아. 당신이 흘렸던 눈물이 아깝지 않도록."

언뜻 보기엔 차갑고 무심한 목소리였지만, 그 안에 담긴 다정함을 레티시아만은 알아차릴 수 있었다.

일라이는 레티시아를 한 손으로 끌어안고는 허리춤에서 검을 꺼내 들었다. 그러자 새로 즉위한 네르바드 후작의 기사, 마틴 또한 거대한 체격으로 어린 주인과 공녀를 보호하듯 나섰다.

"비겁한 마네르의 새끼들아! 마틴이 왔도다!"

마틴은 쭈뼛거리면서도 목청껏 소리를 내지르는 것을 멈추지 않았다. 제 한 몸, 이 연회장에서 갈리는 한이 있더라도 그의 주인과 주인이 지키겠다고 맹세한 공녀의 안위는 확보해야 했다.

혼자였던 일라이의 곁에는 레티시아가 유일했고, 레티시아가 곁을 허락한 건 일라이뿐이었다.

마틴이 일당백이라도 된 것처럼 대검을 든 채 짐승처럼 포효했다.

그것을 관망하듯 뒤에서 물끄러미 보던 일라이가 레티시아에게 고개를 숙였다. 기사는 사경을 헤맬 듯이 싸우고 있는데, 본인은 들판에 서 있는 것처럼 여유롭다 못해 관조적인 태도였다.

일라이는 레티시아를 바라보다가 그녀의 머리를 묶은 분홍 리본으로 손을 뻗었다.

"대악마 〈탐욕〉은 항상 대가를 요구하지. 그러니 공녀를 구한 대가는 이 리본으로 하는 게 좋겠어."

일라이는 그렇게 중얼거리고는 낮고 부드러운 중저음으로 말했다.

"마네르의 개가 되어 지옥을 떠돌 자는 네르바드의 일라이와 맞서도 좋다. 살고 싶다면 검을 물리고 물러나라. 그러면 죽이지는 않으마."

오만하고도 나른한 명령에, 마네르의 기사들이 긴장한 채 검을 치켜 들었다. 어느덧 연회장 바깥에 있던 기사들도 몰려와 일라이와 레티시아를 원으로 둘러싸고 포위하기 시작했다.

상석에 앉아 있던 가이안은 팔걸이를 쥔 손에 힘을 주었다.

쿵, 쿵, 쿵, 쿵, 쿵.

그의 심장이 터질 것처럼 뛰었지만, 감히 레티시아가 새장 밖을 나갈 수 없으리라 확신했다. 일라이는 혼자였다. 끌고 온 기사도 기껏해야 한 명이 다였다. 후작이 되었으면서도 가문의 사병을 휘어잡지 못해 저 한 몸 온 것이리라.

"모자란 놈. 여기가 네놈의 무덤이 될지도 모르고."

그 꼴이 우습다 못해 가엾게 느껴져 가이안이 실소를 터뜨렸다. 이윽고 마네르의 주인, 가이안은 팔걸이에서 손을 떼며 소리쳤다.

"허락도 없이 쳐들어온 무뢰배들을 붙잡아라! 단 한 명도 살려 두지 마라! 공녀는 다쳐도 좋으니, 목숨만 붙여 놓도록."

이윽고 녹기사단장이 재빠르게 움직였다.

일라이는 아직 소년이었지만, 위대하다 칭해지는 마탑의 주인 후보이 기도 했다.

그가 차기 마탑주가 되지 못한 것도 윈터의 테레사와 친아비인 네르바드 전 후작이 반대했기 때문이었다.

네르바드 후작은 죽었으니 일라이가 그 뒤를 이어 마탑의 원로가 된다 해도, 테레사 윈터가 반대하는 한 일라이는 차기 마탑주조차 되지 못하는 신세였다.

일라이는 레티시아의 손을 붙잡아 자신의 입술로 가져갔다.

"내가 멋대로 당신의 손목에 상처를 낼 생각이니, 뺨은 기꺼이 내 줄게."

"무슨……."

"허락하겠어? 당신 손목에 상처를 내는 걸."

레티시아는 일단 고개를 끄덕였다. 설마하니, 그 일라이가 손목을 짓씹진 않을 테니까.

일라이는 고개를 숙여 레티시아의 손목에 짙게 입을 맞추었다. 난데없는 진득한 입맞춤에 지켜보던 마네르 기사들이 검을 들고 주춤거렸고, 공작이 불쾌한 기분을 내비쳤다.

"저 빌어먹을 쥐새끼가……."

"이제 내 것인데, 왜 그리 열을 내시나?"

일라이는 마네르 기사들로 둘러싸인 상황에서도 가이안을 훌륭히 도발했다.

"아, 날 당신 걸로 하고 싶으면 그래도 괜찮아. 오늘만 당신을 내 것으로 하지."

그리고 레티시아에게 들릴 만큼 낮은 목소리로 속삭였다. 그러면서 레티시아의 손목을 조금 타고 올라가서 새하얀 살갗을 깨물었다.

"읏……!"

아릿한 고통에 레티시아가 신음을 흘렸을 때였다. 일라이는 레티시아의 여린 살을 타고 흐르는 피를 마시며 가이안을 향해 날카로운 눈매를 치켜들었다.

스르륵.

일라이의 발끝으로 검은 마법진이 느릿하게 움직이기 시작했다.

두근. 두근. 두근. 두근.

레티시아는 빠르게 뛰는 심장이 그녀의 것인지, 일라이의 것인지 알지 못한 채 그에게 몸을 맡겼다.

이전 생에서도 일라이가 직접 마법을 쓰는 걸 본 적은 없었다. 대현자 아브라함의 이름을 잇는 유일한 후계자. 마탑의 주인이 어떤 마법을 썼는지는.

일라이는 대륙에서 가장 강한 마법사로 손꼽혔으면서도 마법 대신 검을 쓰곤 했다. 그러니 일라이가 마법을 썼다는 건 그만큼 급박하고 위급한 상황이란 뜻이었다.

스스슷―!

일라이의 발끝을 돌던 검은 마법 진에서 금색의 문자가 새겨지며 원형을 그려 나갔다.

마침내.

검은 마법진과 어울리지 않는 신성하고 고아한 백색의 빛이 안개처럼 흘러들었다. 어둠 조각을 오린 듯한 흑색의 마력과 빛을 흩뿌린 백색의 마나가 섞여 거대한 마력이 되었다.

콰콰콰콰쾅!

뒤섞인 마력이 네르바드의 새로운 주인과 마네르 공녀를 가로막은 기사들을 향해 내뻗어졌다. 일라이는 아늑한 어둠 속에서 레티시아를 향해 뇌까렸다.

"레티시아, 당신이 네르바드의 지옥에서 나를 구원했으니……."

일라이의 보라색 눈동자에 어둠이 떠올랐다. 균열이 생기며 금색의 빛이 잠깐 스며들었다가 모습을 감추었다.

"이젠 내가 구할 차례."

일라이는 그 말을 하고서 손을 뻗어 레티시아의 두 눈을 가렸다.

푸슉! 슉!

날카로운 어둠이 기사들의 사지를 베며 스산한 소리를 냈다. 레티시아는 소리만 들을 뿐, 그 모습을 제대로 볼 수 없었다. 일라이가 앞을 보도록 허락하지 않았기 때문이었다.

"죄는 내가 지고 갈 테니, 레티시아, 넌 깨끗한 길만 걸으면 돼."

그 어떤 가시밭길이라도 먼저 걸어가리라. 피를 흘려 내서라도, '레티시아'만을 위해 꽃을 피워 낼 테니.

기사들의 육신이 반으로 갈리며 붉은 피가 튀었다. 솟구치는 피를 가르는 차가운 목소리가 얼어붙은 공작의 귓가에 들렸다.

"내 것을 찾으러 왔습니다, 마네르 공작."

어둠과 빛이 뒤섞인 마력이 잦아들고, 일라이는 은빛의 사선을 꺼내 공작의 눈에 보여 주었다.

신성한 은줄을 녹여 만든 포도나무 넝쿨. 그를 휘감고 있는 흑암의 뱀.

대성녀의 신성한 나무를 탐한 사이하고 탐욕스러운 뱀.

대현자 아브라함이 권능을 허락한 마탑주의 상징이었다.

"마탑주 대리로서, 레티시아 마네르는 '네르바드'와 '윈터'에서 비호할 것입니다."

당신이 감히 어쩌지 못하도록.

피케네의 황제가 와도 감히 건들지 못할 것이다.

마탑주는 마법사 중에서 가장 강한 자여야 하며, 수명을 바쳐서 일평생 동안 헌신과 선의를 베풀어야 했다. 그리고 정의와 심판이 사라진 세상에서 죄를 저지르고도 처벌받지 않는 자를 대신 처벌하기도 했다.

황제조차 함부로 못 하는 대단한 권력자라고, 위대하다고 존재라고 칭해지는 마탑주 자리지만, 일라이는 사실 별거 아니라고 생각했다.

그는 권력을 원한 적도, 자리를 바란 적도 없었다. 그저 어떠한 의무감 때문에 마탑주가 되려는 것일 뿐.

그런데 오늘에서야 일라이는 생각을 바꾸었다.

좋아하는 여자를 지킬 수 있는 이 자리가, 감히 레티시아 공녀의 앞을 가로막는 기사들을 섬멸할 수 있는 이 자리가, 실로 탐스럽고도 달콤한 권력의 실상이었다고.

일라이는 기꺼이 이 위험한 권력을 제 것으로 삼기로 했다.

"당신을 데리러 왔습니다, 나의 주인."

일라이는 곁에 있던 레티시아를 두고서 조금 뒤로 물러났다. 호흡을 멈춘 마네르 공작을 빤히 쳐다보고는 레티시아를 향해 한쪽 무릎을 꿇었다.

"레티시아, 내게 명령을 내려 주십시오. 당신 앞을 가로막는 그 모든 것을 눈앞에서 완벽히 치워 달라고."

마탑주는 황제와 동등한 권력과 지위를 누린다. 그러니 마탑주가 무릎을 꿇는다는 건, 마탑에 속한 모든 것의 비호를 받는 것임을 뜻했다.

일라이 네르바드는 마탑의 원로로서 그 자신이 차기 마탑주가 되는 데 동의했다. 북부 윈터의 주인, 테레사 윈터가 수년 만에 이를 허락한 것이다.

"원하는 게 뭐든 이루어 낼 테니."

레티시아의 손을 조심스레 붙잡으며 일라이는 느릿하게 고개를 숙였다. 나른한 눈매를 내리깔고서 레티시아의 손등에 입술을 묻었다.

경외의 표시였다. 가문에게 버려졌던, 하지만 이제는 가문을 버릴 대륙 유일의 정령술사에게 바치는.

가이안이 정신을 차린 건 한참의 시간이 지나서였다. 피투성이가 된 연회장을 보고 공작은 실성한 듯 웃었다. 흐느끼던 울음이 끅끅거리는 웃음으로 변한 것도 한순간이었다.

"마네르의 기사들은 전부 쓸모없는 버러지들이구나. 사람이 악마의 핏줄을 막지 못한다면, 짐승이라도 데려와야지! 기사!"

가이안은 살아남은 몇몇 기사를 향해 소리쳤다. 그들 중 대다수가 검을 내려 두고서 진즉 항복한 이들이었다. 개중에는 공포에 질려 무기를 버린 녹기사단장도 있었다.

뒤늦게 정신 차린 중년 남자가 연회장의 문을 열고 뛰어나갔다. 그 모습을 보고도 일라이는 내버려 두었다. 저쪽이 일천의 병사를 데리고 온다 해도 레티시아를 지킬 자신이 있었다.

일라이는 레티시아의 목으로 손을 뻗었다. 아주 얇은 쇠사슬이 공녀의 목에 채워져 있었다.

"이번엔 내가 당신 목에 걸린 족쇄를 풀어줄 차례네."

일라이가 다정한 목소리로 말했다. 긴급한 상황과 전혀 어울리지 않는 미소를 짓고서. 공작을 도발하려는 의도로 웃은 것도, 기사들을 해치운 희열감에 웃은 것도 아니었다.

그저 레티시아를 바라보니 웃음이 나왔다. 스스로 미쳤다는 생각도 들었지만, 이런 감정이 드는 건 처음이라 일라이는 나쁘지 않았다. 오히려 좋았다.

괴물이 된 악마의 계약자가 감정을 느낄 수 있다는 게.

그 유일한 상대가 신성 가문의 혈족, 레티시아라는 게.

레티시아는 자신을 빤히 바라보며 웃는 일라이에게 이상하다는 시선을 보냈다. 설레서 미칠 것 같은 얼굴을 하면서도 일라이는 숨 한번 흐트러지지 않았다.

금욕적으로 채운 목깃. 잘생긴 이마가 드러나도록 부드럽게 올린 머리를 하고서, 무엇이 그리 좋은지 레티시아 자신에게서 시선을 떼지 못했다.

"일라이, 당신. 이 성유물이 미치도록 갖고 싶은 거구나?"

"아아. 그렇지. 미치도록."

일라이는 답하고는 레티시아의 목을 감싸던 얇고 새까만 족쇄를 풀어 냈다. 별다른 힘을 쓰지 않아도 그의 검은 마력이 성유물 '베르타의 미소'를 타락시켰다.

새까만 가루가 허공을 느릿하게 떠다니는 것을 보며, 레티시아는 어느새 손목도 자유를 찾았다는 걸 깨달았다. 목에는 '베르타의 미소'가, 손에는 이름 모를 세라피나의 성유물이 그녀를 가로막았으나, 이제는 레티시아를 막을 것이 그 무엇도 없었다.

그때였다. 문이 열리며 거대한 짐승의 울음소리가 들려왔다. 마네르의 회갈색 늑대였다. 닷새는 굶은 듯한 스무 마리의 늑대들이 일라이와 레티시아를 향해 이를 드러내고 있었다.

"크르르릉!"

그 커다란 외침에 피떡이 되어 쓰러진 마틴이 벌떡 일어났다. 그러고 선 주인인 일라이를 보고 환한 미소를 지었다.

"무슨 생각인 거야, 도대체……."

"이런 생각."

일라이는 피식 웃으며 연회장의 외벽을 손짓 하나로 무너뜨렸다.

콰콰쾅!

벽이 부서져 내리며, 좀 더 무겁고 낮은 짐승의 울음소리가 들려왔다. 윈터의 새하얀 늑대 다섯 마리가 무너진 벽 틈으로 모습을 드러냈다. 레티시아는 그 광경을 보고 말을 잇지 못했다. 일라이는 금빛 머리칼에 얹힌 진주 핀을 손으로 쓸며 나른하게 웃었다.

"이건 테레사의 생각."

그렇게 말하는 순간, 윈터의 하얀 늑대가 마네르의 회갈색 늑대를 향해 돌진했다.

"크릉, 크르르릉!"

"낑! 낑!"

흉포한 이를 드러냈던 마네르의 회갈색 늑대들이 윈터의 하얀 늑대들에게 뜯기며 가냘픈 비명을 내질렀다. 숨이 몇 번 끊기는 듯한 비명이 울리고, 하얀 늑대가 붉은 피가 흐르는 입가를 일그러뜨렸다. 저보다 몸집이 훨씬 큰 마네르 늑대를 상대로, 고작 다섯 마리가 승리를 거둔 것이다.

지배자로 태어난 설산의 하얀 늑대들은 숨통이 끊긴 회갈색 늑대를 짓밟고서 포효했다.

우우우!

마네르의 가짜는 윈터의 진짜에게 대항할 수 없다는 걸, 한낱 짐승이 인간인 가이안에게 가르쳐 준 것이다.

사냥을 마친 하얀 늑대는 어슬렁거리더니, 덜덜 떠는 마네르 기사들을 지나쳐 레티시아에게 다가왔다. 그녀에게 살랑살랑 꼬리를 흔들었다.

"유로 백작! 적기사단장은 어디에 있나!"

뒤늦게 가이안이 비명을 지르듯 소리쳤지만, 유로 백작은 비겁하게 모습을 감춘 뒤였다. 아니, 연회장 기둥에 모습을 감춘 채 지켜볼 뿐이었다. 그의 어린 딸 피오네와 함께.

레티시아는 일라이에게서 벗어나 윈터의 하얀 늑대의 옆에 한쪽 무릎을 꿇고 앉았다. 그녀를 구하러 온 윈터의 늑대들을 향해 감사와 경외를 표했다.

윈터의 하얀 늑대가 품종 개량한 마네르 늑대보다 작다고 해도, 레티시아의 몸집보다 다섯 배는 더 컸다. 그런데도 레티시아는 이 새하얀 늑대들이 조금도 무섭지 않았다. 스스로가 이상하게 느껴질 만큼.

오히려 사랑스러웠다. 커다란 몸집도, 피로 번들거리는 날카로운 이빨도, 살점이 엉킨 새하얀 발톱도.

레티시아는 우두머리로 보이는 암컷의 정수리와 턱을 몇 번 쓰다듬어 주고는, 굽혔던 무릎을 폈다.

"이제 당신 차례야, 가이안."

어느덧 가이안과 레티시아의 앞을 가로막는 것은 아무도 없었다. 공작을 지켜야 할 호위들도, 일라이에게 검을 겨누었던 기사들도. 마네르의 회갈색 늑대의 사체로 가득 찬 연회장에서, 가이안은 외로이 상석에 앉아 자리를 지킬 뿐이었다.

레티시아는 일라이를 뒤로한 채 서서히 앞으로 걸어 나왔다. 일라이가 멋대로 분홍 리본을 대가라며 가져간 탓에 눈부신 금발이 새하얀 뺨을 타고 흘렀다.

이른 황혼이 레티시아를 비추었다.

과거에, 그녀가 불에 태워졌을 때처럼 붉었던 빛 조각이.

"가문을 나가겠습니다, 마네르 공작."

레티시아는 피가 묻고 찢겨진 드레스를 쥔 채 그렇게 말했다.

그녀의 시선이 기둥 뒤에 몸을 숨긴 스승, 유로 백작과 그의 딸 피오네를 부드럽게 훑었다. 구석에 숨어 떠는 호위 파베르와 하녀 카라, 쪼그려 앉아 기록하고 있는 글란츠를 봤을 땐 한층 더 부드럽게 휘어졌다.

하지만 그녀를 낳아 준 아비였던 가이안과 두 눈이 마주한 순간, 레티시아의 붉은 눈동자에 차갑게 타오르는 분노가 서렸다. 얼음보다 더 차갑고, 불보다 더 격렬히 타오르는 감정이었다.

그것이 마치 금빛이 스쳐 지나간 잔상처럼 보여 가이안은 벌벌 떨었다.

털썩.

의자에서 몸을 일으키려던 그는 다리에 힘이 풀려 주저앉고 말았다. 가이안이 창백해진 얼굴로 땅을 짚었다. 곧 고개를 든 그가 눈물에 젖은 얼굴을 일그러뜨리며 소리쳤다.

"허, 락할 수 없다……! 레티시아! 넌 나의 딸이다."

"아니. 나는 당신을 단 한 번도 아버지라 생각한 적 없어."

"가주가 되고 싶다 하지 않았느냐?! 공작가의 명부에 이름을 올리고 싶다고 한 건 너였다!"

가이안의 절망 섞인 외침에 레티시아는 차가운 비소를 흘렸다.

"마네르 공작."

레티시아는 아버지를 보는 시선이 아닌, 지극히 타인을 대하는 무미건조한 눈빛으로 그를 불렀다.

"제 귀한 이름, 공작가의 명부에 허락할 수 없어요."

레티시아는 차갑게 말한 뒤, 미련 없이 몸을 돌렸다.

"몇 번이고 마네르를 버릴 테니까."

늘 버림받았던 건 레티시아였다. 하지만 이제 버림받는 건 그녀를 외면했던 사람들이다.

마네르를 버리는 순간을, 레티시아는 줄곧 기다려 왔다.

새장 안에 갇힌 어리고 약한 새는, 성장할 준비가 되어 있었다.

"레, 티시아! 난 널 후계자로 인정했다! 아들이 아닌 너를……."

가이안이 두 무릎을 꿇고서 간절히 외쳤다. 후회와 회한으로 가득 찬 눈물이 아비의 뺨을 타고 흘렀다.

레티시아는 아비의 부름에도 뒤돌아보지 않았다. 그녀의 곁을 지켰던 일라이와 함께 앞을 향해 걸을 뿐이었다. 조금의 미련도, 후회 한 점도 남기지 않고서.

"레티시아! 넌 마네르의 사람이다!"

그녀가 연회장을 벗어날 때까지, 가이안이 목 놓아 외쳤다. 그 간절한 부름에도 레티시아는 한 번도 뒤를 돌아보지 않았다.

공작가의 사생아.

가문의 명부에 이름을 올리지 못했던 레티시아는, 회귀로 시작된 두 번째 삶에서 비로소 가문을 완전히 버렸다. 가문이라는 새장에서 벗어나, 과거의 질긴 악연을 끊어 내고자.

그러니 이제 후회는 레티시아의 것이 아닌, 버려진 자들의 몫이었다.

* * *

"당신, 아까 정말 대단했어."

일라이는 진심을 담아 말했다. 늘 타인을 비웃고 경멸에 찬 시선을 보내던 소년이 순수한 감탄을 표했다.

"눈빛만으로 가이안 마네르를 찢어 죽일 것 같았지. 안 죽여서 아쉬운 건 나뿐인가?"

일라이는 천진난만하게 웃고는 주변을 둘러보았다.

일라이 자신은 새하얀 군마를 탄 채였고, 레티시아가 그의 품에 안기듯 갇혀 있었다. 둘은 진즉, 마네르 공작가를 벗어나 말을 타고 북부로 향하는 길이었다. 세 명의 군식구가 레티시아 뒤를 졸졸 따르고 있었다.

족제비처럼 눈치를 보는 카라, 황망해하는 너구리 파베르, 이 상황에서도 유쾌하게 웃는 글란츠.

카라는 나름 기사라며 말—공작의 허락 없이 훔쳐 온 군마였다—고삐를 잡은 파베르의 허리를 끌어안고 어색한 얼굴을 했고, 피떡이 된 파베르는 '아이고, 내 신세야'라고 속으로 한탄하면서도 굳건히 말을 모는 중이었다.

새집으로 이사 가려는 군식구 셋 중에서 제일 태연한 건 글란츠였다.

"역시 공녀님은……. 최고야. 아까 짜릿했어요."

라며 되는대로 지껄였지만, 아무도 들어 주는 이가 없었다.

레티시아는 지칠 대로 지쳐 일라이의 품에 잠들 듯 기대 있었고, 일라이는 공녀가 깨지 않도록 느릿하게 말을 몰았다. 그러니 일라이에게 떨거지로 치부되는 글란츠 등등의 헛소리는 고귀하신 차기 마탑주께는 닿지 않았다.

제 품에 레티시아가 안겨 있었기 때문에 일라이는 공녀가 잠에서 깰까 봐 극도로 정신을 집중하는 중이었다.

"잘 때는 천사 같네. 얼음벽은 언제 허무시려나."

일라이는 기분이 좋은 듯 옅은 미소를 지었다. 둘째가라면 서러운 잘생긴 소년의 입가에 권태롭고 나른한 미소가 잠깐 걸쳐졌다. 그러다 '오, 사랑?' 하며 음흉한 눈을 빛내는 글란츠를 보며 표정을 다시 차갑게 바꾸었다.

글란츠는 '도도한 공자네, 흥.' 하고 속으로 흉을 보고는 제 보물 같은 해부도감을 사랑스러운 눈으로 내려다보았다. 보통 말 뒤편에 짐을 실어야 하건만, 행여 잃어버릴까 봐 옆에 가죽끈으로 묶은 것이다.

사람과 사람 사이의 사랑은 이해할 수 없었지만, 글란츠는 저 까다로우신 마탑주 나리께서 제 주인을 보는 눈빛이 본인이 해부도감을 바라볼 때의 눈빛과 같다고 생각했다.

'흠······. 새집에선 해부를 허락하시려나. 왠지 좀 무서운데.'

미치광이 벌꿀오소리로 불렸던 글란츠도 소름이 돋아 한 손으로 고삐를 쥐고 다른 한 손으로 어깨를 문질렀다.

위대하신 북부의 주인께서는 중앙 귀족을 피라미로 여긴다고 했다. 하물며, 가문을 박차고 나온 공녀. 아니, 이제 공녀도 아니지. 그냥 '레티시아'를 받아들여 줄지가 문제였다.

더욱더 큰 문제는 공녀도 아닌 준평민 '레티시아'에게 군식구가 세 명이나 딸렸다는 것이다.

분홍 리본만 보면 숨을 헐떡이는 심약한 하녀, 카라.

지금도 마탑주―차기 마탑주인지, 마탑주인지 글란츠는 그런 사소한 문제는 신경 쓰지 않았다―가 들고 있는 리본을 집요하게 노려보고 있었다.

뒤늦게 봄이 온 것인지 얼굴을 붉힌 채 말을 모는 최고의 머저리, 파베르.

그리고 세계 최고······가 될 수 있을진 모르겠지만, 대륙 최고는 될 수 있을 것 같단 자만심에 가득 찬 천재 의사 글란츠.

'사실, 이 글란츠 경을 빼고, 저 족제비와 너구리는 쓸모가 없단 말이지.'

하지만 그의 주인님이 워낙 착해서 그런지, 두 명을 버리지 않고 챙겨 주는 것 같았다.

아무튼, 레티시아의 눈 밖에 나지 않아 다행이라고 생각하며, 글란츠는 기대감을 품고 말을 몰았다. 선두에 선 마틴 곁으로 은근슬쩍 다가가 그의 등줄기를 어루만졌다.

겁도 없는 데다 무례한 터치에 마틴이 놀라 화들짝 고개를 돌렸다.

"도, 대체 뭡니까?!"

"근육이 탐스러우시네요. 운동 많이 하셨죠?"

"운동이 아니라 훈련입니다! 그리고 근육 없는 기사도 있습니까?"

"혹시 죽을병에 걸리셨거나, 생을 끝내야겠단 직감이 들면 편히 찾아오세요. 이 글란츠를."

"……뭐요?! 이 미친 작자가?!"

"의학 발전을 위해 귀하게, 아주 귀하게 살펴보겠습니다."

"허, 뭐 이런 미친놈이 있어? 기생오라비같이 생겨서!"

"오, 그거 잘생겼다는 말인데. 살면서 처음 들어 봅니다."

글란츠는 넉살 좋게 웃으며 마틴의 뒤에 따라붙었다. 이내 레티시아 일행이 탄 말들이 숲의 초입에 닿았다. 즉, 어디서 어떤 위협이 날아올지 모르니 저 무식하고 우둔해 보이는 '마틴 뭐시기'를 방패로 쓸 생각이었다.

본래라면 가장 선두를 달려야 할 마탑주의 군마는 점차 느려지고 있었다. 뭐 하나 싶어 글란츠가 흘끗 뒤를 돌아보았다.

'아이고, 무슨 깨진 유리 조각 돌보듯 지켜보네.'

아무래도 마탑주가 제 주인에게 단단히 홀린 것 같다고 생각하며 글란츠는 혀를 쯧 찼다. 딱 봐도 알겠다. 저렇게 하염없이 쳐다보는 걸 보니.

'미친 듯이 집착하겠구만.'

하이고, 우리 공녀님 큰일 나셨네.

근데 뭐, 내 알 바 아니지.

글란츠는 킬킬거리며 마틴의 옆에 철썩 붙었다. 이 우둔한 기사를 제 친우로 삼아도 될 것 같았다.

친구 중에 제일 좋은 친구는 의를 베푸는 친구도 아니요, 돈을 베푸는 부자도 아니요. 글란츠처럼 위태롭고 아슬아슬한 삶을 살아가는 종자들에게는 '고기 방패'가 딱이었다.

그것도 천재 의사가 될 글란츠 자신보다 더 위험한 길만 걷는 레티시아 마네르. 아니, 그냥 '레티시아'를 주군으로 삼은 이상은.

'봉급 좀 많이 달라고 해 볼까. 준평민에 빈털터리라 가진 건 쥐뿔도 없는 공녀님이지만……'

글란츠는 레티시아를 따르게 된 미래가 불안하기는커녕, 오히려 기대되었다. 절벽 사이에 이어진 얇은 나무 조각을 걷는 기분인데도, 속이 시원하고 후련해지는 것이 있었기 때문이었다.

특히, 저 잘난 맛에 살던 마네르 공작이 두 무릎을 꿇고 울부짖을 땐, 어떤 희열도 느꼈다.

무엇보다 레티시아의 곁에 있으면 죽을 것 같지 않았다.

레티시아의 반경 내―군식구라든지 측근이 된다면, 하고 글란츠는 생각했다―에 있다면 황제의 군사가 와도, 외세가 들이닥쳐도, 제국에 느닷없는 눈보라가 휘몰아쳐도…….

'생존 확률이 기하급수적으로 올라가는 느낌이란 말이지.'

오래오래 장수할 것 같은 예감에 글란츠는 역시 "내 선택은 옳아." 하며 실실거리며 웃어 댔다.

어차피 한 번뿐인 인생.

최초로 해부도감 만들어서 후대에 이름도 날려 보고, 이상한 약하고 치료제도 잔뜩 만들어서 위대한 명의로 이름을 날리는 게…….

자신 같은 평민 의사의 로망이 아니겠는가.

그렇게 생각하며 글란츠가 희희낙락 웃을 때였다. 어느새 잠에서 깬 레티시아가 일라이의 품에 기댄 채 정면을 보고 있었다.

레티시아는 일라이의 품에서 눈을 떴다. 말 위에서도 편안히 눈을 감고 있으리라곤 생각지 못했는데, 그녀를 끌어안은 품이 넓고 따뜻했기 때문이었다.

아예 잠이 든 건 아니라서, 세 사람의 목소리가 들렸지만 피곤해서 두 눈을 감고 있던 것이었다.

"도착했어, 레티시아."

일라이는 그렇게 말한 뒤, 먼저 말에서 내린 마틴에게 눈짓했다. 체격이 큰 기사가 말에서 레티시아를 안듯 내려 주고는, 일라이에게 손을 내밀었지만 그냥 거둬야 했다.

휙.

가뿐히 내려온 일라이가 레티시아에게 다가가 그녀의 옷깃을 여며 주었다.

"늦여름이긴 해도, 숲속인 데다 밤이라 추울 텐데."

일라이는 그렇게 말하며 마틴이 짐 가방에 챙겨 둔 로브를 꺼내 레티시아에게 씌워 주었다. 후작저에서 방치되어 자란 경험 탓인지, 일라이는 레티시아만의 집사라도 된 것처럼 소녀의 몸을 완벽히 로브로 감쌌다.

"······그렇게 안 추운데."

"곧 윈터로 떠나게 될 텐데, 따뜻하게 입어."

"일라이는?"

레티시아는 목깃의 단추를 꼼꼼히 채워 주는 일라이에게 물었다.

더위를 잘 타는 건지, 본인은 챙길 필요가 없다는 건지 일라이는 하얀 셔츠 차림이었다. 입고 온 검은 제복은 어디 갔는지 보이지도 않았다. 레티시아의 의문을 눈치챘는지, 일라이가 별거 아니란 얼굴로 말했다.

"겉옷에 피가 좀 묻어서 버렸어. 자는데 피 냄새 나면 편히 쉴 수 없잖아."

생각지도 못한 세심한 배려에 레티시아는 눈을 크게 떴다. 잔인하고 냉혹한 면만 있는 줄 알았는데, 이런 다정한 면모가 있을 줄은 몰랐다.

"제복이야 언제든 맞출 수 있는 거고. 난 레티, 당신이 쉬는 게 더 중요해."

"고마워, 일라이."

레티시아는 실로 오랜만에 느껴 보는 호의에 얼굴을 붉혔다. 카라나 파베르가 챙겨 주었지만, 둘에게서 받았던 호의와는 기분이 좀 달랐다. 뭔가 딱 집어 설명할 수 없지만, 심장이 간질간질한 기분이었다.

쿵, 하고 세차게 뛰었다가 깃털로 간질거리는 것 같은…….

"열나는 건가?"

레티시아의 발그레해진 뺨을 보고 일라이가 손을 뻗어 이마를 짚었다.

"열은 안 나는데. 혹시 아프면 말해. 무리해서 윈터로 갈 필요는 없으니까."

늦어도 오늘 밤에는 출발하겠다고 윈터 백작에게 전언을 보냈지만, 일라이에게는 레티시아의 컨디션이 제일 중요했다.

나머지 셋은 뭐, 아픈지 말든지 관심 밖이었다.

그래도 레티시아의 사람들이라고 하니, 병 걸려 죽으면 양지바른 곳에 묻어 주고 의원에 들를 수 있게 금화를 뿌려 줄 순 있었다.

"호옥시, 공녀님 열나시나요? 제 의학적 소견으로 보건대……."

글란츠가 아는 체하며 끼어들려 했지만, 일라이의 사늘한 눈빛에 방긋 웃으며 뒤로 물러났다.

'눈빛으로 사람 없앨 것 같네.'

그러게 왜 끼어들어선.

카라가 속으로 혀를 차며 글란츠를 탓했고, 파베르 또한 카라와 한마음이 되어 고개를 끄덕거렸다.

저 못된 주치의는 혼이 좀 나 봐야……, 하고 기대했지만 일라이는 글란츠에게 조금의 관심도 주지 않았다. 그의 관심은 이제 공녀도 아닌 그저 열한 살 소녀, 레티시아만을 향했다.

레티시아가 일라이에게 고개를 저으며 말했다.

"난 괜찮아. 마틴 경이 좀 힘들어 보이는데……."

"지체 없이 윈터로 출발하도록 하지."

귀를 쫑긋 세우고 있던 덩치 큰 기사가 낡은 소매로 눈을 훔쳤다.

"울어? 울어요? 다 큰 남자가?"

글란츠는 웃음을 참으려 입매에 힘을 주고는, 마틴의 어깨를 다독였다.

"하, 당신의 근육."

실은 다독이는 척하며 쓰다듬는 것에 가까웠지만.

"……하고 싶다."

글란츠의 말을 잘못 들은 마틴이 기겁해서 말에 탄 스물 중반의 남자를 쳐다보았다.

"뭐, 뭐요?! 뭐, 하고 싶다고?!"

"해……."

해부.

하지만 산 사람을, 그것도 마틴처럼 선량한 기사를 해부할 수 있을 리가 없었다. 마틴이 기겁하며 말에 다시 올라타는 사이, 일라이는 이미 레티시아를 태우고 숲의 지름길로 접어들었다.

숲에서 밤이 지나고 새벽이 되자, 정말로 추워졌다. 하지만 레티시아는 일라이의 품이라 따뜻하다고 생각하며 소년의 너른 품에 몸을 기댔다. 어깨에 고개를 살짝 기대자, 말을 몰던 일라이가 잔뜩 긴장하는 게 느껴졌다.

어깨와 가슴팍이 단단해지는 것을 알아차린 레티시아가 슬쩍 고개를 떼어 냈다.

"방금 나……. 무례했지? 그것도 차기 마탑주님에게 말이야."

"하. 마탑주가 뭐라고."

일라이는 어이없다는 듯 헛웃음을 흘리고는 "마음껏 무례해도 된다."라며 레티시아의 귓가로 고개를 숙여 속삭이듯 말했다.

"일라이, 당신은 무례한 걸 좋아해?"

"레티, 당신 한정으로."

일라이는 말을 느릿하게 몰며 레티시아가 편히 기댈 수 있게 등을 좀 더 느슨히 세웠다.

"조금만 더 가면 마차가 있을 거야. 공작가의 사륜마차보다 더 좋은 것을 준비했으니 편히 갈 수 있을 테고."

"윈터로 가는 길목은 점점 좁아질 텐데. 따로 길을 만들었다고 해도……."

"사흘은 편하고, 하루만 고생하면 돼."

"좋은 일정이네. 마차는 직접 알아본 거야?"

레티시아가 별 의미 없이 물었다. 당연히 기사인 마틴이나, 다른 측근을 시켰을 거라 생각했기 때문이었다.

"직접."

일라이는 짧게 답하고는 시선만 내려 레티시아를 물끄러미 쳐다보았다.

"당신이 입는 것. 먹게 될 것. 타고 갈 것 모두……."

일라이는 고삐를 쥐던 손을 잠시 놓고 말을 멈춰 세웠다. 그리고 근육이 잡혀 단단한 팔로 레티시아의 허리를 끌어안아 제게 더 기대게 했다.

"하나하나 살펴보는 게 당연한 것 아닌가?"

일라이가 너무 당연하다는 듯이 말해서 레티시아도 고개를 끄덕이고 말았다. 사실은 그리 당연한 일이 아니란 것도 레티시아는 알고 있었다.

'왜 내게 잘해 주는 거야?'

일라이에게 그렇게 묻고 싶었다. 하지만 이미 끝난 대화에 더 묻는 것도 이상해 보였고, 일라이가 별로 말하고 싶지 않아 하는 거 같아서. 레티시아는 그저 소년의 너른 어깨에 고개를 묻었다. 그러면서 지친 두 눈을 감아 내렸다. 그러자 머리를 쓰다듬는 다정한 손길이 느껴졌다.

매끈할 거란 예상과 다르게 굳은살이 박인 커다란 손이 그녀의 금빛 머리칼을 쓸며 넘겨 주었다. 고운 뺨에 닿는 간지러운 머리카락을 정리해 주려는 것처럼.

금색 머리칼이 부드럽게 흘러내리며 일라이의 손에 감겨들었다.

"조금 자 둬. 마차가 있는 곳에 도착하면 깨워 줄 테니."

일라이는 낮게 말하며 레티시아의 머리칼을 부드럽게 헤집었다.

그가 대악마의 계약자이긴 해도, 사람인 이상 잠을 자고 휴식도 취해야 한다. 하지만 일라이는 지난 일주일간 제대로 잠이 든 적이 없었다.

친부인 네르바드 전 후작을 죽이고, 그 짧은 시간에 후작가의 모든 권한을 제 것으로 가져왔다. 엉망이 된 가문을 그대로 내버려 둘 순 없는 노릇이었다.

전 후작의 사람은 죄의 유무에 따라 영지를 떠나게 했다. 선량한 하인들에게는 막대한 금화를 베풀었다. 어차피 네르바드 가문의 금고는 텅 비어 있었고, 미치광이 후작 밑에서 일한 사용인들을 위해 후한 대가를 베풀었다.

비록 그자들이 일라이를 보고 '괴물 자식!' 하며, '후작 부인을 죽인 더러운 새끼!'라고 욕을 했다고 해도.

워낙 기억력이 좋아 욕한 이들의 얼굴을 바로 알아봤지만, 일라이는 너그럽게 넘어가 주었다. 그것이 본보기가 되어야 할 윗사람이자, 새로운 네르바드의 가주가 갖춰야 할 덕목이기 때문이다.

홧김에 돌을 던진 하인을 용서해 주었고, 마시는 물에 모래를 뿌린 하녀를 눈감아 주었다. 그래도 가문의 기강을 해치는 이들은 그대로 용납하지 않았다.

전 후작이 미쳐 가문을 방치한 틈을 타, 수십 년간 탈세를 저지른 이는 그에 따른 책임을 지게 했다. 재산을 몰수하고, 본보기로 그자의 손가락을 잘라 내어 후작저의 모두가 지켜보게 했다.

그런 다음 가신들의 딸들을 불러 모아 네르바드 전 후작의 시체를 보여 주었다. 원하는 자는 보게 하였고, 원하지 않는 자는 부르지 않았다. 오열하며 통곡하는 이들이 있는가 하면, 고개를 가로젓는 이들도 있었다.

개중 몇 명은 호위 기사가 주었을 태엽 시계 장치를 만지작거리다가 죽은 전 후작을 향해 다가갔다. 그리고 잘린 후작의 머리와 몸뚱이를 번갈아 보다가 태엽 시계를 버리듯 던졌다.

일라이는 그들에게 마탑에서 일할 기회를 주기로 했다.

사내새끼가 꼴 보기 싫다면 그러도록 허락했다. 마탑주가 될 남자 또한 꼴 보기 싫다면 서신으로 일을 의논하면 된다고 알려 주었다. 그리하여 네르바드 후작가에 남을 사람은 남도록 허락했고, 마탑으로 갈 선량한 이들에게는 새로운 기회를 열어 주었다.

제법 능력 있던 가신 몇몇에게도 대리 자격을 부여해 폐허가 된 영지와 텅 빈 금고를 관리하게 했다. 마탑주가 되면 어차피 돈이야 강이 바다로 흘러가는 것처럼 자연스럽게 흘러들어 올 것이고, 권력이야 원하든 원치 않든 가지게 되어 있었다.

'선행을 베풀렴, 일라이.'

일라이가 가장 싫어했던 것은, 그를 아껴 주었던 후작 부인이 했던 말이었다.

'악마 가문이라 해도, 대악마는 계약자에 따라 선행의 길을 걷기도 악행의 길을 걷기도 한단다.'

'⋯⋯.'

그때의 일라이는 너무 어려서 제대로 대답하지 못했다.

고작 다섯 살이었다. 어머니가 죽기 전, 아니. 일라이 네르바드가 계약을 위해 어머니를 죽일 수밖에 없었던 날. 그의 어머니가 아들을 위해 희생할 수밖에 없었던 새벽의 시간.

아내를 제물로 바치겠다는 남편을 용서하고서, 검을 든 어린 아들을 끌어안아 죽음을 맞은 전 후작부인은 일라이에게 물었었다.

'선행의 길을 걷겠니? 아니면 악행의 길을 걷겠니.'

그때의 어린 일라이는 '착하게 살래요'라고 답했으나.

어머니가 그의 검에 죽게 된 후 악행의 길을 걷겠다고 눈물로 얼룩진 얼굴을 일그러뜨리며 결심했다. 하지만 이 순간, 일라이는 어쩐지 다른 생각이 들었다.

"당신을 위한 길을 걷고 싶어졌어, 레티시아."

그것이 내 정의이자 선이 되는 날이 오게 될까.

그리하면 당신은 내 곁에 있어 줄지.

점차 당신에게 미쳐 가는 나를 보고 버리게 되지는 않을지……

"나만이 그 길을 걸을 수 있게."

일라이는 잠든 레티시아의 귓가에 나른히 속삭이고는, 눈물에 젖은 레티시아의 눈가를 손으로 쓸어주었다.

그것이 레티시아를 위로하는 유일한 방법이었기 때문이었다.

* * *

일라이가 준비한 사륜마차는 푹신했다. 이틀 전에 편한 여정을 약속하겠다더니, 네 마리의 검은 말이 이끄는 마차는 레티시아가 탄 것 중에서 최고로 꼽을 만했다.

레티시아는 커다란 마차에서 널찍이 난 창 너머를 보고 있었다. 성능 좋은 마차가 빠르게 내달린 덕분에 일라이가 말했던 대로 정말로 이틀이 걸린 것이다.

이틀간 내달렸던 마차가 속도를 낮추며 윈터 영지를 감싼 모르스 성으로 향했다. 요새와 같은 모르스 성을 통과하면, 바로 윈터 영지였다.

"설산을 가진 것치고는 꽤 지대가 낮은 것 같은데."

한동안 푹 빠져서 창 너머를 보던 레티시아가 평온해진 얼굴로 말했다.

"모르스 성은 전설이 있는 곳이지. 금빛의 용인 자칼리아가 작은 친구, 윈터를 위해 설산을 삼켰다더군."

"……아무리 용이라고 해도 설산을 삼킬 수 있어?"

"그러니 전설이지. 불을 뿜었단 이야기도 있고, 이 혹한의 땅에 사람이 살 수 있게 산을 무너뜨렸단 이야기도 있고."

일라이가 턱을 괸 채 말하고는 레티시아를 물끄러미 쳐다보았다.

"왜……?"

레티시아가 본능적으로 얼굴을 훔치며 일라이를 쳐다보았다.

"당신 어머니, 미인일 것 같아서."

"갑자기 그 소리가 왜 나와?"

눈을 동그랗게 떴던 레티시아가 이내 눈매를 가늘게 좁혔다.

"나도 모르지. 갑자기 든 생각이니."

일라이도 순순히 답해 줄 생각이 없어서 나직이 되받아쳤다. 그러다 괜히 할 말이 없어져서 창가로 시선을 옮겼다. 석벽으로 촘촘히 쌓인 성이 보였지만, 일라이의 관심 밖이었다.

'왜 그런 말을 해선!'

일라이는 자신의 경솔함을 크게 꾸짖으며 후회했다. 그렇다고 이제 와서 본인 앞에서 "레티, 당신이 내 눈에 제일……." 하고 너스레를 떨 순 없는 것이다. 굳이 기분을 띄우려는 것보다 궁금해서 한 말이었다.

'공녀가 이런 걸로 기뻐할 리도 없고.'

아름답다는 말이야, 수차례 들어 봤을 테니 어쩌면 감흥이 없을지도 몰랐다. 그렇게 생각한 일라이가 고개를 비스듬히 기울인 채 레티시아를 바라볼 때였다.

화륵.

레티시아가 붉어진 뺨을 감추느라 손등으로 얼굴을 가리고 있었다.

"어머니는 미인이셨지만, 난 그 정도는 아니야."

"왜 그 정도가 아니지?"

일라이가 너무 진지하게 물어봐서 레티시아는 자기도 모른다며 고개를 내저었다.

"내 눈엔 당신이 더 빛나는 것 같은데. 나야……. 어디서든 볼 수 있는 외모고."

이전 생에서 레티시아는 딱히 예쁘다든가, 아름답다는 칭찬은 들어 본 적이 없었다. 그래서 일라이가 한 말도 남자들이 으레 건네는 칭찬이라 생각했다. 차기 마탑주인 그가 또래 소년들처럼 말할 줄은 몰랐지만.

"그런 말은 별 감흥이 없는데……."

일라이는 그리 말하며 고개를 살짝 숙였다. 평소처럼 무표정한 얼굴을 하려다가 실패했는지 입매가 느슨히 올라가 있었다. 괜스레 짙은 흑발을 늘씬한 손으로 쓸어 올린 일라이가 이어 말했다.

"당신이 말하니 감흥이 좀 생겼어."

"……무슨 뜻이야?"

"듣기 좋다는 소리야. 레티, 당신이 하는 말이라면 뭐든."

일라이가 낯간지러운 말을 아무렇지 않게 하며 레티시아를 빤히 쳐다보았다. 레티시아는 어쩐지 더워진 기분이었다. 손부채질하며 미묘한 감정을 가라앉히려 했을 때였다.

달칵.

마차의 문고리를 잡는 소리가 났지만, 열리지는 않았다. 레티시아를 무심히 보던 일라이가 문 쪽으로 시선을 옮겼다. 그는 손수 몸을 움직여 마차의 문을 열었다.

죽음을 뜻하는 모르스 성.

그 성을 건너기 위해선 어떤 대단한 귀족이라 해도 검문을 받아야 했다.

귀족가 문양이 찍힌 마차라도 무장한 경비대들은 통과시키지 않았다. 남부인과 중앙 귀족들이 소리칠 일이었지만, 윈터에서는 당연한 거였다.

황가의 마차가 온다 해도 윈터는 그들 북부의 규칙을 지킬 테니.

일라이 또한 서부 네르바드의 주인이자, 중앙 귀족 출신이었지만 윈터의 규율에 군말 없이 따랐다. 별로 보고 싶지 않은 쌍둥이 남매의 상태를 봐주느라, 윈터로 몇 번 온 적이 있어 여기가 어떻게 돌아가는지 익히 알고 있었다.

그에 비해 레티시아는 신기한지 눈을 조금 크게 뜨고 경비대를 살펴 보는 중이었다.

"신분을 증명하실 신분 패나 인장을 가지고 계십니까?"

성을 지키는 경비병이 무표정한 얼굴로 물었다. 그들 눈에는 '네르바드'의 문장이 보이지 않는 것인지, 귀족이든 평민이든 신분과 관계없이 철저하게 규율을 지켰다.

"네르바드의 일라이다. 백작께서 남기신 서신이 있을 텐데."

일라이는 그렇게 말하며 신분 패를 가슴팍에서 꺼내 보여 주었다. 검은 핏자국이 묻어 있는 탓에 경비병은 조금 눈을 키웠지만, 평소대로 재빠르게 확인했다. 그리고 두 손을 가지런히 모으고 옆에 서 있던 장인에게 눈짓했다.

"네르바드의 문장이 확실합니다."

장인은 나이가 지긋한 할머니였다. 그녀가 예의 가득한 미소를 지으며 고개를 끄덕였다.

"바로 윈터의 중앙으로 향하실 수 있게 마차를 준비해 두었습니다. 윈터의 모르스 성까지 타고 오신 마차는 죄송하지만, 여기 두고 가셔야겠습니다."

"기꺼이. 기부하려고 가져온 거니, 윈터에서 잘 쓰도록."

일라이는 그렇게 말하며 마차에서 내렸다. 그런 다음 병사가 설치한 마차 계단을 살피고는 레티시아에게 손을 내밀었다.

'에스코트가 무척 자연스럽네.'

레티시아는 그 사실을 신기해하면서도, 이제는 자연스레 일라이의 손을 붙잡고 내렸다. 두 사람의 손이 닿자 누구의 것인지 모를 손이 떨렸지만, 레티시아와 일라이 둘 다 모른 척했다.

"세상에나……. 이렇게 좋은 마차를 기부하시려고요? 밖에선 열리지 않게 문에 합금 처리가 되어 있고, 군마 상태도 건강한데. 윈터로 오시고자 만반의 준비를 하셨군요."

장인이 제국에서 가장 좋은 마차라 단언해도, 반박하는 이가 하나 없을 만큼 완벽한 마차였다. 시중에서 구할 수 있는 것은 아니었고, 따로 장인을 찾아가 제작을 맡겼으리라.

말 상태도 좋은 걸 보면 하루마다 역에 들러서 사륜마차를 몰 네 마리의 군마와 마부를 교체한 것이 틀림없었다.

종종 속력을 내기 위해서나, 긴급한 물자를 전달하기 위해 쓰는 방법이었지만 요새는 잘 쓰이진 않았다. 굳이 많은 돈을 써 가며 그렇게 할 이유가 없었기 때문이었다.

나이가 들어 눈이 흐릿한 장인이 일라이를 보며 빙그레 웃었다.

"다정하신 분."

부자만이 할 수 있는 사치였지만, 그녀가 듣기로 네르바드 가문의 금고는 텅 빈 지 오래였다.

"빚은 곧 갚겠다고 전해."

"어머나……. 백작님께선 그 정도는 눈감아 주신답니다. 장차 제국에서 가장 부유해질 마탑주께 빚이라뇨."

"흐음……. 빚지는 거 같아서 기분은 별로지만, 호의는 받아들이도록 하지."

일라이는 그렇게 말하고는 멀뚱멀뚱 서 있는 레티시아의 손을 붙잡아 제 곁으로 오게 했다.

"준비된 마차는 언제 탈 수 있지?"

"여기서 쉬다 가시는 게 아니라요?"

"휴식은 됐어. 어디 아픈 사람도 없고……."

일라이는 레티시아만 보고 판단했다. 세 명의 군식구와 호위인 마틴은 아프든지 말든지 관심 밖이었다.

물론, 죽을병에 걸렸다면 모르스 성에서 치료받을 수 있게 놔두고 갈 아량은 충분히 있었다.

"두 시간만 더 쉬고, 바로 출발하도록 하지. 그전에 따뜻한 식사를 좀 하고 싶은데."

"이미 준비해 두었답니다. 시장하실 테니 따라오시지요."

나이 지긋한 장인이 허리를 꼿꼿이 세우고 걷기 시작했다.

일라이는 레티시아에게 눈짓하고는 앞서 걸었다. 그런데도 뒤에서 따라오는 인기척이 없자 일라이가 고개를 돌렸다. 레티시아는 모르스 성을 구경하느라 정신이 없어 보였다. 그제야 일라이는 레티시아 또한 남부인에다 중앙 귀족이란 것을 상기해 냈다.

장엄한 윈터의 설산을 마주하고서 쉽게 지나치지 못하는 건 신민이라면 당연한 일.

그래서 레티시아가 좀 더 둘러볼 수 있게 기다릴까 하다가, 먼저 다가가 그녀의 손을 붙잡았다.

"윈터 백작이 기다리고 있으니, 서두르는 게 좋아."

"······백작님께서 나를 기다리신다고?"

레티시아가 작게 숨을 들이켜고 물었다. 그 반응에 일라이는 어쩐지 기분이 조금 상했다. 차기 마탑주를 보고도 '그렇구나' 했던 레티시아가 테레사의 이야기가 나오자마자 큰 반응을 보였기 때문이었다.

"백작님께서 나를······."

"정말로 기다리진 않겠지. 저녁 먹고 잠깐 책을 본다든가······."

일라이는 어둑해진 북부의 저녁 하늘을 보며 얼버무렸다.

"그럼 바로 마차 갈아타야지."

"저녁은 먹고 가."

"백작님께서 기다리시는데?"

"백작이 대수겠어. 배가 고픈 게 중요하지."

일라이는 그렇게 말하고는 반나절은 족히 굶었을 레티시아의 손을 붙잡고 이끌었다.

일단 좋은 마차를 태웠으니, 이제는 좋은 음식을 먹일 차례다.

백작의 성으로 가면 남부의 호화로운 만찬은 아니더라도 꽤 먹을 만한 게 나오겠지만, 그렇다고 그때까지 굶길 순 없는 노릇이다.

윈터 산맥을 통과하기 위한 마차는 다소 불편했다.

폭이 좁고 딱딱한 마차를 타고 족히 하루는 더 가야 하니, 밥이라도 든든히 먹일 생각이었다.

"레티, 당신 안 굶기는 게 내겐 더 중요해."

일라이는 무슨 사명이라도 가진 것처럼 레티시아의 손을 꽉 쥐었다.

"하루 안 먹는다고 굶어 죽진 않는데."

"윈터 백작도 하루 더 기다린다고 쓰러지진 않아."

일라이는 냉정하게 답하고는 레티시아의 손을 끌어 제 팔을 붙잡게 했다. 아직 레티시아와 그럴 사이가 아니니, 손을 계속 잡을 순 없는 노릇이었다. 가족이나 연인이면 몰라도. 데면데면한 공녀의 손을 어찌

함부로 잡을 수 있겠는가.

"내 팔 잡고 놓치지 마. 설산 구경은 윈터로 가면 마음껏 하게 해 줄 테니."

일라이는 그렇게 말한 뒤 레티시아의 어깨를 감싸 안았다. 행여 북부의 키 크고 체격 좋은 사람들과 부딪칠까 걱정해서였다. 레티시아가 키가 많이 작은 편은 아니었지만, 아직 어린 데다 조금 마른 편이라서 북부인들과 부딪치면 날아갈 것 같았다.

"잠깐만, 일라이. 우리만 먹는 거야?"

레티시아가 일라이가 이끄는 대로 걸으며 궁금한 듯 물어 왔다.

설마⋯⋯. 그렇게 안 봤는데, 기사의 밥을 굶기는 걸까.

"알아서 먹겠지. 그 셋이 탄 마차도 나름 빠른 편이니 곧 도착할 테고⋯⋯."

일라이는 뒤를 돌아보는 레티시아를 잡아 앞을 보게 했다.

"남 신경 쓸 시간에 당신부터 신경 써."

"⋯⋯그러는 일라이 당신도 나만 보고 있는걸."

"곁에 있으니까 보는 건데, 그게 이상한가?"

일라이는 시큰둥하게 대답하고는 레티시아의 어깨를 감싸 쥐고서 멀찍이 떨어진 장인의 뒤를 따랐다.

아무래도 북부로 가면 바빠질 듯하다.

일라이는 구경하느라 바빠진 레티시아의 어깨를 안고는 접근하는 모든 것들을 해치우겠단 눈빛으로 주변을 훑었다.

보석 같은 보라색 눈동자에 경고하는 기색이 담겨서인지, 대악마의 계약자라 접근하지 못할 기운이 있는 건지 일라이는 레티시아가 북부인들과 부딪히지 않게 지켜 낼 수 있었다.

주변을 잡아먹을 것처럼 사납던 눈매가 순해진 건 장인이 이끈 성 입구 부근의 작은 식당에 도착해서였다.

"당신 밥 먹을 시간이야, 레티."

레티시아는 왜 일라이가 자신의 밥에 집착하는지 모르겠다고 생각하며, 마탑주의 팔을 꼭 붙잡은 채 가벼운 걸음을 내디뎠다.

* * *

레티시아는 실로 오래간만에 풍족한 식사를 마칠 수 있었다. 그녀의 맞은편에 앉은 일라이가 제대로 먹나, 안 먹나 감시하듯 지켜봤기 때문에 더 배불리 먹은 것도 있었다.

레티시아가 잘 먹는 걸 지켜본 후에야, 일라이는 한술 떠서 입에 넣었다. 레티시아로선 수프가 코로 들어가는지 입으로 들어가는지 모를 지경이었다.

"왜 나를 감시해?"

"윈터 백작이 날 뭐라고 생각하겠어. ……굶기는 멍청한 놈이라고 생각할 텐데."

"여자? 방금 뭐라고 한 거야?"

"아무 말 안 했는데."

젠장, '내 여자'라고 할 뻔했잖아.

일라이는 안도의 한숨을 삼키고는 식어 버린 수프를 입 안에 욱여넣었다. 그러다 레티시아가 식사를 다 마쳤단 사실을 깨닫고 남은 수프를 꿀떡 삼키고는 자리에서 일어났다.

식사를 마친 입가는 깔끔했지만, 냅킨으로 우아하게 닦는 것도 잊지 않았다. 박하잎을 탄 물로 입 안까지 정갈히 정돈하고 나서, 일라이는 레티시아가 쉽게 일어나도록 손을 내밀었다.

"일어나는 것쯤은 내가 할 수 있는데……."

"별생각 없이 내민 건데."

"아, 음. 그렇구나."

레티시아는 일라이의 말에 고개를 끄덕이고는 소년의 손을 붙잡고 자리에서 일어났다.

"배고프지 않아? 족히 두 시간은 먹으라고 말했던 것 같은데, 일라이 당신은 음식에 손도 안 대더라."

"별로 입맛이 없어서."

일라이는 무심한 어조로 중얼거리고는 휴게실로 이동했다.

레티시아가 잠시 쉴 수 있게 기다려 주고는, 어느 정도 시간이 되었다고 판단하자 윈터가에서 보낸 마차를 타기 위해 바삐 움직였다. 손목에 시계를 찬 것도 아닌데, 일라이의 마음은 갈수록 급해졌다.

'분명 테레사가……'

엄청나게 눈치를 줄지도 모른다. 아니면, 뭐 하느라 늦었냐고 꼬치꼬치 캐물을지도 모르지.

'아, 그건 테레사와 거리가 멀지.'

그저 묻지 않고 지그시 쳐다볼 것이다.

어쩌면 그녀를 똑 닮기도 하고, 안 닮기도 한 아네스 윈터가 게슴츠레 쳐다볼지도 몰랐다.

'어이, 네르바드. 너 연애하느라 늦었지.'

하고, 그 변태 자식이 아는 체해 대면 기분이 더러울 것 같아 서두르는 것이었다.

'하여간 이래서 네르바드는 안 돼. 변덕에 제멋대로인 서부인들은 매일 늦어.'

라며 아네스가 툴툴거리고, 이를 팔짱을 낀 채 지켜보던 잔느가 한마디 더 거들 것이 분명했다.

'오다가 죽은 줄 알았네. 빨리빨리 안 다녀? 어머니 기다리시잖아.'

하면서 도대체 누가 누굴 기다리는지 모를 만큼 적반하장으로 화를 낼 것이 뻔했다.

분명, 쌍둥이들이 대악마 〈미색〉, 그리고 〈분노〉와 잘 지내는지 가끔 살펴봐 주고, 그 대가로 이것저것 얻어 내긴 했지만…….

왜인지 가장 신경 쓰이는 건 테레사였다.

레티시아가 테레사를 보고 싶다는 것도 기분이 묘했는데, 테레사도 레티시아를 기다린다고 하니 일라이는 서두를 수밖에 없었다. 그래서 레티시아와 함께 윈터가에서 보낸 마차에 오르고도 한숨을 내쉬며 언제 도착할지 머리로 계산하는 중이었다.

그에 비해 레티시아는 창 너머 바깥 풍경에 푹 빠져 있었다.

"이렇게 눈이 많이 내리는데, 마차가 달리는구나."

"특수 제작된 마차 바퀴니까. 망해 가는 윈터라지만, 먹고는 살아야지."

"흐음……. 일라이, 당신 말이야. 네르바드는 아직 건재하려나?"

"윈터보다는?"

일라이는 대답하면서도 한쪽 눈썹을 치켜올렸다.

"마탑주가 되면 알아서 자리 잡을 테니, 걱정 마."

"내 가문도 아니고, 걱정을 딱히 하진 않는데."

"그럼 왜 물어본 거냐고 난 당신에게 묻고 싶은데."

"딱히 할 말이 없어서 물어본 거라고 해 줄게."

"왜 할 말이 없어? 난 많은데."

일라이가 레티시아를 흘겨보듯 내려다보고는 창문 너머로 고개를 돌렸다. 그 말을 해 놓고 정작 본인은 침묵을 지키는 중이었다.

레티시아에게 물어볼 거야 많다.

넌 도대체 왜 나를 구한 거냐……에서부터, 고작 열한 살이면서 왜 '당신'이라고 어른처럼 불러 대는지 하며.

도대체 무슨 생각으로 네르바드 후작저의 감옥에 잠입했는지.

윈터 백작에게도 접선했으면서 왜 자신에게 먼저 구해 달라고 했는지.

그리고 안정제는 왜 입술로 먹여 준 건지…….

'그때는 그럴 수밖에 없긴 했지만.'

혼자서 너무 많은 생각을 한 탓에 일라이는 머리에 열이 오르는 느낌이었다. 그래서 시원한 마차 창틀에 고개를 내렸다. 어둑한 보라색 눈동자에 설산의 광경이 빠르게 스쳐 지나갔다.

어느덧 새벽이 되어 동이 틀 무렵, 붉게 떠오른 태양이 하얀 산맥을 감싸듯 내려앉았다.

"……동이 트는 거, 처음 봐."

레티시아는 조금 넋이 나간 채 그렇게 말했다. 잠깐 잠이 든 건지 눈을 감고 고개를 꾸벅거렸던 일라이가 슬며시 눈을 떴다. 떠오르는 태양의 붉은 빛이 눈앞에 바로 있는 것처럼 밝디밝았다.

빛이 싫어 두 눈을 감으려던 일라이와 다르게 레티시아는 두 눈을 크게 뜨고서 지켜보았다.

사실, 동트는 거야 공작저에서도 몇 번 보긴 했다. 하지만 눈 덮인 설원에서, 깎아지를 듯 산세가 험한 하얀 산맥 사이로 떠오르는 태양을 보게 될 줄은 몰랐다.

이제야 가문을 탈출했다는 게 실감이 나서 레티시아는 긴 숨을 한껏 들이쉬었다.

"빛이야……."

"그럼 빛이겠지."

일라이는 무심히 답하면서도 레티시아가 어떤 광경을 보고 그리 놀라나 싶어 눈을 느리게 떴다. 여전히 그의 눈에는 짜증 나는 햇빛이 아른거릴 뿐이었다.

네르바드는 어둠이 좋다.

일라이는 네르바드가 끔찍이 싫었고, 혐오하기까지 했지만 자신도 어쩔 수 없는 악마 가문의 혈족임을 인정해야 했다.

거슬리는 햇빛을 보고도 뭐가 저렇게 기쁜지, 그리 설레는지, 두 눈을 감을 생각을 못 하는 레티시아를 보니 일라이는 기분이 좀 묘해졌다.

"고작 해가 떠오르는 게 그렇게 기쁜 건가, 레티 당신은."

"……응, 기뻐."

레티시아는 처음으로 속마음을 내비치며 답했다.

기뻐.

눈물이 날 만큼 기뻐.

벅찰 만큼 기뻐서 어떻게 해야 할지 모르겠어…….

레티시아는 일라이를 바라보며 저도 모르게 웃고 말았다. 무심하고 냉정한 공녀답지 않은 환한 미소에 일라이의 눈이 크게 떠졌다.

"아……."

방금 뭐였지?

레티시아가 웃을 때, 심장 한구석이 따끔거렸다.

레티시아가 무엇을 그리 보고 싶어 하는지, 일라이도 궁금해져서 귀찮은 햇빛을 마주 보게 되었다.

레티시아가 기쁘다고 말했을 때, 일라이도 조금은 벅찬 기분이었다.

"감옥에 갇혔을 때, 실은 조금 무서웠어."

"……전혀 그렇게 안 보이던걸."

"약한 모습을 보일 수 없었으니까."

그리 답한 레티시아는 앉아 있던 몸을 살짝 일으켜 일라이의 옆에 앉았다. 갑작스레 옆에서 느껴지는 온기에 일라이가 눈을 크게 뜬 채 레티시아를 쳐다보았다.

"……뭐야. 자리 불편한 거면 바꿔 줘?"

"그냥 여기 있고 싶어서."

레티시아는 픽 웃고는 좁지만 따뜻한 의자에 몸을 느슨히 기댔다. 여전히 눈은 일라이가 아닌 창문 너머를 보고 있었다.

자리를 바꿔서 달라진 점이 있다면, 창 너머로 보이는 풍경이 다가 아니란 것이었다. 고개를 숙였다가, 짙은 흑발을 매만졌다가, 다시 창 너머를 보다가, 뭔가 바빠 보이는 일라이도 함께 보였다.

"윈터 백작님께 잘 보이고 싶은 거야?"

"아니, 잘 보일 게 뭐가 있어. 윈터에서 살 것도 아닌데."

일라이는 무심히 답하고는 괜히 바람에 살짝 헝클어진 앞머리를 슥 매만졌다.

'애써 올렸는데, 좀 내려온 것 같기도.'

"내린 것도 잘 어울려."

레티시아는 그렇게 말하며 일라이의 앞머리를 정리해 주려 손을 뻗었다. 잠시 망설이다가, 짧게 숨을 들이쉬고 일라이의 머리칼을 매만졌다. 생각만큼 부드럽고, 보는 것만큼 짙은 흑발이었다.

"……고마워."

레티시아는 무심한 얼굴로 창 너머를 보는 일라이에게 대뜸 말했다. 별 감흥 없이 완연히 떠오른 해를 보던 일라이가 흘끗 시선만 내렸다.

"무서웠었거든. 당신이 나 구하러 온 순간, 더는 무섭지 않았지만."

레티시아는 그렇게만 말하며 다시 입을 다물었다.

'괜한 말을 한 걸까.'

전처럼 하나도 무섭지 않다고 그렇게 말했어야 했나…….

두 번째 삶에서 레티시아는 홀로 버티기로 했다. 다짐대로 홀로 버텨 왔지만, 열한 살로 어려진 몸 때문인지 다시 죽을지도 모른다는 공포감 때문인지 이따금씩 두려움이 찾아오곤 했다.

밤이 저물면,

비가 오면,

어머니가 세상을 떠났을 때가 생각나서 무서웠다.

저녁 해가 붉게 내려앉을 걸 보면, 화형대에 매달려 타올랐던 기억 때문에 심장이 쿵, 쿵, 세차게 뛰곤 했다.

레티시아는 이제야 자신이 두려움을 느꼈음을 알아차렸다. 살아남기 위해서 애써 외면해 온 감정의 정체가 뭔지, 뒤늦게 알게 된 것이다.

여전히 공작가는 무서운 곳이었다.

가이안이 무서운 게 아니다. 필립은 우습지도 않았다.

'네가 있을 곳은 그곳이 아니야.'

그렇게 속삭이며 새하얀 발목을 틀어쥐려던 손길들이.

비가 퍼붓던 여름밤, 어머니의 임종을 들었던 그때의 기억이.

그렇게 노력했음에도 불구하고 죽음을 맞아야 했던 이전 생의 기억들이…….

아직은 레티시아를 붙잡고 놔주지 않는 것만 같았다. 하지만 이 두려운 감정을 들킬 수 없어 레티시아는 아무렇지 않은 척 숙였던 고개를 들었다. 메마른 눈동자로 눈부시게 빛나는 해를 바라보았다.

한 치 앞을 알 수 없는 미래가 두렵기만 해서, 레티시아는 떨리는 손으로 새하얀 로브 자락을 움켜쥐었다.

'드디어 마네르를 벗어났어.'

지긋지긋한 악연에서 벗어났다.

아니, 도망친 건가.

뭐라도 좋았다. 다시는 무정한 아비를 볼 필요가 없어졌다. 따뜻한 기억보다 음습하고 차가운 기억만이 남은 마네르의 저택을 벗어난 건…….

"이제, 난 어떻게……."

레티시아는 입술을 깨물려다가 숨을 들이켰다.

이제 난 어떻게 해야 해요?

그동안 참아 왔던 설움이 북받쳐, 레티시아는 상처투성이가 된 두 손에 고개를 묻었다.

레티시아는 아무것도 알 수 없었다.

터져 나오는 눈물이 기쁨인지 안도인지, 뺨을 타고 흘러내리는 격렬한 감정이 슬픔인지 후련함 때문인지.

심장이 쿵, 쿵 세차게 뛰는 것이 설렘 때문인지 불안감 때문인지.

레티시아의 눈꺼풀이 젖어 들었다. 운다는 사실을 들키고 싶지 않아 레티시아가 숨을 죽이려 할 때였다.

일라이가 손을 뻗어 레티시아의 머리칼을 헤집듯 쓸었다. 그리고 제 너른 어깨에 지친 소녀를 기대게 했다.

"울어. 당신 마음대로……."

일라이는 무심한 얼굴을 하고서 눈을 내리깔았다. 그녀가 원하지 않을 것 같아서 우는 레티시아를 보려고 하진 않았다.

"마음껏 울어. 언제든 어깨 빌려줄 테니까……."

레티시아 당신이 원하는 만큼, 눈물을 흘려보내 줘.

일라이는 그 말을 하는 대신 깊은숨을 삼켰다. 레티시아가 어떤 감정을 느낄지 그는 이미 알고 있었다.

지난 시간이, 행복보다 상처로 더 얼룩졌을 과거의 기억들이 그리우면서도 버리고 싶었을 것이다. 쌓아 온 설움을 풀 곳이 없어 혼자서 감추고 또 감춰 왔으리라.

그래서 일라이는 레티시아를 위해 어딘가에 있을지 모를 기억의 신에게 기도했다.

"실컷 울고 이제는 놓아줘. 과거의 자신도, 상처로 얼룩진 기억도, 모두……."

일라이는 그렇게 말하며 숨죽여 우는 레티시아가 제 어깨에 기대 마음껏 울도록 빌려주었다. 하얀 셔츠가 뜨거운 눈물로 젖어 드는 순간,

일라이는 레티시아의 머리를 부드럽게 쓸어 주었다.

한참 후에야, 눈물로 범벅된 소녀의 얼굴을 들어 올리게 한 뒤 그녀의 뺨에 입술을 묻었다.

"이제 보내 줄 때가 된 거야. 레티, 당신 혼자서 버텨 왔을 회색 그림자로 가득 찼던 시간을……."

일라이는 레티시아의 뺨을 타고 흐르는 눈물을 훔치며 낮고 느릿하게 속삭였다.

이제는 무지갯빛 조각이 되어 흩어지도록, 과거의 수많은 기억은 흘려보내 줘.

그러면 다시 태양이 뜨고 달이 지는 것처럼.

봄이 오고 여름이 들렸다, 가을이 떠나고 겨울이 돌아오는 것처럼.

당신이 겪었던 상처도 흐르는 시간을 따라 흘려보내질 테니.

"행복으로 가득 찰 수 있게, 내 품 안에서 울어. 내가 레티, 너보다는 세 살이나 많으니까……."

일라이는 느른한 숨을 들이쉬며 레티시아의 금빛 머리칼을 조심스러운 손길로 쓸어 주었다. 다정하다 못해 부서질 것 같은 유리를 다루듯 섬세한 손길에 레티시아는 결국 일라이의 품에 안겨 엉엉 울고 말았다.

새벽에 떠오른 해가 윈터의 설산을 비추고, 정오가 될 때까지.

레티시아는 수년간의 설움을 흘려보냈다. 이전 생의 고통도, 괴로움도, 슬픔도 이제는 기억하지 않아도 될 만큼. 그렇게 오래, 레티시아는 참아 왔던 눈물을 일라이의 다정한 손길 안에서 가쁜 숨과 함께 흘려보냈다.

"세상 모두가 널 비난해도, 난 네 곁을 지킬게, 레티시아."

일라이가 나직한 숨을 흘리며 레티시아를 한쪽 팔로 확 끌어안아 주었다.

세상이 등지더라도, 버려지더라도 단 한 사람이 곁에 있어 준다면 레티시아는 앞으로도 계속 살아갈 수 있을 거라 생각했다.

행복하지 않아도 괜찮을 거라고. 그 어떤 일이 닥치더라도 이겨 낼 수 있을 거라고, 레티시아는 일라이를 보며 생각했다.

"고마워, 일라이."

날 구원해 줘서.

날 외면하지 않아 줘서.

날 위해 두 손을 더럽힌 당신을, 나는 잊을 수 없을 거야.

"나도."

일라이는 짤막하게 답하고는 레티시아의 고개를 제 가슴팍에 묻게 했다.

테레사가 보게 되면 분명 물을 것이다.

윈터의 정령술사를, 감히 울게 한 자가 대악마 〈탐욕〉의 계약자인 일라이 네르바드냐고.

하지만 일라이는 테레사가 그렇게 물어도, 잔느가 의심의 눈길을 보내도, 아네스가 '네가 그럼 그렇지' 하고 게슴츠레 쳐다봐도 말하지 않을 생각이었다.

오직 제 품에서만 레티시아가 쉴 수 있다는 사실을.

"나…… 윈터 백작님이 정말로 보고 싶어."

레티시아의 중얼거림에 일라이는 한쪽 눈썹을 치켜올렸다가 다시 내렸다.

제 품이 아니라도 좋다면, 뭐 어쩔 수 없긴 한데…….

그래도 레티시아가 흘려보낸 눈물, 그것을 지켜 주었던 시간만은 일라이 자신의 것이었다.

"그런데 내색은 하지 않을 거야……. 더는 전처럼 상처받고 싶지 않아."

"그러도록 해. 레티, 네가 원하는 대로."

일라이는 그렇게 말하며 레티시아의 눈가를 훔쳐 주었다. 여전히 시선은 창문 너머를 향한 채로.

이제 곧, 두 사람이 탄 마차가 윈터에 도착할 시간이었다.

* * *

"윈터가 너를 기다리고 있었다."

드넓은 단상 위, 철로 된 왕좌에 앉은 백발의 여자가 몸을 일으켰다. 북부의 주인. 하얀 늑대 일족의 수장. 말로만 듣던 그 '테레사 윈터'가 레티시아의 눈앞에 있었다.

마차에서 내린 직후부터 곁을 지키던 일라이가 레티시아의 안색을 살폈다. 긴장했는지 약간은 굳은 듯 보였지만, 무심한 눈빛은 여전했다.

일라이는 자리를 벗어나기 전, 레티시아의 어깨를 살짝 잡고서 그녀의 귓가에 속삭였다. 잠깐 자리를 비킬 뿐, 곁에 남아 주겠노라고. 여기서부터는 윈터의 일이라고 생각했기에 레티시아를 홀로 두고 뒤로 물러났다.

'테레사. 하얀 늑대의 주인이 내 눈앞에 있어……'

레티시아의 두 눈동자가 떨렸다.

꿈에도 그리던 테레사를 직접 보게 되었다.

가슴이 벅차올라 평온을 유지하기 어려웠지만, 레티시아는 시선을 내리깔며 태연한 얼굴을 해 보였다.

하얀 제복. 그리고 흰 모피 코트를 걸친 윈터 백작이 왕좌라고 느껴질 만큼 오래된 의자에서 내려왔다. 그리고 새하얀 로브를 쓰고 있던 레티시아에게 손을 내밀었다.

"그대와 나, 분명 이전에 만났었지."

테레사는 나른한 목소리로 말하고는 레티시아의 손을 맞잡았다. 여태 기다려 왔던 말을 드디어 전했다.

"들어라, 레티시아."

테레사가 붉은 눈을 빛내며 차가운 입술을 떼었다.

"가문의 금고든, 드높은 명예든, 원하는 게 세상이라면……."

레티시아의 손을 잡아끌며 천천히 고개를 숙였다.

"그래. 대범하게도 세상을 원한다면, 윈터가 네게 바치겠다."

세상에서 가장 강한 북부의 왕이 손수 고개를 숙였다.

하얀 늑대, 테레사의 붉은 입술이 레티시아의 손등에 부드럽게 닿았다.

레티시아를 가로막는 것이 신성 가문 마네르든, 황가든 테레사는 상관이 없었다. 윈터가 끝까지 지키면 될 일이었기 때문이었다. 하얀 늑대가 직접 검을 들어 모두 섬멸하리라.

성 안 모두가 레티시아와 그녀의 머리에 꽂힌 진주 핀을 바라보았다.

흔하디흔한 진주 따위가 아니다. 지금의 윈터 백작, 테레사가 그녀의 어머니로부터 물려받은 윈터의 가보. 태고의 정령석으로 만든 보물 중의 보물이었다.

그것을 지닌 낯선 소녀에게 모두의 관심이 쏠리는 건 당연한 일이었다.

그런데 더 놀라운 일이 벌어졌다.

성주인 테레사가 레티시아 앞에서 한쪽 무릎을 꿇은 것이다.

소녀의 것보다 더 짙고 어둑한 적안이 가히 말할 수 없는 감정을 담고서 레티시아를 바라보았다. 눈이 마주친 순간, 레티시아는 떨리는 숨을 감추고자 작은 숨을 들이쉬었다.

바로 그때.

죽음의 성, 모르스보다 더 안쪽에 있는 윈터의 중앙 성, 레벤.

백색 성의 유리창 너머로 휘몰아치던 눈보라가 찰나에 사그라들었다.

그 사실을 아는 건 쌍둥이 남매, 잔느와 아녜스뿐이었다. 모두 레티시아를 바라보느라 넋이 나갔기 때문이리라.

살아오면서 테레사는 이토록 떨어 본 적이 없었다.

레티시아를 만나기 전까지는.

북부의 주인.

철혈 백작이라 불리는 테레사가 제복을 감싸던 흰 모피 자락을 뒤로 물렸다.

눈앞의 소녀가 똑같은 감정을 가졌음을 모른 채, 레티시아를 바라보며 입술을 다시 뗐다. 그리고 제국의 주인인 황제에게도 숙인 적 없던 허리를 깊이 숙이고, 꿇은 적 없는 한쪽 무릎을 꿇고서 레티시아를 깊은 시선으로 마주 보았다.

마침내 테레사 그녀가, 그리고 그녀의 어머니가 그토록 하고 싶었던 말을 차가운 숨과 함께 흘려보냈다.

"윈터의 테레사가 대륙 유일의 정령술사를 비호할 것이다."

레벤 성의 모두가 들을 수 있게 엄숙하고도 낮은 목소리였다.

백작의 엄숙한 말에 레벤 성의 모두가 고개를 숙였다. 집사, 나브티스 또한 가슴에 손을 얹고 예를 다했다.

그에 비해 고개를 든 두 사람은 딱 두 명이었다.

팔짱을 낀 채 레티시아를 빤히 쳐다보는 은발의 소녀, 잔느.

그리고 레티시아와 눈이 마주치자 씩 웃어 주는 아녜스 윈터였다.

테레사가 굽혔던 무릎을 펴고 레티시아의 손을 놔주었다. 잠깐의 온기가 닿은 손이 무척이나 따뜻해서 레티시아는 놀라고 말았다.

'하얀 여왕이래서…….'

손이 차가운 줄 알았는데, 백작의 손은 레티시아의 것보다 더 따뜻했다.

"집사."

몸을 일으킨 테레사가 몸을 옆으로 돌리며 나브티스에게 알렸다.

"레벤 성의 손님방 중에서, 가장 좋은 방을 내주어라."

"그냥 제 방에서 같이 자도 되는데⋯⋯."

아네스가 순수한 얼굴로 말하자, 테레사가 한쪽 눈썹을 치켜올렸다.

"언제 봤다고 그런 말을 하는 거냐, 아네스."

"운명적인 만남이 있었죠."

"만났으면 이야기를 해야지."

"어머님께서 바쁘시다고⋯⋯ 제 이야기 안 들으신 건데."

꼬박꼬박 말대답하는 아네스를 보며 테레사는 깊은 한숨을 내쉬었다. 그리고 눈을 동그랗게 뜬 아네스에게 성큼성큼 다가갔다.

'⋯⋯아네스, 용감하네. 날아갈 텐데.'

악명 높은 철혈 백작으로 유명했기에, 레티시아는 테레사가 아네스를 때릴 거라고 생각했다. 하지만 그녀의 예상과 다르게 아무 일도 일어나지 않았다.

"아네스 윈터. 머리는 항상 단정히 하고 다니랬지."

테레사는 한숨을 재차 내쉬고는 어딘가 삐뚤어 보이는 아네스의 머리를 매만져 주었다. 다정한 것 같기도, 아닌 것 같기도 한 모습에 레티시아는 눈을 깜빡였다.

"그럼 네르바드 소후작. 아니, 후작은⋯⋯."

"일라이는 내쫓죠, 어머니."

"맞아요. 일라이는 아무 데서나 자라고 해요."

잔느와 아네스가 쌍둥이란 걸 증명이라도 하듯, 사촌지간인 일라이에게 눈치를 주었다. 레티시아가 걱정스레 일라이를 쳐다보자, 그가 '매번 이랬다'라며 고개를 숙인 채 입 모양으로 전했다. 묘하게 다정해 보이는 모습에 테레사는 한쪽 눈썹을 다시 치켜올렸다.

"네르바드 후작은⋯⋯. 가장 끝 방으로 하도록 하지."

"전 어디든 상관없습니다, 백작님."

"그래, 그러면 됐다. 공녀가 머물 방과 가장 멀리 떨어진 끝 방으로 주어라."

"……상관있습니다, 백작님."

그 끝 방이 레티시아와 떨어진 끝 방일 줄은 몰랐지. 뒤늦게 일라이가 입술을 깨물고 항의하려던 때였다.

"여긴 윈터, 내 성이지."

테레사는 픽 웃고는 일라이를 끝 방으로 안내하라는 명령을 거두지 않았다. 오히려 중앙의 방보다는 더 크고 아늑할 텐데, 일라이는 못마땅한 얼굴로 뺨을 긁적였다.

'멀잖아……'

레티시아에게 자주 놀러 가야 하는데. 윈터의 성은 쓸데없이 넓었다.

"하인이 벽난로를 피워 놨을 테니, 이만 들어가서 쉬어라. 자세한 이야기는 차차 머물면서 하도록 하지."

테레사의 배려에 레티시아는 고개를 끄덕였다.

얼음 인형처럼 서 있던 시종들은 그제야 자유를 되찾고 부산스레 움직이기 시작했다. 선명한 붉은 눈을 다들 알아보았으나 그 누구도 레티시아를 '알레타 출신'이라며 얕잡아 보거나 경멸하지 않았다.

오히려…….

"연약한 남부인은 가장 따뜻하고 좋은 방에서 머물러야 하는 법이다."

테레사가 레티시아를 빤히 쳐다보며 중얼거렸다.

철혈의 윈터 백작이 한 소녀를 마치 툭, 건드리면 깨질 것 같은 유리 조각처럼 대하고 있었다. 그건 윈터가의 사용인들도 마찬가지인지 다들 저마다 걱정스레 바라보고 있었다.

'윈터에서 지내기 어려우실 텐데…….'

'3일도 못 버티고 도망가시겠지?'

'저 남부의 아이가 이런 혹한을 버틸 수 있으려나?'

한겨울에 오갈 데 없이 집에서 쫓겨난 작고 가엾은 다람쥐를 보는 것처럼.

* * *

그날 밤, 처음으로 넓은 방에서 자게 된 레티시아는 한참을 뒤척였다. 몸을 이리저리 움직여 봐도 잠이 오기는커녕, 눈만 말똥말똥했다.

'윈터의 테레사……. 멋졌어.'

그에 비하면 같은 가주인 가이안 마네르는…….

레티시아는 달리 덧붙이지 않기로 했다. 그러고는 잠을 청하려 억지로 두 눈을 감았다.

'자야 돼. 얼른 자자. 난 객식구니까, 폐 끼치면 안 돼.'

식사 시간이나 방 정리하는 시간에 맞추는 것은 물론, 윈터가의 사용인들이 신경 쓰지 않도록 조용히 지내는 게 좋았다. 그까짓 폐 좀 끼칠 수 있는 거 아니냐고 하기에는, 레티시아는 오랫동안 눈치를 보며 살아왔다.

마네르 공작가에는 개차반들만 모여 있어서 기 싸움을 하느라 피곤했지만……. 윈터에선 그런 모습을 전혀 찾아볼 수 없었다. 레티시아는 마음이 평온하면서도 알 수 없는 기분에 사로잡혀 잠이 들지 못했다.

'3인방은 제대로 도착했으려나? 일라이가 막 버린 건 아니겠지…….'

세 명의 얼굴이 새록새록 떠올랐다.

야비했던 카라의 얼굴이 눈치 보느라 불쌍한 족제비로 변했고, 빼질거리던 파베르는 안쓰러운 너구리로 변해 갔다.

그리고 글란츠는…….

하악, 거리며 코브라와 맞서는 벌꿀오소리가 생각나 레티시아는 오히려 잠이 더 깨 버렸다.

'글란츠가 알아서 잘 데려왔겠지. 생존력이 좀 높아 보이니까.'

레티시아는 세 명에 대한 걱정은 접어 두고 그녀의 앞길을 좀 더 생각해 보기로 했다. ……그래야 하는데.

부스럭.

아까부터 문가에서 나는 소리에 레티시아는 귀를 쫑긋 세웠다. 처음 소리가 난 후로 30분은 더 지난 것 같은데, 계속해서 부스럭거리는 소리가 들렸다.

'들쥐? 성은 깨끗해 보였는데.'

이제는 속닥거리는 목소리까지 들리자, 레티시아는 조심스레 몸을 일으켰다.

방에는 벽난로를 켜 둬 훈기가 감돌았고, 집사가 건네준 잠옷은 새하얀 늑대 털로 된 데다 목깃과 소맷귀는 담비 털로 되어 있어 훨씬 따뜻했다. 레티시아는 조심스레 움직여 땅을 밟고서 문가로 향했다.

벌컥.

조심스레 걷던 것과 달리 성격대로 시원하게 문을 연 레티시아가 눈을 깜빡였다. 문 앞에는 자고 있어야 할 일라이가 아네스의 멱살을 쥐고 있었다.

"……아, 레티."

일라이는 레티시아와 두 눈이 마주치자 슬쩍 아네스의 목깃을 쥐던 손을 떼어 냈다.

"왜 둘이 싸우는 거야?"

"싸우는 거 아냐. 이 자식이 말도 안 되는 소리를 하잖아."

일라이가 신경질적으로 머리를 쓸어 올리며 아네스를 노려보았다.

"미색이가 반갑다고 인사하러 가래서, 난 그냥 온 것뿐인데……."

아네스는 눈썹을 올리며 억울하단 표정을 지어 보였다.

잠시 들른 것뿐이란 말과는 달리 아네스는 고깔모자에, 두툼한 흰 잠옷을 입고 베개를 끌어안고 있었다. 자세히 보니 체스 말이라든가, 장난감도 잔뜩 껴안은 채다.

레티시아가 왜 온 거냐고 묻기도 전에 일라이가 말을 가로챘다.

"너랑 같이 자겠다잖아. 이 개자식이……."

"왜 욕을 해? 난 깜짝 파티 해 주러 온 건데."

"여기가 무슨 연회장이야? 레티는 남부에서 오느라 힘들었는데 쉬게 둬야지."

"뭐래. 남부에서 오느라 고생했으니 더 재밌게 놀아 줘야지. 같이 체스도 두고……."

"한방에 있겠다고? 안 돼."

아네스가 순수한 얼굴로 말하자, 일라이는 경멸하듯 쳐다보더니 단호한 태도를 보였다.

"내가 레티시아와 논다는데 네가 뭔 자격으로 끼어드는 거야, 네르바드."

아네스가 조금 짜증이 올라 일라이를 노려보며 싸늘히 말했다.

하여간, 이래서 남자들은 안 된다. 좋아하는 티 팍팍 내는 거로 모자라, 마탑주나 돼서 호위처럼 문 앞을 지키고 있다니.

물론 일라이는 아직 정식으로 마탑주 자리에 앉지는 못했지만, 된다 해도 오늘처럼 굴 것이 분명했다.

"네가 뭔데 윈터의 손님에게 집착해? 네 사람 아니잖아."

아네스는 그리 말하며 정곡을 찔린 일라이의 어깨를 보란 듯이 치고 레티시아에게 다가왔다.

"잠 안 와? 이 언니가 놀아 줄까?"

"……백작님께서 싫어하실 거야. 아네스 너는 그분의 딸이니 괜찮지만, 나는 얌전히 있어야 해."

"어머님은 그런 사람 아니야. 객식구라고 얌전히 있어야 하는 법이 어디 있어?"

객식구라는 말에 레티시아는 잠깐 침묵했다.

은근히 말에 뼈가 있단 말이지…….

"사실 어머님……. 딸인 내가 이리저리 다니는 거 제일 눈치 주는 사람이야. 객식구한텐 관대할걸?"

"……그래?"

레티시아가 관심을 보이자 아네스는 특히 반색했다.

저번에는 레티시아 앞에서 금쪽같은 사과도 떨어뜨리고, 이세계 언어도 제대로 못 가르쳐 줘서 '네 대악마는 여섯 살이니?'라는 상처받는 말을 들었다. 하지만 여기는 윈터. 아네스의 본거지였으니, 똑똑하고 멋진 언니의 모습을 보여 줄 생각이었다.

"내가 체스 가르쳐 줄게. 너희 남부인은 놀고먹느라 체스 같은 게임은 고리타분하다고 안 한다며?"

"……응, 자주 안 했어. 나랑 둬 주는 사람이 없어서."

레티시아는 솔직히 답하고는 어깨를 으쓱했다. 그리고 아네스를 경계하듯 서 있는 일라이에게 다가가 그의 소맷자락을 붙잡아 끌었다.

"쥐 죽은 듯이, 얌전히……."

"있을 거라고?"

마네르에서도 그랬으면서 윈터에서도 그렇게 지낼 거라고? 일라이가 답답한 마음에 뭐라 하려던 때였다.

"체스 두자."

레티시아가 활짝 웃으며 일라이가 거부할 수 없게 잡아끌었다. 넋이 나가 끌려가는 일라이를 보며 아네스는 속으로 생각했다.

'호구 자식.'

아예 간이고 쓸개고 다 내주겠네.

그에 비하면 아네스는 레티시아의 웃음에 면역이 되어 있었다. 대악마 〈미색〉의 계약자인 자기가 더 예쁘다고 생각했기 때문이었다.

레티시아도 천사처럼 생기긴 했지만.

* * *

"너 사기 친 거지?! 밥만 먹고 체스만 둔 거지?"

레티시아와 열 번을 겨뤘는데, 아네스는 정확히 열 번을 져 버렸다.

화가 난 아네스가 씩씩거리며 자신이 들고 온 베개를 짓눌렀다.

"먼지 나, 아네스. 그러면 하녀들이 청소하기 어렵잖아."

레티시아가 뭐라 해서 차마 베개를 세게 치진 못하고, 꾹꾹 누르는 정도였지만.

"내가 윈터의 직계 혈족인데……. 내가 먼저야, 하녀들이 먼저야?"

"굳이 골라야 하나? 아무튼, 난 직접 방 치워 봐서 알아. 작은 방 하나도 정리하는 거 힘들어."

"난 내가 치운 적 없는데. 너희 집엔 하인들 없었어?"

아네스가 '어떻게 그런 가난한 귀족 집안이 있지?' 하고 혀를 끌끌 찼을 때였다.

"마네르가 윈터보다 더 부자야."

일라이가 딱 잘라 말했다. 아네스는 '누가 누굴 걱정한 거지' 하고 잠깐 생각했다. 이래서 북부인들이 남부 중앙 귀족은 걱정하는 게 아니라는 말이 떠도나 보다.

베개 꾹꾹이를 마친 아네스가 조금 진정됐는지 레티시아에게 물었다.

"근데, 레티시아 넌 왜 돈 많은 집을 뛰쳐나와 윈터로 온 거야? 우리 윈터가 50년 전, 저주가 시작되기 전에는 잘 나갔지만……."

지금은 좀 휘청이거든. 아네스는 그리 말하려다가 '어디 가서 윈터의 명예를 깎지 마라.'는 어머니의 말이 생각나 입을 다물었다.

"너 잘못 선택한 거야. 어머니는 용돈 잘 안 줘. 칼같이 아끼셔."

"그럼 아네스 넌 용돈 없이 어떻게 생활하는 건데?"

"그냥, 뭐. 기사들하고 악수해 주고, 가끔 윙크도 해 줘서 푼돈 뜯어먹는 건데……."

"귀족이 그래도 되는 거야?"

"……미색이 가르쳐 줬어. 몇몇 잘생긴 이세계의 별들은 그렇게 푼돈을 뜯어낸대. 잔느는 용돈 좀 받는 것 같지만."

잔느는 책과 검을 샀고, 아네스는 닥치는 대로 드레스와 레이스를 끌어모았다.

단지 그 차이였는데, 어머니는 잔느에게만 용돈을 주고 아네스에게는 칼같이 아끼셨다.

"정말 너무해. 그깟 검과 책이 뭐 대수라고……. 검은 죽으면 못 쓰는 거고, 책은 벽난로에 던지면 땔감일 뿐인데. 보기만 해도 기분 좋고 예쁜 레이스가 더 귀한 거 아니야?"

아네스는 테레사 백작이 그 누구보다 편파적이라며 약간의 흉을 봤다. 흉을 보면서도 테레사가 나타날까 봐 뒤를 세 차례나 돌아보았다.

'왜 편파적인지 알겠다…….'

레티시아는 그렇게 생각했지만, 아네스가 속상해 보여서 그리 말은 하지 않았다. 대단히 철이 없구나, 하고 표정으로 대신 말했을 뿐이다.

레티시아와 눈이 마주쳤지만, 아네스는 못 본 척했다. 그리고 괜히 체스가 재미없어졌다며 손으로 확 밀었다. 그마저도 먼지가 날까 봐 조심조심 미는 정도였다.

"너 체스 선수야? 얼마 안 됐다더니……. 날 가지고 농락했어."

"네가 못하는 거겠지, 아네스 윈터."

게임에 끼어들진 않고 지켜만 보던 일라이가 레티시아의 편을 들었다. 가뜩이나 열 번 겨뤄서 열 번을 졌는데 악마 자식이 레티시아의 편을 드니 아네스는 조금 짜증이 치밀었다.

아네스가 후, 한숨을 내쉬고는 레티시아를 향해 손가락을 까닥였다.

"아무튼, 너도 나처럼 기사들에게 비, 빙……. 아, 삥! 삥 뜯는 수밖에 없어. 어머니가 객식구한텐 용돈 안 주실 거야."

아네스는 확신하며 레티시아에게 "용돈 벌 방법을 생각해 둬라"라고 언니가 동생을 타이르듯 말했다. 이야기를 듣던 일라이가 답답한 듯 목깃을 풀더니 레티시아에게 선포하듯 말했다.

"한 4년만. 아니, 3년만 더 기다려, 레티. 그때 마탑주가 되면 돈 쓸어다 줄게."

지금의 일라이는 윈터 백작에게 푼돈이나 빌리는 신세였다. 아네스가 '어, 네르바드의 얼굴만 볼만한 빚쟁이다!' 하고 비웃을 만큼.

"당신이 왜?"

레티시아는 시큰둥하게 물었고, 그런 그녀와 일라이를 번갈아 쳐다보던 아네스는 천진난만하게 웃으며 말했다.

"그러게. 레티시아는 이제 윈터에 머물기로 했으니까, 서부 외지인은 빠져."

다정하다 못해 상냥한 미소에 일라이는 주먹을 꽉 쥐었다.

"여우 같은 놈. 사내자……."

'사내자식'이라고 말할 뻔한 일라이가 가까스로 입술을 다물었다.

"사……. 사과 먹고 싶다는 거지?"

아네스가 낮게 중얼거리더니 일라이에게 다가갔다. 그리고 그를 끌어안는 척하며 귓가에 나른히 속삭였다.

"죽고 싶어, 탐욕?"

"죽여 봐, 이 변태 미색 자식."

"그럼 못 죽일 줄 알아? 네 삼촌이 윈터의 테레사 손에 죽은 거 알지?"

"미친놈. 내 삼촌이 네 친부였다고."

"아니, 그놈은 더러운 네르바드의 핏줄이었어."

"그리고 넌 그놈 자식이고."

"기분 나쁘게 그놈 자식이라고 하지 마!"

아네스와 일라이가 서로를 보며 으르렁거리는 사이, 레티시아는 흩어진 체스 말을 정리하기 시작했다.

둘 다 레티시아보다 세 살이나 많았지만, 이전 생에 열여덟이었던 자신이 좀 치워야 할 것 같았다. 그리고 이제 공녀도 뭣도 아니니 이런 일은 스스로 해야 한다.

체스 말을 종이상자에 집어놓고, 아네스가 어지른 방을 치운 레티시아가 손뼉을 작게 쳤다.

짝!

그 소리에 놀란 아네스와 일라이가 서로를 죽일 듯이 노려보는 것을 그만두었다.

"오늘 즐거웠어. 내일 보자."

소녀다운 맑은 목소리에 두 소년은 생각했다.

피곤하니까 이만 사이좋게 나가 달란 뜻이로군.

명백한 축객령에 아네스는 체스 장난감과 베개를 든 채 쫓겨났고, 일라이도 군말 없이 나왔다. 서로를 노려보던 두 소년이 누가 먼저일 것도 없이 등을 돌려 각자 갈 길을 떠났다.

'여우 자식.'

'질척이는 마탑주 놈.'

둘 다 똑같은 대악마의 계약자면서, 서로를 심하게 욕하는 것도 잊지 않았다.

chapter 8
염화

원터로 온 후 일주일이 금방 지나갔다. 레티시아는 원터의 객식구로서 '도대체 그 벌꿀오소리 3인방은 언제 오는 거지' 하고 생각하면서도 꽤 잘 적응하는 편이었다.

일라이도 자연스레 레티시아를 따라 원터의 레벤 성에서 지내게 되었다.

테레사는 워낙 바빠서 얼굴을 보기 힘들었다. 하지만 매일 아침 집사 나브티스가 찾으러 왔기에 레티시아는 쌍둥이 자매와 함께 식사하곤 했다.

원터가의 집사가 자신의 이름을 '나브티스'라고 밝히고 나서야, 레티시아는 공작저에서 만났던 대사제가 테레사였음을 확신할 수 있었다. 진짜 '나브티스'는 더 이상 대사제가 아니며, 집사로 일하며 원터에 충성을 바친다는 사실도 알게 되었다.

여유로운 정오의 식당 안.

갓 구운 빵에 잼을 얹어 먹으려는 레티시아에게 아네스가 눈치 없이 말했다.

"너네 아버지한테 편지 온 것 같더라? 그 돈 많다던 마네르 공작 말이야."

"……누구에게서 왔다고?"

레티시아의 손이 잘게 떨렸다. 가이안이 포기하지 않으리란 건 잘 알고 있었다. 그래서 다시는 찾지 말라고 그런 식으로 가문을 박차고 나왔는데……. 아직도 붙잡으려 한다고?

만약, 다시 또 마네르 공작가로 돌아가야 한다면…….

레티시아는 고개를 숙인 채 입술을 깨물었다. 잘게 떨리는 손이 드레스 자락을 꽉 쥐었다.

그때였다. 손 위로 따뜻한 온기가 느껴지더니 일라이가 말없이 레티시아의 손을 잡아 주었다.

일라이는 시선을 여전히 음식에 고정한 채 먹는 둥 마는 둥 했지만, 손을 꽉 쥐는 온기는 오늘따라 따뜻했다.

그리고 레티시아의 다른 손 위에 살포시 올려진 또 다른 손이 있었다.

레티시아가 고개를 돌리자 은색의 긴 머리를 단정히 묶은 아네스가 턱을 괸 채 그녀를 빤히 보고 있었다. 그리고 말했다.

"너희 아빠, 진짜 질기더라. 일주일 사이에 서신이 스무 개나 쌓였어. 좀 무섭던데……. 스토커 같아."

아네스는 질긴 남자들은 딱 질색이라며 고개를 내저었다. 그 모습을 보던 잔느가 아네스에게 경고의 눈짓을 보냈다.

"아네스, 너. 눈치는 대악마 미색에게 팔아먹었니?"

"잔느 언니도 봤잖아. 어머님 집무실에 서신 한가득 쌓인 거."

"그렇다고 그걸 애 앞에서 말하면 어떡해? 밥 먹다 체하게."

"언니가 말해야 하는 거 아니냐고 먼저 나한테 그랬잖아!"

"아네스 윈터! 언니라 부르지 말랬지!"

까다롭기는! 아네스는 잔느를 흘기다 괜스레 가만히 있던 일라이를 타박했다.

"어이, 네르바드. 적당히 꼬리 쳐."

"내가 뭘?"

"레티시아 손은 왜 잡는 건데."

아네스의 말에 모두의 시선이 일라이에게 향했다. 정확히는 레티시아의 손을 덮고 있는 소년의 손이었다.

일라이는 무표정한 얼굴로 스푼을 움직이고는 말없이 식사에 열중했다. 그의 귓불이 조금 빨개진 것을 보고 아네스가 '허' 하고 혀를 찼다.

"너도 참 바쁘다. 마탑주 될 준비 하랴, 혼자서 상상 연애하랴."

아네스의 빈정거림에 일라이가 한쪽 눈썹을 치켜올렸다.

상상 연애라니, 너무 심한 말 아닌가.

아네스는 일라이의 따가운 시선을 무시하고는 레티시아에게 상냥히 물었다.

"이따 나와 소꿉놀이할래? 넌 열한 살 아기니까, 이 언니가 놀아 줄게."

"……아, 그거. 내가 제일 싫어하는 건데."

레티시아는 행여 아네스 윈터와 소꿉놀이를 하게 될까 봐 경계했다. 미리 역할을 정해 두고, 주어진 역에 따라서만 움직여야 하는 것이 싫었다.

사생아에서 후계자가 되었던 레티시아는 늘 '사생아'답게 기죽은 채 다녀야 했고, '후계자'로서 원하는 삶을 사는 대신 자신을 죽여야 했다.

그런 데다 아네스처럼 프릴이 달린 드레스를 입고 "안녕, 프린세스 아네스!"라며 놀아야 할까 봐 진심으로 무서워졌다.

"그럼 넌 뭐 좋아하는데?"

"……딱히 없어."

레티시아는 잠깐 망설였지만, 사실대로 답했다.

좋아하는 게 없는 사람이 어디 있겠는가. 하지만 갑자기 물어오니 말문이 턱 막혀서 나오지 않았다. 뭘 좋아하는지 알려면 그게 뭐든 누려 봐야 하는데, 레티시아는 공작가의 방에 갇히듯 지낸 게 다였기 때문이었다.

"나처럼 드레스를 모으는 걸 좋아한다던가, 잔느처럼 사냥을 나간다던가. 그런 거 없어?"

"……."

"넌 도대체 어떤 삶을……."

"아네스."

엄숙한 부름에 아네스가 찌푸렸던 얼굴 그대로 고개를 돌렸다. 그곳에는 무표정한 얼굴의 어머니, 테레사 윈터가 있었다. 테레사는 별다른 말을 하는 대신 아네스에게 손을 까닥였다. 와 보라는 손짓이었다.

좋은 말로 할 때.

"어, 왜, 왜요? 어머님."

아네스는 언제 으스댔냐는 듯 다소곳한 자세로 손을 모으고는 테레사에게 종종걸음으로 다가갔다.

"레티시아는 연약한 남부인이니, 네가 좀 돌봐 주거라."

"여, 연, 연약이요? 쟤가요?"

아네스가 넋이 나가 레티시아를 손가락질했다.

베르타의 안식을 손목에 두르는 애가 연약하다고? 중앙 교단에 있는 태고의 정령석도 처참히 박살을 냈는데?

"하지만, 어머님. 연약한 것과는 거리가 먼데요……."

테레사는 '연약한 남부인은 우리가 지켜줘야 한다.'고 딱 두 번 말했다.

"쟤, 크루아상도 하녀 입에 막 처넣고! 대악마도 무시하고! 막 그런 나쁜 앤데요?"

"……군말 말고."

따르란 뜻에 아네스는 억울하단 얼굴을 해 보였지만, 테레사는 단호했다.

"쟤 막 대악마도 우습게 본다니까요?"

"네가 우습게 행동한 거겠지. 그러니 너의 미색이 우스워 보이는 법이고."

「하암, 그래. 다 네 탓이야. 아네스.」

이른 아침이라 졸린지, 대악마 아스타로트가 하품하며 답했다. 아네스가 가슴께를 치면서 레티시아를 손으로 가리켰다.

"쟤가 눈빛만으로 모몬토 남작 무릎 꿇게 한 무서운 애라고요!"

미색마저 '네 탓'이라며 거들자 아네스는 제 긴 머리를 쥐어뜯을 것처럼 붙잡으며 외쳤다.

"얌전하고 조용한 아이를 모함하지 마라."

테레사는 아네스의 들썩이는 가발을 보고 강한 악력으로 눌렀다.

"그리고, 아네스 윈터. 머리는 항상 단정하게 해야지?"

"어머님! 쟤한테 이미 들켰다고요!"

아네스가 억울한 듯 외치자 테레사의 시선이 그제야 레티시아에게 향했다. 레티시아는 '난 아무것도 몰라요' 하는 얼굴로 천진난만하게 쿠키만 먹고 있었다. 아네스가 사과 두 개를 가슴에 끼우고 다닌다고 아는 척해 봤자, 별로 좋은 일이 일어나지 않을 거란 예상에서였다.

잔느도 모른 척 차가운 얼음만 씹어 댔고, 일라이는 어느새 레티시아를 잡던 손을 떼어 낸 뒤였다. 테레사가 도착하자마자 떼어 낸 손에 잔느는 '고놈, 참 빠르네' 하고 잠깐 생각했다.

아네스가 레티시아를 여전히 손으로 가리킨 채 중얼거렸다.

"나 가슴 없는 거 이미 쟤한테 들, 켰……."

어느새 테레사의 뒤에 있던 집사, 나브티스가 나타나 아네스의 입을 산뜻하게 막았다.

"어머나? 아네스 아가씨도 참."

그리고 아네스의 드레스 위로 올라온 두 개의 사과를 보고 안도했다.

변태 대악마로 불리는 〈미색〉의 계약자.

대악마 아스타로트의 요구로 성년이 될 때까지 '여자'로 살아야 하는 가련한 소년……이라기엔 이제 본인도 즐기는 것 같았다. 어쨌든 그 아네스 때문에 고고한 윈터의 명예를 낮출 수 없는 법.

"하, 알았어요. 제가 레티시아와 한방에서 자면서 챙기면 되는 거잖아요?"

드륵!

얌전히 식사하던 일라이가 자리에서 벌떡 일어났다. 의자가 끌리고 흑발의 소년이 사납게 아네스를 노려보며 읊조렸다.

"누구와 한방에서 잔다고?"

일라이가 어이없어서 헛웃음을 흘렸지만, 아네스는 영문을 모르겠단 얼굴로 눈을 깜빡였다.

"내가 저…… 연약한 남부인하고 같은 방에서 소꿉놀이하며……."

"음흉한 자식."

잔느가 경멸을 드러내고는 다시 얼음을 씹는 데 집중했다. 한여름에는 차가운 커피를 잔뜩 타서 얼음을 씹는 게 나름의 행복이었다.

다른 곳이야, 여름이면 특히 얼음이 귀하겠지만 윈터에는 얼음이 흔하디흔했다. 계속되는 겨울의 저주로 멀쩡한 것도 다 얼어붙는 윈터였기 때문이었다. 오히려 뜨거운 물이 더 귀했다.

그나마 이 성에는 대정령의 힘이 닿지 않아 그리 춥지 않았지만. 그렇다 해도 남부인 기준으로는 얇은 옷 입고 다녔다간 얼어 죽기 십상이었다.

"왜 그런 말을 했지, 아네스? 연약하고 작은 레티시아와 한방에서 지내겠다고?"

"네, 여자끼리……."

아네스는 그렇게 답하다가 조금 찔려서 고개를 숙였다. 예전이라면 "윈터 여자 중에서 내가 제일 예뻐" 하며 씩 웃었겠지만, 지금은 '여자'라고 말하는 게 왠지 거짓말 같아 양심이 찔렸다.

그걸 지켜보던 일라이가 경멸하는 얼굴로 아네스를 쳐다보았다. 저런 발칙한 자식…… 하면서.

"제가 한방에서 같이 머물겠습니다."

일라이의 말에 테레사가 그에게로 고개를 돌렸다. 어둑한 적안이 그를 향하자 일라이는 저도 모르게 긴장하고 말았다.

"기각."

테레사는 손을 들어 일라이의 제안을 무참히 짓밟고는 잔느에게 눈짓했다.

"아직 아기니 같이 잘 사람이 필요할 수도 있겠지. 잔느, 네가 옆에서 같이 있어 줘라."

"……싫어요, 어머니. 제가 왜 연약한 남부인을 챙겨야 하는데요?"

연약하다는 소리를 열 번 듣게 된 레티시아가 괜히 고개를 숙였다. 이제껏 무언가를 부수고, 치워 버리고, 없앤 적은 있어도……. 딱히 연약하게 굴었던 적은 없었던 것 같은데.

'양치기 소녀가 된 것 같아.'

아네스가 느끼는 기분을 레티시아가 똑같이 느낄 때쯤.

"마네르의 레티시아."

테레사가 그녀를 불렀다. 그러다 실수를 깨닫고는 한쪽 눈썹을 치켜 올렸다.

"……네, 백작님."

"아니. 그냥 레티시아."

테레사는 그리 말하며 레티시아에게 오라는 손짓을 보냈다. 레티시아가 자리에서 일어나 테레사에게 다가가자, 그녀는 저보다 자그마한 소녀에게 무언가를 건넸다.

서신이었다.

"왜, 서신을 제게……."

"마네르 공작이 네게 보낸 것이다."

"……."

레티시아는 대답하지 않고서 테레사가 건넨 서신을 물끄러미 쳐다보았다.

이걸 받으라는 뜻인가? 서신만 받으면 되나?

'아니. 서신을 받고 윈터에서 나가 달라는 소리일지도…….'

마네르 공작이 윈터에 압박을 가한 걸까. 아니면 가문의 귀한 성유물을 내줄 테니, 나를 남부로 돌려보내라고 협상이라도 한 건가.

레티시아는 작은 숨을 들이켰다. 덜덜 떨리는 손이 서신 끝에 닿았다.

테레사가 서신을 그대로 놓는 대신 붙잡고 있었기 때문에, 묘한 대치가 계속되는 중이었다.

"……받기 싫다면."

테레사는 레티시아가 서신을 가져갈 때까지 잠깐 기다려 주었다. 하지만 연약한 남부의 아이는 서신을 그냥 붙잡았을 뿐 가져가려는 의향은 없어 보였다.

"……받고 싶지 않아요."

레티시아는 고개를 숙인 채 작게 중얼거렸다.

윈터 백작에게 말해 버렸다. 가족도, 주군도, 친척도 아닌 남에게.

그것도 북부를 다스리는 하얀 늑대에게 속마음을 그대로 내비쳤다.

그래선 안 되었다. 윈터의 객식구로 왔으니 '네, 받을게요' 하고 얌전히 따라야 했다.

"……흐음."

테레사는 낮은 숨을 흘리고는 레티시아를 물끄러미 내려다보았다. 그러다가 레티시아가 잡은 서신을 자신의 쪽으로 천천히 이끌었다. 힘없이 딸려가던 손이 어느 순간 놓였다. 레티시아가 가문에서 온 편지를 놓았기 때문에, 마네르 공작이 보낸 서신은 테레사의 것이 되었다.

"내가 읽어도 되겠느냐?"

"……네, 백작님."

레티시아는 고개를 끄덕였다. 잠시 후, 페이퍼 나이프 없이 서신을 쫙 뜯은 테레사가 무표정한 얼굴로 공작이 보낸 서신을 훑었다.

대충, 뭐…….

예상은 했었다. 테레사도 듣는 귀가 있고 보는 눈이 있었다. 그리고 지난번, 공작저로 갔을 때 레티시아가 어떤 취급을 받는지 이미 알아차렸다.

공작은 철저하게 레티시아를 소유물로 대했다. 다른 가문에는 내주기 아깝고, 자식으로 키우기엔 별 애정이 없는.

그전에도 가이안이 사생아 딸에게 얼마나 혹독했는지 알았지만.

내용 또한 질척였다. 상처를 받은 딸에게 사과하는 대신, 네가 성년이 되면 가주 자리를 줄 테니 돌아오란 헛소리로 그득 차 있었다. 언제 윈터의 성격 더러운 암늑대하고 뒷거래했느냐고 캐묻기까지 했다.

집무실에 쌓인 나머지 서신 스무 통도 거의 비슷한 내용이었으리라.

어느덧 집사 나브티스가 테레사의 옆으로 다가왔다. 그녀가 모시는 주인의 심기가 불편한 걸 알아차렸기 때문이었다.

"집사."

테레사는 나브티스를 부르며 한쪽 손만 뒤로 해 서신을 내밀었다.

"네, 백작님. 아, 이건 마네르 공작이 보낸 서신이로군요. 마침 백작님께도 서신 다섯 통이 더 왔었습니다만, 귀찮으시다면 제가 답신을 준비할까요?"

나브티스는 일단 공손히 서신을 받았다. 윈터와 마네르가 데면데면한 사이이긴 해도, 공작이 보낸 서신이니 보관하는 게 옳았다.

"찢어 버려라."

테레사는 냉정히 말하고는 레티시아에게 다가왔다. 그리고 허리를 숙여 레티시아의 뺨을 두 손으로 감싸고는, 자신과 시선을 마주하게 했다.

"레티시아, 고작 이따위 서신에 고개 숙이지 마라."

"……네, 백작님."

"그게 윈터의 사람으로 살아가는 법이다."

테레사는 그리 말하며 레티시아의 머리를 헝클어뜨렸다. 수십 년간 검을 잡아 오느라 굳은살이 박인 손이 금빛 머리칼을 흐트러뜨렸다.

'백작님께서 직접 윈터의 사람이라고…….'

집사 나브티스가 버려진 서신을 움켜쥔 채 숨을 들이켰다.

철혈 백작이라 불리며 북부를 지켜왔던 하얀 늑대.

남부의 온실 속 귀족에게 유독 냉정했던 테레사였다.

저들이 '저주받은 윈터는 영광을 잃어버린 가문'이라고 비웃을 때도 눈길 한 번 준 적 없을 만큼.

레티시아, 저 아이에게 사람을 끄는 힘이 있는 것인지. 대단한 정령술을 가졌기 때문인지 나브티스는 확신하지 못했다.

테레사가 다정히 레티시아의 머리를 헝클어뜨렸다. 금빛 머리칼이 정전기가 일 만큼 흐트러진 건 하얀 늑대의 눈에 보이지 않았다. 테레사는 사소한 건 신경 쓰지 않는, 대범하다 못해 무심한 성격이었기 때문이었다. 그저 레티시아가 고개를 숙이고 있다는 것이 못마땅해 그것에만 집중했다.

연약한 남부인이라 그런지, 고작 며칠 사이에 이리 기가 죽어 버리다니. 가문에서 내쳐진 채 살아야 한다는 게 남부인에게는 아직 어려운 길일지도 몰랐다. 그러니…….

"나, 테레사가 북부인이 되는 법을 가르쳐 주마."

하얀 늑대에게서 그 방법을 배운다면, 남부의 지배자로 불리는 마네르 공작 같은 걸 재차 마주해도 고개를 숙이는 법이 없을 것이다.

다시는.

"윈터로 온 이상, 네 피가 누구로부터 물려받았든 넌 윈터 사람이다."

테레사는 그리 말하고는 고개를 드는 레티시아에게 무심한 시선을 고정했다.

"……전 마네르에서."

버려진 신세였어요, 백작님.

레티시아는 이미 테레사도 알고 있는 사실을 입 밖으로 꺼내지 않았다. 하지만 말뜻을 알아들은 테레사가 명료히 답했다.

"네가 설령 가이안 마네르의 친딸이라고 해도."

이제는 윈터의 사람으로 살아갈 차례였다. 그리고 연약한 남부인이라 그 방법을 모른다면…….

테레사 윈터, 북부의 하얀 늑대가 알려 주면 된다.

"윈터 사람으로 살아가는 법을, 내가 직접 가르쳐 주겠다."

레티시아가 마네르에서 배우지 못한 것을, 그리고 누리지 못했던 것을…….

윈터의 테레사가 해 주면 그만이었다.

* * *

레티시아는 그다음 날부터 테레사의 부름을 받게 되었다.

집무실로 향한 그녀는 단정한 차림새로 테레사와 마주했다. 집사 나브티스가 레티시아의 겨울옷을 손수 챙겨 주었기 때문이었다.

집무실에는 테레사만 있는 게 아니었다. 그녀의 딸, 잔느가 정면으로 보이는 테레사의 책상 옆으로 이어지는 또 다른 책상에 앉아 서류를 보는 중이었다.

'놀러 다니는 아네스와 딴판이네.'

그렇게 생각하며 레티시아는 한쪽 가슴에 손을 얹고 무릎을 꿇었다.

"레티시아가 윈터 백작님을 뵙습니다."

예전 공녀 신분이었다면 가슴에 손을 얹고 허리를 숙이는 게 다였겠지만, 지금은 귀족도 공녀도 아니니 평민으로서 예를 다해야 했다.

"그렇게 인사할 것 없다. 레티시아, 네가 귀족이든 평민이든 내게 중요한 건 아니니."

"……네, 백작님."

"오늘 널 부른 건 윈터의 상황을 알려 주기 위해서다. 남부에서 북부에 대한 소문을 들었겠지만, 대부분 터무니없는 소리뿐이지."

북부인들은 돼지의 피를 생으로 먹는다더라, 와인 대신 갓 태어난 산양의 피를 마신다더라 하는 소문이 떠돌았지만, 아직 그런 건 없어 보였다.

물론, 정말로 산양의 피가 만찬으로 준비되었다면 레티시아는 마실 생각이었다. 기호가 어떻든, 윈터의 문화를 따르고 존중하는 모습을 보여야 했다.

하지만 윈터 문화가 어떻다며 운운하는 대신, 레티시아는 "네" 하고 답하며 고개를 살짝 숙였다.

"표정을 보니 무슨 생각하는지 알겠구나. 돼지 피를 생으로 먹진 않는다. 북부는 춥고 고기는 부족하니 돼지 피도 버릴 것이 없어 쪄서 먹긴 한다만……."

테레사도 그리 즐겨 먹는 건 아니었다. 오히려 아네스가 프릴 달린 드레스를 입고서 가장 즐겨 먹곤 했다. 레티시아의 표정이 더 오묘해졌다.

'분명……. 윈터에서는 성범죄를 저지른 자들을 마법으로 돼지로 만든다고 했는데.'

그렇다면 그것은 돼지고기가 아니라 사람으로 만든 것이 아닌가.

'어쩌면 나도…….'

엊그제 맛있는 고기를 먹었지만, 뭘로 만든 건지 레티시아는 알 수 없었다.

그녀의 얼굴에서 핏기가 사라지자 테레사가 단안경을 위로 슥 올린 채 넌지시 물었다.

"남부인들은 윈터가 살아 있는 사람을 돼지로 만든다며 야만인이라고 질색하곤 하지."

"네, 백작님."

"성범죄자를 돼지로 만드는 건 맞다."

테레사는 짧게 답하고는 레티시아의 반응을 살폈다.

역시나. 그녀가 예상했던 대로 레티시아는 이렇다 할 감정을 드러내지 않았다.

테레사가 레티시아를 보면서 이어 말했다.

"그렇다고 그 돼지를 잡아먹지는 않는다. 수컷이든 암컷이든 후대를 생산하지 못하게 만들긴 하다만. 어디까지나 마법으로 사람을 짐승 형태로 바꾼 것이니."

"그럼 혹시 잡아먹거나……."

"설마. 윈터도 평범한 사람이 모인 곳이고, 성주인 나도 사람이다."

그 말에 잔느는 서류를 보던 고개를 들어 테레사를 흘끗 쳐다보았다. 그녀의 어머니는 절대 평범하지 않았기 때문이었다. 하지만 구태여 말하는 대신 다시 서류로 고개를 내렸다.

"죄의 경중에 따라 지하 감옥에 가둔다. 하나, 돼지로 만든 것 자체가 극악무도한 짓을 저질렀다는 방증이지. 그래서 마물과의 방어선을 구축할 때 방패로 쓰거나, 외세의 침략 때 유인책으로 쓰기도 한다."

"……그렇군요."

"야만인이라는 생각이 드느냐? 죄를 저질렀어도 사람이니 마땅히 회개할 기회를 주어야 한다고도."

"저는 그에 대해 생각한 바가 없지만, 그렇게 생각하는 사람들이 있을지도 모르겠습니다."

"한때 내가 그랬지. 윈터의 선대 가주, 다나에. 내 어머니가 하는 방식을 나는 이해할 수 없었다. 무지하고, 잔혹하고, 야만적이라 생각했지."

테레사는 옛 생각을 떠올리듯 두 눈을 감아 내렸다. 멀리서는 보이지 않았던 미세한 주름이 백작의 눈가에 져 있었다.

지나간 세월을 회고하는 듯하던 테레사가 다시 입을 뗀 건 조금 시간이 지나서였다.

"그래서 어린 마음에 그들 중 몇몇을 풀어 주었다. 내 잘못이 아니다, 죽은 이들이 날 유혹했다, 그렇게 망발을 하는 자들은 눈길조차 주지 않았다."

답을 바란 건 아니었는지, 테레사가 나직한 한숨을 뱉은 후 말을 이었다.

"그런데, 진정으로 반성하는 자가 있더구나. 그들은 돼지가 되기 직전, 두 무릎을 꿇고 눈물을 흘리며 회개했다. 잘못했다고 빌더구나. 다시는 그런 짓을 저지르지 않겠다고 뉘우쳤다. 다시 한번 그런 짓을 저지른다면, 제 목을 잘라도 좋으니 한 번만 봐 달라고 애원해 왔다."

"……그들을 풀어 주셨나요?"

"그래. 그때 내 나이가 열한 살이었지. 나는 울부짖는 여자 한 명과 남자 두 명을 감옥에서 꺼내 주었다."

작게 숨을 들이쉬는 레티시아를 보며 테레사가 나직이 말했다.

"그래서 유모가 죽었다. 나를 따르던 정원사의 아들이 죽었다. 내게 꽃을 바치려던 어린 하녀가 죽었다."

"……백작님."

"그렇게 세 명을 보내고 나서야, 어리석은 나는 깨달았지. 용서와 사면은 다른 것이라고. 내겐 그들을 용서할 자격이 없었는데, 멋대로 풀어 주었고……. 그 대가로 나를 따르던 영민 셋이 죽었다. 물론, 후계자인 나는 어머니 품에 안겨 보호를 받아 털끝 하나 다치지 않은 채였지."

테레사는 메마른 눈동자를 느릿하게 깜빡이며 레티시아를 바라보았다.

"나는 다나에, 내 어머니의 강경한 태도를 이해할 수 없었다. 싫어했고, 바꾸려 했고, 변화하려 했다."

테레사는 단안경을 벗어 오래된 나무 책상 위에 올려 두었다.

"그런데, 윈터의 가주가 되고 나니 다나에보다 더하게 되었지. 윈터의 문을 잠그고, 형벌을 강화했다. 더 엄격한 법으로 영민의 숨을 억눌러서라도……."

통제해야겠단 생각을 했었다.

어릴 적 기억 때문에 그런 결정을 내린 건 아니다. 테레사의 어머니가 가주였을 무렵부터, 윈터의 겨울이 계속되었다. 혼란을 막기 위해서 질서를 강화했고, 성문을 엄격히 통제하도록 했다.

원래부터 북부는 그런 곳이니 윈터의 영민은 익숙할지 몰라도, 남부인인 레티시아에게는 이질적으로 느껴질 것이다.

테레사는 레티시아의 답을 기다렸다.

"……전 백작님의 뜻을 따르겠습니다. 성주인 백작님의 뜻이 윈터의 뜻이라고 생각해요."

"내가 틀린 판단을 한 거라면?"

"그것 또한 후대에서야 알게 될 겁니다. 백작님의 선택이 옳았는지, 옳지 않았는지는 따님께서 새로운 가주가 되었을 때 결정하실 겁니다."

"……내 잘못이라고는 말하지 않는구나. 꽤 현명한 답이야."

윈터 백작인 그녀가 잘못을 저지를 일은 없다고 무조건 옹호하는 것도 아니며, 그렇다고 윈터의 문을 닫은 지금의 선택이 틀렸다고 비판하지도 않았다.

"그래서, 한 번 돼지로 변한 자들은 다시 사람으로 돌아올 수 없다. 그들이 사람으로 돌아올 때는 윈터를 위한 방패로 쓰이는 때일 뿐."

"……그렇군요."

"그러니 그 짐승보다 못한 자들을, 우리가 잡아먹을 일은 없다는 뜻이다. 남부인들은 정말로 '돼지'로 변한다고 생각하겠지만, 마법에는 한계가 있는 법."

테레사가 옅은 미소를 지으며 말을 덧붙였다.

"사람과 돼지가 섞인 기괴한 모습이라, 미치지 않고서야 착각할 수 없다. 그리고 레티시아."

테레사는 레티시아에게 앉으라는 손짓을 하고는, 레티시아가 앉자마자 물어 왔다.

"모몬토 남작이 황제의 비호를 받고 있다는 건 알겠지."

"모를 수가 없었어요."

"윈터가 위험을 무릅쓰더라도 모몬토 남작을 빼내려 한다면, 빼내서 처리하려 하면 가주로서 올바른 선택이라 생각하나?"

"아뇨. 윈터 백작님은 윈터의 영주이지, 제국의 황제가 아니니까요. 황제가 비호하는 이상, 그 어떤 대단한 귀족이 와도 모몬토 남작을 건드리진 못할 겁니다."

"그럼 그대로 두어야 할까……."

"제가 알기로는 란델 자작의 영지에서 모몬토 남작이 그녀의 영민을 죽여 왔다고 들었습니다. 그것도 성년이 되지 못한 어린아이들을 위주로……요."

"그렇지. 그래서 란델 자작이 내게 도와 달라 요청했지만, 나는 별다른 도움을 주지 못했다."

"란델 자작이 직접 모몬토 남작을 비호하여 황성으로 데려갔다고 들었습니다."

"아, 아네스가 말해 준 건가? 그렇지. 란델 자작은 그자의 남은 팔을 도려내 황제의 앞에 바쳤다. 황성에 다다르기 전에 다리 한쪽도 베었다더군."

"란델 자작은 멀쩡한가요? 그녀도, 그녀의 영지도 피해를 봤을 텐데……."

"나도 그렇게 예상했다만 멀쩡하더군. 황제도……. 아, 그래. 폐하께서도 막힌 귀일지언정 신민의 목소리는 듣고 계신다. 그들의 분노가 하늘을 찌르는데, 어찌 란델 자작을 해칠 수 있을까."

"……그럼 무사하다는 거군요."

"지금은."

프란츠 황제는 속이 좁은 얼간이였다.

무사히 데려오란 황명을 란델 자작은 따르지 않았다. 모몬토 남작의 목숨은 부지하게 했으나, 팔과 다리를 하나씩 잘라 내 황제가 보는 앞에서 철제 우리에 넣고 이끌었다.

교묘한 방식으로 황명을 어기고, 또 지켜 낸 것이다.

그 당시 프란츠 황제는 트집을 잡을 수 없겠지만, 심히 불쾌함을 느꼈으리라.

황제가 모몬토 남작을 아껴서가 아니다. '무사히' 데려오란 황명을 어겼기 때문이었다.

"폐하께선 어떤 식으로든 보복하는 사람이지."

"그럼 란델 자작은……."

"란델 영지에 피바람이 불지도 모르겠구나."

그렇게 말한 테레사가 평온한 얼굴로 책상 위에 놓인 차를 마셨다.

"란델 영지는 다음에 이야기하도록 하지. 오늘 대화도 즐거웠다."

즐거웠다기에는 30분이 채 넘지 않는 짧막한 시간이었다. 그리고 그리 즐거운 내용도 아니었다. 듣고 싶지 않은 이야기였을지도 모르는데, 테레사는 레티시아의 의중을 묻지 않고 그 뜻을 물었다.

윈터 사람으로 살아가는 방식을 가르치기에 앞서, 윈터와 동화할 수 있는 사람인지를 먼저 알아야 했기 때문이었다.

"……아네스가 장부를 가져왔다고 들었어요. 저도 모몬토 남작이 남긴 장부를 백작님의 따님께서 챙겨 가는 걸 봤고요."

"그래, 그랬지. 하지만 남작의 재판은 열리지 않을 거다."

"……어째서인가요?"

"장부에 프란츠 황제. 아니, 그의 아들인 '둑스' 황자의 이름이 몇 번이나 발견되었다. 황제가 대륙 은행에 개인 자산을 마련해 두었는데, 본인 이름으론 넣을 수 없었던 모양이야."

"그래서 아직 어린 아들의 이름으로 넣어 놨군요."

"그래. 프란츠는 꽤 먼일까지 대비해 두었다. 반란이 터지기 전에 진압하는 게 보통의 황제들이라면, 그는 반란이 터질 거라 예상해 미리 대륙의 중앙은행에 금고를 마련해 두었어. 피케네의 황위가 바뀌어도 그 금고는 손대지 못할 테니까."

마호가니 협약.

이는 대륙 국가들 사이에 오래전부터 이어져 내려오던 것이다. 협약은 알레타 왕국이 무너지고 피케네 제국이 세워지기 전부터 아주 오랫동안 존재해 왔던 것으로, 나라가 바뀌고 점령한 영토가 변해도 마호가니 조약은 계속 유지되었다.

주 내용은 반란으로 인해 왕가나 황가가 바뀌어도 전 계약자가 붉은 갈색 나무, 마호가니가 있는 '중앙은행 금고'에 맡긴 재산은 건들 수 없다는 것.

"세상을 원한다면 내게 말해라."

테레사는 그리 말하며 레티시아와 두 눈을 마주했다.

"……백작님의 말씀이 무슨 뜻인지 전 모르겠습니다."

"모르고 싶다면 모르는 게 낫겠지."

테레사는 자세히 말해 주는 대신 레티시아가 원하는 대로 물 흐르듯 넘어가 주었다.

고대 알레타 왕국의 피를, 레티시아가 가지고 있다.

왕국의 순수 혈통이었던 피온의 왕들만 가진 붉은 눈.

그 눈을 마네르의 공녀였던 자가 지니고 있었다.

피온의 마지막 왕자였으며, 대정령의 두 주인이었던 대현자 아브라함이 가졌던 것과 같은 두 눈을.

"허나, 란델 영지를 구하고 싶다면 내게 말하라."

"……란델 자작은 저와는 어떠한 인연도 없습니다."

"알기에 물은 것이다. 인연이 있었다면 어떻게든 네가 먼저 나서서 구했을 것 같으니."

테레사는 뜻을 알 수 없는 눈으로 레티시아를 바라보았다.

꽤 오랫동안, 아무런 말도 없이.

"선택은 네게 달려 있을지도 모르겠구나. 너 자신과 원터가 위험에 처하는 걸 각오하고 란델을 도울지, 너 자신과 원터의 안위를 위해 란델 자작의 운명대로 흘러가게 내버려 둘지."

제니 란델은 필시 죽을 것이다. 죽지 않는다면 죽는 게 낫다고 생각될 만큼 고문을 받다 죽게 될 것이다.

"중요한 문제니 좀 더 생각하는 게 낫겠지. 후계자인 잔느는 원터를 위해서 반대했고, 아네스는 영지 문을 닫는 한이 있더라도 구해야겠다고 하더구나. 그다음, 네 의견을 물어본 것이다. 원터의 레티시아."

테레사는 그리 말하며 옅은 미소를 그려 냈다. 모로 봐도 심각한 이야기를 하는 사람의 얼굴은 아니었다. 그래서 레티시아 또한 굳은 표정을 풀고

붓꽃 같은 미소를 그려 냈다.

"제겐 그럴 힘이 없어요, 백작님. 이젠 마네르 공녀도, 뭣도 아니니까요. 아니, 마네르 공녀였다고 해도 이름뿐인 공녀였지 어떤 권한도 가지지 못했어요."

"그럼 지금이라도 돌아갈 수 있을 텐데. 네 아비가 내게 어찌나 열렬히 서신을 보내는지, 집사는 물론 가신들도 오해할 정도였다. 하루도 거르지 않고 딸을 돌려 달라고 애원하더구나."

레티시아는 도발하는 듯한 테레사의 말에 평온한 미소를 그려 냈다. 거짓으로 꾸며 낸 것이 아닌, 내면에서 우러나온 미소였다.

'왜 테레사 백작이 내게 란델 자작 이야기를 한 걸까.'

백작에게 묻지 않고서도 답을 알 수 있었다.

문제는 레티시아 자신에게 그런 능력이 있느냐였다. 돕고 싶다는 마음이 가득해도 그럴 능력이 없으면 도리어 둘 다 위험해지기 마련이었다.

'란델 자작은 테레사의 사람이니까. 그러니 내가 란델가를 돕길 바라는 거야.'

단순히 란델 자작과 윈터만을 위한 결정인지, 레티시아 자신에게 새로운 연을 맺어 주겠다는 건지 아직은 알 수 없었다. 하지만 확실한 건, 대륙 유일의 정령술사인 레티시아에게 '란델'을 도울 능력이 있다는 거였다.

마지막으로 레티시아는 스스로에게 질문했다.

'란델을 도와주고 싶어? 나 자신이 위험해질 수도 있는데.'

레티시아는 눈을 내리깔고서 생각했다.

지금으로선 제국에 변화를 가져올 생각도, 변혁을 일으킬 계획도 없다. 무엇보다 그럴 자격이 레티시아 자신에게는 없다고 생각했다. 네 가문의 가주라면 몰라도, 자신은 귀족도 뭣도 아닌 어린 소녀에 불과했다.

지금도 그 사실을 뼈저리게 느끼면서도 레티시아는 란델을 버리고 싶지 않았다. 란델 자작과의 어떠한 인연도 없었지만, 그녀를 돕고 싶었다. 황명을 따랐을지언정, 가문과 제 한 목숨을 걸고 모몬토 남작에게 검을 든 란델 자작을 외면할 수 없었다.

아니, 외면하고 싶지 않았다.

레티시아는 곧바로 결정을 내렸다. 금발의 소녀가 두 눈꺼풀을 살짝 감았다가 사붓이 떴다.

"여기서 결정하겠습니다, 백작님. 저 레티시아는……."

란델 영지를 구한다.

구하지 않는다.

두 가지 선택의 갈림길에서 레티시아는 붉은 입술을 떼었다.

"란델 자작을 윈터의 이름으로 구하고 싶습니다. 허락만 해 주신다면요."

"……그 정도 힘이 네게 있을까? 물론, 윈터는 네가 원하는 수의 병사를 지원할 생각이다."

황제와 전면전을 치르자는 건 아니었다. 다만, 란델 자작이 머무를 그녀의 영지에 윈터의 사병을 보내 보호해 주는 것일 뿐. 그 수가 다소 많긴 하겠지만, 황제가 쉽게 군사를 움직일 수 없도록 견제하기 위함이었다.

"병사는 필요 없지만, 하나는 필요할 것 같네요."

레티시아는 숨을 고른 후, 테레사와 두 눈을 마주치며 말했다.

"윈터의 대정령, 라이아덴의 거처를 알려 주세요."

평온하던 테레사의 가면이 깨졌다. 그녀의 어둑한 루비색 눈동자가 커지는 것을 보며, 레티시아는 우아한 미소를 그리고 말했다.

"대정령, 빙결의 힘으로 란델 영지를 구하겠습니다."

"……란델 자작이 너와 어떤 인연도 없었는데도?"

"새로운 인연을 만들기 위해서라고, 해 두죠."

란델 자작이 은혜를 갚든 말든 레티시아는 크게 상관이 없었다. 하지만 모몬토 남작에게는 빚이 있었고, 그런 자를 비호했을지언정 두 팔을 잘라 낸 남작의 이야기는 레티시아의 심장을 기분 좋게 뛰게 했다.

마네르에서는 그런 사람이 없었으니까.

모두가 제 안위를 위해서 방관하고, 외면하고, 고개를 돌렸다.

레티시아는 마네르의 후계자이길 거부했지만, 한때 제국 귀족으로서 가르침을 받은 적이 있었다.

영민은 영주에게 충성을 바치고, 영주는 그 대가로 영민을 지킨다.

란델 자작이 그리 대단한 일을 한 것도 아니었다. 그녀는 해야 할 일을 했을 뿐. 그것이 영주로서의 지위와 명예를 위태롭게 만들 걸 알면서도.

"란델 자작을 윈터와 제가 도울 수 있게, 제게 가르쳐 주세요."

"……좋다. 오늘은 네게 배웠지만, 내일부터는 내가 가르쳐 주도록 하마."

테레사는 단안경을 서랍에 놓고는 두 손을 깍지 꼈다. 그리고 그 위에 강직하고 아름다운 얼굴을 얹고서 레티시아를 물끄러미 바라보았다.

"그대를 보면 금빛의 용이 생각나."

"신화 속의 존재라고 들었습니다."

"신화……. 단순히 신화였으면 좋았겠지. 그랬다면 윈터에 겨울이 계속되지도 않았을 거고, 세 가주가 저주를 겪는 일도 없었을 테니."

저주.

윈터에 겨울이 계속된다는 건 레티시아도 알고 있었다.

50년 전이라고 하였다. 그때, 피케네 제국의 세 가주. 즉, 황금 가문 아스테반을 제외하고서 세 가문이 결합한 적이 있었다. 바로 윈터의 설산, 그 산맥에 있는 마지막 남은 금빛 용을 죽이기 위하여.

윈터 설산을 비호하며, 작은 동물을 수호해 왔던 금빛의 용 자칼리아.

그녀는 작은 동물의 수호자였으며 자비와 관용을 베풀던 위대한 존재라고 일컬어졌다. 하지만…….

"백작님께서 쓰신 '하얀 여왕'에 나와 있었죠. 그 당시 윈터의 가주 다나에, 네르바드의 가주 움, 마네르의 가주 갈레아가 금빛의 용 자칼리아를 살해했다고."

"……그랬지. 용을 죽이면 거대한 마정석을 얻으리라 생각해서."

위대한 용의 두 눈을 빼앗고자 했다.

그 금빛 눈이 있다면 제국은, 아니, 각 세 가문은 수백 년에 거쳐 진행될 문명의 발전을 수십 년으로 당길 수 있었다.

용의 심장이 있다면 피케네 제국은 물론, 대륙에서 가장 강대한 가문이 될 수 있었다.

욕심에 두 눈이 먼 세 명의 가주는 금빛의 용 자칼리아를 살해했다.

참여하지 않은 건 황금 가문, 아스테반의 가주 뿐.

스텔라 아스테반의 아버지였던 돌로르 아스테반은 자칼리아를 지키는 편에 섰다. 하지만 그의 노력에도 불구하고 자칼리아는 살해되었고, 그녀의 곁을 머물던 어린 대정령은 어떠한 감정을 깨달았다.

빙결 라이아덴은 영혼이 타오르는 듯한 극심한 분노를, 염화 파르비스는 영혼이 얼어붙을 것 같은 격렬한 한기를.

결국, 라이아덴은 미쳐 윈터의 모든 것을 얼어붙게 하였고 그것을 이기지 못한 파르비스는 윈터의 설산을 빠져나와 도망쳤다. 그리하여 윈터의 설산에 있던 하얀 늑대들은 두려움에 떨며 윈터의 민가로 내려왔고, 영민에게 우호적으로 굴며 영역을 확보했다.

대정령 라이아덴은 윈터 설산의 폭군이 되어, 그 누구도 감히 설산에 침입하지 못하게 막으셨다.

그녀가 지키는 설산은 숨을 거둔 금빛의 용, 자칼리아의 거대한 무덤.

그 무덤을 파헤치는 자가 있을까, 자칼리아의 안식을 방해하는 자가 있을까 빙결은 극도로 경계했다. 죽은 친우를 위해 두 눈을 감지 않고서 설산을 지켰다.

원터의 설산 그 자체가, 하얀 산맥 전부가 자칼리아의 무덤이 되었으니.

"레티시아, 네게 간략히 알려 주도록 하마. 대정령 빙결, 라이아덴은 설산에 왕으로 군림하여 모든 생명체의 접근을 막고 있다."

"그럼 설산으로 가면 정말로 대정령 라이아덴을, 볼 수 있는 건가요?"

"그전에도 내게 대정령 빙결의 거처를 물었었지. 하지만 빙결이 원터 설산 그 어디에 있는진 아무도 모른다. 영주인 나조차도."

테레사는 그리 말하며 낮은 한숨과 함께 말을 덧붙였다.

"파르비스가 어디로 떠났는지 알면 좋으련만……."

"파르비스의 거처를 알면, 그의 도움을 받으면 대정령 빙결을 사로잡을 수 있을까요?"

레티시아의 물음에 테레사는 가늘어진 눈으로 어린 정령술사를 보다가 고개를 끄덕였다.

"그럴지도 모르지. 하지만 파르비스는 경계심이 많고 겁은 더 많다고 들었다. 어쩌면 빙결의 라이아덴을 사로잡는 것보다, 오래전 숨어 버린 염화의 파르비스를 찾는 게 더 어려울지도 모르지."

레티시아는 그럴만하다며 고개를 끄덕였다. 그런 그녀의 두 눈에 창가에서 어른거리는 검은색 물체가 보였다.

'……고양이?'

이마에 파란 보석 세 개를 얹은 듯한 새까만 고양이가 레티시아를 훔쳐보고 있었다. 그러다 눈이 마주친 순간, 유리창 너머에 있던 검은 고양이는 휙, 하고 모습을 감추었다.

"……백작님의 집무실이 몇 층이었죠?"

"내 개인 취향이라 4층으로 두었다만. 그건 왜?"

"……평범한 동물이라면 오를 수 없는 높이겠네요."

"비범한 사람이라도 오르지 못할 거다. 뭐, 마법사라면 잠깐 날 수 있을지도. 근데 그건 왜 묻는 거지?"

"혹시 윈터에, 이 레벤 성에 고양이가 많이 있나요?"

"널린 게 고양이다. 윈터의 하얀 늑대와 더불어 새까만 고양이가 넘쳐 나지. 대정령 파르비스의 가호라도 받았는지, 그 길고양이들은 이 혹한에 얼어 죽지도 않아."

"……아. 흔한 동물이었군요."

"그런 셈이지. 성 주변을 돌면 하루에 네다섯은 눈에 띌 정도다."

레티시아는 설렜던 기분이 푹 꺼지는 것을 느끼며 고개를 끄덕였다.

'하긴. 그 '파르비스'가 유리창에 있을 리가 없지. 그것도 나를 훔쳐보 듯 보면서…….'

레티시아가 다시 시선을 옮겼을 때, 새까만 꼬리가 살랑거렸다.

흠칫.

두 눈을 마주친 고양이가 커다란 눈을 더 크게 뜨더니, 멍하니 레티 시아를 쳐다보았다.

"아……."

고양이 주제에 균형을 잃은 것인지 창문 너머로 떨어지는 것을 보며 레티시아는 자리에서 벌떡 일어나 창가로 뛰었다. 무례란 걸 알면서도 레티시아는 뛸 수밖에 없었다. 그리고 유리창 가까이 가서 지면을 내려 다보았다.

보이는 건 눈밭이 전부일 뿐, 새까만 형체는 보이지 않았다.

"백작님, 혹시 캣닙 가지고 있으세요?"

그리 물으며 레티시아는 생각했다.

분명, 두 눈이 마주친 순간 모습을 감춘 것이리라.

레티시아도 방금 본 새까만 고양이가 파르비스라고는 생각지 않았다.

하지만 창가의 좁은 틈에 몸을 기대고 훔쳐보는 것도 평범한 고양이가 할 일은 아니었다.

윈터의 하얀 늑대가 빙결의 가호를 받아 겨울을 날 수 있고, 검은 고양이가 염화의 가호로 겨울을 버틸 수 있다고 해도…….

"그런 게 윈터에 있을 리가……."

테레사가 그렇게 말하며 고개를 저으려던 때였다. 물론, 상단을 통해서 캣닢 정도는 구할 수 있었다. 어머니를 따라 단안경을 쓴 채 서류만 보던 잔느가 손을 들었다.

"제가 가지고 있어요, 어머니."

잔느는 무표정한 얼굴로 레티시아를 훑으며 옆에 앉아 있을 어머니에게 말했다.

"용돈으로 조금 샀습니다."

"왜? 잔느, 넌 쓸모없는 건 사지 않는 주의였을 텐데."

어떻게 가지고 있냐는 테레사의 말에, 잔느는 레티시아 쪽을 똑바로 바라보며 말했다.

"제 사심을 위해서요. 윈터의 고양이들이 굶어 죽는 걸 볼 수 없어서……."

이때다 싶어서 잔느는 무표정한 얼굴로 재빠르게 말을 덧붙였다.

"조금, 횡령했습니다."

"……알고는 있었다만. 고작 그런 이유일 줄은."

테레사와 잔느 사이에 침묵이 감돌았다. 레티시아는 졸지에 얼음 조각 같은 모녀 사이에 낀 신세가 되어, 불편한 침묵을 견뎌야 했다.

"……좀 빌려줄까."

그 침묵을 깨고 잔느가 흘끗 레티시아를 쳐다보며 물었다. 레티시아는 잠깐 망설였다. 그러니까, 사비로 산 것도 아니고…….

그 윈터 백작의 금고를. 아니, 윈터가의 재산을 횡령해 사들인 캣닢을 빌려주겠다는 거지, 지금.

레티시아는 잔느에게서 테레사로 시선을 옮겼다. 테레사는 턱을 괸 채 아무 말 없이 레티시아를 바라보고 있었다. 레티시아는 곁눈질로 둘을 살피다가 끝내는 담담한 얼굴로 말했다.

"조금 말고 많이……."

만약, 아까 본 검은 고양이가 파르비스……는 아니더라도, 대정령 〈염화〉의 하수인일 수도 있으니 먼저 포획해야 했다.

레티시아는 시선을 마주쳐 오는 테레사를 보고 마른침을 삼켰다.

'말끝을 흐리면 안 돼. 뭘 말하더라도 당당히…….'

후계자로서 받았던 지독한 가르침을 떠올리고서, 레티시아가 당당히 말했다.

"지금의 제겐 한 푼도 없으니, 공짜로 주시면 좋겠습니다."

"아, 그건 좀……."

잔느가 미간을 살짝 찌푸렸다. 어떻게 구한 캣닢인데, 공짜로 달라니……. 귀여운 고양이들의 먹이는 대가 없이 베풀 수 있지만, 사람에게는 유독 냉정한 잔느였다. 레티시아라고 그 냉정함을 비껴갈 순 없었다.

"……빚을 달죠."

"음……. 네겐 신용이 없을 텐데."

잔느가 꽤 냉정하게 지적하는 탓에 레티시아는 입술을 깨물고 말했다.

"일라이의 이름으로 달아 주세요. 그, 근래에 마탑주가 될 것 같으니까……."

일라이가 4년 뒤. 아니, 3년 뒤에는 부자가 되겠다고 했으니 조금 얹혀 볼 생각이었다.

"그럼 달지, 뭐. 그, 조금 이자가 높더라도 일라이에게는 '원래 그렇다'라고 전해 줘. '대륙의 마호가니 은행보다는 높게 받아야겠다'라고도."

잔느는 단조로운 어조로 말하고는 자리에서 일어났다. 눈치껏 테레사를 흘끗 쳐다보고는 조심스레 그녀의 자리에서 빠져나왔다.

"그……. 횡령한 거 다시 돌려놓을게요, 어머니. 이자 쳐서 드리면 되겠죠?"

답이 없는 테레사를 대신해 레티시아가 고개를 끄덕이며 말했다.

"그럼 일라이의 빚으로 달아 놓고, 캣닢은 빌려주세요."

"그럼 나야 좋지."

잔느는 순간 화사한 미소를 지었다가 레티시아와 눈이 마주치자 다시 차가운 표정을 지었다.

"일라이한테는 1년 안에 갚으라고 전해 줘. 이자는 두 배. 아니, 세 배가 좋겠다."

이거 순 사채 아니야?

레티시아는 그리 생각하면서도 일단 받기로 했다. 어린 그녀가 감당하기엔 꽤 큰 빚이겠지만, 일라이는…….

"걱정 마. 마탑주가 되면 금화로 뒤덮인 곳에서 자고 먹고 눈 뜰걸?"

잔느가 레티시아의 어깨를 다독이고는 두 손으로 꼭 그러쥐었다.

"우리가 걱정할 일은 아니잖니? 일라이가 알아서 하겠지, 뭐. 네르바드 남자들은 욕심이 많아서 돈도 잘 벌 텐데."

일라이에 대한 욕인지 칭찬인지 모를 평가를 한 뒤, 잔느가 처음으로 레티시아에게 웃어 보였다.

"앞으로 자주 빌리렴. 나, '잔느 윈터'와 '릴리스'의 금고는 작고 낡긴 해도 항상 열려 있어. 일라이 이름으로 빌려도 돼."

레티시아 덕분에 수년간의 횡령을 혼나지 않고 넘어갈 수 있었기 때문이었다.

'이런…….'

테레사는 침묵을 지켰다. 오랫동안 검을 잡은 손이 희고 고운 얼굴을 쓸었다. 레티시아를 당분간 볼 면목이 없어졌기 때문이었다.

'북부의 윈터가 아니라, 사채 가문이로군.'

윈터의 명예가 하락하다 못해 땅으로 꺼졌지만, 테레사는 늘 그렇듯 아무런 말도 하지 않았다.

죽은 전남편이 두 딸에게 잔소리를 미친 듯이 퍼붓던 탓에, 어머니인 테레사는 사소한 건 넘어가 주기로 약속했기 때문이었다.

* * *

일라이에게 약간의 빚을 지운 뒤, 레티시아는 그녀의 방 한구석에 캣닢을 가득 모을 수 있었다.

"날 이용했다면서."

그날 저녁, 방으로 찾아온 일라이가 팔짱을 낀 채 레티시아를 지그시 쳐다보았다. 캣닢이 꽃도 아닌데 만지작거리던 레티시아가 고개를 돌렸다. 일라이를 뒤늦게 봤다는 얼굴을 하고서.

"아, 이제 왔어?"

"아네스가 신이 나서 말해 주러 왔던데. 그것도 자는 사람 깨워 가며."

"늦잠 자는 아이인가 보네."

레티시아는 악의 없이 그렇게 말했다. 일부러 아네스가 신이 나서 했다는 말이 뭔지 묻지 않았다. 분명, 레티시아가 일라이 네르바드의 이름을 빌려 돈을 빌린 것 때문에 화가 나 왔을 것이다.

"그럴 리가. 요새 라이아덴의 위치를 살피고 있거든."

"……그런 거였어?"

"내가 잔느와 아네스보단 대악마를 더 잘 다스리니까……. 상극인 대정령의 위치도 어느 정도는 간파할 수 있고."

일라이가 은근슬쩍 자신의 능력을 피력했다. 뽐내려는 것은 아니었지만,

잔느와 아녜스가 특히 텃세를 부려 대는 탓에 이런 말까지 하게 된 일라이
였다.

"대단하네."

일라이는 주인의 칭찬을 바라는 순진한 늑대가 되어 레티시아를 바라보
았다. 레티시아가 흘끗 일라이를 쳐다보고는 그의 머리칼로 손을 뻗었다.
그리고 키가 큰 일라이를 향해 손을 가져갔다가 다시 거두었다.

얌전히 두 눈을 감으려던 일라이가 한쪽 눈썹을 치켜올리더니, 슬쩍
무릎을 굽혔다.

"만지고 싶으면 만져."

조금 이상하게 들리는 말이었지만, 레티시아는 고개를 끄덕이고는 일
라이의 흑발을 쓰다듬었다. 역시나 그때처럼 부드러웠다. 재규어의 털을
만진다면 이런 기분일까.

'윈터로 오는 마차에서 만졌을 때보다⋯⋯.'

어째 더 부드러워진 것 같다. 레티시아는 따로 미용이라도 하는 거냐
고 물으려다가 마탑주가 그럴 것 같진 않아서 말을 삼켰다. 그 대신 몸
을 살짝 굽힌 일라이의 머리를 계속해서 쓸어 주었다.

'언제까지 해야 돼?'

보통은 '이쯤이면 됐다.'라고 손을 쳐내거나, 슬쩍 물러나야 하는데 일라
이는 계속 그 자리에 있었다. 뭐가 그리 기분이 좋은지 배시시 웃으면서.
그것이 꼭 천진난만한 소년처럼 보여 레티시아는 눈을 몇 번이나 깜빡였다.

"머리 참 부드럽다. 누가 쓰다듬는 거 좋아해?"

"네가 만져 주는 게 더 좋아. 왜냐면⋯⋯."

나. 레티시아 널 좀 좋아하는 것 같아서.

속으로 중얼거린 일라이가 살짝 웃으며 감았던 두 눈을 떴다. 어둑했던
보라색 눈동자에 빛이 어리며 환하게 접힐 무렵.

"성감대라서 그런가 보네."

뒤에서 음침한 목소리가 들리더니, 은발의 아네스가 팔짱을 낀 채 일라이를 위아래로 훑었다. 그러더니 레티시아의 손을 붙잡아 내리게 한 뒤, 싸늘하게 말했다.

"그, 뭐지? 대악마의 뿔이 있던 곳이 급소래. 예민하다나."

"아."

레티시아는 바로 눈을 찌푸리고는 손을 가져왔다. 그리고 다른 손으로 일라이의 머리를 만져 주었던 손을 괜스레 쓸었다.

"그래서 내 대악마 아스타로트 말로는, 그게 일라이의 성감대일 수도 있대."

"……미친. 나 머리에 뿔 같은 거 없어."

일라이가 꽤 오랜만에 욕을 내뱉으며 아네스를 사납게 쳐다보았다.

분명 자신은 좋은 마음을 가지고 좋은 의도로 접근한 것이다. 절대 불순한 의도를 지닌 게 아니다. 무엇보다 도대체 누가 머리에 성감대를 지니고 있느냔 말이다.

사람의 머리는 약점이라, 정말로 좋아하는 사람이 아니면 내주지 않는 것인데.

"으휴. 사내자식들이란."

아네스가 혀를 끌끌 차며 레티시아에게 다가가 그녀의 한쪽 손을 꼬옥 붙잡았다. 그리고 레이스가 잔뜩 달린 손수건을 꺼내 레티시아의 손을 닦아 주었다. 물론, 마른 손수건이었다.

"너무 착해서 문제야. 머리 쓰다듬어 달라고 그대로 들어주면 안 돼. 다음에는 꺼지라며, 이마를 쭉 미는 것도 괜찮겠다."

"……그러게, 참고할게."

레티시아는 조금 충격이어서 긴 숨을 들이켰다. 일라이가 그런 의도로 접근한 거라면 최악이라고 생각하면서.

"나는 그냥……."

공작저의 연회장에서 레티, 네가 윈터의 하얀 늑대를 쓰다듬길래. 나도 그렇게 해 달라는 것뿐인데.

일라이는 입술을 깨물고는 새까만 흑발을 신경질적으로 쓸어 올렸다.

오늘은 정말이지 최악이었다.

〈미색〉과 계약한 아네스 같은 변태에게서 '변태' 소리를 들은 건 충격 중의 충격이었고.

하지만 좋은 일도 있었다. 레티시아가 제 이름으로 윈터가에 빚을 진 건 좀 기분이 좋았다.

'더 이용해도 좋은데.'

고작 푼돈을 빌려 놓고서 미안해하는 게 마음에 들지 않았지만, 일라이는 모른 척 넘어가 주기로 했다.

레티시아로선 분명 돈을 빌리는 것 자체를 원하지 않았을 테니.

한때는 제국 유일의 공녀였으니, 돈을 빌리는 신세가 되면 자존심에 상처를 입을지도 모른다.

'……나중에 얼마 더 빌리지.'

레티시아는 속으로 셈을 헤아리다가 문득 느껴지는 시선에 창문가로 시선을 돌렸다. 일라이와 아네스, 두 소년이 기 싸움을 하는 사이. 창문가로 몸을 숙였다가 작은 창을 조심스레 열었다. 커다란 창 옆에서 작은 창이 나 있어서 작은 동물만 들어올 수 있는 구조였다.

짹, 짹.

이른 아침이 아닌 저녁인데도 웬 참새 한 마리가 창틀에 서서 날개를 파닥이고 있었다.

"배고파?"

그걸 보던 아네스가 참새를 잡아 주냐며 물어 왔지만, 일라이가 입을 다물게 했다. 레티시아가 저 하찮은 참새를 보고 푹 빠진 얼굴을 했기 때문이었다.

"귀엽다⋯⋯."

짹, 짹.

날갯짓을 하며 파닥거리던 참새를 향해 레티시아는 조심스레 손을 내밀었다. 참새는 입에 물고 있던 뭔가를 툭 뱉어 레티시아의 손에 떨어뜨렸다.

"뭐야⋯⋯? 나 주는 거니?"

참새와 말이 통하지 않는다는 걸 알면서도 레티시아는 조심스레 물었다. 참새 역시 말이 통하지 않는다는 걸 아는지, 아까와 같이 짹짹거리며 날개를 파닥였다.

그러다 레티시아가 손바닥에 있는 먹다 남은 열매를 어루만지자, 만족한 듯 쳐다보고는 날아가 버렸다.

레티시아가 먹다 남은 열매를 보느라 방심한 사이에.

그 뒤로도 낯선 동물의 방문이 계속되자, 일라이는 눈을 가늘게 떴고 아네스도 유심히 지켜보았다.

"쟤들 안 얼어 죽은 게 용하다. 근데 도대체 어디에서들 오는 거야?"

이 혹한에 작은 동물이 살 수 있을 리가 없었다. 남부는 늦여름에서 초가을로 넘어가고 있었지만, 북부 윈터는 이미 한겨울이었다. 눈이 펑펑 내리는 곳에서 작은 동물이 쏙쏙 모습을 드러내는 건 거의 기적과 가까웠다.

툭.

두 번째로 방문한 산 다람쥐가 레티시아에게 먹던 잣을 던지고는 총총 뛰며 사라졌다.

"왜 먹다 남은 것만 주지?"

레티시아의 순수한 의문에 일라이는 '그보다 동물이 선물 주러 오는 게 이상한 거 아닌가' 하고 생각했지만 묻지 않았다. 늘 의심하고 경계하며 따지던 레티시아가 이 순간만큼은 행복한 듯 환히 웃었기 때문이었다.

"어머니는 좋은 열매만 선물 받았는데……."

레티시아는 자신이 뭘 잘못했나, 잠깐 생각했지만 저 작은 동물들과 우연히 만난 건 처음이었다. 그래서 참새가 준 먹다 남은 열매와 산 다람쥐가 주고 간 역시 먹다 남은 잣을 만지작거렸다.

"한겨울에 이런 게 있으려나……."

"그러게. 작은 동물은 이런 혹한은 못 버틸 텐데. 그리고 먹을 게 있을 리가……."

그 뒤로 세 번째로 도착한 작은 손님은 토끼였다. 두 눈을 깜빡이던 토끼가 토끼풀을 입에 물고서 레티시아에게 건네고는, 역시 붙잡히기 전에 쏙 빠져나갔다.

"사랑받아서 좋겠다."

아네스는 진심으로 말했다. 저 쪼그마한 것들이 별 힘은 없을 테지만, 저렇게 따르는 걸 보니 부럽긴 했다.

"별로 소용이 없을 텐데. 윈터의 하얀 늑대처럼 위협적인 짐승이라면 몰라도."

"게네들은 사람 잘 안 따라. 어머니 명령은 잘 듣지만."

그러니 그 공작가의 연회장에서 마네르의 기사만 물어뜯었던 것이리라.

"너, 하얀 늑대 남부에 두고 왔지?"

그때, 아네스가 무언가 생각난 듯 일라이에게 물었다.

"어머니에게서 늑대를 빌려 갔으면 다시 데려왔어야지. 걔들, 겨울 산에서만 나고 자라서 남부의 여름은 못 버틸 텐데."

"……그 늑대, 한 마리당 얼마였지?"

"못해도 네 몸값의 한 열 배는 넘지 않을까?"

아네스가 순수한 마음을 담아 그렇게 말하자, 일라이가 한쪽 눈썹을 올렸다. 제대로 약 올렸단 생각에 아네스가 흐뭇해하며 말을 덧붙였다.

"걱정 마. 어머니의 기사가 늑대 무사히 데려왔으니까."

"기사?"

"있어. 어머니만 졸졸 따라다니는……."

잘생긴 스토커.

아직 나이가 이십 대 중반인데, 윈터에서는 청일점인 기사였다. 그래서 지내기 힘들 텐데도 여전히 윈터의 백부장으로 남아 있는 걸 보면, 꽤 근성이 있는 자였다.

"아, 저기 새까만 고양이다."

아네스가 무심히 중얼거리자, 일라이도 고개를 돌렸다. 레티시아가 작은 몸으로 고양이를 가리고 있는 탓에, 고양이는 새까만 꼬리만 살짝 보였다.

레티시아는 제 손에 얼굴을 파묻는 새까만 고양이를 당혹스러운 얼굴로 쳐다보았다. 작은 동물들은 누가 명령이라도 한 듯 억지로 먹다 남은 열매 따위를 던지고 갔었는데……

그리 크지 않은 어린 흑묘가 레티시아의 손바닥에 작은 얼굴을 묻고 고롱고롱대고 있었다.

'설마 캣닢 때문에?'

레티시아는 고양이의 이마를 유심히 살폈다. 대정령 중 염화, 파르비스가 아닐까 하고 기대했지만…… 이마에는 이렇다 할 정령석이 없었다. 그저 평범한 고양이었다.

새까만 털에 보석을 박아 넣은 듯한 새파란 눈동자를 가진.

"냐옹."

흑묘가 작게 울며 레티시아의 손에 머리를 비비적거렸다.

'역시 캣닢 덕분인가.'

파르비스는 아니었지만, 레티시아는 제법 고양이가 귀엽다고 생각하며 털을 쓰다듬었다. 창밖으로 쏟아지는 눈이 고양이의 몸에 닿자 순식간에 녹아 없어져 버렸다. 털이 젖어 들기는커녕, 물방울의 흔적조차 남 기지 않고서.

"고양이라 체온이 높은 건가?"

레티시아는 그렇게 말하며 새까만 고양이의 털을 쓰다듬었다. 손에 감기는 털은 꽤 부드러웠다. 성안을 떠도는 고양이인 것 치고는 건강 상 태도 양호해 보였고, 털은 관리라도 받은 듯 반질거렸다.

"네 대장 어디에 있는지 아니? 파르비스라고, 대정령 염화를 찾고 있 는데……."

레티시아가 물으며 고양이를 들어 올리자, 고양이가 앞발을 척 들어 올렸다.

"……너도 어딘지 모르는구나."

"냐아."

고양이는 레티시아의 말이 틀렸다는 듯 '난 알아' 하며 두 발마저 들어 올렸지만, 레티시아는 고개를 저었다.

"역시 알 리가 없지. 파르비스는 겁이 많대. 숨기 바쁘고."

"……냐아."

"라이아덴이 많이 괴롭혔다는데."

졸려서 나른하던 고양이의 눈이 번쩍 떠졌다. 빙결 '라이아덴'의 이름 을 듣자마자 반응한 것이다.

"파르비스가 숨은 걸 보면, 역시 빙결의 라이아덴이 더 강한 거겠지? 누이인 빙결한테 염화는 한주먹거리도 안 된대."

앞발의 말랑한 안쪽을 핥던 검은 고양이가 눈을 샐쭉하게 떴다. 그러 더니 레티시아의 이마를 앞발로 탁, 하고 때렸다.

"냐아!"

화를 내듯 성질을 부린 새까만 고양이가 그대로 창문 틈으로 도망쳐 버렸다.

뒤늦게 캣닢을 찾고 있던 아네스가 레티시아 뒤에서 중얼거렸다.

"넌 사람은 패고 다니면서 동물들한테 맞고 다녀?"

"……그러게."

레티시아는 다시 고양이가 오기를 기다렸지만, 그날 밤이 지나도록 다시 돌아오지 않았다. 새벽에도 고양이 생각을 했지만, 잠깐 찾아온 게 변덕이라는 듯 다시 모습을 보이지 않았다.

다음 날 아침.

레티시아는 일어나 가볍게 기지개를 켠 다음, 창가로 다가갔다. 그리고 꼭꼭 닫혀 있는 작은 창을 열었다. 그곳에는 작은 동물들이 먹다 남긴 도토리, 잣 따위가 널려 있었다.

이것이 선물인지 조롱인지 알 수가 없어 레티시아는 한참 동안 열매를 내려다보았다.

'버릴까, 받을까…….'

잠깐 고민하던 레티시아는 작은 열매 껍데기를 모아 방으로 가져왔다. 그 모습을 창문 틈으로 몰래 지켜보던 새까만 고양이가 흡족한 듯 앞발을 핥았다.

겁은 많았지만, 작은 동물들 사이에서 나름 왕 노릇을 하는 고양이였다.

* * *

"너 '낡고 작은 은행'에서 고리대금, 아니. 캣닢을 빌렸다며?"

다음 날 이른 아침, 아네스가 식사 자리에서 물었다.

'이제야 물어보네. 어제는 일라이를 놀리느라 정신없던 거였나?'

그렇게 결론지은 레티시아는 긍정의 표시로 고개를 끄덕였다.

"응. 조금 빌렸었어."

"조금이라 다행이네."

아네스가 턱을 괸 채 지그시 쳐다보는 표정이 '남부의 호구'를 본다는 듯한 얼굴이었다. 그러거나 말거나 레티시아는 별 상관없다는 태도였다.

이날 아침부터 잔느는 빌헬름 수도원의 장부를 조사하느라 바빴고, 그녀의 어머니인 테레사는 영주로서 업무를 보느라 모습을 보이지 않았다. 일라이는 설산에서 대정령 빙결을 찾겠다며 매일 조사를 나가는 중이었다.

결국, 윈터의 레벤 성에서 한가한 건 레티시아와 아네스뿐이었다.

그래서 두 사람은 집사 나브티스가 안내한 대로, 식당 홀에서 따뜻한 마늘 수프, 갓 구운 연어와 소스, 바질로 만든 샌드위치로 아침 식사를 하는 중이었다.

아네스가 샌드위치를 와앙, 하고 크게 한 입 베어 물고는 말했다.

"나한테 달라고 하지."

"넌 더 돈이 없어 보이는데."

레티시아의 솔직한 반응에 아네스가 울컥했다.

그녀로선 '용돈을 받지 않는다'라는 아네스의 말을 떠올린 거였지만, 아네스의 귀에는 '넌 잔느보다 없어 보인다'로 들렸기 때문이었다.

"나도 만들 거야. '레이스와 프릴 은행'."

"그게 더 수상해 보여. 그리고 누가 빌리겠어?"

레티시아의 물음에 아네스는 저도 모르게 고개를 끄덕였다.

그럴 만도 하지. 그러다 무언가 생각난 듯 아네스가 레티시아를 지그시 쳐다보며 물었다.

"아, 맞아! 원래 윈터에 네 명 더 오기로 하지 않았나? 너 따르는 세명, 네르바드 따르는 한 명."

"……그렇긴 한데. 아직도 연락이 닿지 않았단 말이야?"

"아, 닿긴 했어. 영지를 둘러보고 온다는데."

"자기들끼리?"

"네가 허락만 해 준다면."

"뭐, 그래도 상관없지만. 달리 이유라도 있대?"

"몰라. 행동대장 벌꿀오소리가 정한 규칙이래."

"알아서 하라고 전해 줘."

도대체 무슨 생각으로 레벤 성에 오지 않고 시간을 때우는지 모르겠지만, 딱히 상관은 없었다. 어디서 얼어 죽는 게 아니라면 영지 구경 정도야.

"아. 레티시아, 너 조만간 설산에 갈 거라며?"

생각에 빠진 레티시아에게 아네스가 두 눈을 반짝이며 물었다. 어느새 먹던 빵도 내려놓고 빵이 든 접시도 옆으로 밀어 둔 상태였다.

"갈 생각이야. 윈터의 저주도 해결해야 하고……. 나도 알고 싶은 게 있어서."

"뭐, 네가 정말로 라이아덴의 주인이 맞는지 그런 거? 나는 네가 대정령 빙결의 주인이라고 생각하는데."

"그러면 내가 라이아덴을 붙잡을 수 있을까?"

"그거는 좀 다르지. 잘 들어 봐. 우리 윈터에서도 하얀 늑대를 기르거든. 근데 관리자 중에 하얀 늑대를 능숙히 다루는 사람이 있고, 질질 끌려가는 사람도 있어."

"그래서?"

"숲으로 산책하러 나갈 때도 늑대와 호흡을 맞추는 사람이 있는가 하면, 늑대에게 끌려가는 사람도 있기 마련이지."

"내가 주인이라고 해도 라이아덴을 다스릴 수 없다는 건가?"

"그거야 모르지. 근데 그러면 좀 위험해질걸?"

아네스는 한숨을 푹 내쉬더니 자리에서 일어나 레티시아의 어깨를 다독였다.

"가끔 미친 늑대 중에서는 주인을 뜯어 놓는 못된 녀석도 있다는데."

"……."

레티시아는 대답하는 대신 침묵을 지켰다.

그러니까. 라이아덴의 주인이면서도 제대로 다스리지 못해 찢겨 죽을 거다, 이건가?

"혹시 모르니까, 널 지켜 줄 기사 두엇은 데려가는 게 어때? 흑기사 같은 거."

"흑기사면 일라이?"

레티시아가 눈을 깜빡이며 묻자 아네스가 정색하며 본인을 손으로 가리켰다.

"윈터의 기사가 있잖아."

"……나 혼자 갈 생각이었는데. 같이 가려고? 분명 위험할 텐데."

레티시아가 어깨를 으쓱하자 아네스는 고개를 저으며 단호히 말했다.

"날 검이나 방패로 써. 원래 귀족 영애들은 모양새 나는 기사 몇몇 데리고 다니잖아. 내가 그거 해 줄게."

아네스가 턱을 치켜들고 으스대며 말하자 레티시아는 심드렁한 얼굴로 고개를 끄덕였다.

"뭐. 하나보단 둘이 낫겠지. 아네스 넌, 윈터 설산의 지리도 잘 알고 있을 테고."

둘의 대화를 앞에서 엿듣던 대악마 〈미색〉이 의뭉스러운 미소를 짓더니 아네스의 귀에 속삭였다.

「이야, 우리 아네스. 고기 방패 하면 딱 되겠네.」

아네스는 허공에 있는 〈미색〉을 노려보았다. 고기 방패가 무슨 뜻인지 아직 듣진 못했는데, 묻지 않아도 기분이 확 나빠졌기 때문이었다.

                                        * * *

아침 식사를 끝마친 후, 레티시아는 테레사의 부름으로 집무실로 향
했다.

집무실에는 테레사뿐이라고 생각했는데…….

"어서 와라, 레티시아."

꽤 젊어 보이는, 실제로 이십 대 중반인 미남자가 테레사와 함께 있었다.

테레사는 단안경을 쓴 채 서류를 보는 중이었고, 그와 조금 떨어진
곳에 있는 기사가 무표정한 얼굴로 차를 들고 있었다.

"……시종?"

레티시아가 의아한 얼굴로 중얼거렸다. 윈터, 그것도 레벤 성에는 남
자 시종이 없을 텐데.

먼저, 남자는 경장 차림이었다. 검은색과 회색이 섞인 튜닉을 입고 있
었는데 남부인은 잘 입지 않는 복장이라 레티시아는 신기하게 여기면서
도 잘 어울린다고 생각했다.

하얀 늑대가 조각된 정령석 목걸이를 목에 건 남자가 따뜻한 차를 테
레사 앞에 놓아 주었다.

탁.

"아."

업무를 보던 테레사가 레티시아에게 먼저 손짓했다.

"이쪽은 다이안 경. 보시다시피 차를 끓이는……. 아, 아니지."

테레사는 차만 두고 몸을 뒤로 물린 남자를 손바닥으로 가리켰다.

"윈터의 백부장이다."

백부장이라고? 잘생긴 시종이 아니라, 100명의 기사를 거느린 최상
위 기사?

'여자만 있는 윈터 기사단 중에서, 고위직 중에 남자가 있다니.'

그것도 백부장이다. 검술이 특출나거나, 테레사 백작 곁에 있기 위해 엄청난 노력을 한 게 틀림없었다. 레티시아는 대단하다는 얼굴로 남자를 흘끗 쳐다보았다.

무표정한 기사가 레티시아와 눈이 마주치자 고개를 살짝 숙여 보였다. 그 탓에 연한 갈색 머리가 흐트러지며 햇볕에 반짝였다. 그러고선 다시 테레사를 보는데, 그의 뺨이 조금 붉어져 있었다.

'이건……'

레티시아의 직감이 말하고 있었다.

수년째 짝사랑을 이어 온 사람의 얼굴이 틀림없노라고.

"다이안 경은 하얀 늑대를 기르는 중이기도 하지. 실제로 휘하의 기사들이 늑대들의 관리를 맡고 있다만……."

그에 비해 테레사는 서류만 보고 레티시아에게 말하는 중이었다. 원터의 '백부장'이라고 말할 때는 얼핏 자긍심이 느껴지는 어조였지만, 다이안에게 사사로운 감정은 느껴지지 않았다.

"그런데 다이안 경."

테레사는 한숨을 삼키고는 재차 백부장을 불렀다. 고불고불한 연한 갈색 머리. 색채가 옅은 밤색 눈동자를 지닌 남자가 백작의 부름에 고개를 숙였다.

"혹시 내 시종들이 전부 죽은 건가? 아니면 그대가 죽인 건가?"

"……예?"

"일선에서 바쁘게 뛰어야 할 그대가 왜 나의 차 시중을 들지?"

탓하는 어조는 아니었지만, 테레사는 그리 궁금한 얼굴이 아니었다. 필시 저 남자가 최소 한 달, 아니면 수년이 넘도록 비슷한 일을 반복했기 때문이리라.

다이안이라 불린 남자의 붉은 입술이 잠깐 열렸다.

"……백작님께서 차를 좋아하시니까요."

"아니. 일라이가 윈터 산맥을 조사하는 데 필요한 도움은 주었고?"

테레사가 너무나 당연하게 '아니'라고 거절했는데도, 다이안도 아무렇지 않게 말했다.

"산맥의 입구로 가는 길을 정비해 두었습니다. 기사 몇을 붙여 주려했지만, 걸리적거리니 필요 없다고 말하더군요."

"그대가 직접 따라갔어야지. 그래도 네르바드의 가주가 아닌가. 아직 어리니 어른의 보호가 필요하다."

"윈터의 백부장이 대정령 빙결에게 맞아 죽으면, 백작님을 볼 낯이 없어진다고 레벤 성으로 돌아올 것을 후작이 친히 요구하셨습니다."

"후작도 참……."

테레사가 어이없어하며 헛웃음을 흘리는데, 그걸 보고서 다이안이 따라 웃으며 말했다.

"윈터의 어른으로서 어린 후작님의 보호를 받을 수는 없는 노릇인지라, 그냥 설산에 두고 왔습니다."

그래서 일라이만 눈이 펑펑 내리는 설산에 두고 왔다는 말이었다.

"다이안 경."

테레사는 들고 있던 펜을 내려놓고는 엄숙하게 백부장을 불렀다. 그리고 말없이 고개를 숙이는 백부장에게 눈짓으로 축객령을 내렸다.

윈터 외곽에 있는 외세, 안갤의 침략도 훌륭히 막아 내는 백부장을 어린 공녀가 보는 앞에서 혼낼 수 없었기 때문이었다. 그것도 시종이 뜨거운 물을 겨우 구해 끓인 차를, 중간에서 가로채는 것은 더 용납할 수 없었다.

"중요한 손님이 왔으니 그대는 이만 쉬어도 좋다."

다이안 경보다 더 중요한 사람이니, 이만 방해하지 말고 물러나라.

그렇게 들렸지만, 다이안은 능숙하게 표정을 감추고는 고개를 숙인 뒤 몸을 돌렸다.

"그럼 저는 다시 오후에 찾아뵙겠……."

"아니, 그때는 레티시아와 긴히 할 이야기가 있다."

"알겠습니다, 백작님."

아쉬운 듯 답한 백부장이 레티시아와 눈을 마주치자 눈을 가늘게 떴다. 백작님께 해가 되진 않는지 살펴보는 얼굴이었다.

"이 아이는……."

"윈터의 정령술사다. 일라이 후작과는 친구지."

"아하."

백부장이 뭔가 눈치챘는지 유쾌한 감탄을 하고는 레티시아를 향해 무릎을 굽혔다.

"귀엽게 생겼네요. 아가씨와 도련님에게는 없는 아이다움이 보여……."

탁.

그리고 머리를 쓸어 주려는 순간, 레티시아가 먼저 백부장의 손을 잡았다.

"제 머리에 뭐라도 묻었나요?"

레티시아는 다이안의 커다란 손을 두 손으로 쥐고서 눈을 가늘게 떴다.

제 머리를 만질 수 있는 건 두 사람뿐이다.

윈터의 주인, 테레사. 그다음은 일라이.

그러니 낯선 어른에게 그녀의 머리를 허락할 수 없었다.

"……왜 네르바드 후작과 친구인지 알겠습니다. 멋대로 만져서 미안하구나, 애야."

상당히 어른스러운 말투였다. 목소리는 듣기 좋았지만, 말투만 보면 삼십 대 중반의 남자가 쓰는 것이었다.

그래 봤자 이십 대 중반 아닌가? 그렇게 생각한 레티시아에게 다이안이 어른의 웃음을 지으며 사과를 건넸다. 그리고 붉어진 손을 아무렇지 않게 물리며 웃어 주었다.

"난 다이안. 윈터를 오래전부터 모셔 왔던 프라테르의 다이안이다."

윈터를 수백 년 전부터 모셔 왔던 프라테르 가문은 '들개'를 뜻했지만, 레티시아는 그런 세세한 뜻까진 알지 못했다.

"전 레티시아예요."

"레티시아, 라……. 예쁜 이름이구나."

다이안이 따뜻한 미소를 짓고서 레티시아를 향해 웃어 주었다.

하지만 레티시아가 느끼기에 '테레사의 손님'이라 웃어 주는 게 틀림없는 미소였다.

"레티시아는 내 귀빈이다. 그러니, 다이안."

집무실 책상에 앉아 있던 테레사가 운을 떼었다. 두 손을 깍지 낀 채 턱을 괴더니 픽 웃으며 다음 말을 이었다.

"윈터의 정령술사에게 예를 갖추어라."

다이안의 눈이 커지는 것도 잠시, 그는 곧 빠르게 상황을 파악하고서 가슴에 손을 얹고 묵례했다.

"프라테르의 다이안이 윈터의 정령술사를 뵙습니다. 근 며칠, 외곽에서 군을 다스리다 오늘 새벽에 레벤 성에 들러서 그간의 상황을 잘 알지 못하니, 무례를 용서해 주십시오."

"괜찮습니다, 다이안 경. 그리고 반가워요. 전……."

레티시아는 부드럽게 말하고는 작게 숨을 들이켰다. 그리고 테레사가 보는 앞에서 다이안에게 악수를 청하듯 손을 내밀며 말했다.

다이안이 레티시아의 말을 기다리며 천천히 손을 붙잡아 악수했다.

"윈터의 레티시아예요."

그 말을 하는 순간, 심장에 따뜻하고도 묘한 전율이 흐르는 기분이어서 레티시아는 다른 손으로 가슴께를 어루만졌다.

고개를 돌리니 테레사가 '잘했다'라고 입 모양으로 말하고는 옅은 미소를 입가에 그려 냈다.

* * *

"레티시아, 윈터의 광산에 대해 들어 본 적 있느냐?"

그날 오후, 테레사가 테이블에 놓인 서류를 내려다보며 물었다.

레티시아는 집사 나브티스가 가져다준 쿠키와 따뜻한 우유를 곁들이며 테레사의 말을 듣는 중이었다. 손수건으로 입가를 훔친 뒤 서류를 흘끗 보며 답했다.

"……광산 로사요?"

"한때 탄자나이트 석이 발굴된 곳이지. 내 어머니, 다나에가 대대적으로 광산 개발에 앞장섰었어. 탄자나이트는 극소량으로도 다이아몬드보다 더 높은 가치를 가지기 마련이라."

"……저도 들어 본 적 있어요. 탄자나이트가 제국에서 가장 귀한 광물이라고 했지만, 윈터에 그 광산이 있을 줄은 몰랐네요."

집무실 한편의 테이블에서 두 사람은 마주 앉아 이야기하는 중이었다.

테레사는 백부장이 두고 간 식어 버린 차를 한 모금 마시고는 서류를 레티시아 쪽으로 내밀었다. 선대 윈터 백작, 다나에. 즉 테레사 어머니의 이름으로 광산 소유권이 명시된 서류였다.

"모를 만도 하지. 극비리에 개발을 진행했으니까. 황제에게도 탄자나이트 석이 아닌, 그저 평범한 흑요석이라고 둘러댔었고."

"……그게 통했나요? 광산을 개발한다는 건 수익이 난다는 것인데, 일반 흑요석을 캐기 위해서 윈터가 광산을 개발한다고 믿지는 않았을 거예요."

"물론, 그냥은 통하지 않았어. 윈터는 가진 것 없는 황폐한 영지라,

무리해서라도 흑요석을 캐내야겠다고 강하게 주장하니 황제도 넘어간 거였거든."

테레사는 그렇게 말한 뒤, 좀 더 이유를 덧붙였다.

"서부 네르바드나 동부 아스테반이라면 모를까. 남부에는 광산이 별로 없으니 논외로 치고. 어쨌든 서부는 험난하지만 희귀한 마정석이 나는 광산이 있고, 동부에는 철광은 물론, 금 광산이 한창 개발 중이라, 이상할 것도 없었지."

그게 무려 50년 전의 일이다.

그 후로 서부 네르바드는 선대 가주의 계속된 사치로 가문의 금고가 비게 되었고, 광산 개발도 포기해야 했다.

동부 아스테반은 다른 이유로 개발이 중지되었다. 아스테반의 가주가 죽었고, 그의 아내가 후계자도 없이 실종되었기 때문이었다.

테레사는 '스텔라 아스테반'의 흔적을 좇았지만, 아직 이렇다 할 흔적은 찾지 못했다. 분명, 10년 전에 황제가 아스테반에 들른 이후로 황금 가문의 비극이 시작된 건 확실했지만.

'윈터도 겨우 버티고 있는 상황이야. 다른 가문의 일을 생각할 때가 아니지.'

테레사는 찻잔을 내려 두고서 이어 말했다.

"우리 윈터에서도 광산 개발을 서둘렀었지. 어머니는 무척 좋아하셨다. 그때도 윈터는 부유한 편이었지만, 한 가문이 군권과 더불어 경제권까지 가질 기회는 흔치 않았거든."

"그래서 50년 전에 탄자나이트가 있다는 건 극비로 하고, 흑요석으로 둘러대어 광산 개발을 서두르셨군요. 하지만 지금은……."

"그래, 지금은 모두 중단된 상태지. 대정령 라이아덴의 분노로 윈터에 겨울이 계속된 후로는. 봄과 가을까지 잡아 두었던 채굴 계획이 모두 무산이 되어 버렸어."

결국, 선대 가주 다나에의 광산 개발은 중지되었고 광산 '로사'는 폐광산이 되었다.

"겨울이 멈추면, 윈터에 봄이 다시 돌아오면 광산을 개발할 수 있나요?"

"아니. 이제는 인력과 더불어 자금이 부족한 상태다. 지금은 개발하고 싶어도 그만큼의 여력이 없어. 방법이 하나 있긴 하지."

테레사는 단안경을 쓱 올리며 말을 이었다.

"중앙 대륙의 마호가니 은행에서 빌리면 돼. 하지만 워낙 까다로운 데다, '레벤 성'을 담보로 요구하더군."

윈터의 중앙 성을 담보로 비용을 빌릴 수는 없는 법이었다.

한마디로, 마호가니 은행이 두 눈에 흙이 들어가도 윈터에는 자금을 빌려 주지 않겠단 뜻이었다.

사업이란 인력과 자금이 동시에 드는 일이다. 사람이 부족하면 돈으로 채우면 되지만, 둘 다 부족하다면 새로운 사업을 시작할 수 없었다.

"탄자나이트는 말씀하신 광산에 아직도 남아 있나요?"

"탄자나이트는 광산 로사의 심층부에 있지만, 그곳에는 접근을 막아 두었다. 폐광시키더라도 비밀은 유지해야 했으니까."

테레사는 깊은 한숨을 내쉬었다. 정령술사가 온 이상, 저주가 3년 안에는 풀릴 거라 생각해 윈터의 새로운 사업을 고민하던 차였다.

기존 사업이라고 해 봤자 특용 작물을 심는 게 다였다. 거기다 감자 등의 구황작물과 약초 몇몇을 키웠지만, 식량 하나 제대로 사들일 수 없을 만큼 적은 수익이 날 뿐이었다.

"……백작님. 제가 저주를 풀게 된다면, 다른 방법을 모색해도 좋을 것 같아요."

"다른 방법이라니? 저주야, 대정령 빙결을 잡는 게 쉬운 일은 아니니 레티시아, 네가 좀 더 자란 뒤에 생각해 보겠지만."

테레사의 말에 레티시아는 그녀가 생각했던 방법을 바로 말했다.

"탄자나이트가 있는 광산 심층부는 막아 두고, 입구부터 광산의 초입까지 개방하는 게 어떨까 해요."

"……폐광산을? 심층부야 당연히 막아 두겠지만, 어째서 그런 방법을 생각한 거지?"

테레사가 호기심을 느끼고 물었다. 그리고 턱을 괸 채 레티시아를 지그시 쳐다보았다.

'무슨 생각일까. 폐광산을 개방한다니…….'

"광산 로사가 있는 곳부터 그 부근까지 관광지로 만들면 어떨지 생각해 봤어요. 이미 광산을 개발한다며 다리는 놓아 둔 상태니까……."

레티시아는 자리에서 일어나 테레사가 펼쳐 둔 지도를 두 손으로 짚었다. 펜을 꺼내 백작에게 양해를 구하곤 지도에 동그란 표시를 남겼다. 별표 세 개까지 덧붙이며 말했다.

"광산 로사와 이어진 윈터 협곡을 겨울 관광지로 개발시키는 거예요."

지도를 내려다보는 테레사에게 레티시아가 덧붙여 말했다.

"겨울이지만 사계절 찾아올 수 있는 제국 최고의 관광지로 만든다면……."

레티시아는 윈터 가문 옆에 숫자 '2'을 기록해 두었다.

네 가문 중에서 가장 부유한 건 신성 가문인 마네르.

즉, 마네르와 황가를 제외한다면 윈터가 제국에서 가장 부유했다.

하지만 그 '2'란 숫자도 별 의미가 없었다.

동부 황금 가문은 무너졌고, 서부 네르바드는 일라이가 마탑주가 될 때까지 오랫동안 휘청일 테니.

레티시아는 '2'란 숫자를 다시 지우고 '1'을 기록했다.

"부유한 데다 놀기 바쁜 남부 귀족의 지갑을 열 수 있다면, 윈터가 제일 부유한 가문이 될 수 있을 거예요."

레티시아의 포부에 테레사는 조금 놀랐다.

가문을 부유하게 할 거란 계획도 놀라웠지만, 자원이 풍부한 남부 마네르를 척박한 북부, 윈터가 뛰어넘겠다고 할 줄은 몰랐기 때문이었다.

"광산 로사를 채굴하는 게 아니라, 단순히 관광지로만?"

"네. 사실, 윈터의 진짜 협곡은 더 험난하고 가파르지만……. 남부인이 봤을 때는 광산 로사만 봐도 대단한 협곡이라며 경탄할 테고."

레티시아는 다리 주변을 표시하며 말을 이었다.

"겁 많고 유약한 남부인이 관광지를 많이 찾을 수 있도록, 다리를 보강하도록 하……면 어떨까 싶어요."

하마터면 '보강하죠'라고 말할 뻔해서 레티시아는 작은 숨을 들이쉬었다.

얼핏 보기에는 터무니없는 계획이었는데도, 테레사는 잠자코 레티시아의 말을 경청했다. 그런 다음 물었다.

"겁 많고 유약한 남부인이 고작 광산 하나 보겠다고 윈터에 보러 올까? 아니, 그전에 근래 윈터는 성문을 개방한 적이 없었지. 내성인 레벤이 아니라, 외성인 모르스를 여는 거야 큰 상관은 없다만."

"저주가 풀리게 되면, 남부인들도 궁금해서 기웃거릴 수밖에 없어요. 본래 폐쇄적이었던 윈터인 데다, 겨울의 저주가 계속된 후로는 남부와의 교류가 거의 끊겼으니까요. 식량 지원을 위해서 상단이 윈터의 입구인 모르스 성까지 오긴 했지만……."

테레사는 레티시아가 윈터에 대해 너무 자세히 안다고 생각했다. 하지만 걱정 대신 오히려 기대감이 그녀의 두 눈에 서렸다.

레티시아가 윈터 영지의 지도를 살펴보며 말했다.

"남부인들에게 북부는 신기한 곳이에요. 말로만 듣던 대정령이 저주를 내린 곳. 그리고 그 저주가 풀려 봄을 되찾은 곳이 된다면……."

레티시아는 펜을 내려 두고서 광산 로사에 금화 모양을 그렸다.

꽤 열심히 금화를 그리고 나서 색까지 덧칠하는 모습에 테레사는 '아직 아이는 맞긴 하나 보네' 하고 속으로 웃었다.

하지만 광산을 관광지로 개발하겠다는 생각은 열한 살, 그것도 후계자 수업도 제대로 받지 못한 귀족 소녀의 머리에서 나올만한 게 아니었다. 그런 테레사에게 레티시아가 더없이 진중한 얼굴로 말했다.

"분명 광산 로사를 보러 오고 싶어질 거예요. 윈터의 모르스 성만 개방하고, 설산으로 가는 길목인 레벤 성은 걸어 잠근 뒤 로사 쪽만 먼저 개방한다면……."

"그곳이 남부인에게 허락된다면 호기심을 가질 수도 있겠지. 하지만 사시사철 눈이 내리는 곳인데, 남부인이 올 만한 가치가 있을까? 저주가 끝나면 여름에는 춥긴 해도 눈은 그칠 테고, 겨울에는 역시 눈이 가득 내리니 추워서 오지 못할 텐데."

테레사의 의문에 레티시아는 고개를 끄덕였다.

타고난 북부인인 테레사는 '북부의 설산'이라든가, 윈터 영지가 얼마나 사람들의 호기심을 자극하는지 모를 것이다. 남부인이었던 레티시아는 확신할 수 있었다.

"줄 서서 윈터의 광산을 찾아올 거예요. 남부의 귀족들이 돈을 뿌려서라도."

"……그러니 윈터를 제국에 전면 개방을 하라?"

"아뇨. 우선은 순차적으로 개방하는 게 좋을 것 같네요. 부유한 집안부터, 권력이 높은 가문부터 광산을 둘러볼 기회를 주는 거예요."

"과시욕 높은 남부인이 좋아하겠는데……."

테레사의 말에 레티시아는 고개를 끄덕이며 자리에 앉았다. 그리고 '너무 많이 말했나?' 하고 잠깐 고민을 하며 쿠키와 우유로 긴장감을 달랬다.

"좋아. 3년 뒤면 광산 '로사'를 개방하도록 하지. 관광지로 개발해

자금을 끌어들인 뒤, 어느 정도 자금이 마련되면 광산의 문을 닫고 탄자나이트를 개발하는 거다. 그러면…….”

윈터는 꽤 풍족해질 것이다. 테레사는 다시 생각을 정정했다.

황제가 긴장할 만큼 윈터는 풍요를 되찾을 것이다.

만족해하는 테레사에게 레티시아가 고개를 저었다. 그리고 테레사의 소맷자락을 슬쩍 당기며 말했다.

“3년은 너무 길어요. 한 달 안에 설산으로 대정령 라이아덴을 잡으러 갈 테니……. 허락해 주세요, 백작님.”

레티시아는 테레사의 허락이 떨어지기 전에 그녀에게 계획해 둔 바를 알렸다.

“이틀 뒤, 윈터의 가신들이 모일 수 있게 해 주세요. 그곳에서 백작님께 드릴 이야기가 있어요.”

레티시아는 윈터를 위해 일할 생각이었다.

테레사는 지금도 그녀의 말을 경청해 주었지만, 윈터의 다른 가신들은 아니었다. 외지인에 대해 거부감이 심한 그들은 레티시아의 의견을 경계하고 의심을 표현할 것이다.

그러니, 무너져 가는 윈터를 제대로 살리기 위해서는 그들의 신뢰를 얻는 것이 가장 먼저였다.

“그때, 백작님께 저, 레티시아가 윈터로 온 이유를 말씀드리겠습니다.”

* * *

“좋다. 레티시아, 그대가 원하는 대로 윈터의 가신들을 모두 불러 두었다.”

이틀 뒤, 레벤 성의 접견실 중앙.

테레사는 단상 위, 철로 된 의자에 앉은 채 턱을 괴고서 레티시아를 내려다보았다. 레티시아는 새하얀 로브를 쓴 채 테레사를 보고 있었다.

윈터의 테레사가 자신을 비호하겠다고 했으니, 그녀 자신도 마땅한 답을 내놓아야 하는 차례였다.

더 늦기 전에.

"……이미 윈터에 머물러도 좋다고 허락했는데, 달리 내게 할 말이 더 있는 건가."

"네, 백작님."

레티시아는 차분히 답했다.

윈터의 가신들이 모두 레티시아를 보고 있었다.

관료복을 입은 이들은 대부분 나이가 지긋한 여자들이었고, 허리춤에 검을 찬 기사들은 대부분 젊은 여자였다. 모두 얼음으로 조각한 것처럼 표정이 없었다. 그만큼 군기가 꽉 잡혔다는 뜻이었다.

개중에는 이틀 전에 봤던 윈터의 백부장, 다이안도 있었다.

이렇게 많은 사람의 시선을 받아 본 건 이전 생, 처형일 이후 처음인 듯했다.

마네르 공작가에 있을 때는 공녀 신분이었지만, 가신들을 직접 대면할 일이 없었다. 그저 쥐 죽은 듯이 지내다가 복도에서 가신들과 마주치면 고개를 숙인 채 걷거나, 기둥 뒤에 멀찍이 숨어 있는 게 다였다.

그 버릇을 고친 건 열여섯 살 때. 후계자가 되기 위해 훈련을 거듭했기 때문이었다. 끝내는 자신을 향해 '사생아'라고 비난하거나, '더러운 알레타 출신'이라고 비웃어도 얼굴을 마주 볼 수 있었다.

그랬던 레티시아지만 무표정한 여자들이 쳐다보자 조금 긴장할 수밖에 없었다.

"어떤 이야기를 할지 궁금하구나. 나와 윈터의 가신들이 모두 그대를 지켜보는 상황에서."

테레사가 턱을 괸 채 레티시아에게 무심한 시선을 내렸다.

무슨 말을 할지 예상은 했다. 가신들을 불러 놓고 하고 싶은 이야기가 있다니, 백작인 그녀가 거절하기 어려운 부탁을 하려는 것이리라.

"입양되고 싶다고 말하려는 거라면, 일찍 말해도 좋다."

테레사도 어느 정도 짐작해 둔 바가 있어 그렇게 말했다.

그녀는 어머니이기 전에 윈터의 군주였고, 윈터의 영민 모두가 그녀의 자식이었다. 잔느와 아네스는 '하얀 늑대'의 피를 타고 태어났으니, 그만큼 특권을 누리되 더 무거운 짐을 지게 했다.

그러니 레티시아가 양녀로 삼아 달라 청한다면, 테레사는 바로 허락할 수 없었다. 오히려 오랜 시간을 들여 고민해야 했다. 레티시아가 잔느와 아네스가 져야 할 무게를 지어도 되는지. 그리고 그래야 하는 이유가 있는지.

레티시아는 정령술사였으니 가문의 금고를 원하면 줄 수 있었다.

하지만 이유 없이 사랑을 줄 순 없다.

드높은 명예를 원한다면 윈터의 요직을 하사할 것이나, 온정을 마냥 베풀진 않을 것이다. 그리고 세상을 원한다면…….

"아뇨, 백작님."

레티시아는 테레사가 예상했던 대로 양녀로 삼아 달라 부탁하는 대신 말했다.

"저, 레티시아. 대등한 관계에서 계약을 청하는 바입니다."

사랑을 기대하지 않기로 했다.

레티시아는 가족 없이도 살아갈 수 있었다.

그녀 홀로 이 세상에서 버티며, 스스로에게 넘치는 사랑을 주리라.

세상 모든 사람이 등을 돌려도 그녀 자신에게 속삭이리라.

내가 믿는 건 레티시아, 너뿐이라고.

낳아 준 부모가 손가락질하고 모욕해도 흔들리지 않을 것이다.

부모를 고르진 못했으나, 이 세상에 태어난 건 본인의 선택이었다.

자신의 삶을 구원할 사람도, 버텨 낼 사람도, 운명을 거머쥘 사람도 레티시아 그녀뿐이었다.

그런 생각으로 레티시아는 말했다.

"저는 백작님께 결코 양녀로 삼아 달라 간청하지 않을 것입니다."

"……왜지? 왜 그런 말을 하는 것이냐?"

테레사는 조금 당혹했다. 하지만 그 감정도 잠시, 다시 차가운 얼굴로 돌아온 하얀 늑대가 재차 물었다.

"레티시아. 그대는 왜 쉬운 길을 두고 어려운 길을 돌아가려 하는 거지?"

"……제 자신과 약속했어요, 백작님. 공녀라는 이름을 달고 무정한 아비에게 버려진 날, 저는 스스로에게 약속해야 했습니다."

화형대에 몸이 묶이고, 발치에 불꽃이 타오른 순간.

레티시아는 몇 번이고 다짐했다.

가문을 버리고, 나를 택하겠다고.

"저는 백작님의 딸이 되지 않을 것입니다. 아니, 백작님께는 이미 훌륭한 성품의 따님 둘이 있으니 마네르의 피가 섞인 부속물은 필요치 않으실 거예요."

"……나, 하얀 늑대 앞이라 한들, 레티시아 널 낮추지 마라. 어쨌건, 그대의 말뜻이 뭔지 알겠다."

테레사가 깊은 한숨을 내쉬며 팔걸이를 쥔 손에 힘을 주었다.

이런 적은 처음이었다.

당돌하다고 해야 할지, 대단하다고 해야 할지. 고작 열한 살 아이인 주제에 다시는 부모를 만들지 않겠다니.

'쉬운 길을 두고, 윈터의 비호만 받겠다고 할 줄이야…….'

윈터의 테레사가 대륙 유일의 정령술사를 비호할 것이라 했지만, 레티시아는 그때 대답하지 않았다.

톡, 톡.

팔걸이를 쥔 테레사의 손이 느릿하게 움직였다.

이런 기분은 실로 처음이었다.

늘 선택을 해 왔던 윈터의 군주를, 감히 어린 소녀가 선택하려는 것 같지 않은가.

"저는 어른의 사랑을 원하지도, 관심을 원하지도 않습니다."

"……그러면 대체 뭘 원하는 거지? 무엇을 위해 그 먼 길을 헤치고 윈터까지 온 것이냐. 그것도 마탑주를 데리고."

"저는……."

레티시아는 눈을 감았다가 살짝 떴다. 그녀의 붉은 눈동자에 하얀 머리칼과 짙은 적안을 가진 북부의 왕이 비쳤다.

"하얀 늑대께서 저를 비호해 주시면 됩니다. 제가 성년이 될 때까지만."

무례하게도 여겨질 법한 발언이라, 테레사 앞으로 도열해 있던 가신 몇몇이 눈을 가늘게 떴다. 레티시아는 그들과 시선이 마주쳤지만, 눈 하나 깜빡하지 않고 시선을 받아쳤다.

"무슨 뜻인지 알 것 같구나. 좋다. 레티시아, 그대가 원하는 것을 밝혀라."

테레사는 눈을 가늘게 뜨며 레티시아가 대답할 것을 종용했다.

레티시아는 새하얀 후드를 살짝 내리며 테레사 앞에서 한쪽 무릎을 꿇었다. 그리고 어린아이라고 생각되지 않을 만큼 엄숙히 말했다.

"저를 후원해 주세요, 백작님."

"후원, 이라……."

이쯤 되니 테레사는 재밌어졌다. 굳이 입양을 거부하고 후원해 달라는 공녀의 저의 또한 알고 싶어졌다.

그래서 테레사 또한 진중한 얼굴로 물었다.

"공녀는 윈터를 위해 무얼 해 줄 수 있지? 나와 윈터가 그대를 아비로부터 비호해 준다면."

"계약의 대가로, 윈터 영지의 저주를 풀어 드리겠습니다."

레티시아의 붉은 눈이 보석처럼 빛났다. 선명한 의지를 담은 어린 눈이 다른 붉은 눈과 마주했다.

시선을 피하지 않으며 레티시아는 주머니에서 작은 돌을 꺼냈다. 어디서나 흔히 볼 법한 새까만 돌을 보고 테레사는 숨을 삼켰다.

'분명……. 저것은.'

테레사가 왜 놀라는지 다른 가신들은 알지 못했지만, 레티시아와 가까이 위치한 가신 몇몇은 알아차렸다.

'윈터의 정령석!'

애써 무표정을 유지하던 가신들의 눈에 기대감이 떠올랐다. 물론 개중에는 저 돌을 깨우지 못할 거라 벌써 실망하는 자도 있었고, 숨을 삼키는 자도 있었으며, 기대도 안 된다는 듯 고개를 돌리는 자도 있었다.

레티시아는 손바닥 위에 있는 윈터의 돌을 움켜쥐었다. 미약한 바람이 불며 레티시아의 몸을 감쌌다. 새하얀 후드가 바람에 휘날릴 때였다.

쩌적―!

검은 돌이 깨지며 새하얀 안개가 흘러나왔다. 안개는 꽃처럼 레티시아의 손목을 휘감았다.

피융!

돌에서 나온 빛이 뚫린 적 없는 레벤 성의 천장으로 솟구쳤다.

"설마……."

"말, 도 안……."

귀가 멎는 듯한 고음에 가신들이 주저앉으며 귀를 막았다. 그러면서도 그들의 시선은 레티시아만을 보고 있었다.

"대륙 유일의 정령술사가 윈터 영지의 저주를 풀어 드리겠습니다."

콰쾅!

누구라고 할 것 없이 모두의 시선이 창 너머로 향했다. 거대하게 휘몰아치는 눈보라가 레벤 성 주위를 감싸고 있었다.

"저주가 더 심해지고 있습니다!"

"백작님, 어서 저 아이를 멈춰야 합니다!"

금방이라도 유리창을 깨부술 듯이 휘몰아치는 눈 폭풍을 보며 가신들이 다급히 소리쳤다. 하지만 테레사는 레티시아를 말리는 대신 그저 고요한 눈으로 지켜보았다.

그리고 말했다.

"보여 줘라, 레티시아. 너와 나의 선택이 틀리지 않았다는 것을."

레티시아는 유리창으로 다가가 손을 뻗었다. 그러자 성을 잡아먹을 듯이 흉포하게 굴던 눈보라가 힘을 잃기 시작했다. 날카로운 창처럼 쏟아지는 얼음들이, 살아 있는 거라면 뭐든 목을 꿰뚫을 것처럼 퍼붓던 서리 조각이……

"하! 하하."

테레사의 시선이 레티시아를 지나쳐 유리창에 닿았다. 곧 허탈한 웃음이 백작의 입가에서 새어 나왔다. 그 웃음에는 많은 감정이 섞여 있었지만, 그녀는 말하는 대신 숨을 깊게 들이켰다.

쏴아아—

거센 눈보라는 이내 새하얗게 빛나는 눈꽃이 되어 흩날렸다.

유리창 너머로 흘러내리는 새하얀 꽃눈에 가신들은 말도 잊고 멍하니 쳐다보았다. 테레사는 손을 들어 메마른 눈가를 쓸었다.

윈터에 계속된 저주가 멈추길 바랐다.

그녀가 염원하던 것이다.

테레사의 어머니였던 윈터의 선대 가주, 다나에가 바라던 것이다.

악마에게 영혼을 팔아서라도 윈터의 저주를 막을 수 있다면 테레사의 어머니는 그렇게 했을 것이다.

목숨을 끊어서 윈터의 저주를 막아 낼 수 있었다면 테레사는 그리했을 것이다.

"하……."

테레사는 체통도 잊고 철로 된 의자에 몸을 기댔다. 자세가 흐트러지긴 했지만, 완전히 무너진 건 아니었다. 하지만 얼굴 밖으로 드러난 놀라움과 경외를 숨길 수는 없었다.

알 수 없는 감정이 담긴 어둑한 적안이 유리창 너머를 바라보았다.

"이렇게 쉽게……."

테레사는 그리 말하며 레티시아를 바라보았다. 목이 메어 더는 말을 할 수 없었다.

"쉽지 않았어요."

레티시아는 그리 말하며 어느새 테레사가 주었던 작은 정령석을 들고 그녀에게 다가갔다. 한때, 윈터의 테레사가 레벤 성을 찾은 레티시아에게 먼저 다가왔던 것처럼.

"전 목숨을 걸었습니다. 마네르를 벗어나, 사람답게 살기 위해서……."

그리하여 중앙 교단에 있는 '태고의 정령석'에 접근할 기회를 얻었다. 알레타와 마네르 신성 가문의 혼혈로 경멸과 멸시를 받았던 그녀가, 결국에는 태고의 정령석과 공명했다.

"어려운 길을 거쳐서, 이제야 도달했어요."

레티시아는 그리 말하며 테레사를 향해 돌을 내밀었다. 돌이라고 생각했던 그것이 천천히 변하기 시작했다.

얼음으로 조각된 꽃송이 하나가 테레사의 손에 쥐어졌다. 테레사는 차마 말을 하지 못하고 떨리는 손으로 꽃을 쥐었다. 찰나의 순간, 그녀에게 닿은 소녀의 손이 한없이 차가워서 잡아 주고 싶다는 생각이 들었다.

하지만 레티시아가 그것을 원치 않을 것 같아 테레사는 그저 조용히 꽃을 받아 들었다.

스륵.

부드럽게 굽이치는 새하얀 머리칼이 테레사의 뺨을 타고 흘러내렸다.

"향은 나지 않는구나."

테레사는 조금 웃었다. 그녀 자신이 웃고 있다는 사실을 모르는 채.

"하지만 세상에서 제일 아름답다. 내가 보았던 그 어떤 생화보다도."

"……하얀 늑대께 어울리는 꽃이라 생각해요."

레티시아는 그리 말하며 테레사가 쥐고 있던 꽃을 톡 건드렸다. 그러자 봉오리가 개화하며 얼음꽃이 흐드러지게 피어났다.

"하."

테레사가 어이가 없어서 헛웃음을 흘렸다.

"내 남편도 그깟 꽃 더미로 내 마음을 앗아 가지 못했는데."

테레사는 꽃을 든 채 레티시아를 내려다보며 픽 웃고 말았다.

"넌 얼음꽃 한 송이로 이 하얀 늑대의 마음을 훔치는구나."

레티시아는 말없이 고개를 숙였다. 그리고 조심스레 말했다.

"다음에는 더 큰 걸 잡아 와 백작님께 드릴 거예요."

"……더 큰 거라니? 이 얼음꽃보다 더 아름다운 게 있단 말이냐?"

레티시아는 고개를 끄덕이고는 다시 새하얀 로브를 썼다. 그리고 테레사와 두 눈을 마주치며 말했다.

"아직, 설산의 주인이 남았어요."

"설산의 주인……. 설마, 미쳐 버린 대정령을 말하는 건 아니겠지. 며칠 전에도 한 달 안에 잡아 오겠다, 단정을 짓더니……."

테레사는 기함하면서도 얼음꽃을 조심스레 쥐고서 레티시아에게 물었다.

"아직은 아니다. 이 윈터를 위해서라 해도 무리하지 마라. 레티시아,

네가 좀 더 크면 그때……."

그때도 윈터 영지가 남아 있을까. 테레사는 그런 생각이 들어 끝까지 말을 잇지 않았다. 하지만 레티시아가 설산으로 가는 건 백작의 이름을 내세워서라도 막을 생각이었다.

윈터 영지를 위해서라면 레티시아가 다친다 해도 설산으로 보내야 했지만, 테레사는 어쩐지 그러고 싶지 않았다.

"태고의 빙결, 라이아덴."

고개를 저은 레티시아는 테레사를 똑바로 바라보며 말했다.

"제가 잡아 오겠습니다, 백작님."

"……그래, 좋다. 백부장이 널 따르면 되겠느냐? 천부장이 널 따라야 되겠느냐?"

테레사는 이제 조금 재밌어졌다. 그래서 맹랑하게 '태고의 대정령, 빙결'을 잡아 오겠다는 레티시아에게 물었다.

"대정령은 사람이 잡을 수 없는 것……이니, 백작님의 두 따님 중 한 명을 데려가게 해 주세요."

"왜지?"

"대악마의 계약자들은 정령과 상극이라고 들었거든요."

"조력자가 필요한 건가? 그대가 대정령을 포획할 때."

"방패면 충분합니다."

대정령과 상대할 때, 자식 중 한 명을 방패로 쓰겠다는 말에 테레사는 허, 하고 웃고 말았다.

재밌다. 이렇게 미치도록 재밌기는 처음이었다.

어렸을 적 어머니의 손을 잡고 찾아간 황성에서, 프란츠 황제가 '내 후비가 되어다오' 하고 멍청한 고백을 들었던 것보다 더.

그때는 불쾌했지만, 지금은 신선했다.

"좋다. 누구를 대정령의 방패로 쓰겠느냐? 감히 분노의 주인인 릴리스,

그녀의 계약자를? 아니면 대성녀를 모셨던 미의 대천사, 이슈타르의 아이를 택하겠느냐?"

"따님 둘 다 데려가면 유용할 테지만, 후계는 남겨 두시는 편이 좋을 것 같습니다."

레티시아는 테레사를 빤히 바라보며 솔직히 말했다.

"좋다. 후계자인 잔느는 남겨 두고 이슈타르의 아이, 아녜스 윈터를 네게 주마."

레티시아는 속으로 '주실 필요는 없지만……. 대정령과 상대할 때는 잠깐만 주워 가겠습니다.' 하고 생각했다. 방패로 유용하게 쓰고 나면 다시 테레사의 품으로 반환할 생각이었다.

* * *

"뭐, 날 간택했다고? 그것도 레티시아를 위한 방패로!"

다음 날 아침. 소식을 듣게 된 아녜스가 식당 홀에서 반색하며 물었다. 장부 정리를 얼추 끝냈는지 오늘은 잔느도 함께 식사하는 중이었다.

"간택이 아니라 선택."

잔느가 버터나이프로 빵에 잼을 듬뿍 바르고는 정정해 주었다. 그녀도 상황을 들어 알고 있었다. 레티시아가 설산에 대정령을 잡으러 가기로 했고, 방패로 아녜스를 요구했다는 것이다.

탁월한 선택이라고 생각하며 잔느는 식빵을 입 안으로 욱여넣었다.

"그게 그거지! 내가 잔느 너 대신 선택받은 거라고."

"설마, 부러워하라는 건 아니겠지?"

"맞아! 날 부러워해. 선택받지 못한 불쌍한 잔느."

아녜스가 손을 까딱이며 혀를 쯧쯧 차자 잔느는 귀를 후볐다. 동생의 말은 귀담아듣지 않겠다는 뜻이었다.

이 모든 것을 옆에서 지켜보던 레티시아가 한숨을 내쉬며 물었다.

"이번에도 사과 두 쪽 챙기는 거 아니지? 그것보단 고열량 음식을 챙기는 게 어때? 육포라든가……."

"육포는 모양이 안 잡히잖아."

"설산에 갇힐지도 모르는데, 육포가 더 낫지 않나?"

"아니, 사과가 백번 나아."

아네스의 확고한 뜻에 레티시아는 고개를 끄덕였다. 어차피 짐은 집사가 챙겨 주기로 했으니, 겨울 외투와 부츠, 호신용 단검만 챙기면 될 터였다.

'가벼운 짐만 챙기고 바로 설산으로…….'

갑자기 든 생각에 레티시아는 식사를 하다 말고 자리에서 일어났다.

"어디 가? 사과는 꼭 챙겨 가야 하는데……."

"좀 더 먹지 그래?"

아네스와 잔느가 의아해했지만, 레티시아는 두 사람에게 마저 먹으라고 말하고는 먼저 식당 홀을 빠져나왔다.

* * *

"냐아."

레티시아는 바삐 걸음을 옮겨 그녀의 침실을 돌아와 창가로 향했다.

아니나 다를까, 오늘도 열매의 빈껍데기를 모아 놓고 기다리고 있는 검은 고양이가 있었다.

"오늘도 또 왔네."

레티시아는 캣닢을 한가득 모아 햇볕에서 뒹굴뒹굴하고 있는 검은 고양이의 몸 위에 얹어 주었다.

'캣닢을 봐도 시큰둥한 걸 보니 보통 고양이와 다른 것 같긴 한데.'

검은 고양이는 캣닢에 몸을 비비적거리더니, 나른한 햇살을 맞고 있었다.

'그냥 햇살을 좋아하는 것 같기도?'

레티시아는 조심스레 고양이의 머리에 손을 얹고서 쓰다듬었다.

요 며칠, 꽤 눈인사를 자주 해서 그런지 고양이는 더 이상 그녀를 경계하지 않았다. 전처럼 이마를 때린다든가, '냐옹' 하며 눈을 치켜뜨는 일도 잘 없었다.

'그땐 왜 화가 났을까……'

이유를 모르겠다고 생각하며 레티시아는 고양이의 앞발을 만지작거렸다. 말랑말랑하고 몰캉몰캉한 것이 꼭 새까만 젤리 같았다.

"넌 어디서 왔니?"

"냐아."

"네 대장님은 어디에 있어?"

"냐아아."

"혹시 무리에서 쫓겨난 거야?"

"냐아!"

도대체 말뜻이 통하지 않으니 파르비스의 거처도 물을 수 없고.

레티시아는 한숨을 내쉬고는 자리에서 일어났다.

아침 식사를 하다 말고 침실로 급히 돌아온 이유가 있었다. 설산으로 떠나기 전에, 파르비스에 관한 작은 실마리라도 얻으면 좋겠다 싶어 작은 고양이를 기다렸기 때문이었다.

그녀는 집사에게서 받은 찻주전자를 가져와 테이블에 올려두었다.

'설산에는 날이 좋아지면 간다고 했으니까……'

대정령 빙결이 터 잡은 설산에 날이 좋을 때가 있긴 하겠느냐마는. 그래도 빙결의 감정 기복에 따라 설산의 눈이 늘었다가 줄기도 한다고 하니, 설산이 고요한 날을 찾는 게 안전하긴 했다. 윈터의 가신 중 하나가

적설량을 기록한다고 했으니 얼추 출발할 날이 나올 것도 같았다.

고양이를 보러 온다고 식사를 중간에 마쳤지만, 아네스가 이것저것 먹으라고 권한 덕분에 배가 꽤 불렀다. 해서 입가심할 겸, 연습해 둘 겸 꽃차를 끓여 볼 생각이었다.

"차 끓이려면 뭐부터 해야 하지……."

윈터 백작이 부르거나, 아네스가 체스로 놀아 주겠다며 매일 지고 가는 것만 빼면 한가했기에 레티시아는 윈터로 온 뒤 처음으로 한적한 시간을 보냈다.

찻주전자에 물을 넣고 끓이기 위해 작은 화덕을 살폈다. 아네스에게 사용하는 방법을 들었는데, 도통 물이 끓을 생각을 하지 않는다.

달칵. 달칵.

물을 끓이는 마법 장치를 계속 건드렸지만, 불이 붙기는커녕 매캐한 연기만 났다.

"콜록, 이게 뭐야."

레티시아는 잔기침하며 창문을 열어 환기했다. 손을 휘젓던 그녀는 한숨을 내쉬며 테이블 위를 올려다보았다.

찻주전자의 차가운 물은 그대로였고, 집사에게서 구한 등나무 꽃차가 테이블 위에 덩그러니 놓여 있었다.

'꽃차 구하기도 어렵다고 했었지.'

며칠 전, 필요한 건 뭐든 말하라는 집사에게 '꽃차'를 구해다 줄 수 있느냐고 레티시아가 묻자 집사는 곤혹한 미소를 지었다.

'……구할 수야 있지만, 제국에서 유행하는 게 아니기에 시간은 조금 걸릴 겁니다.'

'시간은 걸려도 괜찮아요. 취미로 꽃차를 만들어 볼까 하는데, 그전에 먼저 맛을 보면 좋을 듯해서 부탁드렸어요.'

'차를 끓이는 취미라니, 추운 윈터에서는 딱 좋네요. 그래서 가장 좋은

품질의 꽃차로 알아보려 하는데, 아가씨께 드릴만 한 품질의 찻잎이 있을진 모르겠군요.'

그렇게 말했던 집사가 구해 온 꽃차 잎은 상급은 아니더라도 흠잡을 만한 건 아니었다.

'어머니가 만들었던 꽃차는 색도 예쁘고 향도 좋았는데…….'

집사가 구해 온 건 '상등품'이라고 하였지만, 어머니가 숲속에서 만들었던 꽃차보다는 품질이 떨어졌다.

'그래도 일단 맛을 봐야…….'

레티시아는 제 머리칼을 붙잡고 끙끙거렸다. 아무리 살펴봐도 작은 화로에 불이 붙지 않아, 지나가는 하녀에게 부탁했다.

하녀는 북부인답게 능숙하게 몇 번 만져 보더니 "고장 난 것 같네요. 집사님께 말씀드리고 오겠습니다." 하고 단정한 걸음으로 물러났다. 작은 화로가 몇 개 없어서 조금 기다려야 할지도 모른다는 말을 남긴 채.

침실에 홀로 남은 레티시아가 차가운 물이 든 찻주전자를 톡톡 건드리며 한숨을 쉬었다.

"뜨거운 물이 필요한데."

고로롱.

어디선가 작은 동물이 코 고는 소리가 들려 레티시아는 방을 살폈다. 혼자 뒹굴뒹굴하던 검은 고양이가 캣닢을 잔뜩 묻힌 채 침대에 널브러져 자고 있었다.

"너 고양이 맞니?"

무슨 고양이가 대자로 누워서 잠을 자? 아니, 고양이들은 원래 저렇게 편하게 누워서 자는 걸까?

"털이 있어서 안 추워 보이는데……. 추운 건가?"

레티시아는 침대 쪽으로 다가가 검은 고양이가 더 따뜻하게 잘 수 있도록 이불을 끌어 주었다.

타닥타닥.

벽난로에는 장작이 들어가 주홍빛 불이 타오르고 있었고, 실내는 딱 지내기 좋은 온도였다.

저번에 한번 놀러 갔던 아네스의 방은 여기보다 더 추웠다. 아네스 말로는 "난 튼튼해서 괜찮아" 하는데, 두꺼운 겨울용 이불을 뒤집어쓰고 코를 훌쩍거리던 게 생각났다.

'손님이라고 더 좋은 대접을 해 주는 건 아니겠지.'

50년간 겨울이 계속되었다고 했으니, 윈터 영지는 재정적으로 어려움을 겪을 만했다.

'무기나 이런 건 정말 좋아 보였는데.'

가끔 아네스의 손을 잡고 레벤 성을 탐방했는데, 그때마다 무기고에 들러 정예 기사들이 쓴다는 무기를 둘러볼 수 있었다. 롬파이아, 스큐툼, 하마타까지……. 무기 도감에서만 보던 윈터의 무기를 실제로 볼 수 있어 레티시아는 두근거렸었다.

긴 자루에 날이 휘어진 도검, 롬파이아. 기마병들이 쓰는 것으로 주로 말의 다리를 끊거나 목을 찔러 넣는 용도였다.

공성전의 방패로 쓰이는 스큐툼. 중앙의 방패 심은 금속이 지탱했고, 바깥 테두리는 청동으로 휘감아 한눈에도 척 비싸 보였다.

백병전에 쓰이는 체인 메일 갑옷, 하마타.

'갑옷도 은빛으로 빛나는 게 꽤 멋졌지.'

"캑!"

어느새 잠에서 깬 고양이가 벌떡 일어나더니 몸을 허우적거렸다. 눈을 동그랗게 뜨고 두 발을 휘젓던 고양이가 이불 속에서 냉큼 빠져나왔다.

"캬오!"

그리고 항의하듯 레티시아에게 몇 마디 하는데, 당연히 이번에도 알아듣지 못했다. 그래도 며칠 지내보니 고양이의 기분은 알 수 있었다.

"혹시……. 너, 덥니?"

"냐아!"

겨울 이불 위로 올라온 검은 고양이가 앞발을 빠르게 핥았다. 그러다 솜뭉치 같은 앞발을 들어 이불을 때리는 시늉을 했다.

'북부의 고양이라 더위를 잘 타나?'

레티시아는 주변을 둘러보다가 얼음 몇 조각을 꺼내 고양이의 머리와 몸 주변에 올려 주었다.

"냐오오오옹."

그제야 고양이는 만족한 듯 나른한 표정을 지었다. 어째 캣닢을 줬을 때보다 더 반기는 모양새였다.

"넌 차가운 걸 좋아하는구나? 난 따뜻한 차가 필요한데."

레티시아는 한숨을 내쉬며 찻주전자에서 차가운 물을 그대로 컵으로 따랐다. 그리고 테이블 위에 올려 두고는 고양이와 잠깐 놀아 줄 때였다.

화르륵!

실내의 정적을 깨는 불붙는 소리에 레티시아는 뒤를 돌아보았다.

"아!"

테이블 위로 푸른 불꽃이 타오르고 있었다. 레티시아는 깜짝 놀라서 "불이야!"라고 외치다가 이내 숨을 들이켰다. 정신을 차리고 빙결을 쓰려 했지만, 통하지 않았다.

손끝에는 작은 얼음 알갱이만 맺혔을 뿐, 예전처럼 거대한 얼음 조각은 생겨나지 않았다. 레티시아가 당황하는 사이, 테이블 위를 감싸던 새파란 불이 점점 줄어들었다.

어느새 촛불만큼 작아진 불이 잔 속으로 쏙 들어가더니, 부글부글 끓는 소리가 들렸다.

"뭐야……?"

예상 밖의 상황에 레티시아는 눈을 깜빡인 채 탄식을 흘렸다. 그러다 재빠르게 움직여 테이블 위로 다가가 살폈다.

부글부글.

찻잔의 물이 끓어오르는 걸 레티시아는 멍하니 쳐다보았다.

"냐아."

레티시아는 천천히 고개를 돌렸다. 침대 위에 널브러져 있던 검은 고양이는 여전히 앞발을 핥는 중이었다. 하지만 예전과 달라진 것이 있었다.

고양이의 이마에서 무언가가 반짝거렸다. 새파란 보석은 사파이어보다 더 아름답고 밝게 빛나고 있었다.

'이마에 정령석 세 개……'

아무것도 없었던 고양이의 이마에 다이아몬드 형태의 돌이 세 개 있었다. 놀란 레티시아가 검은 고양이에게 한걸음에 달려가 조심스레 안아 들었다.

레티시아의 두 팔에 들린 검은 고양이가 잔뜩 늘어진 채 소녀와 눈을 마주쳤다.

"너……."

"냐아."

"네가 파르비스였구나!"

레티시아의 외침에 검은 고양이가 눈을 샐쭉하게 휘며 레티시아의 이마를 찰싹 때렸다.

촥!

"아야……. 아니야?"

검은 고양이가 새침하게 레티시아를 보고는 품에서 빠져나와 창가로 향했다. 그리고 그를 따라온 레티시아 앞에서 거대한 파란 불꽃을 피워 냈다.

검은 고양이는 레티시아의 이마를 때렸던 것처럼 땅을 가볍게 박차고 는, 겨울이라 앙상한 고목나무 위로 올랐다.

화르륵!

후원을 덮던 얼음이 녹는 것을 보며 레티시아는 말을 잇지 못했다. 나무 위에 있던 파르비스가 의기양양한 얼굴로 레티시아를 쳐다보았다. 마치 '나 잘했지'란 얼굴이었다.

하지만 소란은 거기서 끝이 아니었다.

훈련을 위해 길목을 지나던 윈터의 기사들이 걸음을 멈추었다. 그 앞에는 백부장, 다이안이 있었다.

가장 선두에 있던 남자가 눈을 가늘게 뜨더니 기사들이 앞으로 가지 못하게 했다. 그의 눈에도, 그리고 뒤에 선 기사들의 눈에도 파랗게 타오르는 불이 보였기 때문이었다.

다이안은 나무 위에 있는 고양이는 발견하지 못했지만, 다른 인기척은 느낄 수 있었다. 그의 시선이 창문 아래를 내려다보던 레티시아에게 향했다.

다이안은 겉옷을 벗어 푸른 불꽃이 타오르는 한복판에 던졌다. 겉옷은 타지 않고 그대로였지만, 두껍게 쌓인 얼음들이 화르륵 녹고 있었다. 다이안은 후, 숨을 들이켜고는 놀란 듯한 레티시아에게 물었다.

"이것도 레티시아 님께서 하신 겁니까?"

커다란 외침에 레티시아는 고개를 끄덕이지 못했다. 그녀가 한 게 아니었다. 조금 전까지 고로롱거리던 고양이가 한 짓이었으니까.

무표정하던 얼굴의 기사가 레티시아를 흘끗 쳐다보았다. 얼핏 보기에는 화가 단단히 난 얼굴이었다.

다이안이 휘하의 기사들을 향해 몸을 돌리며 말했다.

"저분이 바로 윈터의 정령술사, 레티시아 님이시다."

그리고 두 팔을 활짝 뻗어 레티시아를 가리키며 담담히 말했다. 표정은 지극히 평온했지만, 목소리에는 숨길 수 없는 뿌듯함이 서려 있었다.

"백작님께서 제일 귀히 여기시는 분이다. 도련……. 아니, 아네스 아가씨보다 더 귀히 대하도록."

다이안은 그렇게 말한 뒤, 기사들에게 눈짓을 보냈다. 그리고 가장 앞에 선 백부장이 레티시아를 향해 가슴에 손을 얹고 고개를 숙였다.

"윈터의 정령술사를 뵙습니다."

"정령술사님을 뵙습니다."

뒤따라 있던 젊은 여자들이 레티시아를 흘끗 보더니, 한참 상관인 백부장을 따라 고개를 숙였다. 나무 위에서 이를 지켜보던 검은 고양이가 흡족한 듯 앞발을 핥았다. 그가 찜한 인간이 다른 인간의 갈채를 받는 모습을 보고 흐뭇해했다.

푸른 불꽃이 몸을 휘감은 거대한 검은 여우.

하지만 지금은 어린 흑묘 모습을 한 대정령.

염화 파르비스였다.

* * *

그 시각, 일라이는 새하얀 설원을 밟았다.

푹.

눈밭에서 걸을 수 있게 설피를 신발에 덧씌웠는데도 움푹 들어갔다.

"빙결이……."

일라이는 낮게 중얼거리고는 주변을 살폈다. 작은 동물 하나 보이지 않는 거대한 설산.

윈터의 설산이라 알려진 이곳은 설산 네베.

대정령 빙결이 태어난 곳이자 금빛의 용, 자칼리아의 거대한 무덤이기도 했다.

쿵!

그때였다.

일라이의 발치에 거대한 그림자가 지더니, 눈보라가 휘몰아치기 시작했다.

그오오—.

설원이 살아서 울부짖는 듯한 소리에 일라이는 손을 들어 시야를 확보했다. 흰 장갑을 낀 손 틈이 벌어지며 그 사이로 새하얀 늑대의 모습이 드러났다.

아니, 늑대가 아니었다.

'이게 빙결……..'

드디어 빙결을 찾은 것이다. 하얀 늑대의 모습을 하고 있으면서도, 일라이는 눈앞의 대정령을 감히 '늑대'라고 부르지 못했다.

빙결을 마주하고도 일라이는 담대했다. 그의 이성은 차분했으나, 저도 모르게 손끝이 떨려 왔다. 명백한 두려움을 느끼는 것이다.

'이블리스를 만난 뒤로, 두려움을 느낀 게 얼마인지…….'

자신답지 않은 몸 상태에, 일라이는 눈을 가늘게 뜨고서 제 손을 내려다보았다.

일라이는 대정령 빙결을 앞에 두고서 픽 웃고 말았다.

본래라면 대정령이 아무리 강하다 한들, 고작 늑대 한 마리에 두려움을 느끼지 못할 것이다. 대악마 〈탐욕〉이라면 그렇게 생각했겠지만, 지금의 일라이는 어리고 평범한 소년이었다.

그 간극에 일라이는 나른한 숨을 흘렸다.

떨리는 손이 마음에 들었다.

대악마든, 대악마의 계약자든 감정을 제대로 느끼지 못하기 마련인데, 두려움이 느껴져서 일라이는 기뻤다.

꽤 신선한 기분이었다.

빙결이 일라이를 사늘한 눈으로 내려 보았다. 꽉 다문 송곳니 사이로 새하얀 입김이 새어 나왔고, 푸른 발톱이 얼어붙은 설원을 짓누르고 있었다.

"빙결의 라이아덴, 난 아직 어려서 네 상대가 안 될 텐데."

일라이는 덜덜 떨리는 손을 움직여 빙결의 앞으로 내뻗으며 중얼거렸다.

"난 네 위치만 보러 온 것뿐……."

"그르르릉!"

휘오오!

일라이가 말을 마치기도 전에 그가 쓴 새하얀 로브가 바람에 휘날렸다. 거대한 하얀 늑대, 빙결이 숨을 들이켰기 때문이었다. 목덜미를 겨우 덮는 흑발이 날리며 기껏 올렸던 앞머리가 이마 위로 흐트러졌다.

그걸로 끝이 아니었다.

서걱.

팔이 베이며 붉은 피가 줄줄 흘러나와 하얀 땅을 적셨다. 제 다친 몸을 보고도 일라이가 무감각한 얼굴로 중얼거렸다.

"오늘 레티시아와 보기로 했는데……."

다치면 피 냄새나잖아.

일라이는 차가운 눈매를 찡그리고는 빙결을 향해 무심히 말했다.

"오늘은 여기까지."

그렇게 말한 일라이가 피가 흐르는 한쪽 팔을 붙잡고는 간단한 지혈 마법을 걸어 두었다. 그리고 빙결이 쫓아오기 전에 빠르게 움직였다. 대악마 〈탐욕〉의 계약자답지 않게 도망친 것이다.

하지만 일라이로선 당연했다.

아직 어리고 약한 몸이니, 성체가 될 때까지 기다리는 것은.

「이동.」

일라이는 이동 마법을 위해 허공에 대악마의 문장을 그었다. 새하얀 설원에 거대한 그림자가 입을 벌리며 일라이를 삼킬 준비를 하였다.

「레벤 성으로.」

일라이는 어둡고 검은 안개에 몸을 싣기 전, 뒤를 돌아보았다.

콰쾅!

빙결 라이아덴의 푸른 발톱이 아슬아슬하게 이동진 앞을 내려쳤다.

'조금만 더 느렸어도…….'

그대로 72번째 탑에 갇힐 뻔했다.

대정령 빙결에게 맞고서 죽는 것은 일라이로서도 원치 않는 일이었다. 왜냐면……. 오늘 레티시아와 달콤한 쿠키에 우유를 곁들이며 데이트하기로 했으니까.

아니, 꽃차였든가.

죽지 않고 무사히 레티시아 곁으로 돌아간다면 뭐든 좋았다.

＊ ＊ ＊

그날 저녁.

레티시아는 윈터 성의 작은 응접실에서 일라이를 기다리다가 몸을 일으켰다. 함께 차를 마시기로 약속한 지 20분 남짓 지났을 때였다.

때마침 하녀가 헐레벌떡 뛰어오더니 레티시아에게 긴급한 소식을 알려주었다. 윈터의 설산, 네베에서 돌아온 일라이가 크게 다쳤단 이야기였다. 그리고 아네스의 방에 머무르고 있단 것도.

레티시아는 애써 끓인 꽃차가 식든 말든 응접실을 빠져나가 일라이가 있을 아네스의 침실로 향했다.

10분 남짓 걸었을까. 아네스의 침실에 도착한 레티시아는 오래되었지만 고풍스러운 청록색 문을 두드렸다. 아네스의 푸른 눈동자 색과 비슷한 문이었다.

"들어와!"

"아직……."

문밖에 있는 터라 희미한 소리가 섞여 들려왔다. 레티시아는 들어오란 소리를 먼저 들어서 문고리를 잡고 돌렸다.

달칵.

습관대로 굳게 닫혔던 문을 확 열었다.

"아……."

그 순간 정면을 보던 눈이 커지더니 움직임을 멈췄다.

"진짜 들어왔네?"

"젠장!"

일라이는 상의만 벗은 채 아네스에게 치료받던 중이었다. 놀란 일라이가 자리에서 일어나 탄탄한 가슴팍을 가렸다. 이제 열넷의 소년답지 않은 체격에 레티시아는 눈을 크게 떴다가 고개를 돌렸다.

'미쳤어……!'

저도 모르게 방을 빠져나온 레티시아가 밖으로 나와서 숨을 골랐다.

'성년까지 살 동안 한 번도 남자의 몸을 본 적이 없었는데…….'

어느 정도 진정이 됐다고 생각한 레티시아는 다시 침실 안으로 들어왔다. 그리고 붉어진 얼굴로 더듬거리며 말했다.

"일라이가 벗, 고 있을 줄은 몰랐어. 나는 그냥……."

레티시아는 황급히 두 손으로 얼굴을 가리며 일라이를 쳐다보았다. 시야를 가려야 할 손 틈이 살짝 벌어져 있었다. 레티시아 저도 모르게 한 행동이었다.

"이 변태 자식!"

사촌을 치료하던 아네스가 레티시아를 대신하겠다며 일라이의 뺨을 살짝 때렸다. 아프진 않지만, 치료하다 얻어맞은 일라이로선 충분히 기분 나쁠 만했다.

레티시아가 놀라 아네스를 쳐다보며 중얼거렸다.

"일라이는 왜 때려? 내 잘못인데……."

"아니, 이건 내 사촌인 일라이의 잘못이야. 용서하지 마, 레티시아. 봐 줄 것 없어."

"잠깐만, 아네스! 일라이가 벗었는지도 모르고, 멋대로 들어온 내 잘 못인……."

"다 큰 남자가 왜 몸을 내놓고 있어? 아, 너 열네 살이었지. 암튼 열 네 살 주제에 몸이 좋은 건 반칙이야. 언젠가 이런 일이 있을 걸 알고 몸 관리한 게 틀림없어!"

찰싹!

아네스가 일라이의 뺨을 일관성 있게 살짝 때리자, 레티시아는 아네 스에게 다가가 손을 붙잡았다. 얼떨결에 손이 붙잡힌 아네스가 얼굴을 붉히며 중얼거렸다.

"너 좀 과감하다? 일라이의 벗은 몸도 보고, 내 손도 잡고."

레티시아는 당황해 주변을 둘러보다가 아네스의 프릴 달린 드레스를 가져와 일라이의 몸에 덮어 주었다.

"난 아무것도 못 봤어."

"도대체 뭘 봤다고……."

일라이는 한숨을 내쉬며 프릴이 달린 드레스를 치웠다. 그러고는 자 리에서 일어나 땅에 널브러져 있던 하얀 셔츠를 주워 입었다. 그 모습을 보던 레티시아의 뺨이 붉어졌지만, 일라이는 모른 척해 주었다.

레티시아는 "미안. 난 아무것도 못 봤어." 하고 재차 말한 뒤, 아네스의 침실을 빠져나왔다. 일라이가 붙잡기도 전에 재빠른 행동이었다.

레티시아가 나간 후, 일라이와 아네스 사이에는 묘한 침묵이 흘렀다. 그 침묵을 깬 건 다름 아닌 대악마 〈미색〉의 감탄사였다.

「이야, 우리 탐욕은 몸도 좋아? 아네스도 운동시켜서 탄탄한데, 마탑주 베이비는 그 이상이네.」

들려오는 다른 대악마의 목소리에 일라이가 눈을 찌푸렸다. 대악마 〈미색〉의 목소리였다.

「계약자 바꾸자. 너처럼 몸 좋은 남자는 프릴 달린 드레스를 입어야 해.」

「그런 게 우리 일라이 님에게 어울릴 리가 없잖아요. 아스타로트 님은 늘 시끄러운 것 같아요, 일라이 님.」

〈미색〉보다 훨씬 작고 여린 〈탐욕〉의 목소리가 들려왔다.

일라이는 머리를 쓸어올린 뒤, 아네스가 보는 앞에서 프릴을 찢어 버렸다. 그런 일라이를 보며 아네스가 팔짱을 끼고 물었다. 영 의심스럽다는 어조로.

"전부터 궁금했는데, 네 대악마는 왜 너한테 말을 높이는 거야? 탐욕이라면서? 마왕의 총애를 받는 두 번째 대악마라면서."

"그건⋯⋯."

무언가 말하려던 일라이는 입을 다물었다. 숨기려는 것보다는 귀찮은 기색이 역력한 얼굴이었다.

「그야, 제가 영혼을 바쳐 탐욕의 권좌, 대악마 아스모데우스 님을 불러냈으니까요. 그리고 다섯 살이었던 '일라이'의 기억과 감정을 드렸거든요.」

작은 유령이 부유하듯 떠돌다가 일라이의 어깨에 걸터앉았다. 다섯 살 아이가 살짝 웃는 목소리였다.

「아스모데우스 님이 제 몫을 대신 살아가 주시기로 했어요. 남은 제 수명 대신. 귀찮다고 싫어하셨지만, 일라이 님. 아니, 아스모데우스 님도 계약자의 부탁을 거절할 순 없었나 봐요.」

"야, 사촌. 이런 건 진작 말해야지. 앙큼하게 속이면 돼, 안 돼?"

자못 놀라운 사실이었는데도 아네스가 일라이의 어깨에 손을 걸치며 픽 웃었다. 그리고 이어 말했다.

"너 열네 살로 아양 떨어 놓고, 나이 생각보다 많다? 72층 탑에 갇힌 대악마 탐욕 님께서, 열네 살 소년이라고 속여도 되는 거야?"

"속인 적 없어. 말한 적 없을 뿐이지."

일라이는 아네스의 손을 탁, 쳐내며 마저 단추를 채워 넣었다. 완벽한 금욕적인 모습에 아네스가 "대악마라서 그런가." 하며 묘한 시선을 보냈다.

"내가 일라이니까. 다섯 살 이후부터 지금까지 '나'로 살아왔어."

일라이는 그렇게 말한 뒤, 아네스 뒤에 있는 미색을 흘끗 쳐다보았다. 어쩐지 대악마 〈미색〉은 일라이를 보고서 얌전해진 상태였다. 아네스가 '또 싸우지도 않고 서열 정리된 거냐'며 투덜거렸지만, 2,000살 넘게 먹은 〈미색〉과 다섯 살의 정신을 가진 〈탐욕〉 모두 조용했다.

오래전부터 그래왔듯.

* * *

"아까, 아네스와 무슨 말 했어? 둘이 좀 사이가 좋아 보이던데. 혹시, 나 몰래 둘이 사귀는 거야? 그런 거라면 안 속여도 되는데……."

일라이가 완벽한 모습으로 방을 나온 순간, 벽 뒤에서 기다리던 레티시아가 물었다. 이렇게 기다릴 줄은 몰랐던지라 일라이가 눈을 크게 키웠다가 괜히 머리를 쓸어 올렸다.

"아무 말도……."

"뭘 속였다는데? 자세히는 못 들었지만."

"그게……."

일라이는 레티시아를 보며 입술을 떼려다가 그냥 입을 꾹 다물었다.

어차피 말해 봤자 믿어 주지 않을 게 뻔했다. 그리고 말하고 싶지 않았다.

네르바드 전대 후작은 어린 아들을 생체병기로 쓰려 했고, 아내를 제물로 바쳐 어린 아들이 대악마 〈탐욕〉을 부르게 했다.

'나의 어린 계약자여, 그대의 소원은 무엇인가?'

아이를 내려다보던 고요한 어둠.

대악마 〈탐욕〉 아스모데우스가 작은 아이를 살폈다.

짙은 흑발을 가진 대악마의 매혹적인 금빛 눈동자가 가늘어질 때쯤. 그를 닮은 새까만 흑발. 피와 눈물로 범벅된 보라색 눈동자가 떨려 왔다.

다섯 살 아이가 손을 뻗어 아스모데우스의 검은 제복을 움켜쥐었다.

'대, 악마님……. 제 어머니를 놓아주세요.'

'이미 그대를 위한 제물로 바쳐졌다. 탐욕의 대악마로 탑에 갇힌 내가, 베르타의 안식을 넘을 수 있는 매개체로 쓰였지.'

금욕하란 대성녀의 명령을 어겨서 탐욕이 되었다는 건, 굳이 이 어린 계약자에게 말하지 않았다.

'그, 그래도 제, 어머니가 대성녀의 품에 가실 수 있게 해 주세요.'

'나를 부르기 위해선 제물이 필요하다. 네 어미는 그 제물이었고.'

아스모데우스의 말에 어린 계약자가 손으로 벌벌 떠는 아비를 가리켰다. 아비를 대신 제물로 써 달란 소리였다.

'나, 나, 난 아니야! 아니라고! 나, 나는 제물이 아니야!'

네르바드 전 후작이 겁에 질려 어린 아들과 아들이 소환한 위험하면서도 아름다운 대악마를 올려다보았다.

'네 아비는 쓸모가 없다. 영혼은 가치가 없고, 육신은 늙고 기름진 고깃덩어리뿐이니. 그러니, 다른 대체재는 너 하나뿐이다, 어린 인간.'

어린 계약자는 멍하니 대악마를 올려다보았다.

이대로 살아가면 무슨 의미가 있을까. 어머니를 제 손에 죽여 놓고서. 어머니의 영혼 또한 지옥에 닿지 못하고, 대악마의 것이 되어 소멸할진데.

'아버지의 뜻대로 한 나를 용서하렴, 일라이.'

어린 계약자가 두 눈물을 흘리며 아스모데우스의 품에 안겼다.

'전 어머니를 용서했어요. 어머니가 편히 쉬실 수 있게 해 주세요. 천국에 계시든, 다시 태어나 더 행복한 삶을 누리시든 뭐든 좋으니까…….'

계약자는 검을 들어 제 목에 겨누었다.

'저를 제물로 바칠게요. 그러니 대신 살아 주세요. '일라이 네르바드'로, 제가 못다 한 삶을 살아 주세요.'

'난 감정을 느끼지 못한다. 이런 적은 처음이다만, 들어줄 수는 있을 터.'

검은 뿔을 가진 흑발의 대악마가 차갑고 무심한 시선을 내렸다. 그리고 나른한 미소를 흘리며, 어둠 그 자체가 되어 말했다.

'부귀영화를 원하느냐? 금은보화에 둘러싸인 왕? 대현자 아브라함을 뛰어넘을 현자? 수백의 미인을 품에 안은…….'

'행복하게 살아 주세요. '일라이'가 사람답게, 행복하게 살게 해 주세요.'

'추상적이고 어려운 요구지만, 해 보겠다. 그게 정말 원하는 것이냐?'

'착하게 살아 주세요. 멋진 남자가 되어 위대한 업적을 쌓고, 또…….'

어린 계약자가 눈물을 흘리며 까다로운 부탁을 줄줄 읊었다. 이제껏 대악마, 〈탐욕〉이 한 번도 들어보지 못한 소원이었다.

'진정한 사랑을 찾아주세요. 제가 당신의 곁에서 '일라이'가 행복해지는 걸 볼 수 있게…….'

'사람을 매혹하는 거야 어렵지 않지. 여자든 남자든, 노인이든 갓난아이든.'

그게 어떤 사랑의 형태이냐는 조금 더 복잡한 문제였다.

부모가 자식을 사랑하는 것인지.

자식이 부모를 공경하는 것인지.

연인 간의 사랑인지, 혹은 친우 간의 우정인지.

만물의 사랑을 받을 것인지. 단 한 사람의 사랑을 받으려는 것인지.

'사랑이요. 대악마님이 지금껏 겪어 본 적 없을, 처음이자 마지막인 사랑이란 감정을 깨닫게 해 주세요.'

'……이루지 못할 소원이다. 내가 소원을 이루지 못하면, 넌 평생 내 곁에 족쇄처럼 머물게 될 텐데.'

'그래도 좋아요. 대악마님. 저는 어머니를 용서했고, 아버지를 용서했어요. 그러니, 이제는 '일라이'로 살아 주세요.'

'좋다. 사랑, 이라……. 하지만 어린 계약자여, 대악마인 내게 사랑 따위 불가능한 감정이니 기대하지 마라.'

일라이는 그 순간을 잊지 못했다. 단검을 들고 덜덜 떠는 소년이 되어 버린 자신을.

계약자의 기억과 감정은 오롯이 대악마의 것이 되었다.

계약을 마친 후, 다섯 살의 일라이가 피로 젖은 눈꺼풀을 들어 올렸다.

쿵.

쿵. 쿵쿵. 쿵쿵.

느리게 뛰는 심장에 일라이가 된 대악마는 숨을 들이켰다. 대성녀에게 **빼앗겨** 뛰지 않던 심장이 생겨났다.

괴로웠다. 두려웠다.

그리고 슬펐다.

칼에 찔렸던 계약자의 어머니.

아니, 자신의 어머니가 죽어 가는 모습을 봐야 하는 것이.

'행복해지렴, 일라이. 이 엄마는 네가 어떤 모습이라도 널 사랑한단다.'

그리고 아들의 영혼이 대악마와 바뀌었다는 걸 알면서도…….

어머니는 피로 젖은 일라이의 몸을 마지막으로 안아 주었다. 그것이 새로 눈을 뜬 일라이가 처음 가지게 된 기억이었다.

후작 부인이 타계한 후, 일라이가 미쳤다는 소문이 퍼졌다. 하지만 일라이가 된 대악마는 그때까지도 알지 못했다.

사람의 감정에 동화하는 것이 얼마나 위험한 일인지.

대악마의 막대한 권능을 제압당한 채, 100분의 1도 되지 않는 미약한 힘을 이능이라며 살아가는 것이.

본디 알고 있는 마법의 원리를 깨달았다며 천재 소리 듣는 것이 얼마나 우스운지.

어린 계약자가 아버지를 용서했기 때문에 일라이로 살아가기로 한 대악마 또한 네르바드 전 후작을 용서하기로 했다.

하지만 대악마의 본성을 버리지 못해 그의 목을 쳐 내고, 그 질척한 피가 묻은 새하얀 발을 움직여 후작의 의자에 걸터앉았다.

'……이제는 제 몸을 지키겠습니다, 아버지.'

일라이가 네르바드의 연회장에서 그렇게 말했을 때.

이제는 '어린 계약자'의 몸인지, '제' 몸인지, 일라이는 알 수 없었다.

그래서 일라이는 평생 어린 계약자의 영혼이 제게 붙들어 있는 신세가 될 거라고 생각했다.

그가 사랑하는 일은 없을 테니까.

그리고 대악마가 사랑받는 일은 없을 테니까.

"……일라이? 어디 아파?"

그때 다정한 목소리가 들리더니, 소년의 두 뺨에 시원한 손이 얹혔다.

레티시아였다.

일라이는 시선만 내려 레티시아를 내려다보았다.

'감정을 느끼게 해 준 사람. 유일하고도 마지막인…….'

"아니. 아프지 않아."

일라이는 그렇게 말하며 시선을 내리깔았다. 레티시아가 발꿈치를 들고서 그의 두 뺨을 감싸며 그를 올려다보았다.

"너와 있으면, 하나도 아프지 않아."

거짓말이었다.

심장이 쿵, 쿵 뛰는 것으로 모자라 터질 듯이 뛰었다. 그래서 일라이는 처음으로 두려움을 느꼈다.

어리고 가녀린 아이에게 버림받으면 어쩌지?

당신이 나를 외면하면 어쩌지.

레티시아, 네가 사실을 알게 되면…….

내가 대악마였다는 사실을 알게 되면, 분명 나를 버릴 텐데.

"아프면 곁에 있어 주려고?"

일라이가 고개를 기울이고는 제 뺨에서 레티시아의 손을 떼게 했다. 그런 다음 다시 두 손을 뻗어 레티시아를 품에 가득 끌어안았다.

일라이는 레티시아를 놔주지 않았다. 빙결의 발톱에 긁혀 다친 상태라 비릿한 피 냄새가 날 텐데도.

한 손으로 레티시아의 허리를 휘감고 다른 손으로 금빛 머리칼을 붙잡았다. 그리고 레티시아의 머리칼 끝에 입술을 묻었다.

눈을 내리깐 일라이가 말했다.

"곁에 있어 줄 거야?"

"……아프면."

"그럼 평생 내 곁에 있어야겠는데."

대악마의 심장은 멈춰 있는데, 너와 있으면 심장이 미친 듯이 뛰어서 나는 이 벅찬 감정을 감당할 수 없어.

이런 감정에서 벗어나려 몇 번 애를 써 봤지만, 결국에는 감정의 늪에서 도망치지 못했다.

일라이는 고개를 숙여 레티시아의 뺨에 가볍게 키스했다. 어둡게 잠긴 시선과는 다르게 친구 사이에 할 법한 가벼운 키스였다. 손등에 핏줄이 돋아났지만, 레티시아의 눈에는 보이지 않았다.

"어서 커 줘, 레티시아."

"……갑자기 커야 해?"

"그래야, 내가 널……."

잡아먹을 수 있게.

일라이가 흘린 뒷말을 레티시아는 듣지 못했다.

"내 생일은 12월이니까 조금 더 기다려야 할 거야."

"나도 12월."

일라이는 그렇게 답한 뒤, 나른한 숨을 삼켰다. 그리고 레티시아를 알 수 없는 눈으로 내려다보며 고개를 살짝 기울였다. 그러자 소년의 입술이 레티시아의 귓가에 잠깐 닿았다.

"시간을 빨리 돌리는 성유물을 쓸 수 있다면 좋을 텐데. 레티시아, 네가 어서 클 수 있게."

커다랗고 늘씬한 손가락이 금빛의 머리칼을 쓸어내리다 느릿하게 떨어져 나갔다.

chapter 9
빙결

레티시아는 침실에 앉아 그녀 앞으로 온 서신을 확인하는 중이었다.

발신자는 글란츠.

그동안 영지 바깥에서 뭘 하고 다녔는지 상세한 설명이 나와 있었다.
별로 중요하지 않은 사실부터 동료들의 사생활까지 상세히 보고하는 글
란츠를 보고 레티시아는 혀를 내둘렀다.

[아무래도 족제비와 너구리, 이 둘이 사귀는 것 같습니다. 아, 저는
걱정 마십시오. 벌꿀오소리는 사랑도, 우정도 필요 없는 강인한 동물입
니다.]

그렇게 서두를 땔 언제고 글란츠는 윈터 영지를 돌아보느라 늦었다고
솔직히 고백했다.

윈터의 풍토병에 대해 전해 듣고, 계속된 겨울로 동상에 걸리는 환자가

늘어 치료해 주었단 것이다.

[그 과정에서 레티시아 님의 이름을 아주 많이 팔아먹었지만, 용서해 주시리라 믿습니다.]

어떻게 이름을 팔았을지 레티시아는 조금 궁금했다. 아니나 다를까, 글란츠의 진심이 일목요연하게 정리되어 있었다.

[이제 레티시아 님께서 공녀님은 아니신지라, 군식구의 군식구가 된 처지에서 먹고 살길을 도모해 보았습니다. 그래서 한때 공녀였던 '레티시아' 님의 이름을 조금씩 팔며 의사로서의 제 이름을 널리 알릴까 하여……]

그럼 그렇지. 레티시아는 한숨을 삼키며 서신을 반듯하게 접었다.
끝까지 읽어 봤지만 그 내용이 그 내용이었다.
족제비와 너구리가 동화 같은 사랑에 빠진 순간, 이 욕심 가득한 글란츠는 돈독이 오른 것이다.
윈터 가문에는 따로 주치의도 있고, 굴러온 돌이 박힌 돌을 빼내고 윈터의 가신들을 진찰하기도 어려울 테니 민가를 상대로 진료를 봐주고 돈을 받는 모양이었다.
'제대로만 치료해 준다면야……'
사람이 나빠서 그렇지, 사기꾼은 아니니까.
레티시아는 그렇게 생각하며 삼인방에 대한 사소한 걱정을 떨쳐 냈다.
어제는 벽난로에 불을 피우지 않았는데도 방이 후끈했다.
"고로롱."
레티시아는 침대 위에서 널브러져 자는 파르비스를 보며 졸린 눈을 비비적거렸다. 어제 저 작은 동물이 레티시아가 잠이 들면 깨워서 놀아 달라고 하는 탓에 잠을 설쳤기 때문이었다.

'졸려……'

레티시아는 잠에서 깨려는 듯 시원한 우유를 마셨다. 아침에 하녀가 주고 간 것인데, 어째 마시니 더 잠이 왔다.

'커피를 달라고 한 건데.'

하녀는 "네, 아가씨." 하며 정중하게 고개를 숙이더니, 커피 대신 시원한 우유를 준비한 것이다.

사실, 어제는 다른 이유로 잠이 들지 못했다.

'시간을 빨리 돌리는 성유물을 쓸 수 있다면 좋을 텐데. 레티시아, 네가 어서 클 수 있게.'

일라이가 그런 말을 하는 탓에 동이 틀 때까지 잠이 오지 않은 것이다.

'왜 그런 말을 한 걸까.'

시간을 빨리 돌리는 성유물.

즉 힐데가르트의 절대선인 시간에 간섭하는 성유물을 일컫는 거겠지만.

'아니, 그 성유물이란 것보다……'

다른 말이 더 깊게 마음에 들어왔다. 그냥 어서 컸으면 좋겠다는 말인데, 일라이가 하니까 역시 위험해 보였다.

'대악마의 계약자라 그런 걸지도.'

그래도 애닯게 귀여운 건 있어서 레티시아는 일라이가 그리 무섭지는 않았다.

'오히려……'

윈터에서 구박받는 걸 보면 가끔은 짠했다. 잔느가 냉랭히 대하고, 아네스가 괴롭히는데도 꾹 참는 걸 보면 인내심은 대단했다.

'여유롭게 넘어가 주는 것에 가까운지도. 아네스가 뭘 하든.'

둘 다 동갑인데, 아네스는 그 나이대의 소년으로 보이는 것에 비해 일라이는 좀 더 어른스러웠다. 어른처럼 행동하는 잔느 윈터보다 더.

'윈터로 가는 마차 안에서 마음껏 울라며 안아 줬을 때도.'

레티시아는 한숨을 삼켰다. 왜 날이 밝고서도 일라이 생각을 하는지, 그녀 자신을 이해할 수 없었다. 이게 다 잠을 못 자게 군 파르비스 때문이라고 생각하며 레티시아는 캣닢을 한가득 가져와 파르비스의 몸에 뿌려 주었다.

"고롱고롱."

파르비스가 기분 좋은 소리를 내며 캣닢에 몸을 묻고 뒹굴뒹굴했다. 그 모습을 보니 레티시아는 어쩐지 마음이 편해졌다.

* * *

"일라이를 레티시아에게서 내쫓을 방법?"

날이 밝자마자 아네스는 잔느를 찾아가 물었다. 그의 쌍둥이 누님은 이른 아침부터 집무실에서 서류를 보는 중이었다.

"릴리스는 뭘 좀 알고 있지 않나 해서……. 미색은 왜 그렇게까지 신경 쓰느냐고, 그냥 내버려 두래."

"뭐, 틀린 말도 아니지. 그래도 방법이 없는 건 아니야. 릴리스가 그러는데, 탐욕을 심연의 탑으로 보내 버리면 된대."

잔느는 어머니를 따라 쓴 단안경을 쓱 올리며 아네스에게 팁을 알려 주었다.

"……그거, 그냥 일라이를 죽이라는 거 아니야?"

"맞아. 눈치가 좀 빨라졌구나? 아네스."

잔느가 심드렁하니 말하고는 빌헬름 수도원에서 가져온 장부를 다시 살폈다. 그리고 테레사를 따라 피곤한 듯 눈가를 어루만졌다. 그걸 멍하니 보던 아네스가 갑작스레 물었다.

"우리, 일라이를 죽일까?"

"네가 죽을 것 같은데, 아네스."

사실 잔느 말이 맞았다.

일라이만큼 완벽하게 대악마를 다루는 계약자가 없었기 때문이었다. 그 이유를, 아네스는 어제야 알게 되었지만.

'그야, 제가 영혼을 바쳐 탐욕의 권좌, 대악마 아스모데우스 님을 불러냈으니까요.'

어깨 위에 걸터앉았던 작고 동글동글한 유령이 그리 말했다. 꼭 헝겊을 뒤집어쓴 듯한 모양새라, 대악마라 불리기에는 한없이 작고 초라했다.

'내가 일라이니까. 다섯 살 이후부터 지금까지 '나'로 살아왔어.'

그리고 일라이 또한 그렇게 말했다.

'그런 게 가능한가?'

가끔은 나이에 비해 어른스럽고, 또 대악마를 능숙히 다뤄서 타고난 천재인 건가 했는데…….

'레티시아에게 대하는 걸 보면 대악마보다는…….'

지극히 사람에 가까웠다. 아니, 그냥 사람이었다.

원래도 일라이는 차갑고 무심한 성정이지만, 레티시아 앞에서만 다정하게 변하는 모습이 꽤 낯설었다.

사촌인 잔느와 아네스에게는 먼저 선을 긋고 거리를 두었던 이였다. 어머니의 부탁으로 대악마와의 계약 방법을 이렇다 할 대가 없이 가르쳐 주었지만, 벽을 느낄 만큼 거리를 세웠다.

잔느와 아네스 자신에게는 일라이가 은인이니 좋아할 수밖에 없었는데도.

그쪽이 그렇게 벽을 세우니, 이쪽도 결국에는 같이 벽을 세우게 되었다. 그리고 그 벽을 허물 사람이 나타나지 않을 거라, 아네스는 생각했었다.

'그런데 아니었지. 그렇게 웃는 건 처음 봤어.'

메마른 눈동자가, 권태로운 세상을 관조하듯 지켜보는 보라색 두 눈이 부드럽게 휘어졌다. 차가운 입술 끝이 풀어지며, 어둑했던 두 눈동자가 오직 한 사람만을 보고 있었다.

태양을 피하던 어둠이 먼저 햇살을 찾는 것처럼, 그렇게 일라이가 먼저 레티시아에게 다가가는 것이 보였다.

아네스는 그 점이 마음에 들지 않았다.

일라이가 진심이라 해도, 그 마음만큼은 순수하다고 해도 본질은 대악마 그 자체다.

대악마가 얼마나 위험한 존재인지는, 그의 계약자인 아네스가 잘 알고 있었다. 멍청이, 변태, 바보라고 〈미색〉을 놀려도 그의 손끝 하나로 수백의 사람을 죽일 수 있었다.

수백에서 그치면 다행이랴. 수천, 수만의 사람까지 죽일 수 있었다. 그것도 눈 하나 깜짝하지 않고서.

'그러려면 목숨 정도는 걸어야겠지만.'

아니, 제 목숨만으론 부족할 것이다.

수천의 사람을 죽이기 위해선 신체를 걸고, 수만의 사람을 죽이려면 목숨과 더불어 영혼까지 바쳐야 할 테니.

〈미색〉도 어떤 계약자를 만나느냐에 따라 달라졌다고 했었다.

'색욕'이라 불리며 다른 사람을 망가뜨리는 자도, '순결'을 지키겠다며 엄격한 수행의 길을 걷는 자도 있다고 했으니까.

한때는 전장에서 헌신하여 수만의 군사도 죽여 봤다는데, 오래전 일이라 기억이 가물가물하다나.

아마 계약자 본인의 목숨과 영혼은 물론, 계약자의 부모, 조부모뿐만 아니라 아이까지 모두 바쳐야 했을 것이다.

이렇게 비교적 온순하다고 알려진 아스타로트도 계약자의 몸을 빌려 사람을 망가뜨린다. 그만큼 대악마라는 존재 자체가 위험했다.

'결국, 다치는 건 레티시아가 되겠지.'

그래서 아네스는 윈터의 귀여운 손님을 지켜야겠다고 생각했다.

탐욕의 대악마, 일라이 네르바드로부터.

* * *

그날 점심, 오랜만에 레티시아, 일라이, 아네스. 이 세 명이 함께하는 식사 자리에서 아네스가 물었다.

"미색의 아스타로트는 연인하고 손을 잡아서 타락했는데, 사촌. 네 대악마 탐욕은 뭐 때문에 타락했어? 어떤 율법을 어긴 거려나?"

꽤 상세하고도 날카로운 질문에 일라이가 별 관심 없다는 듯 어깨를 으쓱했다.

아네스도 이제야 생각이란 걸 하는 건가……, 하고 속으로는 조금 놀란 뒤였다. 그리고 답했다.

"글쎄. 오래전 일이라 기억이 잘 안 난……다고, 내 대악마 탐욕이 그러는데."

일라이가 태연한 얼굴로 빵을 꺼내 귤 잼을 듬뿍 발랐다. 그리고 레티시아의 앞에 있는 그릇에 차곡차곡, 예쁘게 완성된 빵을 담는 것을 보며 아네스의 속이 부글부글 끓었다.

'저, 저 여우 같은 대악마 놈!'

"아니, 네 대악마인데 왜 몰라? 뭘 어겼을까? 응? 도대체 뭘 어겼길래?"

"……글쎄. 그것까지 내가 알아야 하나?"

"너 막, 천사 100명 거느렸지? 하렘 건설했지?"

"그건 네 대악마 미색이었고."

"미색이는 귀여운 천사들만 모아서 시 낭송해 주고, 웃어 주고, 노래해 주고 그랬대."

"쓸데없이 사랑받는 걸 즐겼었지."

일라이가 차갑게 대꾸하고는 다시 식빵에 잼을 예쁘게 바르기 시작했다. 범죄자를 처리할 때 한없이 무심하던 모습과는 다르게, 늘씬한 손이 보석을 빚듯 빵을 만들어 냈다.

'즐겼겠지' 하고 말했어야 했나……

뒤늦게 실수를 깨달은 일라이가 느긋이 말을 덧붙였다.

"나는……. 흐음. 내 대악마는 천사들에게 관심이 없었어."

"그러면? 사촌지간인데 이김에 좀 털어놔 봐."

"굳이 말한다면 자리에 욕심이 좀 있었지. 권좌에서 더 높은 자리로 오르고 싶었거든."

"반란 같은 건가?"

"그랬을지도. 근데 지금에선 그런 자리에 별 관심이 없어."

"네가?"

"아니. 내 대악마가."

귀신 같은 놈. 아네스는 유도신문에 속아 넘어가지 않는 일라이를 보며 혀를 내둘렀다.

"봐, 레티시아."

둘의 대화를 듣는지 마는지 졸린 얼굴로 빵을 먹던 레티시아가 눈을 깜빡였다. 아네스의 부름에도 레티시아는 잠이 덜 깬 얼굴로 귤 잼이 가득 든 빵을 깨물었다.

"그거 누가 만들었는지 알아?"

"응? 주방장이 만든 거 아닌가. 잼을 많이 넣어서 너무 달아."

이건 애들 취향인데…….

속으로 그렇게 생각한 레티시아에게 아네스가 어깨 위를 가리키며 물었다.

"어깨에 그건 뭐야? 네가 키우는 고양이?"

"아니, 파르비스."

"……고양이 이름을 왜 대정령 이름으로 지었대? 그 뭐지, 염화랬나."

"그 대정령이 얘야."

'얘'라는 말에 파르비스가 앞발을 들어 레티시아의 이마로 휙 휘둘렀다. 고개를 기울여 재빠르게 피한 레티시아가 능숙히 말을 고쳤다.

"'파르비스 님'이셔."

"……에게? 이 고양이가?"

화르륵!

아네스가 코웃음 치자 거대한 푸른 불꽃이 그의 눈앞을 스쳐 지나갔다. 졸지에 불에 태워질 뻔한 아네스는 꽤 오랫동안 멍하니 앉아 있었다.

아네스가 정신을 차린 건 파르비스의 '고로롱'거리는 소리를 듣고 나서였다.

"방금……. 저 고양이가 나 죽이려던 거 맞지?"

"죽진 않았으니 죽이려는 의도는 없었던 게 아닐까."

"레티시아 너……. 그 고양이 언제 키웠다고, 그렇게 편드는 거야?"

"내가 봤는데, 파르비스의 불꽃은 얼음만 녹이더라고."

레티시아의 답에 아네스는 황당하다는 듯 그의 뒤편에 있던 대리석상을 가리켰다.

치이익. 치익ㅡ.

파란 불꽃이 타닥거리며 튀더니, 새하얀 대리석이 우유처럼 흰 액체로 녹아 버렸다. 그걸 두 눈으로 직접 보게 된 레티시아가 눈을 가늘게 뜨고 파르비스를 쳐다보았다.

"파비, 그러면 안 돼요."

그런 짓을 해도 되냐며 책망하는 눈빛으로 말했다.

"냐아."

파르비스는 사소한 건 신경 쓰지 말자며 앞발에 꿀이라도 바른 듯 핥아 댔다.

마음 넓은 대정령이라, 아네스가 '에게, 이 고양이가?'라고 비웃어서 화를 낸 건 아니었다. 때마침 불꽃을 내고 싶었고, 공교롭게도 아네스가 염화의 근처에 있었을 뿐.

어수선했던 식사를 마치고 레티시아는 침실로 돌아왔다.

나중에야 일라이가 빵에 귤 잼을 계속 발라 줬다는 걸 알게 되었다.

본인은 먹지 않아도 배부른 건지, 빵을 만드는 데 재미가 붙은 건지 산처럼 쌓아 두는 걸 보고 아네스가 말릴 정도였다.

'그러다 레티시아 쓰러지겠다! 그만 먹여.'

'아…… 나도 모르게.'

'혹시 네르바드에서 굶고 왔어? 왜 이렇게 남을 못 먹여서 안달이야.'

아네스가 눈을 흘기며 핀잔을 주자 일라이는 '굶진 않았다'라고 짧게 답하고는 빵에서 손을 뗐다.

어릴 때부터 일라이는 자주 감옥에 갇혀서 개밥 그릇에 곰팡이가 핀 음식을 먹은 기억이 대다수였지만, 맛있는 걸 먹고 자랐다 해도 그렇게 식욕이 많을 것 같진 않았다.

그런 과거까지는 짐작하지 못한 레티시아는 방 한편에 있는 거울 앞에 서서 뺨을 꾹 눌러 보았다.

'오늘도 일라이가 건넨 빵을 먹느라…….'

볼이 좀 통통해진 것 같았다.

'여전히 마른 편이긴 한데.'

레벤 성에서 워낙 잘 먹고 푹 쉬다 보니, 볼살이 약간 붙은 것도 같았다.

'말랑말랑해진 것 같기도.'

레티시아는 제 볼을 살짝 당겼다 놓으며 침대에 앉았다. 여전히 파르비스가 어깨 위에 착 달라붙어 있는 상태였다.

"파비, 넌 어떻게 그렇게 균형을 잘 잡는 거야?"

"⋯⋯캬옹."

"거예요?"

레티시아는 다시 말을 높이며 파르비스를 머리를 쓰다듬었다.

대정령은 100년 주기로 태어나, 새로운 주인과 함께 살아가다 눈을 감는다는데⋯⋯.

'대현자 아브라함이 대정령의 마지막 주인이었지.'

주인이 죽으면 대정령도 함께 죽는지, 100년은 지나야 그 생이 끝날는지 알 수 없었다.

'그럼 주인이 오래 살면 대정령도 오래 살려나?'

레티시아는 고개를 돌려 파르비스를 흘끗 보며 궁금해했다.

'아직 염화의 주인은 아니지만.'

다른 사람. 특히 아네스는 레티시아가 염화의 주인이 된 줄 알지만, 그냥 아는 사이에 불과했다. 오히려 파르비스가 서툰 집사에게 어떻게 하면 대정령을 잘 키울 수 있는지 가르쳐 주는 모양새였다.

캣닢 달라. 얼음 달라. 재워 달라. 간식 달라⋯⋯.

요구하는 것도 많아서 꽤 까다로웠지만, 레티시아는 오히려 심심하지 않아서 좋았다. 마음이 포근하다 못해 간질간질한 기분이라서, 레티시아는 파르비스를 챙기는 데 푹 빠져 있었다.

'사람 챙기는 건 귀찮지만.'

글란츠라든가. 주치의라든가. 벌꿀오소리라든가……

다 큰 어른을 챙겨야 하는 건 번거롭지만, 이렇게 작고 귀여운 동물. 아니, 대정령을 돌보는 건 꽤 즐거운 일이었다.

그렇게 오후가 될 때까지 레티시아는 휴식을 취했다.

그렇다고 마냥 쉬기만 한 건 아니었다. 침대에 걸터앉아 책을 보는 게 레티시아가 한가한 오후를 보내는 방법이었다.

'탄자나이트 석.'

레티시아는 백작의 서고에서 빌린 두꺼운 자료 책을 동화책 보듯 편하게 읽었다.

공작저의 시녀장이 '제국어도 제대로 못 읽어서 그깟 동화책을 보느냐?'고 이죽거렸던 게 문득 생각났다. 그 이죽거림도 얼마 못 가 그치게 되었지만.

마네르 가문을 통째로 버렸으니 시녀장과 다시 마주칠 일도 없었다.

팔랑.

레티시아는 '그것도 지난 일이 되었지' 하며 피식 웃고는 검은 글씨가 빼곡하게 적힌 다음 장으로 넘겼다.

탄자나이트 석은 햇빛을 비추는 각도에 따라 광택이 달라졌다.

햇빛을 비추고 여러 방향으로 살피면 무지갯빛 광택이 생기는데, 그 광택이 선명하고 보석에 푸른빛이 진하게 감돌수록 희귀한 것이었다.

'채광하고 난 다음에도 문제야.'

탄자나이트 석을 세공하는 것도 쉬운 일은 아니었다.

원석에서 탄자나이트 성분만 추출하려면 400도 넘게 가열해야 한다. 온도가 낮으면 보석의 색이 제대로 나오지 않았고, 그보다 높으면 보석에 흠집이 갔다.

'세공 시설을 만드는 것도 문제일 텐데.'

광산 채굴에도 어마어마한 투자금이 든다지만, 세공하는 데도 역시 시설과 인력 등 큰 비용이 들었다.

지금 문제는 한 번 폐광시킨 광산을 다시 개발하는 데 있었다.

계속 채굴해 왔다면 초기에 투자 비용만 들었을지 모르나, 한 번 중단했던 채굴 작업을 재개하려면 설비 시설을 다시 마련해 두어야 한다.

'광산 로사 일대를 제국에서 제일가는 관광지로 개발한다면, 그 비용도 메꿀 수 있겠지만.'

레티시아는 잠깐 생각했다.

윈터의 혈통도 아닌 그녀가 윈터의 개발 사업에 주력 의견을 내도 될는지.

'테레사 님이 허락했으니 괜찮으려나……'

레티시아는 길게 고민하는 대신 '괜찮겠지' 하고 넘겼다.

영지에 해를 끼치는 것도 아니고, 오히려 윈터의 부흥을 위해 계획을 말한 것이니 거리낄 것이 없었다. 레티시아는 투자 의견만 냈을 뿐이고, 최종 결정은 테레사 백작이 하는 것이라 걱정할 문제는 아니었다.

어쨌든 선택은 윈터가의 몫이었다.

레티시아가 보던 책을 침대 옆 작은 탁자 위에 내려 두고, 햇살을 맞으며 기지개를 쭉 켰을 때였다.

똑똑.

"나 들어가도 돼?"

목소리만 들어도 척 알겠다. 아네스였다.

"들어와."

벌컥, 문이 열리더니 한겨울에 전쟁이라도 나가는지 무장한 아네스가 보였다. 새하얀 털이 달린 모자. 담비 털로 만든 하얀 소녀용 코트. 털이 달린 부츠에 목도리까지 칭칭 감은 아네스가 어쩐지 상기된 얼굴로 외쳤다.

"레티, 너도 어서 준비해! 설산으로 가야지."

"설산에? 아침도 아닌데, 지금 가도 괜찮은 거야?"

"응! 적설량 기록하는 가신이 그러는데 오늘이 제일 고요하대. 아침까지는 미친 듯이 눈보라가 퍼부었는데, 점심 지나서 눈도 줄어들었나 봐."

"그래도 오후 산행은 위험하지 않아?"

"윈터 산행은 그런 거 없어. 아침이든, 밤이든 전부 위험하거든. 멋대로 산을 건너다가 죽은 사람이 한둘이 아니야."

아네스는 씩 웃으며 레티시아의 손을 잡아끌었다.

"집사가 레티, 네 옷을 준비해 뒀대. 졸리면 썰매 마차 안에서 좀 자 둬."

레티시아가 신이 난 아네스를 뒤따라가는데, 그녀의 어깨에 파르비스가 척 걸터앉았다. 파르비스의 생각으론, 자신이 있으니 레티시아에게는 따로 목도리가 필요 없을 것 같았다.

* * *

장장 두 시간에 걸쳐 레티시아는 윈터의 설산, 네베로 가기 위한 준비를 마쳤다.

레벤 성의 2층 응접실 안.

집사 나브티스가 옷으로 레티시아를 죽일 수 있을 만큼, 겨울 의복으로 칭칭 감았기 때문이었다.

"레티시아 아가씨께서는 감기에 걸리시면 안 됩니다. 추우니까요."

"……겨울옷에 압사하겠는데? 윈터의 겨울옷은 남부 것보다는 더 따듯하긴 한데, 무거워."

"얼어 죽는 것보단 낫습니다, 아네스 아가씨."

나브티스가 아네스의 말을 정정하며 레티시아의 머리에 하얀 털모자를 씌워 주었다.

"집사. 난 왜 장식이 있다 만 거고, 레티시아에겐 예쁜 장식 달린 모자 씌워 줘?"

"아네스 님은 사고를 잘 쳐서 모자가 남아나지 않잖습니까?"

"……그래도."

아네스가 서운한 듯 말끝을 흐리자 레티시아가 모자로 두 손을 뻗으며 물었다.

"바꿔 줄까? 난 장식 없는 것도 괜찮은데."

"아니. 어떻게 네 모자를 빼앗을 수 있겠어."

아네스는 그리 말하며 고개를 저었다. 어디선가 사늘한 시선이 느껴진다 싶더니, 일라이가 '뺏으면 죽는다'라는 얼굴로 자신을 보고 있었다.

"네 모자 탐스럽네."

아네스가 일라이의 모자로 손을 뻗자, 일라이는 모자를 가뿐히 잡고서 힘을 확 주었다.

"윽……!"

"그러게, 운동 좀 했어야지. 드레스 입는다고 덜 했나?"

일라이가 가볍게 빈정거리고는 모자를 꾹 눌러썼다.

집사 나브티스가 준비해 준 것으로, 때마침 레티시아와 커플 모자였다. 둘은 토끼가 장식된 털모자였고, 아네스 혼자 늑대가 장식되어 있었다.

그 늑대 장식도 성치 못해 반쯤 뜯어졌지만.

"나랑 모자 바꾸자. 사촌, 넌 욕심 좀 버려야 돼."

"꺼져."

일라이는 아네스의 이마를 손으로 밀며 다가오지 못하게 했다.

"내 모자야, 이건."

일라이의 눈동자가 어둑하게 잠겨 있었다. 레티시아와 같은 모자를 쓰게 되었으니, 이건 곧 죽어도 그의 모자였다.

"음……. 아녜스 아가씨, 너무 섭섭해하지 마세요. 토끼 모자 또 있는데 가져다줄까요?"

"응, 집사! 얼른 가져다줘."

"아뇨, 나브티스 경."

일라이는 나브티스의 앞을 비스듬히 가로막으며 응접실에 걸린 벽시계를 눈짓했다.

"더는 지체할 시간이 없습니다. 빙결의 위치를 알아낸 건 이번이 처음이니, 늦기 전에 가야 해요."

일라이는 그렇게 말한 뒤, 레티시아의 손을 붙잡고 먼저 걸음을 옮겼다. 저 철없는 아녜스 꼬꼬마는 대정령 빙결을 잡으러 가는 게 소풍처럼 느껴지나 본데, 이건 데이트였다.

그것도 윈터로 오고 나서 레티시아와 처음으로 하는.

* * *

"흰 눈 사이로, 썰매를 타고……!"

신이 난 아녜스의 노래를 들으며 레티시아는 늑대와 연결된 끈을 놓칠세라 꽉 쥐었다.

둘은 썰매 마차를 탄 상태였는데, 잔뜩 신이 난 아녜스와 다르게 레티시아는 죽을 맛이었다.

"썰매 좋아! 워후! 더 빨리 달려요!"

아녜스가 체격이 날렵한 머셔—썰매 개를 부리는 개썰매 운전자—를 재촉하자 그가 "이랴!" 하며 외쳤다. 그 소리에 네 마리의 하얀 늑대가 더 힘차게 땅을 박찼다.

쉬이익!

빙하로 된 길을 미끄러지듯 달리는 썰매차 덕분에 레티시아는 '지옥이 코앞이야.' 하고 생각하며 두 눈을 질끈 감았다.

구경하느라 바쁜 아네스와 다르게 레티시아는 두 눈을 감고 "이것 또한 지나가리라" 하며 기도문을 읊는 수밖에 없었다.

"종이 울려서 장단 맞추니!"

인생 하직하는 종이 울리게 생겼다!

레티시아는 그렇게 생각하며 입술을 꽉 깨물었다.

"종소리 울려라! 울려!"

그 소리가 지옥에서 울려 퍼지는 저주 같아서 레티시아는 숨을 흡 들이켰다.

"있지, 레티. 머셔 아저씨가 너 남부인치고 썰매 잘 탄대!"

"……으, 니."

아니야.

레티시아는 그렇게 말하려 했지만, 아네스는 귓등으로도 듣지 않았다.

"레티시아가 더 세게 달리래요! 제 친구 더 재밌게 해 주세요, 아저씨!"

썰매가 빙판을 긁는 소리가 커서 레티시아는 귀가 얼얼했다.

"이랴!"

썰매차를 끄는 노련한 머셔는 청력도 좋은지, 더 속도를 내기 시작했다.

두고 보자, 아네스!

레티시아는 이를 갈며 아네스의 두 사과를 내다 버리겠다고 결심했다.

그에 비해 홀로 썰매차를 탄 일라이는 시종일관 무표정이었다. 일라이가 탄 썰매차를 끌던 어린 머셔가 오히려 죽을상이었다. 얼음으로 만든 대리석상을 갖다 놓은 것처럼, 흑발의 미소년은 팔짱을 낀 채 미동도 없이 앉아 있었다.

'윈터의 탈것이라 기대했는데……. 영 지루하군.'

그게 꼭 말로만 듣던 설산의 잘생긴 악귀 같아서, 머셔의 아들은 울며 겨자 먹기로 썰매를 끄는 수밖에 없었다.

어린 머셔가 아버지보다는 숙련도가 낮았기에, 일라이는 제 생명을 담보로 제법 위험한 썰매차에 몸을 실은 것이었다.

레티시아는 안전해야 한다……는 게 일라이의 지론이었다.

아네스를 옆에 태운 것도 썰매차를 수천 번 타 봤으니 혹시 모를 위급 상황에 대비할 수 있을 거란 생각에서였다.

혹여 썰매차가 기울어지거나, 빙판 위 바위에 부딪치면 아네스를 방패로 쓰면 딱이다.

일라이가 흘끗 레티시아를 쳐다보았다.

이미 그녀의 금발은 바람에 날려 산발이 된 지 오래였고, 안 그래도 뽀얀 얼굴이 밀가루 반죽처럼 허옇게 질려 있었다. 시원하게 내달리는 썰매차를 좀 즐길 법도 한데, 시종일관 입술을 꽉 깨무는 게 레티시아다웠다.

분명 저 썰매차에서 내리면 아네스를 어떻게 해치울지 고민하는 것이리라.

"재밌지? 완전 재밌지?"

레티시아가 입술을 깨무는 사이. 어깨에 대롱대롱 매달려 있던 파르비스가 그녀의 품 안으로 쏙 들어왔다.

"헤헷. 재밌지 않아?"

"캬오!"

그리고 재차 되묻는 아네스를 향해 푸른 불길을 내뿜었다. 제 집사가 힘겨워하고 있으니 그만 닥치란 뜻이었다.

아네스의 가발이 타들어 가는 것을 보며 파르비스는 속으로 '어휴' 하며 한숨을 삼켰다. 그리고 안색이 창백해진 레티시아를 보며 무릎을 꾹꾹 눌러 주었다. 가엾은 집사에게 힘내라는 뜻이었다.

　동네 고양이들로부터 이야기만 들었지, 파르비스도 꾹꾹이는 처음이었다. 어리지만 강인한 집사의 똘마니—염화의 눈에도 아네스는 이상했다—에게 화풀이한 것도 처음이었다.

* * *

　"……미안. 언니가 사과할게. 썰매차를 무서워할 줄은 몰랐어."

　설산의 초입에 이르러서야, 썰매차는 달리는 것을 멈췄다.

　이번 오르막길부터는 걸어서 산을 오르기로 했기 때문에 머셔 부자는 하얀 늑대 네 마리를 데리고 윈터의 레벤 성으로 돌아갔다.

　"후……."

　레티시아는 지팡이를 짚은 채 가느다란 숨을 몰아쉬었다. 아네스가 어쩔 줄 몰라 하며 사과를 건넸지만, 레티시아의 귀에 들릴 리가 없었다.

　"난 네가 스릴을 즐길 줄 알았어."

　"……."

　"공녀씩이나 돼서 목숨 열한 개인 것처럼 막살길래……."

　레티시아는 아네스가 보는 자신의 이미지가 어떤지 조금 알 것 같았다. 미친 애.

　지금은 점잖아졌지만, 수도원에서 모습이 꽤 강렬했나 보다.

　"가끔 보면 2천 살 먹은 미색보다 레티, 네가 더 오래 산 듯해서."

　듣던 대악마 〈미색〉이 발끈했지만, 아네스는 무시하며 말을 이었다.

　"네가 평범한 소녀일 줄은 정말 몰랐어."

　"……그래. 그래도 꽤 신선했어. 죽음과 삶의 경계를 체험하는 기분이었지."

"미소년 아네스와의 썰매차 체험이 신선했다니 다행이야. 다음에는 더 재밌게 해 줄게."

아네스가 레티시아의 어깨를 감싸 쥐며 천진난만하게 웃었다.

그 모습을 팔짱 낀 채 지켜보던 일라이가 레티시아의 어깨에서 소년의 손을 떼어 냈다.

"잡담은 그쯤하고……. 이만 빙결을 찾으러 가 볼까."

"일라이, 넌 내가 레티시아 곁에만 가면 꼭 갈 길 가자고 재촉하더라?"

"영 눈치가 없는 건 아니었네. 내가 앞장설 테니, 아네스 넌 제일 뒤에서 따라와."

"왜 내가 가장 뒤야?"

"내가 앞에서 검 하고, 네가 뒤에서 방패 하는 거지."

"그러든가. 하여간, 좋은 거는 지가 다해요."

검과 방패 중에서 좀 더 멋진 걸 고르라면, 필시 검이다.

"길 알아?"

"길은 어디에나 있어. 발길 닿는 곳이 길이야. 가는 대로 가다 보면 빙결을 만나지 않을까?"

아네스가 천진난만한 웃음을 지으며 답했다. 아주 완벽하게 길을 모른다는 소리였다. 길치들의 특징이라는 걸 알아서 일라이는 먼저 앞장섰다.

"고기 방패, 잘해."

경고인지 부탁인지 모를 말을 잠긴 목소리로 하면서.

* * *

일라이는 일부러 눈길을 푹푹 밟으며 앞서나갔다. 뒤에 오는 레티시아가 힘들지 않게 따라오도록 길을 만든 거였다.

말린 육포며, 옷이며, 물이며 생존에 필요한 짐들은 아네스의 몫이었다.

짐꾼이 된 아네스가 흥얼거리며 레티시아의 뒤를 따랐다. 그렇게 레티시아가 만든 발자국을 따라 걸었다.

뽀드득. 뽀득.

아네스는 눈이 밟히는 소리가 듣기 좋다고 생각하며 앞을 바라보았다.

독한 건지, 대단한 건지 군말 없이 설산을 오르던 레티시아가 멈춰서 있었다.

"레티……?"

아네스가 놀라 레티시아를 불렀지만, 그녀는 뒤돌아보는 대신 정면으로 시선을 고정했다.

설산의 초입에 거대한 그림자가 져 있었다.

가장 선두에 있던 일라이가 손을 뻗어 레티시아와 아네스가 오지 못하게 막았다.

크르릉!

짐승이 바로 옆에서 우는 듯한 거대한 소리였다.

"이런……. 빙결이 우리를 마중 나온 것 같네."

일라이는 그렇게 말하며 눈을 가늘게 떴다. 하얀 늑대가 먼저 찾으러 올 줄은 몰랐기 때문이었다.

그의 팔에 상처를 냈던 거대한 대정령, 빙결의 라이아덴이 날카로운 송곳니를 드러냈다.

'내 마력을 기억해 둔 건가. 아니면…….'

일라이는 고개만 살짝 돌려 레티시아의 어깨 위를 살폈다.

새까만 고양이가 널브러지듯 레티시아의 품에 안기더니 숨어 버렸다. 겁에 질린 고양이는 누가 봐도 대정령, 염화라고 보기 어려울 만큼 떨고 있었다.

'염화의 기운을 느끼고 찾아온 건가.'

뭐가 됐든 상황은 그리 좋지 않았다.

염화, 파르비스가 저렇게 떠는 것만 봐도 빙결의 라이아덴이 레티시아 일행을 봐줄 리 만무했다.

"레티, 파르비스 데리고 도망쳐."

일라이는 짧게 숨을 삼키고 레티시아에게 말했다.

라이아덴은 일라이와 아네스에게는 조금도 시선을 주지 않았다.

대정령과 대악마의 계약자들은 상극이라, 짓밟고 싶을 텐데도 지금은 두 소년은 안중에도 없어 보였다. 오로지 레티시아만 빤히 보고 있었다. 간간이 소녀의 품에 안긴 파르비스를 바라보기도 했다.

하지만 이 고요가 반가운 신호는 아니었다.

대정령 빙결은 미쳐 버렸다.

50년 전, 어린 대정령들의 유일한 친구이자 수호자였던 자칼리아가 살해된 뒤로는.

이미 자칼리아는 죽고 없는데, 라이아덴은 그녀의 무덤을 계속해서 지켜왔다.

금빛의 용, 자칼리아의 안식을 위해서인지.

아니면 다른 이유라도 있는 것인지.

'단순히 무덤을 지킨다고 보기에는…….'

빙결은 지나치게 힘을 쏟아붓고 있었다.

50년간 윈터의 설산에 눈보라를 일으켰고, 그로 인해 윈터에 겨울이 계속되었으니 지칠 만도 하건만.

'포기하지 않았어. 설산에 무언가를 지키는 것처럼…….'

모든 생명을 얼려 버릴 것처럼 살벌하던 눈보라의 양상이 바뀐 건 1년 전이었다. 눈보라가 치는 건 여전했지만, 눈이 쌓여 가는 속도와 양이 매번 변하기 시작했다.

빙결이 어떠한 이유로 감정 변화를 일으킨다는 증거였지만, 그 이유는 알 수 없었다.

'50년 동안 내내 분노했던 라이아덴이 감정의 변화를 느낄 일이⋯⋯.'

몇이나 있을까.

일라이는 그 원인을 알아내고자 자칼리아의 무덤을 찾으려 했지만, 이 거대한 설산에서 동굴 하나를 찾는 건 무척 어려운 일이었다.

하지만 확실한 게 하나 있었다.

대정령 라이아덴이 레티시아에게 반응했다는 것.

그 반응은 아마도 곧 위험 신호로 바뀔 터였다.

"아네스, 시선 끌어! 레티시아가 도망칠 수 있게."

일라이가 라이아덴과 대치한 상태로 짧게 명령했다.

염화, 파르비스가 제대로 된 힘을 보여 준다면 모를까. 누이를 보고 벌벌 떠는 것을 보니 이번 작전은 실패였다. 레티시아 또한 빙결의 힘을 써 보려 했지만, 대정령, 빙결 앞에서 통할 리가 없었다.

일라이는 레티시아가 뭐라도 해 보겠다며 손을 올렸다가 다시 내리는 모습을 보고 입술을 깨물었다.

파르비스의 힘을 빌려 빙결 라이아덴을 포획한다는 건, 애초에 불가능한 일이었음을 너무 늦게 깨달았다.

"아네스 윈터!"

일라이가 소리쳤다. 멍하니 하얀 늑대를 올려다보던 아네스가 겨우 정신을 차린 뒤 두 손을 모았다. 그리고 척척 걸어서 레티시아 앞을 가로막듯 서더니, 라이아덴이 들을 수 있게 외쳤다.

크고 엄중한 목소리로.

"야, 이 못생긴 하얀 늑대야!"

라이아덴이 커다란 눈을 내려 아네스를 내려다보았다. 하얀 늑대의 날카로운 푸른 동공이 커졌다가 다시 줄어들었다. 자기보고 '못생긴 하얀 늑대'라고 하는 걸 알아들은 게 틀림없었다.

"크르릉⋯⋯."

그러다 라이아덴은 다시 고개를 돌려 레티시아와 파르비스를 무섭게 주시했다.

'안 돼. 나 방패 해야 한다고! 어서 빙결의 관심을 끌어야 해……!'

아네스는 두꺼운 코트를 입고도 몸이 떨리는 걸 느끼며 양손의 세 손가락을 접어 엄지와 검지를 펼쳤다.

그리고 두 팔을 교차한 상태로 낭랑하게 외쳤다.

"사랑과 탐욕의 이름으로, 이 아네스가 너 같이 못생긴 늑대를 용서치 않겠다!"

그걸 지켜봐야 했던 대악마 아스타로트가 한탄했다.

틀렸다, 아네스. '사랑'과 탐욕이 아니라, '미색'과 탐욕이라니까.

「미친…….」

전대 계약자는 전장에서 레이스로 묶은 대검을 휘두르는 광전사였는데. 이세계에서 온 게임 중독자.

이름은 잘 기억나지 않지만, 가문의 성은 기억난다. '김, 이, 박' 3대 가문 중 하나의 후계자라고 했던가.

이세계라 해도 영민의 수가 곧 영지의 권력이었다. 그리고 〈미색〉의 전대 계약자는 자신이 붉은 제국으로부터 10만 명의 사병을 거느렸으며, '실버' 훈장을 받았다고 자랑을 해댔다.

전대 계약자는 게임을 전문 직업으로 삼았는데, 나날이 저조한 실력과 무능한 실적으로 자괴감을 느낄 때쯤.

'눈 뜨니 존잘이 앞에 있더라고? 와하. 나 연예인 본 것보다 더 놀랐다니까. 근데 그 가슴 근육은 진짜야? 그, 약물 주입한 거 아니고? 함 주물러 봐도 됨?'

라고, 첫 만남부터 뭔가 알 수 없는 말들을 잔뜩 해댔다.

그리고 자신은 스트레스를 많이 받아 중증 대머리 환자였는데, 눈 뜨니 웬 평민 미소년의 몸이라서 행복했다고도.

그 '진짜'였던 괴짜 덕분에 대악마 아스타로트는 이세계의 언어를 대가 없이 배울 수 있었다.

그 괴상한 계약자는 모든 음식에 마늘을 세 숟가락이나 넣는 괴이한 짓을 했는데, 밥 먹기 전에 꼭 '불X 먹X!'이라고 외치고는 고춧가루를 들고 와 한 사발씩 넣곤 했다.

전부 나쁜 말투성이였지만, 아스타로트는 뭐가 좋고 나쁜지 그 기준을 몰랐다.

어쨌건 걘 이미 죽었고, 여기서 먼 왕국. 거기서 다섯의 전쟁 영웅 중한 명으로 기억됐다는데, 아스타로트는 그런데 별 관심이 없었다.

계약자가 잘나가든 못 나가든 관심 밖.

'미색 알 바 아니요'였다.

그냥 아스타로트 자기가 우상으로 떠받들어지는 게 먼저였기 때문이었다.

하지만 아네스는 특별했다. 그게 이제껏 〈미색〉의 계약자 중에서 가장 아름다워서인지. 대악마님의 말을 더럽게 안 들어서 심기를 거스르게 해 놓고, 배시시 웃는 게 귀여워서인지 모르겠지만.

「이런, 아네스. 내 귀염둥이 계약자. 내 전 계약자보다는 네가 더 미친 거였구나?」

오늘만 사는 미친 계약자 때문에 아스타로트의 유희가 짧게 끝나게 생겼다. 그래서 더 그의 심장이 두근거렸다.

대성녀에게 심장을 빼앗긴 〈탐욕〉은 느껴 본 적 없는 설렘이리라.

미색 또한 대성녀에게 순백의 드레스를 빼앗긴 후로, 처음 느껴 보는 긴장과 떨림이었다.

「오랜만에 이 형님이 힘 좀 빌려주마. 후우, 아네스. 탐욕 앞에서 기좀 세워 줘야겠구나.」

대악마 아스타로트가 느릿하게 입술을 핥았다. 무료한 대악마 삶에서 오늘만큼 재밌었던 날이 없었으리라.

「자, 윈터의 아네스여! 전사답게 레이스를 들어라!」

그사이 일라이는 빛의 속도로 움직여 레티시아를 라이아덴의 시야각에서 빼낸 뒤였다.

그리고 생각했다. 〈미색〉과 〈미색〉의 계약자.

둘 다 영혼의 단짝을 만났고, 그래서 더 질린다고.

"대악마라고 다 저런 건 아니다."

일라이는 그렇게 말하고는 레티시아가 멀리 도망갈 수 있도록 이동 마법을 걸기 위해 좌표를 설정했다.

아네스가 빙결의 관심을 끄는 사이, 일단 파르비스와 레티시아를 대피시키는 게 먼저였다.

"아네스…… 괜찮을까? 평소보다 더 정신 나간 것 같아."

레티시아가 겁에 질려 오들오들 떠는 파르비스를 안고 아네스를 걱정하자, 일라이는 속으로 생각했다.

그래 봤자 죽기밖에 더하겠느냐고…….

어쨌든 레티시아를 보호하는 게 일라이의 최우선 목표였다.

레티시아의 성정을 익히 알고 있던 일라이가 레티시아의 어깨를 꽉 잡으며 말했다.

"아네스와 날 버리지 않겠다고 하지 마. 우리를 방패 삼아서라도……."

레티시아, 넌 도망가.

우리가 다치는 한이 있어도.

……라는 말은 죽어도 못 하겠다.

'그런 낯간지러운 말은 못 하지. 그냥 멀리 보내 버리는 수밖에.'

염화가 제대로 힘을 못 쓰니, 빙결이 널 찾지 못하게.

일라이는 말없이 그런 뜻을 담아 레티시아를 쳐다보았다. 파르비스를 안고 뒤로 물러나 있던 레티시아가 말없이 고개를 끄덕였다.

'도망치려고 했는데. 일단, 내가 방해되는 것 같으니까…….'

일라이가 알게 되면 실망할 것 같아, 레티시아는 눈이 촉촉해진 파르비스를 달래며 뒤로 물러섰다.

꼬리가 축 늘어진 데다, 귀도 늘어져 죽은 것만 같았다.

"냐……."

빙결 앞에서 죽은 척 구는 파르비스를 보고 레티시아는 '제대로 망했네' 하고 생각했다.

불행 중 불행으로 파르비스는 듣던 것보다 더 겁쟁이였다.

빙결을 상대하기는커녕, 지나가던 날다람쥐에게도 꿀밤을 얻어맞게 생겼다.

"파비, 너. 의기양양해서 내 어깨에 탈 땐 언제고……. 빙결을 잡을 수 있다고 '냐아' 했잖아."

집사야, 내가 언제 그랬어?

파르비스는 여전히 레티시아의 품에서 푹 늘어진 채 숨을 죽였다. 레티시아가 제법 무심한 얼굴을 하면서도 설움을 삼키며 말했다.

"이럴 거면 설산에 뭐 하러 왔어. 짐만 되어 버렸잖아."

"냐아아."

그러게, 집사야.

너 나 왜 데리고 왔냐.

파르비스가 그런 얼굴로 레티시아를 흘끗 쳐다보다가 다시 눈을 꼭 감았다.

'망했어. 그것도 완전히……!'

대정령 염화의 힘을 빌릴 일은 없을 테니, 이번 작전은 완벽한 실패였다.

흑암의 파르비스.

새까만 몸을 가졌고, 푸른 불길에 타오르는 거대한 여우.

위대한 대정령 중 푸른 불꽃의 염화.

……라지만. 레티시아 자신이 파르비스의 본 모습을 보는 날은, 이번 생에 없을 것 같았다.

아네스는 오늘이 장례식이라도 되는 것처럼 두 손을 모으고 경건히 기도를 올렸다.

"대성녀 할머님. 제가 곧 죽어도 일라이 저 나쁜 놈이, 레티시아 곁에 머무르지 못하게 해 주세요."

영혼이 되어 둥둥 떠다녀도 〈탐욕〉을 감시하리라.

아네스는 어느새 붉은 레이스를 입에 물고 대정령 빙결을 노려보았다. 그의 머리칼을 단정히 묶었던 것이었다.

레티시아의 분홍 리본과 남몰래 세트로 만들었는데, 일라이 나쁜 놈이 레티의 분홍 리본을 가져가 버렸다.

"레티, 이 언니가……."

아네스가 다가오려는 레티시아에게 고개를 저으며 판판한 가슴팍에서 사과 두 쪽을 빼내 빙결 쪽으로 던졌다.

"보여 줄게. 완벽한 방패가 어떤 것인지."

통, 통…….

빙결의 발치로 붉은 사과가 떨어진 순간, 아네스는 직감했다. 셋 중에서 가장 먼저 찢겨 죽는 건 미소년인 자신일 거라고.

빙결의 사늘한 눈에 분노가 서렸다.

못생겼다고 소리친 거로 모자라 제 앞에서 조롱하듯 통, 통 튀는 사과를 보고 화가 단단히 났으리라.

"어머님에게는 안부 전해 줘. 당신의 아네스, 여한 없이 살다 갔노라고."

아네스는 씩 웃으며 레이스를 손목에 묶었다. 이제 대악마 〈미색〉의 힘이 어떤지 보여 줄 차례였다.

대성녀, 힐데가르트의 네 번째 권좌.

순결의 대천사, 이슈타르.

이제는 미색과 색욕의 아스타로트.

한때, 샛별의 여신이자 순결의 주인으로서 권능을 보일 차례였다.

"대성녀 할머님, 오늘도 당신의 아네스가 정의로운 대악마가 되는 걸 허락해 주세요!"

아네스는 예쁘고 잘생긴 얼굴로 두 손을 모으고는, 신성 모독이 되고도 남는 기도를 올렸다.

* * *

일라이는 "훌륭한 방패로다."라고 잠깐 생각하고는 이동 마법 준비를 마친 뒤였다.

언제든 마법을 발동할 수 있었지만, 레티시아가 "잠깐, 아네스를 지켜봐야겠어"라며 떠나기를 거부했다. 그래서 일라이는 한 곳에 멀찍이 떨어져서 레티시아를 끌어안으며 아네스의 전투를 지켜보았다.

레티시아도 '나 죽었어' 하고 축 늘어진 파르비스를 끌어안고서 아네스를 진심으로 응원했다.

"크르릉!"

빙결이 발톱이 휘두르자 아네스의 드레스가 찢어졌다. 이제 레티시아 앞에서도 판판한 가슴을 드러내는 데 익숙해진 아네스가 거친 욕을 내뱉었다.

"이 개자식!"

아네스는 욕하며 '늑대 자식'인가, 하고 생각하면서 일라이에게 소리쳤다.

"뭐 해, 검은 제복! 어서 저 빙결을 해치우라고."

"……너 죽고 나면 움직이려 했는데."

일라이는 귀찮다는 듯 레티시아의 어깨를 감싸던 손을 떼어 내고 느릿하게 움직였다.

"나쁜 놈아, 빨리 좀 움직여!"

"눈밭이라 미끄러워. 일단 아네스 너. 방패로 시선 좀 끌어 봐."

철퍼덕!

그 순간, 발을 헛디뎠는지 빙결의 앞으로 넘어진 아네스의 얼굴이 새하얘졌다.

"아네스, 네게 용돈은 없다"라고 차갑게 말하던 어머님이 주마등처럼 스쳐 지나갔다.

"넌 내 '여'동생이 아니야." 하고 역시 차갑게 말하던 잔느.

"도련님은 '아가씨'가 아닙니다." 하고 더 차갑게 말하던 집사 나브티스.

그 외에도 제게 차갑게 말했던 사람들이 생각나, 아네스는 코를 훌쩍였다.

"레티……."

아네스는 빙결의 거대한 발톱을 앞에 두고서 레티시아를 돌아보았다.

"나, 아네스. 널 위한 방패가 되지 못할 것 같아."

미안해, 레티.

아네스의 뺨 위로 투명한 눈물이 흘렀다. 그와 동시에 소년의 귓가로 듣기 좋은 미성이 들려왔다.

「내가 도와주지.」

아네스는 제 몸에 〈미색〉의 힘이 깃드는 걸 보며 아연실색했다.

계약자만 가능한 대악마의 현신은 대가를 바쳐야 하는데, 이놈이 제 수명을 멋대로 까먹으려 하고 있었다.

「어차피 이러나저러나 죽는 건 마찬가지인데, 1년 수명은 써도 되겠지? 아니면 대가 없이 3개월만 빌리마.」

"이 나쁜 놈아! 2천 살 처먹고 내 수명 까먹고 싶냐!"

「뭐, 방법이 없잖아? 난 여기 남아 더 꿀을 빨아야겠어. 내 유희, 이 대로 끝낼 수 없다고.」

〈미색〉의 말을 끝으로, 아네스의 푸른 눈동자가 형형하게 빛났다. 그리고 푸른빛을 띠는 은발에 붉은 안개가 휘몰아치더니, 묘한 색기를 가진 소년이 모습을 드러냈다.

"누님, 이리 와 봐요."

대악마 〈미색〉이 아네스의 몸을 통해 말하자, 레티시아는 놀란 얼굴로 보다가 천천히 몸을 움직였다.

"미색, 당신이 아네스를 잡아먹은 거야? 그럼 다시는 못 보는 건가."

레티시아는 긴장한 얼굴로 답하고는 파르비스를 더 꽉 안았다. 그리고 아네스를 향해 한걸음에 달려갔다.

"나이스 캐치."

아네스는 제 품에 가볍게 레티시아를 안고는 자세를 고쳤다. 아네스가 손을 뻗어 한 손으로 레티시아의 손목을 쥐고, 다른 손으로 허리를 끌어안았다.

레티시아가 오기만을 바란 것처럼.

「내 몸으로 뭐 하는 거야, 이 나쁜 자식아!」

아네스가 소리쳤지만, 지금 소년의 몸을 점령한 건 대악마 〈미색〉.

2천 살 먹은 노련한 대악마답게 아스타로트는 레티시아를 제 품에 가두었다.

한때, 타락하기 전.

귀여운 천사들을 품에 가득 안아 준 것처럼.

「멋대로 프리 허그 하지 마, 이 색마!」

〈미색〉의 능숙한 몸짓과 다르게 아네스의 얼굴이 새빨갛게 달아올랐다.

콰앙!

빙결이 아네스의 코앞으로 푸른 발톱을 휘둘렀다. 아네스는 나른한 숨을 흘리고는 레티시아를 끌어안고 눈밭을 굴렀다.

"저 미색이, 누님의 이능 좀 빌려야겠네요."

아네스는 레티시아의 손목을 잡고 악마어를 읊기 시작했다. 중간중간 천사였던 시절 읊었던 성어도 섞여 있었지만, 너무 빠르게 지나가서 일라이조차 알아듣지 못할 정도였다.

그 순간 아네스의 붉은 레이스가 붉은 창으로 변했다.

"라파엘의 조각난 영혼이 위아래도 몰라보는구나. 난 큰 멍뭉이라고 봐주진 않는다."

"……크르릉!"

"라파엘은 우리 중에서 일곱 번째 막내. 넌 그 '심판'이었던 라파엘의 반쪽이니, 아직은 꼬맹이 늑대."

와라, 꼬마 늑대.

아네스는 여유롭게 웃으며 빙결을 눈짓으로 도발했다.

레티시아의 손목을 잡았던 늘씬하고 길쭉한 손이 떼어졌다.

레티시아는 모르겠지만, 아네스의 몸을 빌린 〈미색〉은 대가 없이 현신한 상태였다.

물론, 레티시아의 손을 잡기 전에 흐른 찰나의 시간.

그동안은 아네스가 수명을 바쳐야 했지만.

끽해 봤자 하루가 다일 터.

하루 정도는 뭐…….

아네스도 일찍 죽어서 이 아스타로트의 너른 품에 들어오는 게 낫지 않으려나 싶다.

"나는 고대의 순결. 결혼과 탄생을 축복하는 자."

아네스의 머리칼이 흩날리며 그의 발밑으로 붉은 원이 번져 갔다.

"나, 이슈타르가 새벽 별의 권능을 빌려 명하노니."

아네스는 손을 뻗어 붉은 창을 들고 빙결에게 달려들었다. 붉은빛의 거대한 날개가 빛무리 형태로 아네스 어깨에 걸쳐졌다.

"누님을 위한 고기 방패가 뭔지, 보여 주지."

빙결의 거대한 몸을 붉은 창으로 내려쳤다.

아네스는 대대로 훈련받은 윈터의 전사로서 실력을 여과 없이 드러냈다.

콰콰콰!

빙결의 몸 반절이 붉은 창에 의해 갈리며 약한 눈보라가 휘몰아쳤다. 몸이 반쯤 잘렸던 빙결, 라이아덴이 푸른 발톱을 휘둘렀다.

타앗!

정면에서 맞은 아네스의 몸이 튕기나 싶었지만, 능숙하게 눈밭에 착지해 균형을 잡았다.

"꿀 빨아서……."

너무 좋아. 아네스 몸에 깃든 〈미색〉이 나른한 한숨을 흘렸다.

"공짜로 현신하다니. 이거 정말, 대박이로군."

전대 계약자, 레이스 광전사는 열일곱이란 나이에 숨을 거둬야 했다. 짧고 굵은 인생을 살겠다는 게 전 계약자의 지론이었지만, 제 수명까지 바쳐 가며 코딱지만 한 왕국을 지켰기 때문이리라.

하지만.

"아네스, 넌 누님에게 감사히 여겨라. 100번 절하고 100번 고개를 숙여."

아네스의 몸에 현신한 〈미색〉이 붉은 입술을 핥았다.

"대악마들의 경외를 받는 자가, 제국의 변혁과 멸망을 가져올지니."

500년 전, 대현자 아브라함이 남긴 예언의 주체가 누구인지 〈미색〉은 바로 알아차렸다.

대악마들의 총애를 받으면 제국의 영광을 가져오나, 경외를 받으면 변혁을 일으킬 수 있다.

변혁은 곧 반란.

반란은 곧 변화를 일컬었다.

"……큭, 이블리스가 있는 심연의 탑에는 불려 갈 일 없겠어."

적어도 레티시아가 살아 있는 동안은 그녀의 권능을 빌릴 수 있을 테니.

'베르타의 안식이 항상 방해했었는데……. 지금은 대악마를 방해하는 힘이 아무것도 느껴지지 않아.'

베르타의 안식을 몸에 두른 유일무이한 존재.

그 존재 덕분에 대악마 아스타로트는 아네스의 몸에 완벽히 현신할 수 있었다.

가뿐한 몸을 느끼며 몸을 살짝 돌린 아네스가, 레티시아를 보더니 매혹적으로 눈을 휘면서 말했다.

"다른 대악마들에게는 절대 안 뺏겨. 누님은 우리 거야."

팔짱을 끼고 지켜보던 일라이는 2천 살 처먹은 놈이 왜 기분 나쁘게 '누님 타령'이지 생각했다. 그걸 알아차린 아네스가 두 눈을 휘며 느른히 웃었다.

"나와 내 계약자보다 강하면 다 누님이야."

"……네 헛소리도 아주 가끔, 일리는 있어."

"우리 레티가 아직은 어리고 약하지만, 언젠가는……."

윈터의 레티시아가 대악마 〈미색〉은 물론, 탐욕을 뛰어넘는 권능을 지니게 되리라.

아스타로트는 아네스의 눈으로 레티시아를 보며 예지했다.

물론, 레티시아는 그냥 헛소리겠거니 하고 넘겼을 뿐이다.

* * *

대악마 〈미색〉의 현신은 짧고 굵게 끝났다. 너덜너덜해진 몸을 끌어안고 아네스가 반쯤 영혼이 나간 채 중얼거렸다.

"고기 방패는 못 되었지만, 빙결의 힘은 잘 빼 놨어."

쿨럭.

아네스는 헛구역질을 몇 번 했다. 목구멍을 타고 넘어온 붉은 핏덩이가 왈칵 쏟아져서 비릿한 피 맛이 느껴졌다.

"미색이 공짜로 현신했다고는 해도, 계약자의 몸에 무리가 갈 텐데."

일라이는 낮게 혀를 차고는 넝마가 된 아네스를 부축했다. 실상은 귀찮은 짐을 떠맡은 표정과 몸짓을 하고 있었지만.

〈미색〉의 현신 때문에 빙결도 꽤 힘을 빼앗겼는데, 현신한 시간이 5분 정도로 짧았던 탓에 제압하기에는 역부족이었다.

애초에 대정령과 대악마의 계약자가 상극이라지만, 저쪽은 죽지 않는 대정령이었고 이쪽은 수명을 가진 인간이었다. 계속 이렇게 붙을 순 있어도 다치거나 죽는 건 사람인 아네스와 일라이 쪽이니, 싸움이 될 리가 없었다.

마력이 깃든 창으로 베어도 다시 형체를 되찾는 대정령을 무슨 수로 제압할 수 있겠는가.

"냐아."

레티시아가 데려온 염화 파르비스는 품에 안겨 벌벌 떨기 바빴다.

'누이인 빙결의 분노가 그토록 무서운가.'

레티시아는 대정령으로 태어났음에도 심약한 염화를 보며 한숨을 삼켰다. 염화가 본 모습을 드러내면 빙결과 맞붙을 수 있을 텐데도, 어찌 된 영문인지 덜덜 떨기만 했다.

"일단 아네스부터 치료하자. 아네스를 레벤 성으로 돌려보내는 게 좋겠어."

레티시아도 이 상황이 달갑지만은 않아 한숨을 내쉬며 말했다. 그녀의 눈에 쓰러지듯 일라이의 품에 기댄 아네스가 가득 들어찼다. 아네스를 보는 시선에 걱정이 한가득 담겼지만, 지금은 마냥 걱정할 때가 아니었다.

'수명이 정해질 때까지는 죽지 않는 대정령이라…….'

어쩌면 대성녀가 창조한 세계의 법칙일지도 몰랐다.

레티시아는 고개를 돌려 조각난 몸을 다시 구축하고 있는 빙결을 바라보았다.

대정령은 100년 주기로 태어나, 그 수명이 정해질 때까지 죽지 않는다. 그러다 주인을 만나게 되면, 주인의 시간에 맞춰서 함께 살아가다 죽음을 맞는다.

빙결과 염화라는 본질은 바뀌지 않으나, 정령으로서 가졌던 감정과 기억은 죽음과 함께 소멸하였다.

'슬픈 일이지. 함께했던 기억을 잃는다는 건…….'

레티시아는 어머니, 안나마리에게 들었던 옛이야기를 떠올리며 파르비스를 감쌌다.

'내가 부족해서 염화가 힘을 쓰지 못하는 거라면…….'

차라리 대정령이 대악마라면 좋았을 것이다.

그렇다면 손가락이라도 바쳐 빙결을 제압했을 테니까.

"기다려, 레티시아."

일라이는 단검으로 손가락 안쪽을 살짝 베어 그 피를 눈밭에 흩뿌렸다.

촤악!

그리고 피가 흐르는 검지를 뻗어 허공 어딘가에 대악마의 문장을 그렸다.

「레벤 성으로.」

이동 마법을 걸려는 순간, 이미 지정해 두었던 좌표가 흔들렸다.

"크으, 크르릉!"

빙결이 흩어졌던 몸을 구축해 푸른 발톱을 휘두른 것이다.

일라이의 눈이 크게 떠졌다. 그 순간, 그는 아녜스를 버리고 레티시아를 끌어안았다.

"큭!"

거대한 마력이 일라이의 몸을 강타했지만, 그는 떨리는 손으로 레티시아를 가득 끌어안았다.

"젠, 장……. 어서 커야."

널 제대로 지킬 수 있을 텐데.

왈칵.

붉은 피를 토하며 일라이는 가쁜 숨을 몰아쉬었다.

아네스는…….

모르겠다. 일단 레티시아부터 분노한 빙결에게서 도주시키는 것이 먼저였다. 변태니 뭐니 해도 〈미색〉의 계약자니 쉽게 죽지는 않을 터.

「안전한 곳으로.」

"아네스 데리고 찾아갈 테니……."

기다려. 그 말을 끝으로 일라이는 또 한 번 붉은 핏덩이를 뱉었다.

가까스로 고개를 숙여 눈밭에 뱉고는 레티시아의 뒤에 생성된 이동진을 눈으로 확인했다.

"일라이……!"

확!

그런 다음 그를 감싸려던 레티시아의 어깨를 힘주어 밀쳤다. 뒤늦게 레티시아가 손을 뻗었지만, 밀쳐진 그녀의 몸은 검은 공간으로 이미 떨어지는 중이었다.

스스스—

기울어진 발끝으로 원형의 이동진이 펼쳐져 있었다.

'다치면 안 돼. 당신도, 아네스도…….'

시야에 잡힌 일라이의 모습이 어느 순간 흐릿해졌다. 모자이크 조각을 흩뿌린 것처럼.

"허억."

발밑이 푹 꺼지는 감각에 레티시아는 깊이 숨을 들이켰다.

"하아……."

다시 눈을 떴을 때는 어두운 동굴이었다. 그림자가 늘어선 동굴 앞에서 레티시아는 홀로 서 있었다.

"여긴 도대체……."

어디지?

조금 전까지 보호하듯 감싸 안았던 파르비스는 모습을 감춘 뒤였다.

* * *

레티시아는 손을 뻗어 동굴 속에 가득 피어난 얼음 조각을 어루만졌다. 얼음꽃이 가득한 곳은 저주를 받았다기에는 화려한 생기가 넘쳐났다.

'어쩌면 이곳이…….'

일라이가 찾으려던 빙결의 거처, 얼음 동굴은 아닐까.

레티시아는 그렇게 생각하며 동굴 주변을 살폈다.

동굴에는 작은 얼음꽃들이 피어나 있었고, 시간이 멈춘 것처럼 푸른 빛무리가 흐르고 있었다.

둘러보던 레티시아의 시선이 동굴 구석에서 멎었다.

그곳에 책상 형태로 다듬어진 너른 바위가 있었다. 레티시아는 홀린 듯이 다가가 바위를 살폈다. 그 위에는 낡고 오래된 서책이 있었다. 그리 두껍지도, 얇지도 않은 서책은 사람의 손이 오랫동안 닿지 않은 것처럼 보였다.

하지만 펼쳐진 장에는 그 어떤 기록도 없었다.

휘오오—

동굴 밖에는 차가운 눈보라가 휘몰아쳤고, 안에는 푸르스름한 안개가 가득 차 있었다. 레티시아는 몸을 굽혀 바위 앞에 조심스레 앉았다. 그리고 조심스레 손을 뻗어 오래된 책의 책장을 넘겼다.

다음 장을 본 레티시아는 숨을 깊게 들이켰다.

믿지 못할 기록이 쓰여 있었다.

알레타의 고대어.

부드럽게 흘러가는 글씨는 일기였다.

[나의 작고 귀여운 친구, 라이아덴.

난 내 가족을 찾고 싶어.

처음이자 마지막 소원이야. 넌 불가능한 일이라며 고개를 저었겠지만.

하지만 난 진심이야. 가족을 찾고 싶다는 거.

꽤 궁금했거든. 난 왜 홀로 용으로 태어났는지.

그리고 기억도 안 날 만큼 오랫동안 혼자서 지내다가, 너와 파비를 만나게 되었고…….

난 그간 사람 흉내를 내며 작은 동물들의 소원을 들어주었는데, 내 소원은 도대체 누가 이루어 주는 걸까?

라이, 나도…….

차가운 땅에서 나를 안아 줄 수 있는 가족을 만나고 싶어.]

어머니, 안나마리의 서체였다.

부스럭.

레티시아는 작은 동물이 움직이는 소리에 고개를 돌렸다. 금빛의 작은 동물이 휙 지나가는 것 같았지만, 허상이었다는 듯 눈앞에는 아무것도 없었다.

툭…….

어느새 동굴 바닥에는 오래되어 줄이 변색된 펜던트가 떨어져 있었다.

레티시아는 떨리는 손으로 펜던트를 주워 잠금장치를 풀었다.

달칵.

낡은 오르골 소리가 흐르며, 어머니 안나마리가 들려주었던 자장가가 흘러나왔다.

'우리 아가. 금빛의 용이 널 괴롭히는 악몽을 쫓아줄 거야.'

흘러나온 자장가를 들으며 레티시아는 고개를 숙였다. 그립고도 익숙한 멜로디였다.

펜던트 안에는 낡고 흐릿한 초상화가 담겨 있었다.

환히 웃고 있는 어머니 안나마리.

그녀의 품에 안긴 채 졸고 있는 두 살배기 어린 아가. 레티시아 자신이었다.

어머니, 안나마리의 죽음과 함께 관에 묻혔을 금색의 펜던트. 그 펜던트가 대정령 빙결, 라이아덴이 지키는 동굴 한복판에 있었다.

'만물이 너를 사랑할 거란다, 레티시아.'

어머니가 불러 주었던 자장가가 생각나서 레티시아는 두 눈을 감았다. 흐릿한 눈물이 뺨을 적셔 갔다.

"만물의 사랑을 받지 않아도 좋아요. 난 홀로 살아가기로 약속했으니까……"

그런데 어머니가 보고 싶어요.

왜 나는 그 어린 나이에 당신을 잃어야 했는지.

작은 동물에게 아낌없이 사랑을 주던 당신은 왜 그렇게 일찍 세상을 떠나야 했는지.

어째서 난 죽음 끝에 두 번째 삶을 살게 되었는지.

두 번째 삶에 이르러서도 나는 당신을 만날 수 없는 건지.

자칼리아의 무덤 안에서 레티시아는 소리 없이 숨죽여 울었다.

그때였다.

바스락거리는 소리가 나는 동굴 안. 펜던트를 잃어버린 금색의 작은 동물이 숨죽이며 걸었다. 작은 뿔이 금빛으로 반짝거렸고, 금색의 날개가 어정쩡하게 펼쳐져 있었다.

자박자박.

대정령 빙결, 라이아덴은 동굴 밖은 위험하니 나가지 말라고 엄하게 경고하곤 했다. 그리고 동굴 안이라도, 라이아덴이 결계를 친 곳 밖으로는 나오지 말라 했었다.

하지만 그 펜던트는 작은 용이 가장 아끼던 것이었다.

1년 전.

어째서 그 펜던트와 함께 다시 태어났는지, 그 펜던트는 도대체 무엇인지 기억조차 할 수 없었지만.

금빛의 용, 자칼리아는 빙결보단 작았지만 저보다 큰 소녀를 보며 눈을 끔뻑였다. 물론, 들키지 않게 동굴 벽에 숨어 지켜보는 중이었다.

'뿨우…….'

왜 저 큰 동물은 저리 서럽게 우는 걸까. 자칼리아는 금빛 눈동자를 끔뻑이며 생각했다.

'안나마리'로 살았던 기억을 모두 잃은 용은 이미 두 번의 죽음을 겪었다.

거대한 성체를 가진 '자칼리아'로서 설산과 대정령의 수호자였을 때. 그녀의 두 눈과 심장을 빼앗으려던 욕심 많은 세 가주에 의해 살해되었다.

그 설산을 지나가던 어린 소녀의 몸에 용의 마력이 깃들었고, 소녀는 기억을 잃은 채 '안나마리'란 이름으로 살게 되었다. 높은 지위의 남자를 만나 아이를 가졌으나, 용의 마력을 이기지 못한 몸은 날로 쇠약해져 죽게 되었다.

그리고 자칼리아는 어린 용으로 다시 태어났다.

'안나마리'였던 기억과 감정을 모두 잃어버린 채.

그녀가 세상에서 제일 사랑하던 딸이 눈앞에 있다는 것도 모른 채.

이를 알지 못하는 레티시아는 펜던트를 두 손으로 쥐고 고개를 묻었다. 금빛의 용, 자칼리아가 한 살이 될 때까지 고개를 묻고 잠들었던 펜던트에.

"……가족을 찾고 싶어요. 그런데 찾을 수가 없어요."

낡은 오르골에서 흘러나온 자장가.

그 소리가 얼음 동굴을 흐르고 있었다.

잠시 뒤, 레티시아의 떨리는 손이 펜던트를 쥐었다. 어머니의 죽음과 함께 그녀의 관에 묻혔을 보물이 어째서 여기 있는지 알 수 없었다. 그것도 금빛의 용, 자칼리아의 무덤인 거대한 동굴에.

'행복해지렴, 레티. 엄마가 먼 곳에서 레티가 자라는 모습을 볼 테니.'

레티시아는 정적이 가득한 동굴에서 펜던트를 만지작거렸다. 그때. 어릴 적 맡았던 달콤한 꽃향기가 바람을 타고 흘러들었다.

'언제나 널 지켜볼 거란다. 우리 딸이 행복해질 수 있게……'

들리지 않는 목소리가 레티시아에게 그렇게 말하는 것만 같았다.

레티시아는 멍하니 제 손을 내려다보았다. 오래되어 색이 바랜 금색 줄이 매달려 있었다.

'하늘에서요?'

'아니, 이 따뜻한 곳과 떨어진…… 하얀 눈이 내리는 곳에서. 오랜 시간이 흐르게 되면, 그때 다시 만날 수 있을지 몰라.'

안나마리는 어린 레티시아를 품에 가득 안아 주며 웃었다.

'엄마는 언젠가 다시 널 알아볼 거야. 나의 유일한 가족, 레티를.'

거짓말처럼, 말린 꽃가루가 옅은 바람을 타고 흘러들었다.

레티시아는 손을 뻗어 자그마한 손에 꽃가루를 모았다. 옅은 바람에 살랑이는 꽃을 보다가 느릿하게 눈꺼풀을 감았다. 유리 조각처럼 투명한 눈물이 레티시아의 뺨을 타고 흘렀다.

'어머니가 보고 싶어 만들어 낸 환상.'

환상이라도 좋아. 왜 어머니의 펜던트가 여기 있었는지 모르지만.

환각이라도 좋으니까⋯⋯.

툭.

동굴 바닥을 적시는 눈물이 고요한 설산의 무덤에 흔적을 남겼다.

다시 한번 당신이 보고 싶어요, 어머니.

레티시아는 고개를 숙인 채 눈물을 흘렸다. 우는 모습을 숨기지 않아도 되는 유일한 곳에서.

"⋯⋯보, 고 싶어요, 어머니."

내게 뭘 숨기는 거였나요?

어째서 이곳에 어머니와 나의 추억이 담긴 물건이 있는 거예요?

빙결 라이아덴은 이 설산에서 무엇을 그리 지키려 했나요?

대정령이 지키려던 게 자칼리아, 당신의 안식이었을지.

아니면 내가 모르는 다른 무언가가 있는 건지.

"왜 나는 다시 살게 되었는지⋯⋯."

안나마리, 나의 어머니.

당신만이 이 해답을 알 것 같아서, 난⋯⋯.

레티시아는 안나마리의 품에 안겨 묻고 싶었지만, 그럴 일은 없을 것이다. 그녀는 금색의 펜던트를 만지작거리다가 동굴의 좁은 입구에 멈춰섰다. 잠시 망설이다 허리를 숙여 펜던트를 놓고 천천히 몸을 돌렸다.

"난 여기서 주저앉지 않을 거예요."

멈출 수 없었다.

멈추고 싶지 않았다.

레티시아는 가슴을 파고드는 그리움을 뒤로한 채 서서히 발걸음을 뗐다.

우뚝.

멈춰 선 그녀는 고요한 눈으로 동굴 한편을 바라보았다.

아무것도 없었다. 잠깐 보았던 금빛의 잔상 역시 환각이었으리라.

지금이라도 어머니가 나타나 그녀를 품에 가득 안아 주길 잠깐이나마 바랐다.

하지만 그런 기적이 일어나기만을 기다릴 수는 없었다. 레티시아는 떨리는 손으로 눈가를 훔치고는 몸을 돌렸다.

"찾을 거예요. 찾아낼 거예요."

내가 살아야 하는 삶의 의미를.

그것이 꿈이든, 사랑이든, 가족이든…….

레티시아 마네르가 아닌, 레티시아 윈터로서 새로운 삶을 살아갈 거예요.

지켜봐 주세요, 어머니.

작고 여렸던 당신의 딸이 어떻게 커 가는지.

설산의 눈보라도, 저주와 비난으로 가득 찬 가시밭길도 멈추지 않고 걸어갈 거예요.

언젠가 제가 흘러 낸 피가 거름이 되어 꽃을 피울 때까지.

언젠가 내가 흘린 눈물이 빛나는 보석으로 돌아올 때까지.

나, 레티시아가 잃어버렸던 것을 되찾아 금빛의 찬란한 황금성을 만들어갈 때까지.

"계속 살아갈 거예요. 당신이 바라던 대로."

아니, 나 '레티시아'가 바랐던 대로.

그러니 슬픔과 그리움은 뒤로하고, 앞으로 나아갈 차례였다.

레티시아는 동굴을 빠져나와 새하얀 눈으로 가득한 설원을 밟으며 다짐을 되새겼다.

눈보라가 일으킨 바람이 힘을 잃어 가고 있었다.

휘이익—!

옅은 바람에 레티시아의 금빛 머리칼이 흩날렸다. 새하얀 털 장식도, 그만큼 하얀 코트 자락도.

'내 삶의 유일한 주인은 나.'

어떤 시련이 닥쳐도 몇 번이고 일어나서 나를 구원할 거야.

이번 생에는 내가 가야 할 길을 만들기 위해서.

그리고.

다시 한번, 나 자신의 삶을 구원하기 위하여.

* * *

너른 입구와 다르게 사람이 들어갈 수 없을 만큼, 작고 깊은 동굴 안.

바스락바스락.

"뿌우……."

금빛의 뿔과 날개를 가진 작은 동물이 펜던트를 입에 물고 조심스레 움직였다. 행여 저 커다란 동물이 펜던트를 멋대로 가져가면 어쩌나, 하고 잠깐 걱정했는데 다시 찾을 수 있었다.

작고 어린 용이 펜던트에 고개를 묻고서 커다란 눈꺼풀을 감았다.

기억을 모두 잃었지만, 펜던트를 보면 익숙한 그리움이 전해져서 계속 작은 얼굴을 묻고 지냈다.

빙결, 라이아덴의 든든한 비호 안에서.

대정령이 아무도 접근할 수 없게 지키는, 이 춥고 깊은 동굴 안에서.

"히유."

자칼리아는 졸린 듯 자그마한 숨을 내쉬었다.

'안나마리'로 살았던 기억을 전부 잃은 작은 용이 펜던트에 얼굴을 묻었다. 설산의 위대한 수호자로 작은 동물을 보호했던 기억도, 사랑스러운 딸이 있었단 기억도 모두 잃은 채.

"퓨우……."

자칼리아는 작은 발톱으로 금색의 펜던트를 꼬옥 쥔 채 잠이 들었다. 작은 용의 유일한 친구, 라이아덴이 어서 돌아오기를 바라며.

달콤하고 긴 꿈에 빠져든 순간, 자그마한 용의 입가에 부드러운 미소가 걸렸다.

'엄마, 레티는 행복해질래요. 그러니까, 꽃차와 쿠키 더 주세요!'

아까 보았던 금빛 머리칼의 인간 아이가, 제 품에 안겨 있는 꿈이었다. 따뜻하고 사랑스러운 꿈속에서 자칼리아는 아이처럼 웃었다.

* * *

"레티는 안전한 곳에 보냈겠지?"

아네스는 입가로 흘러내리는 피를 훔치며 일라이에게 물었다. 설산에서 빙결을 상대로 살아남는 건 두 번 다시 없을 일이라고 생각하며.

그에 비해 일라이는 피에 흠뻑 젖은 상태에서도 무감각한 얼굴이었다. 빙결의 푸른 발톱에 그대로 얻어맞았으면서 아무렇지 않게 손등으로 피를 훔쳤다.

그 모습에 아네스는 소름이 돋았다.

"너 혹시 몸 두 개야?"

"아니. 이거 하나뿐이지."

"이거, 라니……. 그럼 육신을 잃게 되면 어떻게 되는데?"

지금의 급박한 상황과 맞지 않는 질문이었다. 하지만 일라이는 저도 모르게 숨을 잠깐 멈추고 생각했다.

'그래, 난 어떻게 되는 거지.'

생각해 본 적 없다면 거짓말일 것이다. 하지만 레티시아를 만나기 전까지는 별생각이 없었다. 고민할 필요도 없다.

어차피 사람은 누구나 한 번 태어나 한 번의 죽음을 겪는다.

어린 네르바드 영혼과의 계약으로 '일라이'로 살아가게 되었을지언정, 그 죽음 또한 그가 겪게 될 문제였다.

'금욕'의 대천사였던 그는, 한 번의 죽음으로 대악마 '아스모데우스'로 눈을 떴다.

그 과정에서 이블리스의 도움을 받긴 했으나, 다른 대악마에 비하면 깃털 같은 수준이었다. 그래서 이블리스의 이름만 들어도 벌벌 떠는 것들과 다르게 '아스모데우스'는 자유로웠다.

이블리스가 두렵지도, 그녀의 말에 복종해야 할 이유도 찾지 못했다.

이블리스 또한 아스모데우스가 그의 의지대로 살아가는 것을 내버려 두었다.

둘은 아주 먼 거리에 있었고, 이렇다 할 유대도 없었다.

마왕이라고 충성을 바쳐야겠단 생각을 해 본 적도 없다.

그저 72층으로 이루어진 탑.

그 탑의 꼭대기에서 심장을 빼앗긴 채 머나먼 세상을 바라볼 뿐.

'일라이로서 죽으면 어떻게 되는 걸까.'

죽음 자체는 괜찮다고 일라이는 생각했다. 2천 년을 넘게 산 대악마가 죽음을 두려워할 리가 없으니. 하지만 다른 것 때문에 일라이는 두려워졌다.

'죽게 되고……. 그때 다시 레티시아를 볼 수 없다면?'

레티시아는 사람으로 살다가 눈을 감을 것이다.

하지만 일라이란 육신을 잃어버리면, 그는 다시 심연의 탑으로 돌아가야 했다. 그곳에서 멀리서나마 레티시아를 볼 수 있을지, 볼 수 없을지 그 어느 것도 알지 못했다.

무엇보다 '일라이'로 살았던 기억을 지니고 돌아갈지.

그 기억마저 잃어버리고 다시 대악마 탐욕으로 억겁의 시간을 살아가야 할지 알 수 없었다.

'돌아가고 싶지 않아……'

이 몸이 뜯기고 찢어져도 좋다.

손이 잘리게 돼도 한 손만 남아 있으면 된다. 레티시아의 손을 잡을 수 있도록.

귀가 먹어도 두 눈이 있으면 된다. 레티시아의 모습을 볼 수 있을 테니.

두 눈이 멀어도 좋으니, 목소리만 들을 수 있다면 그걸로 족했다.

레티시아의 목소리가 들려오는 순간, 뛴 적 없던 심장이 터질 듯이 박동할 테니까.

어쩌면 갈림길이 올지도 모른다고 일라이는 생각했다.

죽음이 다가오는 순간.

'일라이'는 죽고 대악마 〈탐욕〉으로 돌아가 무의미한 시간을 흘려보내야 할지.

일라이로 살고, 일라이로 두 눈을 감기 위해 사람으로서 생을 다할지.

'내게 그런 기회가 온다면……'

일라이로서 죽으리라.

일라이의 기억을 가지고 대악마로 살아간다면 무척이나 괴로울 것이다.

행복했던 순간은 고작 몇십 년뿐인데, 그 기억을 계속 그리워하며 수천 년을 보내야 한다면.

'그러고 싶지 않아.'

행복했던 기억을 되새기다 어느 순간 미쳐 버릴 것이다.

멈춰 있는 육신이 무너지지 않으려면, 정신이 망가지지 않으려면 그 어떠한 감정도 가지지 말았어야 했다.

그것이 기쁨이든, 슬픔이든, 분노든, 즐거움이든.

레티시아를 알게 되어 기뻤고, 레티시아와 헤어지는 것이 슬펐는데……

레티시아가 다치면 화가 났고, 레티시아가 즐거워하면 그토록 즐거웠다.

일라이는 이미 감정이 무엇인지 알게 되어 버렸다. 그러니 더는 대악마로서 살아갈 수 없을 것이다.

만약, 레티시아와의 모든 기억을 잃게 된다면…….

설렜고 행복했던 그 벅찬 감정을 잃게 될 바에야 차라리 소멸하는 게 더 나았다.

"난 사람으로 죽을 거야."

일라이는 아네스를 돌아보며 그렇게 말했다. 눈보라가 빗발치는 곳에서, 피에 흠뻑 젖은 모습으로.

그의 몸을 감싸던 모자와 코트는 이미 넝마가 되어 벗겨진 지 오래였고, 피로 얼룩진 하얀 셔츠와 검은 바지가 다였다. 일라이는 맨발로 눈밭을 밟고 서서 아네스에게 알 수 없는 시선을 주었다.

휘오오―.

몰아치는 눈보라 속.

아네스가 시야를 가리는 은색의 머리칼을 붙잡으며 물었다.

"너희 대악마들에겐 유희잖아? 우리가 죽어도 슬퍼하지 않을 거야. 다시 계약자를 찾으면 되니까."

"아니. 이토록 잔인한 유희가 또 있을까."

일라이는 쓴웃음을 지으며 고개를 숙였다. 그리고 고개를 들어 메마른 눈으로 아네스를 바라보았다.

"내게는 삶 그 자체야. 지금, 이 순간이……."

덧없는 과거도, 다가올 미래도 모두 의미가 없는 것이었다.

레티시아와 함께하는 게 아니라면.

레티시아가 제 곁에 있는 게 아니라면.

그가 레티시아 곁에 있어 주지 못한다면.

레티시아와 함께 있는 지금, 이 순간이…….

"……유희 따위 될 리가 없지."

일라이는 나직이 중얼거리며 제 손목을 깨물었다.

이제 대악마 〈탐욕〉의 권능을 쓸 차례였다. 본래 그가 가진 권능의 100분의 1밖에 되지 못할 만큼 미약할지라도.

그의 발끝에서 고요한 어둠이 흘러나왔다.

쉬이익.

발끝에서부터 검은 깃털이 휘날리며 손끝까지 덮기 시작했다.

"내가 빙결을 상대할 테니, 넌 레티시아를 찾아."

"아까는 분명……. 반대로 하자며?"

"이제 내가 방패가 될 차례야. 네 시체를 레티시아에게 보여 줄 수 없으니까."

일라이는 아네스를 보고 낮게 웃으며 말했다.

아직 어린 〈미색〉의 계약자는 빙결과 제대로 붙을 수 없다. 아네스 또한 '내가 고기 방패면, 넌 시체 방패냐?' 하고 피투성이가 된 일라이를 쳐다보았지만, 그의 말을 따르는 수밖에 없었다.

"죽지 마라. 2천 살 넘게 먹고 죽으면, 네 장례식에 레티 절대 안 보낼 거야."

"레티시아가 먼저 날 보러 올걸."

일라이는 피식 웃고는 손목을 타고 흐르는 피를 핥았다.

쿵, 쿵, 쿵!

쿠웅.

빠르게 뛰던 심장이 점차 느려졌다.

어떠한 긴장도, 두려움도, 고민도 거짓말처럼 사라져 버렸다.

"레티시아를 잘 부탁한다."

일라이의 보라색 눈동자에 어둑한 금빛이 서렸다. 어둠 속 설원에서 형형하게 변한 눈이 빙결을 위압적으로 내려다보았다.

우득. 우두둑!

일라이는 까마귀로 모습을 바꾸었다. 비천한 동물이 되는 건 싫지만, 소년 모습으로 얻어터지는 것보단…….

'새 짐승이 더 상대하기 낫겠지.'

요동치던 감정이 무뎌지더니, 어느 순간 심장 또한 고요하게 뛰었다.

'이런 기분은 실로 오랜만이군.'

일라이는 느른한 숨을 쉬었다.

거대한 빙결만큼이나 커다랗고 새까만 새가 굽혔던 몸을 일으켰다. 금빛 눈동자에 살기가 진득하게 어리는 것을 보고 빙결이 몸을 뒤로 물렸다.

늘 앞에서 위협적으로 움직이던 라이아덴이 뒤로 물러서자, 아네스는 손뼉을 치며 감탄을 흘렸다.

"와……. 사촌, 너 쩐다."

아네스는 엄지를 척 치켜세우고는 일라이를 두고 짐을 챙긴 채 내달렸다.

"일라이, 너 싸우다가 죽어도 설산에 잘 묻어 줄 테니 너무 걱정 마!"

격려랍시고 그런 말을 한 아네스는 설산을 뛰고 또 뛰었다.

레티시아가 어디 있는지 몰랐지만, 가다 보면 분명 어딘가에서 만나게 될 것이다.

* * *

"……하아, 레티!"

도망친 아네스가 레티시아와 조우한 건 저녁이 지났을 때였다.

눈을 흠뻑 맞은 채 아네스는 덜덜 떠는 몸을 움직였다. 소년이 쓴 털모자는 축 늘어졌고, 몸을 보호해야 할 따뜻한 코트는 넝마가 된 지 오래였다.

눈보라가 휘몰아치는 곳.

레티시아가 인기척을 느끼고 뒤를 돌아보았다.

"……겨우, 겨우 찾았어."

아네스가 창백히 질린 얼굴로 레티시아의 손을 잡았다.

이 작은 손을, 다시는 잡지 못하면 어떻게 하나. 그런 걱정에 휩싸였던 아네스는 레티시아를 보고 안도했다.

처음으로 대악마 〈미색〉의 말을 따른 보람이 있었다. 그가 가르쳐 준 방향대로 가지 않았다면 레티시아를 만나지도 못했을 테고, 두 사람 다 위험에 처했으리라.

"얼마나 걱정했는지, 넌 모를 거야."

우리가 널 정말 걱정했는데.

아네스는 짐을 멘 채 레티시아를 와락 안았다. 어쩐지 아네스의 눈 끝이 촉촉해졌다. 살았다는 안도감보다 레티시아를 다시 만났단 것에 더 안심되었다.

"알아. 그리고 나도……."

너희를 걱정했어.

레티시아는 뒷말을 삼킨 채 아네스의 품에 안겨 두 눈을 감았다.

집사 나브티스가 옷을 겹겹이 입혀 준 덕분인지, 보온 마법이 걸려 있는 코트 때문인지 얼어 죽지는 않았다. 하지만 이대로 이 설산에서 헤맬 수 없는 노릇이었다.

"아네스, 너 추워 보이는데 코트 바꿔 줄까?"

"……아니!"

"잠깐 망설였지?"

아네스는 고개를 끄덕였다가 다시 세차게 저었다.

제법 멀쩡한 레티시아와 다르게 그는 빙결에게 한 번 얻어터지느라, 코트에 걸린 보온 마법이 파훼된 뒤였다.

그래도 옷 자체는 여전히 두꺼워서 아네스는 참을 만했다.

코를 훌쩍거린 은발의 소년이 레티시아를 품에서 놔주었다. 그리고 털이 복슬복슬한 장갑을 낀 손으로 레티시아의 뺨을 감쌌다.

"이 언니는 하나도 안 추워. 레티, 너만 따뜻하면 돼."

"언니……."

레티시아의 시선이 아네스의 짧은 머리로 향했지만, 일단은 고개를 끄덕였다.

"어쩐지 긴 머리가 좀 어색하다 싶었는데, 가발이었구나? 그건 어디다 버리고 왔어?"

"나도 몰라. 빙결에게 맞을 때 떨어졌나 봐."

아네스는 레티시아와 두 눈을 마주치며 환하게 웃었다.

새벽의 별을 닮은 푸른 눈동자가 빛나며, 그 안에 금색 머리칼을 가진 소녀의 모습이 비쳤다.

레티시아를 보던 아네스의 푸른 눈이 부드럽게 휘어졌다. 아네스가 기쁨의 눈물을 담은 채 말했다.

"기뻤어. 대악마의 계약자가 된 후로 느껴 본 적 없는 감정이었는데……."

레티시아, 네 곁에 있으면 이루 말할 수 없는 감정이 차오르곤 해.

가족에게도 느낄 수 없었던 그런 깊은 감정 때문에 사람이 된 것 같아서.

레티시아를 다시 보게 되어 아네스 윈터는 정말 기뻤다. '정말'이라는 말로는 부족할 만큼, 설렘을 넘어 벅찬 기분마저 느껴졌다.

아네스는 레티시아의 뺨을 조심스레 놔주고는 아쉬움을 숨기며 시선을 떼어 냈다.

"가발이 없어도 아네스는 아네스야. 이 언니가 지켜 줄 테니, 나만 믿어!"

"그래, 아네스 언니."

레티시아는 아네스가 그토록 듣고 싶었던 말을 해 주었다.

가끔은 언니보다는 오빠 같다는 생각을 했지만.

"그런데 정말로 언니야?"

"네가 원하면 새 언니로 살 거고, 새 오빠도 괜찮아."

"……난 둘 다 좋아. 아네스가 원하는 대로 해."

아네스가 언니든, 오빠든 상관없다는 말이었다.

하지만 아네스의 귀에는 '난 아네스가 세상에서 제일 좋아'로 들려서 소년은 뺨을 붉혔다.

은빛 머리칼을 쓸어올린 아네스가 더듬더듬 말했다.

"나도 네, 가 좋아."

그 뒤로 테레사의 서늘한 시선이 따라오고, 잔느가 욕하는 소리가 들려와서 아네스는 말을 정정했다.

"내 동생이 되었으면 좋겠어. 언젠가, 레티 네가 자라서……."

올바른 선택을 할 수 있는 때가 오면.

아네스는 레티시아에게 성급한 결정을 강요하는 대신, 줄곧 혼자였던 소녀의 손을 잡아 주었다.

소년에게 잡힌 레티시아의 손은 가녀리고 여렸다. 그리고 작았다.

"집착 안 할 테니까, 내 동생이 되어 주면……."

엄청나게 잘해 줄 거야.

아네스는 속으로 뒷말을 삼키며 레티시아를 빤히 바라보았다.

레티시아와 눈이 마주친 순간, 은발의 소년이 상냥한 미소를 지었다. 〈미색〉의 계약자답게 아름다웠지만, 계약자답지 않은 순수하고 맑은 웃음이었다.

"내 드레스 모두 레티, 네게 줄게. 레이스도……."

그 어떤 귀한 것인들, 레티시아에게 전부 내줄 수 있었다.

아네스는 이 감정이 어떠한 것인지 알 수 없었지만, 심장에 따뜻하고 포근한 감정이 흐르는 것만은 알아차렸다.

아홉 살에 대악마 〈미색〉과 계약해서 열네 살이 되었다. 근 5년 동안 느껴 본 적 없는 따뜻한 감정에 아네스는 숨을 깊게 들이켰다.

그런 사실을 모르는 레티시아가 고개를 갸웃하며 물었다. 이곳, 설산에서 이동 마법과 함께 사라진 파르비스. 즉, 대정령 염화의 흔적을 쫓고 있다는 사실은 잠깐 잊은 채.

"아네스가 제일 좋아하는 거잖아? 레이스나 프릴 같은 거⋯⋯."

"응. 제일 좋아하는 거니까, 이 언니는 레티 네게 줄래."

전부 다 줄 거야.

아네스는 그렇게 결심하며 레티시아의 손을 잡아 주었다. "필요 없다." 라고 말하는 레티시아가 너무 귀여워서 아네스는 어쩔 줄 몰라 했다.

* * *

레티시아 일행이 파르비스를 찾은 건 조금의 시간이 흐른 뒤였다.

"⋯⋯이상해. 우리 뒤에 작은 발자국이 찍혀 있단 말이지."

아네스의 말 때문에 레티시아는 빠르게 걷던 것을 멈추고 뒤를 돌아보았다.

"냐아아!"

그러자 얼마 지나지 않아, 서글픈 고양이 울음소리가 들리더니 무언가 달려와 레티시아의 품으로 쏙 안기는 것이 있었다.

이동 마법으로 레티시아와 떨어지게 된 파르비스였다.

파르비스 또한 레티시아를 찾아 헤맨 탓에 새까만 털에 눈이 잔뜩 묻어 있었다.

푸르르.

파르비스가 눈송이를 털며 레티시아의 품에 바르작거리며 안겼다.

"요샌 고양이도 푸르르해? 꼭 강아지 같네."

"글쎄. 본 모습은 검은 여우라니까, 그럴지도?"

"그런가? 어쩐지 좀 고양이 같으면서도 묘하게 아닌 것 같더라."

아네스는 파르비스가 윈터의 고양이들에게 '어엿한 고양이로 행동하는 법'을 배운 게 아닐까, 하고 잠깐 생각했다.

그렇지만 군이 파르비스에게 '너, 고양이도 아니면서 고양이 흉내 내는 거 짠하다'라고 말할 필요는 없었기에 그냥 넘어가 주었다.

실은 파르비스에게 몇 번 불꽃 공격을 당해서 모른 척해 주는 거에 가까웠지만.

파르비스가 레티시아의 품에 안겨 이리저리 얼굴을 비볐다. 그리고 "냐!" 하고 레티시아의 품에서 뛰어내리더니, 설산의 반대 방향으로 뛰기 시작했다.

"냐! 냐아아!"

파르비스가 따라오라며 눈짓을 보냈지만, 레티시아는 고개를 저었다. 그쪽은 레벤 성으로 돌아가는 길이었다. 아네스가 잠깐 짐을 풀어서 나침반을 살폈기 때문에 알 수 있었다.

파르비스가 설원에 우두커니 선 채 레티시아를 바라보았다. 쫓아오라는 듯 눈동자를 반짝거렸지만, 레티시아는 "안 돼." 하고 단호히 말했다.

대정령이라 그런지, 귀신같이 방향을 알아서 남쪽으로 돌아가자는 것이다.

남쪽은 파르비스의 본거지로, 그를 따르는 작고 귀여운 동물들이 있었다. 다들 위엄 있고 멋진 고양이 왕을 모시러 기다리는 중이었다. 왕의 집사에게 줄 먹다 남은 열매껍질을 모으면서.

"북쪽으로 가야 해. 난 아네스와 갈 테니, 파르비스는 남쪽으로 돌아가."

레티시아는 집사답지 않게 단호히 말하며 몸을 돌렸다. 우두커니 서 있던 파르비스가 귀를 쫑긋 세우면서도 설원에 닿은 발을 꾹 눌렀다.

따라가고 싶다. 따라갈까. 따라가…….

설산에 파묻힌 솜방망이가 점점 깊어질 때쯤.

레티시아는 잠깐 파르비스를 기다려 주었다가 매몰차게 몸을 돌렸다. 뒤따르던 아네스가 '그래도 돼?' 하며 물었지만, 레티시아는 조용히 앞으로 걸을 뿐이었다.

방향은 북쪽.

아네스에게 빌붙은 대악마 〈미색〉이 알려 주는 방향에 일라이가 있을 것이다.

그리고 일라이가 있는 곳에 대정령 빙결도 있었다.

레티시아는 점점 세게 휘몰아치는 눈보라를 헤치고 걸으며 말했다.

"난 가야겠어."

"어디로……? 저승으로 갈 생각은 아니지? 염화도 없이 우리 둘만 가서 뭐 하게?"

"일라이의 곁으로 갈 거야. 그리고……."

크게 다치는 한이 있어도 빙결을 잡아야겠다.

레티시아는 걷다 말고 몸을 돌려 뒤를 돌아보았다. 휘몰아치는 눈보라에 가려 파르비스의 모습은 보이지 않았지만, "냐아" 하고 구슬프게 우는 소리는 들려왔다.

"파르비스는 거기 있어. 집사는 목숨 걸기로 했으니까……."

파르비스는 멀찍이 떨어진 곳에서 귀를 쫑긋 세웠다.

누님에게 죽으러 간다고?

레티시아의 말을 알아들은 파르비스가 꿀꺽, 작은 목울대를 넘겼다.

어째 집사인 레티시아보다 더 겁먹은 눈치였다. 누님 무서운데, 가지 말지…….

"냐아……."

파르비스가 가지 말자고 끝까지 말렸지만, 레티시아는 듣지 않았다. 그것이 집사가 제 말을 알아듣지 못해서인지, 듣고도 가겠다는 건지 파르비스는 알 수 없었다.

하지만.

집사야, 네가 다치거나 죽으면 괴로울 것 같아.

파르비스는 솜털 같은 두 앞발로 제 머리를 누르듯 쓸어내렸다.

수십 년 만에 고뇌하는 거였다.

누이인 라이아덴이 미쳐서 널 죽이려 든다면, 나는…….

"캬오!"

파르비스는 할 수 없다는 듯 훌쩍 뛰어 레티시아를 향해 달려갔다. 어기적거리며 레티시아를 찾던 모습과 다르게 불안해서 서두른 거였다.

분리 불안을 느낀 대정령 염화가 일부러 느릿하게 걷는 레티시아를 따라잡은 건 한순간이었다.

착!

레티시아의 어깨에 걸터앉은 파르비스가 안도의 한숨을 삼켰다. 하마터면 이 무서운 설산에서 집사를 잃어버릴 뻔했다.

"아네스, 이 설산에 묻힐 준비는 됐겠지?"

"응! 같이 묻히자!"

너네 죽으러 가는 거였냐? 파르비스가 앞발로 머리를 쓸어내릴 때, 문득 다정한 목소리가 떠올랐다.

'파르비스는 겁쟁이가 아니야. 마음이 여리고 다정한 것뿐이지.'

금빛의 용, 자칼리아.

그녀가 거대한 품에 작고 어린 파르비스를 안아 주며 했던 말.

자칼리아가 그렇게 말했을 때는, 파르비스도 분명 '맞아, 난 용감해!' 하고 자신감을 가졌었다.

하지만 파르비스는 곧 생각을 고쳐먹었다.

자신은 구제 불능에 못난 대정령이었다.

겁쟁이. 울보. 바보. 타오르는 촛불보다, 성냥보다 못한⋯⋯.

"그러니까, 힘을 빌려 주세요. 위대한 대정령, 파르비스 님."

척, 하고 파르비스의 머리 위에 작고 따뜻한 손이 얹어졌다.

자괴감에서 헤어나 고개를 슬쩍 드니, 그의 든든한 집사 레티시아가 반짝거리는 눈으로 보고 있었다.

파르비스가 뭔가를 해낼 거라고 기대하는 것처럼.

'연기 잘하네⋯⋯. 이젠 대정령도 조련하는 건가.'

아네스는 레티시아의 눈이 반짝이는 것을 보며 '저 사기꾼⋯⋯.' 하며 고개를 힘차게 끄덕였다. 레티시아와 사이좋게 설산에 묻힐 순 없었기 때문이었다.

"냐, 냐아."

난 그런 능력 없어!

파르비스가 당황해 어쩔 줄 몰라 했지만, 레티시아는 무시하고 계속해서 반짝거리는 시선을 보냈다. 그걸 지켜보던 아네스가 묘한 얼굴을 하며 물었다.

"레티, 너⋯⋯. 염화가 능력 안 쓰면 죽일 거야?"

"아니. 같이 도망쳐야지."

"빙결⋯⋯. 엄청 빠, 음. 빡친 것 같던데 도망칠 수나 있으려나? 우리 다 죽으면 파르비스 님 때문이야."

"설마⋯⋯. 파르비스 님이 일부러 우릴 죽게 내버려 뒀겠어?"

"그렇지? 파르비스 님은 빙결과 맞설 힘이 있는데도, 나서기 싫으신 거야."

"맞아, 아네스. 나 죽으면 새로운 집사 찾아가시겠지? 나보다 더 좋은 사람 만날 수 있게 기도해 줘야겠다."

"그래. 파르비스 님은 귀여우니까, 레티 너 죽고 나서도 새 집사 쉽게 찾을 수 있을 거야."

파르비스는 넋이 나가 고개를 끄덕였다.

파르비스는 용감해!

……하고, 어린 인간 아이들이 떠들어 대는 탓에 정신이 없었다.

벌써 눈이 축축해진 파르비스가 레티시아의 어깨를 톡톡 건드렸다.

어떻게 만난 집사인데, 죽으면 안 된다!

자칼리아가 죽고 난 뒤, 자그마치 11년간 떠돌이 생활을 했던 기억이 파르비스의 뇌리를 스쳤다.

"어깨 톡톡 두드린 거 무슨 뜻이야, 파비? 명복을 빌어 주는 거니?"

"냐아!"

아니지!

무서운 누님, 빙결과는 맞서지 못해도 죽지는 않게 해 주겠단 뜻이었다.

"대정령 염화 님! 저도 구해 주실 거예요?"

아네스가 기대에 차 파르비스를 반짝거리는 눈으로 쳐다보며 물었다.

빙결이 1순위로 자신을 죽일 거란 생각이 들었기 때문이다.

"냐아?"

저 은발의 잘생긴 남자애는…….

죽든 말든 파르비스의 관심 밖이었다.

파르비스가 시큰둥한 얼굴로 앞발을 낼름 핥았다. 그 뜻을 알아차린 아네스가 '나쁜 고양이 놈!' 하고 입술을 꽉 깨물었다.

* * *

붉은 석양이 설산에 내려앉은 어둑한 저녁.

설산의 눈을 밟으며 아네스가 은근슬쩍 말을 흘렸다. 뒤따라오던 레티시아가 들을 수 있게 선명하고 맑은 목소리였다.

"레티, 나도 마법 쓸 수 있다?"

"그럼 이동 좌표 찍어 봐 봐. 일라이와 빙결이 있는 곳으로."

"잠깐 기다려 봐……. 내가 영 미숙해서 손가락 하나 자르면 돼."

아네스가 해맑게 웃으며 하는 말에 레티시아는 성큼성큼 걸어가 소년의 손을 꽉 쥐었다. 그리고 한숨을 삼키며 말했다.

"……그냥 걸어가자. 눈보라가 거세지는 걸 보면 멀지 않은 것 같으니. 미색도 제대로 방향 알려 준 것 같고."

"아쉽네. 다음에는 나도 멋지게 이동 마법 써 볼게."

"아네스 넌 쓰지 마."

레티시아는 차갑게 대꾸하고는 아네스의 손을 붙잡고 앞으로 나아갔다.

눈보라를 헤치고 걸을 수 있을지 걱정한 게 무색할 정도로, 둘은 가뿐히 걷는 중이었다.

염화 파르비스가 고개를 약간 치켜들고 푸른 불꽃을 부리는 중이기 때문이었다.

"이렇게 잘 쓰는데, 왜 아까는 안 써 준 거지?"

"몰라. 아끼는 수준이 염전인가 봐."

"레티, 네 정령 앞에서 험담해도 돼?"

"응. 내가 파르비스 앞발에 이마 몇 번 맞아서 그런 건 아니고……."

레티시아의 말에 파르비스는 뜨끔했다.

다시는 집사의 이마를 때리지 않아야겠다고 생각하고는 두 사람이 걸을 수 있게 눈보라를 녹여 주었다.

하얀 눈송이가 빗물이 되어 흐르는 것을 보며 레티시아는 빠르게 걸었다. 눈보라든, 빗물이든 맞으면 추워야 하는데 너무 후끈해서 땀이 줄줄 흘렀다.

"신기하네. 분명 저 먼 곳에는 눈보라가 휘몰아치는데……. 헥, 더워 죽겠다."

아네스가 숨을 몰아쉬며 눈가로 흐르는 땀을 장갑 낀 손으로 닦았다. 그러다 더는 못 참겠는지 장갑도 벗어 던지고, 짐도 내려놓고 코트마저 벗었다. 넝마가 된 하얀 코트를 팔에 걸치고, 가뿐히 짐을 어깨에 걸친 아네스가 레티시아를 바라보았다.

"안 더워⋯⋯?"

"응."

사실 덥긴 했지만, 레티시아는 그냥 참기로 했다.

아네스는 겨울에 강한 북부인이었지만, 레티시아 자신은 아니었으니 좀 덥더라도 참아야⋯⋯.

"파비!"

레티시아는 점점 더워지는 현상에 파르비스를 다급히 불렀다.

"냐아?"

"너, 너무 더워."

고작 이 정도로?

파르비스는 앞발을 핥으며 연약한 둘을 보며 한숨을 쉬었다.

"우리를 덥게 하는 게 아니라, 저 눈보라 좀 없애 줘."

"⋯⋯못 하는 거 같은데? 빙결의 눈보라를 없앨 수 있어? 그걸 할 수 있었으면 진작 했을 텐데."

그냥 우리 둘을 덥게 하는 게 파르비스의 능력이고, 그 한계가 아닐까.

아네스의 중얼거림에 파르비스는 울컥했다.

아까는 '파르비스 님'이라고 치켜세우더니, 막상 능력을 써 주니까 저 고얀 꼬마가 "무능하네" 하며 후려친 탓이다.

"캬오!"

파르비스가 성질을 부리자, 레티시아와 아네스 앞을 가로막던 눈보라가 옅어지더니⋯⋯.

이내 싹 사라져 버렸다.

날은 여전히 어두웠지만, 눈보라가 언제 있었냐는 듯 그친 것이다.

보았느냐, 집사야.

이 몸의 대단한 능력을!

파르비스는 앞발을 핥고는 의기양양한 얼굴로 레티시아를 쳐다보았다.

레티시아는 물끄러미 파르비스를 바라보다가 말없이 고개를 돌렸다.

"우리 무덤도 따듯하게 해 줘, 파비."

죽어도 염화의 누이, 빙결의 상대는 되지 않을 거란 소리에 파르비스는 두 번째로 울컥했다.

온순하고 얌전한 편이던 대정령 염화가 치솟는 화를 꾹 참았다.

열받아! 열받는데, 이 어린것들에게 쓸 수는 없고…….

대정령 염화의 이마에 있던 세 개의 정령석.

그중 하나가 파작! 하는 소리와 함께 푸른빛을 발했다.

정령석 안의 푸른 불꽃이 일렁이는 것을 보고 레티시아는 마저 걸음을 옮겼다.

"고마워, 파비. 아네스와 내 무덤은 따듯할 거야."

파지직!

두 번째로 깨진 정령석에 아네스가 '생각보다 단순한데?' 하고 속으로 생각했다. 그래도 아까보다는 덜 더웠는데, 어느새 전방 100미터 앞까지 눈보라가 사라진 상태였다.

이곳이 설산이 아니라, 그저 여름의 산이 되어 버린 것처럼.

* * *

"일라이!"

레티시아는 그녀의 앞을 가로막고 선 거대한 까마귀를 불렀다.

아네스에게 "방패 한다더니, 새 됐던데?" 하고 듣긴 했지만…….

거대한 검은 새가 레티시아가 빙결 앞으로 다가가지 못하게 막았다. 아네스는 레티시아의 뒤에 꼭 숨어 있었다.

"헉."

하지만 빙결과 두 눈이 마주친 듯해서 아네스는 고개를 돌려 버렸다. 그의 심장이 쿵, 쿵 하고 거세게 요동친 탓이다.

조금은 레티시아가 부러웠다.

대악마 계약자 중에서 가장 강한 일라이가 지켜 주겠다고 했다. 대정령 염화도 레티시아가 죽게 방관할 것 같진 않고……. 자신의 대악마 〈미색〉은 하루 일찍 죽어도 괜찮다며 능글맞게 웃지를 않나…….

"아네스, 내 뒤에 숨어 있어."

레티시아는 고개를 푹 숙이고 있던 아네스에게 말하고는 검은 새를 향해 손을 뻗었다.

새하얀 손에 검은 깃털이 닿는 순간, 거대한 새는 몸을 움찔 굳혔다.

이미 빙결과 오랫동안 맞서느라 상처투성이가 된 데다, 몸 곳곳이 찢기고 물려 피가 흐르는 상태였다.

「…….」

검은 새가 금색 눈동자를 가늘게 뜨고서 레티시아를 내려다보았다.

제 몸에 멋대로 손을 대는 건 상관없지만, 피가 묻는 건 원치 않는다. 하지만 레티시아는 아무렇지 않다는 듯 일라이의 깃으로 추정되는 곳에 손을 얹었다.

대정령 빙결을 소멸시킬 것처럼 맞붙었던 일라이는 곧 진정을 되찾았다. 검은 새로 변하면서 머리도 새가 된 건지 살육 충동에 휩쓸렸기 때문이었다.

대정령은 대악마가 현신해도 죽일 수 없는 존재란 걸 알면서도.

금빛의 마왕, 이블리스가 강림한다 해도 대정령은 소멸하지 않는다.

주인의 탄생과 죽음.

그 시작과 끝을 함께하는 것이 대정령과 대정령의 선택을 받은 정령 술사였다.

「……그르릉.」

일라이는 거친 숨을 몰아쉬며 날개를 펼쳤다. 검은 깃을 높게 쳐들어 레티시아를 보호하듯 막았다. 그 덕택에 얼떨결에 함께 가려진 파르비스가 커다란 눈을 깜빡였다.

대악마의 힘이라 좀 기분 나쁘긴 한데, 거대한 날개 자체는 꽤 아늑하고 좋았다. 이대로 잠이 들 수 있을 만큼…….

"일라이, 비켜 줘."

레티시아는 거대한 새의 날개 끝을 붙잡고서 조심스레 말했다. 허락할 수 없다는 듯 검은 새가 날카로운 동공을 가늘게 떴다.

이미 염화, 파르비스는 쓸모없음을 증명했다. 다시 빙결을 잡는 건 오늘이 아니라 수년 뒤가 될 것이다. 레티시아가 성장하고, 그와 계약한 대정령 염화가 힘을 키울 때까지.

"허락해 줘. 일라이."

'허락'이란 말에 검은 새의 눈이 크게 떠졌다. 그와 동시에 검은 암막처럼 레티시아를 감싸던 날개가 허물어졌다. 허락이라니, 가당치도 않다고 검은 새의 전신, 일라이가 생각했기 때문이었다.

일라이가 날개를 뒤로 접고는 비켜 주었다.

레티시아가 원하는 대로 그녀의 길을 갈 수 있게.

레티시아는 새하얀 털모자를 벗었다.

슥.

코트를 내려 두고 장갑마저 벗어 땅에 던졌다.

휘오오—.

그러자 금빛 머리칼이 옅어진 눈보라와 함께 흩날리다가 바람에 흩어졌다.

대정령 빙결에게 가까이 갈수록 눈보라가 거세졌다. 휘몰아치는 눈보라 속으로 들어가면 몸이 갈릴지도 모른다고 레티시아는 생각했다.

하지만.

'이대로 계속, 숨으면 안 돼. 윈터에서까지 보호만 받을 수 없어.'

마네르 공녀로서 버려졌던 레티시아는 두 번째 삶의 기회를 얻었다. 그리고 눈을 뜬 순간, 알 수 없는 '빙결'의 힘을 가지게 되었고, 태고의 정령석을 일깨워 정령술사임을 증명해 냈다.

대륙 유일무이한 정령술사라 한들, 대정령을 다스릴 수 없다면 무슨 소용이 있겠는가.

이름뿐인 자리는 원치 않는다.

타인의 헌신을 요하는 희생은 바라지 않는다.

원하는 것을 얻으려면, 스스로 쟁취해 내야 했다.

대가를 바치는 것도, 원하는 것을 쟁취하는 것도 레티시아 자신이어야 한다.

레티시아는 라이아덴을 향해 새하얀 손을 뻗었다. 그리고 염원을 담아 말했다.

"나와 계약해 줘, 라이아덴."

그 순간, 감정의 격변을 느낀 빙결이 거부하며 이를 드러내었다. 레티시아를 위협하던 빙결이 오히려 뒤로 몇 발자국 물러났다.

그때와 같다.

아니, 그때보다 더 격렬한 감정이 느껴졌다.

50년도 더 지난 설산의 겨울.

그곳에서 라이아덴이 먼저 태어났고, 그다음 해의 여름에 동생, 파르비스가 태어났다.

어리고 작은 하얀 늑대.

그때의 라이아덴은 자기보다 더 작고 여린 검은 여우, 파르비스를 지켜야 했다. 아직은 정령의 힘이 미약해 이를 드러내는 동물들에게서 도망치고, 또 숨었다.

그러다 한 무리의 인간들이 두 정령을 발견하고 손을 뻗었다.

'찾았다! 이거 정령이야! 그것도 어린 정령!'

성유물이라고 부르는 알 수 없는 것이 작은 하얀 늑대와 검은 여우에게 덧씌워졌다. 그 검고 음습한 올가미에서 작은 정령은 두려움에 떨었다.

그 순간.

차갑고 나른한 숨이 흘러들더니, 정령에게 손을 뻗은 것들이 전부 죽어 버렸다.

피융!

머리가 터져 나가며 붉은 핏물이 죽은 몸 아래로 흘러내렸다. 파르비스를 꼭 끌어안은 라이아덴의 눈에 무서운 광경이 비쳤다.

'찾았네.'

금빛의 머리칼을 느슨히 묶은 소녀가 너그러운 미소를 짓고 있었다.

'위대한 대정령. 이번 대의 빙결과 염화…….'

붉은 기가 도는 금색의 눈동자가 휘어지며, 새하얀 손이 두 정령을 가뿐히 들었다.

그것이 설산의 위대한 용, '자칼리아'와의 첫 만남이었다.

그러나 빙결은 다시 그 감정을 느끼기를 원치 않는다.

자칼리아의 곁에 있어 느꼈던 따뜻하고 포근한 감정.

그리고 자칼리아가 죽고 나서 느꼈던 미칠 것 같은 격렬한 분노를.

이미 다시 태어나 새로운 삶을 살게 될 금빛의 용을, 그녀가 지키고 있었다. 그러니 새로운 주인은 원치 않는다. 그것이 비록 자칼리아의 힘을 이어받은 후손이자…….

"크르르릉!"

대정령의 주인이라 해도.

격분한 빙결이 푸른 발톱을 레티시아를 향해 휘둘렀다.

그 순간.

화르륵!

푸르게 타오르는 불길이 레티시아와 그녀의 앞을 둘러막고 있었다.

휘이잉―!

원을 그리는 푸른 불꽃 안에서 레티시아의 금빛 머리칼이 미약한 바람에 흩날렸다. 레티시아의 어깨에 있던 파르비스는 이미 모습을 감춘 뒤였다.

대신 거대한 그림자가 레티시아 앞에 져 있었다.

푸른 불길이 소녀의 붉은 눈동자에 가득 들어찼다.

콰콰쾅!

빙결과 염화.

두 대정령의 힘이 부딪치며 땅이 흔들리는 순간.

거대한 흑암의 여우가 푸른 불꽃에 휘감긴 몸으로 레티시아를 감싸 안았다. 그리고 타오르는 분노를 여과 없이 드러내며 제 누이, 빙결을 노려보았다.

파지직!

염화의 정령석 세 개가 모두 깨어나, 푸른 불꽃이 타오르고 있었다.

대정령 염화.

파르비스가 끝내 현신한 것이다.

그의 유일한 주인을 지키기 위해서.

파르비스는 처음으로 누이를 향해 염화의 힘을 드러냈다.

화르르륵!

윈터를 얼어붙게 한 빙결의 분노를 잠재울 만큼, 푸르게 타오르는 불꽃이 지상을 뒤덮었다. 푸른 불꽃이 지상에 닿은 순간. 설산에 휘몰아치던 눈보라가 잦아들기 시작했다.

치이익—

눈이 녹아 빗물이 흐르는 대신, 푸른 불길에 타오르며 사라져 갔다.

"어떻게 이런 일이……."

증발하는 눈을 보며 아네스는 끝까지 말을 잇지 못했다. 그리고 검은 까마귀로 현신한 일라이의 곁에 서성이며 말했다.

"미색은 2천 살 먹고 이런 건 처음 봤대."

「…….」

일라이는 금색 눈동자를 들어 레티시아를 바라볼 뿐이었다. 그러다 짐승의 모습을 할 필요가 없다고 생각했는지, 변신 마법을 풀고서 거친 숨을 몰아쉬었다.

"하아……."

비틀거리던 일라이의 몸이 설산으로 풀썩 쓰러졌다. 놀란 아네스가 얼떨결에 일라이를 끌어안았다.

"윽. 미색이 그러는데, 내 손에 네 몸이 닿아서 끔찍하대. 여기서 더 밑바닥으로 타락할 순 없다네?"

아네스는 진저리를 치면서도 일단 일라이를 부축했다.

"나도 끔찍해……. 네, 놈만큼."

일라이는 혀를 낮게 차고는 제 어깨를 두르던 아네스의 손을 떼어 냈다.

일라이가 빙결과 대치 중인 레티시아를 흘끗 보며 말했다.

"이번 생에 변태 대악마는 좀 사라졌으면 좋겠어. 나와 레티의 눈앞에서."

"미색이 너나 소멸되라는데?"

"……하. 이블리스 곁으로 보내 버려?"

"미색이 악담 그만두래. 2천 살 먹고 그렇게 심한 저주는 처음이라고……."

허공에 있던 미남자, 대악마 〈미색〉이 몸을 떨었다. 횃불을 드는 태양의 신처럼 건장한 체격이었지만, '이블리스'의 이름을 들은 순간. 어쩐지 눈가가 촉촉해졌다.

"미색이 뚝!"

촉촉해진 눈가를 훔치는 대악마를 보고 아네스가 그치라며 혼냈다. 그랬는데도 아스타로트는 억울한 듯 주절거렸다.

「살면서 내가 운 적이 딱 두 번 있거든. 첫째, 순결을 어겨서 역천사가 된 거.」

"응! 궁금하진 않지만, 두 번째도 말해 봐."

「둘째, 죽어 가던 나를 이블리스가 살려 내 '미색'이란 권능을 준 것.」

"그럼 생명의 은인 아니야?"

「살려 주고는, 그 예쁘고 늘씬한 손으로 날 탑에 처박았단 말이야. 탑에 머리가 처박혀서 얼마나 무서웠다고……. 그것도 마왕님이 대성녀의 쇠사슬을 손목에 매단 채, 날 직접…….」

아네스가 묻지 않았지만, 아스타로트는 서러움에 말을 계속해 나갔다.

「마왕님이 계신 심연으로 기어 내려오면 죽일 것 같았어. 난 마왕님에게 첫눈에 반해서 더 보고 싶었을 뿐인데.」

"에휴, 그러니까 맞고 다니지. 미색이, 너. 기어 내려간 적 있어?"

「아니, 무서워서 기어 내려가다 그만뒀어.」

"지금도 마왕님 좋아해?"

「그럴 리가……. 아무리 내가 괴짜라도, 서열 1위 동족에게 반할 것 같냐.」

"미련 남은 것 같은데? 근데 미색이, 너는 왜 레티만 보면 다 큰 개처럼 꼬리를 쳐?"

「흥. 난 미인을 보면 좋아할 뿐이야. 그리고 고귀한 데다, 세잖아.」

아네스는 〈미색〉의 말에 고개를 갸웃했다.

레티시아가 세긴 해도 그래 봤자 평범한 소녀다. 2천 살 넘게 산 대악마 〈미색〉의 권능에 비교할 수 없을 텐데.

'레티……. 빙결에게 맞아 다치진 않겠지?'

아네스는 의아함과 걱정을 뒤로한 채 레티시아를 멀지 않은 곳에서 지켜보았다.

그때, 레티시아는 푸른 불꽃의 가호 안에서 빙결에게 손을 뻗었다. 그리고 계약하기를 거부하는 라이아덴에게 한 걸음 더 가까이 다가가 말했다.

"내 친구가 되어 줘, 라이아덴."

그 순간, 하얀 늑대의 눈이 커졌다.

빙결로 불리는 하얀 늑대는 같은 말을 몇 번이나 들었다.

백금발의 머리칼. 붉은 눈을 가진 상냥하고 강한 존재에게서.

'너흰 이미 내 친구야.'

금빛의 용, 자칼리아.

그녀는 낑낑거리는 작고 하얀 늑대의 콧잔등을 쿡 누르며 말했었다.

'내가 두려울 만도 해. 다 자란 다람쥐도 나만 보면 벌벌 떨며 열매를 바치기 바빴거든.'

'끼잉, 낑.'

'나도 호수 속에 비친 내 모습을 보면 깜짝깜짝 놀란다니까. 인간 소녀 모습일 때는 그럭저럭 봐 줄 만한데, 용의 성체일 때는……. 눈 마주치면 흠칫 놀라곤 해. 너무 무섭게 생긴 것 같아, 나…….'

자칼리아도 그녀의 본 모습이 작은 동물들에게 얼마나 위압적인지 알고 있었다. 그래서 좀 더 친숙한 인간 소녀를 가장해 대정령 둘을 구해서 제 동굴로 데려왔는데, 아직도 겁이 나는 모양이었다.

'끼이잉…….'

'조그마한 몸으로 동생 지키느라 힘들었지?'

'끼잉.'

그렇다고 답하는 작고 하얀 늑대에게 자칼리아는 다정하게 웃었다.

'내가 라이아덴과 파르비스의 커다란 친구가 되어 줄게. 이 자칼리아가 작은 정령 친구를 보호해 줄 테니, 걱정 말렴.'

그리고 손을 뻗어 어린 늑대를 달래 주듯 안았다.

'끼잉, 낑…….'

'파르비스는 너무 작아서 눈도 못 뜨네. 그럼 내가 너희 대정령의 첫 친구가 된 거구나?'

폴짝!

파르비스는 새까만 발을 움직여 자칼리아의 품에 폭 안겼다. 뒤이어 라이아덴도 아름다운 소녀의 품에 안긴 채 두 눈을 감았다.

자칼리아는 어리고 약한 대정령 둘이 성체가 될 때까지 돌봐주고 지켜 주었다.

"내 친구가 되어 줘, 라이아덴."

레티시아는 죽을지도 모르는 상황에서 하얀 늑대의 목을 끌어안았다. 워낙 커서 두 손이 맞닿지 않을 정도였지만, 레티시아는 빙결을 안으며 그 목덜미에 고개를 묻었다.

화르륵!

그 순간, 파르비스의 푸른 불꽃이 레티시아의 손길에 어렸다. 푸른 불꽃을 손에 두른 채 빙결을 끌어안자, 하얀 늑대의 눈이 커졌다.

'내가 라이아덴과 파르비스의 커다란 친구가 되어 줄게.'

자칼리아가 어린 대정령에게 했던 말.

그 말을, 금빛 용의 딸이 자신에게 하고 있었다.

화르륵.

빙결의 심장을 에워쌌던 한기에 푸른 불꽃이 스며들었다.

자칼리아를 잃어버렸던 빙결은 심장이 타오르는 듯한 분노를 느꼈고,

그로 인해 윈터의 모든 것이 얼어붙게 되었다.

그렇게 대정령, 하얀 늑대의 얼어붙은 심장은 다시 녹을 일이 없을 것처럼 보였다.

하지만.

"나, 레티시아가 처음으로 사귄 친구가 되어 줘. 빙결의 라이아덴……."

"크르릉!"

빙결이 날카로운 송곳니를 드러내면서도, 감히 레티시아를 해치진 못했다.

그것이 제 동생인 염화가 직접 현신해 비호하고 있기 때문인지.

낯선 인간 소녀에게서 익숙한 그리움이 느껴졌기 때문인지 알지 못했다.

50년 전, 아이를 가지기도 전에 자칼리아는 살해되었다.

라이아덴은 그 모든 걸 똑똑히 기억한다. 그리고…….

지상에 홀로 남은 마지막 용이었던 자칼리아가 외로움을 느꼈던 것도, 새로운 가족을 찾고 싶다며 입버릇처럼 말했던 것 또한 모두 기억하고 있었다.

자칼리아는 라이아덴 자신이 처음으로 사귄 친구였는데, 피를 흘린 채 죽어 갔다.

친구의 죽음을 주도했던 세 명의 존재를 라이아덴은 잊지 않았다.

하얀 늑대 가문, 윈터.

남부의 신성 가문, 마네르.

서부의 악마 가문, 네르바드.

그랬던 차에 대악마의 계약자들을 이끌고 나타난 레티시아를, 빙결은 용납할 수 없었다.

이 아이에게서 어렴풋하게나마 자칼리아의 소녀일 적 모습과 웃음이 보였다 해도.

"크르릉……."

빙결이 힘없는 울음을 토해 냈다.

처음으로 사귄 자칼리아가 죽었고, 다시 태어난 자칼리아는 아무것도 모르는 어린 용이 되어 버렸다. 라이아덴 자신은 물론, 파르비스와의 기억과 추억을 모두 잊은 채.

기억을 모두 잃었으니 지금의 자칼리아는 '옛 친구'가 아니었다. 그렇다 해도 그녀의 영혼을 지니고 태어났으니, 빙결은 대정령으로서 어린 용을 비호할 뿐.

많은 것을 바라지 않았다.

이 거대한 설산에서 자칼리아와 함께 매일 해가 뜨고 졌다가, 달이 차오르는 것을 보고 싶었을 뿐이다.

금빛 용과 함께 봄이 찾아들고 여름이 다가오며, 가을로 접어들고 겨울이 되돌아오는 것을 지켜보고 싶었을 뿐이었다.

하얀 늑대의 눈이 젖어 들며 눈꺼풀이 감겼다.

스륵.

거대한 하얀 늑대가 레티시아의 손길을 느끼며 두 눈을 지그시 감았다. 그러자 염화의 힘이 닿지 않는, 설산의 머나먼 곳에서 휘몰아치던 눈보라가 사그라들기 시작했다.

자그마치 50년 만이었다.

툭.

하얀 늑대에게서 흘러내린 눈물이 레티시아의 손과 금빛 머리칼을 적셨다.

'난 가족을 찾고 싶어.'

자칼리아는 그렇게 말했었다.

라이아덴은 지금에야 알아보았다. 눈앞의 어리고 가녀린 존재가, 금빛의 용 자칼리아의 유일한 가족이었음을.

"크르릉······."

자칼리아의 딸은, 하얀 늑대의 딸이었다.

레티시아는 빙결을 끌어안던 손을 조심스레 내렸다. 두려움 때문인지 손끝이 잘게 떨렸다.

툭.

하얀 늑대의 눈물이 녹지 않던 얼음을 적셨고, 검은 여우에게서 난 불꽃이 그 얼음을 녹였다.

스륵.

서서히 눈을 뜬 라이아덴이 레티시아를 향해 천천히 몸을 숙였다. 미약하나마 신뢰와 애정을 뜻하는 뜻을 담아.

오직 자칼리아에게만 주었던 애정이 레티시아를 향하는 순간이었다.

"오랫동안 기다려왔다. 나의 유일한 주인을."

라이아덴의 속삭임이 레티시아에게 닿았다.

대정령의 언어를 들을 수 있는 건 이곳에서 레티시아뿐이었다.

"그댄 우리의 주인."

파르비스가 하얀 늑대의 곁으로 느릿하게 움직였다. 그리고 상처투성이가 된 빙결을 끌어안고서 레티시아에게 고개를 숙였다. 염화의 새파란 정령석이 불타올랐고, 빙결의 푸른 정령석 또한 얼음 조각처럼 빛나고 있었다. 마침내······.

라이아덴이 레티시아를 향해 완연히 머리를 조아렸다.

대정령 '빙결'의 계약자가 될 대륙 유일의 정령술사를 향해서.

'나, 자칼리아가 작은 정령 친구를 보호해 주는 거야.'

빙결은 몸을 숙이며 고개를 조아렸다. 그리고 자칼리아가 제게 했던 말을 잠깐 떠올렸다.

"우리가 너를 비호할 것이다. 작은 주인이여, 맹약을 위해 이름을 걸어라."

빙결이 자칼리아의 딸을 보호하기로 결정 내린 뒤, 소식 없는 염화를 돌아보았다.

염화는 이미 혼자서 계약을 마쳤는지, 세 개의 정령석이 새파랗게 타오르는 데다 번쩍거리고 있었다.

이 쉬운 여우 자식은, 벌써 눈앞의 소녀를 주인으로 삼았나 보다. 11년간 떠돌이 생활을 했다고는 들었지만, 윈터의 고양이들도 저렇게 쉽진 않을 것이다.

"레티는 내 집사야. 잘해 줘. 그리고 난 쉽지 않아."

그렇게 말하며 염화는 커다란 꼬리를 이리저리 흔들어 댔다. 누가 집사에게 그렇게 커다란 꼬리를 흔들어 대냐고 묻고 싶었지만, 빙결은 아무 말 없이 고개를 돌렸다.

그저 레티시아의 입술이 열리기를, 새로운 주인이 이름을 말해 주기를 기다렸다.

"레티시아."

레티시아는 그리 말하며 빙결에게 다가가 몸을 앉힌 하얀 늑대를 꽉 안아 주었다. 워낙 큰 늑대여서 레티시아가 폭 안기는 것에 가까웠지만.

"그럼 나, 빙결의 라이아덴과 계약을……."

"친구가 되는 계약이야. 주인 대신."

"그래, 그러도록 하마. 빙결은 레티시아, 너를 친구……이자 주인으로 받아들였다."

어린 주인의 따듯한 온기가 느껴지자, 라이아덴이 날카로운 눈을 동그랗게 떴다.

"라이아덴은 내 친구니까, 내가 안아 줄게."

"어리고 작은 인간, 날 멋대로 안지 마라."

차갑게 말하면서도 빙결은 레티시아가 제 목을 끌어안도록 내버려 두었다.

탁, 탁.

하얀 늑대의 꼬리가 살짝 움직이는 것을 보며 검은 여우가 눈을 가늘게 떴다.

"흥. 좋으면서 싫은 척은."

검은 여우가 뜨거운 숨을 내쉬자, 지상에 타오르던 푸른 불꽃이 점차 영역을 확장해 갔다. 빙결 또한 시선을 내리깔고 레티시아를 바라보더니 숨을 들이켰다.

설산에 가득 찼던 한기가 빙결의 입 속으로 들어갔다. 그 순간, 설산의 얼음 조각이 하얀 꽃으로 변해 날리기 시작했다.

"와아……."

그 모습을 보던 아네스가 두 손을 모으고 감탄했다. 그에 비해 일라이는 새하얀 코트를 주워 팔에 걸치고는 주변을 둘러보았다.

멀리 뻗어져 나간 푸른 불꽃이 설산을 휘감고, 그 위에서 새하얀 눈꽃이 흩날리고 있었다. 하얀 눈꽃이 푸른 불꽃에 닿자, 새파랗게 타오르는 얼음이 되더니 사라져 버렸다.

"꽤 볼만해."

일라이가 중얼거렸다. 소년의 메마른 눈동자에 살짝 감탄이 어렸다. 레티시아는 빙결의 목덜미를 끌어안고 있다가 조심스레 고개를 들었다. 그리고 그녀가 만들어 낸 기적을 바라보았다.

'대현자가 그랬다지. 정령술사라는 건, 기적임과 동시에 불행이라고.'

'그 기적을 불행으로 만들지 불행을 기적으로 만들지는, 본인에게 달렸다더군.'

대사제로 위장한 테레사가, 공녀였던 자신에게 했던 말이었다.

'이걸 기적으로 불러도 될까요…….'

곧, 붉은 눈동자에 겨울 설산의 정경이 어렸다.

스르륵.

흰 눈으로 덮인 곳에서부터 눈과 얼음 조각이 흩어지며 푸른 빛무리를 만들어 냈다. 소녀의 고요한 시선이 하염없이 설산을 지켜보았다.

겨울 설산이 봄으로 피어날 때까지.

하얀 눈이 녹고, 죽었던 꽃이 다시 피어오를 때까지.

깊은 눈 속에 파묻혔던 씨앗이 자라며 한순간에 꽃을 피워 냈다.

'윈터에 봄이…….'

흐드러진 꽃으로 가득 한 곳에서 레티시아는 숨을 들이켰다.

분홍색 꽃이 피어나며, 노란색 꽃이 흘러드는 곳에서 레티시아는 두 손을 뻗었다.

살랑.

연한 봄바람이 레티시아의 두 손에 작은 꽃잎을 모아 주었다.

50년간 윈터에 지속된 겨울의 저주. 마침내 그 저주가 풀렸다.

드디어 봄이었다.

chapter 10
세계수

"그러니까, 레티시아 왼쪽 어깨 위에 있는 게 그 쉬운 불꽃 냥이고……."

설산에서 밤이 지나, 새벽이 되어 동이 틀 무렵.

아네스는 짐을 풀고, 따뜻한 회색 모피 코트를 펼쳐 주며 레티시아가 잘 곳을 마련해 주었다. 그러고 나서야 레티시아 어깨 위에 있는 새까만 고양이를 보며 말했다.

"저 오른쪽 어깨에 있는 게, 윈터에 저주를 내렸던 그 무지막지한 하얀 늑대 님이란 거지?"

"맞아, 아네스."

레티시아가 코트 위에 앉으며 고개를 끄덕이자, 아네스는 괜히 레티시아 왼쪽으로 비켜섰다.

'앞발을 핥는 데 바쁜 파르비스. 얘는…….'

무섭지도 않고, 해칠 것 같지 않아서 근처에 있을 만하다.

하지만 레티시아 오른쪽 어깨에 눌러앉은 채 푸른 눈동자를 형형히 빛내는…….

'저 하얀 늑대는 작아져도 무섭단 말이지.'

레티시아의 몸에 손이 닿는 순간, 통째로 얼려 버릴 것만 같았다.

아네스가 느낀 기색은 착각은 아니라, 실제로 라이아덴은 대악마의 계약자들이 접근하지 못하게 막고 있었다. 그 때문에 레티시아의 어깨에 그녀의 하얀 코트를 걸쳐 주려던 일라이는 손끝이 잘릴 뻔했다.

서걱!

날카로운 얼음 조각이 일라이의 손이 닿았던 곳을 스쳐 지나갔으니. 그와 동시에 일라이가 "꽤 빠른데." 하고 손을 떼어 내서 다치진 않았지만, 빙결을 조금 거슬려하는 듯한 눈치였다.

그래도 하얀 코트를 레티시아에게 씌우는 건 성공한 일라이였다.

파르비스는 제법 아네스와 일라이에게 관대했는데, 워낙 성격이 좋은 편이어서 그러려니 넘어가 주었다.

'아니, 그냥 앞발 핥는 게 좋은 걸지도.'

아네스가 파르비스의 앞발을 슬쩍 들어 올리고는 두 눈으로 확인했다.

"혹시 여기다 꿀 발라 놨……."

"캬오!"

파르비스가 화를 내며 앞발을 휘두르자, 아네스는 뺨을 얻어맞고 말았다.

뚝, 뚝…….

옅은 생채기가 나 피가 흘러내리자, 아네스는 어쩐지 서러워졌다.

'나도 냥이 좋아하는데.'

파르비스는 "저리 꺼져!"란 눈빛으로 아네스를 쏘아보고는, 레티시아의 품에 쏙 안겼다.

포근한 품에 안긴 파르비스의 두 눈이 감길 무렵.

"캉!"

작고 하얀 늑대가 앞발을 들어 파르비스의 머리를 후려쳤다.

"냡!"

"냐옹……"이라고 소리 내려던 파르비스가 머리를 얻어맞고 혀를 깨물어서 이상한 소리를 냈다.

빙결이 몸을 반쯤 일으켜서 염화에게 앞발을 휙휙 휘둘렀다.

"캉! 캉!"

"캬오!"

"너 자리로 돌아가!" 하고, 빙결이 눈치를 주는 바람에 파르비스는 다시 왼쪽 어깨 위로 가야 했다.

뒤늦게 굴러온 돌이면서 박힌 돌인 자신에게 눈치를 주다니……!

품에 좀 안겨 있는 게 뭐 어때서!

"캬오오…….."

파르비스는 오른쪽 어깨에 딱 달라붙은 하얀 늑대를 보고 고개를 홱 돌렸다. 그걸로도 분이 안 풀려서 제 머리를 앞발로 꾹꾹 쓸어내렸다.

"냐아아…….."

이래서 성격 나쁜 늑대, 빙결은 별로였다.

어느새 잘 준비를 마친 레티시아가 눈을 비비며 모피 코트 위에 털썩 누웠다.

아녜스는 눈밭에 그냥 누웠고, 일라이도 그 옆에 누웠다. 하나는 대악마의 계약자고, 다른 하나는 대악마니 얼어 죽지 않을 거란 생각에서였다.

"이불이 없어서 좀 아쉽네."

레티시아가 코트에 뺨을 비비며 중얼거리자, 앞발을 핥던 염화가 의기양양하게 고개를 치켜들었다.

"냐아!"

화륵!

산 주위로 푸른 불꽃이 작게 타오르더니, 레티시아와 나머지 둘의 몸을 감싸 주었다.

"오, 모닥불 없이 불 피웠어!"

"……따듯한데."

아네스가 손뼉을 치며 신기해했고, 맨 바닥에 누웠던 일라이가 만족하며 나른한 숨을 흘렸다.

파르비스는 뿌듯한 얼굴을 하고는 레티시아의 발치에 몸을 껴 넣었다. 정확히는 그러려 했는데.

"고로롱."

"냐아……."

저기 내 자리인데!

이 깡패 늑대 같으니라고!!

파르비스가 속상해하며 눈가를 비볐다.

빙결이 레티시아의 머리맡에 몸을 둥글게 말고 있어, 구석으로 내몰린 것이었다.

* * *

한편, 레티시아가 설산을 타고 있을 때.

이른 아침부터 글란츠는 여기저기서 적선 받은 낡은 코트를 입고 민가를 돌아다니는 길이었다.

그 뒤를 죄인처럼 로브를 뒤집어쓴 두 명의 남녀가 따르고 있었다. 벌꿀오소리를 나름 대장으로 인정한 족제비 카라, 그리고 너구리 파베르였다.

"둘 다 왜 이렇게 미적거립니까? 어서 서둘러요! 광장이 곧인데, 그렇게 기가 죽어서야 약 팔겠어요?"

"……아니. 동상 치료제라고는 하지만, 윈터에도 약이 있을 텐데 이렇게 치료제를 따로 만들어 팔아도 되는 거예요?"

"윈터에 겨울이 계속된 후로, 치료제가 될 약초가 안 난 지가 오랜데, 뭐 어쩌겠습니까?"

이 글란츠가 남부에서 미리 빨아 둔 약초가 절찬리에 판매되는 것을!

그렇게 미리 준비한 자의 주머니가 짭짤해지는 게 시대의 순리였다. 글란츠는 동상에 효과가 좋은 약병을 가득 안고서 룰루랄라 콧노래를 불렀다.

"자, 동상에는 이 계요등이 최고입니다. 북부에는 나지 않는 아주 귀한 약초라지요! 남부의 값비싼 풀로 만든 치료제요! 닭 오줌 냄새만 참으면 동상도 싹 낫는 치료제!"

글란츠가 가죽끈으로 이은 상자를 어깨에 걸치고서 광장에서 큰 목소리로 외쳤다.

겨울이 계속된 이후로, 북적거려야 할 중앙 광장은 텅 비어 있었다. 그래도 아예 사람이 없는 건 아니라서, 글란츠는 북부인들의 호기심 어린 시선을 받으며 호객 행위를 계속해 나갔다.

"자, 이 약초로 말할 것 같으면……!"

글란츠는 숨을 고르고 레티시아의 이름을 널리 팔기 시작했다.

"남부 가문의 금·지·옥·엽인 레티시아 님께서 북부 영민들을 돌보시고자, 직접 북향하셨답니다. 그래서 그분의 지도하에 만든 이 약초, 계요등!"

반응은 제각기 갈렸다.

대부분이 의심에 차 글란츠를 노려봤지만, 귀가 얇은 몇몇 이들은 바람에 휘날리는 종잇장처럼 팔랑팔랑 넘어가고 있었다.

"저게 저렇게 좋단 말이지?"

"아니, 이웃 토목점 아저씨도 저거 바르고 싹 동상이 나았다더구먼."

"싹 낫기는……. 좀 좋아진 게 다라던데."

"그래도 그게 어디야?"

북부인들의 수군거림을 들으며 약병이 든 상자를 멘 글란츠가 더 크게 외쳤다. 어쩐지 평소보다 날이 후덥지근해 이마에서 땀이 흘렀다. 어제 새벽만 해도 추웠는데, 아침부터 북쪽 설산에서 더운 바람이 불었지만, 글란츠는 '착각이겠거니……' 하고 넘겼다.

"자자, 겨울이 계속되는 지금! 나는 동상에 안 걸렸다고 안심하는 당신! 한 번 걸렸다가 나은 당신! 어서 이 약초 가루를 사 가야 합니다! 물만 타면 끝! 아이 간편해라!"

대놓고 약초 가루를 파는 글란츠를 보고 카라와 파베르가 멀찌감치 떨어져 후드를 뒤집어썼다.

"저러다 처형당하는 거 아니에요?"

"……그럼 우리도 처형당하려나?"

파베르의 넋 나간 소리에 카라가 그의 옆구리를 쿡 찔렀다.

"저 사기꾼……. 약초 가루 자체는 동상에 효과 있는 것 같은데. 그렇다고 저렇게 레티시아 님 이름을 막 팔아도 돼요?"

"저러다 죽기밖에 더하겠습니까."

카라는 입술을 깨물며 파베르를 노려보았다. 그러자 파베르가 넉살 좋게 웃으며 달랬다.

"윈터 백작께서 자비를 베푸시면, 손목 두 짝 자르는 거로 끝날 수도 있고요."

"……하여간."

카라가 투덜거리는 사이, 글란츠가 더 목소리를 높였다.

"자, 레티시아 님께서 북부 영민을 위해 특별히 50퍼센트 할인된 가격으로, 계요등 가루를 잔뜩 넣어 만든 명약, '글로리아'를……!"

글란츠는 고개를 갸웃했다.

레티시아가 지나가던 말로 그에게 '글로리아'를 만들 생각 있느냐고 물었기 때문이었다.

그때, 글란츠는 소스라치게 놀랐다.

남부 약초를 팔아서 북부에서 성공한 장사치가 되려는 걸 어떻게 알았지……하고.

"레티시아 님의 주치의, 이 글란츠가 만든 '글로리아!'. 이걸 반값에 드립니다. 오늘 저녁까지만 반값이요!"

"반값이라니, 지금 당장 사야지!"

"기다리면 더 값이 올라갑니다. 오늘 사세요, 오늘!"

윈터 백작에게 붙잡히면 사형감인데. 카라는 그렇게 생각하면서도 글란츠와 합류해 함께 약을 팔기 시작했다. 이쯤 되니 기분은 나빠도, 같이 먹고 살아야 하는 운명 공동체가 된 것 같았기 때문이었다.

족제비 카라가 눈을 흘기며 벌꿀오소리 글란츠의 옆구리를 툭 쳤다.

"이봐요, 오소리 씨. 레티시아 님에게 수익 드릴 거예요?"

"예. 한 10퍼센트 정도만……."

"그ㅡ렇게나 이름 팔았는데 10퍼센트만 조공한다고요?"

글란츠의 답에 카라가 "어머머! 어머!" 하고 경악하며 숨을 멈췄다. 입을 가린 그녀가 주위를 흘끔거리더니 목소리를 낮추며 소곤거렸다.

"더 내세요! 더!"

"더 바쳐야 합니까? 이거, 제가 멋대로 준비한 건데요."

"허락 없이 레티시아 님 이름 파셨으면, 한 70퍼센트는 바쳐야죠."

카라가 발끈하며 외치자 글란츠는 어이가 없어 전직 하녀를 쳐다보았다. 잘 배운 사기꾼이 보기에 저 성질 더러운 하녀도 사기꾼이 틀림없었다.

"제 벌꿀 훔쳐 가려고 눈에 불을 켜시는 게, 사악한 공녀님의 사람답네요."

"오소리 씨도요."

카라가 글란츠의 주머니에 있던 동전을 갈취해 가더니 제 주머니에 쏙 넣었다. 물론, 동화는 글란츠의 주머니에 넣어주고 은화만 쏙 빼냈다. 충심 깊은 카라가 레티시아에게 조공할 돈주머니였다.

글란츠가 착실히 돈을 벌면, 카라는 더 착실히 수금해 갔다.

돈주머니에 차곡차곡 쌓이는 은화를 보며 카라는 뿌듯해했고, 글란츠는 '재주는 내가 넘고 돈은 공녀님이 버시네' 하고 투덜거렸다.

글란츠가 3분의 2에 해당하는 약병을 팔았을 때였다.

제법 지갑이 두툼해져서 만찬까진 아니더라도, 풍족한 식사는 할 수 있을 정도였다.

글란츠, 카라, 파베르. 이 셋은 식당으로 가서 따뜻한 스튜, 소금에 절인 돼지 뒷다리와 얼음을 동동 띄운 시원한 석류 차를 시켰다.

카라가 메뉴판을 훑으며 말했다.

"여기 식당이 민가에 있는 것치곤 비싸다는데, 남부 시세에 비해선 싸네요?"

"남부 도시와 북부 시골이 비교가 되겠습니까?"

글란츠가 픽 웃으며 말하는 순간, 식당 내에 소름 끼치는 정적이 내려앉았다.

대낮부터 맥주니, 위스키니 독한 술을 마시던 북부인들이 셋을 주시하고 있었는데, 글란츠가 말실수한 것이다.

"크험!"

붉은 턱수염을 매단 중년 남자가 나무 테이블에 맥주잔을 쾅, 내려놓았다. 그리고 두툼한 손등으로 입가를 닦으며 중얼거렸다.

"남부인이 희희낙락할 때, 우리 북부인은 방패로 쓰여서 그렇지."

"그러게 말이야. 윈터에 겨울만 계속되지 않았어도 남부 그까짓 거……!"

"50년 전에는 윈터가 남부 못지않게 잘 나갔다고! 이게 다 설산의 저주 때문인데, 낯짝 반지르르한 남부인이 뭘 알어?!"

'북부 시골'이라고 한마디 했을 뿐인데, 대뜸 욕이 튀어나오자 글란츠는 조용히 석류 차를 들이켰다. 그리고 건장한 북부의 남자들이 자신을 노리고 있단 사실에 얌전히 눈을 내리깔았다.

물론, 두 눈을 굴리며 도망갈 곳을 미리 살펴 두었다. 여차하면 파베르를 방패로 삼아서 빠져나가면 된다.

"그러게, 왜 욕먹을 짓을 사서 해요?"

"우걱우걱. 제가 보기에도 시골 맞는 거 같습니다만."

카라가 핀잔을 주었고, 파베르가 먼저 나온 소금에 절인 돼지 뒷다리를 베어 물며 우물거렸다.

"뭐야?! 이 윈터가 시골이라고?"

"이 자식들이!"

눈치 없는 파베르의 말 한마디로 식당에 있던 북부인들이 들고 일어섰다. 결국, 글란츠가 자리에서 일어나 상자를 들고 북부 남자들에게 다가갔다.

"뭐, 뭐야? 이 기생오라비 같은 게! 뭐 믿는 구석이라도 있어?"

"저희가 도시 빈민 출신이라서요. 어휴, 남부 도시 놈들."

글란츠는 그렇게 운을 떼고는 북부의 거친 남자들이 보는 앞에서 '남부 마네르'가 얼마나 저열한지 욕을 실컷 내뱉었다.

"이 남부 개――! 특히 마네르 공작은 개――입니다. 죽어서 내장을 까―――면 자기 속만큼이나 시커멀 겁니다. 특히 그레이엄 마네르, 이 새―는 죽어서도 관에 똥―을 받았을 만큼…….."

어찌나 저속하고 신랄한 욕을 해대는지 험상궂었던 북부인들의 얼굴이 순한 양이 되었다.

"내, 내장을 왜 뒤, 뒤집고 그러쇼? 뼈는 왜 해체하고 그런담."

"그러게. 이 기생오라비 양반, 남부에서 뭘 하다 왔는감? 고기 잡는 데서 일했소?"

제법 온순해진 북부인을 보고 글란츠는 해사한 미소를 지으며 답했다.

"저 글란츠 경으로 말할 것 같으면……. 유서 깊은 마네르 공작가의 유능한 주치의였습니다."

"방, 방금 공, 공작을 개……라고 욕하지 않았는가?"

"나도 들었네. 공작을 개……라고 하던데. 왜 지금은 또 유서 깊은 건지."

북부인들이 어리둥절하며 저들끼리 시선을 교환하는 사이, 어느새 글란츠는 약병 상자와 연결된 가죽끈을 어깨에 멨다. 그리고 입가에 손을 가져가며 바람 소리를 흘렸다.

"쉿!"

부쩍 말수가 줄어든 북부 남자들을 향해 상자 안에 든 병을 톡톡 쳤다. 그런 다음 약을 팔기 위해 효능을 설명했다.

"북부 형님들, 이게 그—렇게 동상에 좋은 겁니다."

"나는 동상 안 걸렸는디? 워낙 손발이 튼튼해서 말여."

"아하? 그럼 정력에도 좋습니다."

"마누라가 징그럽다고 난리여! 다 늙은 마당에 정력은 무슨……."

"아, 그렇죠. 형님 나이에 정력이 무슨 소용이겠습니까? 우울증에도 탁월합니다."

"나 우울증 없는디? 아주 정신이 건강혀."

북부인답게 어깨를 으쓱하자 글란츠의 이마에 옅은 주름이 졌다.

'이 자식이……. 이렇게 방어를 친다 이거지?'

"한겨울이 계속되는데, 언제 동상에 걸려서 손발이 잘릴지 모릅니다. 그냥 하나 사시죠."

글란츠가 본색을 드러내며 뻔뻔하게 말한 사이.

음식을 나르던 종업원이 하얗게 굳은 얼굴로 창밖을 내다보았다. 그뿐만 아니었다.

글란츠를 보며 "어휴, 저 화상"이라고 욕하던 카라도.

돼지 뒷다리를 게걸스레 물어뜯던 파베르도.

남부인을 혼내야겠다며 자리에서 반쯤 일어났던 북부인들도.

글란츠와 그를 상대하던 북부의 중년 남자를 빼고, 모두 창 너머를 홀린 듯이 보고 있었다.

"……뭡니까?"

글란츠가 어이없어하며 창 너머로 시선을 돌렸다.

"하, 하하……."

사람들 따라서 창 너머를 봤을 뿐인데. 글란츠는 넋이 나가 버렸다.

"이, 럴 순 없지. 이럴 수 없어."

저절로 탄식하며 뒤로 물러났다.

쨍그랑!

그의 어깨에 멨던 상자가 기울어지더니, 약초 가루가 든 병이 떨어져 바닥으로 흩어졌다. 계요등 가루에서 나는 닭 오줌 냄새가 퍼졌지만, 그 누구도 신경 쓰지 않았다.

"……봄."

"보, 보, 봄이 왔어!"

"봄, 봄이 윈터에. 봄! 봄! 봄! 봄이라고!"

젊은 여자의 비명과 중년 남자의 환호. 어린 남자의 울음과 중년 여자의 환성이 뒤섞여 식당 안을 메아리쳤다.

"봄이다! 윈터에 봄이 왔어!"

식당 주인이 요리를 하다 말고 문을 벌컥 열고 뛰쳐나왔다. 맨땅에 미끄러지듯 두 무릎을 꿇으며 두 손을 꽉 쥐었다.

툭.

글란츠를 상대하던 중년 남자가 든 맥주잔이 테이블로 엎어졌다.

"망할……."

글란츠의 짧은 욕을 뒤로, 북부 사람들이 죄다 거리로 뛰쳐나와 환호성을 내질렀다. 두툼한 외투를 벗어 던지는 이들을 보고 있자니, 카라와 파베르는 그 기세에 움찔 몸을 떨었다.

남부에서 왔다고 한들, 눈으로 뒤덮인 윈터에 봄이 찾아온 건 그들에게도 경탄한 일이었다.

늘 눈만 내리던 하늘에서 봄 내음을 품은 꽃잎들이 뒤섞여 흩날렸다. 자그마치 50년 만이었다. 하늘에서 내리는 꽃비를 맞으며 북부인들은 환호를 내질렀고, 눈물을 터뜨렸으며, 가족과 친구를 얼싸안았다.

결국에는 맥주를 마시던 중년 남자도 "크흑, 흑." 하며 눈물을 보이고 말았다. 두툼한 손등으로 눈물을 훔치는 광경을 글란츠는 멍하니 바라보았다.

'이러면 남부의 약초가 메리트가 없는데. 누가 내게 이런 저주를…….'

돈독이 오른 글란츠에게는 저주였지만, 오랫동안 봄을 기다려 왔던 북부 윈터 사람들에게는 축복을 넘어 기적이었다.

50년간의 겨울이 끝나, 봄을 되찾았다는 것.

수백 년간 내린 적 없던 꽃비가, 북부인의 마음을 달래듯 설산에서부터 흘러들고 있었다.

북부의 바람은 차고, 건조하며, 시렸다. 그런데 설산에서 오는 바람은 따뜻하고, 습기를 머금었으며, 포근했다.

북부 사람들이 꽃비를 맞으며 눈물을 흘리는 것을 보고, 카라는 덩달아 눈가를 훔쳤다. 파베르는 돼지 뒷다리를 든 채 창 너머를 바라보았고, 글란츠는 떨어진 약병을 망연자실해 쳐다보았다.

"좀 기뻐해 봐요, 글란츠! 왜 매번 다른 사람의 불행에는 기뻐하고, 행운에는 슬퍼하는지 모르겠다니까. 왜 그렇게 삐뚤어졌어요?"

"내가 굶기 직전인데, 기뻐하긴 뭘 기뻐합니까? 군식구의 군식구로서 살길을 도모해야 했다고…….."

어떤 사악한 악당이 윈터의 저주를 풀어 버린 거냐고! 그것도 50년간 풀리지 않았던 저주를!

글란츠는 붉어진 눈가를 손등으로 훔쳤다. 이제 굶어 죽는 일만이 삼인방을 기다리고 있었다.

누가 이렇게 대단한 꽃비를 내렸는지 몰라도, 레티시아는 손만 쪽쪽 빨게 될 것이다. 그리고 전직 공녀를 따랐던 가엾은 삼인방도 답이 없게 되어 버렸다.

줄을 잘못 선 대가로, 삼인방은 북부의 빈민이 되어 길바닥에 나앉게 될 것이다. 그걸로 모자라 북부식 맵고 짠 음식 달라고 구걸하다가, "남부 거지는 저리 꺼져!" 하고 소금을 맞는 모습이 글란츠의 두 눈에 어른거렸다.

글란츠는 그런 와중에도 파베르를 앞세워 소금을 덜 맞을 생각뿐이었다.

* * *

레티시아가 눈을 뜬 건 정오가 한참 지나서였다.

따뜻한 햇살이 비쳐 오는 탓에 하얀 코트의 소매로 눈가를 덮고 잠이 들었다. 얼굴을 반절 넘게 가리던 소매를 걷고는 눈을 비볐다. 곁에 따뜻한 온기가 느껴져서 고개를 돌아보니…….

"아."

일라이의 팔을 베고 누워 있었다. 한쪽 팔을 내준 일라이는 조금 불편하게 자고 있었는데, 아직 잠에서 깨지 않은 모양이었다.

"고로롱."

작은 동물이 코 고는 소리에 레티시아는 두 손으로 땅을 짚고 반쯤 몸을 일으켰다.

발치에 있던 파르비스가 보이지 않아 살펴보니, 제 머리맡 위에서 라이아덴과 함께 잠들어 있었다.

"……퓨우."

코를 점잖게 고는 라이아덴과 다르게 파르비스는 제집인 양 요란하게 "고롱, 고로롱"거리고 있었다. 다행히 두 정령은 잠들었을 땐 천사 같아서, 일라이를 공격할 듯 보이진 않았다.

레티시아는 자리에서 조심스레 일어나 하얀 코트를 일라이의 몸에 덮어 주었다. 바닥에 깔았던 회색 코트는 뒤집어 아네스의 몸 위로 덮어 주었다.

"산에는 육포가 최고라니까. 사과 두 쪽은 어디다 잃어버렸는지……."

레티시아는 한숨을 푹 내쉬고는 기지개를 쭉 켰다. 그리고 설산의 널찍한 언덕에 서서 눈부시게 빛나는 태양을 바라보았다.

새하얀 설산이 햇살에 비쳐 반짝거렸고, 소녀의 붉은 눈에 그 광경이 비쳤다.

"와아, 예쁘다……."

이제는 얼마 남지 않은 눈 조각이 땅을 덮고 있는 것도, 햇볕에 반짝이던 눈이 빛을 내다 녹아 가는 것도.

머나먼 설산의 정상.

하얀 눈으로 뒤덮여 녹음이 보이지 않았던 산이지만, 많이 녹은 눈은 이제 깃털 구름처럼 산봉우리 곳곳에 껴 있을 뿐이었다.

설산 네베가 봄의 산으로 변해 가는 것을 보며 레티시아는 아이처럼 시선을 떼지 못했다.

"윈터에 계속 봄이 올까요."

어머니, 전 아직 알 수 없어요.

윈터에 봄이 찾아왔지만, 50년 전처럼 북부의 겨울 가문이 활기를 되찾을 수 있을지.

두근두근.

레티시아는 심장이 빠르게 뛰는 것을 느끼며 가슴께를 어루만졌다.

"설산에서 윈터 영지로 봄이 찾아들 테니……."

다시 윈터 영지가 꽃 피우길 바랄 뿐이었다.

이제는 다시 레벤 성으로 돌아갈 차례였다.

쏴아아—.

레티시아는 옅어진 꽃비를 맞으며 두 눈을 감았다.

한쪽 손에 담긴 꽃잎이 자그마한 손에서 살랑거렸다. 다시 눈을 떴을 때, 붉은 눈동자가 설산 아래를 굽어보았다.

* * *

"뿌우……."

잠에서 깬 자칼리아는 동굴 밖으로 조심스레 걸어 나왔다. 하얀 눈으로 가득하던 설산에 봄이 찾아왔다. 그런 상황에 자칼리아가 짧고 조그마한 발을 움직여 동굴 밖으로 나온 것이다.

생전 처음으로 맞게 된 '봄'.

그것은 자칼리아가 생각했던 것보다 더 아름답고 멋졌다.

"퓨우우."

자칼리아는 고개를 들고서 눈이 녹아내리는 설산을 바라보았다. 커다란 금빛 눈동자가 기대감에 반짝거렸다. 기대와 설렘으로 작은 용의 심장이 느릿하지만 계속 뛰었다.

"뀨우……."

자칼리아는 작은 앞발을 뻗었다. 흩날리던 꽃잎이 떨어져 자칼리아의 자그마한 앞발에 닿아 간지럽혔다.

"꺄오."

자칼리아는 두 눈을 찡그리며 배시시 웃었다.

설산의 하얀 겨울도 아름다웠지만, 자칼리아는 따뜻한 봄이 더 좋았다. 어서 성장해 거대한 용이 되기를 바랐다.

'다 큰 인간들에게 모습을 들키지 마라, 자칼리아. 성체였던 용도 노렸던 놈들이니, 어린 너를 발견한다면 분명……'

빙결이 언젠가 그런 말을 했지만, 자칼리아에게는 아직 어려운 말이었다. 작은 용의 심장이 쿵, 쿵 기분 좋게 요동쳤다.

살랑.

자칼리아의 뿔 위로 꽃잎이 내려앉았다. 봄 내음을 품은 꽃비가 작은 용에게 흘러들었다. 자칼리아의 딸, 레티시아가 피워 낸 꽃이었다.

한때 '자칼리아의 무덤'이었던, 얼음 동굴 안. 작은 용은 꽃잎 조각을 군데군데 묻힌 채 꿈꿨다.

다시, 설산의 수호자로 거듭날 수 있기를.

* * *

이른 저녁 무렵, 접견실 안.

백발에 적안을 가진 아름다운 여자가 창 너머를 바라보았다. 윈터의 군주, 테레사 백작이었다. 하얀 여우로 만든 모피 코트를 걸친 채, 시선을 내리깔고 창밖을 보고 있었다.

윈터는 '하얀 늑대'의 가르침에 따라, 크든 작든 동물을 아꼈기에 죽은 여우의 사체를 모아 만든 것이었다.

"봄꽃을 품은 비가 내리는구나."

테레사는 잔뜩 잠긴 목소리로 중얼거렸다. 그녀의 시선은 창 너머로 흐르는 꽃비에 고정되어 있었다. 멀지 않은 곳에 두 손을 모은 집사가 백작의 말을 듣는 중이었다.

테레사는 답을 구한 건 아니었는지 나직이 말을 이어 나갔다.

"50년 만이지. 윈터가 봄을 되찾은 건."

"……꽃비가 내린 건 수백 년 만에 처음일지도 모르겠습니다."

집사의 말에 테레사는 작게 고개를 끄덕이다가 웃고 말았다.

세월의 무정함을 탓했던 것이 엊그제 같건만, 어느새 윈터는 봄을 되찾았다. 대륙 유일의 정령술사인 레티시아에 의해서.

아이들을 마중할 수 있도록 머셔 두 명을 설산으로 먼저 보냈고, 그 뒤를 기사들이 따르게 했다. 설산, 네베 쪽에서 어떠한 전언도 없었지만, 테레사는 레티시아가 기적을 만든 것이라 이미 확신했다.

그 아이가 아니면 누가 이런 기적을 만들었겠는가.

테레사는 여전히 시선을 내리깐 채 작게 웃었다. 백작의 메마른 눈동자에 투명한 유리 조각이 잠깐 맺혔다가 모습을 감추었다.

사랑했던 남편에게 배신당했을 때도, 그리고 그를 죽였을 때도 흘린 적 없던 귀한 눈물이었다. 그런데 그보다 더한 세월이 흘렀는데도, 어째서 이토록 눈물을 보이게 되는지 테레사는 알 수 없었다.

오래간 쌓아 온 서러움일 것이다.

아니, 어쩌면 기쁨과 안도일지도 모른다.

평생을 윈터만을 위한 영주로, 그리고 성주로 살아왔던 그녀다. 영민을 지키고, 내성인 레벤 성과 외성인 모르스 성을 '윈터'란 이름 아래 지켰다.

북부의 외세 '안갤'의 잦은 침략을 막아 내고, 영지 외곽의 동부부터 서부까지 쳐 둔 방어선을 마물 떼가 넘지 못하도록 지켜 냈다. 그렇게 영지와 가문을 위해 헌신해 왔건만, 윈터는 무너져 내리고 있었다.

그것도 사람이 어찌할 수 없는 대정령의 힘에 의해.

어머니, 다나에가 저지른 잘못은 원죄가 되어 테레사가 치러야 할 대가가 되었다.

어머니는 '내가 어리석고 멍청하여 과오를 네게 물려주었다, 테레사.'를 마지막 유언으로 남긴 채 숨을 거뒀다.

원터의 설산을 지켜오던 금빛 용, 자칼리아. 그 용을 다나에가 잡으려 했었기에. 하얀 늑대와 더불어 설산을 수호했던 위대한 존재에게, 어머니는 금속으로 된 검과 창을 겨누었다.

자칼리아는 죽었지만, 그 누구도 감히 용에게서 두 눈과 심장을 빼앗지 못했다. 빙결과 염화의 분노가 빗발쳤기에 손끝 하나 댈 수 없었다.

그 뒤.

다나에는 그녀가 저지른 과오로 원터에 겨울이 계속되는 것을 지켜봐야 했다. 결국 시름시름 앓던 원터의 선대 가주는 두 눈을 감지 못하고 죽었다.

금빛 용을 살해한 지, 30년이 지나서였다.

당시 열네 살이던 테레사는 눈물을 흘리며 어머니의 뜬 눈을 감겼다. 그리고 새하얀 머리에 월계수 관을 쓰고, 소녀가 아닌 원터의 영주가 되었다.

어머니 다나에는 대가 없이 숨을 거뒀다.

아니, 원터가 무너져 내리는 것을 봐야 하는 게 대가라면 대가였을 터.

저주는 금빛 용을 살해한 세 가문의 주인을 비껴 나갔다.

하지만 평온한 죽음을 맞지 못했다.

네르바드의 움은 단검으로 스스로의 목을 베었고,

마네르의 갈레아는 금빛 용을 살해한 지 얼마 되지 않아 이유 모를 병으로 단명했다.

그 뒤를 이은 것이 레티시아의 조부, 그레이엄 마네르였다.

저주에 가담하지 않았던 유일한 가문, 아스테반.

아스테반의 돌로르는 가주로서 자리를 지키다, 딸인 '스텔라'에게 가문의 모든 권한을 넘겼다. 그리고 딸의 기사였던 바론에게 형식적으로 가주 자리를 하사하였다. 자신의 딸 스텔라에게는 어떤 연금술 능력도 없다고 황제에게 공언하고는 수명대로 숨을 거뒀다.

'이미 지난 일이지…….'

테레사는 가끔 알 수 없는 기시감에 사로잡히곤 했다.

그녀는 죄를 저지른 적 없지만, 어머니 다나에의 과오가 원죄가 되어 테레사와 윈터를 찾아올지 모르겠다고.

실제로 윈터에 찾아왔던, 빙결의 라이아덴이 내렸던 겨울의 저주는 이제 걷혔다. 윈터는 봄을 되찾은 것이다.

그러나…….

테레사는 가슴께를 쥔 손에 힘을 주었다가 몇 달 전의 일을 떠올렸다.

'영지를 비우고 남부까지 가신다고요? 그것도 호위 한 명 없이?'

'성물 훔치러 가는 건데. 내가 죽기 전까진 윈터의 저주를 끝내야지. 아, 힐데가르트에게 기도해 줘. 내가 성유물 무사히 훔칠 수 있게.'

'그럼 조용히 갔다 오세요! 백작님은 천년만년 오래 사실 거면서…….
그리고 대성녀도 그런 기도는 안 받아요!'

집사는 기억할지 모르겠지만, 테레사가 베르타의 성유물을 훔치러 마네르 공작저로 갔을 때 들었던 말이었다.

'어쩌면…….'

테레사는 창틀에 놓인 유리병을 향해 느릿하게 다가갔다. 그곳에는 레티시아의 선물인 얼음꽃이 놓여 있었다.

"집사, 여전히 이 얼음꽃은 생기를 잃지 않았어. 레티시아가 내게 준 선물이지."

"그렇네요, 백작님. 설산의 눈이 녹고 겨울이 끝났는데도, 여전히 얼음꽃은 아름답게 폈군요."

집사가 두 손을 모으고 옅은 미소를 지으며 답했다. 곧 알 수 없는 감정이 들어 집사의 입가가 떨렸지만, 나브티스는 능숙하게 감췄다.

테레사는 얼음꽃을 조심스레 들어 향을 맡았다. 고개를 숙이자 백색의 머리칼이 새하얀 뺨을 타고 흘러내렸다. 아무런 향도 나지 않았지만, 아이에게서 나던 겨울 향이 나는 것 같았다.

'윈터의 테레사가 대륙 유일의 정령술사를 비호하겠다.'

테레사가 한쪽 무릎을 꿇고 레티시아의 손을 잡았던 날.

그리고 레티시아가 왕좌처럼 오래된 의자에 앉은 테레사에게 다가왔던 날.

그때 모두 맡았던 향이다.

'하얀 늑대께 어울리는 꽃이라 생각해요.'

금빛 머리칼의 아이가 했던 말이 생각나, 테레사는 입가에서 미소를 지우지 못했다.

"귀여운 아이지."

만약, 레티시아가 따듯한 관심과 보호를 받아 왔다면 아네스처럼 천진난만했을지도 모른다. 자신을 이미 '어른'이라고 생각하는 잔느가 알게 모르게 아이답게 행동하는 것처럼.

'레티시아도 분명……'

그런 기회가 있었다면 지금처럼 홀로 서려 하지도, 무심하고 차가운 얼굴을 하고 있지도 않았을 텐데.

테레사는 온전하게 빛나는 푸른 꽃을 보며 입술을 깨물었다.

윈터는 널 위해 무얼 해 줄 수 있을까, 레티시아.

네가 윈터의 가족이 되지 않기를 원한다면, 나는 널 위해서 무엇을……

살랑.

얼음으로 피어난 꽃에서 푸른 잎이 살랑이며 떨어져 내렸다.

테레사는 어쩐지 그것이 제 운명으로 느껴져 말없이 바라보았다.

'테레사, 나의 아름답고 현명한 딸. 금빛 용 자칼리아가 숨을 거뒀다.'

다나에는 숨을 거두기 전, 테레사의 두 손을 꽉 붙잡고 말했다. 열네 살 소녀에 불과해 어렸지만, 어미보다 강했던 딸에게.

'세 가문의 저주가 시작될지니……. 너는 하얀 나무 앞에서 선택하게 될 것이다.'

테레사는 과거의 기억을 떠올리며 땅에 떨어진 얼음꽃을 주워 들었다. 그녀의 손이 닿는 순간, 파란 꽃잎은 사르르 녹아 푸른 빛무리로 흩어져 갔다.

'네가 저주를 겪게 될지, 후에 태어날 네 아이에게 저주를 넘길지…….'

테레사는 여덟 장이었으나, 이제는 일곱 장 남은 꽃잎을 평온한 시선으로 바라보았다. 그것이 앞으로 일곱 해가 남았다는 뜻 같아서 고요한 숨을 내쉴 뿐이었다.

테레사는 윈터의 가주가 되는 순간, 맹세했다.

아이들이 엮은 월계관을 쓰고, 열넷의 소녀는 하얀 나무 앞에서 맹약을 걸었다.

윈터, 네르바드, 마네르.

세 가문의 주인에게 향할 저주.

그 저주를 윈터의 주인 또한 겪어야 한다면, 후에 태어날 그녀의 딸이 아니라…….

테레사 윈터, 자신이어야 한다고.

"집사, 잔느에게 가주 승계 작업을 서둘러야겠어."

"……갑자기 웬 말씀입니까? 아직 저주가 시작된 것도 아니잖습니까. 백작님께선 가주가 되는 순간, 저주를 받기로 맹세했다면서요. 저는 그 자리에 없었지만, 아직은……."

"그래, 그렇지. 저주란 것도, 용을 죽이고 두려움에 떨던 어머니의 착각일 수도 있겠지. 그렇다면 내 어머니 다나에처럼 오래 살 수도 있지만……."

테레사는 고요한 시선으로 얼음꽃을 보다가 유리병에 내려 두었다. 그리고 집사를 향해 평온한 미소를 덧그리며 말했다.

"윈터의 테레사에게…… 운명이 좀 더 일찍 찾아올지도 모르니."

테레사는 한 점 흔들림 없는 시선으로 집사를 바라보았다. 그리고 몸을 돌려 창 너머로 시선을 옮겼다. 그녀의 어둑한 적안이 고요한 빛을 품고서, 봄을 찾은 윈터를 내려다보았다.

달이 뜨는 밤에는 회백색으로, 태양이 떠오른 낮에는 은빛으로 빛나는 윈터의 레벤 성.

"빠르면 빠를수록 좋겠지. 잔느를 더 강하게 키웠으니까."

그녀는 고요하고 강건한 성에 서서, 기뻐하는 윈터 영민을 굽어보았다.

빙결의 라이아덴은 레티시아의 뜻에 따라 겨울을 멈췄을 것이다.

하지만.

금빛 용, 자칼리아는 결코 윈터를 용서하지 않을 것이다.

20년 전. 월계관을 쓰고 윈터의 새로운 주인이 된 소녀를.

다나에의 딸이었던 이 테레사 윈터를.

그래도 테레사는 괜찮았다. 열넷 소녀였던 시절, 윈터의 가주가 되었고 그로부터 20년이 흘렀다. 그러니 레티시아가 아네스, 일라이와 함께 돌아온다면…….

그때 마음고생했을 윈터의 아이를 품에 가득 안아 줄 생각이었다. 피는 섞이지 않았다 해도, 이 테레사의 품에서 온기를 느낄 수 있도록.

"집사, 레티시아를 위해 연회를 열어야겠어."

"……저야 좋습니다만, 이제 몇 남지 않은 금고를 열어도 되겠습니까?"

"그럼. 금고는 마음껏 써도 좋다. 이런 대축제에 활짝 여는 것이 영주로서 도리지."

"……저도 좋습니다만. 백작님께선 얼마큼을 생각 중이신가요?"

"하한선은 있어도, 상한선은 없다."

테레사는 통 크게 베풀기로 했다. 집사가 "그러다 대륙 중앙의 마호가니 은행에 저당 잡히십니다." 하고 웃었지만, 테레사도 "레벤 성쯤이야 걸지." 하며 픽 웃을 뿐이었다.

레티시아가 레벤 성에 도착하기를 테레사는 기다리기로 했다.

그 작고 대견한 아이가 오는 즉시, 백작의 체면도 잊고 꽉 안아 줄 생각이었다. 남부가 싫다면 '윈터'의 아이들처럼 열두 살을 맞이하는 의식을 치러 줄 작정이기도 했다.

윈터의 레벤 성.

북쪽에 있는 후원 한가운데.

윈터와 함께 천년이 넘는 역사를 간직해 온 '하얀 나무'가 윈터의 레티시아를 기꺼이 반길 것이니.

윈터의 아이들만 볼 수 있는 세계수 '쥬라레' 앞에서 맹세하리라.

겨울의 하얀 나무는 약속과 맹세의 상징이었다.

그 세계수 앞에서, 윈터의 하얀 늑대가 약조할 것이다.

신성 가문 마네르든, 황실이든 그 어떤 것에서든 대정령의 주인을. 그리고 윈터의 아이를 비호할 것이라고.

윈터의 하얀 늑대, 테레사가 두 눈을 감는 그 순간까지.

* * *

윈터의 기사들이 산 중턱에 도착한 건 저녁이 지나서였다. 썰매차를 끄는 머셔가 말을 탄 기사들보다 먼저 도착할 거란 예상은 빗나갔다. 눈이

다 녹아서 썰매차를 제대로 끌 수 없었기 때문이었다.

뭐야, 왜 눈이 없어!

놀라서 끼잉거리는 하얀 늑대를 달래느라, 머셔는 산의 초입에서 진이 빠져 버렸다.

하얀 늑대의 수명은 대략 50년.

설산에서 눈을 밟은 기억밖에 없으니 늑대들이 드러난 땅에 놀랄 만했다.

"아들과 함께 레벤 성으로 돌아가 쉬십시오. 나와 기사들이 정령술사 님을 모시러 갈 것입니다."

그 말을 끝으로, 백부장 다이안이 윈터의 기사들을 이끌고 산 중턱까지 내달렸다. 눈이 녹아 비로 내렸다면 산길이 미끄러웠겠지만, 수증기로 증발한 터라 말을 타고 달리기 수월했다.

살랑.

말발굽이 산자락의 땅을 밟을 때마다, 푹신한 꽃잎이 말발굽을 감쌌다.

"어, 형님이 왜 직접 오세요?"

아네스는 선두에서 달려오는 미남자를 보고 손을 흔들며 반겼다. 백부장 다이안이었다.

휙!

가뿐히 말에서 내린 다이안이 연한 갈색 머리칼을 쓸며 채도가 옅은 밤색 눈으로 주변을 훑었다.

"형, 형. 저 데리러 오신 거예요?"

"레티시아 님은 어디에 계십니까?"

백부장은 아네스가 윈터의 직계 혈족인 걸 알면서도 거들떠보지도 않았다. 그러더니 대뜸 물었다.

"다이안 형! 스승! 삼촌!"

그의 눈앞에다 손을 흔들며 자리에서 폴짝폴짝 뛰는 아네스는 보이지 않았다. 아니, 보였지만 일단 무시했다.

"이안 형, 저는 안 보여요?"

"레티시아 님은 어디에 계십니까?"

허공에서 이를 지켜보던 〈미색〉은 '저게 바로 엔……. 피, 씨라는 것인가?' 하고 잠깐 생각했다. 그의 전 계약자, 레이스 광전사가 '게임에서 말을 걸면, 같은 말만 반복하는 놈들이지.' 하고 말해 준 적이 있었다.

다이안은 제게 달려드는 아네스의 이마를 손으로 꾹 눌렀다. 그리고 무표정한 얼굴로 주변을 훑으며 재차 말했다.

"레티시아 님은……."

"저는 사람도 아니라 이거예요? 나, 유령이야? 나도 목숨 걸고 설산을 올랐는데, 왜 레티만 찾는 건데요."

"도련님은 빙결 잡는 데 스푼만 없었겠죠."

다이안의 말에 아네스는 혀를 쯧쯧 찼다. 손가락을 까닥거리는 아네스에게 백부장이 차가운 시선을 보냈다. 그리고 말을 덧붙였다.

"제가 말을 너무 심하게 했어도 틀림없는 사실일 겁니다."

"……틀렸어요. 이 아네스는 스푼도 없지 않았거든요. 굳이 말하자면, 고기 방패가 되었을 뿐이에요. 그 뭐더라. 태, 태, 탱! 탱커요!"

"……또 알 수 없는 이세계의 말을 하시는군요. 됐고, 레티시아 님 데리고 이리로 오십시오. 아니면 제가 찾으러 가겠습니다."

"아, 조금 있으면 올 건데. 레티시아는 몸이 찌뿌드드하다며 산책하러 갔거든요. 일라이는 데이트라고 착각하면서 따라갔고요."

아네스는 그리 말하며 땅바닥에 쪼그려 앉아 나뭇가지로 글을 썼다.

'데를 어떻게 적더라……. 다음에는 이, 트.'

〈미색〉이 가르쳐 준 이세계의 언어였으므로, 백부장의 눈에는 낯선 그림으로 보였다.

피케네 제국어는 옆으로 물 흐르듯 흘러가는 모양새다. 그런데 이세계의 글자는 오밀조밀 모여 있는 걸 보니, 배우기가 상당히 어려워 보였다.

"어쨌든."

다이안은 여전히 끙끙거리며 단어를 그리는 아네스를 손짓으로 불렀다.

"형한테서 피 냄새나요! 안갤인들 잡으러 외곽에 안 간 지 오래됐는데, 물든 건가? 남자답게 향수 좀 써요."

아네스는 그리 말하며 다이안 품에 폭 안겼다. 목욕재계하고 향수를 썼음에도, 백부장의 몸에 피 냄새가 짙게 뺐단 것은 모른 채.

다이안은 스물다섯 살로 나이가 많은 편은 아니었지만, 아네스의 검술 및 전투 훈련을 가르쳤던 스승이었다. 그래서 아네스가 어머니인 테레사 다음으로 따르는 사람이기도 했다.

그러거나 말거나, 다이안은 제 품에 달라붙은 아네스의 이마를 밀며 주변을 살폈다. 아니나 다를까. 저 멀리서 흑발 미소년의 손을 잡고 걸어오는 금발의 소녀가 보였다.

일라이와 레티시아였다.

"아!"

다이안이 먼저 움직이려 했지만, 아네스가 철썩 달라붙어 못 가게 막았다.

"일라이가 남자들 접근 막으랬어요."

"……허. 정령술사님, 제게는 거의 조카뻘입니다. 내 나이가 몇인데. 그리고 도련님과 저쪽도 성별은 남자 아닙니까?"

다이안이 연한 갈색 머리를 신경질적으로 쓸어 올렸다. 다이안의 동생이 일찍 결혼해서 딸을 뒀다면 레티시아만 한 조카가 있었을 것이다.

"그럼 형은 왜 어머니 뒤를 졸졸 따라다녀요? 둘이 나이 차이가 몇인데!"

"테레사 님이 올해 서른넷이니, 저는 스물다섯이고…… 아홉 살이면 그리 많은 것도 아닙니다."

"오호…… 어머님에게 일러야겠다. 형님의 사심은 나이에 지지 않는 다고요."

"열다섯 살 차이나도 따라다녔을 겁니다. 그리고 순정입니다, 도련님."

아네스는 다이안의 꿋꿋한 신념에 '이 형, 죽어서도 저승에서 짝사랑을 그리겠네.' 하고 생각하며 고개를 저었다.

"어쨌든 레티시아의 반경 1미터 이내로는 접근 금지예요. 저와 일라이는 돼요. 일라이는 레티의 검이고, 저는 방패거든요."

다이안은 대충 고개를 끄덕이고 레티시아와 그녀의 손을 잡은 일라이를 쳐다보았다.

백부장을 비롯한 기사들의 시선이 향하는 순간, 일라이는 레티시아의 손을 놓아주었다. 그러다 무슨 생각인지 다시 잡는 게 아닌가.

'또 무슨 말로 내 동생 꼬여 낸 거야.'

레티시아가 동생이 된다고 한 적 없었지만, 아네스는 멋대로 생각하며 일라이를 게슴츠레한 눈으로 흘겼다.

'역시! 저 자식이 제일 위험해.'

이 아네스가 성년을 맞아 잘생긴 남자가 되면 일라이부터 처리하자.

아네스는 음험한 생각을 하며 천사 같은 얼굴을 해 보였다.

"걸리적거리니까 비켜요, 백부장 형."

어정쩡하게 서 있는 백부장을 밀친 다음, 두 눈을 반짝거리며 레티시아의 곁으로 뛰었다.

"사촌! 레티시아!"

아네스는 여우처럼 일라이와 레티시아의 사이에 끼어들어 둘의 손을 떼어 냈다.

"눈치 없이……."

일라이가 미간을 찌푸리며 중얼거렸지만, 눈치 빠른 아네스는 무시했다. 일라이를 감시할 대정령 빙결은 어디 갔는지 보이지 않았다.

"네르바드는 지지야, 레티."

아네스는 일라이의 손등을 철썩 때리고는 레티시아의 손을 꼬옥 잡았다.

"지지? 무슨 뜻이야, 그건?"

그것도 이세계 언어려나.

레티시아가 궁금한 듯 묻자 아네스가 천진난만한 미소를 지으며 답했다.

"음험하고, 속이 어둡고, 더럽단 뜻이야."

아네스가 산뜻한 미소를 지으며 앞에서 욕하자, 일라이는 어이가 없어 헛웃음을 터뜨렸다.

'미친놈.'

짧은 평가였다. 그 이상은 하지 않았다. 아네스의 도발 따위에는 대응할 가치가 없었으므로.

"음……. 그렇구나."

아네스의 말에 레티시아는 고개를 끄덕였다. 그리고 일라이를 물끄러미 바라보다가 살짝 거리를 두었다.

레티시아가 일라이와의 물리적 거리 두기를 실천하자, 아네스는 엄지를 척 치켜들었다.

"레티, 잘했어!"

"언제까지 거리 둬야 해? 안정될 때까지?"

"아니. 레티, 네가 다 자랄 때까지!"

그런가……

레티시아가 보기에 일라이는 순수한 소년이었지만, 대악마의 계약자인 아네스가 위험하다고 말한 이유가 있을 터.

'일라이의 마력이 불안정하댔지.'

그럼 일라이가 마법을 쓸 때, 레티시아도 잘못 휘말릴 수도 있었다.

'당분간은 마법을 쓸 일이 딱히 없을 것 같지만. 저주도 풀렸고, 윈터
는 이제 평화로워졌으니까.'

그리 생각하며 레티시아는 멀뚱멀뚱 서서 일라이를 쳐다보았다. 일라이
는 자신과 다섯 걸음 떨어진 레티시아를 보며 한쪽 눈썹을 치켜세웠다.

역시 아네스를 일찍 처리해야겠다고 생각하며.

"정령술사님, 제 말에 타십시오."

백부장이 그렇게 말한 순간, 두 소년이 싸늘한 시선을 보냈다.

아네스는 "형, 미쳤어? 청년 치……매?" 하고 쳐다봤으며, 일라이는
'개자식.' 하고 무표정으로 심한 욕을 하고 있었다.

"제 말을 타셔도 좋습니다."

그때였다. 부드러운 목소리가 들리더니, 회색 머리칼의 여자가 말을
탄 채 레티시아에게 손을 내밀었다.

집사의 딸, 아테나였다.

기사인 아테나가 손을 뻗자 레티시아는 잠깐 망설였다.

낯선 사람이 모는 말에 타도 되는지.

그걸 알아차린 아네스가 주먹을 입가로 가져가 헛기침하며 말했다.

"누나, 저 군마 좀 빌려주세요."

"안 됩니다, 도련님."

칫! 레티시아와 같이 타려고 했는데…….

일라이는 '군말 말고 빌려 달라'는 뜻으로 지그시 다이안을 쳐다보았다.
다이안은 잠깐 생각하다가 제 말의 고삐를 쥐고 일라이의 곁으로 다가오며
말했다.

"윈터에서 몇 없는 수말인데 화도 많고, 성격 나쁜 놈이니 조심하셔야
합니다. 편자를 박을 때도 소란을 피워 장제사가 혀를 내둘렀을 정도니
까요."

"말은 주인을 닮기 마련이라는데."

일라이는 픽 웃으며 말안장을 손으로 쓴 뒤, 발을 디딜 등자를 밟고 가뿐히 말에 올라탔다. 그리고 사나운 수말을 능숙히 이끌어 레티시아의 곁으로 몰았다.

거리를 둔 레티시아가 뒤로 물러나기도 전에, 일라이가 몸을 숙여 손을 내밀었다.

"내 손만 잡아."

레티시아는 일라이를 쳐다보다가 아네스의 곁을 떠나 그에게 다가갔다. 거리가 좁혀지는 순간, 다이안은 "실례" 하고 짧게 말하고는 레티시아를 거뜬히 안아 말에 태워 주었다.

레티시아는 일라이의 앞에 탄 채 허리를 꼿꼿이 세웠다.

"편히 기대."

일라이는 뻣뻣한 레티시아의 어깨를 살짝 뒤로 젖히게 해 주었다.

"내가 기대면 불편하지 않아?"

"불편할 리가."

"그럼 편해?"

"레티, 네가 편하면 돼."

레티시아를 앞에 두고 편할 리가 없다. 미친 듯이 뛰는 심장을 주체할 수도 없고, 붉어지는 뺨을 감출 수도 없었다.

일라이는 입술을 베어 물고는 고삐를 힘주어 잡았다. 마냥 늘씬하고 예쁠 것 같았던 손등에 핏줄이 돋았지만, 아네스 눈에만 보일 뿐이었다.

'나도 일라이처럼 커야 하는데.'

아네스는 같은 나이면서도 일라이보다 한참 작은 스스로가 싫어졌다.

'난 왜 아직 꼬꼬마야?'

일라이보다 더 많이 먹고, 우유도 더 마시고, 운동도 더 열심히 하는데! 일라이가 활동량이 많긴 했다. 그래도…….

'나쁜 놈 마법으로 처리하는 것밖에 안 하면서.'

그때, 〈미색〉이 목소리를 낮추더니 묘하게 속삭였다.

「아네스, 너도……. 열일곱이 되면 어깨 태, 평? 태평양! 가슴팍 탄탄에 허리는 늘씬해질걸. 지금도 허리는 얇다만.」

"그걸 왜 순순히 말해 줘? 미색, 네가 말하니까 더 기분 나빠."

「그래? 마음껏 싫어해. 그때 드레스 입히면 더 멋질 테니까.」

"아! 열일곱 생일을 맞으면 성년이었지? 나, 사제 돼서 너 퇴마시킬 거야."

아네스는 이를 갈면서 아테나의 곁으로 다가갔다. 손을 내미는 아네스를 보던 기사가 말없이 말머리를 돌렸다.

"누나!"

"도련님은 따로 타세요. 제 말, 허락하지 않겠습니다."

다이안은 한숨을 내쉬고는 아네스의 곁으로 다가갔다. 그리고 소년을 번쩍 안고는 "누구, 아네스 태워 줄 사람?" 하며 일일이 묻고 다녀야 했다. "귀여운 아네스 태워 줄 사람!" 하고 아네스가 손을 번쩍 들었지만, 윈터의 여자 기사들은 모두 외면했다.

유일한 남자 기사였던 다이안은 결국, 다른 기사의 말을 빌려 그 앞에 아네스를 태워야 했다.

"왜 다들 나만 싫어해요?"

"아네스 네가……. 아니, 도련님이 싫기보다는 도련님 뒤에 있는 음흉한 대악마가 부담스러워서 그런 겁니다."

"그게 그거 아닌가? 미색이도 싫고, 나도 싫고."

"저야, 어느 정도 면역이 있다지만. 다 큰 기사들이 도련님을 보고 얼굴을 붉힐 순 없잖습니까?"

"……?"

그게 무슨 뜻이야?

아네스는 시무룩해진 얼굴로 다이안의 어깨에 고개를 묻었다.

"……치. 다들 나한테 사인받아 갔으면서."

왜 말은 안 태워 주는 거야! 아네스의 훌쩍거림에 다이안이 피식 웃으며 말했다.

"도련님은 멀리서 봐야, 매혹적으로 빛나는 별이거든요. 가까이서 보는 건 부담이라……."

칭찬인지 욕인지 모를 말을 들으며 아네스는 젖은 속눈썹을 깜빡였다.

'어서 우유 많이 먹고 커야겠다. 일라이보다 더, 더 커져서 내 동생을 빼앗아 오겠어.'

아네스의 간절한 염원을 아는지 모르는지, 일라이는 제 품에 기댄 레티시아 때문에 숨조차 제대로 쉬지 못했다.

답답한 걸 싫어하는 성격상 시원시원하게 달릴 만한데, 일라이는 제일 뒤에서 느리게 말을 몰았다.

'조심조심.'

레티시아가 행여 불편할까 봐, 일라이는 극도로 긴장하고 조심했다. 다이안이 '후작이나 돼서 말도 제대로 못 모는 건가…….' 하고 생각할 때쯤.

"일라이."

갑작스러운 레티시아의 부름에 일라이는 긴장에서 깨어났다. 그리고 제 품에 몸을 기댄 소녀를 내려다보았다. 일라이가 나이치고는 체격이 크고 발달한 편이라, 레티시아의 몸이 더 작게 보였다.

"왜, 레티."

일라이가 낮게 답하자 레티시아는 소년의 품에서 살짝 몸을 떼었다. 그리고 일라이가 잡은 고삐로 손을 옮기더니, 소년의 손 위에 제 손을 겹쳤다.

"레티, 너 무슨 짓을……."

"빨리 달리자. 갑갑해서 못 참겠어."

레티시아는 일라이의 손등을 톡톡 건드렸다.

"내 손을 잡을 생각이라면……."

위험하게 말 위에서 말고, 내려서 얼마든지 잡으면 되는데.

'그거 아닌데.'

일라이의 말을 반쯤 흘려들은 레티시아가 미간을 살짝 찌푸리며 말했다.

"아니면 내가 몰려고."

"……네, 네. 빨리 달리겠습니다. 공녀님."

일라이는 할 수 없다는 듯 한숨을 내쉬고는 고삐를 쥔 손에 더 힘을 주었다. 훤칠한 다리로 말의 엉덩이를 가볍게 차자, 성격 나쁜 수말이 빠르게 내달리기 시작했다.

갈색 군마가 빠르게 치고 달리자, 윈터의 기사들이 알아서 길을 비켜 주었다.

다그닥다그닥!

기사들을 제치고 선두에서 달리자, 일라이의 새까만 머리칼이 바람에 흩날렸다. 덩달아 레티시아의 금색 머리칼도 바람에 흩날리며 그녀의 뺨을 간지럽혔다.

레티시아는 일라이의 품에 안기듯 기댄 채 살짝 고개를 돌렸다. 그러자마자 시선이 마주친 일라이를 향해서 환히 웃었다.

"고마워, 일라이. 앞으로도 나, 잘 태워 줘야 해."

"얼마든지."

"내가 클 때까지만."

"크고 나서도 앞에 태워 드려야지."

일라이가 피식 웃으며 답했다. 레티시아는 밝은 미소로 답을 대신했다. 그녀를 몇 번이나 구해 준 흑발의 소년에게만큼은 그럴 수 있었다.

'귀한 웃음.'

이라고 생각하며 일라이 역시 두 눈을 부드럽게 휘었다. 오직 레티시아에게만 보여 주는 다정한 미소였다.

* * *

설산 네베를 떠나 마을에 도착한 순간, 험상궂은 북부인들이 레티시아를 노려보고 있었다. 일라이는 이 따끔한 시선들이 느껴지지 않는지 여전히 무표정이었다.

'내가 뭘 잘못한 건가······.'

레티시아는 움츠러드는 대신 고개를 살짝 치켜들었다. 여전히 일라이 앞에서 말을 탄 상태였다.

다그닥.

그사이, 아테나와 몇몇 기사들이 길을 안내하고자 선두로 향했다. 레티시아와 일라이가 탄 말은 그다음이었다.

'우리 셋이 저주를 푼 걸 모르는 건가. 아니, 알았다고 해도 나를 환대할 리가 없지.'

이전 생에는 마네르 가문에 그렇게 헌신했지만, 공로 하나 인정받지 못했던 그녀였다. 그래서 레티시아는 어쩌면 이 냉대가 당연하다고 여겼다.

"잠깐만 기다리십시오."

선두에 있던 아테나가 말하고는 뿔나팔을 들었다. 레티시아는 호기심 어린 눈으로 북부의 기사를 바라보았다.

뿌우우―!

지면을 울리는 뿔나팔 소리에 레티시아는 저도 모르게 몸을 움츠릴 뻔했다. 아네스도 이렇게 가까이서는 들어 본 적 없어서, 두 손으로 귀를 막고 눈을 찌푸렸다.

늪지대와 강에 서식하는 물소의 뿔이라 소리가 엄청나게 컸다.

그에 비해 일라이는 무표정한 얼굴을 한 채 가슴팍 위로 팔짱을 꼈다. '해 볼 테면 해 봐라.'라는 태도로 레티시아를 비호하듯 뒤에 있었다.

그 순간.

윈터 민가의 집집마다 창문이 활짝 열리며 부드러운 꽃잎이 레티시아의 머리를 향해 흘러들었다.

살랑.

바람을 타고 흐르는 꽃잎은, 레티시아가 설산에서 이미 봤던 것이었다. 마을 사람들은 땅에 떨어진 꽃비를 주워 흙과 먼지를 털어 내고 바람에 말렸다.

그리고 윈터에 '봄'이란 기적을 가져온 정령술사를 위해 아낌없이 뿌렸다.

윈터에서 오랫동안 꽃이 피어난 적 없으니, 꽃비를 모은 건 당연한 일이었다.

"정령술사님!"

"여기를 봐 주세요, 정령술사님!"

"여기, 여기도 있어요!"

"까악, 눈 마주쳤어!"

북부인들이 자신을 보고 기뻐하자 레티시아는 커다란 눈을 껌뻑였다.

"나이 처먹고 까악은 무슨 까악!"

"아악! 그만 때려, 이 마누라야!"

호들갑 떠는 중년 아저씨도, 그런 아저씨의 어깨를 돌 같은 바게트로 때리는 아주머니도 보였다. 그러다 레티시아와 눈이 마주치자, 남편을 때리던 중년 아주머니가 두 손을 모은 채 수줍은 미소를 지었다. 소녀처럼 뺨을 붉히는 부부를 보며 레티시아는 '이게 꿈인가.' 하고 잠깐 생각했다.

얼어붙은 레티시아가 정신을 차린 건 일라이 덕분이었다. 어느새 말에서 훌쩍 내린 일라이가 고삐를 쥐며 레티시아를 호위하고 있었다.

'일단 머리부터 정돈을…….'

일라이는 흑발을 쓸어 올려 모양을 잡고는 까치발을 들었다.

"손 흔들어 줘야지. 귀찮겠지만 이 김에 웃어 줘."

그러고선 살짝 고개를 기울여 레티시아에게 들릴 만큼 작게 속삭였다. 레티시아는 일라이의 말에 따라 손을 엉성하게 흔들어 보였다.

'돌을 맞은 적은 있어도……. 사람들이 꽃잎을 뿌려 준 건 처음이야.'

그러자 여기저기서 환호성이 터지며 박수갈채 소리가 온 마을을 울렸다.

"레티, 더! 더!"

아네스가 뿔나팔 때문에 두 귀를 막던 손을 떼어 내더니, 레티시아에게 손을 크게 흔들라고 외쳤다. 얼떨결에 커다랗게 손을 흔들게 된 레티시아가 북부인들과 시선을 마주했다.

실은 놀라서 굳은 거였으나 어린 정령술사가 차갑기 그지없는 표정을 짓고 있자, 북부인들은 마른침을 삼켰다.

'사, 사람이 아니었나?'

'혹시 막 천년 산 걸지도…….'

'대정령이 사람으로 변신한 건가?'

하고 다들 긴장할 때쯤.

레티시아는 저도 모르게 환하게 웃고 말았다. 오른쪽의 붉은 벽돌집. 그 열린 창문 틈으로 저보다 작은 아기가 윈터의 장난감을 든 채 레티시아를 보며 웃었기 때문이었다.

레티시아의 환한 미소에 북부인들 몇몇은 얼굴을 붉혔고, 남녀노소 할 것 없이 미소로 화답해 주었다.

곁에서 무표정한 얼굴로 그 광경을 지켜보던 일라이는, 제 얼굴을 손으로 쓸어내렸다.

'누가 그렇게 예쁘게 웃으래.'

……라고는 도저히 말 못 하겠다.

일라이는 그 후로도 레티시아를 빤히 쳐다보았다. 물론, 고삐를 착실히 쥐어 말이 얌전히 걷도록 이끌면서.

말을 타고 있어 정면으로 시선을 둔 레티시아와 다르게 일라이는 그녀를 보느라 옆으로 걷고 있었다. 중간중간 고삐를 쥐지 않은 손으로 제 뺨을 은근슬쩍 가렸다.

"역시 내 동생! 세상에서 제일 예뻐!"

어느새 말에서 내린 아네스가 뒤로 걸으며 레티시아를 하염없이 바라보았다.

갈색 군마 위에 탄 레티시아는 요정들의 여왕님 같았다.

'어리지만 만물을 굽어보는 굳건한 여왕님……!'

부드럽게 흘러내리는 금빛 머리칼. 보석처럼 빛나는 붉은 눈동자.

북부인처럼 하얗고 고운 피부와 그와 어울리는 새하얀 로브까지.

아네스의 눈에는 저녁 석양마저 레티시아를 축하하려 비춰 주는 것 같았다.

'하얀 군마를 탔으면 더 어울렸을 텐데.'

그리 생각하며 아네스는 레티시아에게 푹 빠져 시선을 떼지 못했다.

옆에서 〈미색〉이 '벌써 질척이면 안 된다, 아네스. 새 가족이 되려면, 밀고 당겨야 하느니라! ' 하고 훈수를 뒀지만 한 귀로 듣고 흘렸다.

오늘은 웬일인지 〈미색〉의 헛소리가 근처에 있던 일라이의 귀에도 들리지 않았다.

왜냐면.

일라이는 레티시아에게 시선을 고정한 채 옆으로 걷느라 바빴기 때문이었다.

"……초상화로 담고 싶어."

레티시아가 환히 웃는 모습을 두 눈에 간직하기 위함이었다.

웃음이 귀한 레티시아의 미소를, 한 것도 없는 북부인들이 보게 된다니…….

'아깝지만 어쩔 수 없지.'

레티시아가 기뻐하면 그걸로 된 거다. 일라이는 그렇게 합리화했다.

그사이, 사람들이 뿌리는 꽃잎과 열렬한 환호를 받으며 레티시아는 웃음을 머금었다. 북부인들이 한마음으로 뿌리는 꽃잎은 마치 꽃비처럼 레티시아 머리와 새하얀 로브 곳곳에 내려앉았다.

"……다들 기뻐 보여."

레티시아는 작게 중얼거리며 고개를 살짝 숙였다.

작은 눈물이 그녀의 눈동자에 맺힌 건 찰나였다.

그 눈물을 본 건 옆에서 줄곧 그녀를 지켜보던 일라이가 유일했지만. 그는 눈물을 훔쳐 주는 대신, 레티시아의 눈에서 반짝이다가 사라지게 내버려 두었다.

슬픔 대신 기쁨이 담긴 눈물이었기 때문이었다.

* * *

레티시아 일행이 레벤 성으로 돌아왔을 때는 이미 늦은 밤이었다. 설산에서 마을까지 오는 데 거리가 멀기도 했지만, 영지의 주요 마을을 행진하느라 서너 시간이 더 걸렸기 때문이었다.

여기저기서 꽃잎을 뿌려 대서 레티시아의 머리와 옷 곳곳에 말린 꽃잎 천지였다.

일라이와 아네스도 크게 다르지 않은 데다, 백부장 다이안과 아테나를 비롯한 윈터 기사들도 비슷한 모습이었다. 다이안은 꽃가루 알레르기가 있었는지 두 눈을 붉히며 재채기를 해댔는데, 마을 사람들은 감동해서 눈물을 흘리는 거라고 생각했다.

어찌 됐든, 무사히 행진을 마치고 레벤 성에 돌아온 레티시아는 따뜻한 물로 씻고 나온 뒤였다. 그녀의 침실에 욕실이 딸린 데다, 집사가 직접 갈아입을 옷과 욕실 물을 데워줬기에 편안한 밤을 보낼 수 있었다.

'테레사 님을 보고 싶은데…….'

레티시아는 침대에 누워 코끝까지 이불을 올린 상태로 두 눈을 깜빡였다. 녹초가 된 몸이 피로할 만도 하건만, 심장이 계속 두근거려 잠이 들지 못했다.

'이미 주무시겠지? 늦게까지 일하신 댔나…….'

그래도 이 밤에 테레사를 찾는 건 무례라고 생각했다.

그녀 쪽에서도 자신을 찾지 않는 것을 보니, 푹 쉬고 내일 정오 지나서 지시한 것이리라.

그때 휙, 하며 작은 바람이 불었다. 레티시아가 열심히 말린 뽀송뽀송한 머리 위에 멋대로 눌러앉는 고양이가 있었다.

"파비……."

왜 엉덩이로 머리를 깔고 앉는 거야? 윈터의 고양이들에게 배운 걸까…….

레티시아는 이제껏 고양이를 기른 적 없어서 의아해하면서도 내버려두었다. 제 머리맡에 무슨 한이라도 맺힌 건지, 떡하니 앉는 심보가 궁금했다.

어쩌면 라이아덴에게 명당을 한 차례 빼앗겼기 때문일지도.

"라이는 동굴로 돌아갔는데……. 파비, 넌 안 돌아가도 돼?"

"냐아."

돌아가지 않겠단 뜻이라서 레티시아는 "왜지?" 하고 잠깐 생각했다.

파르비스야, 자신을 워낙 따르니 붙어 있는 게 이해는 간다. 하지만

라이아덴은 레티시아 자신과 계약까지 마쳤는데 어째서 동굴로 돌아간 건지 알 수 없었다.

'난 얼음 동굴에서 지내야 한다. 주인의 곁을 지키는 건 파르비스 혼자 충분할 테니, 가끔 보러 오겠다.'

작아진 라이아덴은 정령어로 그렇게 말했었다. 그리고 "왜?" 하며 의아해하는 레티시아의 머리를 앞발로 쓱쓱 쓰다듬으며 말을 이었다.

'요람을 지켜야 해. 레티시아, 내 도움이 필요해지면 얼마든지 불러라. 내가 없어도 전보다는 더 빙결을 잘 쓸 수 있겠지만…….'

요람.
라이아덴은 분명 그렇게 말했었다.
하지만 레티시아가 본 얼음 동굴은 자칼리아의 '무덤'이라 불리는 곳이었다.
'뭐가 요람일까…….'
레티시아는 말똥말똥 눈을 뜬 채 추측하다가 어느새 잠이 와서 눈꺼풀을 감았다.
새벽의 달이 뜨고, 레티시아가 잠들 무렵.
달칵.
문이 열리며 하얀 모피 코트를 걸친 여자가 안으로 들어섰다.
테레사는 간이 조명등을 든 채 어두컴컴한 방 안을 둘러보았다. 잠든 레티시아 곁으로 다가가 침대 끝자락에 걸터앉고는 조명등을 탁자 위에 올려 두었다. 그런 다음, 늘씬한 손을 뻗어 소녀의 이마를 쓸어 주었다.
"……힘들었겠지."

테레사는 작게 중얼거리고는 레티시아의 머릿결을 따라 다정히 쓸었다.

그녀가 어렸던 잔느와 아네스, 두 아이에게 해 주었던 것처럼.

행여 잠에서 깰까 조심스러운 손길이었다.

테레사는 레티시아가 잠든 것을 보고 옅게 미소 지었다.

"……더는 전처럼 외롭지 않았으면 하는구나. 윈터가 곁에 있어 줄 테니."

그 말을 끝으로 테레사는 고개를 숙여 잠든 레티시아의 이마에 입을 맞추었다.

윈터에서 나고 자란 어머니가 아이에게 해 주는 다정한 인사였다.

아이를 괴롭히는 무서운 악몽이 걷히며, 빛을 가진 작은 요정이 찾아와 행복한 꿈을 꾸기를.

테레사의 손길이 닿는 순간, 곤히 잠들었던 레티시아는 저도 모르게 웃었다. 물에 녹는 솜사탕처럼 잠깐의 미소였지만, 그 모습을 본 테레사의 입가에도 다정한 미소가 머물렀다.

테레사는 한동안 레티시아의 곁을 지키다가, 달에 꼈던 구름이 걷히고 나서야 몸을 일으켰다. 그리고 소리 없이 왔던 것처럼 조용히 레티시아의 침실을 빠져나갔다.

탁.

문이 닫히고, 레티시아는 저도 모르게 눈을 떴다.

'어……'

레티시아는 두 손으로 이마 주변을 매만졌다.

파르비스 때문에 흐트러졌던 머리가 단정히 정리되어 있었다. 마치 누군가 정리해 준 것처럼.

하지만 너무 졸려서 레티시아는 꿈이라고 생각했고, 다시 눈을 감으며 달콤한 잠에 빠져들었다.

악몽을 자주 꿨었던 레티시아는 실로 오랜만에 다른 꿈을 꿨다.

지금보다 더 어린 레티시아가 새하얀 눈밭을 밟고 있었고, 그 곁을 붉은 눈을 가진 새하얀 늑대가 지켜 주는 꿈. 어쩐지 그 하얀 늑대가 눈물이 나올 만큼 따뜻하고 다정해서, 레티시아의 눈꺼풀이 젖어 들었다.

"냐아아……."

때마침 잠에서 깬 파르비스가 레티시아의 눈가를 핥아 주고는 다시 머리맡에서 몸을 웅크렸다.

그때, 라이아덴은 '자칼리아의' 요람에 와 있었다. 누구의 요람인지 레티시아에게는 굳이 말하지 않았지만.

레티시아는 분명, 금빛 용 자칼리아의 딸이 맞다. 하지만 자칼리아는 어린 용으로 새로 태어나면서 모든 기억을 잃었다. 레티시아에게는 두 번이나 어머니를 잃는 경험일지도 모른다.

네 어머니는 이미 죽어서 없지만, 그녀의 영혼과 마력을 지닌 어린 용이 '자칼리아'로 눈을 떴다고.

'좀 더 크면 그때 말해도 되겠지.'

라이아덴은 그렇게 생각해서, 그저 '요람'에 갈 일이 있다고 짧게 말하고는 레티시아의 곁을 떠났다.

마침 어린 용도 잠든 차였다. 용의 머리를 가볍게 핥아 주고, 라이아덴은 다시 자리를 잡았다. 계약했으니 레티시아가 주인이었으나, 아직은 어린 용이 다 자랄 때까지 지키는 것이 대정령으로서 도리였다.

* * *

윈터의 아침이 밝았다.

북부에 봄이 온 후, 처음으로 맞는 아침이었다. 늘 입던 겨울옷 대신

가을 옷을 걸친 레티시아는 식당으로 향했다.

오늘도 '잔느와 아네스만 있으려나?' 하고 생각했는데, 일라이가 맞은 편에서 가벼운 눈짓을 보내 왔다. 레티시아는 손을 위로 올려 살짝 인사했다. 그러다 무심결에 식사 테이블을 보며 깜짝 놀라고 말았다.

좀처럼 모습을 보이지 않던 사람이 가장 상석에 앉아 있었다.

"어서 와라, 레티시아."

테레사였다.

평소처럼 붉은 깃이 달린 흰 제복을 입는 대신, 연한 감색 드레스를 입은 테레사가 레티시아를 반겼다.

"안녕하세요, 백작님. 잘 주무셨나요?"

레티시아는 책에서 본 것처럼 딱딱하게 인사하며 원피스를 쥐고 무릎을 살짝 굽혔다. 한쪽 손에 턱을 괸 테레사가 지그시 레티시아를 쳐다보았다.

'그냥 한쪽 무릎을 꿇을 걸 그랬나……'

테레사가 레티시아에게 평민이든 귀족이든 상관없으니, 인사는 아무래도 좋다고 했었다. 그래서 보다 간편히 인사하란 뜻으로 생각했는데…….

'이제라도 무릎을……'

"거기 있어라."

테레사는 그렇게 말한 뒤, "안 돼요, 어머님. 울 레티 다리 아파요." 하고 말대꾸하는 아네스를 눈빛으로 가뿐히 제압했다. 그리고 자리에서 일어나 걸치고 있던 얇은 코트를 뒤로 물리고는 레티시아에게 다가갔다.

테레사는 레티시아의 코앞에 와서야 걸음을 멈추더니 말했다.

"숨 한 번 크게 쉬어라."

"……네? 네."

왜 그러시는 거지?

레티시아는 의아했지만, 차분히 답하며 숨을 힘껏 들이쉬었다가 내뱉었다. 그걸 지켜보던 테레사가 대뜸 몸을 숙이더니 레티시아를 꽉 안아 주었다.

레티시아가 제 품에서 온기를 느낄 수 있도록.

그렇게 1분이 지나 5분이 될 때까지 테레사는 가만히 레티시아를 안아 주었다.

아네스가 '어머님……. 저렇게 안아 주시면서 내 애착 돌을 몰래 가져가셨지.' 하고 얼마 전의 일을 생각하는 사이.

"더 안겨도 좋다, 레티시아."

테레사는 얼어붙은 레티시아의 등을 다독여 주며 말했다.

"풉."

물을 마시던 잔느가 내뿜었으며, 마찬가지로 턱을 괴고 있던 일라이가 한쪽 눈썹을 치켜세웠다.

"이 백작의 품에."

'어머니의 품에'라는 것도 영 아니었고, '아주머니 품에'라고 하기에도 좀 그랬다.

테레사가 숨을 살짝 들이쉬며 아이를 안던 손을 느슨히 풀었다. 잠시 망설이던 레티시아는 그녀의 품으로 더 안겼다.

굳이 테레사가 한 명령 때문만은 아니었다. 레티시아도 윈터 백작이 좋았기 때문이었다.

어른의 널따란 품에 안기자, 레티시아는 그제야 자신이 열한 살이란 사실을 실감했다. 열여덟의 기억을 지니곤 있어도…….

테레사는 레티시아가 안정감을 느낄 수 있도록 품에 가득 안아 주었다. 어깨며, 등이며 다독여 주고 두 뺨도 다정히 감싸 주다가, 레티시아가 빠져나가려는 기미를 보이자 그제야 품에서 놔주었다.

"딸꾹."

아네스는 레티시아 대신 딸꾹질을 하며 입을 틀어막았다.

'그렇게 꽉 안아 주시다니. 내가 꼬꼬마일 때 해 주시고, 이후론 안 해 주셨는데.'

어머님이 혹시 바뀌셨나……하고, 아네스가 잠깐 생각했을 정도였다.

테레사는 다시 상석으로 몸을 옮기려다가 레티시아에게 한쪽 손을 내밀었다. 잡으라는 뜻이었다.

레티시아가 조심스레 손을 잡자, 테레사는 느릿한 걸음으로 의자로 향했다. 그렇게 레티시아를 자리로 데려다준 다음, 자신은 상석에 다시 앉았다.

레티시아 옆에는 잔느가, 대각선에는 일라이가, 맞은편에는 아네스가 있었다.

"한창 자랄 나이니, 아침도 든든히 먹어라."

테레사가 자신을 보며 하는 말에, 레티시아는 붉어진 뺨을 감추며 고개를 끄덕였다.

'따듯해……. 하얀 늑대 일족이라서 차가운 줄 알았는데.'

레티시아가 한동안 포크만 쥐고 있자 잔느가 그녀의 손등을 톡톡 쳤다. 그러더니 레티시아 앞에 있던 접시에 육즙이 흐르는 베이컨과, 갓 구운 호밀빵을 잔뜩 옮겨 주었다.

"……이렇게나 많이 먹어요?"

"응, 난 많이 먹어. 검술 훈련받으려면 체력이 좋아야 하거든. 내 스승님이 아테나라고, 집사의 딸인데 무척 엄격해."

잔느는 묻지도 않은 이야기를 해 주고는, 다시 고개를 돌려 제 접시에 담긴 베이컨을 돌돌 말아 입에 넣었다.

"누나, 나는?"

"넌 알아서 먹어. 손이 없니, 발이 없니?"

아네스의 물음에 잔느는 차갑게 말하고는 다시 포크를 움직였다.

레티시아는 제 접시에 산처럼 쌓인 베이컨과 빵을 보다가 천천히 포크를 움직여 하나씩 입으로 가져갔다.

'이걸 다 어떻게 먹지……? 남기면 안 되는데.'

이를 가만히 지켜보던 일라이가 신선한 채소 샐러드를 레티시아의 앞으로 밀어 주었다.

"오래오래 살려면 야채를 많이 먹어야 한다던데."

"경험담?"

아네스가 포크를 든 채 일라이를 가리키며 물었다. 일라이는 기분 나빠하며 미간을 좁히더니 답했다.

"책에서 본 거야."

"혹시 막 2천 년 된 고서에서 봤어?"

"아니, 어렸을 때 동화에서 봤어."

아네스가 "……구라쟁이." 하고 고개를 휙 돌리고는 일라이의 비겁함을 욕했다.

왜 대악마였다고 말을 못 해?

빨리 말해서 차이면 되는데.

"언제 차일 거야?"

"……뭐가."

"언제 레티에게 차일 거냐고."

"……몰라."

일라이는 얼버무리고는 레티시아 앞에 샐러드며 산딸기 무스 케이크며 놓기 바빴다.

'작년에 남부에서 사 둔 산딸기 무스 준비하세요.'

'흐, 흐억. 안 됩니다! 이거는 테레사 님의 탄신연을 위해 마지막으로 남겨 둔 것인데…….'

'백작님의 명령이니, 아낌없이 내놔요.'

집사에게서 압력을 받은 주방장이 마지막 보물 창고를 열어 내놓은 것이었다. 그 사실을 모르는 일라이는 레티시아 앞으로 귀한 디저트를 계속 가져다주었다.

'나도 산딸기 무스…….'

'나도…….'

잔느가 포크를 물고 힐끔 쳐다보았고, 아네스가 스푼을 물며 쳐다보는 것을 간단히 무시해 버렸다.

테레사 백작도 일라이가 제멋대로 구는 것을 넘어가 주었다.

"윈터에 몇 없는 거니까, 많이 먹어 둬."

"치……. 나도 한 입만 줘."

"넌 안 돼, 아네스."

윈터가 자기 집도 아니면서 일라이가 차갑게 대꾸했다. 레티시아만 맛있고 귀한 걸 먹이면 된다는 게, 일라이의 새로운 지론이었다.

물론 레티시아는 조금 망설였다. 자신이 윈터의 객식구인 걸 잘 알고 있었지만.

'너무 단 건 혀가 아린데…….'

그래도 앞으로 가져다준 일라이의 성의를 무시할 수 없어서 레티시아는 스푼을 들었다. 산딸기 무스의 맛을 보려다가 얼굴이 따끔거리는 것을 느꼈다.

"……."

"와……. 맛있겠다."

잔느는 말없이 레티시아를 바라보았고, 아네스는 두 눈을 반짝거리고 있었다.

"이건 잔느 꺼, 이건 아네스 몫이야."

레티시아는 둘의 앞으로 접시 두 개를 놔 주며 살짝 웃었다.

'나보다 세 살은 많은데, 가끔 보면 귀엽다니까.'

아네스가 기뻐하며 산딸기 무스 케이크를 가져가려던 때였다.

"아네스 윈터."

잔느가 차갑게 이름을 부르며 제지한 다음 접시 하나만 가져왔다. 나머지는 레티시아에게 밀어 주고는, 수학자가 된 것처럼 케이크를 삼등분으로 나눴다.

그리고 눈을 반짝이며 기대하던 아네스에게 한쪽, "필요 없는데……." 하면서도 받은 일라이에게 다른 한쪽을 건넸다. 그런 다음 본인 몫의 마지막 한 조각을 스푼으로 퍼서 입에 넣었다.

"누나 케이크가 더 커 보이는데?"

"자, 아네스. 지름 12센티미터의 케이크가 있어. 근데 입은 세 명이야. 이걸 어떻게 나눠야 할까?"

"나야 모르지."

"그럼 닥치고 먹어."

잔느는 차갑게 대꾸하고는 아네스를 흘겨보았다. 레티시아는 제 앞에 놓인 산딸기 무스 케이크를 물끄러미 쳐다보았다.

'이걸 나 혼자서 다 먹어도 돼? 저긴 셋이서 나눠 먹는데…….'

테레사에게 나눠 줘야 하나 잠깐 생각했다.

"다 먹어라, 레티시아."

테레사는 이미 식사를 마쳤는지 짧게 말하고는 먼저 몸을 일으켰다.

"레티시아에게 레벤 성 구경도 시켜 주고. 나중에 날이 더 풀리면 모르스 성도 데려가."

"저 아네스가요? 제대로 할까요?"

잔느가 제대로 안내하겠냐며 아네스를 의심하자, 아네스가 울컥해 포크를 꽉 쥐었다. 그러면서도 테레사가 몸을 일으킨 사이, 매운 해물 스튜에서 당근만 골라냈다.

'나 같은 미인은 당근 따위, 안 먹는다니까.'

주방장이 아네스 스튜에만 당근을 퍼부어 대서 잔뜩 골이 난 상태였다.

"잔느, 너도 좀 쉬고. 그간 빌헬름 수도원의 장부를 보느라 머리 아팠을 텐데."

"재밌었는데……."

잔느는 검술에도 재능이 있었지만, 회계에도 일가견이 있어서 복잡한 장부를 보는 것도 그리 어렵지 않았다.

그걸 보던 아네스가 "……그건 미색이도 잘하는데." 하고 말했지만, 잔느는 무시했다.

이세계 출신의 전대 계약자, 레이스 광전사에게서 〈미색〉이 복잡한 수식을 배워 왔다는데…….

광전사가 고등 아카데미를 다닐 때, 나름대로 공부를 잘했던 모양이다. 그걸 왜 대악마에게 가르쳐준 건지 참 의문이다만. 그것도 제 영혼을 삼킬 존재에게!

그래도 잔느는 〈미색〉이 마력으로 만든 무테안경을 걸치고는 'x, y'가 어쩌고저쩌고하는 게 마음에 들지 않았다. 그냥 가르쳐 주면 되는데, "이 우매한 것들……. 바보들." 하면서 내려다보는 시선이 마음에 들지 않았던 탓이다.

「릴리스는 이런 건 모를걸? 대악마 되기 전에 노래만 불러서 아는 게 없을 테니까.」

라며 아스타로트가 매번 이죽거리곤 했다.

잔느와 함께 얌전히 수식을 듣고 있던 릴리스도 화가 났는지 "미색, 이 ———." 하고 욕을 해대서 포기한 지 오래였다.

이세계의 수식 따위 없이도 잔느는 회계 장부를 거뜬히 볼 수 있었다. 미색이 아네스를 붙잡고 가르쳤지만, 아네스는 "난 숫자가 싫어!" 하고 도망 다니는 바람에 아는 게 없었다.

'레티시아라면 알아들으려나?'

잔느는 깨끗해진 포크를 내려 두고는, 케이크를 우아하게 먹는 레티시아를 흘끗거렸다.

'아니. 애초에 미색의 목소리가 들릴 리가 없지. 레티시아는 대악마의 계약자도 아닌데.'

「레티시아에게 가르쳐야겠다.」

아스타로트가 하는 말에 아네스는 무시했고, 잔느는 눈을 동그랗게 떴다.

분명, 레티시아는 대악마의 계약자가 아니었다.

그러니 다른 대악마인 미색과 이야기가 통할 리도 없는데, 무슨 수로 가르치겠단 건지…….

아네스가 미색에게 수식 설명을 듣고, 그 설명을 레티시아에게 해 줄 일은…….

없을 텐데.

잔느는 레티시아를 보며 음흉하게 웃는 미색을 보고 눈을 찌푸렸다.

「과외……비는 뭘 받지? 공짜 현신 자주 해야지, 쿡쿡.」

2천 살에 이세계의 언어도 떼고, 수학 익힘책도 뗐던 〈미색〉이다. 눈부신 머리칼을 쓸어 올리며 아스타로트는 음흉한 미소를 지었다.

「앞으로 이 미색만 믿어라. 귀엽고 똑똑한 어린 양.」

'뭐야, 기분 나빠…….'

레티시아는 주변을 둘러보다가 다시 산딸기 케이크를 조금 퍼먹었다. 허공에서 음흉한 시선이 느껴진 탓이다.

무표정한 얼굴로 가만히 듣던 일라이는 생각했다.

엘리트 사제를 구해서 저 거치적거리는 대악마, 〈미색〉을 빨리 퇴마시켜야겠다고.

"마호가니 은행?"

그날 저녁.

레티시아가 점심을 든든히 먹고 쉬고 있던 차에 아네스가 꽤 놀랄 만한 정보를 가져왔다.

윈터 가문에선 광산 '로사'를 본격적으로 개발하려 했고, 이에 드는 비용을 마련하고자 방법을 모색 중이었다.

정확히는 광산 일대를 관광지로 만들기 위해서, 마호가니 은행에서 자금을 빌릴 생각이었다. 대출이 아니라 투자를 받으면 더 좋겠지만, 아네스가 보기에 그럴 가능성은 없어 보였다.

"웅! 거기 은행장이 이백 살 먹은 드워프라는데, 돈 욕심이 장난 아니래. 미색이 말로는, 돈독 제대로 오른 할배랬어!"

"그러니까 대륙의 다른 왕족들도 한 수 접고 본다는 마호가니 은행장이겠지?"

"오, 맞아! 그 돈독 오른 드워프 때문에 망한 가문이 한둘 아니라더라. 몇몇 소왕국도 돈 좀 빌렸다가 완전히 망했고……."

아네스는 라반 대륙에서 소왕국이 몇 개나 망했는지 수를 헤아리다가 그만두었다. 레티시아는 침대에 걸터앉은 채 맞은편 소파에 자리 잡은 아네스를 보며 물었다.

"근데 그게 왜?"

"어머님이 오늘 마호가니 은행과 접촉한 모양이야. 새로운 사업을 시작하려면 돈이 필요한데……. 근데 그 드워프가 워낙 깐깐해서 말이지. 레벤 성을 담보로 해도 안 빌려줄 것 같던데."

"그런가? 까다롭네."

아네스는 레티시아를 빤히 쳐다보더니 툭 말을 내뱉었다.

"근데 그 은행장이 소식이 좀 빠른가 봐. 망한 윈터에는 볼일이 없다더니, 지금은 원하는 담보가 있대."

"그게 뭔데?"

"레티, 잘 들어 봐. 글쎄, 그 드워프 할배……. 어머님이 직접 은행에 가신다고 해도 오지 말라고 거부하더니, 자기가 직접 '붉은 갈색 나무' 사절단을 이끌고 레벤 성에 들르겠다는 거야! 2주 뒤에 오겠대."

아네스는 '세라피나의 귓속말'이란 성유물을 금고에서 훔쳐 낸 뒤, 타락시켜 테레사 백작과 고위 가신들의 대화를 엿들었다. 아네스가 생각하기에도 꽤 훌륭한 도청이었다.

'이런 중요한 걸 테레사 님이 직접 알려 줬을 리는 없고……. 아네스가 엿들은 거겠지?'

대충 짐작한 레티시아가 아네스를 쳐다보며 물었다.

"왜 갑자기 완강했던 태도를 바꾼 거야? 그것도 마호가니의 은행장이."

"윈터의 새까만 고양이나 하얀 늑대를 원한대. 그거 '파르비스'와 '라이아덴' 맞지? 드워프 할배가 노망났나 봐."

아네스가 '욕심 많은 땅딸보 노인네!'라며 은행장인 드워프를 욕했지만, 레티시아는 따라 웃는 대신 골똘히 생각했다.

그러다 저도 모르게 창틀에 앉아 있는 파르비스를 빤히 쳐다보았다. 앞발에 꿀이라도 발랐는지 츄릅, 츄릅 핥던 파르비스가 "냐아" 하며 고개를 들었다.

뭐냐, 꼬마 주인. 왜 그렇게 보는 거냐!

저녁 햇살을 요리조리 피하던 파르비스의 두 동공이 흔들렸다.

"파비, 이리 와 볼래?"

평소라면 레티시아가 부르기도 전에 폭 안겼을 파르비스가 어쩐지 주인을 경계했다.

"캬오!"

레티시아를 보고 뒷걸음질 쳤지만, 결국은 얼마 못 가 주인의 품에 꼬옥 안겼다. 그리고 가짜 고양이답게 새침한 눈빛으로 "왜 그렇게 빤히 보냐"고 물었다.

"파비, 너. 나랑 드워프 구경 안 갈래? 보름쯤 지나서."

주인, 너나 가! 파비는 안 가!

파르비스는 '캬오!' 하며 꼬리를 세우더니 레티시아의 손등을 앞발로 철썩 때렸다.

"싫으면 파비는 방에서 쉬어."

"냐아?"

"그냥 라이아덴과 가야겠다."

그 말에 파르비스는 레티시아 품에서 뛰쳐나오더니, 주인의 앞을 대차게 가로막았다. 아주 당당하게 "누님 대신 날 데려가쇼!" 하는 얼굴이었다. 그걸 지켜보던 아네스가 "나날이 조련 실력이 느는구나." 하고 감탄했다.

"와, 레티……. 너 진짜 대단하다. 파르비스를 담보로 걸려고?"

"파르비스가 허락한다면?"

허락 안 해!

파르비스는 고개를 도리질 치며 강한 거부감을 표했다.

팔 거면 하얀 늑대를 팔아!

파르비스는 마호가니 은행의 담보가 될 생각이 전혀 없었다. 대신 레티시아의 발치에서 얼굴을 비비며 애교를 부렸다.

'그래도 드워프는 궁금하니, 누님 대신 날 데려가라, 주인!'이라는 뜻이었다.

* * *

글란츠는 해가 저물어 가는 것을 보며 연거푸 독한 술을 들이켰다.

"하늘도 무심하시지……."

카라는 속상해하는 글란츠를 보며 찬물을 홀짝홀짝 마셨다. 파베르도 말없이 석류 차를 들이켰다.

"하아……. 레티시아 님께서 내 사업을 방해하시다니."

삼인방도 저녁때 민가에 있던 차였다.

갈색 군마를 탄 채 위풍당당하게 손을 흔드는 레티시아를 보았지만, 눈도 마주치지 못했다.

'공녀님, 여깁니다! 저 글란츠입니다! 전직 공녀님!'

'아가씨, 저 카라예요! 아가씨께서 해내실 줄 알았어요!'

'저 여기 살아 있습니다. 공녀님!'

글란츠가 두 손을 흔들었고, 카라가 양손으로 입가를 가렸으며, 파베르가 카라를 번쩍 들어 올려 삼인방의 위치를 알렸지만, 레티시아와 시선 한 번 마주치지 못했다.

"……저희 버림받은 건가요?"

"부를 때도 되었는데……. 저번에 왜 오지 않느냐고 안부 물으신 게 마지막이었습니다."

카라가 손등으로 눈가를 훔치자, 파베르는 씁쓸하게 답했다.

"뭐, 이 벌꿀오소리는 주인 없어도 잘 먹고 잘살렵니다."

글란츠는 그리 말하며 독한 술을 연거푸 마셨다. 그런데도 술에 취하긴커녕 가자미눈으로 주점 안을 훑었다.

이제 슬슬 돈도 떨어져 가던 차에 어디 호구하나 잡아서 약을 팔 생각이었다.

이제 겨울이 가고 봄이 왔으니 동상에 걸릴 일도 없겠지만.

호구를 물색하던 차에 순박한 인상의 두 남자가 대화하는 소리가 들렸다.

"근데 그 정령술사님 말이여……. 듣기론, 남부 귀족 출신이라더구만.

웬 약팔이가 그랬다든디.”

“남부 귀족이 뭘 하러 여기까지 올라와? 허풍도 적당히 쳐야지. 왕녀 맹키로 귀티가 좀 나긴 했지만.”

“어허, 이 사람. 내 말이 맞다니까! 남부 귀족이 북부까지 올라올 일이 뭐 있겠어?”

“그러고 보니 자네 말도 일리가 있어. 뭐 있는 건가?”

“그게……. 어마어마한 사고를 치는 바람에 가문에서 쫓겨났다나? 저, 저 마을 관리로 있는 준남작이 말하는 걸 들었거든! 어린애가 갈 곳 없어서 북부로 도망쳤다던디.”

“참 나. 여기 뭐가 있다고 북부로 도망쳤대?”

“글쎄, 준남작 말로는! 어린애가 권력에 두 눈이 멀어서 겁도 없이 윈터로…….”

쾅!

파베르는 석류 차가 든 나무잔을 거칠게 내리쳤다. 그리고 입가에 흐르는 차를 손등으로 훔치고는 건장한 북부인 두 명에게 다가갔다.

“거, 가게 샀습니까?”

“뭐여? 덩치 큰 양반이 웬 시비여! 살갗이 훈제 닭 다리맹키로 그을린 걸 보니 남부 해안가 출신인가 본데…….”

오, 예리한데.

잠깐 감탄한 파베르가 팔짱을 끼고 사납게 눈을 부라렸다.

“정령술사님이 어디 출신이든 입 털지 마십시오.”

“털라고 있는 게 입이지! 자네가 뭔 상관인가?”

그러게…….

파베르는 휘말릴 뻔했다가 한쪽 눈썹을 올렸다. 그리고 팔짱을 풀고서 두 손으로 애꿎은 테이블을 쾅, 하고 내리쳤다.

“제가 그, 정령술사님의 전직 호위였습니다. 남부 기사와 맞붙고 싶지 않으면, 왈가왈부하지 마십시오!"

술을 연신 들이켜며 지켜보던 글란츠가 손등으로 입가를 훔치고는 파베르 곁으로 다가갔다. 그리고 음험한 표정으로 얇은 수술용 단검을 꺼내고는 테이블에 콱, 하고 박았다.

사이좋게 맥주를 마시던 북부인의 두툼한 손 근처에 단검이 대롱대롱하고 꽂혔다.

"어이, 아저씨들. 누가 남부 가문에서 쫓겨났대? 금지옥엽이신데."

레티시아는 가문에서 내쫓긴 게 아니라 제 발로 나간 거고, 권력에 두 눈이 먼 적도 없다.

'버려지긴 했어도 할 말은 해야지!'

글란츠가 눈을 게슴츠레 뜨며 말했다.

"제가 그분 주치의라서 잘 아는데……. 도망이 아닙니다. 확, 씨. 누가 도망갔다고."

글란츠는 수술용 단검을 나무 테이블에서 빼내며 이를 갈았다. 그리고 훈계하듯 "출가." 하고 말했다. 파베르도 옆에서 고개를 끄덕였다. '금지옥엽'과 '출가'는 영 어울리지 않았지만.

글란츠의 살벌한 기세에 북부 남자 둘은 떠들다 말고 입을 다물었다.

"이만 갑시다."

글란츠는 애써 우울한 기분을 감추고 짐을 챙긴 뒤, 술과 음식값을 계산하고 나왔다. 그의 뒤를 카라와 파베르가 후드를 뒤집어쓰고 따랐다.

딸랑.

명쾌한 종소리를 들으니 한층 기분이 저조해졌다. 계요등 사업을 말아먹어서 더 그런 것이리라.

"……?"

주점의 문을 열고 나온 글란츠는 눈을 크게 떴다. 무장한 기사들이 창을 든 채 글란츠를 사늘한 시선으로 보고 있었다.

모두 여자들이었다.

"이놈입니다! 가짜 약을 판 놈!"

뒤늦게 문이 열리더니, 주점 주인이 튀어나와 글란츠를 손으로 가리켰다. 글란츠가 재빠르게 뒤를 돌아보자, 이미 카라와 파베르는 일행이 아닌 척 먼 하늘을 보고 있었다.

후드로 재빨리 얼굴을 가리는 것도 잊지 않았다.

"제 발로 갈 겁니다. 붙잡지 마세요!"

글란츠는 당당히 외친 뒤, 멀쩡했던 한쪽 다리를 절뚝이기 시작했다. 삶에 미련이 가득 남다 못해 질척이는 태도였다.

"아, 다리를 다치셨군요. 마차를 준비했으니 타시면 됩니다."

선두에 있던 덩치 큰 여자가 글란츠를 홱 들더니 어깨에 걸쳐 멨다. 그리고 일행이 아닌 척하는 카라와 파베르에게 따라오란 눈짓을 보냈다. 카라는 '요샌 처형당하는 데도 마차를 태워 주나?' 하고 생각하며 덜덜 떨면서 기사들을 따랐다.

글란츠는 저항하는 대신 키가 2미터는 될 법한 여자에게 얌전히 몸을 맡겼다. 여기서 떨어지면 목이 부러질 것만 같았다.

글란츠를 포대 자루처럼 어깨에 걸쳐 멘 상급 기사가 멈춘 곳은 웬 커다란 마차 앞이었다.

"저 약팔이 의사의 처형은 언제……."

파베르가 허공에 붕 뜬 글란츠를 손으로 가리키며 물었을 때였다. 헛소리를 무시한 상급 기사가 단호히 말했다.

"정령술사님의 측근들이시니, 레벤 성으로 모시겠습니다."

"예?"

글란츠가 놀라 두 눈을 끔벅였다. 상급 기사는 담담히 말을 이었다.

"정령술사님께서 더는 농땡이 피우지 말고 레벤 성으로 돌아오란 전언을 남기셨습니다."

그렇게 말한 상급 기사는 글란츠를 마차 안으로 처넣었다. 종잇장처럼 구겨져 마차에 들어간 글란츠가 얌전히 무릎 위에 손을 올렸다. 카라와 파베르도 글란츠의 맞은편 자리에 몸을 실었다.

"저, 저희가 레벤 성으로 가도 되나요? 원, 원래 가기로 했었지만……."

"제 주군이신 백작님께서 글란츠 경, 카라 경, 파베르 경이 레벤 성에 머무는 것을 허락하셨습니다."

와……. 나 '경' 소리 처음 들어봐요.

놀란 카라가 답을 하지 못하자, 글란츠가 평온한 얼굴로 고개를 끄덕였다.

"윈터의 기사님들께서 저희를 데리러 올 거라 미리 알고 있었습니다. 자, 그럼 어서 레벤 성으로 출발하시죠!"

"이 약병도 챙기시는 겁니까? 몇 개 깨져서 냄새나던데……."

닭 오줌 냄새가 나는 계요등을 보며 상급 기사가 눈을 찌푸렸다.

"싹 버려 주십시오. 아니면 동상 환자들에게 나눠 주시거나."

상급 기사는 '흠……. 저놈 오줌은 아니겠지' 하고 글란츠를 훑다가 마차 문을 닫았다.

쾅!

마차 문이 거칠게 닫히는 순간, 글란츠는 두 손을 얌전히 모으던 자세를 그만두었다. 그리고 두 다리를 쭉 펴서 맞은편 의자에 걸쳤다. 제집처럼 편한 자세였다.

"거봐요. 내가 뭐라 했습니까? 공녀님이 절대 우리 삼인방을 버릴 일은 없다고 했잖아요?"

"입만 열면 거짓말이네요."

"사기꾼."

카라와 파베르가 연달아 질책했지만, 글란츠는 한쪽 귀를 후비며 무시했다.

"그럼 앞으로도 제가 대장인 겁니다. 이 글란츠 경이 처형당하기 전까진 말입니다, 큭."

태세 전환이 빠른 만큼, 평온도 빠르게 되찾는 글란츠였다.

그나저나…….

계요등 가루로 시작한 사업은 봄이 와서 망했으니, 새로운 '글로리아' 사업을 벌여야 하는데.

글란츠는 '북부에는 풍토병이 좀 있다고 했던가?' 하고 머리를 굴렸다.

'실험을 할 수 있으면 좋을 텐데. 풍토병에 걸린 환자를 상대로…….' 하지만 그런 걸 윈터의 군주께서 허락하실 리 없다.

글란츠는 한숨을 내쉬며 '당분간은 레티시아 님 곁에서 빌붙어야지' 하고 생각했다.

"허, 거참. 빈대 셋이 붙다니, 레티시아 님은 전생에 무슨 죄를 지으셨길래……."

글란츠의 말에 카라와 파베르는 뜨끔해 고개를 숙였다. 하지만 글란츠는 다 생각이 있었다. 북부의 풍토병을 조사하여 새로운 사업을 벌이기 전까지는, 주인에게 빌붙기로.

* * *

다음 날 아침.

레티시아는 집사로부터 측근 세 명이 도착했다는 소식을 듣게 되었다. 하도 미적거려서 대단한 볼일이라도 있나 싶었는데, 그건 아니었던 모양이다.

'돈도 없는데 어떻게 버텼지? 마을에서 지낸 것 같긴 한데.'

레티시아 자신의 이름을 팔며 진료를 보고 있다는 것까진 들었지만……. 어쨌건 세 명 다 돌아왔으니 크게 신경 쓸 일은 아니었다.

레티시아는 기지개를 켜며 하녀가 주고 간 가을용 드레스를 쳐다보았다. 어제 입었던 원피스보다는 더 격식이 있는 것으로, 하늘색 드레스는 제 나이 또래가 입기 좋아 보였다.

레티시아는 하늘색 드레스로 갈아입고는 푸른 리본으로 머리를 하나로 묶은 후에 옷매무시도 가다듬었다.

'오늘은 테레사 님이 란델 가문을 어떻게 할지 나와 의논한다고 했으니까……'

그렇다고 윈터의 다른 가신들과도 논하는 건 아니었다.

마호가니 은행에서 관광 사업 자금을 빌리는 거야, 가신들의 의견이 필요했지만.

'란델 자작을 돕는 건……. 당장은 윈터의 이익과 거리가 멀기도 하고.'

군권과 관련된 일이라서 테레사가 전적으로 결정할 문제였다.

그래도 장기적으로 봤을 때, 란델 자작을 돕는 편이 좋았다. 윈터에 비하면 군 권력도 세지 않고 부유한 가문도 아니었지만, 란델은 윈터의 몇 없는 우방이었기 때문이었다.

"어제도 편히 주무셨는지요?"

침실의 문을 열고 나오니, 집사가 가을 외투를 팔에 건 채 기다리고 있었다.

"집사님이 잠자리를 편히 봐주신 덕분이에요. 편히 주무셨어요?"

"그럼요. 오랜만에 불을 지피지 않고 잠이 들었답니다. 사실, 윈터에 봄이 온 게 오랜만이라 설레서 새벽까지 잠을 설쳤지만요."

나브티스가 너스레를 떨며 레티시아의 어깨에 얇은 코트를 걸쳐 주었다.

"자, 레티시아 님. 윈터가 아무리 봄이라도, 남부의 가을보다 더 추울지 모르니 따듯이 입어야 해요."

"집사님은요?"

"어머나, 저는 괜찮답니다. 저와 제 딸은 북부로 온 지 근 10년이 더 되어 가거든요."

이제 북부의 혹한은 꽤 견딘다는 소리였다. 그래도 나브티스는 겨울보다는 봄이 좋았다.

윈터의 겨울은 하얀 눈이 펼쳐져 아름답지만, 밤에는 급속도로 기온이 내려가 많은 영민의 목숨을 빼앗아 갔으니.

"자, 가시죠. 백작님께서 기다리고 계십니다."

집사가 손을 살짝 내밀며 레티시아가 앞서갈 수 있도록 몸을 비켰다. 그러면서도 아이가 행여 길을 잃는 건 아닌지 살폈다.

몇 번 가 본 길이라서 레티시아는 헤매지 않고 앞으로 향했다.

"정령술사님!"

"정령술사님을 뵙습니다."

"안녕하세요!"

붉은 카펫이 깔린 복도를 집사와 함께 걸어가는데, 여기저기서 밝고 경쾌한 인사 소리가 들려왔다. 대부분 하녀로, 그들은 레티시아를 보며 한껏 반가움을 표했다.

그 순간. 고성에 햇볕이 스며들며 레티시아의 뺨을 간지럽혔다.

'윈터의 봄, 이라……'

레티시아는 걸음을 멈추고는 손등으로 눈가를 가린 채 동쪽을 바라보았다. 이제야 감회가 새로웠던 탓이다.

곁을 지키던 집사가 말했다.

"윈터는 햇살이 강한 편이지요."

"전 따뜻해서 좋아요. 그런데 다들 바빠 보이네요?"

"아, 보름 뒤쯤 웬 깐깐한 귀빈이 와서 며칠간 머물기로 했거든요. 그 래서 오래된 성을 쓸고 닦는 것이지요."

"대단한 귀빈인가 봐요."

레티시아는 그 귀빈이 '마호가니 은행장'이라고 확신했지만, 집사 앞에서 아는 척은 하지 않았다.

"귀한 손님이라 해도, 레티시아 님에 비할 바는 못 되죠. 50년 만의 봄을 축하할 겸 연회도 곧 열릴 거라서……."

집사는 레티시아를 따라 동쪽을 바라보며 넌지시 말했다. 지금도 이 작은 소녀가 윈터에 봄을 되찾아 줬다는 게 믿기지 않았다.

"성의 해묵은 것들을 정리하고, 봄을 맞이할 준비를 하는 거랍니다. 연회가 먼저 열릴 테니, 연회 끝 무렵이 되어서야 귀빈이 올지도 모르겠네요."

보통 귀족가의 연회라면 짧게는 일주일, 길게는 보름이었다. 하지만 북부는 외세 안갤, 그리고 마물 주둔지와 인접한 경계를 두고 있었다. 그러니 연회가 열리기 어려운 데다, 열린다 해도 오래가지 않았다.

북부에서는 통상 사나흘이 일반적이었다. 하지만 50년 전, 겨울이 계속된 후로 연회가 열린 적은 손에 꼽았다.

"이 레벤 성에서 일주일간 연회가 열릴 겁니다. 그 까다로운 귀빈이 제때 도착한다면 마지막 날에는 참석하겠군요."

"마지막 날에 저도 귀빈을 볼 수 있겠네요."

"네, 그렇긴 하지만……. 아직 레티시아 님께서 신경 쓰실 일은 아니니, 연회 기간에는 잘 드시고 편히 쉬셔야 합니다."

나브티스가 인자한 미소를 지으며 레티시아의 어깨를 가볍게 다독였다. 아직 아이니, 연회 때는 마음껏 먹고 즐겁게 놀면서 푹 쉬란 뜻이었다.

'하지만…….'

마호가니 은행장이 윈터까지 방문한다는데, 레티시아는 그냥 두고만 볼 수 없었다.

'레벤 성도 담보로 안 받는다면, 자금을 빌릴 수 없을 텐데.'

레티시아는 가벼운 한숨을 삼키고는 주변을 둘러보았다.

그때, 나무 의자 위에 올라간 10대 중반의 하녀가 솔을 들며 낑낑대고 있었다. 석벽 쪽에 오래된 핏자국을 지우려 했지만, 솔로 비벼도 영 지워지지 않는 모양이었다.

'차가운 물에 민트잎 가루를 녹이고, 그다음에 문지르면…….'

어머니는 청소에도 능숙한 편이어서 이것저것 알려 주곤 했다. 숲속에서 혼자 찻집을 운영했었고, 유지 및 보수도 그녀의 몫이었기 때문이었다. 그래서 레티시아도 자연스레 핏자국을 지울 방법을 떠올린 것이었다.

'윈터에 오래 머문 것도 아닌데, 괜한 간섭으로 여기려나…….'

레티시아가 몸을 돌리려는데, 눈이 마주친 견습 하녀가 끙끙대며 울상을 지었다. 그리고 두 눈을 반짝이며 쳐다봐서…….

"시중에 파는 민트잎 가루를 물에 녹여서 솔로 문지르면 잘 지워질 거예요. 가짜 민트잎은 안 돼요."

레티시아는 어머니에게 들었던 것을 그대로 알려 주었다.

그런가? 견습 하녀가 어리둥절한 얼굴로 물었다.

"……민트잎 가루는 이를 닦을 때 쓰는 거잖아요?"

"아, 혈흔도 지울 수 있어서."

"그렇게 해 볼게요! 감사합니다, 정령술사님."

견습 하녀가 의자에서 내려와 고개를 꾸벅 숙였다. 그런 후 '나 정령술사님과 대화 해 봤어!'라는 상기된 표정으로 창고로 향했다.

"흠흠, 인력이 부족하다 보니 견습 하녀도 레벤 성 단장에 힘쓰고 있습니다. 아직 철이 없어서 레티시아 님께 누를 끼친 것 같군요."

집사가 머쓱하단 얼굴로 말을 덧붙였다.

다들 경건히 행동하라고 주의를 줬건만, 레티시아만 보면 기쁨과 반가움을 숨기지 못했다. 워낙 감정 표현이 드물어, 살아 있는 석상이라고 여겨지던 북부 사람들이 맞나 싶었다.

'있지, 집사. 레티는 작은 동물들에게도 인기가 많다?'

아네스가 했던 말을 떠올리며 나브티스는 턱을 어루만졌다.

윈터의 작은 동물은 물론, 다 큰 하녀들도 저리 좋아하니 그럴 만한 이유가 있는 건가 싶었다.

봄을 불러오고도 무심하기 그지없는 어린 정령술사님에게.

하녀의 반응이야, 귀여웠다. 그래서 레티시아는 "괜찮다"라며 고개를 가볍게 젓고는 다시 걸음을 옮겼다.

'고성을 관리하는 데 인력이 많이 들긴 하지.'

게다가 50년간 겨울이 계속되어서 봄에는 어떻게 지내야 할지 모르는 사람들도 있을 터였다. 남부에서는 봄이 지극히 당연한 거였지만, 북부에서 '봄'은 동화에나 나오는 이야기였을 테니까.

'테레사 님도 봄은 처음이시겠다.'

레티시아는 그런 생각을 하며 사뿐사뿐 걸음을 떼었다. 집사가 짐짓 웃더니 뒤를 따르며 말했다.

"공녀님께서는 생활 속 지혜도 아시는군요. 옷의 핏자국을 지우는데, 소금물을 쓰긴 했습니다만 지금은 소금도 귀해져서요. 그리고 석벽에 쓰기도 좀 그렇죠."

"집사님 말이 맞아요. 석벽에는 금속 장식도 있고, 소금으로 닦으면 부식되기도 쉽거든요."

"어머, 귀족 영양께서 그런 것까지 아시는군요? 저도 여기서 집사로 일하면서 알게 된 것인데……. 대사제일 때는 손가락 하나 까딱하지 않아서 아무것도 몰랐거든요."

"아, 저도 어머니께서 가르쳐 주셨어요."

레티시아는 살짝 웃으며 답하고는 생각했다.

그 산속에서 작은 찻집을 운영하며, 꽃차 만드는 것부터 가게 관리까지 모두 어머니의 몫이었다.

'레티, 이거 봐 봐. 이 찻집도 어머니가 만든 거란다. 멋있지?'

어머니는 가녀린 편이었지만, 힘이 세서 망치질도 곧잘 했다.

평소에는 찻집 주인답게 꽃차를 끓였지만, 때로는 작은 동물 손님들의 치료사로, 때로는 목수로 솜씨를 보여 주곤 했다.

남편 없는 과부가 찻집을 운영한다며, 우습게 보고 껄떡대는 남자 손님도 몇 있었다.

어머니는 그런 손님들한테도 상냥히 웃으며 인사했지만, 오히려 겁먹는 건 상대방이었다. 가게 뒤편에서 통나무를 자르고 망치질하는 모습을 보면, 껄떡대던 손님들은 죄다 찻값만 내고 도망쳤다.

가녀린 어머니가 나무못을 입에 문 뒤, 망치질하고 있노라면 90도로 인사하는 남자들도 수차례 있었다.

'그랬었지. 그때는 몰랐지만, 이상한 손님들도 진짜 많았으니까.'

소위 진상이란 사람들도 가끔 찾아오곤 했다.

찻집에서 유명 와인을 찾거나, 생크림 케이크가 없다고 소리치거나, 돈 한 푼 내지 않고 반나절 동안 앉아 있다가 "차가 별로야!" 하고 가는 사람들도 꽤 있었다.

젊은 남자 대부분은 어머니에게 사심으로 접근했다가, 나무 장작을 손으로 으스러뜨리는 걸 보고는 "괴물이다!" 하고 줄행랑쳤다.

'병약하셨는데……. 힘이 세신 건 신기했어.'

그래서인지 레티시아도 손힘이 좋은 편이었다.

손목 뼈대가 얇고 가늘어서, 두꺼운 책도 들지 못할 거라고 사람들은 생각했다. 하지만 철과 청동으로 만든 촛대도 가뿐히 집어 들었고, 무거운 검도 나이에 비해 잘 잡았다. 더불어 두꺼운 책도 번쩍번쩍 들곤 했다.

그래서 이전 생의 유로 백작은 레티시아에게 "몸도 가녀리고, 뼈대도 얇고, 툭 건들면 쓰러질 것 같은데…… 힘은 짐승이구나!" 하고 감탄했었다.

집사는 레티시아의 손목을 흘끗 보고 같은 생각을 했다. 툭 건드리면 쓰러질 것 같아서 겨우 호신용 목검이나 들 수 있으려나…… 하고.

"북부에서 소금은 특히 귀하겠네요."

레티시아는 집사가 제 손목을 살피는 듯한 시선을 느끼며 말했다.

북부는 50년 전만 해도 돌산에서 소금을 캤었고, 윈터의 푸른 소금은 꽤 유명했었다. 고급 품질이라 특산물로 황실에도 바쳤지만, 지금은 돌산에서 암염 작업이 중단된 상태다.

윈터 가문의 재정이 풍족했을 때는, 남부의 여름 바다에서 나는 암염을 사들여 제설용으로 쓰곤 했다.

여름 바다에서 난 암염은 텁텁한 맛이 심해서 식용으로 쓰이지 못했다. 결정이 크고 보석처럼 예뻐서 '보석 소금'으로도 불렸지만, 수요가 적어 상품 가치도 낮았다. 그래서 제설용으로 산 소금을 세탁할 때도 썼었는데, 이제는 그마저도 사치가 되어 버렸다.

'겨울이 계속되는 저주 때문에 윈터가 가난해졌지.'

어느덧 집사와 걷다 보니 테레사의 집무실 앞이었다. 기사 대신 직접 문을 열어 주는 집사를 향해 레티시아가 말했다.

"윈터의 부흥이 찾아왔으면 좋겠어요."

"레티시아 님이 오신 것만으로 이미 윈터는 봄을 되찾지 않았나요?"

나브티스의 말에 레티시아는 고개를 저었다.

이 정도로는 만족할 수 없었다.

윈터의 저주가 풀려 봄이 찾아왔지만, 가문과 영지의 상황은 여전히 겨울처럼 황폐한 상태였다.

자금 부족. 인력 부족. 설비 부족.

실로 모든 게 부족했다.

'북부에 천연자원이야, 넘쳐난다지만……'

그것도 오랫동안 겨울과 눈보라가 계속되어, 주요 사업 대부분이 중단되었다고 봐도 좋았다.

하지만 부유했던 윈터가 가난해졌다고 해서 절망만 남은 건 아니었다. 다시, 부유해질 수 있었다.

* * *

집무실의 문이 열리자, 테레사는 고개를 들었다.

레티시아였다.

"오늘은 하늘색 드레스를 입었구나. 잘 어울려."

"그렇죠? 제가 준비했답니다. 자, 주방장이 특제 샌드위치도 준비했으니 백작님과 함께 아침도 든든히 드셔야 해요."

"네, 나브티스 님."

레티시아는 대답하고는 '어머, 이름 불러 줬네?' 하고 기뻐하는 나브티스에게 고개를 살짝 숙였다. 그리고 집무실을 한 차례 훑고는 테레사 백작의 옆자리로 천천히 걸었다.

'잔느는 어디 간 건가……'

"잔느는 검술 훈련 중이다. 근래 실내에 틀어박혀 장부만 보느라, 운동 좀 하라고 보냈지. 날도 좋고 볕도 따듯하니."

"첫째 따님은 검을 특히 좋아하나 봐요."

"잔느는 무기라든가, 갑옷 같은 것도 좋아하고. 강한 사람을 좋아하거든."

테레사는 부드럽게 답하며 레티시아에게 옆자리에 앉을 것을 권했다. 푹신한 1인용 소파가 테레사와 멀지 않은 옆에 있었다. 집사가 놓아 준 것이었다.

나브티스는 그 모습을 흐뭇하게 보다가 테레사에게 고개를 숙이고는 문을 닫아 주었다.

저번에 왔을 때는 책상이며 바닥이며 서류가 산처럼 쌓여 있었는데, 오늘은 정리한 것처럼 깔끔했다.

레티시아의 시선을 따라가던 테레사가 픽 웃었다.

"서류는 며칠간 철야를 해서 끝냈지. 앞으로 봄이라 더 바빠질 테니."

테레사는 그리 말하며 차가운 허브차를 마셨다.

"우선 샌드위치부터 먹으렴."

양상추와 구운 닭가슴살을 겹겹이 쌓은 샌드위치가 반으로 잘려져 있었다. 매콤한 소스가 적당히 뿌려진 데다, 토마토도 곁들여져 레벤 성에서 인기 있는 메뉴 중 하나였다.

"백작님은요?"

레티시아는 샌드위치 한쪽을 들며 물었다. 테레사에게 주고 싶었지만, 섣불리 샌드위치를 건네진 못했다.

"난 아침은 간단히 먹는 편이라……. 두 개 다 네 몫이야."

"저는 이렇게 많이는 못 먹는데……."

확실히 레티시아가 먹기에 샌드위치는 커 보였다. 하지만 테레사는 아침을 넘기는 편이었다. 아이들과 조찬을 가질 때도 가벼운 샐러드에 차를 마시는 정도였다.

그랬던 테레사지만, 레티시아가 불편하게 여기는 듯하자 샌드위치 한쪽을 집었다.

"그럼 이 백작님이 작은 친구의 샌드위치를 뺏어 먹도록 하지."

악당처럼 말한 테레사는 샌드위치를 집어 한입 베어 물었다. 그제야 레티시아도 마음이 편해져 샌드위치를 따라 베어 물며 우물거렸다.

'맛있어!'

그냥 어디서나 볼 수 있는 치킨 샌드위치라고 생각했는데, 매콤한 소스가 뿌려진 데다 닭가슴살을 훈제로 구워서 더 맛있었다.

"음……."

테레사는 샌드위치를 먹으며 허브차로 입을 가셨다. 다람쥐처럼 양 볼을 부풀리고 먹는 레티시아를 보니 흡족해져서 옅은 미소를 지었다.

두 사람은 간단한 식사를 마친 후, 입을 가시고 나서 바로 회의를 시작했다. 란델 가문을 어떻게 도울지 의견을 나누는 거였다.

둘만의 회의여서 그런지 레티시아는 긴장되기보단 편안한 기분을 느꼈다.

"윈터에서 란델 가문으로 사병을 보내려 하는데, 얼마나 보내야 할지 레티 네 조언을 구하려 한다."

레티시아는 테레사가 '레티'라고 애칭을 부르자, 저도 모르게 숨을 들이켰다. 그러다 '지금은 회의 중이야.'라며 볼을 톡톡 치고는 생각을 정리했다.

오래 고민할 거란 테레사의 예상과 다르게 답은 빨리 나왔다.

"얼마를 보낼지보다는, 어떻게 보낼지가 더 중요하다고 생각해요."

"어떻게, 라니?"

테레사가 생각지도 못한 답에 눈을 조금 크게 떴다. 레티시아는 따뜻한 석류 차를 한 모금 마시고는 말을 이었다.

"100명을 보내든, 1000명을 보내든 윈터가 란델을 비호한다는 뜻이잖아요? 그러니 황제의 눈 밖에 날 수도 있겠죠."

"그래, 그렇지. 흥미로운 의견이구나."

"란델에 보내는 군사는 100명쯤이면 적당할 거라 생각해요. 백부장 한 명을 붙이는 것도 좋을 거고요."

"더 보내도 상관없고, 덜 보내도 상관은 없다. 어떻게 보내야 하는지가 궁금해."

"란델 자작을 보호한다고 하면, 황제는 테레사 님의 충정을 의심할 거예요. 하지만 란델 영지, 그중에서도 서부 쪽은 마물이 빈번히 출몰했었죠."

"마물 떼 토벌을 도와주겠단 이유로 포장하라는 거군."

"네, 맞아요. 실제로도 윈터는 몇 번 란델 영지를 도왔으니까요. 란델 영민과 백작의 보호를 위해 사병을 보낸다고 하면, 황제도 긴말은 못 할 거예요. 아, 그리고……."

레티시아는 찻잔을 내려놓고 다시 입을 열었다. 테레사가 흥미롭다는 듯 소녀를 쳐다보았다.

"프란츠 황제에게 '윈터'와 '란델'의 이름으로 화환을 보내는 거예요. 윈터의 저주가 풀렸으니, 그 감사함을 황제에게 돌린다면……."

"한 것도 없는 프란츠에게 감사함을 표하라?"

테레사는 되묻고는 크게 웃었다. 그렇게 큰 웃음은 처음이라서 레티시아는 놀라 눈을 깜빡였다.

'내가 뭘 잘못한 건가?'

"아주 큰 화환을 보내야겠구나. 아, 황가에 전하는 김에 마네르에도 보내야겠다."

"제 가문에요?"

"이제는 마네르가 레티, 네 가문은 아니지. 아직도 딸을 돌려 달란 서신이 와서 집사가 난감해하고 있어."

테레사가 픽 웃으며 뒷말을 덧붙였다.

"전부 같은 내용이더구나. 집사 선에서 공작을 상대로 서신을 쓰고 있어서, 내가 신경 쓸 문제는 아니다만."

"그렇다면 다행이에요. 나브티스 님이 조금 곤란하시겠지만……."

"서신 응대는 집사의 소양이기도 하지. 중요치 않은 서신이라면."

테레사는 낮게 웃고는 만년필을 쥐어 가볍게 원을 돌리며 말했다.

"황가에는 대단한 화환을, 마네르에는 그보다 못한 화환을 보내야겠지.

어쨌건 남부가 이 윈터에 식량 지원을 해 온 건 사실이니."

명료한 미소를 지으며 그녀가 말을 이었다.

"란델에도 군사를 파견할 생각이다. 100명은 최소한의 수치라, 200의 규모로 백부장 두 명도 보낼 거고."

그 말을 끝으로 만년필을 내려 두고는 레티시아의 머리를 쓰다듬었다.

"레티, 넌 정세를 보는 눈이 있구나. 앞으로도 배움을 소홀히 하지 말거라."

"네, 백작님."

"아, 한 가지 네 허락이 필요한 일이 있다."

테레사의 말에 레티시아는 눈을 깜빡였다.

내 허락을 구할 일이 있을까? 테레사 님은 윈터의 군주이신데.

가졌던 의문은 곧 풀렸다.

"란델 자작에게 그대의 이름을 알려 주어도 괜찮겠나?"

"네." 하고 레티시아가 대답하자 테레사는 빠르게 만년필을 움직여 서신을 써 내려갔다. 다 쓴 다음에는 레티시아에게 보여 주었다.

"앞에는 서론, 뒤에는 결론이라 하얀 늑대 문장이 있는 중앙만 보면 이해될 거야. 아, 내가 악필이라……."

"백작님의 글씨는 전부 읽을 수 있어요."

더 어려운 고대어도 척척 읽었는걸요.

레티시아는 그 말을 삼키고는 테레사가 가리킨 서신의 중앙을 살폈다. 그곳에는…….

[친애하는 란델 경.
윈터의 레티시아가 그대를 돕기로 했다.]

'윈터의 레티시아라니. 언제 들어도 좋아…….'

레티시아는 설렌 기분을 느끼며 고개를 끄덕였다. 이대로 서신을 보내도 좋다는 뜻이었다. 물론, 테레사 백작에게 허락한다는 의미가 아니라 그냥 좋다는 의미였다.

"늦어도 일주일 안에는 남부의 란델 영지까지 서신이 갈 터."

"……일주일이면 연회가 시작될 때쯤에 도착하겠네요."

레티시아의 말에 테레사는 '널 위한 연회지.' 하고 생각하고는 느긋한 미소를 지었다. 그리고 깍지 낀 두 손 위에 턱을 괴고는 말했다.

"란델 자작의 반응이 실로 기대돼."

어쩐지 테레사는 레티시아보다 더 기대하는 얼굴이었다.

* * *

란델 자작에게 서신을 보낸 후, 나흘이 흘렀다. 아직 며칠이 더 남았으니 레티시아는 더 기다리기로 했다.

요 며칠간 윈터의 사용인들은 모두 바빠 보였다. 레벤 성은 봄 연회를 위해 단장했고, 잘 쓰지 않는 곳을 창고로 메워 두면서도 눈에 보이는 곳곳은 청소를 마쳤다.

곳곳에 민트잎으로 청소하는 하녀들을 보니, 레티시아는 어쩐지 미안해졌다. 정작 하녀들은 솔로 박박 문질러서 깨끗해지는 석벽을 보고 반겼지만.

그 외에도 레티시아는 몇 가지 정보를 알려 주었다.

녹이 슨 금속에 다시 광택을 내는 방법, 곰팡이를 효과적으로 없애는 방법, 이끼를 제거하는 방법.

하녀들이 "혹시 전생에 하녀장이셨을까?" 하고 생각할 만큼 능수능란해서 집사도 듣고 갈 정도였다. 하지만 레티시아가 직접 닦거나 청소하는 것은 허락되지 않아서, 어머니에게 들은 방법이 효과가 있는지 잠깐 보는 게 다였다.

봄을 축하하는 연회까지 3일이 남은 상황에서, 많은 일이 이루어졌다.

테레사는 '윈터'와 '란델'의 이름으로 프란츠 황제에게 감사의 뜻을 담아 화환을 보냈다. 물론, 북부의 꽃 대신 남부 사람들이 남부에서 피는 꽃을 엮어 만든 것이었다.

테레사가 북부의 꽃을 황제에게 바치고 싶지 않은 것도 있었고, 북부에서 화환을 만들어 조달하기보다는 남부의 꽃을 황성에 보내는 것이 빨랐기 때문이었다.

그렇게 황제의 눈이 커질 만큼 아름답고 화려한 화환을 보낸 다음, 그보다는 못하지만 역시 화려한 화환을 공작가로 보냈다. 집사를 시켜 서신도 준비하였는데, 아주 짧은 내용이 다였다.

[마네르 공께서 딸을 잘 키웠소. 윈터에서 잘 보살필 것이오.]

당연히도 공작은 격분했지만, 그로서도 어찌할 방법이 없었다. 그 또한 이미 조사를 통해 북부의 겨울이 끝났다는 건 알고 있었다.

윈터의 겨울을 끝내고, 봄을 불러온 정령술사.

그 위대한 존재가 한때 공작이 우습게 여겼던 그의 딸, '레티시아'란 소식도 듣게 되었다.

공작이 격분에 차 있는 사이, 레티시아는 아네스의 손을 잡고 세계수 앞에 와 있었다.

"몰래 보여 주는 거야."

"……테레사 님이 데려오라고 한 거지?"

눈치 빠른 레티시아가 묻자, 아네스는 머쓱한 얼굴로 고개를 끄덕였다.

"응. 연회 첫날 때, 윈터의 가신들이 보는 앞에서 세계수를 만날 테지만……. 그 전에 레티, 네게 세계수를 보여 주라고 하셨거든."

아네스가 얌전히 답했다. 그는 가발과 드레스 차림을 하는 대신, 짧은 은빛 머리칼에 소년이 입을 법한 튜닉을 입고 있었다.

"……가발과 사과가 없어도 돼?"

"미색이 휴가래. 나도 고생했으니까, 요 며칠은 남장해도 된다나."

"여장."

레티시아가 정정해 주자 아네스는 "다 아는구나" 하고 한숨을 폭 내쉬더니 고개를 끄덕였다.

결국, 자신이 소년임을 인정한 것이다.

기쁘기도 했고, 서글프기도 해서 아네스는 세계수 앞에서 괜히 고개를 숙였다.

'바보 같아…….'

레티시아를 속였다는 미안함도 들었지만, 부끄러움이 더 컸다. 레티시아는 아네스에게 "왜 속였어?" 하고 따지는 대신, 발꿈치를 들어 소년의 은빛 머리칼을 쓰다듬었다.

"아네스는 아네스니까."

어떤 모습이라도 괜찮다는 소리였다.

아네스의 두 눈에 눈물이 고이며 레티시아를 와락 끌어안으려는 사이.

"신파는 그쯤 하지, 아네스 윈터."

옆에서 차가운 목소리가 들리더니, 일라이가 성큼성큼 다가왔다. 그리고 아네스의 품에 안긴 채 눈을 깜빡이는 레티시아와 시선을 마주했다.

"키 컸어?"

"조금."

레티시아의 물음에 답한 일라이가 아네스의 손을 힘주어 떼어 냈다. 어딜 감히, 라는 생각이었다. 여장할 때도 거슬렸지만, 이렇게 '나 사실 남자애다?' 하고 끌어안는 건 더 별로였다.

아네스 본인은 '좋은 언니'가 되고 싶어서라는데…….

'좋은 오빠'가 되든지 말든지 일라이의 관심 밖이었다.

"사내자식은 레티시아에게 접근 못 한다."

일라이가 낮아진 목소리로 경고하자, 그보다 체격이 작은 아네스가 눈을 가늘게 떴다.

"그럼 너부터 접근하지 마."

"나는 그……, 파르비스 같은 거지."

일라이는 말도 안 되는 소리를 하고는 레티시아를 멋대로 품으로 데려왔다. 아네스에게 안겼던 것보다 더 커다란 품에 레티시아는 조금 놀랐지만, 일라이는 제 품에 그녀를 가득 안았다. 그리고 늘씬한 손으로 레티시아의 머리칼을 쓸어 주었다.

그런 다음, 그녀의 고개를 제 어깨에 기대게 했다.

"난 레티시아가 키우는 대정령 같은 거라, 곁에 둬도 괜찮아."

"야, 사촌. 너 스스로 짐승이라는 걸 인정한 거야? 파비가 고양이면 넌 대체 뭐냐?"

아네스가 눈을 가늘게 좁히며 짜증 섞인 어조로 되물었다.

"……난 레티의 곁에 있어도 돼."

아네스의 질문을 고의로 무시하며 일라이가 중얼거렸다.

레티, 네 곁에는 나만 있을 수 있어.

라고, 그런 말은 하지 않았지만 이미 품에 가둔 모습이 그렇게 말하는 것 같았다. 레티시아는 따뜻한 일라이의 품에 안겨서 두 눈을 살짝 감았다. 그리고 넓고 단단한 어깨에 고개를 살짝 기댄 채 물었다.

"내가 자라고 나서도 곁에 있어 줄 거지?"

"언제나."

일라이는 그렇게 말하며 레티시아를 가득 안아 주었다. 그녀는 고개를 들고 흑발의 소년을 지그시 바라보았다.

스륵.

이번에는 일라이가 소녀의 어깨에 얼굴을 묻고는 눈을 감았다.

"이렇게 지내면 좋겠어. 같이 설산에도 가고, 세계수도 구경하고……."

레티시아의 중얼거림을 들었지만, 일라이는 대답하지 않았다.

곁에는 있을 생각이었다.

하지만.

언제까지고 이렇게 지낼 수는 없었다.

아이들처럼 꾸며 낸, 순진한 웃음을 입가에 머금은 채.

"레티, 네가 자라지 않은 지금은……."

이렇게 있어 줄게.

하지만 크고 나면, 그때는 더는 순수한 소년처럼 굴지 않을 생각이었다.

지금은 육신이 어려 정신도 그에 따른 영향을 받을지 몰라도…….

레티시아는 일라이의 답을 듣지 않았지만, 그가 무슨 말을 하려는지 알 것 같았다. 지금은 이렇게 지내도 좋다는 뜻이었다. 그 짧은 시간만큼은.

'내가 자라게 되면…….'

일라이, 넌 내 곁을 떠나게 될까?

레티시아는 잠깐 그런 생각을 했다.

일라이가 차기 마탑주에서 마탑주가 되면, 더는 그녀를 필요로 하지 않을지도 모른다고.

마탑의 주인.

포도나무를 휘감은 검은 뱀이 마탑과 마탑주의 상징이었다.

마탑주는 황제도 어쩌지 못할 만큼 강대한 권력을 지닌 존재.

"내가 자라게 돼도 곁에 있어 줘."

레티시아는 저도 모르게 일라이의 품에서 어리광을 부렸다.

내 수명은 그리 길지 않으니까……

기껏 해 봐야 10년도 채 안 남았을 테니까.

'그때까진 내 곁에 있어 줘.'

열여덟에 가문에 버려져 불에 태워졌던 나를,

과거의 일라이 당신이 구해 준 것처럼.

* * *

"음……. 세계수에 아무 반응이 없구나?"

레티시아는 아네스가 시키는 대로 세계수 앞에서 기도도 해 보고, 인사도 해 보고, 조공을 바치기도 했다. 물론, 그 조공이란 것도 작은 동물이 버리고 간 열매껍질이었다.

아네스가 세계수의 뿌리 근처에 흩뿌려진 열매껍질을 손으로 가리켰다.

"이런 걸 바치니까, 답이 없는 게 아닐까? 나라면 화냈을 것 같아."

"……그래? 그치만 급하게 준비한다고 제대로 들고 오지 못했어."

"이 천년 된 세계수는 나이 많은 것치고는 속이 엄청 좁거든."

"……대화해 봤어?"

"아니. '윈터'의 초대 가주가 남긴 일기장에서 봤어."

"역사서를, 아니. 야사를 말하는 거구나."

"응! 그거야, 야사."

아네스는 고개를 끄덕이고는 미련을 버리지 못하는 레티시아의 손을 잡았다. 이미 반대편은 일라이가 손을 잡고 있어서 왼쪽을 노리는 수밖에 없었다.

오른쪽이나 왼쪽이나 둘 다 상관없겠지만, 아네스는 뭔가 진 느낌이었다.

"파르비스가 왜 라이아덴과 아옹다옹했는지 알 것 같아."

일라이가 레티시아의 오른쪽에 자리 잡은 걸 보니, 아네스는 언니로서 괘씸했다.

'어서 떨쳐 내야지……. 네가 진짜 열네 살이었으면 봐줬다.'

사실과는 달랐다. 정말로 그랬다면 일라이를 더 쉽게 떨쳐 냈을 테니까. 하지만 대악마 〈탐욕〉 그 자체인 소년은 아네스가 상대할 수준이 아니었다.

'나중에 잔느가 크면…….'

그때 힘을 합쳐서 저 사악한 대악마, 일라이 네르바드를 쫓아낼 생각이었다.

그리고 다시는 레티시아에게 접근하지 못하도록 막으면 된다.

아네스의 생각을 알아차린 듯 일라이가 픽 웃었다.

"어쩌지, 아네스……. 난 윈터에서 더 오래 지낼 생각이거든."

"사촌, 너 마탑주 되려면 시험 치르러 가야 한다며? 언제 꺼져?"

"레티시아가 열여섯이 되면 그때 떠날 거야."

"그럼, 열아홉? 그렇게나 늦게 시험을 치러간단 말이야? 마탑을 누가 노리면 어쩌려고? 그 사이에 마탑주 자리를 빼앗길 수도 있잖아!"

"그럼 더 즐거울 것 같은데."

분개하는 아네스에게 일라이는 두 눈을 매혹적으로 휘었다.

'……내가 열여섯 되면, 떠나는구나.'

하지만 아직 5년이란 시간이 남아 있었다.

'어쩌면 그 시간이 빨리 찾아올지도 모르겠어.'

레티시아는 세계수를 흘끗 쳐다보았다.

겨울의 하얀 나무라는 이명답게, 세계수는 기둥부터 잎사귀까지 모두 새하얀 색이었다.

"20년 전에 세계수의 꽃이 딱 한 번 피었대."

"그때가 언제였는데?"

"테레사 윈터. 내 어머니가 윈터의 가주로 취임하던 때."

그때.

새하얀 머리칼의 소녀는 월계관을 쓰고, 세계수 앞에서 '윈터'의 가주가 되겠노라고 맹세했다.

그다음의 이야기는 아네스도 몰랐다.

테레사는 아이들에게 '저주를 받기로 맹세했다'라고 말한 적 없었기 때문이었다.

일종의 금기였다.

집사 나브티스도 주군의 두 아이인 잔느와 아네스에게 말하지 않았다. 테레사에게 '자칼리아'의 저주가 실현되든, 실현되지 않든 간에.

레티시아는 두 소년의 손을 잡고 서서히 몸을 돌렸다. 여전히 고개는 세계수를 향한 채였다.

그때였다.

후원 한가운데에서 시릴 만큼 차가운 바람이 부는 순간.

레티시아의 눈이 크게 떠졌다.

"마―보."

밤톨만 한 조그마한 유령이 나무에 매달린 채 웃고 있었다.

키득키득.

레티시아는 저를 보고 "꺄르르!" 하고 웃는 유령을 보며 숨을 들이켰다.

"방금……."

"방금이라니?"

레티시아가 유령을 손으로 가리켰지만, 어른 손바닥만 한 유령은 '푸푸' 거리며 비웃을 뿐이었다. 그러다 새하얀 잎사귀가 톡, 톡 떨어졌다.

밤톨만 한 것이 나무 위에 숨어 잎사귀를 툭, 툭 건드렸기 때문이었다.

"저기 유령 같은 거 있지 않아? 방금 나보고 마―보라고……."

"내 눈에는 안 보이는데. 아네스, 넌?"

일라이가 눈을 가늘게 뜨고 묻자, 아네스 또한 "안 보여." 하며 고개를 저었다.

'착각인가?'

'마보'는 무슨 뜻이지? 궁금했지만, 레티시아는 하는 수 없이 몸을 돌렸다.

어느덧 조그마한 유령이 나무뿌리 근처에 쪼그려 앉았다. 그러더니 레티시아가 주었던 먹다 남은 열매껍질을 던지기 시작했다.

툭, 데구르르.

레티시아는 제 발치로 던져진 열매껍질을 물끄러미 쳐다보았다.

겨울처럼 시린 바람이 세계수로부터 레티시아 발치로 불고 있었다.

'저 유령, 나한테만 보이는 거야?'

먹다 남은 열매껍질을 바쳐서 화가 난 것처럼 보였다.

"*캬르르!*"

새하얀 털 뭉치가 레티시아를 한참 노려보더니 휙 몸을 돌렸다. 레티시아는 몇 번이나 눈을 비비다가 일라이의 재촉에 후원을 빠져나왔다.

쏴아아―

아무도 없는 후원.

"*바―보*"

키득거리는 아이 웃음소리와 함께 새하얀 나뭇잎이 바람에 흔들렸다.

* * *

별 수확이 없었던 레티시아는 홀로 침실에 돌아왔다. 어느덧 창밖을 보니 붉은 석양이 지고 있었다.

'벌써 저녁이라니…….'

세계수가 있던 후원에 잠깐 있었던 것 같은데.

침실에 들어서자 시간이 흐른 게 느껴져 레티시아는 눈을 깜빡였다.

'간만의 휴식이네.'

레티시아는 침대 옆에 두었던 가방을 꺼내서 어머니의 레시피를 몇 번 뒤적거리다가 덮었다. 레시피 책의 잠금장치를 걸고, 가죽 가방에 넣은 다음, 침대에 누웠다.

그녀가 본 부분은 역병 '헤스티아'에 대한 기록이었다.

'헤스티아의 치료제…….'

어떤 약초가 필요한지 나와 있었지만, 빈 부분이 더 많았다. 기록을 지운 것인지, 빠진 것인지 아직은 알 수 없었다.

'내 수명은 언제까지일까?'

레티시아는 두 손을 가지런히 배에 올린 채 눈을 깜빡였다.

'피온 병은 고칠 수 없댔지.'

사실 레티시아는 '피온 병'을 그리 크게 고민하지 않았다.

두 번째 삶이 시작된 후로, 마네르 가문에 있는 동안은 고민할 틈이 없었다. 윈터로 오고 나서도 그랬지만, 며칠 전부터 병에 관해 고민하게 됐다.

'테레사 님과 윈터가 날 보호해 줘서…….'

마음이 평온해지고, 따뜻한 곳에서 지내게 되니 앞으로의 미래가 걱정된 탓이다.

'하지만.'

레티시아는 나직한 한숨을 흘렸다.

수명이 정해져 있다는 건 슬픈 일이다. 일찍 죽는 것보다 좋아하는 사람들을 오래 볼 수 없다는 게 아쉬웠다.

따듯한 품에 안아 주던 테레사도.

아직은 데면데면하지만, 케이크를 챙겨 주던 잔느도.

레이스며 프릴이며 양보하겠다던 아네스도.

그리고…….

"일라이는 모르겠지."

레티시아는 '나, 사실 시한부야.'라고 일라이에게 말하는 상상을 했다가 그만두었다.

'안 그래도 날 걱정하느라 바빠 보이는데…….'

무엇보다 레티시아는 일라이가 변할까 봐 무서웠다.

'분명 잘해 줄 거야. 눈물이 날 만큼 잘해 주겠지만…….'

일라이가 레티시아의 손을 먼저 떼어 낼지 모른다.

그녀가 빨리 자라기를 바란다고 했지만, 성년이 될 때쯤 죽게 된다는 걸 알면…….

'날 떠날지도 모르지.'

그때가 돼서야, 버림받는다면 레티시아는 제 감정을 주체할 수 없으리라 생각했다.

금발의 소녀는 손을 뻗어 그 사이로 비치는 천장을 쳐다보았다.

흰 눈이 조각된 천장은 봄과는 안 어울렸지만, 이곳이 '윈터'임을 상기해 주었다.

겨우 찾은 내 보금자리.

이곳에서는 이전 생과 다른 시간을 보내기로 마음먹었다.

'하고 싶은 건 다 해 보는 거야.'

가지고 싶은 게 뭐든.

이루고 싶은 게 뭐든.

해 보고 싶은 게 뭐든…….

레티시아는 제힘으로 뭐든 해 볼 생각이었다.

"나아옹."

고양이가 우는 소리에 레티시아는 창문을 열어 주었다.

동네의 작은 동물들을 보러 갔던 건지, 파르비스는 나뭇잎을 곳곳에 묻힌 채였다. 아침에 훌쩍 떠나 늦은 저녁이 되어서야 돌아왔다.

"좋은 추억 많이 만들어 줄 거야. 파비, 너와도……."

레티시아는 파르비스를 꼭 품에 안은 채 중얼거렸다. 갑작스러운 포옹에 놀란 파르비스가 눈을 깜빡이다가 꼬리를 살랑였다.

상냥하고 다정한 주인의 말이라면 뭐든 좋았다.

* * *

3일이 빠르게 지나 연회가 시작되었다. 아직 란델 가문으로부터 답신은 없었지만, 테레사가 "곧 백부장을 보낼 테니, 걱정 마라."고 해서 크게 걱정되지는 않았다. 란델에 보냈던 전령에게서 기쁜 소식이 흘러든 덕이다.

란델 영지에 머무르던 황제의 병사들, 그 대부분이 철거했다는 소식이었다. 공교롭게도 테레사가 '윈터'와 '란델'의 이름으로 프란츠 황제에게 화환을 보낸 시기와 맞물렸다.

황제는 남부의 고위 귀족들을 볼 때마다 "윈터 백작이 내게 화환을 보냈소." 하고 자랑을 해댔다.

그간 수차례 윈터 백작에게 황성으로 오라고 불렀지만, 간 적 없는 테레사였다. 그랬던 차에 봄을 되찾은 윈터가, 황제에게 가장 먼저 공을 돌리니 기뻐할 수밖에 없었다.

테레사의 속내야 어찌 됐든, 화환을 받은 황제로서는 '면을 세웠다'라고 기뻐할 만한 일이었다. 그것도 남부와 중앙 귀족들 앞에서.

그런 소식을 어젯밤에 들었지만, 레티시아는 당장 신경을 쓰지 못했다.

왜냐면…….

"다들 너만 보고 있어."

레티시아는 일라이의 손을 쥔 채 세계수 앞에 섰다.

봄 연회의 첫날.

레티시아는 정오 느지막한 시간에 일어나, 집사의 도움을 받아 치장을 마쳤다. 그런 다음 금색 머리칼을 가지런히 옆으로 땋고, 하얀 끈으로 머리칼과 함께 묶었다.

마지막으로는 양 볼에 하얀 그림을 그리게 되었다.

하얀 늑대라는데, 집사가 그림 솜씨가 없어서인지 그냥 구름 같았다. 거기에 발목까지 오는 새하얀 원피스. 그 위에는 회색 로브를 백합 모양으로 만들어 가슴 쪽에 고정한 예복이었다.

윈터의 전통 복장을 걸친 채, 레티시아는 일라이가 이끄는 대로 세계수 앞에서 걸음을 멈추었다.

어느덧 깜깜한 밤이었다.

'파비도 여기 왔으면 좋았을 텐데.'

세계수는 천년이나 살았지만, 대정령을 볼 만큼 대담한 성격은 아니라고 했다. 아녜스 말로는 그렇다는데, 정말로 그런 이유 때문인지 파르비스의 출입은 금지되었다.

슬쩍 고개를 돌려 보니, 철창 너머에 파르비스가 앞발을 핥고 있는 게 보였다.

'철창 주변에 대정령이 싫어하는 계피를 뿌렸다고 했지. 침입을 막는 효과라고 했던가…….'

파르비스뿐만 아니었다. 언젠가 보았던 산 다람쥐, 토끼, 길고양이들이 옹기종기 모여 있었다.

철창 너머에서 파르비스가 "애옹" 하고 우는 소리가 들렸지만, 레티시아는 세계수를 보는 데 집중했다. 후원 곳곳에 앉은 윈터의 가신들이 전부 레티시아를 보고 있었기 때문이었다.

'이게 뭐라고……'

긴장되지?

레티시아는 사람들의 시선을 느끼며 눈을 내리깔았다.

세계수 앞에는 테레사가 새하얀 예복을 걸친 채 그녀를 기다리고 있었다. 봄이 된 이후에도 입었던 하얀 모피 코트도 보이지 않았다. 세계수에 사는 작은 정령, 아르보가 죽은 동물을 보면 겁을 먹고 숨어 버린다는 속설이 있었기 때문이었다.

"별거 아닌 사람들이라고 생각해."

일라이가 말하며 레티시아의 한쪽 손을 잡고는 몸을 기울였다. 소년의 입술이 제 귀에 닿는 것만 같아서 레티시아는 더 긴장하고 말았다.

그걸 다르게 해석한 일라이는 '파르비스보다 더 쉽고 가벼운 나무'라며 달랬지만, 레티시아는 붉어진 얼굴을 들지 못했다.

'너무 가까워.'

일라이 너하고 나.

"누가 보면 결혼하는 줄 알겠네."

양반다리를 한 채 지켜보던 아네스가 "칫." 하며 혀를 찼다. 레티시아는 새하얀 원피스를, 일라이는 검은 제복을 걸치고 있어 더 그렇게 보였다.

아네스가 투덜거리거나 말거나, 일라이는 레티시아를 에스코트하는 데 집중했다. 긴장한 레티시아의 손을 부드럽게 잡아끌고, 기다리는 테레사의 곁으로 데려갔다.

'너무 티 났나?'

아네스의 눈총을 받으며 일라이는 잠깐 생각했다.

레티시아가 새하얀 옷을 입는다길래, 자신은 신랑이 입을 법한 새까만 제복을 입으려 했다. 그런데 마땅한 옷이 없어서 차기 마탑주로서 빌린 검은 제복을 걸쳤을 뿐이다.

다행히 윈터의 주인, 테레사는 별말이 없었다.

일라이는 테레사와 시선이 마주친 순간, 눈을 내리깔았다. 두려워서 그런 건 아니었다. 테레사와 계속 눈을 마주치면 제 시커먼 속내를 들킬 거란 생각에서였다.

일라이에게서 레티시아의 손을 건네받으며 테레사가 생긋 웃었다. 그리고 말했다.

"그리 긴장할 것 없다, 레티."

"……테레사 님."

아무래도 이 나무, 귀신 들린 것 같은데…….

레티시아는 그렇게 말하진 못하고 작게 고개를 끄덕였다.

"세계수, '쥬라레'는 꽤 점잖은 편이니까."

'마—보'라고 비웃었던 기억이 났지만, 레티시아는 고개를 끄덕였다.

그녀가 본 건 그저 윈터의 유령일 것이다. 세계수에 정령이 있는지도 모르겠고, 점잖은 성격이라고 했으니…….

일라이는 테레사에게 가는 레티시아를 보며 아쉬워했다. 그래서 저도 모르게 진득한 시선을 거두지 못했다.

"네르바드 후작."

테레사가 부르고 나서야, 일라이는 뒤늦게 정신을 차리고 표정을 갈무리했다.

"그대는……. 나이 대에 맞는 표정을 짓는 게 좋겠어."

테레사가 유쾌한 웃음을 지으며 말했지만, 일라이는 웃지 못했다.

'대악마란 걸 알고 있는 건가?'

일라이는 묘한 눈으로 테레사를 보다가 마른 입술을 핥았다.

"그럴까요, 백작님. 어른스럽다는 말을 많이 들어서요"

일라이는 그렇게 답하고는 물러난 뒤, 아네스의 옆에 털썩 앉았다. 그러고는 꿀이라도 바른 것처럼 레티시아를 빤히 쳐다보았다.

정확히는 세계수의 나뭇잎을 잡는 레티시아를.

'세계수의 머리채를 쥐는 것 같은데'라고 생각하며 레티시아는 나뭇잎을 엉성하게 붙잡았다.

"바—보."

비웃는 소리에 레티시아는 눈을 가늘게 떴다. 저도 모르게 확 나뭇잎을 잡는 순간.

"자—키의 딸이 왔네. 자키의 딸이 이 '아르보' 앞에."

"레티!"

"나타났구나."

어린아이처럼 해맑던 속삭임이 노파의 것처럼 음습하게 변했다. 레티시아는 제게로 뻗어오는 하얀 가지를 보다 저도 모르게 뒤로 물러났다.

하지만.

"레티!"

새하얀 나무가 레티시아의 두 눈을 휘감고 손목을 결박했다. 그러고는 다가오려는 테레사에게 날카로운 가시를 세웠다.

콰콰쾅!

화악!

일라이 또한 다가오지 못하게 거대한 뿌리로 그의 목을 휘감았다.

"네 몸에는 용의 신성한 피. 인간의 고약하고 더러운 피가 함께 흐르는구나."

하얀 나무가 날카로운 가시를 세워 레티시아의 뺨을 긁었다.

주륵.

소녀의 뺨에서 붉은 피가 흘러내리는 것을 보며 하얀 나무가 낄낄거렸다.

"이 아르보는, 너 같은 불순물을 원터에 들이는 걸 허락할 수 없다."

"감히……."

일라이가 으득 이를 갈며 하얀 나무를 노려보았다.

세계수 쥬라레는 감정을 지닌 존재가 아니었다. 그러니 그저 하얀 털 뭉치. 아르보라 불린 작은 정령이 레티시아를 결박했고, 제 목도 휘감았을 뿐이다.

섣불리 움직였다간 목이 꺾일지 몰라서 일라이는 주변을 살폈다.

"백작님!"

놀란 가신들이 저마다 일어나서 무기를 찾기 시작했다. 개중의 몇몇은 나무 정령이 살아 있다는 거에 놀라 얼어붙었다.

가신 하나가 눈치껏 도끼를 들고 왔다. 날이 시퍼런 것이 대장간에서 들여온 신상 도끼였다.

"그, 그렇다고 하얀 나무를 벨 수는 없습니다."

한 가신이 주춤거리며 막는 사이, 테레사는 잔느에게 눈짓을 보냈다. 세계수 앞에 맹세했던 테레사로서는 하얀 나무를 해칠 수 없었다.

"난 아직 맹세 전이니까……."

잔느의 중얼거림에 테레사가 고개를 끄덕였다.

'저거 죽여 버리란 뜻이죠, 어머니?'

멋대로 판단한 잔느가 가신에게서 신상 도끼를 건네받고는 하얀 나무에게 달려들었다.

"이, 이, 이 봐! 너는 윈터의 다음 주인이 될 아이다! 위대한 하얀 나무를 해친다면……!"

"닥쳐."

잔느는 차갑게 욕하고는 그대로 도끼를 휘둘러 가지를 쳐 냈다. 한 번으로는 잘리지 않아 여러 번 휘두른 끝에 새하얀 가지가 툭, 하고 잘렸다.

그사이 결박을 푼 일라이가 목을 매만졌다. 꽤 진한 피멍이 들었을 테지만, 중요한 건 레티시아였다.

화르륵!

레티시아는 어느새 손목의 결박을 모두 푼 상태였다.

그녀의 손끝에서 타오른 푸른 불꽃이 손목을 억죄던 새하얀 가지를 태워 버렸다. 하지만 두 눈은 여전히 가려진 채였다.

아네스 곁에 둥둥 떠 있던 〈미색〉이 '이블리스도 두 눈이 가려지고 손목이 묶였는데…….' 하고 중얼거렸다.

"아니, 레티시아는 이블리스와는 상관없어."

일라이는 단호히 말하고는 레티시아에게 다가갔다. 그리고 레티시아의 두 눈을 가리던 새하얀 가지를 붙잡았다.

스스슷―

검은 안개가 일라이의 손에서 흘러나오더니 새하얀 가지를 감쌌다. 이내 검게 변색된 가지가 새까만 가루가 되어 흩어지기 시작했다.

후드득.

공기 중으로 흩어지는 검은 가루 사이로, 레티시아는 천천히 두 눈을 떴다.

"방금 뭘 봤는데……."

소녀의 붉은 눈동자에서 금빛 잔상을 본 것 같아, 일라이는 깊게 숨을 들이켰다. 그리고 굳어진 얼굴로 되물었다.

"……뭘 봤다고?"

하얀 나무의 정령, 아르보가 레티시아의 두 눈을 가렸을 때. 레티시아는 시간의 흐름이 멈춘 듯한 기묘한 느낌을 받았다.

나무의 하얀 색도, 밤이 되어 후원에 드리운 그림자도, 사람들도 모두 회색으로 변한 순간…….

레티시아 자신을 둘러싼 시간이 일그러지고 공간이 변했다.

각양각색의 꽃들이 활짝 핀 동산.

그곳에 작은 날개를 단 천사들이 모여 있었다.

레티시아는 수풀에 숨어 숨을 죽였다.

이곳이 꿈속인지 환영인지 몰라도 들켜선 안 된다는 직감이 들었기 때문이었다.

'이브 님이셔…….'

'늘도 시선 한 번 안 주시는구나.'

'항상 무언가를 찾고 계시니까, 우리같이 조그마한 것들은 안 보이시나 봐.'

작은 천사들의 조잘거림에 레티시아는 시선을 먼 곳으로 옮겼다. 꽃으로 가득 핀 동산에서 검을 쥔 여자가 있었다.

사뿐사뿐.

맨발로 꽃을 지르밟는 여자는 무표정한 얼굴이었다. 그녀는 동산에 생긴 어둡고 새까만 균열을 향해 다가갔다.

화사한 동산과 어울리지 않는 균열 속.

사람 형체가 아닌 마귀들이 검은 공간을 통해 흘러나오고 있다.

'삿된 것이 넘쳐나는구나.'

여자는 고개를 기울인 채 서서히 검을 들었다. 망설이지 않고 비명을 내지르는 마귀를 향해 검을 휘둘렀다.

스걱. 스걱. 스걱.

물 흐르는듯한 부드러운 동작이었다.

높이 치솟았던 이브의 검이 내려올 때마다, 마귀의 머리가 베어졌다. 금빛 머리칼이 이브의 뺨을 타고 흘렀고, 새하얀 손등은 이미 검은 피로 점철된 상태였다.

그렇게 이브는 균열을 닫았다.

그런 다음 새하얀 옷에서 검은 얼룩을 지운 후, 여전히 흰 안대를 쓴 채 동산을 거닐었다.

'어디 숨었을까, 쥐새끼들······.'

이브의 검은 오로지 마귀를 베기 위한 것.

사사로운 것에서 벗어나고자 두 눈은 안대로 가리고, 다른 한 손에는 검을 들어 악을 섬멸해 왔다.

검을 쥔 채 걷던 이브가 고개를 돌렸다.

구석에 숨어 있던 레티시아와 그녀의 눈이 마주친 순간.

「아가, 이건 내 기억이란다······.」

'이브······!'

그 속삭임과 동시에 레티시아는 눈을 확 떴다.

화르륵.

날카로운 송곳니가 눈을 뜨자마자 보였고, 검은 고양이가 새하얀 나뭇가지를 물어뜯고 있었다.

"······파비. 나, 뭔가 본 것 같아."

레티시아는 다소 넋이 나간 채 중얼거렸다.

파르비스가 본모습으로 변하는 대신, 작은 고양이 상태로 하얀 나무를 물어뜯은 것이다. 어느새 레티시아의 눈을 가리던 하얀 가지는 사라진 후였다.

"야, 솜뭉치! 좋은 말로 할 때 놓지?"

잔느가 하얀 나무 기둥에 도끼질하며 협박하고 있었고, 일라이가 다가와 레티시아를 품에 끌어안았다.

"……괜찮아."

일라이가 순식간에 품으로 안아 버려서, 그의 목에 피멍이 들었단 것도 레티시아는 알지 못했다.

'들었어.'

들었어. 들었어. 듣고 말았어.

레티시아는 얼어붙은 채 두 눈을 깜빡였다. 목소리를 들은 직후, 그녀의 정신이 멍해졌다. 쿵쿵, 거리던 심장이 터질 것만 같았고, 몸 속을 흐르는 피가 차가워진 것처럼 손끝이 얼어붙었다.

대악마인 〈미색〉의 목소리를 들었을 때도 이렇게 놀라지 않았다. 그런데…….

"하아, 하아……."

레티시아는 일라이의 품에서 거친 숨을 몰아쉬었다. 그저 목소리를 들었을 뿐인데, 그 순간 죽을지도 모른다는 공포심이 밀어닥쳤다.

그뿐만이 아니었다.

목소리가 들린 순간, 레티시아는 손끝 하나 움직일 수 없었다. 어떤 위압적인 존재가 저를 내려다보는 기분이라서 감히 눈을 뜨지도 못했다.

"……너, 유령이라도 봤니? 나도 방금 뭘 듣긴 했는데."

캉! 캉!

하얀 나무를 도끼로 후려치던 잔느가 레티시아에게 다가왔다. 물론 도끼는 나무뿌리 근처에 던진 이후였다.

"나는 '아르보'를 본 적이 없는데. 그게 그렇게 무섭게 생겼어? 지금 보니 그냥 하찮은 솜뭉치인데?"

레티시아는 말없이 고개를 저었다. 아르보는 무섭지 않다. 제 착각이 아니라면, 저 나무 위에서 벌벌 떠는 하얀 솜뭉치가 '아르보'일 것이다.

사고의 주범인 작은 정령이 두 눈을 꽉 감았다. 그걸로 모자라, 발인지 손인지 모를 조그마한 뿌리로 제 눈을 가렸다.

새하얀 가지가 도끼에 의해 잘리고, 푸른 불꽃에 태워지고, 대악마의 손에 의해 흔적도 없이 소멸했지만……. 그런 고통과 수모쯤이야, 아르보는 괜찮았다.

하지만 멋모르고 저 아이의 두 눈을 가린 순간.

엄청나게 무서운 목소리가 들려서 아르보는 제대로 정신을 차리지 못했다.

쫘악, 쫙. 화르륵!

"캬오!"

격분한 파르비스가 제 뿌리를 송곳니로 콱콱 누르고, 푸른 불꽃으로 태우고 있다는 걸 잊을 만큼.

레티시아가 겨우 정신을 차린 건 상황이 정리됐을 때였다.

테레사는 날뛰는 파르비스를 품에 안아서 달랜 다음, 하얀 나무를 살폈다. 상황을 살피는 어머니와 다르게 아네스는 혼이 나가 있었다.

"야, 정신 차려. 또 뭐 때문에 그래?"

잔느는 그런 아네스의 뺨을 손등으로 툭툭 쳤고, 가신들도 겨우 정신을 차리고 널브러진 나뭇가지를 치우고 있었다.

아르보는 하얀 나무 위에 숨어 있다가 몰래 고개를 빼꼼 내밀었다. 두 눈을 가리던 손을 떼어 내고 슬쩍 시선을 내리자……

"테, 테레사. 화, 화났다."

무표정한 얼굴의 테레사가 아르보를 차갑게 쳐다보고 있었다. 어째 열네 살 소녀일 때나. 지금이나 기세가 무섭긴 매한가지였다.

"나, 나, 난, 장난이었는데······."

테레사는 뭐라 대답하는 대신 아르보를 지그시 쳐다보았다. 그것이 꼭 저를 도끼로 후려쳐서 나무 장작으로 쓰겠단 소리 같아서 아르보는 눈을 내리깔았다.

세계수, 쥬라레.

그 마지막 뿌리에서 태어난 아르보는 나무 정령으로 세 들어 사는 중이었다. 평소에는 줄곧 유령처럼 모습 없이 있다가, 세계수와 파장이 맞는 존재가 나타나면 솜뭉치로 잠깐 형체를 갖출 수 있었다.

이제 100살인 아르보는 20년 전에 테레사가 윈터의 가주가 되었을 때, 잠깐 솜뭉치로 모습을 유지했었다.

그리고 지금이 두 번째였다.

자칼리아의 딸이 후원에 오는 순간, 솜뭉치 모습으로 변할 수 있었다.

무려 20년 만에!

아르보는 레티시아가 세계수를 자주 찾기를 바랐고, 관심을 끌려고 했다. 한눈에 척 봐도 자칼리아의 딸이라서, 아르보는 확신했다.

관심 좀 받으면 솜뭉치 형태로 다닐 수 있을 거라고.

"금빛 용의 딸이라······. 아, 아르보. 세계 나갔다! 쟤가 있어야 아르보, 솜뭉치 될 수 있다!"

테레사는 한숨을 내쉬고는 가신들에게 나가 보라고 명령했다. 이제는 가신들의 눈에도 나무 위에서 벌벌 떠는 솜뭉치가 보일 정도였다.

'저게 나무 정령이라고?!'

'1000년 된 세계수에서 태어났다는 정령 아르보가, 고작······.'

'실망이네. 하찮게 생겼어.'

하고 실망한 가신들은 하나둘씩 후원을 떠났다.

20년 전에도 아르보는 솜뭉치로 변했지만, 테레사 앞에서만 모습을 보였기 때문이었다. 아네스가 "누님도 방금 들었지?" 하고 잔느에게 물었지만, 잔느는 동생의 목깃을 잡고 질질 끌면서 떠났다.

테레사는 잠시간 말이 없었다.

일라이의 품에 안겼던 레티시아가 겨우 정신을 차린 이후에도.

'금빛 용의 딸, 이라……'

20년 전에도 헛소리만 내뱉던 정령이었으니, 테레사는 지금도 헛소리로 치부하려 했다. 그렇지만.

'금빛 용이라면……'

제국에서, 아니. 라반 대륙에서 일컫는 '금빛 용'은 단 하나였다.

설산의 수호자, 자칼리아.

테레사는 레티시아가 떨고 있는 이유를 알지 못했다. 대악마를 넘어서는 위압적인 목소리를 듣지 못했기 때문이었다.

그 목소리를 들은 건 레티시아. 그리고 대악마 일라이. 계약자인 아네스와 잔느뿐이었다.

'저런 솜뭉치라도, 작정하고 겁주려 했으니……'

단순히 아르보의 위협 때문이라고 생각한 테레사가 레티시아에게 다가갔다. 일라이의 품에 안겨 있던 레티시아에게 조심스레 손을 뻗었지만, 곧 거두고 말았다.

"레티, 네 어머니가……"

테레사의 입술이 떨렸다. 그 미세한 동요를 레티시아도 눈치챌 정도였다.

"설산의 수호자이자, 대정령의 친구였던……"

테레사가 말을 멈추며 입술을 깨물었다. 나무 위에 숨어 있던 아르보가 "아르보 말이 맞아! 확실해!" 하고 주절거리다가, 일라이의 서늘한 시선과 마주치자 입을 다물었다.

테레사는 숨을 짧게 들이켜고 물었다.

"레티시아. 그대의…… 어머니가 금빛 용이었나?"

'어머니가 금빛 용일 리가…….'

없다. 그렇게 생각한 레티시아는 테레사에게 고개를 저었다. 조금 전 들었던 목소리 때문에 아르보의 말을 제대로 듣지 못했었다.

"나무 정령의 말로는, 레티 네가 자칼리아의 딸이라고 하더군."

"나무 정령이 왜 그런 말을 한 건지 모르겠어요. 저는……."

뒷말을 이으려던 레티시아는 안나마리와의 기억을 떠올렸다.

어머니는 알레타 출신의 평범한 사람이었다. 숲속에서 혼자 꽃차 가게를 운영했고, 작은 동물들이 잘 따랐으며, 치료제를 만드는 데 능숙했던.

'갑작스레 용이라니…….'

하루아침에 출생의 비밀을 알게 됐지만, 받아들이는 건 또 다른 문제였다.

"중요한 문제다만……. 지금은 먼저 쉬는 게 낫겠구나."

테레사는 혼란스러워하는 레티시아를 보며 한숨을 삼켰다. 그리고 일라이에게 침실로 데려가 쉬게 하라고 눈짓을 보냈다.

"시간은 앞으로도 충분하니 나중에 얘기하자꾸나. 레티, 네가 원한다면 말이다."

테레사의 말에 레티시아는 작게 고개를 끄덕였다.

'나무 정령은 어떻게 그 사실을 아는 거야? 내가 자칼리아의 딸이라고…….'

레티시아는 혼란스러운 표정을 감추지 못하다가 고개를 끄덕였다. 와중에도 테레사에게 고개를 숙여 인사하고는 일라이와 함께 자리를 떠났다.

부스럭.

숨어 있던 하얀 솜뭉치가 레티시아가 가자마자 모습을 드러냈다.

"거짓말은 아니겠지, 아르보?"

"아르보는 거짓말 안 해! 쟤, 사악한 광룡! 자칼리아와 똑 닮았다!"

"자칼리아는 자비로운 수호자라던데……."

"다른 뿌리가 알려 줬다! 자칼리아 무섭다! 보석 같은 눈동자가 광룡하고 똑 닮았다!"

"자칼리아는 윈터에 온 적이 없어. 50년 전에 설산에서 숨을 거뒀고. 네가 100살이라 해도……."

테레사는 잠깐 생각했다. 50년 전에 자칼리아가 죽었다면, 그 전에 몰래 레벤 성을 방문했던 건가?

'어째서?'

테레사가 추측하는 사이, 아르보가 훌쩍이며 찡얼거렸다.

"자칼리아 장난기 많다! 몰래 작은 인간 모습으로 들어와서, 아르보꿀밤 먹이고 갔다!"

"아르보, 네 착각이겠지."

"무시무시한 광룡에게 꿀밤 세 대 맞았다! 자칼리아가 윈터 좋다고 했다! 지켜 주겠다고도 했다! 테레사 할머니 지켜 줬다!"

"……."

"그, 랬는데……. 다나에 나쁘다! 테레사 바―보!"

콩콩!

아르보가 답답하다는 듯 작고 초라한 나뭇가지 손으로 나무 기둥을 쳤다. 그래 봤자 초라한 제 손만 아플 뿐이었다.

* * *

일라이와 함께 침실로 돌아오자마자, 레티시아는 바로 침대에 몸을 뉘었다. 머리 곳곳에 새하얀 나뭇잎이 붙어 있었고, 뺨에도 하얀 늑대 그림이 남은 채였다.

기껏 열었던 봄 연회는 엉망이 되어 버렸다.

'근데……. 연회보다도 아르보의 말이 더 신경 쓰여.'

레티시아는 미동도 없이 누워 있다가 한참 후에야 입술을 떼었다.

"내가 사람이 아니래."

침대에 걸터앉아, 곁을 지키던 일라이가 레티시아의 머리칼을 쓸어 주며 답했다.

"사람이야. 조금 특별한 힘을 가진."

"조금? 어머니가 용이라는데."

금빛 용의 전설은 레티시아도 알고 있었다.

테레사가 집필한 『하얀 여왕』에서 분명 나오지 않았던가.

설산의 수호자로 있던 자칼리아. 빙결과 염화를 키워 왔던 금빛 용이 살해되었다고.

윈터, 네르바드, 마네르. 세 가주에 의해 지상에 남은 마지막 용이 죽었노라고.

레티시아가 알고 싶은 건 하나였다.

"정말로 어머니가 금빛 용이었다면……."

왜 오래 살지 못했던 거야?

어째서 그렇게 일찍 세상을 떠나야 했던 거지?

용이었으면서 왜 마네르 가문에서 그렇게 경멸과 멸시를 받으면 서…….

"왜, 그렇게 바보같이 눈을 감아야 했어?"

레티시아는 어머니를 붙잡고 묻고 싶었다.

금빛 용이라면서 어찌하여 다정한 어머니로서만 살았는지.

설산의 수호자라면서 왜 자기 한 몸 지키지 못했는지.

대단한 권능을 가졌을 텐데, 어째서 괴롭히는 사람들을 내버려 뒀는지. 그래서 당신의 딸이 그 슬픔을 견디도록 보기만 했는지.

"이젠 어머니를 이해할 수 없어. 나라면 전부 치워 버렸을 거야. 당신을 괴롭혔던 사람 모두……."

레티시아의 중얼거림에 일라이는 손을 뻗어 그녀의 눈을 덮어 주었다.

"알리지 못했던 사정이 있었을 거야. 그보다 아르보의 말이 사실인지 확인부터 해야겠지."

"확인이라니?"

레티시아는 누웠던 침대에서 벌떡 일어나 물었다. 어느덧 그녀의 눈을 가리는 손은 치워진 이후였다. 눈가에 눈물이 살짝 맺혔지만, 흐를 정도는 아니었다.

"설산에 가면서 알려 줄게."

일라이는 레티시아의 머리를 부드럽게 쓸면서 말했다.

지금은 말해도 귀에 제대로 들어오지 않을 것이다.

아르보와 마주쳐서 "쟤 자칼리아의 딸!"이란 소리를 들었고, 마왕 이블리스의 목소리까지 들었다. 레티시아가 정말로 자칼리아의 딸인지, 그렇다면 죽었던 금빛 용은 어떻게 된 건지 알아낸 다음, 차근차근 말한다 해도…….

"지금 당장 가야겠어."

레티시아는 붉어진 눈가를 손등으로 훔치고는 외투를 찾았다. 다시 산에 갈 일이 없다고 생각했는지, 집사가 겨울 외투를 모두 치운 이후였다.

"네베 산도 봄을 찾았지만 여전히 추워. 우선은 쉬고, 날이 밝으면 바로 가자."

내일 아침. 집사 대신 레티시아의 외투를 꼼꼼히 챙겨야겠다고 일라이는 생각했다.

대악마보다 집사가 더 천직인 일라이였다.

* * *

다음 날, 날이 밝자마자 레티시아는 일라이와 함께 말에 올라탔다.

'테레사 님, 네베 산으로 가서 자칼리아의 무덤을 조사하려 해요.'

'저주도 풀렸으니 위험할 건 없겠지만, 호위는 데려가도록. 아, 일라이면 충분하겠구나.'

산으로 가서 조사해도 좋다는 테레사의 허락은 이미 받은 뒤였다. 떠나려는 둘을 아네스와 잔느가 걱정스레 보고 있었지만, 따라가진 않았다. 둘이 낄 문제가 아니라고 테레사가 엄중히 말했기 때문이었다.

"야, 사촌! 호위 잘 서고!"

"그래, 일라이. 레티시아의 호위답게 잘 지켜. 저 새까만 고양이 밥도 잘 주고. 일라이, 넌 굶어도 고양이들은 밥 굶기면 안 돼."

잔느의 말에 아네스가 고개를 끄덕이며 외쳤다.

"사촌! 호위만 하면 안 돼. 집사, 하인, 짐꾼까지 다 네 몫이야! 대악마니까 그쯤은 할 수 있지? 레티 굶기지 마!"

"아네스, 너 눈치 없니? 저렇게 철판 깔고 속이려 하는데 계·약·자라고 해 줘야지. 대악마가 아니라."

아네스와 잔느가 벌써 잔소리를 퍼부었다. 그걸로 모자라 제 정체까지 폭로하려 해서 일라이는 오랜만에 당황했다.

"콜록, 콜록. 갑자기 춥네. 쌍둥이들에게는 감기 옮기면 안 되니까 멀리 가자."

일라이는 괜히 기침하며 레티시아의 시선을 끌고는 말을 뒤로 몰았다.

'내 정체는 내가 밝혀야 하는데…….'

저 조그만 것들은 대악마가 무섭지도 않나 보다.

"야"는 기본이고, 시누이라도 된 건지 레티시아 잘 지키라고 벌써 구박하는 걸 보니…….

세계수 ∞ 365

'처가가 둘······.'

일라이는 고삐를 쥔 채 한숨을 내쉬었다. 어찌나 짙은 한숨인지 앞에 안겨 있던 레티시아가 눈치챌 정도였다.

"뭐, 답답한 일 있어?"

"아니, 딱히."

일라이는 무심한 얼굴로 둘러댔다.

금빛 용이 레티시아의 어머니.

'여기까진 받아들이겠는데······.'

이렇게 강하고 아름다운 소녀가 평범한 출생일 리 없지, 하고 일라이는 쉽게 납득했다.

레티시아 본인보다 더.

'나, 왜 이렇게 구박받는 거 같지? 윈터가 문제인가······.'

아니면 내가 대악마였던 게 문제인 건가.

테레사는 물론, 아녜스와 잔느까지 눈치를 줘서 일라이는 좀 서운했다.

"레티, 그건 알아야 해. 금빛 용은 말이지······."

일라이가 흑색 군마를 천천히 산 쪽으로 몰며 운을 뗐다.

행여 저만 두고 갈까, 바짝 쫓아온 파르비스는 캣닢을 여기저기 묻힌 채 축 늘어져 있었다.

"흠냐······. 고로롱."

주인의 품이라고, 아침부터 단잠에 빠져든 것이다.

"응. 자칼리아가 왜?"

"어떻게 탄생했는지 좀 알아야 할 필요가 있어. 내가 왜 아는지는 묻지 말고."

왜 묻지 말라는 건지 모르겠지만, 레티시아는 일단 고개를 끄덕였다.

"오래전, 용은 멸망한 동물이었어. 균열 때문에."

균열이란 것은 혼돈을 일컬었다.

"태초의 대천사였던 이브가 타락하면서 균열을 메울 사람이 없어졌 거든."

그 균열이 지상까지 퍼져서 용족은 멸망했다.

이해하기 어려울 거란 생각에 일라이는 간략히 넘어갔다.

"이브는 첫 번째 권좌로서 균열을 닫곤 했어. 말이 닫는 거지, 그냥 혼돈에서 태어난 마귀를 도륙한 거였거든."

"응, 이해했어. 나 신성 가문 출신이니까, 이 정도쯤은……. 본론부터 말해 줘."

바로 본론부터?

일라이는 고개를 끄덕이더니 고삐를 쥐어 말을 모는 속도를 높이며 말했다.

"금빛 용 자칼리아는 이브의 능력 덕분에 태어났어."

마왕이 탄생한 순간, 그 전신이었던 이브의 마력 일부가 지상으로 떨어졌다.

'금빛 파편'의 형태로.

그 금빛 파편을 작고 어린 도마뱀이 발견해 금빛 용이 되었다는 거지만…….

"자세한 이야기는 무덤에 도착하면 해 줄게. 이제부턴 속도를 내야 하거든. 자칼리아의 무덤에 제때 도착하려면."

"이브가 타락하기 전……. 그러니까 대천사의 권능을, 자칼리아가 물려받았단 거지?"

"대강은 그렇지. 그래 봤자 일부분이지만."

'마왕으로서는 모래알 같은 파편이라 해도…….'

지상에서는 대단하다 못해 경이롭게 여겨지는 위대한 권능이 되었다. 그 파편은 아마도 설산 어딘가에 떨어졌을 것이고, 금빛 용의 요람이 되었으리라.

지금은 무덤이겠지만.

"레티, 너와 금빛 마왕이 관계가 있단 소리지."

"……마, 왕하고? 나하고?"

"그래. 세계수 앞에서 네가 들었던 그 목소리, 아마 이블리스일 거야."

일라이는 더 혼란에 빠진 레티시아를 보며 '너무 생략했나?' 하고 생각했다. 물론 레티시아로선 귀를 의심할 수밖에 없었다. 일라이가 "식단을 몰래 봤는데, 오늘 아침은 또 해물 스튜야." 하는 여상한 어조로 말했으니.

"내가 그때 들은 게…… 마왕의 목소리라고?"

"그래, 이블리스였지."

일라이는 그렇게 답하며 고삐를 더 세게 쥐었다.

다그닥다그닥—!

흑색의 군마가 마른 땅을 밟으며 빠르게 내달렸다. 한때 자칼리아의 무덤이었던 동굴을 향해서.

chapter 11
자칼리아

"여기, 와 봤다고 했지?"

말에서 내린 일라이가 물었다. 그리고 말고삐를 동굴 입구에 고정한 다음, 레티시아에게 손을 내밀었다.

"한 번. 그때 일라이가 빙결 앞에서 이동 마법을 써 줬는데, 눈 뜨니 여기였어."

"……내 실수였지만."

일라이가 제 뺨을 매만지며 답했다.

본래는 레벤 성으로 좌표를 지정했었다. 그러나 빙결의 방해로 좌표가 흔들렸고, 그로 인해 레티시아가 엉뚱한 곳으로 이동된 것이다.

일라이도 동굴의 위치를 정확히는 몰랐지만, 대정령 빙결의 힘을 따라가니 그곳이 곧 동굴이었다. 거기에 빙결과 계약한 레티시아가 있어 동굴을 찾는 건 어렵지 않았다.

"일라이, 내가 먼저 들어갈게."

자박자박.

레티시아는 먼저 동굴 안으로 발걸음을 내디뎠다.

'이전과 똑같아.'

시간이 멈춘 것처럼 푸른 빛무리가 천천히 흐르고 있었다.

'허공에 떠다니는 얼음 조각도 그렇고.'

대정령을 오래 본 건 아니었지만, 빙결이 제 거처라고 동굴을 꾸몄을 리가 없다.

'뭔가 다른 이유가…….'

있는 거겠지? 그리 생각한 레티시아가 말했다.

"그때 요람이라고 했거든. 자칼리아의 무덤을, 요람이라고 했었어."

"요람, 이라……."

일라이는 동굴을 살피다가 널찍한 바위를 보고 눈을 가늘게 떴다. 그 위에 낡은 서책이 있었다.

"기록인 것 같은데. 누가 남긴 거지?"

다가가 서책을 확인하려 했지만, 레티시아가 그의 옷깃을 붙잡고 막았다. 그러자 일라이가 한쪽 눈썹을 올리며 물었다.

"왜? 확인하는 편이 낫지 않아?"

"이미 확인했어. 자칼리아의 일기장이야."

"아……. 무슨 내용이 쓰여 있었는데?"

"가족을 찾고 싶다고……."

뜻밖의 말이라서 일라이는 눈을 크게 떴다. 설산의 수호자였던 자칼리아에게 '가족'은 어울리지 않는 것이었다. 하지만 어떤 이유로 가족을 찾고 싶어 했는지 알 것 같아서 일라이는 고개를 끄덕였다.

"외로웠겠지. 대정령이 곁에 있다 해도."

"일라이는 어떻게 그리 잘 알아? 직접 겪어 본 것처럼."

"그냥……. 아무튼, 대정령은 분명 감정을 느껴. 기쁨, 슬픔, 분노,

즐거움. 하지만 어디까지나 정령이라서…….”

일라이는 뒷말을 흐렸다.

사람보다 더 지능이 높은 데다, 오랜 세월을 살아온 자칼리아에게는 이해해 줄 사람이 필요했다.

같은 용족은 고대 왕국이 세워질 무렵 모두 멸종되었고, 그 후에 태어난 자칼리아는 1000년을 홀로 살아왔다. 윈터 가문이 세워진 게 그쯤이었으니, 수호룡으로서 그들을 돌봐주었다고는 해도…….

‘깊은 관계를 맺기는 어려웠겠지.’

윈터의 초대 가주와 친구가 되었다고 해도, 자칼리아 입장에서 사람은 찰나에 죽는 존재였다.

초대 가주의 아이가 가주가 되고, 그 아이가 딸을 낳아 가주가 되고…….

자칼리아는 그들의 삶과 죽음을 지켜보았을 테고, 가족을 가지고 싶다고 생각하다가…….

‘죽고 나서 사람이 된 건가? 아니면…….’

어떤 계기로 자칼리아의 마력이 인간에게 흘러든 것일 수도 있고.

꽤 근접한 답이었지만, 일라이는 확신하지 못했다.

자칼리아 본인이 있다면 알려 줬겠지만, 레티시아의 어머니는 1년도 더 전에 숨을 거뒀다.

빙결이 뭐라도 말해 주면 확실히 알겠는데…….

일라이는 얼음벽 곳곳에 있는 얼음 조각을 향해 손을 뻗었다.

‘꼭 아이들이 가지고 노는 모빌 같네.’

대악마라면 몰랐겠지만, 일라이로 살면서 알게 된 지식이었다.

아주 어린 아기들을 돌볼 때 부드럽게 움직이는 물체나, 소리가 나는 것을 매달아 둔다. 소위 모빌이라 불리는 거였다.

신생아는 시력이 발달하지 못하고 초점 또한 잘 맞추지 못한다. 그러니

이 시기엔 검은 모빌, 후에는 색깔 있는 모빌로 바꿔 가며 발달에 도움을 주는 것인데…….

'빙결이 사람의 아이를 키우는 건가?'

일라이는 그렇게 생각했지만, 곧 고개를 저었다.

'이런 얼음 동굴에서 지내는 거라면, 사람의 아이는 아니겠지.'

일라이는 녹지 않는 얼음 조각을 계속 만지작거렸다. 그런데…….

'아이를 가진다는 건 어떤 기분이지?'

얼음 동굴로 들어선 순간, 본래의 목적도 잊고 일라이는 얼음 조각을 구경하는 데 빠졌다.

"그렇게 신기해?"

곁에서 그를 지켜보던 레티시아가 물었다. 평소에는 무심한 표정만 짓던 일라이가 얼음 조각에서 영 시선을 떼지 못했다.

"응. 아이가 있으면 어떤 기분일까…… 하고 생각해 봤어."

"아이가 있으면?"

생각 외의 답이라서 레티시아는 눈을 깜빡이며 되물었다.

'어릴 적 기억을 떠올리나 싶었는데…….'

반대였던 모양이다.

미성년이면서 아이 생각을 하는 걸 보니 어엿하다고 해야 할지.

'일라이도 철이 지나치게 빨리 들었어.'

이게 다 네르바드 가문에서 구를 대로 구르고 고생한 탓이다.

레티시아는 어쩐지 일라이가 짠하게 보여서 어깨를 다독였다.

흠칫.

어깨를 굳힌 일라이가 놀란 얼굴로 레티시아를 쳐다보았다. 그의 손은 여전히 얼음 조각에 닿아 있었다.

일라이가 물었다.

"왜……?"

"왜냐니?"

레티시아는 어깨를 으쓱했다. 자기 어깨를 왜 잡냐는 말인가?

일라이는 뺨을 붉혔다.

'레티시아와 내가 성년이 되고 나서……'

둘 사이에 아이가 있으면 어떨까, 하고 생각했는데 레티시아가 어깨를 건드린 것이다.

'그냥 친 거였나……. 미리 약혼이라도 하자는 줄.'

레티시아가 커서 어른이 되고, 할머니가 돼도 곁에 누군가를 둘 것 같진 않았다.

'사람은 백 살도 못 살고 죽는다는데……'

그래서 그 짧은 생에 새로운 가족을 이루기 위해 결혼하고 아이를 가지는지도 몰랐다.

"아이를 가지고 싶어?"

레티시아는 일라이의 어깨에서 손을 뗀 뒤 물었다.

"……응."

일라이는 솔직히 답했다.

사실, 그도 아이가 있으면 어떨지 짐작은 가지 않았다. 2천 년의 시간을 대악마로 살아왔고, 일라이로 산 건 고작 14년이란 시간뿐이다.

대악마였을 때 가끔 성유물을 만지작거려서 지상을 내려다본 적이 있었다.

그때 맹세의 의미로 서로 입을 맞추고, 결혼하고, 아이를 키우는 이들을 보면서 우습다고 생각했었다. 고작 백 살도 넘기지 못할 것들이 뭘 위해 저렇게 사느냐고.

'……바보는 내 쪽이었지.'

대악마였을 때는 감정이란 특권을 누리지 못했다. 아예 느끼지 못하는 건 아니었지만, 거의 없다고 봐도 좋을 정도였다.

'하필 심장을 빼앗겨서…….'

그래서 더 감정을 느끼지 못했지만, 대악마 아스모데우스는 의도적으로 감정을 통제했다.

'안 그러면 미쳐 버리니까.'

조금이라도 그 얄팍한 감정에 매몰되지 않기 위해, 아스모데우스는 감정을 지우고 또 지웠다.

주로 느꼈던 건 분노와 공허함이었다.

날개가 꺾이고, 탑에 처박혔을 당시에는 분노가 꽤 컸다.

하지만 어느새 분노란 감정은 사라지고, 공허함만이 남아 버렸다. 공허함도 감정 중에 하나라면, 거의 9할은 차지했을 것이다.

그때는 공허하다는 게 뭔지도 몰랐다.

'2천 년을 산 이성이라 해도, 감정 수준은 어린애였을지도…….'

일라이는 스스로에 대해 꽤 야박한 평가를 마쳤다.

외로웠지만 외롭지 않다고 생각했고, 공허했지만 공허하지 않다고 생각했다.

틈틈이 '난 언제 계약하지? 누가 날 불러 주지?' 하고 쪼그려 앉아 훌쩍이는 〈미색〉을 보고 한심하게 여겼다.

거기서 '너라면 널 부르겠니? 나를 부르지! 요새 애들은 화가 많아서, 나를 더…….' 하고 〈미색〉의 기를 죽이는 릴리스도 이해할 수 없었다.

이제껏 자신은 네르바드의 가주들과 몇 번 계약했고, 그들의 영혼을 받는 대신 적당히 소원을 들어주곤 했다.

'그런데 사람으로 살라는 건…….'

좀 당혹스러웠다.

그 당시에는 '귀찮은 꼬마. 뭐, 이딴 소원을…….' 하고 생각했었다. 대악마의 의무에 충실해야 한단 생각 때문인지, 소원을 들어줘야 소환이 풀려서인지 들어주긴 했지만.

일라이도 이제야 알아차렸다. 대악마로 살았을 때는 공허하고 외로웠다.

친구도, 가족도, 연인도 없는 삶.

그저 허공을 떠도는 오래된 어둠에 불과했던 그때로는······.

돌아가고 싶지 않다.

단순히 외로움 때문이라면, 다른 사람을 만나도 되는 거였다.

그런데 레티시아가 아니면 안 된다. 왜 그런지 이유를 대지 못했지만, 다른 사람은 싫었다.

"조금은······. 자칼리아가 이해돼. 가족을 찾고 싶어 한다는 거."

사락.

일라이는 천천히 돌아가는 얼음 조각을 보며 쓴웃음을 지었다.

레티시아에게는 윈터가 있다면, 그에겐 누가 있어 줄까······.

일라이의 곁에서 벗어나, 얼음 동굴을 둘러보던 레티시아가 물었다.

"일라이도 가족을 가지고 싶은 거야?"

"아, 음."

일라이는 섣불리 대답할 수 없었다. 그냥 가족이 아니다. 레티시아의 가족. 그렇게 말하고 싶었지만, 그러기에는······.

'레티시아는 아직 어리지.'

더군다나 레티시아는 이미 윈터를 마음에 둔 것 같았다.

'레티시아가 윈터와 결혼할 건 아니지만.'

일라이는 '가족'이 가장 우선시되는 존재라고 생각했다. 그러니 레티시아가 윈터를 가족으로 생각한다면 일라이는 물러설 수밖에 없었다.

'결혼하고 아이가 태어나면 또 다른 가족이라 했던가.'

그런 말을 들었지만, 일라이는 아직 자신이 없었다.

'그게 가능할까?'

가능하다 해도 저를 닮은 대악마가 태어나면 어쩌지······.

일라이와 레티시아의 2세가 태어난 후, 1년.
'아따따, 아따따! 아따!'

수년 뒤.
일라이와 레티시아의 2세, ──의 네 번째 탄신연.
'파파르 주겨서 자니를 계승할 고야!'
'좀 더 기다리려무나.'
'아──빠! 오느른 내 탄신닐이니까, 그만 쥬거 주몌요!'
'기다려라.'
'애비애비지지.'
'꼬마, 예의를 갖추면 생각해 보마.'
'애비야, 마땁이랑 네뜨바드 듀몌요!'
'안 돼, 기다려.'

……그럴 것 같은데.

충분히 일어날 만한 일이라, 일라이는 손으로 제 얼굴을 쓸어내렸다.

'자식에게 살해당하는 건가, 나…….'

2대째 대악마 자리를 계승하겠다고 하면 어쩌지?

'그것만은 막아야지. 피 한 방울 안 묻히고 키워야…….'

아니, 아니다. 대악마인 애비부터 못 죽이게 해야지.

일라이의 안색이 급격히 창백해졌다. 이래서 육아가 피곤하다는 거였다. 상상 육아만으로도 이렇게 진이 빠지는데……. 일라이가 두 손으로 얼굴을 쓸며 한숨을 내쉬었다.

'일라이로 살아 달라고는 했지만.'

행복하게 살아 달라고 했고, 사랑을 해 보라고도 했었다.

'사람으로 살긴 해도, 아이를 가지는 것까진 역시 무리인가…….'

일라이가 쓸데없지만 나름 심각한 고민을 하는 사이, 레티시아는 얼음벽을 어루만지며 중얼거렸다.

"나는 아이가 싫었는데……."

어머니가 자신 때문에 그렇게 아팠던 거란 생각에 레티시아는 아이가 싫었다. 그 아이에는 '그녀 자신'도 포함되어 있었다. 그것도 한때의 이야기였지만.

"이제는 모르겠어. 테레사 님과 아네스, 잔느를 보다 보면……."

가족이 있다는 건 행복일지도 모르겠다.

어머니가 일찍 세상을 떠났고, 아버지는 사람이 아니다.

'내리사랑을 오랫동안 받지 못했다면…….'

내가 아이에게 주어도 되지 않을까.

레티시아는 그런 생각을 잠깐 했다.

'내 수명이 언제까지인지 모르겠지만.'

하지만 역시 확신은 들지 않았다.

너무 이른 시간에 세상을 떠나게 되면, 내 아이도 나처럼 혼자 남게 될 텐데.

'그럼 분명 슬퍼할 거야…….'

하지만 짧은 시간이라 하여도 평생 잊지 못할 만큼 사랑을 듬뿍 준다면…….

"지금은 아이들이 조금 좋아졌어. 아네스도 귀엽고, 잔느도 귀엽잖아."

"레티, 너 잊고 있나 본데, 둘은 너보다 나이가 많아."

"그냥 말이 그렇다는 거야."

아차차! 자꾸 까먹어서 큰일이네…….

레티시아는 얼음벽을 괜히 툭, 툭 건드리며 화제를 돌렸다.

"일라이, 넌 결혼하고 싶어?"

"조금……."

일라이는 답하며 고개를 기울였다. 소년의 늘씬한 손이 붉어진 얼굴을 감추느라 바빴다.

"누구…… 하고?"

누구겠어? 당연히……!

일라이는 여전히 손으로 제 얼굴을 감싼 채 레티시아를 흘끗 쳐다보았다.

레티, 너와 결혼을 하고 싶다고 하면 뺨을 맞을지도 몰랐다.

아네스가 분명…….

'너, 돌아가신 삼촌 알지.'

'네 아버지잖아.'

'어……. 아니? 내 아빠 아닌데?'

절대 절대 아니라며 정신 승리한 아네스가 말을 이었었다.

'아무튼, 그놈이 프러포즈 없이 결혼하자고 했다가 어머니에게 뺨 맞았거든.'

'……그랬어?'

'근데 어머니가 완급 조절을 못 해서 벽에 날아가 처박혔어.'

'저런.'

왜 전에 했던 대화가 생각나는지 모르겠다.

〈미색〉이 본 연애 소설에서는 결혼부터 하고 나서 나중에 연애한다던데……. 그런 게 가당키나 한가 싶다.

대악마여서 그런지, 피케네 제국민이라서 그런지 일라이는 그런 걸 용납할 수 없었다.

그런 일라이에게 레티시아가 뺨을 긁적이며 말했다.

"난 나중에 커서 아이를 키우고 싶긴 한데……."

"아, 응."

"결혼은 하기 싫어."

"그럼 아이를 가질 수 없지. 입양하려고?"

"아니, 입양은 아냐. 그냥 나 닮은 아이였으면 좋겠어."

"⋯⋯결혼을 안 했는데?"

일라이는 대악마의 상식으로도 이해할 수 없어 한쪽 눈썹을 추켜세웠다.

"응. 결혼 안 하고."

"그럼 어떻게 아이를⋯⋯. 결혼해야 하지 않나."

일라이는 혼란스러워하며 제 얼굴을 어루만졌다.

"결혼 안 해도 아이는 가질 수 있잖아."

"그럼⋯⋯. 남편은?"

"남편 같은 거 만들지 말래."

레티시아의 단호한 답에 일라이는 그만 할 말을 잃고 말았다.

"테레사가 그래?"

"응, 테레사 '님'이."

"아, 테레사 님이 그러셨구나⋯⋯."

나와 결혼하지 말라고 못 박았구나, 그 여자가.

'나쁜 백작⋯⋯.'

레티시아에게 결혼하지 말라고도, 그 상대가 '일라이'여서는 안 된다고 테레사는 말한 적 없었지만.

'하얀 늑대가 날 잠재적 경쟁자로 의식한 거였나⋯⋯.'

일라이는 좋을 대로 생각해 버렸다.

"아이만 있어도 될 거래."

"⋯⋯그럼 남편은?"

도돌이표 같은 질문에 이번에는 레티시아가 한쪽 눈썹을 올렸다.

"남편은 없어도 된댔어."

"꼭 없어야 할까?"

"응. 내 친부만 봐도……."

그리고 테레사 님의 전남편 이야기만 들어도…….

남편은 없어도 될 것 같다.

단호히 말하는 레티시아를 보며 일라이는 두 남자를 욕했다.

한 명은 마네르 공작. 다른 한 놈은 쓰레기였던 전 삼촌.

'나쁜 새끼들…….'

왜 그런 나쁜 놈들만 주위에 있어서, 레티시아가 남편은 필요 없다고 말하게 하는 건데!

법적으로 남편이 싫다면…….

"그림자 남편 같은 건? 필요할 땐 있어 주고, 필요 없으면 꺼져 주는."

"음……. 그런 것도 있어?"

"그럼. 내 아이를 귀찮게 하는 놈들을 치워 버리는 거지."

"내 아이?"

"아, 미안. 레티시아, 네 아이."

"응, 내 아이."

레티시아는 단호히 말한 뒤 일라이의 어깨를 다독였다. 그러다 조심스레 물었다.

"혹시 추워? 아까부터 얼굴이 빨개서……. 지금은 좀 창백해졌네."

"아, 아니. 네 아이 생각하다 보니……."

일라이는 시선을 옆으로 흘리며 곤혹한 웃음을 지었다.

아무래도 이번 생은 글러 먹은 것 같다. 다시 태어나도 레티시아의 남편 될 일은 없어 보였지만.

'죽고 나서 영혼결혼식이라도…….'

할까? 그럼 또 괜찮지 않나?

그리 생각한 일라이가 손으로 입가를 가린 채 물었다. 여전히 시선은 벽을 향한 채였다.

"나, 하고…… 영혼결혼식은 생각해 봤어?"

"……그건 또 뭐야. 죽으면 끝 아니야?"

레티시아가 이상하다는 듯 묻자, 일라이는 "그렇지? 나도 영 이상하다고 생각했어." 하며 동굴 벽으로 시선을 내렸다.

"죽었으면 끝이지. 영혼결혼식이라니? 질척이는 건 별로야."

"……그렇지. 질척여서 재수 없을 만해."

일라이는 자포자기한 심정으로 답했다. 그리고 애꿎은 눈가를 매만졌다. 다행히 눈물은 흐르지 않아서 대악마의 체면을 지킬 수 있었다.

'왜 이렇게 속이 시리지.'

속이 따끔거려서 '오늘 먹은 해물 스튜가 너무 맵고 짰나…….' 하고 추측했다.

'처음으로 파르비스가 되고 싶어졌어. 그냥 사랑받는 고양이로 태어날걸.'

이제 와서 파르비스처럼 가짜 고양이 흉내를 내기는 좀 그렇다. 대악마의 체면이 허락하지 않았다.

'그렇지만 남자로서 사랑받지 못한다면, 변신 마법을 써서 반려동물로 지내는 것도…….'

역시 체면이 허락하지 않는다. 그리고 〈미색〉이 봐도 '미친. 개 음흉해.' 하고 혀를 내두를 것 같아서 그러진 못하겠다.

사람으로서 사랑받지 못한다면, 그냥 대정령으로 태어날걸…….

일라이는 '일라이'가 되어 버린 제 선택을 후회했다.

정령이 된다면, 레티와 결혼도 못 하고, 손도 못 잡고, 볼 키스는 못 해도…….

함께 살다가 죽을 순 있으니까, 그걸로 족했다.

"다음 생에는 역시 대정령으로……."

"응? 대정령 뭐?"

"아, 아무것도 아냐. 파르비스는?"

동굴 입구까진 함께 있었던 거 같은데, 보이지 않자 일라이가 물었다.

"혼자서 뭘 좀 둘러보겠대."

"그 고양이, 눈치가 없진 않네."

일라이의 말을 흘려들은 레티시아가 동굴 주변을 살필 때였다.

"어? 이거……!"

레티시아는 동굴 바닥에서 금색 발톱을 발견하고 주워 들었다.

'어떤 동물의 발톱이지? 빙결이 키우는 것 같은데.'

아기 발톱처럼 조그마했지만, 딱히 짐작 가는 동물은 없었다.

"웬 발톱?"

레티시아에게 다가간 일라이가 금색 발톱을 건네받았다. 잠깐 살펴본 그는 고개를 갸웃거렸다.

"이거 혹시……. 용의 발톱 아닌가?"

"용이 이렇게 작아?"

"새끼 용이라면?"

"일라이, 넌 본 적 있어?"

일라이는 레티시아의 시선을 피하며 답했다.

"아마도……. 책에서?"

"새끼 용은 더 크지 않아? 용의 발톱이라기엔 너무 작은데?"

"고대의 용과 지금의 용은 계통이 다르니까. 고대의 용족은 힐데가르트가 창조했고, 금빛 용은 작은 도마뱀에서 용이 된 거라……."

"아, 그렇구나. 일라이는 용 박사네?"

"아, 응. 그렇게 됐어. 다섯 살일 때 마탑의 고서를 봤었지."

일라이가 짙은 한숨을 내쉬며 답했다.

거짓말은 아니었다.

다섯 살부터 일라이로 살아갔고, 기사들에 의해 방에 갇혔을 때도,

무료함에 용에 대한 고대 기록을 읽어 보곤 했다. 나이 지긋한 학자도 치를 떨 만큼 어려운 고고학이 일라이에게는 동화책보다 더 쉬웠기 때문이었다.

일라이가 발톱을 레티시아에게 돌려주며 말했다.

"어디까지나 추측이야. 일단 주워 가자."

"응. 빙결이 오면 뭐 좀 알 수 있을 텐데."

왜 안 오는 거지? 날 계속 피하는 것 같아.

레티시아는 옅은 한숨을 내쉬었다.

빙결을 불러도 답해 주지 않는 걸 보면, 이유가 있을지도 몰랐다. 분명 근처에서 빙결의 마력이 느껴지는데, 라이아덴의 모습이 보이지 않는 걸 보면…….

'숨어 있는 건가?'

거기까지 생각한 레티시아는 곧 고개를 저었다.

'아니, 아니야. 빙결이 뭐 하러 숨겠어?'

산에는 위험한 동물도 없었고, 가장 위험한 거라 해 봤자 빙결 자신이다.

'혹시. 다람쥐나 이런 걸 키우는 건가.'

파르비스가 작은 동물들의 왕 노릇을 한다고 했으니, 라이아덴이라고 키우지 못할 법은 없었다.

'하지만 금색 발톱을 가진 동물이 뭐 있지? 돌연변이?'

얼마나 마음에 들었으면 자칼리아의 무덤에서 키워 주고, 어린 동물을 위해 얼음 조각까지 만들어 주고…….

요람이라고 불렀을까.

"기다릴까?"

일라이의 물음에 레티시아는 고개를 저었다.

"기다려도 빙결은 오지 않을 거야."

그래도 주인이라고 나타나면 반길 줄 알았는데, 라이아덴은 자신이 온 걸 알면서도 모습을 보이지 않았다.

"우리가 불편하다는 거겠지. 동굴에 들어오는 건 허락했다 쳐도."

아마 다른 사람들이라면 얼음 동굴을 발견하지 못했거나, 동굴 안으로 들어서지 못했으리라.

동굴 주변에서 내리던 눈꽃들은, 언제든 생명을 찢어발겨 버리는 눈보라로 변할 수 있었다.

"돌아가자."

레티시아는 작은 발톱을 천 주머니 안에 넣은 다음, 먼저 동굴을 나섰다.

얼음 동굴 주변에는 눈꽃이 휘날렸지만, 염화의 힘 덕분인지 흑색 군마는 노곤해 보였다.

레티시아를 말 위로 올려 준 일라이가 뒤이어 말에 올라타며 물었다.

"데이트는 이걸로 끝?"

"응. 데이트는 아니지만."

레티시아는 악의 없이 답하며 레벤 성을 손으로 가리켰다. 이제 돌아가자는 뜻이었다.

"……그래, 나도 알아. 조사차 나온 거지."

그것도 단둘이서.

끝까지 의미 부여를 포기하지 않은 일라이였다. 빙결을 잡으러 간 게 첫 데이트고, 지금은 두 번째라고.

* * *

두 사람이 레벤 성으로 돌아왔을 때는 이미 늦은 저녁이었다. 레티시아는 일라이와 간단한 요기를 한 다음, 씻고 치장한 뒤 연회장으로 향했다.

작은 금색 발톱은 천 주머니 채로 서랍장 안에 넣어 둔 뒤였다. 열쇠로 꼭꼭 잠근 터라 잃어버릴 일은 없었다.

'나중에 동물학자를 찾아가 봐야 하나……. 아니, 테레사 님에게 성으로 불러 달라고 하면 되겠다.'

집사가 연회 전에 좀 쉬어 두라고 해서, 잠깐 쉬다 보니 벌써 깜깜한 밤이었다.

'봄' 연회의 두 번째 날.

본성의 연회장에 도착했을 때는 꽤 많은 사람이 모여 있었다. 그래도 모두 윈터 출신들이라서 인파로 길이 막힐 정도는 아니었다. 그런데 신기하게도, 레티시아가 걸을 때마다 더 넓은 길이 만들어졌다.

'정령술사님이래.'

'아, 나도 봤지. 오늘은 좀 피곤해 보이셔.'

'그래도 춤은 추지 않으시려나? 내 아들들도 쫙 빼입고 왔는데.'

소곤소곤 귓속말이었지만, 레티시아의 귀에는 잘 들렸다. 그리고 맞은 편에서 샴페인—무알코올이었다—을 홀짝이던 일라이의 귀에는 더 잘 꽂혔다.

'저것들이…….'

춤 신청을 한다고? 감히?

일라이가 쥔 유리잔에 힘이 가해지자, 아네스가 부채로 그의 손등을 톡 쳤다.

"저기, 후작님? 예의 좀."

부채로 얼굴을 반쯤 가린 아네스가 일라이에게 속삭였다. 연회의 주인공은 '레티시아'니, 괜히 유리잔을 깨서 소란 일으키지 말란 뜻이었다.

아네스는 또각또각 구두 소리를 내며 레티시아에게 다가갔다. 그리고 부채 끝을 살짝 내리며 물었다.

"언니와 춤출래?"

"음……. 폴카?"

레티시아는 손뼉을 맞추고 발을 구르는 경쾌한 춤을 떠올렸다. 그리고 잠깐 고민하다가 아네스의 손을 붙잡으며 연회장 중앙으로 향했다.

귀족 영식과 영애들이 저마다 즐거운 얼굴로 춤을 추고 있었다.

흘끗.

'오늘은 완벽한 레이디의 모습이네. 긴 은발도 옆으로 느슨히 묶었고, 우아한 드레스에…….'

레티시아는 아네스를 흘끗 쳐다보았다. 아네스도 그 나이 대 소년치고는 키가 꽤 큰 편이었다.

일라이와 함께 있을 땐 '귀여운 미소년'이라고 생각했는데……. 지금 보니 귀족 영애들이 시선을 떼지 못 하는 게 보였다.

'괜찮겠지? 동성끼리도 춤을 추곤 하니까.'

물론, 아네스는 남자애였지만 윈터 성에서는 모두 '여자'로 알 것 아닌가. 사석에서는 테레사와 집사, 잔느도 가끔 소년으로 대하긴 하지만, 지금은 공식적인 연회였다.

"괜찮아."

레티시아가 뭘 걱정하는지도 모르고 아네스가 생긋 웃었다.

어느덧 두 사람은 춤추는 곳까지 와 있었다.

화려한 드레스를 걸친 아네스가 부채를 대기하던 영식에게 건네고는, 자연스레 원의 바깥쪽으로 향했다. 안쪽은 레이디를 위한 자리였기 때문이었다.

레티시아가 한숨을 삼키며 물었다.

"구두 신고 폴카는 힘들지 않아? 가벼운 춤이긴 한데."

"그 정도야 마스터했지."

아네스는 픽 웃고는 레티시아의 손을 부드럽게 감쌌다.

"두 손을 어깨너비보다 더 넓게 벌리고 잡으면 돼."

"……아, 그랬던가."

레티시아는 괜히 아네스의 드레스를 내려다보며 답했다.

그가 신고 온 구두는 드레스에 가려 보이지 않았지만, 또각또각 소리로 보아 꽤 굽이 높을 것이다.

'폴카, 라……. 이전 생에서 가끔 연습했었는데.'

아네스는 레티시아가 '마네르 가문에서 내놓은 애'인 걸 알게 됐기에 어떻게 추는지 알려 준 거였다.

"레이디 두 명이 춤추면 이상하게 보이지 않을까? 지금은 이성끼리 추는 건데."

동성끼리 추는 춤은 다다음 차례다.

연회장 한편에서 악단이 곡을 연주하는 중이었다. 실로 오랜만의 연회여서 악기가 녹슨 탓에 가끔 삑, 소리가 났지만 그런대로 들어 줄 만했다.

적당히 빠른 템포의 곡이 흘러나오자, 아네스는 레티시아의 손을 잡고 다른 손으로는 제 머리칼을 귀 뒤로 넘겼다.

"그런 건 일일이 신경 안 써. 레티시아 너도 신경 쓰지 마. 신경 쇠약으로 단명할 거 아니면."

아네스는 심드렁히 답했다.

어차피 모두 나를 '레이디 아네스'로 알고 있을 테니까.

'하. 내가 너무 연기를 잘한 덕분이지.'

속이는 건 미안하다만, 어쩔 수 없는 노릇이었다.

'아네스 도련님이셔.'

'도련님이 오늘도 드레스를 입고 나오셨네.'

이런 말들이 아네스와 〈미색〉의 귀에는 들릴 리 없었다. 들려도 둘은 가뿐히 무시했다.

뭐야, 다 알고 있었어······?

레티시아는 아연실색하며 주변을 살폈다.

'사교계의 꽃······이 되실 생각인가. 윈터에는 사교계라 할 것도 없지만.'

'직접 춤 신청을 하시다니, 도련님이 한눈에 반하셨나?'

'반하실 만도 하지.'

어째 다들 단단히 오해한 것 같은데······, 해명할 방도가 없었다.

둘을 지켜보던 일라이가 "쯧" 하고 혀를 차고는 샴페인만 들이켰다. 분명 알코올이 없는 건데도 목이 타는 것만 같았다.

'기분 나빠. 왜 먼저 첫 춤을 신청한 거지?'

일라이의 저조한 기분은 레티시아가 폴카 춤에 이어 왈츠를 끝냈을 때도 계속되었다.

'아네스 발, 몇 번 밟았더라.'

하나, 둘, 다섯······.

레티시아는 수를 헤아리다 그만두었다. 계속 발을 밟았는데, 아네스는 끝까지 상냥한 미소를 유지하는 대단함을 보여 주었다.

'하아, 검술은 어떻게 좀 해보겠는데, 이전 생에서도 춤 실력이 없는 편이라서.'

춤을 끝내고, 아네스는 "내가 마음에 안 들었구나. 미안해, 나 따위가 춤 신청해서." 하고 진심으로 사과를 건넸다. 레티시아는 그런 아네스에게 "아니, 재밌었어. 밟아서 미안."이라고 말한 뒤 일라이를 찾았다.

혼자서 벽에 기댄 일라이는 심드렁한 얼굴로 주변을 훑고 있었다. 기분이 썩 좋아 보이진 않았다. '다가오면 죽인다.'는 표정을 짓고 있으니 또래 영애들은 물론, 영식도 접근하지 못했다.

그 어둡고 날카로운 기세에 다가올 사람은 아무도 없었다.

하지만, 한 사람은 달랐다.

일라이와 적당한 거리를 두고 레티시아가 물었다.

"왜 화가 나 있어?"

"······내가?"

일라이가 그럴 리 없다는 듯 헛웃음을 흘렸다. 그러면서도 내심 레티시아가 먼저 다가오기를 바랐다.

'안 오겠지. 항상 내가 다가갔으니까.'

일라이는 여전히 등을 벽에 기댄 채 시선을 내리깔았다.

'지치는 건 아냐. 근데 요새는 좀 내가 강요하는 기분이 들어서······.'

레티시아는 일라이에게 빠르게 다가가 소년의 손목을 확 잡았다.

"얘기 좀 해."

그리고 거침없이 테라스로 향했다.

"무슨 얘기?"

설마, 벌써 결혼을?

그건 너무 빨라! 그렇게까지 진도를 나갈 생각은 없었다고.

'법적으로 열네 살은 결혼할 수 없지. 약혼이라면 몰라도.'

일라이는 당황하면서도 제국의 가족법을 머릿속에서 빠르게 훑었다.

"난 뭐든 마음의 준비가 되어 있어."

일라이의 말에 레티시아는 고개를 끄덕였다. 그런 뒤, 테라스에 도착하고 나서야 둘은 걸음을 멈췄다.

끼익.

문을 열자 안에는 다행히 아무도 없었다.

레티시아는 일라이를 먼저 안쪽으로 들어가게 한 다음, 테라스의 문을 잠갔다.

'비밀 약혼인 건가……'

그렇게 생각한 일라이가 긴장한 얼굴로 턱을 매만졌다.

"……있잖아, 일라이."

"말해."

다 들어줄 테니까.

일라이는 가슴 앞으로 팔짱을 낀 채 레티시아의 답을 기다렸다. 초조한 내면과 다르게 꽤 느긋하고 여유로운 표정이었다.

탁, 탁.

하지만 살짝 까닥거리는 구둣발은 숨길 수 없었다.

"할 말 있으면 해."

일라이가 여전히 팔짱을 낀 채 눈짓했다.

"아, 그게 말이지. 연회가 끝날 무렵에……"

그때 약혼하자고? 진도가 빨라도 너무 빠르다.

'요새 사람이니 그럴 만도……'

그렇게 생각한 일라이가 눈을 감고 고개를 끄덕였다.

"그럼 우리 약혼은 언제……"

"마호가니 은행장이 오기로 했거든. 은행장 좀 부탁할까, 하고."

레티시아는 일라이가 '도수가 센 술을 마셨나?' 하고 생각했다. 잠깐 말이 없던 그가 눈을 가늘게 뜨며 물었다.

"부탁이라니? 흐음, 테레사에게 이야기를 듣긴 했는데."

"……어떤 이야기?"

레티시아가 궁금한 듯 묻자 일라이는 잠깐 고민했다.

'비밀로 해 달란 말은 없었지. 레티시아도 이미 아는 것 같고……'

그리 판단한 일라이가 다시 붉은 입술을 떼었다.

"레티, 네 말대로 며칠 내 은행장이 도착할 거야. 이백 살 먹은 드워프인데, 악마를 무서워하니 은행장 앞에 모습을 보이지 말라더군."

"……아, 그런 부탁이었구나."

그런데 은행장이 온다는 건 어떻게 알게 된 거지? 일라이는 묘한 시선을 보냈다.

'테레사가 아네스에게 말했을 리는 없을 테고……. 잔느에게 전해 들었나?'

"그래서 나나 아네스, 잔느는 은행장과 마주치지 않게 피해 다닐 거야. 뭐, 복도에서 마주치는 거야 어쩔 수 없지만."

공적인 자리에서도 함께 식사할 일이 없다는 소리였다. 게다가 은행장은 세 명인 대악마의 계약자 중에서 특정 인물을 지목했다.

작위를 계승한다는 이유로 친부를 살해한 일라이.

지금의 네르바드 후작을 제 눈에 띄지 않게 해 달라고.

무서우니까 윈터에서 치우라는 소리였지만, 일라이는 개의치 않았다.

"……그래서 당분간은 윈터에서 조용히 지낼 생각이었어. 테레사 부탁이기도 하고."

여긴 윈터령이었고, 테레사에게 신세 지고 있으니 부탁을 들어줄 생각이었다.

이야기를 들은 레티시아는 미간을 살짝 찡그렸다.

'은행장에게서 돈을 뜯어내야 하는데…….'

돈으로 장사하는 은행장이 그리 호락호락하진 않을 터.

무리한 담보에 높은 이자로 대출받았다간, 오히려 윈터가 망할 수 있었다.

'적당한 담보로 이자를 낮춰서…….'

상환 기간을 늘려 대출을 받는다면, 사업을 시작하는 데 위험 부담도 줄어들 것이다.

문제는…….

과연, 은행장이 그렇게 해 줄 거냐는 거였다.

'윈터의 뭘 믿고…….'

은행장이 윈터의 봄을 보러 오겠다는 건지, 아니면 대정령에 욕심이 나서 보러 오는 건진 몰라도.

레티시아는 생각에 잠긴 듯한 일라이에게 다가갔다. 그의 코앞에서 걸음을 멈춘 뒤, 테라스의 문이 잘 닫혀 있는지 확인했다.

'우리 둘뿐이네.'

레티시아는 발꿈치를 들고서 일라이의 어깨에 손을 얹었다. 그리고 일라이의 귓가에 입술을 가져가 속삭였다.

"악역 한번 하자, 일라이."

"악역, 이라……. 좋지."

어떤 악역인지 궁금해져서 일라이는 레티시아에게 눈짓으로 물었다. 레티시아는 답하지 않고 대뜸 물었다.

"마호가니 은행에서 돈 빌릴 일 없지? 이번 일로 블랙리스트에 올라갈 수도 있어서……."

은행장이 이번 일로 네르바드 후작을 '위험인물'로 여기게 되면, 마호가니 은행 또한 네르바드 가문과 척을 질 것이다. 은행장이 죽기 전까지는.

"네르바드는 상관없지."

일라이는 픽 웃으며 답했다.

흑발의 소년이 눈을 내리깐 채 레티시아를 내려다보았다.

'좀 더 가까워도 되는데.'

귓가에 닿는 옅은 숨 때문에 일라이는 레티시아의 말을 듣는 게 어려워졌다. 대충은 알아들었지만…….

"너무 가까운 거 아닌가?"

일라이는 그리 말하며 레티시아의 허리를 끌어안으려다 그만두었다.

'조금 더 크면…….'

일라이는 나른한 숨을 흘리며 먼저 뒤로 물러섰다. 레티시아를 두고 몸을 물린 건 꽤 오랜만이었다.

원래 항상 다가갔던 건 일라이였고, 레티시아는 그 자리에 늘 멈춰 있었다.

'조금 거리를 두는 게 좋겠는데…….'

제 본질이 대악마라 해도, 일라이는 소년처럼 굴고 소년처럼 웃었다.

'이제는 조금 힘들 것 같단 말이지.'

성년도 안 된 소녀를 두고 좋아하느니, 반했다느니 하기에는…….

일라이는 레티시아를 빤히 보다가 옆쪽으로 시선을 흘렸다. 의미 없는 진회색 바닥이 그의 보라색 눈동자에 가득 들어찼다.

한 공간에 단둘이 있다는 이유만으로 미친 듯이 심장이 뛰어서, 일라이는 자신을 먼저 진정시키기로 했다. 레티시아는 지금 윈터밖에 관심이 없었다. 그런 사람을 붙잡고 감정을 퍼부었다가는…….

'끝.'

……이겠지. 일라이는 좀 더 느긋이 기다리기로 했다.

조바심이 날수록 뒤로 물러나야 한다는 걸, 대악마 〈탐욕〉으로 타락하면서 절실히 깨닫지 않았는가.

함부로 욕심을 내면 레티시아가 다칠지 몰랐다. 멋대로 욕심내면 버림받는 건 그 자신이었다.

'레티시아, 네가 다른 사람들과 같았다면…….'

그러면 난 네 곁에서 원하는 건 뭐든 주겠노라고 속삭였을 텐데.

다른 사람은 못 보게 품에 안고 가뒀을지도 모른다. 제국이든, 대륙이든 원하는 건 뭐든 바치겠노라고. 하지만…….

'그런 걸 원하지 않는 사람이지.'

레티시아가 자신을 좀 더 이용했으면 좋겠다.

멋대로 이용하고 거리를 둬도 좋으니…….

레티시아가 윈터를 선택하게 되면 버려지는 건 그일까.

일라이는 잠깐 고민했다.

대악마였던 그는 '윈터'와 '레티시아'의 사이를 망가뜨릴 수도 있었다. 둘이 눈치 못 채게끔 서서히……. 일라이는 스스로의 비겁한 생각에 조소했다.

'쓰레기.'

쓰레기가 되고픈 마음도 없잖아 있었지만, 일라이는 그러지 않기로 했다.

망가진 레티시아를 품에 안으면 기분이 좋을까.

울다 지쳐 잠든 레티시아에게 현실과 다른 달콤한 꿈을 보여 주면…….

그렇게 해서라도 레티시아를 제 곁에 둔다면, 미친 듯한 이 떨림도 멎을까.

'레티시아는 혼자 이 길을 걸어왔어.'

과거에도 그랬듯, 앞으로도 그럴 것이다.

보석처럼 빛나는 사람을, 좋아한다는 이유로 망가뜨릴 순 없었다.

'참아.'

제 곁에 두겠단 욕심을 버려야 했다.

그리고 레티시아가 꽃길을 지르밟을 수 있게, 그림자로서 존재할 것이다.

"그런 부탁이라면 얼마든지. 난, 네게만 좋은 사람이면 돼."

"……."

레티시아는 평소처럼 "고마워"라고 말하는 대신 말 없이 일라이를 바라보았다. 그간 관조만 했었는데, 그의 진득한 감정이 피부에 와닿았던 탓이다.

"세상 사람들이 악마라 욕해도, 나는 상관없으니까……."

"일라이……."

"더한 부탁을 해도 좋아. 죽이라면 죽이고, 살리라면 살릴게."

일라이는 무겁게 잠긴 목소리로 읊조렸다.

선한 자가 네 앞길을 막는다면 죽이고, 죽음을 앞둔 죄인이라도 네게 도움이 된다면 살려 낼 것이다.

한낱 감정 따위가, 내게 정의가 되어 버렸다.

그것도 단 한 번도 만날 거라 생각한 적 없던 사랑이란 이름으로.

피를 묻히고, 또 그 손을 씻어 내는 건 모두 '레티시아를 위해서'여야 했다.

어리석다고 욕해도 좋다.

비열하다고 조롱하면 반기리라.

대악마로서 사람을 죽이고, 해치고, 무너뜨려 달란 소원만 들어주었던 그였다.

이제는 그런 소원을 들어줄 일은 없겠지만, 레티시아가 원한다면 다시 손을 더럽힐 수 있었다.

"내가 다시 지옥으로 떨어져도……."

내가 다시 탑에 갇혀도…….

"넌 베르타의 마지막 안식을 두르고 천국에 갈 수 있도록—."

죽어서도 레티시아, 넌 안식을 찾을 수 있도록…….

"내 손만 더럽히게 해 줘."

일라이는 나지막이 말하고서 세 걸음 정도 떨어진 곳에서 레티시아를 바라보았다. 그리고 느릿하게 다가가 레티시아의 코앞에서 걸음을 멈추었다.

"그런 못된 부탁은 안 해."

"……해야지. 네가 원하는 걸 가지려면."

일라이가 소녀의 손을 들어 네 번째 손가락에 입을 맞추었다.

금욕을 지켜 왔던 신의 종.

그런 종이 탐욕을 억누르며 경건한 의식을 치르듯.

* * *

두 사람이 테라스에서 나왔을 때는 이미 달이 높이 뜬 새벽이었다.

"어서 오거라, 레티시아."

뒤늦게 연회에 참석한 테레사가 레티시아의 손을 붙잡고 부드럽게 이끌었다. 테레사 백작에 의해 높은 단상으로 향하는 순간까지도, 레티시아는 좀처럼 집중하지 못했다.

'내가 다시 지옥으로 떨어져도……'

다시 지옥에 떨어진다고? 대악마를 믿어서? 〈탐욕〉과 계약했기 때문에?

'넌 베르타의 마지막 안식을 두르고 천국에 갈 수 있도록……'

죽으면 끝인데, 죽어서도 안식을 빌어 주겠다고…….

'내 손만 더럽게 해 줘.'

그래서 그런 말을 하는 거야? 내가 도대체 뭐라고 일라이, 네 손을 더럽혀야 하는 건데?

더럽혀야 한다면 제 손을 더럽힐 거라고 레티시아는 생각했다.

보라색 눈동자를 내리깔고서 손가락에 입을 맞추던 그를 잊을 수 없다. 위로 올렸던 흑발이 바람에 흐트러지며 단정한 이마를 가렸던 것도. 그 어떤 죄도 짓지 않았다는 듯 새하얀 셔츠를 입고, 그 위에 검은 제복을 걸친 것도…….

잠깐의 쓴웃음을 감추며 행복을 빌어 주겠단 소년의 말이…….

그런 말들이 레티시아를 더 혼란스럽게 만들었다.

두근. 두근. 두근. 두근. 두근.

세차게 뛰는 심장이 제 것인지 레티시아는 알지 못했다. 테레사의 손을 붙잡고 연회장의 단상 위로 올라가는 순간에도.

'행복하지 않아.'

일라이, 네가 그런 말을 하면 나는 행복하지 않아.

더 비참한 기분이 드는 걸 넌 모르겠지.

다른 사람은 쉽게 거머쥘 행복이……. 아니, 노력으로 거머쥘 수 있는 행복일진데.

어째서 나는 내 손에 피를 묻혀야만 얻을 수 있는 거지?

그것도 환영처럼 찰나에 사라질 걸 아는데.

어째서 널 이용하고 네 손에 피를 묻혀야만 나는 평온과 행복을 찾을 수 있는 걸까…….

'그러지 않아도 되었을 텐데.'

마네르 공녀로 태어나지 않았다면?

죽은 가말 사제의 얼굴이 떠올라 레티시아는 걸음을 멈추었다. 윈터의 단상 위로 올라가는 순간, 그녀는 더 걸을 수가 없었다.

두 무릎을 꿇고 망연자실하던 고아원장이 생각나서 움직일 수가 없었다.

한쪽 팔이 잘려 비명을 내지르던 모몬토 남작이 떠올라서…….

'난 그럴 자격이 없었는데.'

내 평온과 안전을 위해서 다른 사람을 해치면 안 되는 거였어.

내가 뭐라고…….

레티시아는 멍하니 단상 위를 쳐다보았다.

내가 뭐라고, 그들을 죽게 내버려 뒀지.

내가 뭐라고 그들을 심판한다고…….

내가 뭔데 윈터를 구하겠다고 했지?

레티시아는 천천히 두 눈을 감았다. 미지근한 눈물이 뺨을 타고 흘렀다.

그렇게 했음에도 레티시아는 완전한 행복을 거머쥐지 못했다.

안정된 자리도 찾지 못했다.

어쩌면 제가 '윈터'를 찾아왔단 이유로, 윈터 가문은 더 위험에 처할지 모른다.

'이제라도 말해야 해.'

윈터에서 나를 버리는 게 좋겠다고…….

겨울이 계속되는 저주가 끝났으니 이제는 떠나겠다고.

후원해 달라고 하면서 사실은 사랑 따위를 바랐었다고.

가족의 따뜻한 품과 온기를 바란 건 나였다고.

'마네르 가문이, 황제가 윈터를 노리면…….'

테레사는 지켜 낼 수 있을까?

그녀의 아이도 아닌 나를 지키겠다고…….

'언젠가 후회하게 될 텐데.'

목숨을 걸고 겨울의 저주를 풀었지만, 결론적으로 레티시아는 살아남았다. '빙결'과 '염화'라는 강대한 힘도 얻게 되었다.

차라리, 지금 떠나 주는 게 윈터를 위한 길일지도 모른다.

아무리 북부가 강대하다고 하나, 마네르 공작과 황가에게 맞서진 못할 것이다.

레티시아가 걸음을 멈추자 테레사 또한 걸음을 멈췄다. 레티시아는 테레사에게만 들릴 만큼만 목소리를 낮추어 말했다.

"……저, 사람을 죽였어요."

테레사는 정면을 보던 고개를 돌려 레티시아를 내려다보았다. 레티시아는 윈터 백작과 눈을 마주치지 못한 채 정면만 보고 말했다.

"마네르에서 죄 없는 사제가 한 명 죽었어요. 제가 누명을 뒤집어씌워서……."

정말로 가말은 죽을죄를 지었던 건가?

아이들을 강간한 모몬토 남작을 멋대로 사면한 건 죽어도 마땅하다고 생각했다.

가말은 글란츠의 손에 의해 죽었다. 그리고 죽은 시신을 매달며 마네르 늑대에게 숨통이 끊겼노라고, 공작은 공표했었다. 두려움을 심으려 했던 거였다. 가문의 흐트러진 기강을 바로잡기 위해서.

'내가 가말을 죽였어.'

죽어간 아이들을 위해서? 아니, 레티시아 자신을 위해서였다.

"안다."

테레사는 레티시아를 바라보던 시선을 정면으로 옮기며 말했다. 레티시아에게만 들릴 만큼 낮은 목소리로.

"고맙다고 생각하던 차였지. 레티시아, 네가 정리하지 않았다면 윈터가 나섰을 거다."

"……거짓말."

내 죄책감을 덜어 주기 위해서 그러시는 거잖아요.

"네게는 거짓말하지 않아, 레티시아."

테레사는 그렇게 말하며 레티시아 곁을 지켰다. 단상 위로 올라가자고 억지로 팔을 끌지도, 붙잡은 손을 놓지도 않았다.

"윈터의 아이들을 건든 건 아니지만……. 란델의 아이가 모몬토 남작에 의해 수없이 죽었지."

"……그런 이유만으로요?"

"란델 자작은 윈터의 우방이니, 가말 사제는 처리 대상이었다."

"잘 죽였다고 말씀하시는 건가요?"

"아니, 그딴 쓰레기 때문에 죄책감을 갖지 말라는 거다."

테레사는 차갑게 말했다. 조소하는 웃음이 그녀의 입가에 걸렸다. 여느 때처럼 레티시아의 눈물을 닦아 주는 대신, 테레사는 정면에 있는 벽에 시선을 고정했다.

벽에 걸린 윈터 가문의 문장. 포효하는 '하얀 늑대'를 보며 뒷말을 이었다.

"윈터는 영웅이 아니다. 정의를 좇는 것도 아니지."

윈터가 중히 여기는 건 윈터 가문과 영지의 안위.

"윈터는 얼마든지 악마가 될 생각이다. 그리한다면, 마네르 공작과 황제 눈에는 거슬리겠지만."

"……저 때문이에요?"

레티시아는 눈물을 흘려 내며 물었다.

은혜를 갚겠다는 이유만으로, 윈터가 그런 위험을 감수하겠다고?

"아니, 내가 그러고 싶어서."

테레사는 그리 말하며 레티시아의 손을 꽉 쥐었다.

"한배를 탔으니 내릴 생각은 마라."

레티시아가 윈터의 겨울을 끝낸 순간, 테레사는 결심했다.

"윈터의 테레사와 끝까지 함께하기로 하지 않았느냐?"

이제 와서 겁이 난다고 발을 빼면 곤란하다.

"이 하얀 늑대가 네 앞길을 가로막는 거라면 뭐든 치워 주겠다고도."

그러니 약한 소리는 집어치워라, 레티시아.

테레사는 목소리를 낮추며 읊조렸다.

"제국의 황제든, 공작이든 이 하얀 늑대가 물어뜯어 주마. 정의 따위, 네가 판단할 필요는 없다."

레티시아는 테레사의 말에 눈물을 멈췄다. 그리고 그녀의 손을 붙잡고 단상 위로 걸었다. 그러자 멀리 있었던 하얀 늑대 문장이 가까워졌다. 손에 닿을 것처럼.

소녀의 붉은 눈동자에 비친 하얀 늑대가 선명해진 순간.

「네게 판단할 자격이 없다면, 이 '오만'이 그 자격을 빌려주마. 어떤 놈을 고운 손으로 찢어발겨도 되는지.」

　나른하고도 오만한 목소리에 레티시아는 숨 쉬는 것을 잊어버렸다.

「대성녀가 앗아간 '이블리스의 눈'을 찾아온다면…… 네게 대가를 베풀 것이다.」

　레티시아는 멈춘 숨을 내뱉으며 테레사의 손을 꽉 쥐었다.
　대성녀에게 **빼앗긴** 눈…….
　네임드 성유물 '이블리스의 눈'을 되찾아오란 소리였다. 제가 미쳐서 들리는 소리인지, 정말로 마왕의 전언인지는 몰라도.
　'내게 분명, 눈을 달라고 했어.'
　이블리스의 눈.
　죄를 지은 자를 심판하고, 죄를 짓지 않은 자에게 구원을 베푸는 성유물. 마왕이 타락했을 때도, 그 금빛 눈동자만큼은 어둠에 물들지 않았다고 한다.
　바로 그 '이블리스의 눈'은 마네르 공작 가문에 있었다.
　마네르 공작가에는 세 개의 문이 있다.
　첫 번째 문, 성 세라피나.
　두 번째 문, 성 베르타.
　마지막 세 번째 문, 성 힐데가르트.
　그 세 번째 문에 '이블리스의 눈'이 있었다. 당연하게도 그 문은, 마네르의 가주. 가이안 마네르만이 열 수 있었다.
　'마네르 가문에…….'
　다시 갈 일은 없을 거라고 레티시아는 생각했다. 알 수 없는 목소리가 들려온 지금도 그 생각은 변치 않았다.

'만약 정말로 마왕의 목소리라면…….'

스스로를 '오만'이라 칭할 수 있는 존재가 몇이나 있겠는가.

교만. 그리고 오만.

둘의 뜻은 미묘하게 달랐지만, 하나는 같았다. 모두 마왕 이블리스의 이름으로 쓰인다는 것.

일곱 죄악의 주인, 이블리스.

마왕은 그녀를 따르는 여섯의 대악마에게 각각 이름을 나눠 주었다.

나태. 탐욕. 미색. 분노. 인색. 질투.

그리고 마지막 오만.

'네르바드가 숭배하는 건 여섯의 대악마라는 걸 알고 있겠지.'

'네, 아버지. 저도 어렴풋하게는…….'

'대악마에게 이름과 권능을 하사한 금빛의 마왕, 이블리스를 경외한다는 것도.'

몇 달 전, 마네르 공작과 함께 네르바드 후작가로 떠났을 때. 마차 안에서 공작이 했던 말이 떠올랐다. 경이로운 선행을 보여도, 끔찍한 악행을 저질러도 모습을 드러낸 적 없다던 마왕이 어째서…….

'왜 내게 먼저 말을 건 거지?'

지난 500년 동안 마왕은 현세에 소환된 적 없다. 고서 『헤브론』은 마왕의 마지막 소환을 언급했었다.

대현자 아브라함은 두 눈과 목소리를 바쳐 마왕을 소환했다.

그리하여 '오만'이란 위대한 권능으로 피온의 왕족들을 제 손으로 멸했다.

그를 제외한 모든 정령술사의 숨이 끊어지고 나서야, 아브라함은 학살을 멈췄다.

그리고 지금, 말을 할 수 없게 되었기에 나는 글로 이 기록을 전한다.

고대어를 읽을 수 있는 자가 있다면, 진실도 알게 될 것이다.

내가 왜 나의 혈육들을 죽여야만 했는지.

레티시아는 『헤브론』의 내용을 떠올리고는 고개를 저었다.

'아니, 불러선 안 돼.'

이블리스를 부를 수 있을지 모르겠지만, 가능하다고 해도 부르지 않을 것이다.

'두 눈은 물론, 목소리도 빼앗길 수 없어.'

그런 생각 끝에 오른 연회장의 단상 위. 테레사 곁에 앉아서 레티시아는 연회를 지켜보았다.

환히 웃는 소녀와 소년들. 서로의 볼에 가볍게 입을 맞추는 귀족 부인들. 악수하며 반가움을 표하는 귀족 남자들까지.

'윈터의 사람들……'

레티시아는 그들의 모습을 눈에 담으며 숨을 들이켰다. 옆에서 지켜보던 테레사가 픽 웃으며 말했다.

"긴장할 것 없다."

"……조금 긴장됐나 봐요."

"그럴 만도 하지. 저들끼리 가벼운 인사를 나눈 뒤에는, 너만 쳐다볼 테니."

테레사의 말은 정말이었다.

호기심과 호의로 이루어진 시선들을 마주하면서 레티시아는 숨을 골랐다.

저들이 레티시아의 사람은 아니다.

하지만 테레사가 그녀를 위하는 만큼, 레티시아도 윈터의 사람들을 위해야 할 것이다.

'같은 배에 탔다니……'

그런 말을 직접 할 줄은 몰랐다.

테레사는 누가 봐도 낯간지러운 것을 싫어하는 사람이었다. 그래서 백부장인 다이안이 몇 번이나 진심 어린 말을 전해도, 테레사는 반응해 준 적도 없고 다정한 말 한마디 하지 않았다.

그런 테레사와 자신이 닮았다고 레티시아는 잠깐 생각했다.

'차라리 어머니가 테레사 같은 사람을 만났으면…….'

좋았을 텐데.

그랬으면 어머니와 레티시아의 삶, 모두 평온했을 테니.

'왜 가이안 따위를…….'

그 점은 조금 의문이었지만, 레티시아는 깊게 생각하지 않기로 했다.

어머니가 금빛의 용이었으니, 사람과 보는 기준이 달랐던 건지도 모른다.

가이안의 인성이야 어찌 됐든, 공작은 겉보기에 흠잡을 데 없는 외모를 지녔다. 그와 동시에 피케네 제국에서 유일한 공작이었다.

다른 외부 세력이 건드릴 수 없는 존재였고, 그의 아이 또한 마찬가지였을 것이다.

'가문에서 핍박받는 걸 빼면…….'

외부의 위협에서 받거나, 목숨이 위험했던 적도 없었다. 마네르 공작이 가진 권력과 자리 때문이었다.

'그런데, 이블리스가 눈을 가져오라고 했지. 그건 세 번째 문에 있는데.'

자신은 마네르의 가주가 아니니, 마지막 문인 성 힐데가르트는 열리지 않을 것이다. 하지만 더 깊게 생각하지 않아도 마왕의 목소리는 커다란 의문을 주었다.

'왜 내게만 그 목소리가 들리는 거지?'

이블리스가 되찾고 싶어 하는 건 그녀의 두 눈동자. 그리고 그 눈을 찾아줄 수 있는 사람은…….

'나뿐이라는 건가?'

조금은 오싹한 기분이었다.

레티시아가 먼저 이블리스를 부른 것도 아니었는데, 마왕이 먼저 '이블리스의 눈'을 얘기했다.

'어떻게든 갖고 오라는 거잖아?'

이 문제에서 선택권이 있는지 레티시아는 다시 한번 생각했다.

'없는 것 같은데…….'

하지만 역시 소환하는 건 다른 문제다.

소환은 마왕이라 해도 억지로 강요할 수 없는 것.

대악마들이 지상에 현신하기 위해선, 소환자의 강렬한 염원이 있어야 했다. 그에 따른 마땅한 제물도.

'베르타의 안식이 대악마를 비롯해 마왕의 소환을 막는다고 했지.'

천국과 지옥을 가로지르는 거대한 푸른 천.

그 성유물이 제 손목에 푸른 문양으로 남아 있긴 했지만…….

실제 베르타의 안식일 리가 없었다.

'성흔같이 느껴져서 더 싫긴 하지만.'

자신은 대성녀를 믿은 적도, 앞으로 믿을 계획도 없으니 크게 의미 없는 거였다.

레티시아는 대수롭지 않게 넘길 수밖에 없었다.

대악마들이 지상에 소환되는 건 '현신'이라 불러 왔다. 하지만 마왕의 현신은 '현신'이라 부르지 않는다.

'강림이라고 하지.'

그래 봤자 피케네 제국 안에서 생기는 일들.

그러니 라반 대륙에 혼란을 가져왔던 마왕이 강림하진 않을 것이다.

'내가 아브라함처럼 모두 죽일 것도 아닌데.'

게다가 마지막 소환자는 심지어 대현자였다.

레티시아는 두 번째 삶을 사는 것 외에는 뭐가 없었다. 대현자를 뛰어넘을 이능도, 지혜도, 마력도.

'대현자가 왜 형제자매들을 모두 죽인 건지……. 그건 좀 의아하지만.'

레티시아는 그 이유를 알게 되는 날이 오지 않으리라고 여겼다. 그 사실을 아는 건 대현자 본인과 500년 전 소환된 이블리스뿐이었으니.

'대현자는 이미 죽었어.'

그러니 답을 아는 건 이블리스가 유일했다.

* * *

동이 틀 때가 되어서야, 레티시아는 침실로 돌아올 수 있었다. 윈터의 귀족들이 줄을 서서 인사를 해 오는 탓에 자리를 피할 수 없었기 때문이었다.

이것저것 선물을 많이 받긴 했는데, 확인할 기력은 없어서 그대로 침대에 누워 버렸다.

'씻고…….'

자야 하는데…….

레티시아의 두 눈이 서서히 감겼다.

스륵.

어느덧 눈꺼풀이 무거워지며 레티시아는 잠에 빠져들었다.

쾅쾅!

누군가 거세게 문을 두드리는 소리에 레티시아는 미간을 찌푸렸다.

쾅쾅쾅!

무례할 만큼 거센 노크 소리는 잠을 깨우기에 충분했다.

'언제 잠들었지, 나…….'

이렇게 기절하듯 엎드려 잠이 든 건 처음이었다. 흐트러진 것. 정돈되지 않은 것. 정리되지 않은 것을 싫어하는 성격 때문이었다.

'뭔가 놓아 버린 기분이네.'

이렇게 귀족답지 않게 잠을 자 버리다니…….

레티시아는 "실망이야." 하고 중얼거렸지만, 어쩐지 몸은 편했다.

'하아, 몰라.'

마음도 편한 것 같다. 이런 편안함을 느낀 게 얼마 만인지 모르겠다……고 생각하며 레티시아는 눈을 떴다.

'한심해. 근데 편하다.'

아네스가 봤다면 '거, 그냥 잠들 수도 있지' 하고 손가락을 까닥였겠지만, 레티시아는 기준이 높은 편이었다.

타인에게는 느슨하고 관대했지만, 자신에게는 엄격했다.

자기 관리는 완벽하게.

흐트러짐 따위는 없게.

교단의 대사제가 와도 지지 않을 자신이 있었지만, 레티시아는 어쩐지 진 기분이었다.

'진짜 열한 살처럼 쉬어 버렸어.'

어제 받은 선물을 정리하고, 씻고 새 옷으로 갈아입은 뒤 잠이 들어야 했다.

'편하긴 한데…….'

레티시아는 침대를 짚고 일어나서 주변을 둘러보았다.

'전부 선물이야.'

포장된 선물, 상자에 든 선물, 정체를 모를 선물.

레티시아는 헛기침을 몇 번 하고서 앞을 가로막는 선물 상자를 발로 슥 밀었다.

'미안. 나중에 제대로 확인할게.'

그리고 졸린 눈을 비비며 문을 열었다. 그때까지도 노크 소리는 계속되고 있었다.

쾅, 쾅! 벌컥!

레티시아는 답하는 대신 먼저 문고리를 잡아 돌렸다. 시원하게 열리는 문에 오히려 상대방이 당황한 눈치였다.

레티시아가 눈을 비비며 물었다.

"······아네스? 네가 왜? 이렇게 이른 아침부터······."

"정오 훨씬 지났어."

설마, 하고 레티시아가 고개를 돌려 창문 너머를 확인했다.

맞았다. 정오가 훨씬 지나 있었다.

'어제 하얀 나무 수액인지 뭔지 마시고······.'

그래서 기절한 것 같은데.

달콤하긴 했는데, 술은 아니었다. 아기들도 먹는다고 하니까.

'아르보의 피와 땀은 아니겠지······. 짭짤한 건 아니었으니까 눈물은 아닌 것 같고.'

어쨌건.

"무슨 일이야, 아네스?"

문 앞에 선 아네스가 드레스를 입다 만 채로 입술을 달싹거렸다. 뭔가 급한 일이 생긴 게 틀림없었다. 그것도 연회가 한창인 윈터에.

"그, 마호가니 은행장! 드워프 할배가 왔어. 엄청나게 무시무시한 사절단을 이끌고!"

"벌써? 아직 세 번째 날이잖아? 연회 마지막 날에야 온다고 들었는데."

"응! 미친 드워프 할배가 매머드를 타고 왔다니까! 정령술사를 보러 먼 걸음 했는데, 왜 마중을 나오지 않았느냐고······."

아네스는 말끝을 끌며 레티시아의 시선을 피했다.

"지금도 어머님 앞에서 행패 부리고 있어."

테레사가 레티시아에게 말하지 말라고 몇 번이나 경고했는데, 아네스는 어기고 말았다.

처음부터 말할 생각은 아니었다.

자신이 드워프를 달래려고 접근했지만, 윈터의 기사들이 칼같이 막았기 때문이었다.

'난 진짜 달래려 했다고! 노인 공격을 할 생각이 없던 건 아니었지만…….'

지켜보던 〈미색〉 또한 아네스에게 "테레사에게 건방지게 구는 드워프를 그냥 둘 거냐!"고 씩씩거리며 화를 낼 정도였다.

'자기 엄마도 아닌데.'

아네스는 촉촉해진 두 눈으로 레티시아를 쳐다보았다.

"드워프가 윈터를 우습게 봐. 어머님도 겨우 참는 것 같았는데……."

고고한 윈터라 해도, 마호가니 은행에서 대출을 받아야 하니 어쩔 수 없던 거겠지.

대충 상황 파악을 끝낸 레티시아가 말했다.

"곧 가겠다고 전해."

레티시아는 아네스에게 말한 뒤 문을 쾅, 하고 닫았다.

윈터와 테레사에게 멋대로 굴면, 마호가니 은행장이든 뭐든…….

벌컥.

다시 문이 열리자 망부석처럼 서 있던 아네스가 깜짝 놀라 눈을 크게 떴다.

"왜, 왜……? 잠 깨워서 화났어?"

"잘 깨웠어. 가서 어머님에게 말씀드려, 아네스."

"……뭐라고?"

"윈터의 레티시아가 정리하겠다고."

금화로 떡칠해 반짝거리는 마호가니가 고목나무가 될 때까지.

* * *

"천년의 역사를 지녔다더니, 죄다 오래된 건물뿐이지 않은가?"

붉은 콧수염을 기른 드워프가 "쯧" 하고 혀를 두어 번 찼다. 중앙 대륙 은행장, 슈발베 마호가니였다.

그가 연이어 투덜거렸다.

"본성을 구경시켜 준다더니, 딱히 볼 것도 없구만."

은행장을 안내하기로 했던 다이안이 후우, 하고 작은 숨을 내뱉었다. 연한 갈색 머리가 떴다가 내려왔다.

"케케묵은 고성 보면 뭐 하나? 우리 마호가니 은행에 비하면 비루먹은 성일 뿐인데."

슈발베가 다시 끌끌, 혀를 차자 다이안은 주먹을 꽉 쥐었다.

'저 드워프 놈을 패대기치면…….'

소원이 없겠네. 그리 생각한 다이안이 저도 모르게 드워프의 목덜미를 잡으려던 때였다.

탁!

매서운 손등이 다이안의 손을 쳐 냈다. 아테나였다.

"귀빈께서 지내시는 동안, 불편함 없도록 모시라는 주군의 명령이 있었습니다."

"……그렇지. 잠깐 실수할 뻔했어."

다이안이 신경질적으로 앞머리를 쓸어 올렸고, 아테나는 그를 무표정으로 쳐다보며 말했다.

"백부장 자리 유지하시려면, 좀 더 순종적으로 구시는 게 어떻습니까? 주군께서는 멋대로 구는 부하를 특히 싫어하시니까요."

"그걸 누가 몰라? 내가 언제 제멋대로 굴었다고……."

둘이 뒤에서 수군거리자, 앞서가던 슈발베의 표정이 굳어졌다.

'귀빈 대우가 뭐 이따위야? 아까 낮에 행패 좀 부렸다고, 저 아랫것들이 항의하는 건가?'

짜증이 난 슈발베가 휙 뒤를 돌아보았다. 그래도 장신인 둘의 얼굴이 보이지 않아 고개를 뒤로 젖혀야 했다.

"고성 안내하라 했더니, 뭣들 하는 거요?"

"……죄송합니다, 슈발베 님. 보시다시피 저희 백부장께서 감정 조절을 못 하는 편입니다."

"뭐?!"

슈발베가 눈을 부릅뜨고 다이안을 노려보자, 다이안은 상냥한 미소를 지으며 넌지시 말했다.

"제가 분노 조절 장애가 있어서요. 주먹으로 단단한 통을 깨는 걸 잘하거든요."

"백부장!"

아테나가 놀라 소리쳤지만, 슈발베는 목젖까지 보일 정도로 크게 웃었다.

"자네, 나와 통하는 게 있구만! 좋아! 앞으로는 자네가 내 전담 안내원을 하게!"

"……아, 저는 오늘까지만 맡기로 했습니다. 따로 일이 있어서요. 죄송합니다, 슈발베 님."

"아니, 그럼 저 무섭게 생긴 여자와 단둘이 다니란 거야?! 눈빛만 봐도 내 머리를 깰 것 같은데……!"

두꺼비만 한 손으로 등을 때리던 마누라보다 더 무서운 여자는 처음이었다.

산 채로 갈아 마실 듯한 저 살기 어린 눈.

"하여간, 윈터 여자들은 죄다 무서운 표정만 지어!"

"아, 슈발베 님의 오해이십니다. 다들 상냥하거든요."

아테나가 상냥히 웃어 보였지만, 슈발베는 '윽!' 하며 고개를 돌렸다.

"자네는 웃지 말게! 난 나이도 많고 심약한 편이라 심장병을 조심해야 하거든. 그러니, 무섭게 굴지 말게나."

슈발베는 쿵쿵거리며 복도를 따라 걸었다.

드워프는 인간을 싫어하는 편이었다. 특히 키가 큰 인간이라면 남자든 여자든 경멸했다.

'근데, 백작이면서 이렇게 당연한 것도 몰라?!'

의전이 영 꽝이었다. 드워프에게 혐오감만 주는 키 큰 인간들만 붙여 주다니!

"이쯤 되면 당신네 백작이 날 농락하는 게······."

"아하하, 백작님께서요?"

당신네 백작?! 다이안이 넉살 좋게 웃으며 살기를 겨우 감췄다.

윈터 백작 앞에서 먼저 무례했던 건 슈발베 쪽이었다. 그깟 은행장이 뭐가 대수라고, 감히 북부의 주인을 우습게 보느냔 말이다!

다이안이 이를 갈며 조금 전, 낮에 있었던 일을 떠올렸다.

정령술사는 어디에 있느냐며 슈발베는 목청껏 따져 댔다. 아주 밉상 중의 밉상이었다.

'내가 왔는데 윈터의 정령술사는 어디에 있소!'

'으음······. 아마 쉬고 있을 겁니다. 어제 늦게까지 연회가 있다 보니.'

'아니, 백작은 생각이 있는 거요, 없는 거요?! 마호가니 은행장인 내가! 정령술사를 보러 온다고 언질을 줬으면 재깍 마중하러 와야지!'

'윈터의 정령술사지만, 제 명령을 듣는 아이는 아닙니다. 그러니 이해하시지요.'

'아니, 이해하고 말고 할 게 뭐가 있나?! 얼마나 대단한 위인이기에 이 슈발베 마호가니가 왔는데, 머리칼도 안 비쳐?!'

대화는 계속 도돌이표를 찍었다.

주로 자기애가 넘치는 슈발베가 '은행장이 행차하셨는데, 왜 정령술사는 모습을 보이지 않소!' 하고 따지면, 테레사가 평온한 미소를 지으며 '제 명령을 듣는 아이가 아니라, 저도 어쩔 수 없습니다.' 하고 되받아쳤다.

그런 테레사 앞에서 슈발베는 꽤 저급한 말을 하며 백작을 도발하려 했다.

가난한 윈터. 부랑자들의 영지.

신용이 드워프 발톱 때만큼 없다……는 내용이 다였지만, 테레사는 화사한 미소를 지으며 고개를 끄덕였다.

'정확히 알고 계시는군요. 윈터는 가난하고, 부랑자들이 넘쳐나는 데다, 신용도 없는 영지입니다. 그런데도 슈발베 님께선 직접 오셨군요.'

'뭐, 뭐 그리 쉽게 인정하는 거요?! 그, 그리고 내가 백작 당신 보러 온 줄 아나 본데……!'

'슈발베 님이 말씀하셨듯, 사실이잖습니까? 아, 그럼 누굴 보러 오셨을까?'

'누구긴 누구겠어? 그 대단하다는 정령술사 보러 온 거지!'

'아하, 그러셨군.'

답한 테레사가 웃는 얼굴을 하고는 집사에게서 얼음물을 건네받았다. 집사 또한 미소 띤 얼굴로 백작의 곁을 지켰다.

'정령술사를 찾는다, 라……. 볼 것도 없는 윈터는 됐고.'

테레사는 얼음을 와그작와그작 씹으며 무표정한 얼굴로 슈발베를 내려다보았다. 접견실에 앉아 있던 슈발베는 철로 된 의자에 몸을 기댄 테레사를 보고 입을 다물었다.

테레사 윈터는 미소가 없는 여자였다.

전쟁을 치를 때도 그랬고, 전 남편이 반기를 들었을 때도 그랬다. 가주가 된 후로도 잘 웃지 않는 편이었다.

도대체 기쁨과 슬픔을 언제 느끼는지 알 수 없을 만큼.

어느 정도 테레사에 대해 들은 바가 있어서 슈발베는 백작의 심기를 더 거스르는 대신 물러서기로 했다.

'한 번 더 웃으면 목이 잘릴 것 같단 말이지.'

웃지 않기로 유명한 백작이 저렇게 따뜻한 미소를 지어 준다는 건…….

네놈, 슈발베의 무례를 기억하겠단 뜻으로 보인 탓이었다.

그래도 윈터의 정령술사는 이 두 눈으로 꼭 봐야겠다고!

그렇게 생각한 슈발베는 지팡이로 쾅, 바닥을 치며 소리쳤다.

'내, 이 윈터에서 꼭 정령술사를 봐야겠소! 아직 어리다고 하니, 백작 당신보다는 말이 잘 통하겠지!'

다 자란 인간보다는 어린아이가 휘두르기 좋다.

그만큼 순수하니 대정령의 주인이 된 게 아니겠는가? 분명 산속에서 뛰어놀며 자유롭게 컸을 거다.

'끙……. 사생아에다, 마네르 가문에서 내놓았다고 보고받았지만.'

비서가 정령술사 신상을 정리하여 보고서로 올렸었지만, 슈발베는 제 직감을 믿기로 했다.

마호가니 혈통이 그렇듯, 슈발베 자신은 운과 직감이 좋은 편이었다.

"슈발베 님? 걷기 힘드시면, 제가 마차 태워 드릴까요?"

다이안의 갈잖은 배려에 슈발베는 퍼뜩 정신 차렸다. 지팡이를 쥐고 쿵쿵 걷던 드워프가 불만에 차 소리쳤다.

"내가 무슨 애인 줄 알아?! 그래서 그 귀하디귀한 정령술사는 어디에 있소?"

"정령술사님은 바쁘셔서……."

만나시지 못할 겁니다, 라고 다이안이 말하려던 때였다.

사락.

분홍빛 봄 드레스를 걸친 소녀가 그들의 눈앞에 모습을 보였다. 외성과 연결된 본성 복도에서 우연히 마주친 것이다.

"……아, 레티시아 님."

아테나가 '정령술사님'이라는 호칭 대신 이름을 불렀지만, 슈발베는 이미 알고 있었다.

레티시아 마네르.

이제는 레티시아 윈터가 된 저 여자애가 정령술사란 것을.

"여긴 어쩐 일로……."

다이안마저 당황함을 감추지 못하고 물었다.

테레사 백작은 분명 마호가니 은행장과 레티시아를 마주치게 하지 말라고 했었다. 은행장이 윈터를 떠날 때까지는.

당황한 다이안이 레티시아 쪽으로 뛰어가 앞을 가로막았다.

하지만 은행장의 눈에는 똑똑히 보였다.

"냐아아……."

새까맣고 작은 고양이를 품에 안은 채 보란 듯이 쓰다듬는 소녀를.

"……허어, 저것은."

슈발베가 놀라 지팡이를 들지 않은 손으로 레티시아를 가리켰다. 정확히는 레티시아의 품 안에서 고로롱거리는 검은 고양이였다.

"여, 여, 염화!"

말로만 듣던 대정령 '염화'가 눈앞에 있었다.

꿀꺽.

마른침을 삼킨 슈발베가 레티시아에게 아는 척하려 했지만, 소녀가 더 빨랐다.

"다이안 경, 여기 있었네요. 활 잡는 법 가르쳐 달라고 하려 했는데……. 바쁘신 줄은 몰랐어요."

"예? 갑자기 활은……. 아, 아하하! 맞아요, 가르쳐 드리기로 했었죠.

근데 제가 지금 좀 바쁘다 보니……."

"그럼, 다음에 한가할 때 가르쳐 주세요. 전 이만 가 볼게요. 아테나
경도 다음에 봐요!"

레티시아는 다이안과 아테나를 향해 고개를 살짝 숙여 보이고는 걸음
을 떼었다.

"저, 정령술사!"

뒤에서 지팡이를 든 드워프가 소리치는 게 들렸지만, 레티시아는 뒤
를 돌아보는 대신 본성 입구로 향했다. 마호가니 은행장을 두 눈으로 똑
똑히 보았을 텐데도, 명백한 무시였다.

"자, 그럼 어디를 돌아볼까요? 드워프들은 무기를 좋아한다고 했으니,
무기고를……."

"필요 없소!"

다이안의 제안에 슈발베는 버럭 화를 내더니 말릴 새도 없이 뛰었다.
지팡이를 쥔 드워프가 레티시아 뒤를 쫓자, 당황한 건 두 명의 기사였다.

"제가 가 볼까요?"

"아니, 아테나 경은 쉬어. 내가 가 보도록 하지."

"백부장, 잠깐만! 오늘 저녁 테레사 님에게 차를 가져다주시기로 했잖
습니까? 그거, 제가 갑니다?"

"아, 그러든가! 제길, 오늘만이야!"

다이안은 순번을 빼앗겨 이를 갈면서도 은행장의 뒤를 착실히 쫓았다.

'저 욕심 많은 할배가 레티시아 님에게 접근하기 전에…….'

레티시아의 눈앞에서 치워 버려야겠다고 다이안은 생각했다.

* * *

레티시아는 일부러 빙 돌아 정원으로 향했다. 연회를 위해 꾸며 둔

중앙 후원 대신, 인적이 드문 북쪽 정원으로 걸음을 옮긴 것이다. 뒤에서 "거기 서라!" 하고 소리치는 게 들렸지만, 레티시아는 더 걸음을 빨리했다.

뒤따라오던 슈발베는 우뚝, 걸음을 멈췄다. 세 갈래 길에서 정령술사의 모습이 사라진 것이다. 그것도 대정령 염화를 데리고!

"아니, 거래 좀 하자는데……!"

누굴 협박범으로 알고 저렇게 도망치나?

끌끌 혀를 찬 슈발베가 손수건을 꺼내 이마에 흐르는 땀을 닦았다.

잠깐 고민하던 슈발베는 직진하기로 택했다. 돌아가는 것보다 정면 돌파하는 것이 드워프의 습성이었던 탓이다. 그리고 슈발베의 선택은…….

"아, 아, 악, 악마!"

그다지 좋은 편이 아니었다.

사락.

풀잎을 밟는 소리에 슈발베는 몸을 움찔 떨었다.

거대한 나무 기둥에 기대앉은 채 흑발의 소년이 책을 보고 있었던 탓이다.

새까만 머리칼 사이로 짙은 눈썹이 언뜻 보였고, 반쯤 내리깐 보라색 눈동자는 더없이 매혹적이었다. 높은 콧대와 옅은 호선을 그리는 붉은 입술, 귀족다우면서도 날카로운 턱선은 신이 빚은 조각상처럼 보였다.

'일라이 네르바드! 가장 위험한 인간과 맞닥뜨리다니…….'

슈발베가 허, 하며 한탄했다. 드워프가 봐도 얼굴을 붉힐 만큼 잘생긴 소년이었지만.

"크르릉."

소년의 곁에는 하얀 늑대가 있었는데, 기분이 좋은지 송곳니가 보였다가 사라지는 것을 반복했다.

'허, 그냥 늑대인가? 빙, 빙결은 아니라서 다행인데.'

슈발베는 저도 모르게 생각했다.

염화와 빙결!

대정령 둘 다 욕심나긴 했지만, 빙결은 좀…… 무서웠다.

"아."

인기척을 느낀 일라이가 나무 기둥에 기댔던 몸을 일으켰다. 느긋한 태도에 되레 겁을 집어먹은 건 슈발베 쪽이었다.

"시, 시, 실례!"

하고 슈발베가 휙 몸을 돌리던 때였다.

"아, 드워프가 여기 있네?"

낭랑한 소년의 미성에 슈발베의 몸이 움찔 굳었다. 이윽고 소년이 책으로 얼굴을 가리며 눈웃음을 쳤다.

"왜, 왜 나, 나보고 웃나?!"

"실제로 보는 건 처음이라서."

일라이는 매혹적으로 눈을 휘며 답했다. 슈발베의 시선이 일라이에게서 내려와 소년이 든 책으로 향했다.

『30일 안에 드워프 사냥 마스터하기. 초짜인 당신도 잡을 수 있다!』

"그, 그, 그 책!"

"아? 이거?"

일라이는 놀란 듯 자기가 보던 책을 살폈다. 제목을 읽은 소년의 눈동자가 커지더니 다시 심드렁해졌다.

"나, 나 알지? 마호가니 은행장이란 거!"

"당연히……. 알지. 귀한 혈통이라, 수집 가치가 더 올라가는 거."

"어, 어쨌든 그 책 좀 치워! 어서 치우라고! 으아악!"

슈발베가 뒤로 물러서며 비명을 내질렀지만, 불쌍한 드워프를 도와줄 사람은 아무도 없어 보였다.

와직—!

흑발의 미소년이 책을 구기며 슈발베에게 다가왔다.

"아, 이거? 내가 제일 좋아하는 책인데…… 근데 왜 그렇게 떨지?"

언제 낭랑했냐는 듯, 메마르다 못해 건조한 목소리가 흘러나왔다. 그와 동시에 보라색 눈동자가 날카롭게 번뜩였다. 곧 드워프를 사냥할 것처럼.

"으아아! 누, 누가 저 괴물 좀 치워!"

슈발베가 기겁하며 소리를 지르자, 일라이는 기다렸다는 듯 성큼성큼 걸어가 그의 멱살을 쥐었다.

"이걸 어떻게 사냥해야……"

일라이가 중얼거리며 흘끗 곁눈질로 주변을 살폈다.

"캬옹!"

그때, 의욕 없는 표정의 고양이가 둘 사이로 뛰어올랐다. 그러더니 앞발로 일라이의 손등을 할퀴었다. 발톱을 안으로 숨겨 냐서 솜뭉치가 친 거나 다름없었지만, 일라이는 "윽!" 하고 신음을 흘리며 드워프를 놔주었다.

"여, 염화!"

슈발베의 두 눈이 촉촉해질 무렵, 부스럭거리는 소리와 함께 풀숲에서 소녀가 모습을 드러냈다.

"거기, 악마! 슈발베 님에게서 떨어져!"

레티시아가 손으로 일라이를 가리키며 외쳤다. 일라이는 어깨를 으쓱하고는 뒤로 물러났다.

"칫……. 두고 보자."

일라이는 영혼 없는 연기를 한 뒤 정원을 빠져나왔다. 결국, 둘만 남게 된 레티시아가 주저앉은 슈발베에게 손을 내밀었다.

"자, 슈발베 님. 제 손 잡으세요."

"……처, 천사?"

슈발베가 휘둥그레 떠진 눈으로 레티시아를 올려다보았다.

조금 전 대악마의 계약자에게 잡아먹힐 뻔했는데, 윈터의 정령술사가 구해 준 것이다.

"크흑, 흑. 고맙네. 대악마 계약자들은 산 채로 드워프를 씹어 먹는다는데……."

아니거든요, 이 할배야.

레티시아는 속으로 '헛소리네.' 하고 생각했지만, 장단을 맞추기 위해 고개를 끄덕였다. 그리고 제 손을 잡은 슈발베를 단번에 일으켰다.

"어, 어?"

놀란 슈발베가 두 눈을 끔뻑였다. 체중이 100킬로그램도 넘는데, 그걸 가뿐히 들어 올렸다고?

의심의 눈초리로 레티시아를 쳐다봤지만, 소녀는 뭐가 문제냐는 듯 싱글싱글 웃을 뿐이었다.

슈발베가 여전히 의심을 거두지 않은 채 말했다.

"아, 아무튼 이 은혜는 잊지 않겠네. 정령술사라 그런지 정말 착하구만."

"네! 저 착해요."

어차피 뜯어낼 대로 뜯어낼 건데, 착하다고 오인하는 게 낫겠지?

그리 생각한 레티시아가 상냥한 미소를 지어 보였다. 슈발베는 의심을 거두더니 쯧, 혀를 차며 말했다.

"어찌 이런 인재가 윈터에 있을꼬?"

"윈터가 왜요?"

"가진 것도 없는 데다, 망해 가고 있잖나?"

"슈발베 님이 좀 도와주면 윈터도 부자가 될 수 있어요!"

"내가 왜?"

슈발베가 언제 고마워했냐는 듯 귀를 후비며 답했다. 그러면서도 게슴츠레한 눈으로 레티시아를 쳐다보았다.

정확히는 레티시아의 품으로 폴짝 뛰어들어 안긴 새까만 고양이를.

한참 후에 슈발베가 헛기침을 몇 번 하며 넌지시 말했다.

"그 대정령이 있으면 윈터에 자금을 빌려줄 수도 있고? 정령술사님은 담보라는 걸 알려나?"

"네, 알아요! 그래서 얼마나 빌려주실 건데요?"

"정령술사님 생각보다는 많이?"

해 봤자 100골드 빌려 달라는 게 다겠지. 애들 생각이야 뻔해서 슈발베는 속으로 킬킬대며 웃었다.

레티시아가 고개를 기울이며 물었다.

"좋아요. 근데 파르비스를 다스릴 수 있어요?"

"고양이는 썩 좋아하지 않지만, 목줄 채우면 얌전해지겠지!"

슈발베가 지팡이를 꽉 쥐며 탐욕에 번들거리는 눈으로 파르비스를 쳐다보았다.

"어……. 제 파르비스에게 목줄을요?"

"성유물만 있으면, 대정령을 통제할 목줄도 채울 수 있지 않으려나?"

"아, 그럴 수도 있겠네요. 제 가문이 마네르라고, 신성 가문이었거든요. 거기, 성유물 넘쳐나요."

레티시아는 그렇게 말하며 파르비스의 정수리를 쓰다듬었다.

"근데 말이지. 이 늙은이가 오래 살아서 그런지 의심이 많아. 정말로 염화인지 알 길이 없으니 능력을 좀 보여 주면 좋겠는데."

"그러죠, 뭐. 목줄도 만들어야 하니까, 제대로 보여 드릴게요."

레티시아는 생긋 웃으며 파르비스의 등을 부드럽게 쓸며 말했다.

"현신하자, 파비."

밝은 목소리에 슈발베가 흥, 하고 코웃음을 쳤다.

"현신? 뭐, 좀 커지는 건가? 하기야, 그 작은 고양이는 영 하찮게 생겨서……."

쾅!

그때였다. 정원의 나무가 우지끈 부서지며 지반이 흔들렸다. 정원에 푸른 불꽃이 감도는 것을 보며 슈발베는 넋이 나가 버렸다.

대정령 염화, 파르비스가 현신한 것이다.

"역시 하, 찮……."

하찮은 건 저였다. 슈발베가 덜덜 손을 떨며 뒷걸음질 쳤다.

"이, 이렇게 크, 크다는 말은……!"

없었는데. 현신한 파르비스를 보고 슈발베는 영혼이 빠져나간 듯했다. 새까만 여우는 족히 산보다 더 커 보였다.

레티시아가 염화를 가리키며 물었다.

"다스릴 수 있겠어요, 제 정령?"

"무, 물론!"

슈발베가 꿀꺽 침을 삼키며 파르비스에게 손을 뻗으려던 때였다.

화르륵!

파르비스가 날숨을 내뱉은 순간, 푸른 불길이 슈발베 뒤에 있던 나무를 태워 버렸다.

와지직.

나무가 검은 가루로 변해 가는 것을 보며 슈발베는 넋이 나가 고개를 저었다.

"죄, 죄송합니다, 대정령님. 하찮은 드워프 놈을 용, 용서해 주십시오……."

두 번 욕심 냈다간 저승의 별이 되게 생겼다!

슈발베가 깔끔히 포기한 듯 보이자, 레티시아는 파르비스에게 눈짓을 보냈다.

"목줄? 건방진 드워프 놈……."

쾅!

파르비스는 보란 듯이 나무 몇 개를 으그러뜨리더니, 눈 깜짝할 사이에 작은 고양이로 변했다.

'대, 대체 내가 뭘 본 거지?'

슈발베는 손수건을 꺼내 땀이 흐르는 얼굴을 닦았다. 그가 정신없는 틈을 타 레티시아가 말을 붙였다.

"슈발베 님, 앞으로 윈터는 광산 로사를 개발할 거예요. 천년간 문을 연 적 없던 윈터가 영지를 개방할 생각이거든요."

"……뭐? 누가 광산 따위를 보러온다고!"

뒤늦게 정신 차린 슈발베가 이해가 가지 않는다며 콧수염을 쓰다듬었다.

괜찮은 척했지만, 그의 손은 여전히 벌벌 떨리고 있었다.

"슈발베 님은 드워프시잖아요? 고향에서 매일 보는 광산이 지겨울 만도 하죠. 하지만 피케네 신민과 다른 대륙인들은 아니에요."

레티시아는 슈발베의 귀에만 들리도록 목소리를 낮췄다.

사실, 정원에는 둘을 제외하고는 아무도 없었지만 긴장감을 주기 위해서였다. 이런 식으로 어느 정도는 정보를 흘려 둘 생각이었다.

"이건…… 슈발베 님에게만 알려 드리는 건데, 탄자나이트 석이 광산 로사 심층부에 있어요."

"타, 탄자나이트가?!"

슈발베가 놀라 물었다. 다른 사람이면 몰라도 드워프는 광산이나 원석에 대해 정통했다. 저 정령술사 말이 진짜라면 이건 대박 중의 대박이었다!

"그런 걸 이 슈발베에게 알려 줘도 되는 건가?!"

"그럼요. 망설이시다간 투자할 기회만 **빼앗기실** 텐데."

레티시아는 슈발베와 두 눈을 마주치며 생긋 웃었다. 하품하는 새까만 고양이를 쓰다듬는 모습이 영락없는 악당이었다.

"제가 윈터까지 먼 걸음 하신 거 생각해서, 슈발베 님에게 먼저 기회 드리는 거예요."

"……무슨 기회?"

"윈터에 투자할 기회."

정말인가? 이 뭣 모르는 여자애가 투자 계획을 생각해 뒀다고?

슈발베는 '제대로 된 계획이겠어?' 하고 의심하면서도 은근히 궁금해 했다.

* * *

레티시아는 미리 준비한 대로 북쪽 정원에서 더 으슥한 곳으로 자리를 옮겼다.

죽은 고목과 앙상한 나뭇가지가 가득 찬 곳은 정원이라 불리기도 민망할 정도였지만, 티 테이블만큼은 완벽했다. 흰색 테이블과 의자가 놓여 있었고, 봄 향기를 품은 허브차도 준비되어 있었다.

레티시아는 슈발베의 의자를 뒤로 빼 주며 그가 앉을 수 있게 배려해 주었다. 그런 다음 자신도 슈발베의 맞은편에 앉아 본격적으로 협상을 시작했다.

'목표는 마호가니와 윈터가 투자 협약을 맺는 거야. 6천 골드가 넘는 자본을 유치할 수 있으면…….'

레티시아는 테이블 한 곳에 펼쳐진 지도를 손으로 가리켰다.

광산 로사였다.

윈터 협곡과 이어졌으며, 모르스 성을 통과해야만 갈 수 있는 곳.

'테레사 님이 은행장에게 먼저 말씀하셨겠지.'

광산 로사 일대와 윈터 협곡을 겨울 특수 관광지로 만들겠다는 계획.

그 계획을 알리며 윈터의 관광 사업을 위해 투자해 달라 했을 것이다.

'금액은 6천 골드. 아네스가 도청한 게 맞는다면.'

하지만 관광 사업만으로 마호가니의 투자를 끌어낼 수 없었다. 관광 사업으로도 큰 수익이 나겠지만, 그보다 부가가치가 더 높은 사업이 필요했다.

'바로 광산 개발이지.'

광산 로사 심층부에는 대륙에서 가장 희소성 있는 '탄자나이트'가 있다.

'광물 매장량은 더 조사해 봐야 알겠지만, 개발에 드는 투자 비용의 다섯 배는 메꿀 정도랬지.'

윈터의 선대 가주였던 다나에의 주도로 광산이 한 번 개발된 적이 있다. 그 당시 보고된 기록을 토대로 잔느가 어림잡아 계산한 거였다.

이런 사실을 슈발베에게 말하자, 은행장은 조금 고민하는 눈치였다. 잠시 후에 슈발베가 못마땅한 듯 미간을 좁히며 물었다.

"……그러니까, 프란츠 황제 놈의 눈을 피하려고 흑요석이 파묻혀 있다고 둘러댄 거지? 실은 귀하디귀한 탄자나이트를 채굴할 수 있다는 거고. 그 로사 광산을 개발하기만 하면."

"맞아요, 슈발베 님."

"손실을 피하려면 채굴량도 중요해. 설마……. 탄자나이트 석이 드워프 발톱의 때만큼 있는데, 광산 사업을 그렇게 크게 벌이자는 건 아니겠지?"

"물론이에요. 투자 비용을 회수할 만큼 있다는 걸, 선대 윈터 백작께서 확인하셨으니까요. 그리고 다섯 배는 최소 기준이에요. 광산 로사를 개발해서 탄자나이트 석을 캐게 된다면……."

윈터는 대륙에서 손꼽히는 부유한 가문이 될 것이다.

'광산 로사 개발로 벌어들이는 수익만 해도 족히 10만 골드는 될 텐데.'

레티시아는 말을 마친 후, 주머니에서 반짝거리는 새까만 돌을 꺼내 테이블 위에 올려 두었다.

탁.

"이게 원터에서 난 탄자나이트 석이에요. 세공 전의 원석이라 지금은 그냥 반질거리는 돌이지만, 보석으로 세공하면 사파이어와 비슷한 파란 빛을 띠게 돼요."

"······그거야 나도 알지. 근데, 이게 원터에서 난 거라고 어떻게 확신 하나?"

"증명할 방법은 없어요. 그렇지만 50년 전에 광산 로사 심층부까지 개발했다는 기록도 있고, 원터가 흑요석을 탄자나이트로 속여서 얻는 것도 없고요."

"레벤 성을 담보로 하긴 하겠는데······. 대출만 받고 원터 백작이 제 자식 데리고 튈 수도 있지! 무려 6천 골드나 되는데."

"테레사 님이요?"

레티시아가 눈을 깜빡이며 묻자 슈발베는 당황한 얼굴로 헛기침을 해 댔다.

"그 말은 취소하겠네. 원터의 하얀 늑대는 실로 고고해서, 20만 골드를 준다고 해도 가문과 영지를 버릴 사람이 아니란 건 나도 알아."

슈발베의 눈이 탄자나이트 석을 계속 향했다.

탄자나이트는 다이아몬드보다 더 높은 가치를 지닌 데다, 제국에서 가장 귀한 광물이었다.

"그럼 탄자나이트 석이 있다는 걸 다른 가문도 알고 있나?"

"원터 외에 다른 가문은 모르는 사실이죠. 게다가 피케네 황가는 반대로 알고 있어요."

"······만약 탄자나이트 석이 정말로 나온다고 치자고. 내가 프란츠 황 제에게 말하면 어쩌려고 그러는 거지?"

"그것도 미리 계산해 뒀어요. 슈발베 님이 어떤 결정을 내리실지."

"허, 내가 어떤 결정을 할지 안다고?"

"슈발베 님이 손해 보는 걸 좋아한다든가, 프란츠 황제와 아주 막역한 사이라면 알리실 수도 있다고 생각했어요. 윈터의 광산에 탄자나이트 석이 있다…… 고."

"프란츠는 황제일 뿐이지. 이 슈발베는, 돈 되는 거물 아니면 친하게 안 지내."

수년 전.

프란츠 황제의 수하가 마호가니 은행까지 오긴 했지만, 은행장을 만난 적은 없었다. 슈발베가 귀찮아하며 '또 그 프란츠냐?!' 하고 측근에게 물어본 게 다였다.

슈발베는 콧수염을 쓰다듬으며 고민에 빠졌다.

'프란츠 황제에게 말하면……. 로사 광산 개발에 간섭하려 들 텐데. 나중에는 아예 소유권을 가져가려 할 수도 있고.'

슈발베는 두 가지 상황을 가정했다.

하나는 윈터에 투자하여 광산 개발을 돕는 것이다. 물론, 표면적으로는 '관광 단지 개발'이 될 거고, 마호가니 또한 관광 사업에 투자한다고 알려질 것이다.

두 번째는 투자하지 않고, 프란츠 황제에게 '탄자나이트'가 묻혀 있단 사실을 밝히는 것이다. 그렇다면 피케네 황가는 윈터에 막대한 세금을 내라며 압박을 가할 게 분명했다.

결국, 과한 세금을 내게 되면 광산 개발로 생기는 수익은 줄어들기 마련. 더 욕심을 낸다면 '반란'이란 누명을 씌워 윈터 백작을 처리하고, 광산을 빼앗는 방법도 있었다.

'윈터를 치면, 외세 안갤을 막을 방패가 사라지니 그럴 일은 없겠지만……'

"뭐, 사업 투자로 우리 마호가니도 벌어가는 게 있어야지. 난 먼저 말할 생각이 전혀 없으니, 정령술사님이 먼저 밝혀야 할 거야."

먼저 조건을 제시하지 않는 건, 협상의 기본이었다.

하지만 은행장이 저렇게 단호하니 레티시아는 선뜻 물러나기로 했다.

'동등한 위치였다면 절대 먼저 안 밝혔겠지만……'

게다가 투자를 받기 위해서, 거래 조건을 먼저 밝히는 건 당연한 일이었다.

"저는 슈발베 님에게 매출의 7퍼센트를 드리는 걸 제시할 거예요. 5년 동안요."

"투자가 무슨 장난인 줄 알어! 그리고 7퍼센트를 누구 코에 붙이라고? 더 올려!"

슈발베는 괜히 화난 척 벌컥 소리를 질렀다. 그리고 곁눈질로 레티시아의 표정을 살폈다.

'드워프 할배, 일부러 화난 척하는 거야.'

레티시아는 모른 척 곤혹한 얼굴을 해 보였다.

광산 사업으로 기대되는 게 없다면 당장 자리를 박차고 나갔을 텐데, 슈발베는 의자에 꼭 붙어 있었다.

'드워프는 성격이 급해서 더 끌면 안 돼……. 이제 본론을 말하자.'

레티시아는 티타임을 즐기는 것처럼 평온한 얼굴로 입술을 떼었다.

"그럼 총매출의 10퍼센트까진 올려 드릴게요. 단, 조건이 있어요."

"무슨 조건?"

슈발베가 지팡이를 꽉 쥐며 눈을 가늘게 떴다. 분명 산속에서 뛰어노느라 바빴을 텐데, 정령술사면서 사업하는 머리를 가졌을 줄은 몰랐다.

슈발베의 표정이 굳어 갔지만, 레티시아는 부드러운 미소를 지으며 말했다.

"마호가니가 정한 금리는 연 3퍼센트. 상환 기간도 보통은 3년이죠."

돈을 빌릴 때 금리는 낮을수록 좋다.

금리는 낮게, 상환 기간을 길게 대출받아야 유리했다.

'빚 갚는 기간이 길어야 부담이 덜하니까.'

생각을 정리한 레티시아가 손가락 두 개를 펼치며 말을 이었다.

"금리는 고정 2퍼센트로 내리고, 상환 기간 5년. 그게 제가 제시하는 조건이에요."

"······뭐라고?! 정령술사면 다야? 이 슈발베 마호가니 앞에서 사기꾼 처럼 굴어도 돼?!"

가만히 듣던 슈발베가 놀라 지팡이를 쥐고 땅을 쳐 댔다. 그리고 답답한 듯 가슴을 치며 내뱉었다.

"마호가니 은행의 거물도 그렇게는 대출 안 해 줘! 큰손들도 수십 년 전에나 받았던 조건이었다고!"

"어떤 거물이길래?"

레티시아는 한쪽 손으로 파르비스의 털을 쓸어내리다가 픽 웃었다. 파르비스는 '언제 저 드워프를 태워 버리지' 하고, 주인의 무릎 위에서 꾹꾹이를 하는 중이었다.

레티시아가 나머지 손으로 턱을 괴며 물었다.

"그 대단하다는 거물. 대륙 유일의 정령술사와 비교할 수 있어요?"

당연히 비교 불가지!

그렇게 생각한 슈발베가 눈을 굴리며 잠깐 고민했다.

대륙의 중앙은행이라 여겨지는 마호가니 은행.

그 은행을 경영하는 것 역시 마호가니 가문이다.

모두 드워프라 돈 욕심이 대단했지만, 정해진 규칙을 철저하게 지키 는 편이었다.

대출 금리는 신용도에 따라 달라지기 마련.

'신용도가 높아야 우리도 대출 금리를 내려 준다고!'

어떤 거물이 와도 대출 금리를 3퍼센트 이하로 낮춰 준 적은 없었다. 그것도 꽤 잘 받은 편에 속했다.

이 금리로 계산해 보자면, 100골드를 빌렸을 때 1년에 3골드를 대출 이자로 내야 한다. 그리고 대출 이자는 나눠서 은행에 달마다 치러야 했다.

'그런데 2퍼센트로 대출을 받겠다고?'

100골드를 대출받으면, 2골드를 은행에 이자로 내겠단 뜻이었다.

100골드라 우스워 보이는 거지, 빌리는 단위가 1천 골드, 1만 골드로 넘어가면 대출 이자도 높아진다. 원금은커녕, 대출 이자도 갚지 못해 파산하는 귀족 가문을 몇 번이나 봤던가.

"대출 금리 2퍼센트로 낮추는 게 얼마나 어려운지 알기나 해?!"

"알고 있어서 제시하는 거예요. 마호가니 은행장님께."

레티시아가 담담히 답하자 슈발베가 지팡이를 꽉 쥐며 말했다.

"내가 아무리 마호가니 혈통이고, 은행장이라 해도 실적 없으면 잘려!"

"잘못 투자하시면 잘리실 만도 하죠."

"6천 골드나 되는 거금을 잘못 빌려 줘서, 대출금을 회수하지 못하면 내가 책임져야 한다고!"

은행 앞, 마호가니 나무에 목을 매달게 될지도 모르겠다고 슈발베는 몸을 부르르 떨었다.

'6천 골드가 크긴 하지.'

그런데 은행장인 슈발베가 '거금'이라 부를 정도는 아니다.

마호가니에서 은행장의 목을 매달려면 미수금이 최소 6만 골드 이상은 되어야 한다. 그렇지만 윈터가 필요로 하는 최소 금액이 6천 골드였지, 더 큰 금액을 빌려야 했다.

'일단 반응부터 보자. 6천부터 찔러 보고⋯⋯.'

슈발베 마호가니는 은행장으로 오래 역임했으니 돈 냄새는 귀신같이 맡을 것이다.

'6천 골드로는 관광업밖에 시작 못 해.'

광산 개발에는 더 많은 자본금이 든다. 어중간한 자본으로는, 광산 개발을 시작도 하지 않는 편이 나았다.

'턱없이 부족해. 더 빌려야 되는데.'

하지만 은행장으로선 6천 골드도 아까울 것이다. 윈터는 부유한 가문이 아니었고, 광산 외에 특별한 자원도 없기 때문이다.

레티시아가 차를 마시며 말했다.

"맞아요. 책임은 투자자의 몫이죠."

"……난 아쉬울 것 없는 사람이야! 노년에 무리한 투자는 하고 싶지 않다고!"

"저도 이해해요. 슈발베 님은 이미 은행장이시니, 은퇴 전까지 조용히 지내시는 게 좋을 거라고."

"뭐?!"

"지금은 슈발베 님이 마호가니를 주름잡고 있지만, 곧 세대가 바뀌면 잊히실 텐데."

레티시아의 말은 사실이었다.

슈발베는 현재 마호가니 은행장이고, 이는 누구나 아는 사실이다. 하지만 수십 년, 수백 년 후에는 그 사실조차 잊힐 게 분명했다.

슈발베는 안정적인 투자만 해 온 사람이다.

큰 이득을 본 적도, 심각한 손해를 본 적도 없다.

'역사에 기억되기에는 고만고만하다는 거지.'

슈발베의 이상은 '위대한 투자가'로 후대에 기억되는 것.

하지만 지금으로선 턱도 없었다. 레티시아는 슈발베를 묘한 시선으로 보며 말했다.

"좀 더 투자하셔서 슈발베 님의 이름을 널리 알리는 게 어때요? 라반 대륙 전역에."

"망했다고 소문날 수도 있지!"

"고작 6천 골드를 투자해서 망해 봤자 소문도 안 나요. 그리고 지금처럼 안정적인 투자로는 큰 수익을 볼 수 없고요."

공격적으로 투자할수록 돌아오는 수익도 높기 마련이다. 물론, 망할 위험도 크지만.

레티시아는 침묵하는 슈발베에게 못 박듯 말했다.

"그럼 슈발베 님? 내일까지 결정해 주세요."

"뭐?! 하루 만에 투자를 결정하는 놈이 어디 있어?"

"조건을 들으신 지는 하루밖에 안 됐지만, 고민은 윈터로 오기 전부터 계속하셨을 텐데."

"……그거야 그렇다만. 하루만 준다는 게 말이 돼?"

"다른 투자자들이 기다리고 있거든요. 마호가니의 드워프가 싫다고 하면 시클라멘의 엘프를 찾아가려고요."

"순수 혈통 엘프 놈들은 전부 숲에 숨어 버려서 이제 혼혈밖에 없는데? 엘프 혼혈이 얼마나 고지식하고 깐깐한 줄 몰라?!"

드워프와 엘프는 서로 사이가 좋지 않기로 유명했다. 특히 은행을 운영하는 마호가니와 대륙 중앙 재판소를 맡은 시클라멘은 더더욱.

'하루 만에 결정하라는 것도 제멋대로야! 은행장 혼자 결정할 수 있다는 것도 이미 아나 본데…….'

슈발베는 레티시아를 보며 분한 듯 이를 갈았다. 6만 골드 이하라면, 은행장의 결정만으로 투자할 수 있었다. 감사고 뭐고, 원로원의 동의 따위 필요 없다는 소리였다.

'근데 이 기회를 엘프 놈들에게 주겠다고? 시클라멘, 그 지독한 놈들에게?!'

만약 윈터에 투자할 기회를 놓쳐서……. 시클라멘의 엘프 놈들이 돈방석에 앉는다면, 슈발베 자신은 마호가니 가문의 수치가 될 것이다.

'기껏 은행장 자리에 앉혀 놨더니! 시클라멘에 다 빼앗겼잖아?'

'내 뭐랬어?! 저 할배 노망났다니까! 그 귀한 기회를 놓쳐서…….'

'뇌물 받고 엘프 혼혈 놈들에게 양보했다는 게 사실이야? 윈터 가문에게 먼저 투자 제안을 받았으면서!'

그럼 망하는데? 불안해하던 슈발베가 입 안의 살을 힘껏 깨물었다.

'으, 열받아……. 그래도 투자는 신중히 해야지!'

심각한 고민에 빠진 슈발베에게 레티시아가 말했다.

"……광산의 소유권은 선대 백작인 다나에로부터 테레사 님으로 이전됐어요."

"그건 나도 알아. 이미 봤다고!"

"거래 상대는 테레사 님이고, 전 중개인이라고 보시면 돼요. 중개 수수료는 받지 않겠지만."

"중개인이 무슨 중개를 이렇게 살벌하게 하나?! 정령술사 당신, 중개 성사하면 건물 받기로 했지?"

"주면 받는데, 먼저 달라고 하진 않아요."

"그거 그거지!"

슈발베는 따지듯이 물었지만, 내심 많이 흔들린 상황이었다.

레티시아는 슈발베와 두 눈을 마주치며 씩 웃었다.

"슈발베 님이 윈터에 먼저 투자해야, 큰 이익을 남기실 텐데."

"……이미 조건은 들었어. 그 정도로는 6천 골드 못 빌려줘!"

탄자나이트 석이 광산 '로사'의 심층부에 있다.

사실, 이걸로 이미 게임 끝이었다.

하루 만에 결정하라는 건 너무했지만, 이건 절대로 놓칠 수 없는 기회였다.

"아, 맞네요. 제가 슈발베 님 처지에서 생각해 보니 불안하실 만해요.

그러니 특약도 겁시다."

"이 슈발베도, 특약은 이미 생각해 뒀지. 탄자나이트 석이 로사 광산에서 나지 않으면 계약은 전면 무효야!"

"거기다 덧붙여서. 탄자나이트 매장량이 개발 비용을 회수할 만큼 충분해야 한다는 조건도 거세요."

"……그럼 안심이지!"

'특약'은 특별한 조건을 붙인 약속. 즉, 계약에서 특약은 일반 조항보다 우선시 된다.

'6천 골드를 빌려 줘도, 수익을 낼만큼 탄자나이트 석이 충분하지 않으면 윈터에서 대출금을 다 뽑아 내야 해.'

그걸로 모자라 윈터가 마호가니에 막대한 손해 배상금도 치러야 했다. 이렇게 해 두면 슈발베로서는 손해 보는 일이 아니었다. 은행장도 이미 알고 있을 것이다.

'광산에 탄자나이트 석이 없으면 계약 자체가 무효니까.'

윈터 사업이 망한다면, 손해가 있겠지만.

본래 투자는 위험을 수반하는 것.

'기회를 잡을지 놓칠지는 은행장 선택이야.'

최선은 슈발베 마호가니에게 투자받는 거였지만, 거절당해도 상관없다. 차선이 있었으니까.

시클라멘의 엘프족을 만나러 가든, 다른 왕국으로 가든 투자는 받아 올 생각이었다.

레티시아는 아직도 고심 중인 슈발베에게 말했다.

"그럼 이제, 결론을 말할게요."

"……뭐? 벌써?"

"윈터는 첫 번째 투자자에게 '특권'을 줄 거예요."

"특권이면 어떤……?"

어떤 특권을 줄 거냐는 질문에 레티시아가 답했다.

"광산 로사에서 처음 채굴한 탄자나이트 석. 그 기념비적인 원석에 투자자의 이름을 붙일 생각이에요."

"투자자라면 마호가니······?"

슈발베가 설마, 하고 놀란 얼굴을 해 보였다. 레티시아는 담담히 고개를 끄덕이며 말했다.

"마호가니 석이라 붙이든, 슈발베 석이라 붙이든 그건 은행장님 뜻이겠죠?"

"마호가니가 그 특권을 누리려면, 투자하란 소리잖아!"

"네, 맞아요. 윈터의 첫 번째 투자자가 된다면······."

탄자나이트는 대륙에서 가장 귀한 광물이다. 광산에서 처음 채굴한 탄자나이트 석에 '마호가니'의 이름이 붙는다면······.

'우리 마호가니 은행이 저절로 홍보가 되는 건데.'

'마호가니'란 브랜드가 널리 알려질 기회였다. 대륙 전역에 광고와 선전할 수 있는 특급 기회!

슈발베가 마른침을 삼키며 입을 열었다.

"하루만 더 기다리게나! 멋대로 투자하면 트집 잡히니, 나도 내 가문에 물어봐야겠어."

"네, 은행장님 뜻대로."

레티시아가 대답하며 찻잔을 입가로 기울였다.

* * *

이틀 뒤, 연회의 다섯 번째 날이 찾아왔다.

어둑한 밤이라서 유리창 너머는 고요했고, 달은 구름에 가려 사방이 컴컴했다. 응접실 안을 밝히는 건 수십 개의 촛불뿐이었다.

마호가니 은행장과 윈터 백작은 서로를 마주 보며 협상 테이블에 앉아 있었다.

먼저 말을 꺼낸 건 슈발베 마호가니 쪽이었다.

"그 정령술사 꼬마가 아니었다면, 윈터에 2만 골드나 빌려주는 일은 없었을 거요."

테레사가 미소를 곁들이며 말했다.

"그럼요. 6천 골드를 투자하라 해도, 슈발베 님이 먼저 거절하셨죠."

"……백작이 먼저 관광업만 말했으니, 나도 결정을 내릴 수 없었던 게지."

"아, 광산 로사에 탄자나이트가 있다고 밝힐 생각은 없었으니까요."

테레사는 차를 마시며 슈발베를 흘끗 쳐다보았다.

그녀는 이미 슈발베와 레티시아 사이에 어떤 이야기가 오갔는지 알고 있었다. 어젯밤 레티시아가 찾아와 전부 알렸기 때문이었다. 이번 투자를 성사시키고 싶었다면서.

자초지종을 듣게 된 테레사는 단안경을 추켜올리며 한숨을 내쉬었다.

'하아, 레티시아. 넌 매번 나를 놀라게 하는구나. 은행장의 마음을 돌릴 줄은 예상 못 했다.'

'은행장을 설득하긴 했지만, 제가 잘못한 게 있어요. 광산 로사에 탄자나이트가 있다고, 백작님 허락 없이 밝혀서…….'

'그건 됐다, 괜찮아. 처음에는 가문의 비밀로 할 생각이긴 했다만……. 결국에는 네 선택이 옳았지.'

그 덕분에 은행장의 마음을 돌리고, 대출금을 6천 골드에서 2만 골드까지 올렸다. 레티시아가 아니었다면 윈터는 마호가니의 투자를 받지 못했을 것이다. 그것도 2퍼센트의 낮은 금리로, 상환 기간을 5년으로 해서.

'대단했지.'

테레사는 어젯밤 일을 떠올리며 찻잔을 테이블로 내렸다.

"그럼 광산 로사에서 나는 첫 번째 탄자나이트는, 우리 마호가니가 갖겠소. 원석 값도 충분히 낼 생각이요."

슈발베는 사람 팔뚝만 한 원석을 원한다고 전했다.

그만한 원석만으로도 2만 골드의 가치는 지녔으니, 이를 선물로 달라고 할 순 없는 법.

슈발베가 뜸을 들이며 말했다.

"다른 거래처에 팔면 곤란해질 거요. 우리 마호가니 은행 건물 최상층에 비치해 둘 생각이니까."

"큰손들만 들르는 곳…… 아니던가요?"

"그렇소. 자랑도 돈 있는 놈들한테 해야지. 그 원석을 세공해서 '마호가니'란 이름을 붙이면 더할 나위 없을 테고."

생각만 해도 흡족한 슈발베는 콧수염을 쓰다듬었다. 테레사가 그를 보며 말했다.

"그러도록 하죠. 광산 로사에서 처음 채굴한 탄자나이트는 마호가니의 이름이 붙게 될 겁니다."

"사실, 그 특권 때문에도 우리 가문이 난리였소! 하루라도 빨리 투자를 해야 한다고."

"현명한 선택이었죠."

테레사는 부드럽게 웃으며 생각을 정리했다.

처음 채굴 시 나오는 탄자나이트에는 두 개의 이름이 붙는다. 바로, 윈터와 마호가니.

두 가문의 이름이 붙는 탄자나이트는 한정으로 판매하기로 했다. 출시 가격을 높게 잡아도, 탄자나이트 석에 막대한 관심이 쏟아질 것이다.

'윈터가 탄자나이트를 독점으로 판매한다면 더 그렇겠지.'

그렇게 되면 윈터가 처음 출시한 탄자나이트는 더 귀한 가치를 지니게 되리라.

'어쩌면 '윈터의 탄자나이트'가 새로운 부의 상징이 될지도 모르겠어.'

그러는 데 필요한 것은 독점이었다.

'일단 피케네 제국에서 탄자나이트를 채굴하는 곳은 없지.'

수백 년 전이면 몰라도, 지금은 폐광된 지 오래였다.

제국 곳곳에서 탄자나이트가 발견되었다는 소문이 가끔 떠돌았지만, 대부분 가짜였다. 게다가 어쩌다 원석이 발견됐다 해도, 매장량이 충분치 않아 광산 사업을 지속할 만큼은 아니었다.

그러니 제국에서 탄자나이트를 채굴할 수 있는 건 현 시점에서 광산 '로사'가 유일했다. 대륙 전역에도 탄자나이트 광산이 소수 있었지만, 서서히 고갈되는 추세였다.

'슈타인 왕국의 카르체르 광산이 있긴 한데.'

카르체르 광산.

탄자나이트 생산지로 유명한 곳이었는데, 독점적 지위를 유지하기 위해 공급을 최소한으로 줄이고 있었다.

'수요는 느는데, 공급을 심각하게 줄여서 양아치 소리를 듣고 있지만.'

온 대륙에서 욕을 먹었지만, 슈타인 왕국은 탄자나이트를 독점 판매하며 부유해졌다.

탄자나이트가 아무리 아름다워도 지천으로 널렸다면, 지금의 높은 희소성은 가지지 못했으리라.

'우선은……'

광산 로사에서 탄자나이트를 채굴하기 전까지, 비밀을 철저히 지켜야 했다. 그러기 위해 황가에는 '흑요석 채굴 사업'을 다시 시작한다고 거짓 정보를 흘려야 했다.

'처음 채굴한 원석에 윈터의 이름이 붙기 전까진, 반드시 비밀로……'

윈터의 이름으로 탄자나이트 석이 출시되면, 피케네 황가도 큰 욕심은 부리지 못할 것이다.

'그전까지 가신들 입단속을 잘 시켜야겠군.'

테레사는 생각을 정리한 뒤, 계약서를 마지막으로 검토했다.

전부 레티시아가 말한 그대로였다.

대출 금액도, 계약 기간도, 세부 계약 조건도.

마찬가지로 검토를 끝낸 슈발베가 계약서 마지막 장에 인장을 꾹 찍었다.

"한 부는 마호가니가, 다른 한 부는 윈터가 보관하면 되겠지."

그런 다음, 계약서 두 개를 겹쳐 나란히 놓고 경계면에 마호가니 나무를 깎아 만든 인장을 찍었다. 테레사 또한 윈터의 인장을 같은 방식으로 찍었다.

그렇게 계약을 마친 뒤, 슈발베가 아쉬운 듯 말했다.

"그 탄자나이트 석⋯⋯. 우리 마호가니에 독점으로 유통할 생각은 없소?"

"아, 유통은 따로 할 생각입니다. 윈터의 정령술사가 계획한 대로."

테레사는 전적으로 레티시아의 말을 따를 생각이었다.

윈터에서 유통을 맡을 상단을 따로 만들기 전까지는, 다른 거대한 상단에 맡기기로.

슈발베가 한쪽 눈썹을 휘며 물었다.

"설마, 그놈들에게 맡길 생각이오? 시클라멘!"

엘프 혼혈 놈들이 대륙의 유통줄을 꽉 쥐고 있단 말이지.

"시클라멘 놈들이 대륙에 큰 상단을 몇 개 가지고 있어서 유통은 잘하지만⋯⋯. 그래도 그놈들, 뒤통수 잘 치니까 조심하시게나."

슈발베는 게슴츠레한 눈으로 테레사를 보며 서류를 챙겼다.

'윈터가 시클라멘 놈들과 손잡는 건 아니겠지. 아니, 잡아도 어쩔 수 없나⋯⋯.'

어차피 마호가니는 유통업을 따로 하지 않으니, 아쉽긴 해도 물러설 수밖에 없었다.

슈발베는 계약서를 품에 갈무리한 뒤, 테레사에게 손을 내밀었다. 악수하자는 뜻이었다.

"영광인 줄 아시오. 이 슈발베는 프란츠 황제하고도 악수한 적 없거든."

"영광이라고 해 두죠."

테레사는 여유롭게 웃으며 슈발베의 손을 맞잡았다. 드워프와 시선을 마주하고자 허리를 숙인 상태였다.

그때, 슈발베가 묘한 표정을 지으며 말했다.

"……그 정령술사, 나중에 갈 곳이 없어지면, 마호가니로 오라고 전해 주시오. 언제나 은행의 문은 열려 있다고도."

"흐음……. 마호가니는 다른 드워프 가문은 물론, 다른 종족에게도 배타적이라고 들었습니다만."

"그만한 인재면 이야기가 달라지지. 정령술사인 건 둘째 치고, 우리 마호가니와의 투자를 성사시켰는데."

윈터의 정령술사, 레티시아.

그 아이는 판단력이 좋았고, 머리 회전도 빨랐다. 투자를 대담하게 밀어붙였지만, 결정은 신중했다. 협상에도 능숙한 데다, 사업 수완도 있었다.

슈발베는 레티시아에게 최고로 후한 평가를 주었다.

물론, 입 밖으로 꺼낼 생각은 없었지만.

"아, 백작. 구두 계약도 하나 걸어 두면 어떨까 하오. 그 정령술사, 윈터 백작이 잘 보호하기로."

테레사는 이익보다 신념을 좇는 이였다. 그러니 윈터를 위한답시고 레티시아를 이용하지 않겠지만, 다른 가문은 이야기가 달랐다.

"불순한 의도로 접근하는 놈들이 꽤 많을 텐데. 권력 때문이든, 돈 때문이든."

슈발베의 말뜻을 테레사는 단번에 이해했다. 레티시아가 윈터에 머물기로 했으니, 최선을 다해 지키란 소리였다.

"슈발베 님도 레티시아가 마음에 드셨나 봅니다."

"그냥 늙은이의 심술이지! 은행장 시켜 준다고 해도 마호가니로 올 것 같지는 않고……. 그만한 인재를, 다른 왕국이나 가문에 빼앗기면 배가 아플 것 같단 말이오?"

슈발베는 심술궂은 얼굴로 테레사를 지그시 쳐다보았다.

"윈터 백작, 당신은 운이 참 좋아."

* * *

"레티시아, 모두 네 덕이다. 마호가니와 윈터가 좋은 조건으로 계약을 맺게 된 건."

다음 날 정오, 테레사는 레티시아를 응접실로 불렀다.

그리고 고맙다는 인사를 건네며 레티시아의 눈앞에서 지도를 펼쳐 보였다.

촤락.

원목 테이블에 넓게 펼쳐진 지도는 꽤 컸다. 윈터 영지에서 중앙 구역만 따로 세부화시킨 지도였다.

'왜 부르신 거지? 계약은 잘 성사되었는데…….'

영문도 모른 채 불려온 레티시아가 눈을 깜빡였다. 테레사는 의아해하는 소녀에게 단도직입적으로 말했다.

"대가로 건물 몇 채를 하사하려는데, 어떤 게 마음에 들지?"

"……네?"

"사양하지 말고 골라라. 성년이 되면 독립할 것 같아서 저택도 준비했다만."

"네?! 저택을 주시려고요? 윈터 영지 중앙에 있는 저택이면 꽤 값이 나갈 텐데……."

"내가 윈터의 영주인 걸 잊은 모양이구나. 어쨌든, 꽤 유명한 저택이니 마음에 들 거다. 고택인데, 넓은 데다 관리도 잘된 편이지. 레벤 성과도 가깝고."

저택은 본래 윈터 가문의 소유였으나, 레티시아 명의로 이전해 주었다. 당장 살 계획이 아니라면 따로 세를 둬도 괜찮지만, 레티시아의 저택이니 그녀가 결정할 일이었다.

"본래 내년에나 주려고 했는데, 일찍 주는 것도 나쁘지 않겠다 싶었지. 아, 저택은 나중에 보러 가도 좋다. 그건 그렇게 하고……."

테레사는 레티시아의 의사를 묻지도 않고 저택 문서를 건넸다.

레티시아가 얼떨떨해하며 문서를 건네받자, 테레사는 흡족한 미소를 지었다. 그리고 다시 지도로 시선을 내리며 말했다.

"저택의 소유권자를 '레티시아 윈터'로 해 두고 싶었는데, 아직 이름이 바뀐 건 아니라서 '레티시아 마네르'로 해 뒀다."

"……네? 제게 그냥 저택을 주시는, 건가요?"

"거절은 됐다. 저택은 겨울의 저주를 끝냈으니 주는 거고, 이제 지도를 봐라."

"……아, 네."

저택을 그냥 준단 말이야?

눈을 깜빡이던 레티시아는 테레사를 따라 지도로 시선을 내렸다.

너무 놀라 고맙다고 말하는 것도 잊어버렸다. 뒤늦게 정신 차린 레티시아가 감사를 표하려던 때였다.

"저, 백작님……!"

"음, 인사는 나중에 하고 여기부터 보도록."

"……네."

레티시아가 얌전히 답하자 테레사가 빠르게 말을 덧붙였다.

"윈터의 제1 상업 지구다. 영지 내에선 제일 상권이 좋은 곳인데, 수도만큼은 아니지. 그래도 꽤 마음에 들 거야."

테레사는 지도에 하얀 나무 조각을 세 개 올려두었다.

"건물 세 채밖에 주지 못해서 미안하구나. 그래도 나중에 윈터 영지가 부유해지면, 건물값도 꽤 오를 거다."

윈터 가문이 관광업과 광산 개발을 시작하게 되면, 그때 더 좋은 건물을 줄 생각이었다.

레티시아가 저택 문서를 품에 안은 채 조심스레 말했다.

"계약이 잘 되면 선물을 주실 것 같았는데……. 저는 그냥 예쁜 드레스나 좋은 책을 주실 줄 알았어요."

드레스나 책? 그걸 누구 코에 붙여.

그렇게 생각한 테레사가 레티시아의 어깨를 부드럽게 잡았다. 그리고 단호히 말했다.

"선물은 건물이 최고다. 알겠지, 레티시아?"

테레사는 이번에도 레티시아의 의사를 묻지 않고, 건물 문서 세 부를 안겨 주었다. 제1 상권 중심에 있는 건물 세 채였다.

'이 정도 선물이라면, 어딜 가도 부끄럽지 않겠지.'

영 아쉽긴 한데……. 테레사가 깊은 한숨을 내쉬며 말했다.

"레티, 너도 건물로는 부족해서 아쉽겠지만, 윈터의 금고는 아직 열려 있다."

"……부, 부족하다뇨? 전혀 그렇지 않아요, 백작님!"

레티시아가 깜짝 놀라 소리치듯 말했다.

딸꾹.

여기 와서 딸꾹질을 처음 할 만큼 크게 당황한 것이다. 테레사가 그런 레티시아의 머리를 헝클어트렸다.

"나중에 건물을 구경하러 가 보고, 네 마음에 안 들면 바꿔 주도록 하마."

"아, 아니에요. 너무 많은 걸 주셨어요! 제가 다 받아도 되나 싶을 정도로……."

"아, 더 줄 생각이니 거절은 됐다. 다른 건물로 교체하는 것만 허락할 거거든."

"……가, 감사합니다."

레티시아는 황급히 인사를 건넸다. 여기서 미적지근한 반응을 보였다간, 테레사가 정말로 금고의 열쇠까지 줄 것 같았기 때문이었다.

그런 레티시아의 걱정을 아는지 모르는지, 테레사가 그녀의 어깨를 다독이기 시작했다.

"아, 윈터 가문의 금고 열쇠는 나중에 주도록 하마. 레티, 네가 좀 더 크고 나면."

* * *

봄 연회의 마지막 날이 찾아왔다.

레벤 성 곳곳에 화환 장식이 가득했고, 얼어붙었던 분수대에서 맑은 물줄기가 흘러내렸다. 가신의 아이들이 뛰어노는 소리가 열린 창문으로 흘러들었다.

똑똑.

노크 소리에 화장대에 앉아 있던 레티시아는 거울을 보다 말고 몸을 돌렸다. 그녀의 머리를 만져 주던 집사 또한 문가로 시선을 옮겼다.

달칵.

들어오란 소리에 문이 열렸다.

"모시러 왔어, 레티시아."

일라이가 검은 제복을 걸친 채 문가에 서 있었다. 차마 들어오지는 못하고 기다리는 모양새였다. 때마침 레티시아도 채비를 끝낸 상황이라서, 집사의 손을 잡고 자리에서 일어났다.

레티시아가 발걸음을 내디딜 때마다, 연한 민트색 드레스가 물결 모양으로 퍼졌다. 꼭 호수의 물결이 퍼지는 모양새였는데, 레티시아의 우아한 걸음과 잘 어울렸다.

일라이는 레티시아에게서 시선을 떼지 못했다. 레티시아가 눈을 동그랗게 뜨며 그를 불렀다.

"일라이?"

"아, 잠깐……."

정신을 좀 놓았나 봐. 일라이는 뒷말을 삼키며 레티시아에게 먼저 다가가 한쪽 팔을 내밀었다.

"자, 에스코트."

"일라이가 하기로 한 거야? 아네스가 온다고 했던 것 같은데."

"……좀 아픈가 보던데."

"연회 마지막 날에 아프대? 아쉽겠다……."

"뭐, 한숨 자고 나면 낫겠지. 아네스는 신경 쓰지 말고 우리끼리 가자."

일라이가 평소와 같은 여상한 어조로 말했다. 레티시아는 그런가 보다, 하고 별 의심 없이 넘어갔다.

'아네스를 좀 재워 두길 잘했지.'

일라이는 저녁 연회가 시작된 것도 모른 채 쿨쿨 자고 있을 아네스를 떠올리며 침묵했다.

'비겁한 놈.'

먼저 싸움을 시작한 건 아네스 쪽이었다.

일라이 자신이 마실 오렌지 주스에 수면제를 타서 연회가 끝날 때까지

재우려 한 것이다. 레티시아를 에스코트하려고 잠재적 방해물인 일라이를 치우려 했던 거였다.

'벌써 글란츠에게 수면제를 받아 왔을 줄은 몰랐지.'

어째 나쁜 것만 배운다니까. 일라이는 속으로 혀를 찼다.

어쨌든 아네스가 자리를 비운 사이, 일라이는 오렌지 주스를 바꿔치기했다.

'이런, 미안해서 어쩌지? 일라이, 네 오렌지 주스에 수면제를 탔거든. 이 아네스가……'

하고 조소하던 아네스는 그대로 잠이 들어 버렸다.

일라이는 다시 깨울 필요성을 못 느껴서 잠든 아네스를 버려두고, 제복으로 갈아입은 뒤 레티시아를 찾았다.

그리고 지금.

"반 묶음 한 것도 예뻐."

일라이는 레티시아의 뒷머리를 묶은 은방울꽃 장식을 보며 손을 뻗었다.

툭.

살짝 건드리자 은방울 꽃장식이 잠깐 흔들렸다가 모양을 되찾았다.

"왜? 은방울꽃 장식은 처음이야?"

"음. 다음에는 내가 머리를 묶어 줄까…… 싶어서."

"일라이가?"

레티시아는 그리 물으며 일라이의 팔에 살며시 손을 얹었다.

'손잡는 것도 아닌데.'

단단한 팔 안쪽이 느껴져 레티시아는 뺨을 붉혔다. 일라이는 정면을 보며 아무렇지 않은 척했고, 레티시아 또한 괜스레 벽만 쳐다보았다.

"두 분, 계속 여기 있으려고요? 저녁 연회에 안 가시고?"

보다 못한 집사가 연회에 늦겠다며 재촉해 왔다. 그러면서도 웃음을 삼킨 집사가 먼저 방을 빠져나가며, 둘이 나올 때까지 기다려 주었다.

"고마워요, 집사님."

"수고해, 나브티스."

인사한 일라이가 레티시아와 보폭을 맞춰 걸었다. 레티시아도 느릿하게 걸으며 일부러 시간을 끌었다.

둘만의 시간이 자주 없어서 오늘이 기회인 것처럼 느껴졌다. 함께 복도를 거닐며 설산을 직물로 새긴 태피스트리도 보고, 흰 뿔 사슴을 조각한 대리석상도 보는 게 꼭 데이트 같았다.

둘은 가는 길에 하녀 몇몇과 눈이 마주쳤지만, 오히려 하녀들이 모른 척하며 시선을 피했다. 마주친 윈터의 기사들도 다 알겠다는 얼굴을 하고는 못 본 척 고개를 돌렸다.

본성의 복도를 지나쳐 연회장으로 향하며 레티시아가 물었다.

"왜 우리만 보면 눈을 피하는 걸까?"

"나도 모르겠는데."

일라이는 모르는 척 시치미를 떼고는 레티시아의 곁에서 느긋이 걸었다. 그러면서도 행여 반대로 오던 사람과 레티시아가 부딪칠까 봐, 무서운 무표정을 줄곧 유지했다.

걷던 와중에 레티시아가 곁눈질로 일라이를 쳐다보며 말했다.

"아, 일라이. 나 이제 슬슬 바빠질 것 같아."

"마호가니와의 계약 때문에?"

"어? 어떻게 알았어?"

"테레사 백작이 말해 주던데. 레티, 너와 같이 건물 구경 가 보라고. 선물로 준 저택도 돌아보고."

"아, 진짜?"

레티시아는 다소 놀란 얼굴을 해 보였다.

일라이는 네르바드 후작이니, 테레사가 마호가니와의 계약을 비밀로 했겠지, 하고 추측했기 때문이었다. 그래서 레티시아도 일라이에게 '윈터와 마호가니의 계약을 말해야 하나. 아니, 일단 비밀로 할까?' 하고 생각하던 차였다.

일라이는 덤덤한 얼굴로 고개를 끄덕였다.

"요새 백작이 날 신뢰하는 것 같던데."

"원래도 신뢰는 받지 않았어?"

"그렇긴 한데, 또 그다지 믿는 눈치는 아니었어."

모호한 말이어서 레티시아가 눈을 가늘게 떴다.

'테레사 님이 믿는다는 거야? 안 믿는다는 거야.'

고개를 갸웃하는 레티시아에게 일라이가 픽 웃으며 말했다.

"테레사는 네르바드 남자라면 질색했거든. 아, 그래도 내가 친부 때문에 고생했던 걸 아니까, 도와주려고는 했었지."

"……그랬구나. 근데 왜 도움 안 받았어?"

"혼자가 편했으니까."

일라이는 그렇게 말하며 레티시아를 흘끗 쳐다보았다. 레티시아는 괜히 정면을 바라보다가 곁눈질하며 물었다.

"지금은?"

"지금은……."

일라이는 잠깐 고민했다. 솔직한 마음으로는 둘이 있는 게 더 좋았다. 단순히 '더'라고 하기에는 모자랄 만큼.

"레티시아, 너와 있는 게 좋아."

* * *

'나랑 있는 게 좋다니…….'

'어디까지나 친구로서'라며 일라이가 덧붙인 말이 아니었다면, 레티시아는 착각할 뻔했다.

일라이가 날 친구 이상으로 좋아한다고.

예전부터 좋아한다는 말은 종종 들었지만, 그간 깊게 생각하지 못했다.

혼자 마네르 가문에서 지낼 때도, 일라이와 함께 윈터에 와서도.

'그땐 생각할 게 너무 많았으니까. 근데 이제 좀 실감이 나.'

그랬었는데, 이제는 조금 알 것 같았다.

일라이가 레티시아 그녀에게만 다정하다는 것을.

일라이가 깊은 관심을 표하는 것도 레티시아에 한해서였다.

'아네스 말로는…… 일라이가 사람들에게 무관심하다고 했었지.'

측근 기사에게 곁을 잘 내어 주지 않을 정도라고도.

'그런 것 같긴 한데…….'

어째서 내게만 잘해 주는 거야?

레티시아는 일라이에게 그렇게 묻고 싶었지만, 모여드는 시선이 너무 많았다. 오늘이 마지막 연회였기 때문이었다.

연회장의 단상 위에 테레사가 앉아 있었고, 그 왼쪽에 잔느가, 오른쪽에는 레티시아가 자리해 있었다. 잔느 옆에 있는 빈자리에 앉아도 될 텐데, 일라이는 레티시아 곁에 서 있기로 했다.

레티시아는 두 손을 꼭 쥔 채 뒤를 돌아보며 물었다.

"그렇게 서 있으면 다리 아프지 않아?"

"별로."

일라이는 담담히 답하고는 윈터의 귀족들을 쭉 훑어보았다. 그리고 레티시아를 빤히 쳐다보는 귀족 영식과 영애들에게 경고하는 듯한 시선을 보냈다.

일라이와 눈을 마주친 귀족 자제들이 하나씩 시선을 피할 무렵.

덜컹.

닫혀 있던 연회장의 문이 열리며, 훤칠한 남자가 모습을 드러냈다.

자박자박.

무겁고도 단정한 걸음걸이는 한순간에 시선을 끌었다. 그 순간, 갑작스레 연회장에 무거운 정적이 감돌았다.

레티시아는 일라이를 보던 고개를 돌렸다. 곧 그녀의 시야에 검은 구둣발이 가득 찼다.

그때였다.

의자에 몸을 느슨히 기댔던 테레사가 허리를 곧게 폈다. 그리고 팔걸이를 꽉 쥔 채 이쪽으로 걸어오는 남자를 직시했다.

"당신이 여기는 어떻게……."

테레사와 시선이 마주친 남자가 알 수 없는 미소를 지으며 답했다.

"무례를 무릅쓰고 보러 왔는데, 그리 기쁜 표정은 아니군."

"귀한 분께서 방문하실 줄이야……. 먼저 언질을 줬으면 마중을 나갔을 텐데."

"바쁘실 텐데 어찌 그러겠어. 윈터 백작, 그대도 언질 없이 마네르로 오지 않았던가?"

남자는 그리 답하며 꽉 잠긴 목깃을 느슨히 풀었다. 목에 닿았던 늘씬한 손가락이 제 허벅지로 내려오더니, 그가 입술을 떼었다.

"오랜만이구나, 윈터의 레티시아."

남자의 다정한 목소리에도 레티시아는 대답하지 못했다.

"……!"

가이안 마네르. 마네르의 가주이자, 레티시아의 친부가 그녀의 눈앞에 있었다.

* * *

"윈터에서 지내는 게 마음에 들었나 보군. 보아하니, 윈터 백작은 그 흔한 작위 하나 내려 주지 않은 것 같던데."

달칵.

응접실 안에서 가이안이 찻잔을 들어 올리며 말했다. 따듯한 차를 마시면서도 가이안의 시선은 레티시아에게 고정되어 있었다.

그가 예상했던 것과 다르게 레티시아는 평온한 얼굴이었다. 연회장에서 봤을 때는 두 눈이 커져 있었지만, 차를 마시는 지금은 미미한 표정 변화도 없었다.

레티시아는 찻잔을 쥐고서 눈을 내리깔며 말했다.

"그런 걸 바라고 윈터로 온 게 아니니까요."

"아니, 난 너를 잘 안다. 공녀 신분을 버리고 윈터에서 지내겠다고? 그것도 평민 신분으로."

"맞아요, 보시는 그대로예요."

"윈터에는 이미 후계자가 정해져 있다. 네가 함부로 낄 곳이 아니지. 레티시아, 시간 낭비하지 말고 마네르로 돌아와라."

가이안이 못 박듯 말하자 레티시아가 한쪽 눈썹을 올리며 물었다.

"마네르로 돌아가면, 제가 원하는 걸 주실 수 있나요?"

"그래, 네가 원하는 거라면. 재산이든 후계자 지위든 줄 생각이다."

"제가 이블리스의 눈, 그 성유물을 갖고 싶다면요?"

"……그건 곤란하겠는데."

이블리스의 눈을 달라고? 가이안은 놀랐지만, 애써 평정을 유지했다. 그리고 혀를 끌끌 차고는 아이를 타이르듯 말했다.

"네가 다룰 만한 물건이 아니다. 베르타의 성유물도 다루지 못했던 네가, 네임드 성유물을 가져서 뭘 하겠느냐?"

"……주실 생각은 있으신가요?"

"그건 레티시아, 너 하는 걸 봐서."

무슨 꿍꿍이지? 가이안은 눈을 가늘게 뜨면서 레티시아의 진의를 의심했다.

마네르로 돌아올 생각이 없어서 일부러 무리한 부탁을 하는 건가. 그도 아니면 정말로 '이블리스의 눈'이 필요해서?

가이안은 낮은 숨을 흘리며 레티시아를 쳐다보았다. 굳었던 입술이 미미한 호선을 띠며 열렸다.

"마네르로 돌아오면 생각해 보겠다, 레티시아."

* * *

가이안이 먼저 응접실을 떠나고 난 후, 레티시아는 홀로 남아 자리를 지켰다.

달칵.

식어 버린 차를 마시면서도 제대로 맛을 느낄 수 없었다. 혀가 무뎌 졌는지 미지근한 찻물이 식도로 넘어갈 뿐이었다.

'직접 올 줄이야……'

측근들과 함께 왔겠지만, 공작이 친히 들를 줄은 몰랐다.

'서신을 수십 번 보냈다고 했지. 내가 답장하지 않아서 온 거고.'

하지만 그것만으로는 이유가 불충분했다. 윈터로 온 목적이 분명 따로 있을 것이다.

'고작 설득 하나 하자고 올 사람이 아니야.'

여기 온 목적이야, 뻔했다. 먼저 윈터에서 레티시아 자신이 어떻게 지내는지 파악하기 위해서. 그걸 파악하고 난 뒤엔……. 무얼 꾸미는지 아주 분명하게 알려 주기도 했고.

'피오네가 널 보고 싶어 하더구나. 아니라고 했지만, 그 어린애가 뭘 숨길 수 있었겠어.'

'……하. 피오네에게 그리 물으신 건가요? 제가 보고 싶으냐고.'

'네가 피오네를 특히 아꼈기에 물어본 거다. 윈터 백작이 널 귀애하고

있으니 피오네는 신경도 쓰지 않을 것 같다만.'

'제게 하실 말씀이 뭔가요? 그렇게 말 돌리시지 말고요.'

'그럼 본론부터 말하마. 내가 유로 백작의 부탁으로 서역에서 약초를 구해 왔던 건 알겠지. 그 적독초가, 피오네가 앓는 열병의 치료제로 쓰이는 것도.'

'알고 있어요. 갑작스레 적독초 이야기를 꺼내시는 이유가 있으시겠죠.'

'그래, 맞다. 서역에서 그 약초를 구하는 게 힘들어졌어. 유로 백작에게 말했지만, 알았다고만 하더구나.'

가이안은 대답이 없는 레티시아를 보며 한숨과 함께 말했었다.

'네가 마네르로 돌아온다면, 무리해서 구해 볼 생각이다. 피오네와 유로 백작을 위해서라도 못할 것 없지.'

우스운 말이었다.

레티시아 자신이 마네르 가문으로 돌아와야만 피오네를 위해 약초를 구해 주겠다니.

공작의 그런 협박은, 목숨 걸고 충정을 지킨 유로 백작에 대한 기만이었다. 아주 철저한 기만.

'윈터로 와서 피오네와 스승님과 소식이 끊겼지…….'

두 사람이 종종 생각나긴 했지만, 서신이 누구 손에 들어갈지 몰라 연락을 하지 못했다.

'스승님 소유의 저택으로 보낸다 해도, 루비얀이 볼 수도 있어.'

그렇다고 마네르 가문으로 서신을 보낼 수도 없었다. 스승님과 피오네가 보고 싶었지만, 둘을 위해서라도 거리를 두려고 하지 않았던가.

'공작이 적독초를 구해 주지 않는다면…….'

레티시아 그녀가 다른 대안을 찾아야 했다.

적독초는 서역에서 나는 귀한 약초였고, 서역과의 교역은 무역선을 통해 이루어졌다. 즉 해안을 껴야 서역과 직통으로 교역할 수 있는 거였다.

그러니 설산만 있는 윈터에서는 서역과 교역할 수 없었다.

'피오네와 스승님을 외면하면 안 돼.'

피오네가 건강해지고, 스승님 또한 딸과 함께 지내며 행복하기를 바랐다. 그래서 유로 백작의 도움을 받지 않고, 일라이와 함께 마네르 가문을 떠난 거였다.

기억에 남았던 건 폐허가 되어 버린 마네르의 연회장.

기둥 뒤에 몸을 숨긴 유로 백작과 피오네가, 레티시아가 마지막으로 본 모습이었다.

* * *

늦은 밤이 되어서야, 레티시아는 테레사를 찾았다.

테레사는 연회에 참석하지 않고 집무실에서 서류를 보던 중이었다. 윈터의 주인인 그녀가 연회에서 자리를 비우는 건 이례적인 일이었다. 하지만 굳은 얼굴로 연회장에 있을 수도 없어서, 테레사는 일하는 것을 택했다.

그런 가운데, 생각지도 못한 손님이 찾아와 테레사는 조금 놀랐다.

"레티시아⋯⋯."

노크 소리가 들려서 "들어와"라고 했는데, 레티시아가 눈앞에 있었다. 테레사는 단안경을 책상 위로 내려놓고 눈가를 매만졌다.

"어서 오려무나."

"네, 백작님."

레티시아는 차분히 답하며 테레사 맞은편에 앉았다. 집무실에는 테레사 혼자였고, 곧 고요한 정적이 내려앉았다.

잔느는 어머니를 대신해 연회에서 자리를 지키는 상황이었다. 레티시아는 잔느에게도 인사해야겠다고 생각하며 입술을 뗐다.

"갑자기 찾아와서 놀라셨을 것 같아요."

"아니, 아니다. 오히려 이렇게 둘이 보게 되어 좋구나. 연회장은 너무 시끄러웠지. 둘이 대화하기에는⋯⋯."

"아, 실은 시끄러운지도 몰랐어요. 활기차서 좋았거든요. 백작님과 함께 있어서 즐겁기도 했고."

레티시아는 뺨을 긁적이며 괜히 벽을 쳐다보았다. 가이안이 찾아온 일을 이야기하려 했는데, 어쩐지 바로 말하지 못했다. 그건 테레사도 마찬가지였다.

테레사가 침묵 끝에 늘씬한 손으로 하얀 머리칼을 쓸어 올렸다. 그런 뒤 레티시아를 빤히 쳐다보며 말했다.

"그것참⋯⋯ 다행이구나. 나만 즐거웠던 게 아니라서."

"그게 정말이에요?"

레티시아는 자리에 앉은 채 두 손을 모으며 물었다.

'가문에서도 버려졌으니까⋯⋯.'

테레사가 마음에도 없는 말을 할 리 없었지만, 조금 걱정했기 때문이었다.

"나는 정직한 사람은 아니다, 레티시아. 하지만⋯⋯."

테레사는 레티시아와 두 눈을 맞추며 마저 말을 이었다.

"네게는 거짓말을 한 적이 없어. 그럴 이유도 없고, 그러고 싶지도 않았으니까."

"⋯⋯왜 제게 잘해 주시는지, 물어도 돼요?"

"나야말로 왜 윈터를 아껴 주는지 묻고 싶지만, 레티, 네가 말해 줄 것 같진 않구나."

테레사는 옅은 미소를 지은 뒤 식어 버린 차를 마셨다. 그러더니 자리에서 일어나, 찻주전자와 찻잔을 가져와 레티시아에게 손수 차를 타 주었다.

조르륵.

찻잔으로 따듯한 물이 흘러내리며 모락모락 김이 새어 나왔다.

"그냥 윈터가 좋았어요. 제국을 외세와 마물로부터 지키는 것도…….
윈터를 지켜 온 백작님의 이야기도. 모두 다 좋았어요."

레티시아가 찻잔을 감싸 쥐는 것을 보며 테레사도 다시 맞은편 자리
에 앉았다. 갑작스러운 이야기에 테레사는 의자에 몸을 기대려다 말고
눈을 깜빡였다.

"단순히 계약 때문이라고 생각했다. 윈터가 마음에 들었을 줄은 몰랐
구나."

"계약이라 해도 신뢰가 가는 사람과 하고 싶었어요. 테레사 님처럼."

"난 그리 좋은 사람이 아니다만……."

테레사는 말끝을 흐리며 레티시아를 빤히 쳐다보았다. 그리고 말을
이었다.

"조금은…… 좋은 사람이 될 수 있다고 생각했어. 레티, 네게는."

"그런 말은 처음이네요."

다른 사람에게는 좋은 사람들이, 제게는 유독 차가웠어요.

공작도, 예법 선생도, 마네르의 사람들도.

하지만 레티시아는 그런 말을 전하는 대신 그저 웃었다.

"모두에게 좋은 사람이 될 필요는 없으니까."

테레사는 그리 말하며 시선을 내리깔았다. 그런 말을 하면서도 테레
사는 전처럼 웃지 못했다.

레티시아에게는 진심이었다. 그녀의 자식은 아니었지만, 진심으로 아
껴 주고 싶었다. 하지만.

"네게 이런 말을 하는 것 자체가 기만 같구나. 내 어머니 다나에가……."

금빛 용, 자칼리아를 죽였던 장본인이었지.

테레사는 차마 뒷말을 잇지 못하며 쓴웃음을 지었다.

어떻게 용서를 구해야 할지 몰랐다. 어떤 말로도 레티시아가 받은 슬픔을 지워 주지 못할 테니까.

입 발린 소리도 못 했고, 가벼운 사과도 건네지 못했다. 그렇다고 모른 척 넘어가는 건 더 최악이라고, 테레사는 생각했다.

"미리 알았다면 네게 섬불리 후원 계약을 말하지 않았을 텐데."

"제가 먼저 제안한 거니까, 괜찮아요."

"아니, 괜찮을 리가 없지. 내 어머니 다나에는…… 자칼리아를 해쳤으니까."

테레사는 겨우 끝까지 말을 이었다.

둘 사이에 무거운 침묵이 흘렀다.

한참 후에야, 책상을 내려다보던 테레사가 서서히 고개를 들었다. 전과 변함없이 자신을 보고 있는 레티시아가 있었다. 두려움도, 실망도, 불안도 없이 맑고 깊은 눈동자가 테레사를 바라보고 있었다.

"테레사 님이 사과할 일은 아니라고 생각해요. 다나에의 잘못은 맞지만."

다나에는 숨이 끊기는 그 순간까지 윈터가 무너지는 것을 봐야 했을 테다.

짧았지만 녹음 진 여름이, 화사한 봄이 찾아왔던 윈터.

다나에가 사랑했을 윈터 영지에 끝나지 않는 겨울이 찾아오는 것을, 두 눈을 감는 순간까지도 잊지 못했으리라.

그게 죗값이라면 죗값일 거라고, 레티시아는 생각했다.

테레사는 그런 레티시아의 생각을 알아차렸지만, 아무 말도 하지 못했다.

레티시아가 차를 마시며 조심스레 입술을 떼었다.

"자칼리아는 죽었고, 금빛 용의 마력이 산을 건너던 소녀의 몸에 깃들었대요. 나중에 알게 된 사실이지만……."

"그것까진 들었단다. 그래도 좀 더 얘기해 주려무나."

"그 소녀는 기억을 잃었고, 산에서 다시 눈을 떴는데……."

금빛 용의 마력을 가진 소녀는 전생의 기억을 잃어버렸다. 그렇게 산속에서 헤매다 노부부와 만나게 되었고, 그들의 도움으로 따듯한 옷과 '안나마리'란 이름을 받았다.

안나마리는 소녀의 모습으로 오랜 시간을 살았다. 노부부가 숨을 거두는 그때까지도.

그녀의 시간이 흐른 것은 한 남자를 만난 뒤였다.

남자는 제국에서 황제를 제외하고 가장 높은 자리에 있었고, 그녀와 태어날 아이를 지킬 수 있을 것처럼 보였다.

딸처럼 길러 주었던 노부부를 잃게 된 후, 안나마리는 제국의 공작을 연인으로 택했다. 그가 공작 부인과 사별했고, 슬하에 사내아이를 두었단 걸 알면서도.

"크게 상관이 없었나 봐요. 공작 부인은 세상을 떠났고, 필립이 후계자가 될 거라고 생각해서……."

눈가가 조금 붉어졌지만, 레티시아는 저도 모르게 테레사의 시선을 피하며 이야기해 나갔다.

"그 뒤로는 백작님도 익히 들으셨을 거예요. 제 어머니는 알레타의 혈통이었고, 조부의 멸시를 받다가……."

툭.

눈물이 뺨을 타고 흘렸는데도 레티시아는 그만 웃고 말았다.

지금도 눈물을 보이는 자신이 바보 같아서.

이전엔 그래도 열여덟이나 살았으면서, 정말로 아이가 된 것처럼 우는 자신을 이해할 수 없어서.

"그만해도 좋다, 레티시아."

"아뇨, 백작님께는 더 이야기해 드리고 싶었어요. 제가 마네르에서 어떻게 지냈고, 어찌하여 윈터까지 왔는지."

"……그래. 어떤 일이 있었는지 얼추 알 것 같구나."

테레사는 그리 말하며 자리에서 일어나 레티시아를 향해 몸을 기울였다. 그리고 굳은살이 박인 손으로 레티시아의 눈가를 쓸어 주었다. 부드럽기 그지없는 손길에 레티시아는 더 눈물이 차오르는 것을 느꼈다.

소녀의 뺨을 타고 눈물이 흐르자, 테레사는 한숨을 내쉬었다. 그리고 아예 레티시아 쪽으로 자리를 옮겼다. 테레사의 손이 조심스레 레티시아의 두 눈가를 향했다. 레티시아의 눈물을 닦아 주면서 테레사가 말했다.

"울지 마라."

"……네, 백, 작님."

"네가 울면 어떻게 해야 할지 모르겠어."

그간 아이를 달래 본 적은 없다. 잔느와 아네스가 큰 뒤로는.

다정한 말도, 장난스러운 농담도 하지 못하는 제 성격이 원망스럽기는 처음이었다. 하지만 레티시아에게 꼭 해 줄 말이 있었다.

"어머니는 널 무척 아끼셨을 테지."

"저, 를 낳고 후회하셨을지도 몰라요. 저만 아, 니었다면……."

그렇게 떠나실 일도 없었을 테니까.

레티시아의 보드라운 뺨이 눈물에 흠뻑 젖어 들자, 테레사는 두 손으로 뺨을 감싸 주었다.

그리고 말했다.

"어머니는 레티, 널 만나서 기뻤을 거야. 가족이 생긴다는 건 정말로 근사한 일이니까, 기뻐하셨을 거다."

"두 눈을 감는 그 순간까지도요?"

"그래, 네가 태어나는 그 순간에도. 딸이 첫걸음을 떼고, 어머니라 부르며 품에 안겼을 때도."

감히 이런 말을 할 자격이 있을까. 그리 생각하면서도 테레사는 답했다.

우는 것밖에 하지 못하는 아기에서 맑게 웃는 아이가 될 때까지.

환히 웃다가도 가끔 심통을 부리는 아이에서 소녀가 될 때까지.

그 소녀가 어른이 될 때까지, 레티시아의 어머니는 곁에서 딸을 지키고 싶어 했으리라.

"널 혼자 두게 돼서 무척 슬펐겠지만……."

이별의 순간은 언제나 슬픈 법이었다.

하지만 사랑하는 아이를 두고 먼저 떠나야 하는 그 시간에서도, 실낱같은 기쁨이 피어나기 마련이었다.

죽음이 다가올 무렵, 일생의 기억이 주마등처럼 스쳐 지나갈 때.

아이가 태어나고, 자라며 함께했던 추억도 함께였다.

남겨진 사람이 슬퍼하면서도 옛 기억에 웃을 수 있는 것처럼.

"레티시아, 네가 자랄 때까지 어머니처럼 곁에 있어 주마."

테레사는 그리 말하며 레티시아의 뺨을 감쌌다. 그리고 고개를 숙여 레티시아의 눈가에 입술을 맞추었다. 보드라운 뺨에도 가벼운 입맞춤을 해 주었다.

세상의 모든 어머니가 사랑하는 자식에게, 제 어린아이에게 해 주는 것처럼.

"날 어머니라 부르지 않아도 돼. 레티시아, 네가 자라 윈터의 성을 잇지 않아도, 윈터에 억지로 속하지 않아도 되니까……."

테레사는 눈물을 머금은 채 웃어 주었다. 냉혹하게만 보이던 붉은 눈동자가 일그러지며 눈물이 차올랐다.

여러 복잡한 기분이 들었지만, 테레사는 지금 느끼는 감정이 무엇인지 정의하지 못했다.

다나에 때문에 생긴 죄책감인지.

레티시아를 아껴 주어야겠단 책임감인지.

어째서 그녀가 낳지도 않은 레티시아에게 그만한 애정을 가지게 되었는지도.

결국에는 깨달았다.

이 무겁고도 가득한 애정을 섣불리 말할 수 없다는 것도.

"그저 행복하게만 지내거라. 윈터에서."

"저, 는……."

"만약, 아주 만약……. 레티시아, 네가 더는 정령술사가 아니어도 나와 윈터는 널 귀애할 생각이다."

테레사의 말에 레티시아는 복받치는 감정을 이기지 못했다. 그래서 정말로 어린아이처럼 테레사의 품에 기대 울었다.

엉엉, 터져 나오는 울음에 테레사는 레티시아의 머리칼을 쓸어 주었다. 검만 잡아 왔던 손이 금빛 머리칼을 쓸고, 다정한 위로를 건넸다.

"성년이 될 때까지는, 날 어머니 대신이라고 생각해도 좋다."

"그, 런 생각을……."

정말로, 해도 되는 거예요? 레티시아는 목이 메 끝까지 묻지 못했다.

"아니면 아버지도 좋고."

테레사는 레티시아를 품에 안아 주며 속삭이듯 말했다.

아이의 어머니는 너무 일찍 세상을 떠났고, 아버지는 부모의 역할을 해내지 못했다. 가이안은 줄곧 레티시아를 도구나 소유물로 여겨 왔고, 앞으로도 그럴 것이 분명했다.

기댈 사람이 없는 상황이었다.

그 어떤 힘들고 어려운 일도 가족이 곁을 지켜 준다면 이겨 낼 수 있다. 당연한 사실을 모르는 사람은 그 어디에도 없을 테지만, 모르는 부모는 많았다.

세상 모두가 외면하고 손가락질해도 어머니가 품어 주면 숨을 쉴 수 있다.

세상 모두가 죽으라고 저주해도 아버지가 안아 주면 버틸 수 있다.

끝내는 가족의 품에서 웃을 수 있는데도, 아이의 손을 잡아 주지 않는 부모들이 많았다.

그래서 레티시아가 홀로 서야 했다는 걸, 테레사는 이미 알고 있었다.

아무도 손을 잡아 주는 사람이 없어서.

곁을 지켜 주는 사람이 없어서.

절대적인 신뢰와 지지를 보내 주는 가족이 없었기에.

형제가 있었다면 조금이라도 힘이 되어 줬겠지만, 레티시아에게는 아무것도 없었다.

차가운 눈길을 보내는 아버지와 조소하는 오라비만 있었을 뿐.

테레사가 레티시아의 고개를 제 어깨에 기대게 하며 나지막이 말했다.

"우리 레티시아는…… 홀로 서는 법을 너무 일찍 배운 것 같구나."

"그, 래야만 해, 서……."

"그래, 그랬겠지. 그럴 수밖에 없었을 거야."

테레사는 제 뺨을 적시는 눈물을 내버려 뒀다. 그러다 고개를 조금 젖혀 새하얀 천장을 바라보았다.

커다란 하얀 늑대.

그리고 그 곁을 걷고 있는 작은 새끼 늑대.

새하얀 대리석으로 조각된 천장화를 보며 테레사는 눈을 감았다. 잠시 후, 옅은 숨을 흘리며 레티시아에게 말했다.

"이제 홀로 설 필요는 없다. 홀로 서는 건, 성년이 돼서 해도 충분해."

"……테, 레사 님."

"아이들은 어른의 보호를 받아야지. 성년이 되면 가고 싶다는 곳으로 보내 줄 테니, 지금은 윈터에 있어라."

"……그, 래도 돼요?"

"그럼."

테레사는 답하고 나직한 한숨을 내쉬었다.

이 아이가 마네르에서 얼마나 마음고생했을지, 안 봐도 알 것 같았다. 그간 받아 온 상처를 윈터에서 씻을 수 있으면 좋으련만.

"언제든 머물렀다가 떠나도 좋아. 하얀 늑대의 곁은 비어 있으니."

부모의 품에서 보호받던 아이들은 성년이 되어 떠난다.

제 짝을 찾고, 새로운 가족을 만들기 위해.

윈터의 하얀 늑대들이 그러했듯.

그러니 그전까지는…….

"그때까지는 '레티시아 윈터'로 지내렴."

테레사의 말에 레티시아는 그만 숨 쉬는 것을 잊어버렸다. 그와 동시에 그녀의 동공 또한 움직임을 멈췄다.

'레티시아 윈, 터…….'

레티시아는 테레사의 품에 묻었던 고개를 조심스레 들었다. 눈앞이 더 뿌예졌다.

"윈, 터로 살, 아가……라고."

테레사, 당신이 제게 말씀하신 거예요?

숨이 찰 때가 되어서야, 레티시아는 겨우 호흡했다. 차마 좋다는 대답도 못 한 채 고개를 저었다.

기뻤지만, 너무나 기뻤지만 욕심이라는 생각이 들어서.

"그래, 정확히 들었어."

하지만 테레사가 고개를 끄덕이며 답했다.

레티시아에게 윈터의 성을 부여한다면, 더는 마네르가 접근하지 못할 거라고……. 테레사는 조금이나마 확신했다. 그래도 불안감이 가시지 않아서 테레사는 천천히 숨을 들이켰다.

커지는 불안감을 이겨 내기 위해 확신을 담아 읊조렸다.

"윈터가 네 방패가 되어 주마, 레티시아 윈터."

다음 날 정오, 레티시아는 귀빈실에 머무는 가이안을 먼저 찾았다. 가이안은 이미 테이블에 앉아 차를 마시던 중이었다.

"이렇게 일찍 찾아올 줄은 몰랐다. 좀 더 고민할 거라고 생각했거든."

"……시간 끄는 거 안 좋아하시잖아요? 피오네 이야기는 이미 들었고, 북부까지 온 다른 이유부터 말씀해 주세요."

"그래, 피오네 일로 여기까지 온 건 아니지."

가이안은 그리 말하며 품에서 서신을 꺼내 테이블로 내밀었다. 금색 종이에 붉은 밀랍이 찍혀 있었다.

"황실에서 보낸 초대장이다. 폐하께서 널 보고 싶어 하더구나."

"……폐하께서, 저를 보겠다고 하신 건가요?"

"그래. 언제 한번 폐하를 찾아뵙는 게 네게도, 그리고 윈터에게도 좋을 거다."

"공작님에게 좋은 게 아니라?"

레티시아는 답하며 조소를 터뜨렸다.

황실이 보낸 서신을 그가 직접 가지고 올 이유가 없었다. 황실에서 전령을 보내면 되는 일인 데다, 제국의 공작이 친히 서신을 가져다주는 것도 모양새가 이상했다.

'직접 서신을 가져다준다고 한 거겠지. 윈터로 올 명분도 만들 겸.'

"서신을 먼저 읽어 보는 게 좋을 텐데."

"어떤 내용인지 아신다는 얼굴이네요."

"……폐하께서 친히 쓰신 서신을 내가 봤을 리는 없지. 둑스 황자의 약혼 상대로 널 염두에 둔다는 걸 들었지만."

지금 뭐라고 한 거지?

황자와의 약혼?

페이퍼 나이프로 서신을 뜯던 레티시아의 손길이 멈췄다. 레티시아가 한쪽 눈썹을 치켜올렸다.

"공작님이 제 이야기를 먼저 꺼내신 거군요?"

가이안은 이미 둑스가 황태자가 되리란 걸 알고 있었다. 기회주의자인 공작이 먼저 황자와의 약혼을 제안했으리라.

레티시아는 기억을 더듬었다. 과거에 가이안이 그런 말을 한 적이 있었다.

둑스 같은 얼간이를 황태자로 삼는 황제 또한 제정신이 아니라고.

'분명 그랬으면서…….'

"둑스 황자를 황태자로 점찍어 뒀지만, 제위에 오를 만한 인물은 아니지. 하지만 황손이 귀하니 둑스를 밀려는 거고."

"그래서 황태자가 될 둑스 황자와 약혼하라, 이 말씀인 건가요?"

둑스 황자는 제1 황비의 소생이었다. 제1 황비의 슬하에 장남인 둑스 황자, 그리고 차녀인 란체 황녀가 있었다.

둑스 황자는 서자였지만, 황후 사이에서 난 자식이 없었기에 실질적으로는 적자나 다름없었다. 거의 틀림없이 황태자가 될 거라 여겨지는 상황이었다.

'아직 황제는 미하엘의 존재를 몰라. 자신에게 사생아가 있다는 것도.'

과거에서 미하엘은 녹티스 황후의 주도로 '황제의 사생아'로 모습을 드러냈다.

'미하엘은 노파 소뵈르의 보호를 받으며 지내고 있어.'

그러니 보호자도 없었던 과거와는 달리, 소뵈르가 미하엘에게 황자로 사는 법을 가르쳐 줄 것이다. 수도 민가의 허름한 집에서 황자가 지낼 거라곤 그 누구도 생각하지 못할 테니까.

'문제는 녹티스 황후…….'

그녀가 언제 미하엘의 존재를 알아차렸는지 모른다.

'과거에는 미하엘을 이용해 둑스 황자를 막으려 했지.'

녹티스 황후와 황제는 사이가 좋지 못했다. 황제가 녹티스 황후의 언니였던 포르타 후작을 음해했기 때문이었다. 확실한 물증은 없었지만, 적어도 녹티스 황후는 황제가 언니를 죽였다고 생각하고 있었다.

언니가 죽기 훨씬 전에도, 녹티스 황후는 황제의 아이를 가진 적 없었다. 프란츠 황제가 그녀에게 수년간 독약을 먹여 왔기 때문이었다. 뒤늦게 황후가 이 사실을 알았을 때는, 이미 불임이 된 이후였다.

그녀가 의지할 곳이라고는 이부언니 포르타 후작뿐이었다. 하지만 황제는 황후의 외척 세력을 줄이기 위해 줄기차게 후작을 압박했다. 그러다 끝내는 죽였을 거라고 황후는 확신했다.

'후작을 죽였단 증거가 없어 재판에 세우지 못했지……'

아니, 증거가 있다 해도 그 누가 황제를 재판에 세울 수 있겠는가.

결국, 녹티스 황후는 황성에서 철저하게 고립되어 갔다. 그런 상황에서 황비 소생인 둑스 황자가 황태자가 되는 건, 이미 입지가 좁혀진 녹티스 황후에게는 사형 선고나 다름없었다.

'그것만은 막고 싶어서……'

녹티스 황후는 황제의 유일한 반려라는 제 위치를 지키고 싶어 했다.

황제를 사랑해서가 아니다. 포르타 가문은 무너졌고, 그녀에게 남은 것이 '황후'란 자리뿐이었기 때문이었다.

어쩌면 녹티스 황후는 황제에게 깊은 복수심을 가졌을지 모르나, 레티시아는 거기까지는 알지 못했다.

그래서 미하엘을 구한 것이었다.

그녀는 녹티스 황후와 어떤 접점도 없지만, 훗날 황후는 미하엘의 방패가 되어 줄 것이다. 정확히는 황후가 미하엘을 이용하는 거였지만, 오히려 그렇기에 미하엘은 사생아 황자로서 살 수 있었다.

'황후가 아니었으면……. 프란츠 황제가 바로 미하엘을 죽였을 테니까.'

황제는 미하엘의 어머니, 스텔라 아스테반에게 더러운 손을 뻗쳤다. 벌써 10년 전의 일이었지만, 그 사건 이후로 아스테반 가문은 멸문했다.

'과거의 미하엘은……'

정말로 황태자가 되고 싶었을까.

혹은 황제에게 복수하고 싶었던 걸까.

무엇 하나 단정 지을 수 없었지만, 레티시아는 과거에도 풀리지 않는 의문을 떠올렸다.

프란츠 황제는 미하엘을 끝까지 제 아들로 인정하지 않으려 했지만, 황후와 가신들의 강압으로 결국에는 인정했다.

하지만 스텔라 아스테반은 결혼했고, 그 당시 후작인 남편을 두고 있었다. 남편이 있는 아내를 건드렸다는 건, 황제의 위신을 크게 무너뜨리는 일이었다.

그래서 황제는 스텔라가 자신을 먼저 유혹했다고 거짓 증언을 했다. 먼저 약을 탄 술을 먹여 황제인 자신과 잠자리를 가졌노라고.

녹티스 황후는 그 자리에서 조소를 터뜨렸지만, 가신들은 알고도 황제의 손을 들어 줄 수밖에 없었다.

네 어미가 나를 유혹했다는 그 말을, 미하엘은 황제의 앞에서 들어야 했다.

그 뒤로 후비 소생인 둑스 황자와 사생아인 미하엘을 두고, 누구를 황태자로 삼아야 하는지 의견이 분분했다.

자질 없는 둑스를 황태자로 삼을 순 없다고, 녹티스 황후가 워낙 강경히 반대했기 때문이었다. 가신들도 둑스의 멍청함은 익히 알고 있었기에 미하엘과 황후의 편에 서는 자들도 있었다.

황태자 자리를 두고 파가 갈려 갈등이 극렬해지기 시작했다.

그러던 중에 마네르 공작이 '성유물'을 가져옴으로써 사건은 일단락되었다.

'친자를 알 수 있다고 했지.'

가이안이 '베르타의 진실'이라 불리는 성유물을 들고 왔기 때문이었다.

넓적한 원형의 그릇에는 성수가 가득 차 있었다.

황제는 주저하면서도 혹시나 하는 생각에 손가락을 베어 피를 흘려 냈다.

심사 대상은 당연하게도 미하엘.

서로의 피가 섞여야지만 부자 관계가 성립되는 거였다.

미하엘은 제 손가락을 베어 피를 흘려 내야 했지만. 그러지 않았다. 그저 무표정한 얼굴로 단검을 꽉 쥔 채 성유물을 내려다볼 뿐이었다.

그렇게 미하엘이 먼저 '황제의 아들'이란 자격을 증명하기를 거부했다. 그가 접견실을 빠져나간 뒤, 녹티스 황후는 무너지듯 주저앉았다.

미하엘이 황제의 친아들인지, 바론 아스테반 후작의 아들인지는 그 누구도 알지 못했다. 황제가 다시는 사건을 거론하지 말라고 못 박아 뒀기 때문이었다.

결국에는 둑스 황자가 황태자가 되었다.

녹티스 황후는 실권되었고, 미하엘은 이름 없는 황자로 지내야 했다.

달칵.

찻잔을 내려놓는 소리에 레티시아는 과거에서 벗어났다.

"그래, 둑스 황자와 약혼해서 나쁠 것 없다는 소리다."

가이안이 테이블에 손을 올린 채 레티시아를 지그시 쳐다보고 있었다.

"지금 약혼해 두면 둑스는 장차 황태자가 될 거다. 그가 제위에 오르면, 너도 제국의 황후가 되는 거지."

"황후……."

레티시아는 쓴웃음을 지었다.

어젯밤 테레사가 그녀를 안아 주었던 게 지금에서야 떠올랐다.

'윈터가 네 방패가 되어 주마, 레티시아 윈터.'

'레티시아 윈터'라고 불러 주었다. 어머니를 잃고 홀로 서야 했던 레티시아에게 윈터가 방패가 되어 주겠다고도.

그러니 레티시아는 결단을 내려야 했다.

테레사의 품에서 보호를 받을지, 가이안이 원하는 대로 해 줄지.

이 결정에는 많은 이익이 얽혀 있었다.

마네르 가문으로 돌아가면, 가이안은 피오네의 치료제를 계속 구해 줄 것이다.

'피오네를 모른 척한다면?'

그런다면 마네르 가문으로 돌아갈 이유도 없었다.

레티시아가 피오네를 책임져야 할 이유는 없었다. 피오네 또한 레티시아가 마네르로 돌아오기를 바라지 않을 것이다.

'아직, 치료제인 적독초의 대체제를 찾지 못했어.'

그렇다면······.

레티시아는 눈을 내리깐 채 깊은 생각에 잠겼다.

'이블리스의 눈'이라 불리는 네임드 성유물. 네임드 성유물은 마네르의 세 번째 문 뒤에 있었고, 레티시아는 '문'을 열지 못할 것이다. 가이안이 '이블리스의 눈'을 준다고 했어도 믿지 않았겠지만, 준다는 말조차 없었다.

무엇보다 둑스 황자와의 약혼······.

레티시아가 생각해도 어처구니없는 일이었다.

'그런 얼간이와 약혼하라니?'

둑스는 열여섯이지만, 나이는 중요치 않다. 어차피 약혼은 미성년인 귀족 자제들끼리 하는 것이니.

하지만 둑스 황자와 약혼하게 된다면 황제의 편에 서야 했다. 그리고 황제는 모몬토 남작의 만행을 눈감아 준 이였다.

'그런 쓰레기 소굴에······.'

들어가고 싶지도 않았고, 들어갈 이유도 없었다. 하지만 레티시아가 싫다고 의견을 표해도, 그녀는 아직 '마네르'란 성을 지닌 상태였다. 공작가의 명부에 이름을 올리지 못했지만, 여전히 레티시아 마네르. 그러니 가이안이 멋대로 레티시아 자신과 둑스 황자와의 약혼을 의논한 것이다.

어찌 됐든, 둑스 황자와의 약혼은 없던 일로 만들어야 했다.

"공작님."

레티시아는 무거운 눈꺼풀을 들어 올렸다. 뜻을 알 수 없는 붉은 눈동자가 가이안을 주시했다.

"마네르 공작가의 마차를 준비해 주세요."

테이블을 톡, 두드리던 가이안의 손길이 멎었다.

"나 혼자 공작가로 돌아가라는 건가? 그게 아니면…… 오만하게도 널 모시라는 게냐."

가이안이 조소하며 묻자 레티시아는 입술 끝을 말아 올렸다.

"공작님 혼자 가시게 될 거예요."

"……지금까지 내 이야기를 뭘로 들은 거지? 하, 피오네가 죽든 말든 상관없다는 건가?"

"공작님이야말로 저를 바보로 생각하셨나 봐요? 갑작스레 서역에서 적독초를 구할 순 없어요. 1년에 딱 한 번, 서역과 교역을 통해 적독초를 들여오니까요."

"아니, 레티시아. 네가 착각했나 본데, 마네르는 두 달마다 서역과 교역을 해 왔다."

"교역은 두 달마다 있지만, 적독초를 들여오는 날은 매해 여름. 그때 꽃과 뿌리를 말려서 꽃은 독으로, 뿌리는 해열제로 만들곤 하죠."

"……하. 거기까지 알고 있었구나."

"남부는 이제 늦가을이니, 여름은 훨씬 지났어요. 적독초를 구하려면 내년 여름은 돼야 해요. 제가 마네르로 간다고 갑작스레 적독초를 들여올 리는 없으니까요."

적독초는 여름에만 피어나는 꽃. 여름에만 수급되는 건 당연했다.

독으로 쓰이는 꽃잎이라면 몰라도, 해독제가 되는 뿌리는 서역에서는 잘 쓰이지 않는다. 그렇기에 뿌리를 말려 팔 리도 없었고, 매해 여름 헐값에 생화 형태의 적독초를 판매하곤 했다.

적독초의 뿌리는 피오네처럼 희귀한 체질에만 쓰였기에, 서역에서도 상품으로 만들 생각은 하지 못했기 때문이었다.

'해독제를 쌓아 놨을 텐데……. 없는 척 협박하는 거야.'

생각을 정리한 레티시아가 말했다.

"유로 백작님에게 정말로 치료제를 구할 수 없다고 말씀하셨는지 몰라도…… 그건 공작님의 실수예요."

"말한 건 사실이었다만……."

허, 하고 헛웃음을 터뜨린 가이안이 주먹을 꽉 쥐었다.

"그래, 네 말따나 해독제는 이미 구비해 두고 있다. 네가 내 말을 따를지 안 따를지 모르는데, 충신의 딸을 죽게 만들 수는 없지."

"제가 마네르 가문으로 돌아가는 일은 없을 거예요. 이제 그만 단념하세요."

"좋아, 마네르로 돌아오지 않아도 된다. 하지만 여전히 '마네르'의 성을 가지고 있으니, 둑스 황자와는 만나야 해."

가이안이 서늘한 눈으로 레티시아를 바라보았다. 무언의 압박이 실린 시선에도 레티시아는 담담한 표정이었다.

'애초에 날 마네르 가문으로 데려갈 생각이 아니었어. 내가 또 언제 탈출할지 모르니까…….'

그러니 가이안은 다른 방법을 생각했을 것이다. 이를테면 황자와 안면을 터서 약혼을 진행하는 것.

그 결정에 레티시아의 의사는 조금도 중요하지 않았다.

프란츠 황제는 꼴에 황자의 아버지라고 둑스에게 선택을 강요하는 편은 아니었다. 게다가 레티시아는 정령술사 아닌가.

황제가 정령술사와 제 아들을 약혼시키려는 이유야 뻔하다. 후에 태어날 황손이 정령술사이기를 원해서.

'둑스를 아끼는 것과 별개로…… 황제가 쉽게 결정할 문제는 아니야.'

프란츠 황제는 교활했으나 겁이 많았다. 그리고 어리석은 제 아들이 황태자비에게 휘둘리는 것도 경계했다. 둑스가 황태자가 되고 나면, 황태자비가 늙은 아비를 죽이라며 간계를 부리진 않을까, 하고 걱정할 게 분명했다.

그런 불안감 때문이라도 프란츠 황제는 결정하지 못했으리라. 둑스 황자와 레티시아 마네르를 약혼시킬지 말지. 그러니…….

'약혼은 둑스의 뜻대로 결정될 거야.'

망나니 둑스 황자의 눈에 든다면, 약혼은 일사천리로 진행될 것이다. 그렇다면 답은 간단하다.

'둑스 황태자의 마음에 들지 않으면 돼.'

레티시아는 둑스에 대한 정보를 떠올렸다.

과거에 둑스 황자는 금발 미인을 좋아하는 편이었고, 불운하게도 레티시아 그녀는 금발이었다.

'확 까만색으로 염색해 버릴까……. 아니, 그보다.'

"좋아요. 둑스 황자와 만나 볼 생각은 있어요."

레티시아가 흔쾌히 수락하자 오히려 놀란 건 가이안이었다. 그가 믿을 수 없다는 듯 미간을 좁히며 되물었다.

"이리 순순히 둑스 황자를 만나겠다고? 설마, 필립에게 했던 헛짓거리를 또 할 생각이냐?"

그날의 악몽이 생각났는지, 가이안의 표정이 굳어졌다. 제 앞에서 필립을 무릎 꿇게 한 건 정말로 최악이었다.

"설마요……. 제가 미쳤다고 황족에게 그런 무례를 저지르겠어요?"

"그러면?"

"얌전히 황자를 만날 거예요. 예의도 당연히 지키고."

레티시아는 옅은 미소를 시으며 횡기에서 온 초대장을 붙잡았다.

'명색이 황자인데, 필립에게 했던 것처럼 할 순 없지.'

초대장의 모서리를 힘주어 잡던 레티시아가 말했다.

"대신 조건이 있어요, 공작님."

* * *

귀빈실을 빠져나간 후, 레티시아는 가슴께에 손을 올리며 심호흡했다.

레티시아는 마네르 가문으로 돌아가지 않기로 했다. 하지만 둑스 황자를 만나겠다는 뜻은 확고히 전했다. 그 대가로 레티시아는 두 가지 조건을 걸었다.

첫째, 피오네에게 치료제를 꾸준히 제공할 것.

둘째, '이블리스의 눈'을 윈터로 보내 줄 것.

두 가지 부탁을 모두 들어준다면 둑스 황자를 만나겠다는 말에 가이안은 잠시간 말이 없었다.

'이블리스의 눈이 필요하다고? 그건 네가 감히 어쩌지 못하는 성유물이다.'

'그건 공작님도 마찬가지죠. 네임드 성유물이라고 해 봤자, 창고에 처박힌 신세일 텐데.'

레티시아가 웃으며 말하자 가이안은 불쾌한 표정을 지었지만, 순순히 고개를 끄덕였다.

'나한테 줘 봤자 못 쓸 거라고 생각한 거겠지만…….'

어쨌든, '이블리스의 눈'을 손에 넣으면 그걸로 족했다.

레티시아는 귀빈실 문 앞에서 숨을 고르다 복도로 걸음을 내디뎠다. 양털로 된 카펫은 무척 푹신해 발목에 휘감겼고, 정오의 햇살이 창 너머로 스며들고 있었다.

내 삶을 내가 구원하겠노라고 생각했던 때가 있었다.

지금도 그 생각은 변치 않았지만, 달라진 게 있다면…….

"윈터는 내가 지키겠어."

레티시아는 복도를 걷다 말고 걸음을 멈추었다. 강렬한 햇살이 금빛 머리칼을 비추다 보드라운 뺨으로 내려앉았다. 후원에 있던 하얀 나무가 햇살을 받아 반짝거렸다. 나무 주변에 녹음이 진 새싹이 움트고 있었다.

창 너머로 보이는 윈터의 봄을, 레티시아는 오래간 두 눈에 담았다.

* * *

푸르릉!

마부가 고삐를 쥐자 흥분한 말이 투레질했다. 귀빈실에서 뒤늦게 나온 가이안은 별 소득 없이 공작가의 사륜마차에 몸을 실었다.

피오네의 치료제로 딸을 겁박하고, 미래의 황후가 될 수 있다며 달콤한 말로 꼬드기려 했지만, 레티시아는 넘어가지 않았다.

피도 섞이지 않은 윈터에서 뭘 하겠다는 건지 우스우면서도, 가이안은 가슴께가 답답해지는 것을 느꼈다. 거대한 돌덩이로 짓누르는 기분이라 더 불쾌해졌다.

'레티시아, 네 탓이다. 네가 먼저 정령술사라는 걸 밝혔다면…….'

제 딸을 윈터보다도 더 귀애해 줬을 텐데.

그러니 마네르에서 사랑받지 못한 건, 경멸과 외면을 받아 왔던 건 모두 레티시아의 책임이었다.

마차에 탄 가이안은 굳은 얼굴로 작은 창 너머를 내다보았다.

'넌 마네르를 벗어나지 못할 거다.'

황실이 간섭하게 되면 가문의 문제만으로 끝나지 않는다. 레티시아가 윈터에서 지내고 싶다고 지낼 수 있는 게 아닐뿐더러, 마네르를 벗어나고 싶어도 벗어날 수 없었다. 의무란 그런 것이었다.

레티시아는 공녀로 태어난 책임을 져야 했다.

'이블리스의 눈', 이라……'

어차피 있어 봤자 쓸모도 없는 성유물이다. 그 성유물을 대가로 레티시아가 둑스 황자와 연을 맺는다면, 약혼은 일사천리로 진행될 터.

'네가 어떻게 나올지 더 궁금해지는구나, 레티시아.'

가이안은 마차 내실에 처진 가림막을 확 내렸다.

촤락—!

창문으로 비치던 저녁 햇살이 끔찍하게만 여겨졌기 때문이었다.

* * *

'이블리스의 눈'이 도착한 건 보름이 지나서였다. 당연하게도 우편으로 보내는 대신 전령이 직접 성유물을 들고 왔다.

"마네르 공작의 명령에 따라, 레티시아 님께 '이블리스의 눈'을 가져왔습니다."

레벤 성의 접견실 안.

회색 로브를 쓴 공작의 전령이 한쪽 무릎을 꿇은 채 고개를 숙였다. 전령이라면 마땅히 이름을 밝혀야 했지만, 남자는 공작의 전령이라고만 자신을 소개했다.

그 점을 의아하게 여긴 테레사가 물으려 했으나, 레티시아가 먼저 전령에게 다가가 두 손을 내밀었다. 전령은 철 의자에 몸을 기댄 테레사를 흘끗 보다가 고개를 돌렸다. 레티시아가 있는 쪽이었다.

"직접 받으실 겁니까?"

"네, 제게 주세요."

전령은 잠깐 망설이다가 새까만 벨벳 천에 감긴 함을 레티시아에게 건넸다.

"그런데……."

레티시아는 가벼운 함을 받아들고는 전령을 빤히 쳐다보았다. 그 시선을 느낀 남자는 고개를 숙여 얼굴을 가렸다. 가면을 써서 얼굴을 보일리가 없는데도.

"송구합니다. 오래전 화상을 입어 가면을 쓰고 다니니, 부디 너그러이 넘어가 주시길."

"……좋다."

답은 테레사에게서 대신 흘러나왔다. 테레사는 눈을 가늘게 뜨면서 레티시아에게 물러나라며 손짓했다. 전령이라고는 해도, 낯선 어른과 가까이 두고 싶지 않았기 때문이었다. 하물며 회색 로브를 눌러 쓰고 가면을 쓴 남자라면 더더욱.

'전령이라고? 웬 기사단장처럼 체격이 상당히 좋아 보이는데…….'

전령은 말을 타는 데 능숙해야 한다. 그래서 보통은 말을 타기 좋은, 날렵하고 호리호리한 체격을 가진 이가 전령으로 뽑히곤 했다.

그러니 정말로 전령이 맞는지 의심되었지만, 테레사는 굳이 남자의 정체를 캐묻지 않았다. 곧 마네르로 돌아갈 사람이었기 때문이었다.

레티시아는 '이블리스의 눈'이 든 함을 품에 안고서 전령에게서 조금 물러났다.

'성유물이 진짜인지는……. 일라이에게 물어보면 돼.'

윈터에 대악마의 계약자가 셋이나 있어서, 성유물의 진위를 판별하는 데는 큰 문제가 없었다.

전령은 레티시아에게 성유물을 주고 나서도 접견실을 떠나지 않았다.

"여기까지 오느라 수고했다. 이만 가 봐도 좋아."

테레사가 그만 가 보라며 직접 말했는데도, 전령은 무릎 꿇은 자리에서 미적거렸다.

적대적인 시선을 느낀 전령이 자리에서 일어났다. 그리고 무기를 들지 않았단 뜻으로 두 손을 펼쳐 보이며 레티시아에게 다가가, 그녀의 코 앞에서 걸음을 멈췄다.

가면을 쓴 전령이 레티시아에게 고개를 숙였다. 테레사가 눈을 가늘게 뜰 무렵.

"피오네는 건강하다."

전령이 가면 아래 감춰진 입술을 부드럽게 움직였다.

"……!"

놀란 레티시아가 회색 로브를 힘주어 잡았고, 그 덕택에 전령이 쓴 로브가 벗겨졌다. 목덜미를 겨우 덮는 남색 머리칼. 가면을 써서 얼굴은 볼 수 없었지만…….

"훗날, 대륙 최고의 기사가 되어 널 만나겠다고 하더구나."

전령은 테레사가 의심한다는 걸 알면서도 말을 계속해 나갔다. 그의 시선에는 오직 레티시아만 보였기 때문이었다.

'이블리스의 눈'을 무사히 윈터까지 전달하라는 공작의 명령 따위야, 아무래도 좋다. 전령이 정말로 전하고 싶은 말은 공작의 전언이 아니었다.

"5년 뒤, 피오네는 유로 가문의 후계자가 되어서."

전령은 저도 모르게 손을 뻗어 레티시아의 머리를 헝클어트렸다. 커다란 손이 금빛 머리칼을 허락 없이 쓸었지만, 레티시아는 쳐 낼 생각도 못 한 채 고개를 끄덕였다.

말을 잇지 못하는 레티시아에게 전령이 씩 웃었다. 가면 속에 감춰져 그 다정한 미소를 볼 수는 없었지만.

"최연소 마스터 기사가 되면, 그때 널 보러오겠다고…… 그 말을 전하러 여기까지 온 거다."

"……스승님."

"스승은 무슨. 제자를 지키지도 못하는 놈을 스승으로 부를 것 없다."

전령은 딱 잘라 말하며 두 팔을 뻗어 레티시아를 품에 안아 주었다.

"피오네와 나는 널 잊지 않겠지만, 레티시아 넌 우리를 잊어라."

"잊을 리가 없어요! 제가 어떻게……."

"아니, 잊어라. 앞으로 네 선택에 피오네와 내가 있어선 안 돼. 윈터가 네 보금자리가 되었다면, 여기서 행복하게 지내는 것만으로 충분하니까."

전령은 그리 말하며 레티시아를 품에서 아쉬운 듯 놔주었다. 그리고 테레사에게 다가가 가슴에 손을 얹고 허리를 숙였다.

"레티시아는 제가 귀애하던 제자였습니다. 그러니 부디, 윈터 백작님의 아이처럼 아껴 주시길."

"……그럴 것입니다."

"감사합니다."

유로 백작은 진심으로 감사함을 표했다. 그런 후에 레티시아를 흘긋 바라보다가 무거운 발걸음을 뗐다.

자신은 마네르의 충신이었으니, 윈터에 오래 있을 수는 없었다.

"건강해라, 레티시아."

그래서 그런 말밖에 할 수 없었다. 가면을 써서 다행이라고 유로는 생각했다. 그렇지 않으면 사랑스러운 제자와 무서운 하얀 늑대 앞에서 눈물에 젖은 얼굴을 그대로 보여 줬을 테니까.

"……나를 스승이라고 불러 줘서, 그리고 피오네를 지켜 줘서 고마웠다."

유로는 마지막으로 레티시아에게 고개를 숙여 보이고는 몸을 돌렸다. 레티시아는 한때 스승이었던 남자가 떠나가는 것을 두 눈 깊이 담았다. 행여 그 모습을 잊게 될까 봐 시선을 떼지 못했다.

유리창 너머로 내리쬐던 봄의 햇살이 옅어지기 시작했다. 그런데도 새까만 그림자가 더 몸집을 키워 너울거리는 것만 같았다.

꽤 오랫동안.

〈다음 권에서 계속〉

영원한 너의 거짓말

전후치 지음

열일곱의 나이에 남편을 죽인 죄목으로 수감된 로젠 워커.
두 번의 탈옥으로 제국 군대의 자존심을 뭉개 버린 그녀는
1년 만에 다시 붙잡혀 종신형을 선고받는다.

최악의 죄수들만 모여 있다는 몬테섬으로 가는 배에 탄 그녀는
또 한 번의 탈옥 계획을 세우지만……

"죄목은?"
"……난 무죄야."
"죄를 지었다고 솔직히 인정하는 죄수는 드물지."

무뚝뚝하고 고지식한 원칙주의자이자
그녀의 수송 책임을 맡은 이안 커너는 조금의 틈도 보이지 않는데.

"쓸데없는 말 하지 말고, 묻는 말에만 대답해."

제국 최고의 탈옥수 로젠과
온 제국의 사랑을 받고 있는 젊은 전쟁 영웅, 이안 커너.
지상 최악의 감옥으로 향하는 배 위에서 펼쳐지는 그들의 이야기!

자, 이제 당신이 판단해 봐. 로젠 워커는 거짓말쟁이일까? 아닐까?

제로노블(Zero Novel)은 판타지를 사랑하는 여성들을 위한 신감각 로맨틱 판타지 시리즈입니다.